달빛조각사

달빛 조각사 12

© 남희성, 2007

발행일 2023년 11월 1일 | 발행인 김명국 | 발행처 주식회사 인타임 | 출판 등록 107-88-06434 (2013년 11월 11일) | 주소 서울시 구로구 디지털로31길 38-21 이앤씨벤처드림타워 3차 405 호 | 전화 070-7732-2790 | 팩스 02-855-4572 | 이메일 in-time@nate.com | ISBN 979-11-03-33165-8 (04810) 979-11-03-32686-9 (세트) | 이 책은 주식회사 인타임이 저작권 자와의 계약에 따라 발행한 것이므로 내용의 전부 또는 일부를 사용하려면 반드시 양측의 동의를 받으셔야 합니다. 잘못된 책은 구매처에서 바꿔 드립니다.

달빛조각사 12

남희성 게임 판타지 소설

The Legendary Moonlight Sculptor

INTIME

contents

다가오는 위험

"선배님, 정말 뵙고 싶었어요. 제 가죽옷에 사인 좀 부탁드려도 될까요?"

"저도요. 꼭 만나 보고 싶었어요. 카리취의 콧소리를 꿈에서도 들을 정도로 많이 봤어요!"

위드의 모험은 지금까지 텔레비전에서 재방송으로도 자주 나왔다. 알리스와 디네는 모든 모험 영상을 생방송으로 볼 정도의 팬이었다.

• 위드의 모험 기록
• 전쟁의 신이 펼치는 이야기

위드의 팬 카페에까지 가입해서 활동했다.

그녀들은 매일 접속해서 글을 쓸 정도로 위드를 좋아했다. 위드는 물론 그런 인기에 대해서는 관심도 없었지만.

"뭐, 지금은 바쁘니까……."

"꺄앗! 선배님 목소리 너무 분위기 있으세요."

"제 생각만 한 것 같아요. 죄송해요. 나중에… 아니, 언제라도 편하게 시간 내주세요."

위드의 귀찮아하는 목소리까지도 멋지다고 받아들였다.

그의 정체에 대해 알게 되는 순간, 두 눈에 콩깍지가 포대 자루째 들어간 것이다.

"우왓! 형, 나도 나중에 사인 좀 해 주면 안 될까? 전쟁의 신과 친구 등록이 되어 있다니 이런 영광이…….."

헤겔조차도 기뻐서 방방 뛸 정도였다.

멜버른 광산에서 침입자들에 의해 위기에 처해 있다. 하지만 한 번쯤 죽는 게 문제가 아니라 위드와 만나서 잠깐이라도 같이한다면, 그것이 훨씬 더 중요한 일이라고 생각했다.

위드는 당연히 공감하지 못하는 부분이었지만.

"이번에도 온 녀석들을 빨리 죽이기는 했지만, 나머지 어쌔신들이 바로 또 움직이겠지."

어쌔신들은 동료들과 소식이 끊어지자마자 벌 떼처럼 덤벼올 것이다.

한차례의 함정이 어설프나마 잘 통하긴 했지만, 계속 그런 요행을 바랄 순 없다.

위드는 한숨을 쉬었다.

"이놈의 팔자가 항상 그랬지. 그래도 한동안 뜸했는데……."

반 호크가 용맹하게 검을 닦으며 말했다.

"걱정 마라, 주인. 내가 놈들과 싸우겠다."

토리도 역시 지려고 하지 않았다.

"목이 많이 마른 날이로군. 놈들의 피에 송곳니를 흠뻑 적셔 보겠다."

위드는 부하들을 잘 키운 보람을 느꼈다.

"저놈들을 대신 던져 주고 나만 살 수 있으면 좋을 텐데……."

"……."

어째신들은 탐색을 나간 동료들로부터 기습당했다는 말을 들었다.

─적은 몇 명인가?

─특별히 경계해야 할 정도로 강한가?

보통 때라면 보고가 금방 들어왔다. 하지만 이번에는 아무런 소식도 오지 않았다.

그들이 전투에 나섰던 수많은 전장에서도 일찍이 없었던 신속한 사망.

"방심한 것인가?"

"그렇진 않은 것 같다. 21호는 조심성이 많은 편이다."

"만만치 않은 적이 숨어 있는 것 같다."

어째신들은 강적과 싸울 때는 온갖 수단을 다 끌어들였다.

독침, 독 연기 살포, 저주 마법이 걸린 아이템은 기본! 끊임

없는 암습과, 체력과 생명력이 낮은 대신 살상력이 뛰어난 스킬들을 이용하여 기습한다.

방어력이 높은 기사라고 하여도 어쌔신에 의하여 약한 부위를 깊이 찔리면 오래 버티지 못했다.

어쌔신의 치명타 공격 확률과 공격 대미지는 다른 직업보다 훨씬 뛰어나며 혼란과 마비도 잘 일으키는 편이었다.

나머지 17명이나 되는 어쌔신들은 방법을 정해서 조직적으로 싸우려 했다.

"적도 여럿일지 모른다."

"흑사자 길드가 들어오면 쓰려고 했던 무기들을 꺼내자."

어쌔신들은 팔에 석궁을 장착했다.

일반 활보다 장전하는 데 시간이 오래 걸려도, 마법이 걸린 화살은 아주 빠르게 날아가고 대미지도 높았다. 대인 전투를 위한 어쌔신의 장비였다.

한바탕 전투를 벌일 준비를 신속하게 했다.

함정을 설치하려고 나가 있던 어쌔신들도 불러들였다.

어쌔신 17명이 뛰쳐나가려고 할 때, 길드 채팅이 들어왔다.

멜버른 광산에서 활동하는 길드원만이 아니라 헤르메스 길드의 전체 채팅이었다.

> 스티어: 지금 멜버른 광산에 전쟁의 신 위드가 나타났습니다.
> 레이카나: 뭐라고요?
> 스티어: 흑사자 길드에 잠입한 첩자로부터 소식이 전해졌습니다. 위드가 멜버른 광산에서 우리 쪽 어쌔신을 죽인 것 같습니다.

어쌔신들은 당황했다.

광산에 진입하고 나서 헤르메스 길드의 피해는 아직까지 경미한 수준.

1층과 2층에서는 사망자가 나오지 않았다.

전후 사정으로 보아 이번에 사라진 어쌔신들은 위드에 의해 죽음을 당했다고 봐야 했다.

스티어는 길드의 정보대를 총괄하는 특급 암살자로서, 그의 말이라면 틀림없다고 봐도 됐다. 헤겔이 위드를 만난 기쁨에 흑사자 길드의 전체 길드 채팅을 통하여 그 사실을 떠벌렸던 것이다.

스티어: 현재 첩자로부터 계속 소식이 들어오고 있습니다. 여기 광산의 지하 3층에 전쟁의 신 위드가 정체를 숨긴 채로 있다고 합니다.
토록: 그렇다면 위드를 죽일 절호의 기회입니다.
크렌든: 우리 길드를 번번이 골탕 먹인 위드를 이번 기회에 없앱시다.

헤르메스 길드의 채팅 창이 소란스러워졌다.

멜버른 광산에는 무신 바드레이를 비롯하여 친위대, 전투단, 정보대까지 와 있다. 길드의 명예에 거치적거리는 위드를 마침내 죽일 수 있는 날이란 생각이 들었다.

헤르메스 길드의 유저들에게는 흥분되는 순간이었다.

ᗒᘐᘉ

흑사자 길드의 본성에서는 텔레포트 게이트를 통해 전사들이 속속 모였다.

"쿠른 성으로 오는 베덴 길드의 전력은?"

"7만이 넘습니다."

"평소보다 많이도 끌어모았군."

"이번에 사활을 건 것 같습니다."

흑사자 길드의 수장 칼리스는 서서 보고를 받았다. 결정이 내려지는 쪽으로 가서 적을 물리쳐야 했다.

"쿠른 성에서는 공성 무기의 설치 등으로 저녁 이후에나 전투가 벌어질 것 같습니다."

"조금의 시간은 있군. 이번 기회에 베덴 길드가 회생이 불가능할 정도로 타격을 입힌다면 톨렌 왕국의 점령은 훨씬 더 가까워질 것이다."

흑사자 길드에서도 쿠른 성에 임시로 지원군을 보냈다. 베덴 길드보다 약간 부족한 병력이었다. 저녁까지 성벽에 의존하면서 수비를 펼치면 하루를 버틸 수 있는 정도는 되었다.

시간이 빠듯하겠지만 던전이나 광산에 침입한 자들을 물리치고 나서, 쿠른 성에 가서 공성전에서 대대적인 승리를 거머쥐자는 것이 흑사자 길드의 수뇌부가 하는 생각이었다.

"그런데 멜버른 광산에 전쟁의 신 위드가 나타났다니… 거기에는 왜 있었던 거지?"

"놈들과 한패일까요?"

"위드가 우리를 공격했다는 보고는 없습니다. 오히려 습격한 어쎄신과 싸우고 있다는데요."

"어쩌면 그도 자신의 퀘스트를 하기 위해서 온 것일지도 모르겠습니다."

"멜버른 광산은 최고의 투명도를 자랑하는 사파이어와 좋은 철광석이 나오는 장소이다 보니 조각사 퀘스트에 필요했을 수도 있지요."

보통 때라면 흑사자 길드에서는 자신들의 영역에 들어온 위드에 대해 민감하게 반응하였을 것이다. 전쟁의 신 위드가 가진 명성이 대단하기에 적대하거나, 협력을 위하여 직접 만나 봤으리라.

지금은 여러 곳에서 한꺼번에 일이 터져서 일단은 수습하는 것이 우선이라 깊이 신경을 쓰지 못하였다.

테페스트라는 마법사 유저가 갑자기 수정 구슬을 꺼냈다.

"길드장! 이걸 좀 보셔야 될 것 같습니다. 지금 KMC미디어에서 멜버른 광산에 대한 이야기를 생방송으로 내보내고 있습니다."

"습격당하는 게 방송으로 나오다니 그다지 반가운 일은 아니로군."

흑사자 길드의 입장에서는 공성전과 더불어 여러 주요 사냥터가 타격을 받았다는 사실이 알려지는 게 유쾌하지 않았다.

"그게 문제가 아닙니다. 지금 방송을 보세요."

KMC미디어에서 갑자기 편성된 생방송이 진행되었다.

오주완과 유아링은 흥분하며 소식을 전했다.

"지금 멜버른 광산에서 대단한 사건이 벌어지고 있습니다. 자막을 통하여 흑사자 길드가 습격을 받고 있다는 사실을 전해

드렸는데요, 원래대로라면 상황이 어느 정도 정리되면 공성전의 영상과 같이 시청자 여러분께 보내 드리려고 했습니다."

"오주완 씨, 그런데 더는 기다릴 수가 없는 사건이라고요?"

"예. 우선은 침입자들의 정체가 밝혀졌습니다. 놀랍게도 그들 중에는 무신 바드레이가 있는 것으로 확인됐습니다. 영상부터 보시죠."

크우오오오오!

움바 벨카인이 발로 땅을 찼다. 그러자 흙이 파도처럼 일어나며 유저들을 습격했다.

흙으로 파묻어 버리는 공격!

움바 벨카인이 커다란 앞발을 연속으로 휘두르면서 유저들을 강타했다.

몬스터에 의한 시원한 사망 행렬!

바드레이와 전투단, 친위대도 움바 벨카인과의 싸움에 가담했다. 시간을 오래 끌 수 있는 처지도 아니었고, 몬스터들이 계속 모여드는 것을 봤던 것이다.

원래 그들은 멜버른 광산의 유저들부터 전부 해치우고 나서 움바 벨카인과 싸움을 개시하려고 했다.

하지만 먼저 유저들이 전투를 벌이는 중이었고, 은신처의 몬스터들도 모여들고 있었다.

"더 지체할수록 어려워진다. 가자!"

전투단과 친위대는 완전무장을 한 채로 새끼 벨카인, 지옥의 들개와 싸웠다.

그로비듄의 언데드들은 움바 벨카인을 향하여 달려들었다. 언데드로서 아주 큰 기대는 하지 않더라도, 조금이라도 봉쇄할 수 있다면 다행이다.

바드레이는 전투를 벌이기 위한 스킬들을 시전했다.

"검의 각성, 강인한 의지, 탄생의 힘, 흑기사의 일격, 다른 하나의 검 소환!"

네 가지의 강화 스킬 그리고 검술의 비기!

바드레이가 출렁이는 땅을 딛고 움바 벨카인을 향하여 달려갔다.

영상은 멜버른 광산에서 사냥하다가 벨카인의 은신처까지 간 유저로부터 전송되고 있었다.

KMC미디어와 연관이 있던 유저는 자신의 영상을 방송국으로 보냈다. 방송국에서는 여러 영상들을 분석하고 있던 도중에 이것을 봤다. 그리고 따로 회의를 벌일 틈도 없이 국장이 결단을 내렸다.

"지금 방송하세요."

멜버른 광산의 유저가 죽기 전까지 보내온 영상은 대략 7분여 정도!

원래 직업이 도둑이라서 잘 피해 다니며 버티기는 했지만 친위대에 의하여 죽음을 맞았다.

흑사자 길드 소속 유저들은 난전의 경험이 부족하고 요령도 별로 없어서 더 빨리 죽었다. 그들이 만들어 낸 난장판이었지만 움바 벨카인에 각종 몬스터로 경황이 없었다.

"정말 놀라운 일이네요. 바드레이와 헤르메스 길드가 멜버른 광산에 나타나다니요. 흑사자 길드에서는 이러한 사실을 알고 있었을까요?"

"지금까지는 몰랐을 가능성이 큽니다."

"각 사냥터에 대한 공격도 어쩌면 헤르메스 길드에서 벌인 일일 가능성이 있어요."

"현재로써는 추측밖에 할 수 없는 상태이기는 합니다. 보다 확실한 정보가 들어오는 대로 알려 드려야겠지만, 지금 상황으로 보아서는 유력한 용의자란 생각이 듭니다."

유아링과 오주완은 영상을 보면서 이야기를 이어 나갔다.

바드레이가 직접 헤르메스 길드원을 데리고 보스급 몬스터 사냥에 나선 건 대단한 일이다. 그것도 흑사자 길드의 세력권에서 모조리 쓸어버리고 있다니, 엄청난 충격을 안겨 줄 만한 사건이었다.

짧은 영상이었지만 날뛰고 있는 움바 벨카인도, 유저들을 학살하는 모습으로 보아서 보통의 몬스터가 아니었다.

"지금 또 속보가 들어왔는데요, 이 영상에 나온 몬스터는 움바 벨카인! 톨렌 왕국을 휩쓸었던 전설적인 마수라고 합니다."

"제보가 들어왔습니다. 아직 이곳에 살아 있는 유저가 있다고 합니다. 지금 그쪽에서 영상을 보내오고 있는데, 준비되는 대로 연결하겠습니다."

KMC미디어만이 아니라 기술력에 뒤지지 않는 CTS미디어, LK게임 방송에서도 멜버른 광산에 대한 방송을 진행했다.

움바 벨카인이 있는 장소까지 가서 싸우다가 죽은 유저들로부터 방송 영상을 받고, 아직까지도 생존해 있는 유저들을 찾기 위하여 PD들이 바빠졌다.

움바 벨카인의 전투 지역은 아비규환이라서, 그 덕(?)에 아직까지도 구석에 잘 피해서 살아 있는 사람이 있었다.

몬스터와 헤르메스 길드, 양쪽 모두가 적이라 언제까지 살수 있으리라는 보장은 전혀 없는 상태였지만.

유아링이 갑자기 탄성을 질렀다.

"아아앗!"

"유아링 씨가 바드레이의 전투력에 대해 정말 놀라셨군요."

"그게 아니라… 멜버른 광산에 있는 사람이 또 있어요."

"누군데 그렇게 놀라시죠?"

"위드! 전쟁의 신 위드도 멜버른 광산에 있다는 정보가 믿을만한 소식통을 통해서 들어왔어요!"

각 방송사들을 더욱 바쁘게 만드는 소식이 추가됐다.

∽₀ ⋆⊱⊰⋆ ₒ∾

흑사자 길드는 방송을 보고 화가 솟구쳤다.

"헤르메스 길드라니… 놈들이 감히, 아직 패권 동맹도 해산하지 않았는데! 협정 위반입니다."

"우리의 영역으로 넘어온 것도 모자라서 길드원들을 학살하다니, 도저히 용서할 수 없습니다."

멜버른 광산만이 아니었다. 오늘 일의 배후에 헤르메스 길드가 있다면 모든 상황이 설명된다.

칼리스의 입가에 차가운 미소가 맺혔다.

"설마 다른 곳의 공격은 주력이 멜버른 광산으로 들어온 것을 위장하기 위해서였던가."

여러 사냥터에서 입은 흑사자 길드의 피해는 상당했다. 하지만 보고된 전력으로 보면 단연 멜버른 광산의 침입자들이 압도적이다.

"놈들이 들어올 때쯤에 멜버른 광산에서 지진이 발생하고 저던전의 입구가 드러났다는 보고를 받았습니다."

"목표가 멜버른 광산이라면, 무엇을 얻으려고 했을까요?"

"저 몬스터에게 흑사자 길드와의 관계를 악화시킬 정도로 가치 있는 무언가가 있을지도 모릅니다."

"거기에 전쟁의 신 위드까지 끼었습니다. 알렌의 동생과 같이 있었다고 하니 상황으로 봐서 우연일 수도 있겠지만 그에 대해서도 고려해야 합니다."

흑사자 길드의 의견이 분분하게 나뉘었다.

칼리스는 거대한 길드를 이끌면서 베르사 대륙을 발아래에 두고 싶었다. 넘치는 투쟁심으로 주변에 싸움을 걸었고, 군사력을 앞세워 영토를 확장했다.

지금까지는 성공적으로 길드를 키워 왔다.

이제 중대한 결단을 내려야 할 시기였다.

"다른 사냥터에 보내려던 지원군은 모두 취소한다."

"멜버른 광산은 어떻게 합니까?"

"이곳의 전사들과 같이 내가 직접 가지."

흑사자 길드의 구원군은 헤르메스 길드의 예상보다도 더 전격적으로 움직였다.

그들이 원래 세운 계획대로라면 방해꾼이 될 수 있는 멜버른 광산의 유저들을 남김없이 먼저 처리했어야 했다. 유저들이 무모하게도 움바 벨카인의 던전까지 들어가 버리는 바람에 일찍 들통 나 버린 것이다.

〜〜〜

위드는 주섬주섬 갑옷을 입었다.

탈로크의 갑옷을 착용하였습니다.
방어력이 102 증가합니다. 경건한 마음에 신앙심이 100 오릅니다. 고귀한 명성이 300만큼 올랐습니다. 힘이 40 증가합니다. 민첩이 30 늘었습니다. 매력이 25 오릅니다. 어떤 적과도 싸울 수 있도록 투지가 40만큼 늘어납니다. 마나의 최대치가 15% 늘어납니다. 마법의 피해가 10% 감소합니다. 혼란과 두려움에 대한 면역이 생겼습니다. 대단한 갑옷을 착용함으로써 드워프들이 좋아할 것입니다.

프레야 교단에서 받은 갑옷이었다.

전투 능력을 많이 올려 주고, 마법 방어 능력의 효과도 있기 때문에 귀한 장비.

지상에서는 새하얀 갑옷이었는데 지하라서 라호만 미스릴의 속성상 흑색 갑옷으로 변했다.

'한바탕해야겠군.'

위드는 검 갈기, 방어구 닦기의 스킬도 다 썼다. 탈출을 위해서는 몸 상태를 최적으로 만들 필요성이 있다.

"갑옷이 멋있어요."

"이런 갑옷은 어디서 구하셨어요?"

위드는 수다를 떠는 대신에 앞으로 걸어 나갔다.

상대가 어쌔신이라면 움직이지 않고 숨어 있을 경우 발견하기가 극히 까다롭다.

'어디서든 튀어나올 수 있어.'

위드는 빠른 대응을 위하여 검을 가볍게 쥐었다.

반 호크와 토리도를 좌우에서 지키게 했고, 헤겔과 알리스, 미네는 뒤에서 따라오거나 말거나 알아서 하도록 했다. 전투에 가담하더라도 그렇게 도움은 안 될 것 같았다.

'이 주변에 1명… 3명까지도 숨어 있을 수가 있겠군.'

위드는 돌무더기가 여기저기 흩어져 있는 장소에서도 걸음을 멈추지 않았다.

갑자기 자리에 멈춰 서면 경계하고 있다는 사실을 알아차린다. 성큼성큼 크게 걸으면서 몸의 빈틈은 많이 열어 두었는데, 어쌔신이 공격하기를 의도한 것이었다.

'그대로 지나치고 나서 뒤에서 따라오다가 기습하면 더 많이 신경이 쓰여.'

지금이 좋은 기회라고 여기고 바로 덤벼야 한다.

어쌔신들은 정면 승부보다는 기습을 중심으로 싸운다. 눈치를 많이 보다가 찰나의 순간에 결판을 낸다.

> —위드 님, 지금 멜버른 광산에 계시죠?

페일로부터 귓속말이 왔다.

위드는 그에게도 멜버른 광산으로 간다고 말하지 않았다. 민지 못해서라기보다는, 다른 동료들은 검치를 따라 사냥을 많이 다니고 있었기 때문이다.

위드는 귓속말에 답을 보냈다.

—멜버른 광산에 있는 것 맞습니다.
—지금 방송으로 보고 있는데요, 위드 님이 멜버른 광산에 있다는 사실이 알려졌어요.

위드는 가능한 한 빨리 이곳을 떠나야겠다고 생각했다.

어떻게 알려진 것인지에 대해서는 관심이 없었다. 헤겔이 흑사자 길드 채팅으로 말했을 수도 있고, 디네, 알리스를 통하여 퍼졌을 수도 있다.

반 호크, 토리도까지 소환한 이상 죽은 어쌔신들이 알아보고 동료들에게 말할 수도 있었으니 어느 쪽이든 시간문제였다.

—그리고 그곳에서 무차별로 사람들을 학살하는 무리는 헤르메스 길드라고 합니다.

여전히 어쌔신들을 경계하며 걸어가면서, 위드는 비로소 이해할 수 있었다.

'역시… 흑사자 길드가 지배하는 광산에서 이런 짓을 벌일 만한 단체가 별로 없긴 하지.'

페일의 귓속말이 더 이어졌다.

—그곳에는 바드레이와 헤르메스 길드의 최정예 병력까지도 있답니다.

위드는 발걸음을 멈췄다.

'역시 이놈의 팔자는 꼬여도 단단히 꼬였어.'

꽈배기와 스크루바의 개발자가 와서 울고 갈 정도!

그렇지 않아도 어쌔신들의 수준이 지나치게 높다고 의심했는데 헤르메스 길드에 바드레이까지 있다니.

'살아남기가 만만치 않겠어.'

이제 정말 죽느냐 사느냐의 심각한 문제였다.

위드가 여기에 있단 사실까지 알려졌다면 저들과의 큰 전투는 피할 수 없게 되었다. 지금의 상황으로 봐서는 명작 조각품이라도 파괴해야 했다.

"아깝지만……."

위드는 보통 때에는 명작을 들고 다니지 않아 걸작 조각품, 〈최후의 전사〉를 꺼냈다.

킹 히드라에게 맞선 전사의 용기를 표현한 조각품이었다.

"결국 또 이렇게 되는군. 조각 파괴술! 이 모든 것들이 민첩이 되어라."

조각상이 모래처럼 흩어져 부서졌다.

어쌔신들과 싸워야 하기 때문에 힘보다는 민첩을 우선으로 했다.

그 순간, 위드의 몸에 빛이 어렸다.

조각 파괴술을 사용하였습니다.
걸작 조각상이 파괴된 고통! 슬픔! 예술 스탯이 5 영구적으로 사라집니다.
명성이 100 줄어듭니다. 예술 스탯이 1 대 4의 비율로 하루 동안 민첩으로 전환됩니다. 예술 스탯이 너무 높고 원래 가지고 있던 민첩 스탯이 낮기 때문에, 한꺼번에 전환이 이루어지지는 않습니다.
민첩 980이 고급 스킬 9레벨의 '바람의 질주'로 바뀝니다. 마나를 사용하여

바람을 타고 달릴 수 있습니다. 실내보다는 실외에서 먼 거리를 이동할 때 유용합니다.

민첩 650이 고급 스킬 8레벨의 '회피술'로 바뀝니다. 적의 공격이 적중하지 않게 해 줍니다. 가죽 갑옷의 성능을 더 끌어냅니다.

민첩 430이 고급 스킬 5레벨의 '행운의 도움'으로 바뀝니다. 우연한 행운이 자주 벌어져서 최대 3배의 속성 공격을 할 수 있습니다.

민첩 560이 고급 스킬 7레벨의 '정확한 공격'으로 바뀝니다. 치명적인 일격의 확률을 높여 주며 공격력을 증가시킵니다.

민첩 1,040이 고급 스킬 2레벨의 '탁월한 경험자'로 바뀝니다. 공격 스킬의 발동 시간을 줄입니다. 상대가 사용하는 스킬의 허점을 파악할 수 있습니다.

민첩 760이 중급 스킬 6레벨의 '거리 단축'으로 바뀝니다. 극도로 빠른 움직임으로, 체력과 마나를 소모하며 상대와의 거리를 무시한 공격을 할 수 있습니다.

조각술의 숙련도가 증가했습니다.

위드는 몸이 한결 가벼워진 것을 느꼈다.

"역시 이 맛이군."

와삼이를 타고 날아다닐 때처럼 자유로운 기분이었다.

땅에서 두 발을 떼더라도 넘어지지 않고 공기의 흐름에 따라서 밀려 나갈 정도로 몸이 가뿐해졌다. 마나는 당연히 소모되었지만.

위드는 이제 어쌔신을 개의치 않고 빠르게 걸었다.

시간을 끌 필요가 없을 정도로 상황이 바뀌었다.

'놈이 갑자기 빨리 걸어온다.'

'기회다.'

매복하고 있던 어쌔신들은 뛰쳐나가기 위한 준비를 했다.

한순간에 생과 사를 가르는 일격!

적중하기만 하면 아주 잠깐 마비시킬 수 있다.

기습에 성공한다면 자신보다 레벨이 높고 강한 사람이라도 잡아낼 수 있는 어쌔신이었다.

그 상대가 전쟁의 신 위드라면 커다란 영광이 되리라.

'지금!'

어쌔신 4명이 그림자에서 뛰쳐나왔다.

둘은 땅에서 다가오고, 둘은 던전의 천장까지 뛰어올라서 내려오며 덮쳤다.

"죽어라, 위드!"

"너의 최후다."

어쌔신들은 많은 싸움을 해 왔지만 지금처럼 흥분된 적이 없었다.

전쟁의 신 위드에게 석궁을 겨누다니.

토리도와 반 호크도 있었지만 그들의 눈에 보이는 건 오직 위드뿐이었다.

"발사!"

슈슈슈슉!

석궁에 장전되어 있던 화살이 섬광처럼 직선으로 쏘아졌다.

위드의 몸을 그대로 뚫고 나갈 것처럼 보이는 화살!

순간, 위드가 믿을 수 없을 정도로 빠르게 정면으로 뛰어 나갔다. 높은 민첩과 회피술이 적용된 덕분에 화살은 양어깨와 왼쪽 허리, 오른쪽 다리를 스치고 지나갔다.

중독! 중독! 중독되었습니다.

생명력이 줄어듭니다. 해독이 빨리 이루어지지 않는다면 정신과 신체에 이상이 발생할 수 있습니다.

전투에 관련된 부위에 부상을 입었습니다.
체력이 빨리 떨어지게 됩니다. 생명력이 2,180 감소합니다.

탈로크의 갑옷이 주는 신앙심이 피해를 감소시킵니다.

왼쪽 허리를 스치고 지나간 화살이 제법 피해를 입혔다.

하지만 위드는 아랑곳하지 않고, 말이 최고의 속도를 내는 것처럼 어마어마한 빠르기로 어쌔신들에게 쇄도했다.

"우왓!"

"이렇게 빠른……."

어쌔신들이 석궁에서 단검으로 무기를 바꾸기도 전에 접근이 끝나 있었다.

"헤라임 검술!"

위드는 어쌔신을 강타했다.

1차 연속 공격이 성공하였습니다.
민첩이 20% 늘어납니다.

2차 연속 공격이 성공하였습니다.
힘이 40% 늘어납니다.

조각 파괴술로 높아진 민첩의 효과로 정확도와 파괴력이 늘어났다.

원거리 공격 스킬인 광휘의 검술, 달빛 조각 검술은 어쌔신들이 피할 수 있다. 위력은 좋아도 마나 소비에 손맛까지 떨어진다.

그래서 택한, 잔상이 보일 정도로 빠른 접근에 바로 이어진 헤라임 검술은 방어력이 낮은 어쌔신을 금세 죽음 근처로 몰아넣을 정도였다.

다소 아쉬운 점은 연속 공격이 성공해도 조각 파괴술로 인해서 늘어난 스탯이 아니라 기본 민첩만 증가한다는 것이었다.

> 어쌔신이 막중한 충격을 받았습니다.
> 생명력이 31,760 감소합니다. 완전한 회복이나 치유가 이루어질 때까지 최대 생명력이 2,110 줄어듭니다. 2초 동안 스턴 상태에 빠집니다. 은신술을 사용할 수 없습니다.

조금 흐릿하던 어쌔신의 모습이 더 선명해졌다.

> 3차 연속 공격이 성공하였습니다.
> 민첩이 추가로 40% 늘어납니다.

> 4차 연속 공격이 성공하였습니다.
> 힘이 추가로 40% 늘어납니다.

> 톨렌 왕국에서 지명수배된 어쌔신 데런이터를 사망시켰습니다.
> 명성 15 증가! 톨렌 왕국으로 가면 현상금을 받을 수 있습니다.

> 경험치를 습득하였습니다.

연속 공격에 의한 어쌔신의 사망!

위드의 헤라임 검술은 잠시도 멈추지 않으며 최대한의 힘을 유지한 채로 상대방을 난타한다. 그러면서도 방어가 취약한 부분만을 골라서 더 아프게 때렸다.

멘추라와 싸울 때와는 다른, 정교함 속에 파괴력이 살아 있는 모습이었다.

헤라임 검술의 장점이라면 연속 공격이 전부 성공할수록 공격력이 기하급수적으로 늘어난다는 점이다. 다른 어쌔신들은 동료가 미처 빠져나가지도 못하고 순식간에 죽는 것을 봤다.

그들의 무기는 짧은 단검에, 한 손에는 석궁을 장착해 놓았다. 방패조차 없고 갑옷도 변변치 않았으니 실컷 패 주면 될 일이었다.

> 5차 연속 공격이 성공하였습니다.
> 적을 혼란에 빠뜨립니다. 적의 투지를 저하시킵니다. 민첩이 추가로 40% 늘어납니다.

> 6차 연속 공격이 성공하였습니다.
> 힘이 추가로 50% 늘어납니다. 충격파에 의한 2차 범위 타격이 15%의 공격력으로 이루어집니다.

> 7차 연속 공격이 성공하였습니다.
> 민첩이 추가로 30% 늘어납니다. 힘이 추가로 20% 늘어납니다. 마나 1,500을 사용하여 원거리 공격이 이루어집니다.

위드가 어쌔신 둘을 더 잡았다.

전리품으로는 망토와 단검, 석궁까지 다채롭게 획득했다. 왕국에서 지명수배될 정도의 살인자였기 때문에 경험치와 아이템의 소득이 컸다.

토리도도 그사이에 1명의 피를 빨아먹었다.

"과연 타락한 인간의 피는 먹을 만하군."

"가자!"

위드는 붕대를 꺼내서 간단한 응급조치를 한 뒤 부하 둘을 데리고 당당하게 진군했다.

어쌔신 따위는 걱정거리가 아닌 듯했다.

헤겔은 부럽고 멋있어서 길드 채팅으로 계속 위드에 대해 자랑했다.

디네와 알리스의 가슴은 이미 두근거렸다.

위드의 속마음은 전혀 모르고서!

'이래도 싸우고 저래도 싸우는 거, 당당하게 걸어야지. 뭔가 있어 보여야 하는 세상이야.'

경차를 타고 호텔에 가는 것과 대형 외제 차를 타고 갔을 때 대우가 다르다고 하는 사람도 있다. 그게 사실인지는 모르지만 그만큼 겉보기가 중요하단 이야기.

'어쌔신들을 망설이게 만들어야 돼. 조직적으로 덤비면서도 긴장하도록.'

집단과의 전투에서는 움츠러드는 쪽이 훨씬 더 불리해진다.

위드는 케이크를 들고 집으로 돌아가는 회사원처럼 입가에 환한 미소까지 띠었다. 할머니와 아침 드라마를 보며 갈고닦은 썩은 연기력이었다.

출렁!

위드의 발밑에서 무언가 작동하더니 좌우에서 화살이 쏟아졌다.

"이런……."

위드는 고대의 방패를 꺼내려다가 말았다.

그간 너무 많이 사용해서 내구도가 31밖에 남지 않았다. 정말 급하고 중요한 용도 외에는 쓰면 안 된다.

"토리도, 반 호크! 뭉치자!"

"알았다, 주인."

셋은 실컷 화살을 몸으로 견뎠다.

반 호크는 데스 나이트이기 때문에 생명력이 높았다. 토리도역시 뱀파이어 로드로서 끈질긴 생명력을 가졌다. 위드의 맷집이야 말할 필요도 없는 일.

높은 민첩과 회피술로 인하여, 날아온 화살이 몸 앞에서 어긋나는 것도 장관이었다.

"주인의 명령이니 기꺼이 충성한다."

"빨리 인간을 하나 잡아서 마셔 줘야겠군. 그쪽의 아름다운 아가씨, 당신을 위하여 꽃 한 송이를 준비했는데 잠깐만 가까이……."

반 호크와 토리도는 고통을 감수하는 방법이 조금 다르기는 했다.

위드는 몸에 붕대를 좀 더 감았다.

전투 중이 아닐 때 생명력 회복을 위해서는 역시 붕대만 한게 없다. 재봉 스킬과 약초학으로 직접 만든 고급 붕대였기에 자잘한 부상쯤은 금방 치료가 됐다.

딸깍!

"애들아, 이쪽으로!"

콰아아아앙!

"다들 괜찮지?"

위드를 따라서 함정에 빠지면서 반 호크와 토리도의 몸도 넝마가 됐다. 하지만 쉽게 위험할 정도로 악화되지는 않았다. 정령술사인 디네가 크게 뛰어나지는 않았지만 치유술을 익히고 있었던 덕분에 조금이라도 생명력을 회복시켜 주었던 것이다.

사실, 어쌔신들은 함정을 설치해 놓고 나서도 설마 했다.

"이렇게 허술한 게 과연 위드를 잡을 수 있을까?"

"잠깐 시간 벌기 용도지."

"우리끼리는 상대하기 어렵다. 밤의칼날의 후속 부대나, 전투단에서 사람이 올 때까지 버텨야 해."

위드가 연속으로 함정에 걸려들자, 어쌔신들은 즉각 근처에 매복했다.

발굴된 얼음 미녀상

바드레이와 친위대, 전투단은 위드가 나타났다는 소식을 들었다.

'정말 좋은 기회야. 사사건건 우리의 발목을 잡은 놈을 드디어 처단할 수 있겠다.'

'하늘이 우리 헤르메스 길드를 돕는구나. 오늘 놈만 해치운다면…….'

멜버른 광산의 지하 1, 2, 3층은 어쌔신들로 장악되었다.

헤르메스 길드의 힘이 이곳 광산에 모였으니, 바드레이의 직업 퀘스트부터 마치고 나면 바로 위드의 차례였다.

'재미있게 되었군.'

바드레이도 위드를 보게 되리라는 생각에 가볍게 흥분하고 있었다.

〈로열 로드〉에서 복수하기 위해 얼마나 다시 만나고 싶었던가. 지금은 매우 아쉽게도 움바 벨카인의 은신처에서 얼마 안 되는 흑사자 길드부터 없애는 것이 먼저였다.

그 후에는 어마어마한 전력을 끌고 가서 힘의 격차를 보여 주며 위드를 없애면 된다.

흑사자 길드가 이곳으로 오겠지만, 헤르메스 길드의 모든 병력이 던전 내로 들어온 것도 아니고 다른 대비도 하고 있었기 때문이다.

"몬스터가 계속 모이고 있습니다!"

"뒤쪽의 통로 세 군데를 봉쇄해. 추가적인 몬스터들은 통로에서 막아라."

움바 벨카인의 은신처 뒤에 뚫려 있는 큰 동굴들, 그곳에서부터 새끼 벨카인들이 계속 달려왔다.

끼엑!

"우리 엄마를 건드리는 인간들을 먹어 버리자."

멜버른 광산의 유저들은 도망을 치려고 하다가, 나중에는 이판사판으로 침입자들을 곤란하게 하기 위하여 보스 몬스터가 있는 장소까지 뚫고 갔다. 기왕 죽는 것 몬스터들을 끌어모았는데, 그게 전투단과 친위대의 입장에서는 정말 곤란한 결과가 되었다.

"자리를 지킨다. 생명력이 없더라도 물러서지 말고 버텨라."

친위대와 전투단 소속의 사제들은 바빠졌다.

움바 벨카인의 발에 걷어차이거나 뿔에 찔리면 기사라고 해도 사망 직전에 이르렀다.

새끼 벨카인, 지옥의 들개도 만만한 수준이 아니었다. 레벨이 최소 400을 넘겼을뿐더러 피부가 강철처럼 단단하여 공격하더라도 피해를 적게 입었다.

"운디드 힐!"

절대적인 회복력을 발휘하는 4단계 치료 마법이 마구 쓰였다. 사제들의 레벨도 보통이 아니었기에 즉사할 정도만 아니라면 생명력을 절반 가까이 채웠다.

바드레이는 날뛰고 있는 움바 벨카인의 측면으로 걸어갔다.

발걸음을 옮길 때마다 땅속으로 다리가 푹푹 잠겼다. 땅이 늪처럼 변하게 만들어서 힘과 체력을 빼앗아 가는 기술이 시전되고 있었다.

"쇼크 웨이브!"

"썬더 애로우."

마법사와 궁수 들이 움바 벨카인을 향하여 무차별 공격을 가했다. 외관상으로는 변화가 없더라도 생명력을 꾸준히 줄였다.

그만큼 움바 벨카인도 뿔과 앞발로 유저들을 공격했다. 몸 주변에서는 돌들이 치솟아서 사람들을 향하여 날아갔기 때문에 부수적인 피해도 상당했다.

"회심의 맹타!"

바드레이는 움바 벨카인의 측면으로 가서 옆구리를 연속으로 공격했다.

방어력이 취약한 부위를 연거푸 때리게 되면 기절이나 마비 증상이 오게 된다. 움바 벨카인은 그런 정도로 약한 몬스터가 아니었지만, 생명력에 상당한 피해가 발생하는 것만큼은 막지 못했다.

검술의 비기, 다른 하나의 검도 알아서 움바 벨카인을 마구 찔렀다.

중형 이상의 몸집을 가진 몬스터가 옆으로 밀려날 정도로 강렬하기 짝이 없는 공격이었다.

"네가 이곳에서 가장 강한 인간이구나."

움바 벨카인은 바드레이를 향하여 맹렬한 적의를 뿜어냈다.

육체에 큰 타격을 당하고 난 이후로 다른 헤르메스 길드의 유저에 비하여 더 경계하고, 적대감을 가지게 된 것이다.

움바 벨카인이 투지를 뿜어냅니다.
높은 명예로 인하여 극복합니다.

바드레이는 놈을 마주 보면서 섰다.

근처에는 돌덩어리들이 회오리치며 날아다니고 있고, 마법과 화살, 도끼에 창, 철퇴까지도 난무했다.

쿠에에에에엑.

움바 벨카인은 사방에서 당하는 고통으로 비틀거렸다. 그러나 보스급 몬스터답게 쓰러지지 않고 달려들 수 있도록 자세를 바짝 낮췄다.

"이것까지 쓰게 되는군. 용사의 검!"

바드레이가 가진 검이 파르스름한 빛을 발산했다.

또 하나의 검술의 비기!

용사의 검은 명성이 높고 전설적인 몬스터를 사냥할 때 유용하다. 대신 스킬이 사용된 검이 복구 불가능할 정도로 부서지게 된다.

헤르메스 길드에서 구한 최고의 마법 검이 여러 개 있었으므로 바드레이는 무기를 아깝게 여기지 않았다.

크아아!

움바 벨카인이 뛰어오르며 앞발을 휘둘렀다.

바드레이는 그 앞발을 향하여 검을 휘둘렀다.

꽈아아아아아아앙!

무지막지한 소음, 마나로 인한 폭발이 일어났다.

힘 대 힘.

바드레이가 정면에서 움바 벨카인과 맞서고, 친위대에서는 옆에서 마법과 화살, 도끼질을 하면서 생명력을 감소하게 만들었다.

움바 벨카인의 뿔과 앞발에 희생된 헤르메스 길드의 유저만 14명이 넘었다. 그들의 죽음에 안타까운 마음이 들어서 맞서는 게 아니라, 바드레이가 가진 지휘 스킬 때문이었다.

흑기사는 적의 대장과 싸우고 있을 때에 부하들의 전투력을 올려 주는 '용감한 지휘' 스킬을 가졌다.

헤르메스 길드원은 모두 하벤 왕국의 소속이었기에 바드레이가 직접 움바 벨카인과 싸울 필요가 있었다.

⋆｡˚ ☽ ˚｡⋆

위드가 함정에 걸려들자 화염이 강하게 일어났다. 화살과 창도 사방에서 날아왔다.

"지금이다."

어쌔신들은 기회를 놓치지 않고 습격했다.

헤겔, 알리스, 디네가 뒤에 있었지만 그들에 대해서는 거들 떠보지도 않았다.

'나중에 죽이면 돼.'

'상대할 가치도 없는 녀석들이군.'

어쌔신들의 목표는 위드!

최대한의 공격을 집중시켜서 위드를 죽이려고 했다.

실제로 높은 맷집과 회피술에도 불구하고 함정에 빠져듦으로 인하여 위드의 생명력도 30% 이상이 한꺼번에 감소했다. 그 전에 당했던 부상은 붕대를 감아서 대충 치유가 되었다고 하더라도, 체력을 약화시키는 효과가 있다.

위드는 눈을 감았다.

방어력을 높여 주는 눈 질끈 감기 스킬!

"반 호크, 앞으로."

"알았다, 주인!"

데스 나이트 반 호크가 위드의 앞으로 암흑 투기를 뿌렸다.

위드는 반 호크를 믿고 눈을 감은 채로 정면으로 달렸다.

향상된 민첩을 가지고 펼치는 바람의 질주 스킬!

함정에서 발동된 화살과 창을 절묘하게 피해 냈다. 몇 개는 맞기도 했지만 맷집과 인내력으로 견뎌 냈다.

정면의 어쌔신들은 반 호크의 암흑 투기를 수비하고 있었다. 놀라운 속도로 뛰어온 위드가 그들의 앞에서 눈을 떴다.

"헤라임 검술!"

완벽히 모습을 드러낸 어쌔신은 약하다. 어둠에 몸을 가린 채로 은밀한 기습이 성공했을 때가 최대의 피해를 입히는 순간이었다.

함정에 기꺼이 빠져 줌으로써 어쌔신들의 공격 시간을 결정했다.

어쌔신들이 나타나게 한 이상 정면 대결은 승산이 높았다.

물론 둘러싸인 채로 취약한 부분을 공격당하게 되면 그건 더 위험하게 될 수도 있다. 어쌔신들과 싸울 때는 장소와 시간을 결정해 놓고 속도전을 펼쳐야 했다.

정면의 두 어쌔신들은 수비를 하려고 했지만, 위드의 공격은 그들의 몸통에 작렬했다.

적중할수록 강해지는 헤라임 검술 6연타!

"기회는 계속 있다."

"놈도 약해졌으니 죽여라."

함정에서 덮치려다가 허탕 친 어쌔신들이 위드를 쫓아왔다.

위드는 돌아서면서 더욱 강해진 헤라임 검술을 시전했다.

7차 연속 공격이 성공하였습니다.
민첩이 추가로 30% 늘어납니다. 힘이 추가로 20% 늘어납니다. 치명적인 일격을 가해서 파괴력을 증가시킵니다.

8차 연속 공격이 성공하였습니다.
민첩이 추가로 15% 늘어납니다. 적을 멀리 밀쳐 냅니다.

9차 연속 공격이 성공하였습니다.
힘이 추가로 25% 늘어납니다. 적을 기절시킵니다. 치명적인 일격이 적중했습니다.

총 열여섯 번까지의 연속 공격!

검을 멈추지 않은 채로 적을 정확히 공격해야 하는 고난이도의 검술이었다.

위드는 기회를 틈타 다급하게 몰려드는 어쌔신들을 헤라임 검술로 차례대로 무너뜨렸다. 민첩이 높아지고 스킬의 발동 시간까지 짧아져서, 헤라임 검술은 시작과 끝이 이어진 것처럼 진행됐다.

위드의 발과 허리, 어깨, 손이 예정된 동작들을 그림처럼 완벽한 자세로 수행하면서 스킬을 완성시켰다.

> 헤라임 검술의 숙련도가 0.1% 늘었습니다.

> 검술 스킬의 숙련도가 향상되었습니다.

> 격렬한 움직임으로 데몬 소드의 내구도가 감소합니다.

반 호크, 토리도도 뒤에서 어쌔신들을 공격했다.

함정에 걸려들었을 때부터 번갯불에 콩 구워 먹는 속도로 진행되는 전투였다.

"크으으……."

"이렇게 강하다니."

헤라임 검술에 당한 어쌔신들은 죽거나 생명력에 큰 피해를 입었다.

걸작 조각품을 파괴하면서 민첩을 많이 늘린 상태이기는 했다. 그러나 그보다는 방어력과 속도로 은밀한 어쌔신의 습격을 제압한 것이다.

"위드, 우리 헤르메스 길드를 건드렸으니 너도 반드시 오늘 이곳에서 죽을 것이다."

부상당한 어쌔신이 이를 갈며 말했다.

위드는 가볍게 그를 죽이고 아이템을 취했다.

연막탄의 습득!

"전쟁의 신 위드와 싸워서 영광이었다. 다음에는 더 멋진 전투를……."

"위드 너를 죽이기 위하여 이곳으로 더 많은 병력이 올 것이다. 얼마나 버티는지 구경을 하고 싶은데 아쉽군."

위드는 다른 어쌔신들에게도 미련 없이 검을 휘둘렀다.

완전히 드러난 어쌔신들은 위드보다 느리기에 빠져나가지 못한다.

토리도와 반 호크에 막혀서 도망도 갈 수 없는 처지였다.

마지막 남은 어쌔신이 애원했다.

"한 번만 살려 주세요. 초보 사냥터에서 노는 아내와, 보리빵을 사 달라고 우는 자식들이……."

위드는 마찬가지로 검을 휘둘렀다.

목숨을 내건 싸움을 벌인 이상 용서해 달라는 건 말이 되지 않는다. 경험치와 전리품을 포기할 수도 없는 노릇.

"이 주변은 대충 정리된 것 같군."

위드는 헤르메스 길드의 지하 3층에 있는 어쌔신들을 전멸시켰다.

조각 파괴술까지 쓴 데다 반 호크와 토리도가 있었기에 시간을 두고 싸웠더라도 승리를 거두었으리라. 하지만 함정에 빠져 주면서까지 어쌔신들을 단번에 해치우느라 위드의 몸도 만신 창이였다.

헤라임 검술을 쓸 때의 커다란 단점이, 적의 공격을 피하려고만 하다 보면 검의 움직임이 멈추게 된다. 맞아야 하는 공격은 몸으로 버티면서 적을 찾아 달려야 되는 기술이였기에 생명력도 57%나 감소해 있었다.

"잠깐 시간을 벌기는 했는데, 이제 이곳으로 벌 떼처럼 몰려들겠지."

위드는 빠져나가는 것만 생각하면 아득해졌다.

헤겔을 통해 흑사자 길드가 수집한 정보를, 페일에게서는 방송국에서 알려 주는 상황을 전달받았다.

헤르메스 길드에서 이곳으로 들어온 인원만 300명에 이르렀다. 그 대단한 전력을 감안할 필요도 없이, 지하 1층과 2층은 어쌔신들과 함정으로 도배되어 있다고 한다.

위드에게는 함정 해제 스킬이 없었기 때문에, 그 많은 함정들과 수십 명이 넘는 어쌔신을 뚫고 달아나기란 정말 아득한 일이었다.

게다가 헤르메스 길드의 일반 전사들도 기다리고 있었다.

"어쌔신들이 더 제대로 된 함정을 파 놓고 습격을 준비하고 있다면 거기로 빠져나갈 수는 없어. 월급도 제대로 안 주는 악덕 사장에게 휴가비를 달라고 부탁하는 것만큼이나 무모한 일이지."

생명력이 많이 감소하면 서윤의 광전사 스킬도 쓸 수 있다.

그렇다고 하더라도 연속으로 큰 함정에 걸려들다 보면 육체에 장애가 발생하기 때문에 살아날 가능성은 많이 희박해진다.

"여기 있으면 위층의 어쌔신들이 더 몰려올 텐데. 다시 숨더라도, 놈들이 수색에 나서면 다시 발각되겠지."

위드는 전리품으로 얻은 아이템들을 살펴봤다.

어쌔신들의 위장복, 단검, 석궁, 부츠, 장갑, 허리띠, 마스크까지, 어지간한 것들을 다 1개씩은 습득했다. 어쌔신들이 살인자 상태였기 때문에 평소보다도 많은 아이템을 떨어뜨린 덕분(?)이었다.

"이렇게 된 이상……."

위드는 탈로크의 갑옷과 데몬 소드 등 장비들을 해제했다.

"옷도 바꿔 입어야지."

어쌔신들의 장비를 착용!

대장장이 스킬을 가지고 있었기 때문에 다른 직업의 옷도 입을 수 있었다. 위드 본인의 레벨도 409나 되었기 때문에 대장장이 스킬의 효과까지 감안하면 유저들이 착용하는 웬만한 장비는 다 입었다.

"뭐, 이 정도면 감쪽같군."

어쌔신들의 장비는 특색이 따로 드러나지 않는 헤르메스 길드의 지급품이었고 얼굴까지 완벽히 가려 줬다.

c⸱⸱⸱⸱⸱⸱

단테는 모라타에서 시작한 지 얼마 되지 않은 초보 유저다.

풀죽, 풀떡, 풀차를 마시며 성장해 온 모범적인 초보자.

그는 직업을 결정해야 되었다.

"위드 님을 따라서 조각사를 하고 싶지만… 절대 그분을 넘을 수는 없을 거야."

예술 회관에 있는 위드의 조각품을 보았을 때는 감탄이 먼저 나왔다.

절대 쓸모없이 재료를 낭비하는 법이 없다. 단순하고 간결하면서도 형태를 뚜렷하게 표현해 냈다.

실패작이 없는 것도 아니었다. 위드는 여러 가능성을 시험하고, 실패를 두려워하지 않는다.

"그런 도전 정신이 있었기에 모두가 우러르는 조각사가 되었겠지."

실상 위드는 머릿속에 떠오르는 게 있으면 일단 만들고 보았다. 최악의 경우라도 만만한 사람에게 바가지를 씌울 수 있다는 확신을 갖고!

단테는 재료를 다루어야 하는 조각사는 하지 않기로 했다.

최고가 될 수 없는 이상, 하고 싶지 않았다.

"나한테 어울리는 다른 직업을 구해야지."

그는 광장에서 장사도 하고, 기초적인 얼음 마법도 배웠다.

한때 북부는 얼음이 뒤덮고 있던 시기가 있었다. 그 때문에 빙계 마법사들의 비율도 높은 편이었고, 관련 마법도 많이 개발되었다.

단테는 모라타의 대도서관에서 책을 읽으면서 지식과 지혜 스탯을 높이고 예술 회관에서 작품도 감상했기에, 어설프나마 기초 마법을 배울 수는 있는 수준이었다.

모라타의 유저들은 예술과 지식, 종교적인 부분에서 다른 지역보다 유리했다.

"또 돈이 모자라네. 먹을 것도 공짜로 얻는데 돈이 금방 다 떨어져 버리니, 원."

단테는 호주머니에 돈이 떨어지면 공사장으로 향했다.

모라타에서는 별장과 주택, 상업 시설의 공사가 많이 이루어진다.

지금은 위대한 건축물인 헤스티아의 대장간과 탐구자의 탑이 건설되고 있었다.

초보자들은 그곳에서 돌과 모래를 운반하는 일을 해 주고 돈을 벌었다.

조각사, 화가, 건축가, 마법사, 대장장이 들도 참여하여, 위대한 건축물의 대작업은 순조롭게 진행되었다.

"직업을 구해야 하는데……."

단테는 마을 근처에서 사냥을 하고, 돌아오면 모험과 관련된 책을 읽었다.

그의 레벨도 이제 47을 넘어서, 일반적인 전직을 할 시기는 훨씬 지났다. 초보 시절의 동료들이 좋은 직업을 얻고 레벨이 60대가 넘은 것을 보면 부러웠다.

그에게 모라타의 마을 주민 캐런이 다가왔다.

"아저씨, 안녕하세요."

단테는 먼저 반갑게 인사를 했다.

"궁금한 게 있어서 찾아왔네. 자네가 책을 많이 읽어서 아는 것이 많다지?"

"별거 아닙니다. 그래도 궁금한 게 있으시면 알려 드릴 수 있을지도 모르니 질문해 보세요."

캐런은 뱀파이어가 지배하던 시절부터 석상이 되어 있던 모라타의 주민이었다. 현재로써는 유저들의 관심에서 멀어져 있다. 토박이보다는 북부 전역에서 이주해 온 주민들과 대화를 나누다 보면 보상이 짭짤하고 규모가 큰 퀘스트를 많이 얻을 수 있기 때문이었다.

그러나 단테는 평소에 유저나 주민이나 가리지 않고 대화하는 걸 좋아했다.

"예전에 우리 모라타에는 말이야, 이제 상당히 오래된 일인데… 북부에는 겨울밖에 없었을 때지. 춥고 황량하고 배고프던 시절에 사냥꾼들이 얼음으로 만든 조각품을 봤다는 이야기가 있어."

"아, 그런 일이 있었어요?"

단테는 웃으면서 말을 들었다.

이곳은 위드가 세운 것이나 다름없는 도시다. 조각품을 봤다는 이야기는 너무나 당연했다.

주민들은 종종 쓸데없는 이야기도 대단한 것처럼 폼을 잡고 늘어놓는 경우가 많기 때문에 유저들은 시간 낭비를 하는 경우도 흔했다.

"지쳐서 도착한 조각품이 있는 주변에서 꿀맛 같은 휴식을 취할 수 있었다고 한다네. 놀랍게도 추위도 느끼지 못하게 만들었다더군. 사냥꾼들은 그 조각품을 귀중하게 여겼지."

"조각품은 정말 특별한 힘을 주는 것 같아요."

"내가 생각해도 그래. 조각품이야말로 우리 모라타 주민들의 자긍심이지. 그곳에는 거대한 얼음의 드래곤과⋯⋯."

단테의 머릿속에서 무언가가 번뜩였다.

'가만! 이거 빙룡 이야기 아닌가?'

위드를 따라다니는 생명체 빙룡은 이미 북부에서는 모르는 사람이 없을 정도로 유명했다.

모라타와 바르고 성채를 오가면서 사냥을 했는데, 아이스 브레스에 얼어붙는 몬스터들을 구경하기 위해 쫓아다니는 유저들까지 있을 정도였다.

특히 어린아이들은 유난히 빙룡을 좋아했다.

"얼음의 드래곤과 마찬가지로 얼음으로 만든 신비한 미녀의 조각상이 있었지."

"미녀라니요?"

"조각품을 본 사냥꾼들이나 여행자들이 열병을 앓을 정도로 매력적이었다네. 지금은 어디에 있는지 알 수 없지만⋯⋯. 그 조각품에 대해서 좀 알아봐 주겠는가?"

띠링!

모라타에 만들어졌다는 얼음 미녀상!

거장 조각사 위드는 모라타를 위하여 여러 조각품을 남겼다. 그 조각품의 하나로, 아름다움을 찬양한 작품을 찾아라!

난이도: D

제한: 모라타 주민들과의 친분, 잡다한 지식, 주변 지역을 많이 걸어 본 경험. 얼음 마법의 습득자.

"제가 찾아볼게요."

단테는 기꺼이 퀘스트를 받았다.

발견되지 않은 위드의 조각품이라니, 흥분이 되지 않을 수 없었다.

"퀘스트 제한이 조금 복잡한데. 설마 이거 나만 할 수 있는 퀘스트는 아니었겠지? 에이, 아닐 거야."

단테는 희미한 희망을 안고 남은 돈 14실버를 털어서 인근 지역의 지도를 샀다. 초보 화가들이 많았기에 그들이 스킬 숙련도를 쌓기 위하여 그린 지도를 저렴하게 구입할 수 있었다.

단테는 전 재산을 들여서 산 지도를 뚫어져라 봤다.

"이게 어디에 있을까? 위드가 빙룡을 만들기 위한 얼음은 빙설의 폭풍을 통해서 얻었다던데."

위드가 조각품을 만들었던 역사를 살펴보면 그저 감탄뿐이었다. 혀를 내두를 정도의 '원가절감 철학'이 있었다.

조각사들은 작품 욕심으로 인해서 돈을 물 쓰듯이 하면서 항상 적자에 허덕인다. 위드는 지금까지 엄격한 절제로 돈을 벌면서 조각품을 만들었으니, 그 점이 가장 뛰어났다.

단테는 지도를 보며 계속 중얼거렸다.

"마녀 세르비안의 저주가 북부를 뒤덮고 있을 때의 정보를 얻을 수 있다면 좋을 것 같은데."

그 시절만 해도 환경적인 영향으로 이곳까지 와서 모험하는 유저가 드물었다. 자칫하면 퀘스트를 실패할 가능성도 컸다.

조금 전에 지도를 팔았던 화가 아이엘스가 물었다.

"어디 찾으시는 장소라도 있어요?"

"그게요, 위드 님이 빙룡을 조각했던 장소를 알고 싶어서요."

"그거 아는 사람은 없을 텐데. 혹시 모르니까 화가의 언덕 위쪽으로 가 보세요. 빙룡 그림을 전문적으로 그리는 화가가 있어요."

모라타에는 화가의 언덕이라 불리는 장소가 따로 있었다.

판자촌의 한쪽에 화가들이 1명, 2명 모여 살기 시작하더니 집단촌을 이루었다. 그림을 구매하고 싶은 사람들도 모이면서, 화가의 언덕이라는 이름이 붙었다.

"원하시는 그림 그려 드려요. 던전 사냥하고 그냥 끝내지 않으셨습니까. 여기 말씀해 주시면 그 영광의 순간을 그림으로 남겨 드려요."

"초상화 전문! 몬스터를 사냥하시는 그림도 그려 드립니다. 레벨 1이라도 본 드래곤 사냥하는 그림을 가지실 수 있는 기회예요!"

"물감 팝니다. 색이 약간 변하기는 하는데 그럭저럭 그릴 만한 물감요."

단테는 언덕을 올라가며 빙룡의 그림을 많이 구경했다.

빙룡, 와이번, 불사조, 은새, 황금새, 누렁이.

조각 생명체들은 그림의 주제로 인기가 높아서 화가의 언덕에 완성품도 많이 있었다.

위드의 모험을 좋아하는 사람들은 조각 생명체들을 모을 뿐만 아니라 카리취와 근원의 스켈레톤, 애꾸눈 수정 해골의 그림도 다 모았다. 토리도, 반 호크, 리치 샤이어, 리치 바르칸도 인기 있는 그림이었다.

모라타에 관광을 온 유저들이 필히 구입해 가는 기념품으로도 팔렸다.

"진짜 위드 님의 모험에 대한 그림이 많구나. 별별 곳을 다 다녔네."

화산이 새빨간 용암을 토해 내는 지골라스에서의 장면들도 그림으로 다 그려져 있었다.

모험 전문 화방
위드의 발길이 닿은 곳
모라타의 사계절, 베르사 대륙 여러 장소의 그림들도 있습니다.

단테는 모라타의 사계절 화방에 들어갔다.

그림 중에는 과거 눈 덮인 모라타의 모습이 그려진 것도 있었다. 눈과 얼음이 근처의 산과 언덕 들을 뒤덮고 있을 때의 모습은 지금과는 많이 달랐다.

추운 느낌이 절로 나는 그림들을 보면서 빙룡을 조각할 만한 장소들을 관찰했다.

며칠 후.

단테는 친구인 광부 셋과 같이 고산지대로 올라갔다.

"정말 여기라고? 모라타와 너무 가깝잖아."

"그렇다니까. 빙설의 폭풍이 그 시절의 마을로 불어오는 것을 막아 주는 장소로 얼음이 정말 많이 떨어졌던 곳이야. 일단 파 보자."

"뭐, 믿을 수는 없지만… 네 말이니 시도는 해 봐야지."

광부들은 요즘 일감이 많았다.

모라타 근처의 광산에서 철광석이나 구리 광석, 보석류를 주로 캐던 그들은 현재 위대한 건축물의 기초공사에도 참여하고 있었다. 중요한 시간을 뺏은 셈이었지만, 예전에 같이 풀죽을 먹으면서 친해진 덕분에 무리한 부탁을 할 수 있었다.

"말도 안 되기는 해. 이런 곳을 파면 영주 위드의 조각품이 나온다니."

"이제 곧 영주가 아니라 국왕이 되잖아."

"영주나 국왕이나 뭘. 어차피 왕국이라고 하기에는 좁은 땅을 다스리는데."

모라타와 바르고 성채 사이에는 마차 4대가 한꺼번에 지나갈 수 있을 정도로 넓은 도로가 연결되고 있었다.

도로 건설은 많은 비용이 따르기에 모라타에서 투자했다.

도로가 완성되고 나면 상인들의 마차와 말이 길을 통해 빠르게 이동할 수 있으며, 체력의 감소도 비약적으로 줄어든다. 몬스터들이 나타나더라도 마차를 몰고 도망치기가 편해져서 상인들에게는 큰 혜택이었다.

신선한 제품도 거래할 수 있고, 교역량의 확대는 자연스럽게 이루어진다.

특정 물품 조달 퀘스트를 일찍 완수함으로써 명성과 돈을 얻는 것도 가능했다.

북부에서는 최초로 장거리 도시들 간의 도로 연결.

이것도 어느 순간부터 조용히 시작되었지만 한두 푼이 드는 공사가 아니라서 모라타가 아니고서야 할 수 없는 정책이었다.

"어서 계속 파기나 하자고."

광부들은 조심스럽게 땅을 파헤쳤다. 한참을 살펴봐도 아무것도 발견되지 않았다.

"휴, 역시 허탕이구나. 여기서 못 찾아내면 퀘스트는 포기해야 될 것 같은데."

단테는 씁쓸해하며 광부들에게 그만둘 것을 권하려고 했다.

모라타도 도시 자체로만 보면 제법 넓어서, 한창 성장해야 할 때에 여기저기 땅만 보며 돌아다닐 수는 없었다.

그때 광부 한 사람이 갑자기 소리쳤다.

"잠깐만! 여기 뭔가가 있다!"

돌과 흙을 치우고 나니 튀어나온 얼음 조각의 일부분이 보였다. 현재는 형체를 알아보기 어려울 정도로 녹아 있었다.

단테는 빙계 마법을 시전했다.

"콜드 스프레이!"

간단한 한기를 몰고 오는 마법으로, 몬스터와 싸울 때는 적합하지 않다. 그래도 단테는 마법을 배우는 자체가 좋아서 이것저것 다 익혔다.

"계속 꺼내 봐."

"알았어. 진짜 조각품일지도 모르니까 장비 쓰지 말고 손으로 파 보자고."

광부들은 손으로 흙을 쓸면서 얼음덩어리를 발굴했다.

조각상의 손과 다리 일부분은 그동안의 방치 때문에 아쉽게도 녹아 있었다.

"뭐, 이거 녹아 버려서 제대로 가치나 있을지 모르겠네."

"찾아내기는 했는데 이 정도로도 퀘스트 완수되겠어?"

광부들은 파내면서 조각상의 얼굴을 슬쩍 쳐다보았다.

"어, 어떻게 이렇게 예쁜 여자의 조각품을……."

"크으윽! 평생 솔로로 살아온 보람이 있어. 이 조각상의 얼굴만 봐도 위로받는 기분이야."

위드에게 외면당한 얼음 미녀상은 진작에 사라졌어야 마땅했다.

칼날 같은 한기를 품고 있는 얼음으로 조각했지만 따스한 기운에 오래 접하다 보면 사라지기 마련.

그러나 이곳 고산지대는 마녀 세르비안의 저주가 풀리면서 땅의 일부가 한꺼번에 허물어졌다. 눈과 얼음이 함께 땅속에 묻히게 됨으로써 얼음 미녀상이 보존될 수 있었던 것이다.

빙룡도 과거에 같이 탄생했던 얼음 미녀상을 잊지 않고 찾아와서 닭이 알을 품듯이 보듬어 주었다. 얼굴과 몸의 형체가 남아 있었던 건 그 덕분이었다.

위드가 바란 마을에 만들었던 프레야의 여신상에 이어, 제대로 만든 두 번째의 조각품이었다.

"이 조각품을 우리만이 아니라… 이제 사람들이 볼 수 있게 될 거야."

단테는 직업을 결정했다.

특별하고 아주 고귀한 직업의 인연을 기다리지 않기로 했다.

지금의 감동을 다시 느낄 수 있는 직업.

"모험가로 전직해야겠다. 베르사 대륙에는 신비와 전설이 많으니 평생 그것을 파헤치고 살아야겠어."

전사나 마법사, 혹은 상인 계열이 좋은 것은 휴양지에 가서 편히 즐길 수 있다는 점이었다. 그에 반해 모험가는 퀘스트를 주로 해야 하기 때문에 할 일이 많고 경쟁이 치열한 분야였다. 발견, 발굴, 탐색, 지형 보고가 한정되어 있어서 다른 직업보다도 열심히 살아야 했다.

특별한 재회

위드는 슬그머니 멜버른 광산의 지하 4층으로 내려갔다.

어쌔신의 복장을 완전히 갖춰 입었기에 쉽게 의심받지 않을 거라 생각했다.

"역시 지금은 아무도 없군."

지하 4층의 입구 주변에는 지키는 사람이 보이지 않았다.

벨카인의 은신처로 모두 이동하였을 것이다. 위층의 어쌔신들이 실패하리라고는 상상도 못 했을 테니까!

"역시 내 잔머리는……."

위드는 잠깐 우쭐해졌다.

다른 어쌔신들은 지하 3층을 정밀하게 수색하게 될 것이다. 결국에는 아래로 내려왔다는 것이 탄로 나겠지만, 조금이나마 시간을 벌었다.

"지하 4층도 위험해. 여긴 숨을 곳도 별로 없으니 이동해야 겠군."

내친김에 아예 벨카인의 은신처를 향해서 천천히 걸어갔다.

일이 이쯤 되면 앞이 어떻게 될지 전망하는 건 무의미했다.

위층에서는 어쌔신과 전사 들이 수색 중일 테고, 가까운 곳에는 바드레이와 헤르메스 길드의 주력이 몬스터 사냥을 하고 있다.

어느 쪽이든 적들에게 포위당한 셈이라서 즉흥적으로 눈치에 따라서 행동하는 수밖에 없었다.

―이제 내려와도 돼.

위드는 헤겔에게 귓속말을 보내 줬다.

―고마워요, 형.

헤겔과 알리스, 디네는 지하 4층으로 내려와서 위드와 다른 길을 택했다.

그들은 흑사자 길드의 구원군이 올 때까지 갱도에 숨어 있기로 했다. 헤르메스 길드와 전투가 벌어지더라도 도움이 될 수 없는 신세이다 보니 발견되지 않는 행운을 바라는 수밖에는 없었다.

"모두 나만 믿어."

헤겔은 얼굴을 펴고 당당하게 말했다.

지하 4층의 몬스터들은 그에게도 벅찬 상대. 두 여자를 지켜주기 위하여 호기를 부렸지만, 디네와 알리스의 마음은 위드에게로 향해 있었다.

"선배… 아니, 오빠, 조심하세요!"

"오빠, 마음속으로라도 응원할게요."

바드레이와 헤르메스 길드가 있는 벨카인의 은신처로 간다니 얼마나 두근거리는 일이 벌어지겠는가.

"아, 더 이상 영상이 나오지 않아서 아쉽게 되었네요. 조금만 더 오래 살아 주었으면 많은 시청자들이 기뻐했을 텐데요."

방송사들에 영상을 전달해 주던 유저가 사망하면서 벨카인의 은신처의 방송이 중단되고 화면은 스튜디오로 넘어왔다.

"바드레이의 전투 능력이 정말 무섭습니다. 대륙에 이토록 강한 유저가 또 있을까요?"

"벨카인마저도 폭풍처럼 몰아치는 그 힘과 기술은 발군이라고밖에 할 수 없겠죠. 검의 모든 잠재력을 끌어서 사용하는 용사의 검! 검술의 비기를 하나 더 공개하면서 싸우는 그의 영상은 화려하기 짝이 없습니다."

진행자들이 멘트를 이어 가는 사이, 물밑에서는 섭외 전쟁이 벌어졌다.

방송사들은 각종 인맥을 동원하여 벨카인의 은신처의 영상을 확보하려고 했다.

바드레이의 퀘스트만이 중요한 의미가 아니었다.

"흑사자 길드의 주력이 오게 되면 그들 사이에 전쟁이 일어날 거야. 길드장 칼리스가 벌써 출발했다는 보고가 왔으니… 이건 방송만 하면 시청률 대박이지."

"광고주들의 연락이 계속 이어지고 있습니다. 심야 시간의 재방송이라도 광고를 넣어 달라는데요."

광고주들이 웃돈을 얹어 주겠다면서 줄을 서서 기다릴 지경.

멜버른 광산에는 위드까지 있었다. 헤르메스 길드와는 이미 앙숙 관계이니 어떤 일이 벌어질지 방송 관계자들은 예측조차도 하기 어려웠다.

방송 관계자들이 그토록 바라던 상황이 멜버른에서 갑자기 형성된 것이다.

직업 마스터 퀘스트 경쟁 이상으로, 헤르메스 길드와 위드라면 시청자들이 좋아하는 소재였다.

"지금의 시청률은 얼마지?"

"12%에서 계속 오르고 있었습니다. 낮 시간으로는 최근 한 달 중에서 가장 높은 수치입니다."

"게시판은?"

"마비될 정도입니다. 페이지가 너무 빨리 넘어가서 제목도 제대로 읽지 못합니다."

방송국 게시판은 어서 빨리 영상을 전송해 달라는 요청들로 가득했다.

하필 이런 순간에 영상이 뚝 끊어지다니!

CTS미디어, KMC미디어, 온 방송국, 디지털미디어, LK게임의 진행자들은 곤혹스러웠다.

아직도 살아남은 일반 유저들에게 연락해 보는 사이에, 계속 접촉했던 헤르메스 길드에서 공식적인 대답이 왔다.

방송 영상 제공 수락!

헤르메스 길드는 영상을 제공하는 대가로 최고의 시청률이 나오는 지금 광고 수익금의 일부를 받겠다는 조건을 내세웠다.

방송국으로서는 다소 무리일 정도의 비율이었지만, 거절하지 못했다. 다른 방송국들이 특종을 잡아내는 사이에 정규 프로그램을 틀 수는 없으니까.

방송국들은 〈로열 로드〉와 관련된 정규 프로그램을 일주일 내내 편성해 놓았다. 하지만 기본적으로 오르내리는 시청률이나 인지도는, 정규 프로그램이 보류되거나 취소되고 진행되는 특집 생방송에 달려 있었다.

〈로열 로드〉에서 가슴을 들끓게 만드는 모험이 시도 때도 없이 이루어지고 있기에 생방송으로 중계한다는 것은 대단히 흥미를 자극했다.

"오늘도 밤늦게까지 야근해야 될 모양이다. 박 대리, 토스트는 주문했어?"

"예! 전화하니까 아주머니가 벌써 만들고 계시던데요."

"김밥집에도 연락해 놔."

"도시락집에도 전화해 놨습니다."

위드는 벨카인의 은신처에 슬그머니 발을 들였다.

헤르메스 길드의 유저들이 정신없이 싸우고 있었다. 각종 마법의 효과가 휘몰아치고, 무기들이 격렬한 소리를 냈다.

'정말 장관이군.'

대륙 최강이라는 헤르메스 길드의 전투력에 대해서는 듣던 대로였다.

새끼 벨카인이라고 하더라도 레벨이 최소한 450은 되었다. 마수의 종족이기에 보통 강한 것이 아니었다.

탁월한 육체적인 능력은 물론이고, 흑마술까지도 사용했다. 마법과 화살, 정령술에 대한 높은 저항력까지 갖춘 것은 물론이라고 할 수 있다.

그렇게 대단한 새끼 벨카인에, 방향 전환을 자주 하며 은신처에서 미친 듯이 뛰어다니는 지옥의 들개들을 헤르메스 길드는 가차 없이 죽여 나갔다.

가끔 희생이 발생하기도 하였지만, 갑자기 몬스터에 의해 둘러싸여서 죽거나 하는 재수 없는 경우였다.

아주 훌륭한 방어구에, 최고 수준의 사제들이 치료 마법을 펼쳐 주면서 장대한 싸움을 한다.

헤르메스 길드에서도 최정예들이 모인 만큼 어느 1명도 허술한 유저가 없었다.

레벨과 스킬, 장비, 전투 방식에 있어서도 허점이 많지 않았다. 여기에 있는 사람들 중 누구라도 대도시에 간다면 소란을 일으킬 수 있는 수준이 되었다.

'역시 헤르메스 길드는 훌륭하군.'

위드는 눈에 덜 띄는 구석으로 가서 전투를 구경했다.

중학교, 고등학교, 공사판과 대학교에서 갈고닦은 조용한 구석 찾기!

이곳에는 어쌔신들도 몇 명 있었다.

정식으로 싸우는 대단위 전투에서는 어쌔신들이 몬스터의 등 뒤를 노리는 암습도, 위험하긴 하지만 어쨌든 가능했다. 지금은 굳이 그럴 정도의 위기 상황은 아니라 구경만 하는 모습.

어쌔신들은 위드를 보면서도 복장이 비슷하다 보니 관심을 갖지 않았다.

'19호로군.'

'지하 3층에서 위드를 막기로 해 놓고 여기로 도망친 건가?'

'길드에서 문책당할 텐데……. 지금은 이곳의 전투가 우선이니 내버려 두자.'

헤르메스 길드는 어쌔신의 복장에 간단한 표식을 달게 했다. 상의와 바지에 계급이나 식별할 수 있는 숫자를 적어 놓은 것이다.

위드는 재봉 스킬을 이용하여 간단히 수선, 한 벌의 옷을 만들어 위장했다. 지금은 완벽한 어쌔신 동료라고 생각할 수밖에 없었다.

'잘 싸우는구나.'

위드는 주로 바드레이의 전투를 관찰했다.

움바 벨카인과 호각, 혹은 그 이상으로 유리하게 유도하면서 싸우고 있었다.

훨씬 덩치 크고 빠르고 위협적인 몬스터를, 힘과 기교를 발휘하며 차분히 압도해 나간다.

물론 샤먼과 사제 들의 축복 마법이 있었고, 다른 공격 지원도 받았다. 하지만 그럼에도 흑기사답게 가장 위험한 정면에서 맞붙는 모습이 일품이라고 할 만했다.

'마음껏 싸울 수 있는 게 부럽군.'

위드는 조용히 전투가 마무리되기만을 기다렸다.

별다른 사고 없이 이대로 시간이 조금만 흐른다면 바드레이의 승리가 될 것 같았다.

움바 벨카인의 몸에는 화살과 도끼, 창까지도 박혀 있었다. 만신창이의 몸이 되어 생명력이 급격하게 감소했다.

"크으으. 너희도 무사하지 못하리라!"

땅을 구르면서 지진을 일으키고 돌덩어리들을 날리는 방식으로 최후의 발악을 했지만, 보스급 몬스터를 상대한 경험이 많은 헤르메스 길드에서는 사제들이 보호막을 형성해서 막아 냈다.

그 뒤에는 전사들이 뒤로 물러서서 원거리 공격을 가하며 움바 벨카인이 쓰러지도록 유도했다.

친위대와 전투단에 의해 새끼 벨카인들이 죽고, 지옥의 들개는 전멸당했다. 기사와 워리어 들에 의해 몰이가 이루어진 후에 마법사들의 살상 마법이 발휘되어 단체로 피해를 입으면서 죽어 나갔다.

네크로맨서 그로비둔이 언데드까지 일으키며 조직적으로 전력을 높였다.

'언데드라……'

위드에게 언데드는 혐오스럽지 않고 친근한 정도였다.

사실 좀비도 오래 보면 은근히 귀여운 맛이 있지 않던가!

벌써 둠 나이트까지 소환하는 헤르메스 길드 소속의 네크로맨서를 보며 감탄하지 않을 수 없었다.

'이렇게 많은 언데드를 소환하려면 소모되는 마나의 양이 엄청나겠어. 장비들도 하나같이 뛰어나고 말이지.'

위드는 자신보다 레벨도 높은 유저들을 보면서 배도 아프고 질투심도 생겼다. 헤르메스 길드라는 이유로 적개심이 생기기보다는 순수한 감탄이 먼저 일어났다.

오랫동안 같이 몬스터를 잡았던 것처럼 자신들의 역할에 대해 잘 알고 있다.

위드가 머릿속으로만 그려 오던 집단 전투가 이곳에서 상당히 높은 수준으로 구현되었다.

헤르메스 길드에서는 모든 부분에 대해 최적화가 이루어져 있었고, 전력도 충실했다.

'내가 지휘할 수 있다면 보스급 몬스터를 싹쓸이하면서 던전 사냥을 다녔을 텐데.'

베르사 대륙에는 알면서도 못 잡는 보스급 몬스터들이 널려 있다.

한 지역을 장악하고 있는 몬스터는 물론이고, 전설적인 몬스터, 역사적으로 패악을 부린 몬스터. 엘프, 요정, 정령계에도 몬스터가 있었으며, 그들의 난이도는 훨씬 높았다. 지골라스나 바르고 성채 너머처럼 몬스터들끼리 다투면서 살아온 장소에는 상상을 초월하는 보스급 몬스터도 있다.

혼돈의 대전사 쿠비챠처럼 대단한 야망을 가지고 부족을 다스리기도 한다.

그런 몬스터들을 사냥한다면 온갖 진귀한 아이템을 모으며 레벨을 올리고 성장할 수 있을 것이다.

위드는 다른 유저들과 비교하여 누가 조금 더 강한지는 관심이 없었다. 스스로 어떤 몬스터든 도전하고 사냥하고 싶을 뿐이었다.

현실은 비록 조각사였지만!

"거의 쓰러지려고 한다!"

"마지막 힘을 내자. 궁수 부대, 미스릴 화살을 아끼지 말고 쏴라. 마법사들은 최후의 일격을 준비하도록."

바드레이와 친위대는 손발이 척척 맞았다.

전투단은 편성 자체가 공성전도 치를 수 있게 되어 있었고, 무기 체계는 이런 보스급 몬스터 사냥에도 적합했다.

전쟁을 치르듯이 움바 벨카인을 조직적으로 사냥했다.

'몸이 근질거리는군.'

위드도 전투에 끼어들고 싶은 마음이 간절했다.

그래도 얌전히 구경이나 하고 있다가 어느 순간 조용히 더 좋은 구석을 찾아서 숨어들거나 밖으로 빠져나가자는 계획을 위해서, 이목을 끌지 않기 위하여 나서지 못했다.

끄어어어어어!

움바 벨카인이 이제 괴성을 지르며 죽어 가고 있었다.

헤르메스 길드에서도 친위대, 전투단의 희생이 35명 정도 되었다.

보스급 몬스터의 최후가 다가오고 있었기 때문에 더 크게 저항했다. 바드레이에게 공격이 집중되거나 하면 다른 검사와 워리어 들이 몸을 던졌다.

"크와와왁!"

워리어들은 움바 벨카인의 이목을 끄는 고함을 질렀다.

헤르메스 길드에서는 바드레이의 안위를 철저히 지킨다. 그들을 다스리는 총수이기도 하며, 헤르메스 길드를 지탱하는 기둥이었기 때문이다.

움바 벨카인이 바드레이에 의해 큰 상처를 입고 울부짖었다.

멜버른 광산의 움바 벨카인이 영원한 안식에 들어갔습니다.

"성공이다!"

"헤르메스 길드에서 또 해냈다!"

"움바 벨카인. 이걸로 또 하나의 신화를 이룩해 냈다. 우리가 대륙 최강이다!"

친위대와 전투단의 유저들이 무기를 들어 올리면서 우렁차게 외쳤다.

위드는 부러운 눈으로 헤르메스 길드원들을 봤다.

그들로서는 또 하나의 전설을 만들어 낸 셈이니 얼마나 기쁘겠는가.

'한몫도 단단히 챙기겠군.'

보스급 몬스터의 사냥은 쉽게 구하기 어려운 아이템 외에도 명성이나 스탯들을 늘려 줬다. 이를 위하여 각 길드에서는 던전에 있는 몬스터 사냥을 주기적으로 한다.

보스급 몬스터의 숫자는 상당히 제한되어 있고, 그만큼 위험하기도 했다. 하지만 승리를 거두었을 때의 달콤한 열매를 생각한다면, 그 짜릿함을 경험한다면 언제든 검을 쥐고 나설 수밖에 없었다.

바드레이가 움바 벨카인에게서 나온 장비를 주웠다.

이 모습도 아마 생중계를 통하여 많은 시청자들이 보고 있을 터였다!

'중계료까지 챙길 수 있겠군.'

위드는 헤르메스 길드의 살아남은 유저들의 숫자를 셌다. 친위대와 전투단이 건재하다 보니 160명 정도나 되었다.

그들은 숫돌을 꺼내 무기를 정비하고 앉으며 휴식을 취했다.

'역시 얌전히 구경이나 하자. 나중에 흑사자 길드가 위쪽을 뚫고 오면 싸움이 벌어지는 틈을 타서 빠져나가야지.'

움바 벨카인이 나왔던 동굴 그리고 새끼 벨카인들이 나온 장소는 아직 탐험이 안 되었다. 헤르메스 길드는 어쩌면 그곳에서 보물까지 획득할 수 있으리라.

위드에게도 쓸모 있는 물건이 있을 수도 있었지만, 기대는 하지 않았다.

세상은 있는 놈들이 더하다는 말처럼, 콩고물 하나 남겨 둘 리가 없었다. 저들 중에서 모험가, 발굴가의 직업을 가진 이들에 의하여 깨끗하게 털리고 말 테니까.

위드가 아랫배가 아픈 것을 참으며 지켜보고 있는데, 헤르메스 길드의 움직임이 미묘하게 달라졌다. 휴식을 취하던 유저들이 하나둘 일어나더니 입구 쪽으로 걸어갔다.

그냥 넘겨 버릴 수도 있는 일이었지만 위드는 좀 신경이 쓰였다.

헤르메스 길드가서 입구를 봉쇄하고 나서 그에게로 점점 다가온다.

'역시 들켰나? 하기야… 지금쯤이면 지하 3층의 수색이 끝나고도 남았을 시간이고, 더 열심히 찾아보거나 아래층으로 내려왔다고 생각할 수도 있겠지.'

그렇다고 해서 꼭 그가 들켰다고 할 수는 없다.

어쌔신의 복장은 완벽했고, 전투 중에 슬그머니 들어왔기 때문에 지하 3층에 은신했다거나 4층에서 숨었는데 못 찾았다고 여길 수도 있지 않겠는가.

위드는 태연하게 서 있는 자세를 바꾸지 않았다. 눈동자만 굴리면서 포위망과 도주로에 대한 계산으로 바빴다.

막 움바 벨카인을 잡고 난 이후로, 휴식과 기쁨을 만끽해야 할 바드레이까지 그에게로 걸어왔다.

바드레이가 먼저 말을 걸었다.

"잘 지냈나?"

"……."

위드는 정말 입을 열기가 미묘했다.

이건 대답하기도 어렵고, 그렇다고 전혀 모른 척하기에도 어색했다.

위장하고 있는 어쌔신이 바드레이와 아는 사이일 수도 있다. 하지만 헤르메스 길드의 움직임으로 봐서는 정체가 들켰다고 보는 게 옳은 것 같았다.

"추격대를 보내서 찾으려고 애썼는데 이런 곳에서 만날 줄은 몰랐군."

위드는 확실히 걸렸다고 생각했다. 오리발도 거둘 때를 알아야 하는 법.

"어떻게 알았지?"

"위층을 수색한 어쌔신들로부터 위드를 발견하지 못했다는 보고를 받았다. 그리고 넌 살인자가 아니더군."

어쌔신들은 멜버른 광산에 들어와서 유저들을 학살했다. 대부분의 유저들이 살인자가 되어서 이름이 공개되었다.

위드도 그 부분이 마음에 걸리긴 했지만, 살인자 상태까지 위장할 방법은 없었다.

'흠… 눈치도 빠르군.'

위드는 곤란한 상황이었다.

보통 바드레이나 헤르메스 길드처럼 대단한 세력이라면 눈치라도 나빠야 하지 않던가.

'난 운이 없는 편인데…….'

위드가 상대할 수 없는 전력으로 이렇게 가까운 장소에서 맞닥뜨리다니!

궁수와 마법사 들이 전투준비를 하고 있었으며, 번쩍번쩍 빛나는 갑옷을 입은 기사들이 거리를 좁혀 왔다. 움바 벨카인이 집중 공격을 당했던 장면이 머릿속을 빠르게 스쳐 지나갔다.

바드레이도 검을 아직 검집에 넣지 않았다.

'사냥한 지 얼마 지나진 않았지만 사제들의 치료가 있어서 거의 멀쩡한 상태일 거야.'

바드레이는 오만하게 말했다.

"헤르메스 길드에 거역한다면 누구든 죽는다. 위드, 오늘은 네가 짓밟히는 날이 되겠구나."

베르사 대륙의 최강자인 그에게는 그런 자격이 있을지도 모른다.

위드는 상대가 싸우겠다고 해도 평화롭게 화해를 청하거나 도망칠 용의가 있었다. 하지만 빠져나갈 수 없는 길까지 몰렸다면 드래곤의 앞발이라도 깨물어 줄 수 있었다.

죽어야 한다면 후련하게 싸우는 쪽을 택하리라.

"재미있는 하루가 되겠군."

위드는 어쌔신의 복장을 천천히 벗었다.

레벨도 낮을 텐데 장비까지 잘 맞지 않으면 싸움 자체가 안 될 수 있다.

헤르메스 길드의 유저들이 지켜보는 가운데 탈로크의 갑옷과 다른 장비들을 착용했다.

'이렇게 된 이상 붙어 보는 수밖에.'

바드레이와 유저들은 갑옷을 바꿔 입고 검을 바꾸는 것 정도는 기다려 줬다. 어차피 이곳에 있는 헤르메스 길드의 전력에 비한다면 달라질 것도 없다고 생각한 것이다.

궁수, 마법사 등의 원거리 공격이 가능한 유저들은 위드를 잡고 싶어서 손이 다 간지러울 정도였다.

이 자리에 있는 베르사 대륙 최상위 랭커들도 부지기수!

바드레이가 명예를 얻기 위해 혼자서 상대하겠다고 해도 마찬가지다.

대륙 최고의 사제와 샤먼 들의 축복을 받은 상태에서 생명력과 마나는 이미 다 회복됐다. 축복의 효과는 레벨이 낮을 때에도 절대적이라서, 전혀 공평한 상황이 아니다.

바드레이가 최상의 몸 상태로 위드와 싸운다면 패배할 수가 없다고 생각했다.

남은 것은 위드의 죽음 그리고 바드레이가 커다란 명예를 얻으며 직업 마스터 퀘스트의 경쟁에서 확실하게 앞서가는 것!

위드는 데몬 소드를 쥐고 짧게 심호흡을 했다.

'적들 사이로 파고들어서 혼란을 일으키고 흩뜨려 놓는다.'

헤르메스 길드의 전력을 상대로 이기지 못하더라도, 그냥 죽어 줄 생각은 없었다.

위드가 바람의 질주로 막 뛰어들려고 할 때, 벨카인의 은신처가 크게 뒤흔들렸다.

콰르르르르르르르르릉!

금방이라도 무너질 것처럼, 땅에 발을 딛고 있기가 어려울 정도였다.

그리고 나타난 몬스터!

"내 아내가 이곳에 죽어 있다니! 인간들 주제에 감히 너희는 무모한 짓을 저질렀구나."

움바 벨카인에 비하여 몸집이 절반은 더 컸다. 뿔은 위압감이 넘쳐 날 정도였으며, 몸은 흑적색의 털로 뒤덮여 있었다. 게다가 눈매와 입은 포악한 성격을 드러내듯이 옆으로 쭉 찢어져 있다.

움바 벨카인의 남편, 레드 벨카인!

"뭐, 뭐야. 1마리가 남아 있었잖아."

"이거 더 심상치 않은 놈이야."

헤르메스 길드는 기민하게 움직였다. 위드를 포위하고 있는 병력을 제외하고는 레드 벨카인과의 전투에 대비했다.

네크로맨서 그로비듄은 몬스터의 정보를 확인할 수 있는 마법을 시전했다.

"움트고 있는 생명력, 그 전부를 보여 다오. 뷰 라이프 포스!"

띠링!

레드 벨카인

지옥에서 스스로 기어 나온 마수. 하이네프 산악 지역을 지배하는 몬스터로, 움바 벨카인의 남편이다. 강철 무기에는 전혀 피해를 받지 않는다. 매우 높은 마법 저항력. 흑마법의 효과를 받지 않는다. 중급 이하의 정령 소환을 강제로 봉쇄한다.

생명력: 100%

마나: 100%

"이, 이런……."

그로비듄의 안색이 어두워졌다.

바드레이의 퀘스트는 결국 하이네프 산악 지역 보스 몬스터 사냥이었다. 그런데 몬스터의 상세 설명으로 봐서는 이번이 진짜인 듯하다.

레벨은 최소한 620을 넘을 테고, 얼굴과 덩치부터 먹고 들어간다는 말처럼 외모상으로도 움바 벨카인보다 강했다.

강철 무기에는 피해를 받지 않는다니 이것도 상대하기 지극히 까다로운 부분이었다.

트레이피크의 텔레포트 게이트에 칼리스를 시작으로 흑사자 길드의 전사들이 도착했다.

"최대한 빠른 속도로 가자."

요새에 준비된 말을 타고 멜버른 광산으로 달렸다.

수백 마리의 말이 산악 지역에 먼지를 일으키며 전력 질주로 이동했다.

산악 지역에 관찰하기 좋은 위치마다 배치되어 있던 헤르메스 길드 정보원들에 의해 이 상황은 실시간으로 보고되었다.

—트레이피크. 흑사자 길드가 예상보다 빨리 도착.

—길드장 칼리스를 비롯해서 주력 상당수.

—3지점 통과. 거침없이 달리고 있음. 마법사는 20명 정도로 보임.

헤르메스 길드는 레인저와 궁수 들이 숲에 매복해서 시간을 끌었다.

"멀티플 샷!"

이동하는 흑사자 길드의 무리를 향해 화살이 장대비처럼 쏟아졌다.

"기습이다. 신경 쓰지 말고 가자!"

전사들은 검으로 화살을 쳐 냈다.

레인저들이 숨어 있는 위치로 마법 공격을 퍼부어 주면서 결과도 확인하지 않고 그대로 통과!

멜버른 광산이 있는 입구까지 매우 신속하게 도착하였다. 헤르메스 길드에서 지속적으로 견제를 시도했으나 전부 무시한 결과였다.

흑사자 길드의 병력이 트레이피크로 계속 모이고 있었기 때문에 뒤처리는 후방 부대에 맡겼다.

"정말 싸울 거야? 멜버른 광산으로 들어가 버리면 돌이킬 수 없어."

칼리스를 향해서 마법사 론달이 물었다.

론달은 흑사자 길드의 창립 공신이었다. 던전에서 파티 사냥을 하면서 방송도 타고 톨렌 왕국에서도 유명해진 이후에, 칼리스와 다른 몇 명의 유저들과 같이 흑사자 길드를 창설했다.

"패권 동맹을 먼저 깨뜨린 건 헤르메스 쪽이야. 그들에게 대가를 치러야 한다는 사실을 알려 주지 않으면 안 되겠지."

칼리스는 전투를 하기로 결정했다.

바드레이와 헤르메스 길드에서 톨렌 왕국의 영역을 침입한 이상, 무사히 보내 준다는 것은 자존심 때문에라도 말이 되지 않는다.

트레이피크의 군대도 이 근처로 이동해 오고 있었다. 광산 부근의 치안을 회복하고 헤르메스 길드의 잔당을 해치우기 위해서였다.

"들어가자."

흑사자 길드는 방어력이 높은 워리어와 성기사 들을 앞세워서 멜버른 광산으로 진입했다.

열악한 결투

레드 벨카인이 전투단을 공격할 때, 위드도 움직였다.

'이대로 있으면 너무나도 불리해.'

은신처 밖으로 나가는 입구는 헤르메스 길드에 의해서 막혀 있었다.

'그렇다면……'

위드는 몬스터의 지능을 믿기로 했다.

"저놈들이야. 저놈들이 네 아내를 공격했다!"

바로 레드 벨카인의 옆으로 뛰어가서 헤르메스 길드의 기사를 향해 공격 스킬을 시전했다.

절정의 아부술을 평소에 가슴에 담고 살지 않는 한 선택하기 어려운 전술!

"헤라임 검술!"

"이게 무슨……"

헤르메스 길드는 어이가 없었다.

보스급 몬스터가 나타났다고 해도, 그 몬스터를 편들면서 같이 싸우려고 하다니!

그 말도 안 되는 행동이 통하고 있었다.

"베리얼 그라운드!"

레드 벨카인이 광역 스킬을 사용하면서 무릎과 허리까지 땅에 푹푹 잠겼다. 갑옷을 두껍게 착용하는 직업은 민첩이 대폭 감소하고, 땅에 묻혀서 벗어나지를 못했다.

하지만 위드는 레드 벨카인과 가까운 곳에 있으면서도 영향을 받지 않았다.

보스 몬스터답게 놀라운 지능!

'이놈은 나와 같이 싸워 주는군. 조금 있다가 죽여야지.'

위드도 비슷한 생각을 했다.

'만약 내가 여기서 살아남는다면 이놈을 죽여서 아이템을 챙길 수 있을까?'

둘은 죽이 척척 맞았다.

레드 벨카인이 달리면서, 밟히거나 어깨에 부딪쳐서 워리어들이 튕겨 나갔다.

방패와 갑옷의 방어력으로 버텨 내며 죽지는 않았지만 위드가 재차 공격했다.

바람의 질주를 사용하면서 레드 벨카인과 가까운 곳에서 시선이 따라가기 어려울 정도로 빠른 속도로 움직이며 워리어들을 습격했다.

"굳건한 방패!"

워리어들은 무조건 버텨 내기로 했다.

위드의 공격력이 대단할 테지만, 사제들이 치료해 주었기 때문에 방어 전문 직업인 워리어를 간단히 죽일 수는 없었다.

레드 벨카인은 마음대로 대지의 공격 스킬을 사용하면서 돌진하며 유저들을 들이받았다.

보스급 몬스터답게 광역 스킬을 마구 사용하기까지 했다.

> 벨카인의 울부짖음을 들었습니다.
> 투지가 감소합니다. 사기가 줄어듭니다. 스킬의 성공 가능성이 작아지고, 마나 소비가 빨라집니다.
> 레드 벨카인의 환영이 나타납니다. 환영에게 공격을 받아도 피해를 입을 수 있습니다.

레드 벨카인에게 마법과 화살 공격이 마구 쏟아졌다.

헤르메스 길드도 적극적인 공세로 전환한 것이었다.

움바 벨카인과 레드 벨카인이 동시에 나왔더라면 좀 더 피해를 입었을 것이다. 하지만 1마리씩 따로 사냥하게 되자 전투는 훨씬 편해졌다.

대규모 사냥의 장점으로 각 직업들이 역할을 해 주면서 보스급 몬스터를 억제하는 게 가능했다.

'레드 벨카인이 더욱 힘을 써야 해. 지금은 이 녀석이 내 동료야.'

위드는 바람의 질주를 사용하기에 근접전 직업들도 쫓아오지 못했다.

'시간이 무난히 흐른다면 레드 벨카인도 사냥당한다.'

헤르메스 길드의 유저 수십 명이 죽더라도, 피해가 누적되면 레드 벨카인이 당한다.

그로비듄이 소환한 둠 나이트들이 벌써 레드 벨카인의 등에 올라타기도 했다. 살아 있는 유저라면 위험성 때문에 위드 정도가 아니고서야 하기 어려운 판단이었지만, 언데드에게는 겁이 없었다.

엄청난 폭발과 공격 스킬들이 난무하는 던전!

정신없는 와중에도 헤르메스 길드에서는 레드 벨카인을 향하여 공격을 정확히 집중시키고 있었다.

보스급 몬스터 사냥의 경험이 많았기에, 자잘한 공격이라 하더라도 레드 벨카인의 가죽을 두들기며 약간씩의 생명력을 깎아 먹는다.

그런 피해가 누적되다 보면 결국 쓰러지고 마는 것.

레드 벨카인은 최대의 힘을 발휘하고 있었지만, 근접전 유저들이 사제들의 도움을 받아서 집요하게 버티고 있었다.

워리어와, 전투의 최전선에서 활약한다는 방패병 들이 공격을 분담해서 감당했다.

이 팽팽한 힘의 균형을 흔들어 놓을 수 있는 것은 위드뿐이었다.

"광휘의 검술!"

위드의 검에서 빛의 새들이 나와서 워리어의 후방으로 돌아와 타격했다. 마나 소모가 심한 검술이지만 이것저것 가리고 있을 처지가 아니었다.

레드 벨카인의 엄청난 공격을 감당하면서, 사제의 치료를 받고 있던 차! 생명력이 많이 떨어진 워리어들이 광휘의 검술의 목표가 됐다.

워리어 와불라가 사망했습니다.

경험치를 습득하였습니다.

명성이 169 올랐습니다.

창 기사 브루클러가 사망했습니다.

레벨이 올랐습니다.

명성이 369 올랐습니다.

전투 중에 뒤를 노리는 비겁한 행동으로 인해 명예 스탯이 1 감소합니다.

뒤치기의 달인!

위드의 레벨도 410이 되었다.

헤르메스 길드의 유저들은 레벨이 기본적으로 400대 초반에서, 430을 넘는 유저도 꽤 된다. 그런 유저들을 해치운 만큼 얻는 경험치는 짭짤했다.

보통 때는 만나기도 어려운 고레벨 유저들이 이 던전에는 흔했다.

"놈부터 죽여라! 놈 때문에 피해가 크다!"

위드는 궁수들이 있는 원거리 공격 부대 쪽에서 고함 소리가 들리자마자 앞으로 뛰었다.

막 빠져나온 뒤쪽으로 화살과 마법이 폭발을 일으키며 터져 뜨거운 바람이 불었다. 그대로 몸으로 맞는다면 거의 죽거나 전투 불능에 처할 정도의 강맹한 위력!

궁수와 마법사 들이 레드 벨카인을 향해 쏘려던 공격을 위드에게 돌렸기 때문에 어마어마한 화력이었다.

위드는 땅을 박차면서 좌우로 방향 전환을 하며 달렸다.

쾅! 꽈과광!

푸슈슈슈슈슈슛!

그가 지나가는 장소마다 아슬아슬하게 박히는 화살들에, 좌우의 땅에서는 얼음덩어리가 터지며 비산하고 화염이 솟구쳤다. 끝까지 쫓아오는 추적 화살들이 뒤를 따라왔다.

헤르메스 길드의 엄청난 원거리 화력이 위드를 노려 오고 있었다.

화살이 스쳐 지나가면서 위드의 생명력도 뚝뚝 하락!

급격하게 움직이면서 방향을 틀었기에 화살이 제대로 맞는 게 거의 없었고, 회피술 덕분에 피해도 줄였다. 그렇다고 해도 위드의 생명력이 20% 정도는 순식간에 날아가고 말았다.

"이 정도는 되어야 할 만하지!"

위드는 레드 벨카인의 앞으로 갔다. 그러자 워리어와 기사, 검사 들을 걱정해서인지 원거리 공격이 뚝 끊어졌다.

잠시 약간의 피해를 입힌 것 같아도, 이곳에 있는 헤르메스 길드의 전력에 비하면 티도 나지 않을 정도였다. 어차피 이 던전에서 도망칠 곳은 없었고, 레드 벨카인이 싸울 수 있는 동안만 날뛸 수 있다고 해도 과언은 아니었다.

"광휘의 검술!"

위드가 이제 어렵게 광휘의 검술을 쓰더라도 사제들이 대비하여 방어막을 씌워 주거나 생명력 회복을 먼저 시켜 준다.

헤르메스 길드의 철벽과도 같은 전력에 절망마저 느껴질 정도였다.

이것은 전투단과 친위대의 입장에서도 마찬가지였다.

보통 그들은 몬스터 사냥에 나서도 피해를 입지 않거나 경미한 수준에서 그친다. 최고의 장비와 인력 구성, 준비를 해서 가기 때문이다.

움바 벨카인에 이어서 레드 벨카인이 나왔다고 하더라도 충분히 감당할 수 있을 정도였는데, 위드가 옆에서 끼어들면서 전투가 훨씬 어려워졌다.

어쩌면 저렇게 정신없는 전투 중에도 얍삽하게 깐족거릴 수 있는 건지!

목숨이 위험한 지경에 처할 정도로 체력이 하락한 워리어들은 가까스로 레드 벨카인의 공격을 막아 내고 안도의 한숨을 내쉬었다.

"겨우 살았군."

"빈사 상태에 빠질 뻔했네. 어서 치료해 줘!"

사제들의 마나도 무한이 아니고, 치료 마법도 계속 연속으로 쓸 수는 없다.

그 잠깐의 방심 사이에 위드의 광휘의 검술이 작렬!

위드는 강력한 원거리 공격 스킬이 생긴 덕분에 넓은 시야를 이용하여 평소에 거의 죽을 일이 없던 유저들에게 죽음을 선물

했다.

"콜 데스 나이트 반 호크, 콜 뱀파이어 로드 토리도!"

"불렀는가, 주인."

레드 벨카인이 피부에서 뾰족한 침 같은 것을 발사하는 동안 부하들도 소환했다.

반 호크는 나타나자마자 검을 쥐고 레드 벨카인을 향하여 돌격하려고 했다.

"이놈과 싸우면 되는군."

"그놈이 아니야."

"주인, 그러면 무엇을 해야 하는가."

"인간들과 싸워라. 바바리안 같은 종족도 있지만……. 그리고 저 덩치 큰 괴물 녀석은 우리 편이다."

헤르메스 길드와의 악연 등에 대해서 길게 설명하지 않아도 부하들은 금방 이해했다.

"역시 우리 주인은……."

"이럴 줄 알았다."

반 호크와 토리도는 위드의 인간성에 대해 쉽게 납득하더니 헤르메스 길드 유저들 사이를 파고들며 전투를 개시했다.

착한 사람이 나쁜 명령을 내리면 의심을 해도, 위드라면 불순한 의도의 지시를 하더라도 그저 믿고 따르면 될 뿐.

그럼에도 위드의 얼굴색은 밝아지지 않았다.

반 호크와 토리도의 소환에도 불구하고 헤르메스 길드의 사망자가 갑자기 많아지지는 않았다.

워리어들의 장비와 사제의 전력, 원거리 공격 부대. 모든 면에 있어서 충실하였기 때문에 이 정도로 전황을 바꾸기는 무리였다.

레드 벨카인을 상대하는 근접전 유저들만 해도, 진형 변화나 전술 운용에 있어서는 아쉬웠다. 위드라면 좀 더 적극적이고 다채로운 공격 전술들을 시도했으리라.

하지만 강한 몬스터를 안정되게 봉쇄하는 것만큼은 칭찬받아 마땅할 정도로 능숙했다.

궁수, 마법사, 샤먼으로 대표되는 원거리 공격 계열 직업들은 정해진 한 지점에 화력을 퍼붓는 것이 일품이었다. 원거리 공격으로 몬스터가 난타를 당할 때의 효과는 놀랍기만 했다.

위드도 과거 원정대에 속해서 본 드래곤을 잡은 적도 있고, 다른 길드의 사냥 방송을 보기도 했다.

헤르메스 길드는 개개인이 높은 전력을 갖추었고 기본기에도 충실했다. 이렇게 안정적인 대규모 사냥은 처음이었다.

무엇보다 친위대에 속한 30명가량의 유저들은 나서지 않을 정도로 여유가 보였다. 보스급 몬스터까지 연속으로 출현한 이 난장판에 궁수와 마법사 들을 지키면서 멀리 떨어져서 구경할 정도였다.

'과연 헤르메스 길드는 대륙 최강의 전력이라고 불릴 만해. 이런 몬스터를 사냥하면서도 체계가 흐트러지지 않고 효과적으로 싸울 수 있다니.'

위드에게로 바드레이가 기사들을 데리고 걸어왔다.

그는 레드 벨카인 사냥에는 나서지 않았다.

몬스터는 전투단과 친위대에서 다소의 피해가 생기더라도

상대가 가능했다. 네크로맨서 그로비듄도 있었으니 언데드를 늘리는 방식으로 결국 사냥이 가능하다.

바드레이는 전장에서 자신이 하고 싶은 걸 하기로 했다.

"쓸데없는 저항은 그만둬라. 적이지만 최소한의 예우로, 나와 단독으로 싸울 수 있는 기회를 주겠다."

위드는 바드레이와 싸우고 싶은 마음이 없었다.

움바 벨카인과 싸우던 장면. 그 파괴력과 검술의 비기들까지 한꺼번에 운용하는 모습들을 봤다. 방송에 밝혀진 것보다 레벨 차이가 훨씬 많이 나서 상대하기가 곤란한 면이 많았다.

힘이 부족해서 죽는 거야 어쩔 수 없다지만, 가장 꺼려지는 것은 스킬의 상성!

위드가 가지고 있는 헤라임 검술도 강자와 싸우기에는 적합하지 않다.

빈틈을 노려서 정확히 적중시켜야만 연속 공격이 작렬! 방어 스킬에 의하여 봉쇄되거나 한다면 스킬이 중단되며 허점을 드러내게 된다.

달빛 조각 검술도 화려하고 아름답기는 해도 일대일의 승부에서 못 막을 정도로 현란하진 않다.

황제무상검법의 트리플, 백 어택, 파워 브레이크, 소드 댄스, 소드 카이저도 있긴 하다. 그러나 트리플이나 백 어택, 소드 댄스가 한두 번 성공한다고 해도 기사를 상대로 피해는 얼마 못 줄 것이다.

소드 카이저가 통하면 막강하겠지만, 레벨 차이에다 상대의 장비가 워낙 좋아서 한 번에 죽음으로 몰아넣을 수 있을지는 의문.

게다가 마나를 거의 다 소모해 버리기에 도박에 가까운 수단이었다.

위드가 가진 유일한 검술의 비기인 광휘의 검술이 있기는 했다. 현재로써는 전투 중에 매우 유용하게 사용되고 있었다. 하지만 습득한 지가 얼마 안 되어서 마나 소모에 비해 스킬 숙련도가 낮아 크게 쓸모가 있을 정도는 아니었다.

웬만한 유저를 상대로 한다면 얼마든지 잘 써 볼 수 있겠지만 바드레이라면 그것으로는 부족했다.

차라리 아주 넓은 지형이라면 공간을 활용하기라도 하겠는데 이곳은 벨카인의 은신처!

바드레이에게는 지원군도 붙어 있으니 모든 면에서 위드가 열악했다.

"어쩔 수 없이 싸워야 한다면 싸워야겠지."

위드는 데몬 소드를 눈으로 확인했다.

전투를 계속해서인지 검신에 이가 많이 나가 있었다.

내구력이 감소하면 공격력도 최대로 발휘되지 않고, 정확도도 떨어진다.

'검 갈기나 수리, 방어구 닦기 스킬이라도 좀 쓸 수 있으면 좋겠는데…….'

그런 시간을 줄 것 같진 않았다.

레드 벨카인이 살아 있는 동안에 싸우는 편이 위드에게도 그나마 좋았다.

"시작해 봐야겠군. 나와 싸우고 싶다면 따라와라."

위드는 레드 벨카인의 옆으로 달려갔다.

"놈이 움직인다. 사격 준비!"

궁수와 마법사 들이 대응하려고 했다. 하지만 친위대를 지휘하던 아크힘이 만류했다.

"위드는 바드레이 님의 몫이다. 건드리지 말고 몬스터에 집중하라!"

"알겠습니다."

원거리 공격 부대에서는 위드를 공격하지 않았다.

위드의 이동속도가 워낙에 빠르기 때문에 바드레이를 혼란시킬 가능성도 컸다.

"과연 번거롭게 하는군."

바드레이는 고개를 저으면서 말을 탔다.

마법사가 소환해 준 명마, 린들린!

하벤 왕국의 왕실에서 내려오던 최고의 혈통을 가진 말이었다. 명검 이상의 가치를 가지고 있으며, 우아한 흰색 털은 보석처럼 아름다웠다.

현명한 지능과 행운을 가진 명마!

무기로는 흑기사 퀘스트를 하면서 얻은 전설급 아이템 라이트닝 스피어를 들었다.

"가자!"

바드레이는 말을 타고 추격을 해 왔다.

위드는 반 호크, 토리도 그리고 레드 벨카인까지 있는 혼란
스러운 전장을 선택했다. 그리고 바드레이는 창까지 꺼내 들며
기꺼이 따랐다.

◦෨ ◦◦෨෨ ෨◦

"구하러 가죠!"

"우리가 죽는 건 문제가 아니에요. 어쨌든 친구가 위험에 빠
져 있다면 당연히 구하러 가야 해요."

페일과 이리엔이 유린까지 다 모여 있는 자리에서 강력하게
주장했다.

헤르메스 길드에 의해서 최악의 위험에 빠져 있는 위드를 두
고 볼 수만은 없어서 싸우기로 했다. 바위에 계란 치기라고 할
지라도, 멜버른 광산에 가기로 했다.

"유린아, 나부터 보내 줘. 내가 목숨을 걸고 구출해 올게."

제피는 이 순간에도 유린의 마음을 얻기 위한 멘트를 빠뜨리
지 않았다.

그는 얼마 전에 유린의 집으로 놀러 간 적이 있었다.

가전제품을 고치면서 방문했던 집이지만 친구로서는 처음으
로 점심 식사에 정식으로 초대를 받았다.

매번 얻어먹기만 해서 미안하다면서 이혜연이 그에게 밥을
차려 주겠다고 한 것이다.

'이런 데이트 기회가 오다니……'

최지훈은 그녀와 친밀해질 수 있는 시간이 되리라 여겼다. 옷차림에도 평소보다 더 많이 신경을 쓰고 향수도 뿌렸다.

'해 주는 밥을 먹으면서 다정하게 대화라도 한다면 좋겠지. 단둘이 있으면 대화의 집중도도 높아질 테고. 그때 멋진 말을 해 주면서 사귀자고 한다면 성공 가능성은……'

선물을 위한 반지까지도 맞추고 이혜연의 집으로 갔다.

경험 많은 늑대의 방문이었다.

그것도 이현이 없는 시간에!

"보신이 집 천장이 부실해졌어. 오빠가 요즘 바빠서… 대신 고쳐 줄 수 있어?"

"얼마든지 맡겨 봐."

명품 셔츠에 구두를 차려입은 채 개집을 고쳐 줘야 했다.

그 대가로 이혜연이 해 주는 구수한 청국장을 먹을 수 있었다. 그가 기대했던 음식의 분위기와는 전혀 딴판이었지만.

보통 초대를 한다면 스테이크까지는 아니더라도, 깔끔한 요리를 해 주는 게 일반적이지 않던가.

'음식을 먹고 나서 기회를 노리는 거야.'

연애에서 기회란 언제든 갑자기 튀어나오는 것이다.

청국장으로 끊어지기에는 최지훈의 승부사로서의 근성이 너무 질겼다. 그는 잠자코 잠시 후를 노렸다.

"뭐 다른 마실 거리 없을까?"

최지훈은 냄새를 없애기 위해서라도 무언가를 마셔야 했다.

"계피차 내올게."

"그건……."

"마시기 싫어?"

"잘 마실게."

청국장에 이어서 계피차를 마시며 텔레비전을 봤다.

'이러면 분위기 조성은 어렵겠군. 그렇다면 달콤한 멘트로……'

최지훈이 여자들에게 써먹어서 효과를 봤던 자랑이나, 취미에 대한 이야기는 정말 많았다. 어떤 것부터 꺼내야 할지 생각하고 있는데 이혜연이 자리에서 일어났다.

"간식거리 가져올게."

"아, 고마워."

간식이 있다면 텔레비전만 보는 것보다 대화의 흐름은 더욱 좋을 수 있다.

유린이 가져온 간식은 칡뿌리!

"이거 뭐야?"

"간식이야. 오빠가 많이 캐 왔어."

칡뿌리를 씹어 먹으며 텔레비전을 시청했다.

"집에 커피는 없어?"

"헛개나무즙 있는데 마실래?"

"아, 아니야. 괜찮아."

⌘

위드는 등줄기가 서늘했다.

'왼쪽이다.'

방향을 바꾸어서 오른쪽으로 뛰어들었다.

그가 있던 자리에 다른 하나의 검! 검술의 비기로서 공격과 방어를 자유자재로 하는 검이 휩쓸고 지나갔다.

> 검의 공격 반경에 들었습니다.
> 회피술이 적용됩니다. 큰 부상은 없지만 생명력이 4,324만큼 줄어듭니다.

스킬의 반경이 넓어서, 근처에만 있어도 생명력에 큰 타격을 입었다. 물론 그 자리에서 레드 벨카인과 싸우고 있던 검사들은 막대한 부상을 입어야 했다.

"치료의 손길!"

사제들이 급하게 치료를 해 주었다.

바드레이는 린들린을 타고 계속 추격해 왔다. 명마는 혼란스러운 전장에서도 한번 잡은 목표물을 놓치지 않았다.

꽈르릉!

스킬을 시전하며 라이트닝 스피어로 찌를 때마다 어마어마한 폭발이 일어났다.

위드도 전투단의 바바리안 유저 사이를 파고들고 레드 벨카인의 다리 밑으로도 빠져나가며, 눈앞에 보이는 대상은 모조리 이용하면서 헤르메스 길드에 피해를 줬다.

레드 벨카인은 그를 돕고 있는 위드가 마음껏 활약할 수 있도록 협조도 해 줬다. 바드레이라고 해도 레드 벨카인을 무시하며 옆을 지나갈 정도는 아니었다.

"바람의 질주!"

위드는 최대한의 속력으로 벽과 천장을 타고 네발로 뛰었다.

헤르메스 길드의 유저들은 보면서 눈이 다 휘둥그레질 정도였다.

"굉장한 속도군. 어떻게 저렇게 빨리 달릴 수 있는 거지?"

"들판에서 웬만큼 달리는 말도 따라가지 못할 것 같아."

만약 바드레이에게 린들린이 없었다면 쫓아가지도 못할 정도였다.

복잡한 장애물이나 유저, 몬스터까지 이용하며 뛰어다녔다.

"광휘의 검술!"

위드는 바드레이와 거리가 멀어지면 빛의 검을 뿌려서 검사와 워리어를 공격했다.

바드레이는 길드원들의 피해에 대해서는 무감각했다. 거대하기 짝이 없는 헤르메스 길드에서 몇 명이 죽어 나가는 정도야 그가 관심을 쏟을 사건도 되지 못한다.

레드 벨카인이 뒷발로 강하게 땅을 밟았다.

"대지의 분노!"

엄청난 충격파가 한꺼번에 사방으로 퍼졌다.

위드는 높은 민첩과 탁월한 경험자 스킬 덕분에 미리 영향을 안 받는 장소로 피해 냈다.

헤르메스 길드에서는 레드 벨카인이 스킬을 사용하지 못하도록 근접전 유저들이 견제를 계속해 주었다. 이번에는 위드에 의해 잠깐 방해를 받아 허용한 것이었는데, 그 여파가 어마어마한 정도였다.

엄청난 대스킬에, 벨카인의 은신처가 무너질 듯이 흔들렸다.

"워리어들이 쓰러졌습니다. 몬스터가 밟고 나오면서 방어선이 뚫렸습니다!"

"기사들을 투입, 대기 중인 다른 워리어들이 도착할 때까지 막아! 궁수 부대는 강력한 화살을 날려서 레드 벨카인이 포위망을 벗어나는 데 힘을 쓰지 못하도록 해라."

쉽게 보기 힘든 보스급 몬스터의 사냥은 진형과 역할이 중요한 요소가 된다.

위드가 바드레이가 맡기로 한 몫만 아니었다면 전투단의 공격을 집중해서 진작 없애 버리고 싶을 정도였다.

위드와 바드레이의 술래잡기!

보통은 말을 탄 기사 쪽이 훨씬 유리하지만, 민첩이 높은 위드는 말이 오기 힘든 지형지물을 적극 활용했다.

> 라이트닝 스피어의 전격 소환에 스쳤습니다.
> 감전으로 인해 생명력이 2,892 줄어듭니다. 일시적인 마비 현상으로 9초간 이동속도가 줄어듭니다.

'이대로는 승산이 조금도 없겠다.'

위드로서도 지금의 상황을 지속한다는 건 무리가 있었다.

바드레이의 스킬 공격 범위가 넓었고, 한정된 공간에서는 완벽하게 피할 수도 없었다. 생명력이 급속도로 떨어지고 있었을 뿐만 아니라, 바람의 질주와 광휘의 검술을 사용하면서 체력과 마나도 한계를 보였다.

린들린을 타고 빠르게 추격해 오는 바드레이가 갈수록 부담스러울 수밖에 없었다.

"용사의 검!"

검술의 비기가 하나 더 사용되면서 바드레이의 공격은 더욱 매서워졌다.

'이렇게 되면 역시 빠져나갈 수는 없겠군. 흑사자 길드가 더 일찍 도착했으면 방법이 있었을 텐데…….'

흑사자 길드는 지금 멜버른 광산의 지하 2층에서 함정과 어쌔신들에 의해 막혀 지체되고 있었다.

위드는 레드 벨카인을 이용하여 살길을 찾는 것은 포기하기로 했다. 이쪽으로는 도저히 방법이 보이지가 않았다.

'이렇게 된 이상 이판사판이다.'

"반 호크, 토리도! 덮쳐라."

위드가 지나간 곳으로 바드레이가 그대로 달려왔다.

주변에서 레드 벨카인을 지켜 주며 전투를 벌이던 반 호크와 토리도는 명령을 따라 바로 습격했다.

둘의 레벨은 상당히 높은 보스급의 수준!

반 호크는 유령마를 타고 바드레이를 향해 덤벼들었으며, 토리도는 칼날 폭풍을 불렀다. 위드는 광휘의 검술을 사용하여 그다음 공격을 날렸다.

셋의 합공으로, 바드레이에게 상당한 위기의 순간이 갑자기 찾아왔다.

그때 전투단의 구석에서는 사제들이 모여서 노래를 부르고 있었다.

> 전투의 신 티르의 찬송가가 전장에 작용합니다.

바드레이는 일시적인 무적 상태!

짧은 순간이지만 생명력의 손실도 없으며, 어떤 부작용 없이 힘을 2배까지 끌어낸다.

"흑기사의 항거할 수 없는 돌격!"

린들린의 속도와 바드레이의 힘과 기술이 합쳐졌다.

"타하아앗!"

반 호크와 마상에서 검을 겨루었다.

쨍강!

검이 부러져 나가고, 반 호크는 곧 유령마에서 추락했다.

"주인, 미안하다."

데스 나이트 반 호크가 고통스러운 신음과 함께 회색빛 연기로 변해서 역소환됐다.

가뜩이나 화살과 마법 공격으로 입은 피해가 누적되어 있는데 바드레이의 너무 거대한 공격을 정통으로 당한 것이다.

위드는 그 모습을 보면서 안타까웠다.

'검만 부러지지 않았어도…….'

쓰다가 버려야 하는 장비들을 반 호크에게 넘겨줬다. 당연히 레벨에 비해서 수준이 떨어지는 장비들을 주로 착용해야 했는데, 결국 바드레이와의 싸움에서 부러지고 말았다.

바드레이는 토리도가 만든 블레이드 토네이도 역시 그대로 돌파했다.

티르의 찬송가가 적용되어서 그냥 무시해 버린 것이다.

"회심의 맹타!"

광휘의 검술로 만들어진 작은 새가 그대로 소멸되었다.

바드레이는 린들린을 타고 그대로 달려오며 검을 위에서 아래로 쭉 내렸다.

"석양의 검!"

검에서 시퍼런 마나가 흘러나와서 쏘아졌다.

'이건 위험하다.'

위드는 광휘의 검술을 사용하느라 한자리에 멈춰 있었다.

명마 린들린의 가속력에, 바드레이의 힘을 모아서 뿌린 것이기에 감당하기 어려운 파괴력이 담겨 있다. 위드의 전면으로 덮쳐 오는 반월형의 마나 범위는 마땅히 피할 곳을 찾을 수 없을 정도로 넓었다.

지금은 한 사람만을 상대로 사용된 스킬이지만, 원래는 대량 학살이나 성벽 파괴에도 쓰이던 파괴적인 공격 스킬.

"눈 질끈 감기!"

위드는 눈을 감고 나서 급히 고대의 방패를 꺼내 들고 몸을 왼쪽으로 날렸다.

데몬 소드도 적의 스킬을 막을 수 있는 방어 수단으로 사용할 수 있다.

하지만 지금보다 내구도가 더 낮아지면 공격력까지 감소하기에 방패에 의지하기로 했다.

하지만 벗어나기도 전에 바드레이의 스킬이 엄습해 왔다.

> 기절할 정도의 거대한 충격을 당하였습니다.
> 생명력의 급격한 하락! 높은 정신력으로 기절을 극복합니다. 신체에 마비 증상이 발생할 수 있습니다. 22초 동안 스킬을 사용할 수 없습니다. 마나의 일부를 적에게 흡수당합니다. 흡수당한 마나 2,795. 일시적으로 상대를 향한 투지가 29% 감소합니다.
> 검의 속성에 신성력이 부여되어 있습니다. 몬스터나 악인이 아니기에 추가

적인 피해는 입지 않습니다.

큰 부상을 당했습니다.
빠른 치유를 하지 않고 계속 유지한다면 맷집이 영구적으로 2 감소할 수 있습니다.

고대의 방패의 내구도가 떨어집니다. 탈로크의 믿음 갑옷의 내구도가 떨어집니다. 가슴 부위의 연결이 취약해졌습니다. 다시 착용할 때까지 방어력이 17% 감소합니다.

빼앗겨 버린 갑옷

위드의 생명력은 고작 4만을 넘는 수준에 불과했다. 레벨에 비해 심각하게 낮은 생명력이지만 인내력과 맷집, 방어구의 도움으로 극복해 왔다.

바드레이의 공격은 단번에 17,000의 생명력을 떨어뜨릴 정도로 막강했었다. 각종 축복에 높은 레벨과 장비, 흑기사였기 때문에 린들린을 타고 항거할 수 없는 돌격을 해서 제대로 정면 공격에 성공한 덕분이었다.

"크으으윽."

위드는 튕겨져 나가서 땅을 구르다가 일어났다.

"주인!"

토리도가 그를 구하겠다고 와서 바드레이와 맞붙었다.

다른 하나의 검이 둥둥 떠다니면서 공격과 수비를 보조하기 때문에 토리도는 일대일로 싸우면서도 수없이 상처를 입었다. 그나마 다행인 점은, 토리도는 반 호크처럼 약해진 게 아니라

몇 명을 흡혈해서 멀쩡한 상태였다는 것이다.

'이런 방식으로는 안 되겠다.'

위드는 구겨진 갑옷의 가슴 부위를 만져 봤다.

바드레이의 레벨이 자신에 비해서 확실히 더 높다. 공격 스킬의 숙련도도 훨씬 뛰어나다.

광휘의 검술은 아쉽게도 누구와 싸우는 데 쓸 만한 숙련도가 아니었다.

위드가 다른 유저들과 차별화가 되는 점은 높은 스탯이었다. 조각품으로 쌓은 스탯에, 대장장이 스킬, 재봉 스킬은 막강한 도움이 되어 주었다.

바드레이는 헤르메스 길드에서 조사를 마친 던전에서 보스급 몬스터를 사냥하고 어려운 퀘스트를 완수함으로써 스탯을 올렸다.

스탯으로도 거의 뒤지지 않는 수준.

위드에게는 이제 특단의 조치가 필요했다.

대재앙의 자연 조각술!

'화산 폭발이나 용암 분출, 지진, 산사태, 광산 붕괴, 물이 안에 가득 차는 것도 좋겠지.'

하지만 대재앙의 자연 조각술을 사용하기 위해서는 먼저 만들어 놓은 조각품이 필요했다.

위드는 화산 폭발의 조각품은 가지고 있었는데, 그게 발동될 때까지는 시간도 오래 걸릴뿐더러 자기 자신도 죽을 가능성이 상당히 컸다. 너무 큰 재앙이라서 오히려 자기 밥그릇까지 깨질 염려가 높은 것!

지금은 화산 폭발을 일으켜 놓고 동굴 밖으로 피할 수도 없는 처지였다.

'조각 소환술도 있기는 하지만, 쓰고 싶지 않아.'

조각 생명체들을 소환하여 지원군으로 쓸 수도 있었다.

하지만 불사조, 빙룡이 활약하기에는 장소가 협소했다. 와이번들은 약해서 데려올 수가 없었다.

금인이, 누렁이는 지골라스에서 고생했는데 다시 목숨이 걸린 위기에 빠뜨리기 미안하다.

킹 히드라가 적당할 것 같았지만 레드 벨카인까지 당하고 있는 마당에 조각 생명체 1마리 정도 소환한다고 하여 전투 상황이 바뀌진 않으리라.

"몸으로 때워야겠군."

위드는 차라리 홀가분하게 혼자서 싸우기로 했다.

최악의 경우라고 해도 잃을 것은 경험치와 스킬 숙련도 그리고 장비 조금이지 않겠는가!

"다시 모으고 올리면 돼. 바드레이, 과연 베르사 대륙의 최강자라고 불리는 사람이 얼마나 강한지 몸으로 느껴 봐야겠다."

위드는 그동안 마땅히 적수를 만나지 못했다.

사람들과 교류를 적게 하고, 거대 명문 길드에 들지 않고, 퀘스트를 하면서 지내 왔기에 다른 강자와 맞부딪칠 일도 레벨에 비해서는 적었다.

바드레이라면 충분히 싸워 보고 싶은 대상!

패배하면 목숨이 날아가겠지만 그 정도 용기는 있었다.

콩나물에 간장 한 방울 묻혀 먹을 각오라면 베르사 대륙에서 두려울 것은 없다.

위드는 빠른 속도로 몸에 붕대를 감았다.

토리도의 생명력은 바드레이와 결투를 벌이면서 급속도로 떨어졌다. 사제들의 은근한 지원으로 인하여 신성 대미지를 받았던 때문이다.

"목, 목이 마르다."

생명력이 많이 떨어지면서 싸움을 힘들어했다.

위드는 속으로만 '토리도, 이제부터는 내가 나서겠다.'라고 생각하고 바드레이를 바로 기습했다.

말로 한다면 그거야말로 기습의 효과가 반감되는 일.

"어헉!"

"바드레이 님, 위험합니다!"

하지만 전투를 구경하던 헤르메스 길드의 사제들이 먼저 초를 다 쳐 놓았다. 레드 벨카인과의 싸움이 어느 정도 안정권에 접어들면서 바드레이 쪽으로 시선을 많이 분산시켜 두었기 때문이다.

무섭게 살육을 벌이던 레드 벨카인이었지만, 생명력과 체력을 잃어 가고 있었다.

위드는 바드레이의 측면에서 달려갔다.

"칠성보!"

발걸음마다 달리는 방향을 바꿀 수 있는 기술!

바람의 질주가 적용되어, 잔상이 보일 정도로 현란하기 그지없었다.

"네가 오기를 기다렸다."

바드레이는 알고 있었다는 듯이 검을 들어 막아 냈다.

위드도 이런 유의 공격에는 한계가 있다는 점을 알았다.

'방어구들의 성능이 정말 훌륭해. 피해를 주려면 한두 대로 는 어림도 없어.'

무리하게 강한 공격을 준비하다 보면 바드레이에게 스킬을 활용할 시간을 주게 된다. 위드는 바로 물러서더니 옆으로 돌면서 검으로 계속 공격했다.

"소드 댄스!"

휘두르고, 찌르고, 베고!

대응조차 하기 어렵게 만드는 연속적인 검술.

바드레이의 허점을 노리고 있어서 매섭기 짝이 없었다.

"이 정도로는 당하지 않는다."

바드레이는 검을 들어 막고, 튕겨 냈다. 그가 놓친 몇몇 공격들은 또 하나의 검이 훌륭하게 막아 주었다.

위드는 옆으로 돌며 정신없는 공격을 그치지 않았다.

바드레이가 힘을 모아 반격이라도 가하려고 하면 순간적으로 한두 걸음 물러서고, 다시 앞으로 나오면서 더욱 거세게 공격했다.

'레벨과 장비의 차이는 근접전에서는 그나마 효과가 많이 줄어든다. 한두 대 때려서 안 된다면, 100대나 1,000대를 때리면 되지!'

위드의 속도는 바드레이가 막을 수 없을 정도로 빨랐다.

> 검이 방어에 막혔습니다.

검이 상대의 어깨 방어구에 적중! 정확한 공격에 성공했습니다.
무게가 별로 실리지 않은 검의 파괴력을 갑옷이 많이 흡수합니다. 생명력을
149 감소시켰습니다.

검이 다른 하나의 검과 충돌했습니다.

검이 정확히 상대의 가슴을 찔렀습니다. 정확한 공격에 성공했습니다. 치명
적인 일격!
상대가 혼란과 마비에 면역이 되는 아이템을 가지고 있습니다. 생명력을
617 감소시켰습니다.

위드의 검은 정말 빨랐다. 도저히 다 생각하면서 공격한다는
것을 믿을 수가 없을 정도의 속도였다.

바드레이는 반격을 노리다가도 위협적인 각도로 날아오는
검에 다시 수비하기에 급급해야 했다.

"제법이구나."

그러나 어느 순간, 바드레이는 위드의 검이 보기보다는 공격
력이 약하다는 사실을 간파해 냈다. 걷잡을 수 없을 정도로 빨
랐지만 막지 않아도 될 정도였다.

바드레이도 반격을 시작하면서, 둘 사이의 공방은 더욱 치열
해졌다.

위드는 검치가 대련을 시킬 때 꼭 했던 말을 떠올렸다.

"상대를 똑바로 봐라. 상대를 제대로 볼 수 있다면 지더라도
진 게 아니다."

바드레이의 표정, 눈빛, 어깨와 갑옷에 감춰진 근육의 꿈틀거림까지 머릿속으로 그렸다.

벨카인의 은신처에서는 검들끼리 부딪치는 소리가 악기를 연주하는 것처럼 들렸다.

위드는 그를 노리는 다른 하나의 검까지도 신경을 쓰면서 전투해야 되었다.

둘이 들고 있는 검에서 불꽃이 세차게 튀었다.

노도처럼 몰아붙이는 거센 화염!

바드레이는 메시지 창을 보지도 않았다.

'과연 나를 신경 쓰이게 만들 정도였구나.'

분명히 레벨도 낮고, 많은 면에서 자신이 압도한다. 검에 담겨 있는 힘과 스킬의 위력에서도 차이가 컸다.

하지만 노리는 방향이나 연속 공격의 운용이, 본능적으로 공격의 주도권을 뺏기고 수비를 하게 만든다.

'지금 만나기를 잘했어. 나중이었다면 약간 위험했을 수도 있겠군.'

위드는 모험을 계속하면서 대단히 빨리 성장을 했다. 후환을 잘라 놓기 위해서도 차라리 지금 만난 것을 바드레이는 다행스럽게 여겼다.

'철저한 패배. 다시는 나를 넘볼 수가 없게 될 것이다.'

레벨이 깡패라는 말이 사실이었다.

흑기사로서 최강자로 군림하는 게 괜한 것이 아니라는 걸 증명하듯이, 바드레이는 수많은 검에 적중되면서도 아직 큰 피해가 없었다.

정면에서 자잘한 공격이 쌓이고 쌓이더라도, 갑옷의 방어력으로 대부분을 흡수했다. 약한 부분만 방어하면서 위드에게 역습을 가하면 되었던 것이다.

물론 애초에 이렇게 파고들기를 허용하지 않거나 더 물러나면서 광역 스킬 위주로 싸웠더라면 더욱 쉽게 끝낼 수도 있었겠지만.

"이 정도가 네 실력의 전부라면 죽을 때가 됐다."

바드레이가 검을 강하게 휘둘렀다.

"공간 파괴!"

좌, 우, 앞 전체를 반경으로 두는 기술!

검에서 일어난 어마어마한 바람이 전방을 휩쓸었다.

"크으윽."

"어서 치료해 줘!"

레드 벨카인과 전투하는 헤르메스 길드의 유저들도 피해를 입었다.

사제들은 서둘러서 치료 마법을 펼쳤다.

보통 이 정도의 보스급 몬스터와 싸우면 뜨거운 관심을 받기 마련인데 위드와 바드레이의 격전이 벌어지고 있기 때문에 치료의 우선순위에서 뒤로 밀려나고 말았다.

위드는 바드레이의 등 뒤로 넘어갔다.

민첩으로 얻은 '탁월한 경험자' 덕분에 상대가 스킬을 사용하자마자 공격 방향을 알 수 있었던 것이다.

미리 알고 더 빨리 움직이는 것이야말로 조각 파괴술로 민첩을 늘려 놓은 전투 방식!

지금까지 공격하는 것도 긴장의 연속이었다.

어려움에서 재미를 느끼고 있었지만, 그만큼 아쉬움이 크기도 했다.

'체력이 버텨 주지를 못해…….'

위드의 체력은 직업과 조각품을 만들고 얻은 스탯을 합하면 423을 넘어갔다. 그럼에도 바람의 질주에 소드 댄스, 칠성보로 방향까지 멋대로 바꾸는 전투 방식은 몸에 급격하게 무리를 가져왔다. 체력이 떨어져서 속도가 더 느려질 수밖에 없는 아쉬운 상황이 되고 말았다.

바드레이는 아직 건재한데 위드는 생명력과 체력이 전투를 계속하기 어려울 정도였다.

그때 헤르메스 길드의 마법사 몇 명이 몰래 연합해서 주문을 외웠다.

"이곳에 붙들린 몸은 어디로도 움직이지 못하게 될 것이다. 땅거미의 속박!"

움직임을 제약하는 마법!

위드의 마법 저항력이 괜찮은 편이었어도, 고위 마법사들의 연합에는 막아 내지 못했다.

속박을 깨뜨리기 위해서는 마법 아이템이나 힘으로 상당한 시간을 투자해야 했는데, 바드레이가 그사이에 돌아섰다.

"이제 죽을 시간이 왔다."

바드레이의 검이 새하얀 화염에 뒤덮였다.

"숭고한 검. 세인트 플레임."

위드는 피하려고 했지만 발이 움직여지지 않았다.

"이런! 다리가……."

같이 공격을 하는 건 의미가 없고, 일단은 막아야 했다.

토리도를 불러 보려고 했지만, 그 역시 박쥐로 변해서 궁수들의 화살을 피하느라 바빠 도와주러 올 수 있는 상황이 아니었다.

"눈 질끈 감기!"

위드는 고대의 방패로 몸을 가리고, 데몬 소드로도 공격을 막는 자세를 취했다.

바드레이의 검이 휘둘렸다.

검의 잠재력을 뽑아 쓰는 용사의 검에, 또 하나의 검이 위드를 강타했다.

이번에 그를 다시 놓친다면 쉽게 잡을 수 없었기에 바드레이도 전력을 다한 공격을 퍼부은 것이었다.

> 죽음에 이를 정도의 막대한 공격을 당하였습니다.
> 화염으로 인하여 추가적인 대미지를 입습니다. 고위 마법이나 치료 마법, 물의 정령의 도움이 없다면 1초에 475씩의 생명력이 감소합니다. 방어할 수 있는 한계 이상의 타격을 입어서 허리 보호대가 파괴됩니다.

> 죽음에 이를 정도의 막대한 공격을 당하였습니다.
> 화염으로 인하여 추가적인 대미지를 입습니다. 고위 마법이나 치료 마법, 물의 정령의 도움이 없다면 1초에 475씩의 생명력이 감소합니다. 방어할 수 있는 한계 이상의 타격을 입어서 허리 보호대가 파괴됩니다.

> 생명력의 급격한 감소로 인하여 슬로어의 결혼반지의 효과가 발생하지 못합니다.

생명력의 저하로 사망하였습니다.
'죽음을 거부할 수 있는 힘'의 스킬 레벨이 낮습니다. 육체에 스며든 신성력으로 인해 스킬이 발동되지 않습니다. 24시간 동안 로그인이 불가능합니다.
죽음으로 인해 레벨과 스킬의 숙련도가 하락합니다.

ᥫᩬ᭢᭢᭢᭢᭢᭞᭢

바드레이의 공격이 끝난 후에 위드가 회색빛으로 변해서 사라졌다.

"바드레이 님 만세!"

"이겼다! 바드레이 님이 대륙 최강이다!"

역사적인 승리의 순간에 헤르메스 길드 유저들의 환호 소리가 들렸다.

길드 채팅을 통해서도 축하한다는 말이 쏟아졌다.

바드레이는 많은 전투에서 경쟁자들을 무릎 꿇렸다. 하지만 지금의 이 순간을, 각 방송국들을 통해 수천만 명 이상이 시청하게 될 것이라고 생각하니 가슴이 조금은 떨렸다.

"이것은 갑옷이로군."

바드레이는 위드가 떨어뜨린 탈로크의 믿음 갑옷을 주웠다. 갑옷이 워낙 크기 때문에 다른 물건은 멜버른 광산의 몬스터에게 나오는 잡템 몇 개밖에는 떨어져 있지 않았다.

'생각보다는 안 좋은 갑옷이군. 고작 이런 걸 착용하고 싸웠단 말인가?'

바드레이의 눈에는 탈로크의 믿음 갑옷조차도 차지 않았다.

발굴된 최고의 아이템, 이름난 전설적인 장비들만을 착용하던 그에게는 실망스러운 갑옷이었다.

∞ ·~∘≈∘~· ∞

흑사자 길드는 함정을 해체하면서 지하 4층까지 왔다.

"놈들은 던전에 있겠군. 가자."

칼리스를 따라서 흑사자 길드의 정예들이 이동했다.

헤겔과 알리스, 미네는 어쌔신들에게 발각되어 이미 사망!

그들이 은신처에 도착했을 때는 레드 벨카인이 거의 죽어 갈 무렵이었다.

전투단과 친위대의 지속적인 공격에, 바드레이까지 가세하면서 사냥에 탄력이 붙었다. 한 방 공격력이 좋은 어쌔신들까지도 레드 벨카인의 등 뒤에서 보조 공격을 했다.

지옥의 마수로서 나타난 레드 벨카인이 울부짖으면서 죽어 가고 있었다.

생명이 경각에 달할수록 여러 광역 공격 스킬들을 발휘하려고 했지만, 아크힘은 보스급 몬스터 사냥에 노련했다.

"사격!"

궁수들의 화살과 마법 공격을 준비해서 터트렸다.

레드 벨카인이 스킬에 집중할 수 없도록 하면서 막았다.

전투단에는 전문 저주술사들도 있어서 현재 몬스터의 공격력과 방어력, 체력, 힘, 정신력 등을 많이 떨어뜨려 놓은 게 시간이 갈수록 사냥에 큰 도움이 됐다.

> 멜버른 광산의 레드 벨카인이 영원한 안식에 들어갔습니다.

사냥 성공!

바드레이는 최후의 일격을 날렸고, 전리품도 독차지했다. 검술의 비기가 적혀 있는 흑기사의 검도 입수했다.

"흑기사 퀘스트의 열두 번째를 완수했군."

"축하드립니다, 총수님."

"앞으로 얼마 남지 않았군요."

칼리스는 750명이나 되는 믿음직한 흑사자 길드원을 데리고 왔다.

자신들의 영토인 멜버른 광산에서 헤르메스 길드가 날뛰고 돌아가게 해 줄 수 없었다.

"쳐라!"

흑사자 길드에서는 공격 마법부터 사용했다.

양대 거대 길드의 핵심 전력들의 전투는 가공한 마법 충돌부터 시작되었다.

KMC미디어에서 오주완과 유아링이 진행하는 특집 생방송 프로그램!

"아, 흑사자 길드에서 벼르고 있었던 모양입니다."

"오늘은 정말 잊을 수 없는 날이 되겠어요. 마법사 플로얀이 지금 대단위 마법 아이스 필드와 아이스 스톰을 연속으로 시전했습니다."

"공격 수단도 되지만, 땅을 얼려서 헤르메스 길드의 기사들을 곤란하게 만들려는 것이죠."

"아직 섣부른 판단이기는 하지만, 오주완 씨가 보기에는 어느 쪽이 이길까요?"

"그건 정말 결과가 나오기 전에는 알기 힘들겠는데요. 일반적으로 헤르메스 길드가 다른 길드에 비하여 훨씬 전력이 높다는 점, 바드레이가 있다는 부분까지 감안한다면 개인적으로는……."

"헤르메스 길드가 이길 것 같다는 말씀이시죠?"

"그렇습니다. 헤르메스 길드의 손을 들어 주고 싶습니다."

대부분의 방송사가 양대 길드 사이의 전투를 중계하면서 헤르메스 길드의 우세를 점쳤다.

전투단에 뛰어난 랭커들도 뒤섞여 있었고, 친위대에는 알려지지 않은 고레벨 유저들이 즐비했기 때문이다.

레드 벨카인을 사냥하느라 지치거나 피해가 없었던 건 아니었다. 그렇지만 바드레이와 친위대가 나선 전투에서는 진 적이 없었다.

"앗! 지금 어쌔신들이 흑사자 길드의 후방에 나타나서 공격하고 있습니다. 소규모 매복으로 사제들을 먼저 암살하네요."

진행자의 말이 없더라도 보이는 영상은 대단히 격렬했다.

헤르메스 길드에서 영상을 보내 주고, 흑사자 길드 쪽에서도 협조를 얻어서 영상을 받아 왔다.

위치를 바꾸어 가면서 전투를 살펴보았는데 어느 곳을 보더라도 입이 떡 벌어질 정도였다.

레벨이 높은 길드의 최정예들끼리 맞붙었기에 그만한 빛의 폭발과 소음, 정령에 언데드, 소환물 들까지 나왔다. 영상을 실시간으로 편집하고 각종 효과를 덧씌우는 작업 팀은 화장실에 갈 시간도 없었다.

그렇게 눈코 뜰 새 없이 바쁜 와중에도 연출진은 바드레이와 위드의 싸움에 대해 이야기했다.

"위드가 죽다니……."

"아, 전쟁의 신 위드도 바드레이에게는 안 되는구나."

〈로열 로드〉와 관련된 각종 게시판에도 바드레이가 승리를 거뒀다는 사실이 올라오고 있었다.

여러 계열의 축복에, 부하들까지 데리고 지친 위드와 싸웠기 때문에 비겁한 승리라면서 깎아내리는 사람도 많았다. 위드는 레드 벨카인을 이용하여 전투의 불리함을 극복하려고 했고, 바드레이는 개인적인 목적을 달성하려고 한 부분에서 차이를 두는 사람도 나왔다.

시청률은 관심의 대상도 아니었다.

오늘은 최고 시청률을 갱신하게 될 것이 틀림없다.

방송국의 입장에서 본다면 마냥 행복한 일이었지만, 위드의 모험을 많이 중계했던 KMC미디어에는 아쉬운 결과였다.

CTS미디어, LK게임의 진행자들도 지금의 헤르메스 길드와 흑사자 길드의 싸움보다는 위드와 바드레이의 전투에 대해서 더 많이 이야기했다.

서윤은 미용실에 가서 메이크업을 받고 머리도 했다. 백화점에 가서 옷도 사 입었다.

'요리를 만들어 줘야지.'

그녀는 침울하게 있을 이현을 위해 마트에서 장도 봤다.

바드레이와 헤르메스 길드가 흑사자 길드를 격파했다.

헤르메스 길드의 최정예인 친위대와 전투단은 갑자기 모여서 허겁지겁 달려온 흑사자 길드보다 전술적으로 월등했다. 레드 벨카인과의 전투를 마치면서 사제와 마법사, 전사 들의 협력도 잘 이루어졌다.

부대별로 손발도 맞추지 못한 흑사자 길드는 급하게 몰려오느라 숫자만 많았을 뿐, 제 능력도 다 발휘하지 못하였다.

바드레이와 칼리스.

길드 수장끼리의 대결에서도 바드레이가 압도적인 승리를 거두었으니 그 후의 싸움은 해보나 마나였다.

완벽하게 함정을 판 데다, 헤르메스 길드의 지원군 200명이 추가로 지하 4층에 나타나기까지 했다.

뒤늦게 페일과 이리엔, 수르카, 화령, 로뮤나, 제피, 세에취, 서윤이 도착해서 멜버른 광산을 나오는 헤르메스 길드와 마주쳤다.

바드레이나 친위대가 나설 필요도 없이 궁수들의 일제사격과 마법사의 광범위 공격에 의하여 일제 사망!

서윤은 수많은 공격을 뚫고 기사 7명을 죽였지만, 집중 공격에는 광전사라고 해도 어쩔 수 없었다.

헤르메스 길드는 그 후에 임시 텔레포트 게이트를 완성하고 유유히 사라졌다고 한다.

서윤은 〈로열 로드〉에서 자신의 캐릭터가 죽은 것보다도 이현이 훨씬 걱정됐다.

전쟁의 신으로 높은 자존심을 가진 그가 패배하고 죽었다.

매번 승리만을 거두기도 어려운 건 사실이다. 그녀가 아는 바로도 퀘스트나 몬스터 사냥을 하다가 실패한 적이 꽤 많았다. 하지만 다른 사람에게 죽으면서 갑옷까지 잃어버렸으니 상심이 너무나도 크리라.

'예쁘게 하고 가서 위로해 줘야지.'

서윤은 장바구니를 들고 이현의 집으로 향했다.

동네로 막 들어서는데 허름한 옷을 입은 할머니가 재활용품이 든 수레를 밀고 있었다.

"도와드릴게요."

서윤은 할머니 대신에 수레 손잡이를 잡았다.

이현이 너무나 보고 싶었지만 수레에 쌓여 있는 물건들이 무거워 보였기 때문이다.

"아가씨. 이런 일을 할 사람으로 보이지 않는데……. 이거 꽤 무거워서 밀기가 쉽지 않다우."

슈슈슈슈슉!

거침없이 나아가는 수레!

서윤은 수레를 밀면서 조심스럽게 말했다.

"어디로 가는 길이세요?"

"일 끝내고 집에 간다오."

"그럼 집이 어딘지 알려 주세요. 제가 모셔다드릴게요."

"그러지 않아도 되는데……."

"제가 하고 싶어서 하는 일인걸요."

"여기서 꽤 멀어요, 아가씨."

"괜찮아요. 제가 모셔다드릴 수 있어요."

서윤은 자신이 조금이라도 착한 일을 하면 이현에게 슬픈 일이 덜 일어날 것 같은 기분이었다. 이런 행운에라도 기대고 싶을 만큼, 이현이 슬픈 표정을 짓는 걸 보고 싶지 않았다.

빨리 가서 달래 줘야 한다는 마음과 너무 슬퍼하고 있을 것 같아서 차마 볼 수가 없다는 괴로움이 교차했다.

그냥 죽기만 했다면 그나마 안심인데 탈로크의 갑옷까지 잃어버린 게 역시 컸다.

서윤은 할머니가 안내하는 길을 따라서 언덕길로 올라갔다.

'…사는 곳과 그리 멀지 않네.'

이현이 사는 동네에서 비탈길을 올라가면 나오는, 좁고 허름한 주택들이 모여 있는 곳에 할머니의 집이 있었다.

"그런데 아가씨 말이우."

"네, 할머니."

"저기 아래, 석류랑 무화과나무가 있는 마당 딸린 집에 가는 길이지?"

이현의 집에는 과일나무들이 자라고 있었다.

사과, 배, 복숭아, 밤은 기본이고 가능하다면 귤까지 키우려고 한 이현이었다.

"어떻게 아셨어요?"

"몇 번 가는 걸 봤어."

비탈길이 나오자 할머니도 서윤 옆에 붙어서 같이 수레를 밀었다.

"그 집 청년이랑 사귀는 아가씬가?"

"아니에요."

"집에도 찾아가는 사이면서?"

할머니의 관점에서는, 집에 찾아가서 같이 있을 정도면 이미 더 이야기할 필요도 사이!

서윤의 얼굴이 붉게 달아올랐다.

"그 청년이 좋은 여자를 만난 것 같아서 다행이야. 마음이 좀 놓이는구먼."

"……."

"그 청년, 우리 동네 노인네들 사이에서는 아주 유명해."

"네?"

이현이 〈로열 로드〉가 아닌 동네에서도 유명 인사였다니, 서윤에게는 새로운 사실이었다. 혹시라도 어떤 행패를 부리거나 갈취라도 하지 않았을지 걱정이 됐다.

"그 청년은 아주 어릴 때부터 참 악착같이도 살았어. 동생 하나 번듯하게 키워 보겠다고……."

"네."

"동네 우유, 신문은 다 그 청년이 배달했지. 시장 과일 가게에서 짐도 나르고, 돈만 주면 안 하는 게 없었어. 나도 그때는 시장에서 장사했는데, 나한테도 찾아와서 맡길 일 없냐고 묻더라고. 나는 혹시 도둑질이라도 할까 봐서 없다고 쫓아 버렸는데, 나중에 사는 모습을 보고는 얼마나 미안하던지…….”

“아…….”

서윤은 이현이 살았을 과거의 생활이 떠오르는 듯했다. 그렇게 열심히 살았으니 지금도 부지런한 것이다.

“나중에 그 청년이 돈도 벌고 집도 사고… 정말 잘되었지. 그런데 그다음에… 1년 반 정도 지나서부터였을까? 누군들 이렇게 살고 싶었겠나. 내가 몸이 아프다 보니 장사도 못 하고 속아서 가게도 날리고 이렇게 되어 버렸지. 그래도 살아 보겠다고 폐품이나 주우러 다니는데, 그 청년이 지나가면서 시큰둥하게 말하더군.”

서윤은 뭐라고 대꾸할 수가 없었기에 조용히 할머니의 말을 들었다.

할머니는 감정이 북받쳐서 목이 메는 것 같았다.

이현은 딱히 좋은 정보를 주는 것도 아니고 돕는 것도 아니라 그냥 혼자 중얼거리는 것처럼 말했다.

“힘든데 왜 이 주변만 돌아다니시지? 저 아래에 있는 공원에 가면 빈 병, 빈 캔 엄청 많은데.”

막 이 생활을 시작한 할머니에게는 그런 말 한마디가 귀중한 정보였다.

이현은 다시 먼 산을 쳐다보며 이야기했다.

“동사무소에 신고하면 복지사도 와서 봐주고, 각종 수당도 받을 수 있는데… 자식이 있더라도 돌봐 주지 않는다고 증명하면 될 텐데 말이야."

할머니는 그때 정말 어려운 처지였다. 복지 수당을 신청하게 될 날이 올 줄은 몰랐지만, 조언 덕분에 지원을 받아서 한숨 돌리고 겨울을 맞이했다.

"지난겨울에는 새벽에 우리 집에 쌀이랑 김치, 전기장판이 놓여 있었지. 나만 받은 게 아니라 동네에서 어려운 노인들은 죄다 받았어. 돈이 꽤 많이 들었을 텐데……. 어느 노인이, 그 청년이 한밤중에 집 앞에다 살짝 놓고 가는 모습을 봤다고 하더구먼."

"그랬군요."

"얼마 전에는 눈이 너무 많이 와서 일도 못 다녔어. 그런데 그 청년이 낮에 도시락과 김밥을 싸서 집 앞에 내놓고서는 말하더라고."

"안 먹을 건데 괜히 만들어서 먹을 사람이 없네. 드시고 싶으시면 가져가세요. 방금 만든 거니까요."

"고맙네. 이 은혜를 어떻게 갚나."

"음식 버리면 죄받는다던데… 저도 죄 안 받고 좋죠, 뭐."

그렇게 여동생과 같이 음식을 많이 만드는 날이 한 달에 절반 정도는 되었다.

"그리고 먹고 가는 우리한테 약이랑 파스를 주더라고. 눈길에 넘어져서 다치기라도 하면 놔두지 말고 꼭 치료하라고… 요즘 병원비도 비싼데 조심하라고 하더라고. 그 말이 어찌나 따뜻하게 들리던지."

서윤의 눈가에 눈물이 맺혔다.

그녀는 알 것 같았다. 이현은 과거에 많은 아픔을 경험해 봐서, 다른 아픈 사람들의 힘겨움을 이해할 수 있었으리라.

"나랑 같이 다니는 할망구 하나는 아파서 병원에도 갔는데, 나중에 걱정했더니 병원비를 대신 내 줬어. 이 동네에는 그 청년 도움 안 받은 노인이 없지. 부모 없이 사는 아이들 공부할 책도 사 줬다는 말도 들었고. 잘사는 사람들은 몰라. 누가 착한 일을 하고 있는지……."

서윤은 할머니를 집에까지 데려다주고 나서 이현이 사는 집으로 향했다.

왈왈왈!

개가 크게 짖고 있는데도 이현의 집은 이상하게 적막한 느낌이었다.

'설마…….'

서윤은 가슴이 철렁 내려앉는 기분으로 대문을 열었다. 무려 7개나 되는 잠금장치들의 열쇠를, 자주 온다는 이유로 이미 다 얻어 놓은 덕이었다.

그녀는 떨리는 다리로 마당을 걸어서 현관문 앞에 섰다. 어렴풋이 비친 거실에 누군가가 쓰러져 있는 게 보였다.

'안 돼!'

서윤은 현관문을 열고 거실로 들어갔다.

이현이 거실 바닥에 모로 쓰러져 있었다.

"흐흐흐흐흑."

심장이 미친 듯이 뛰면서, 가슴에서부터 뜨거운 것들이 솟구쳐서 눈물로 나왔다.

미용실에서 받은 화장이 눈물에 엉망이 되어 버렸다. 하지만 서윤은 그런 것들은 생각지도 못할 정도로 마음이 아팠다.

간신히 열게 된 마음의 문이 처참히 부서지려 했다.

'어릴 때와… 똑같아.'

서윤이 아주 어린 꼬마였을 때, 그녀는 정말 보고 싶지 않은 무언가를 보게 되었다. 큰 상처를 입었던 마음이 긴 시간과 이현으로 인해 치유되었고, 조심스레 예쁜 희망도 품고 있었는데…….

서윤이 고마워하고, 앞으로도 함께하고 싶은 사람이 저기에 쓰러져 있다.

"나, 나는……."

다리 힘이 풀려 주저앉을 듯 비틀거렸다.

이현에게 다가가는 것조차 무서웠다.

수레를 밀었던 것 때문이 아니라, 몸 전체에서 소중한 것들이 빠져나가는 기분이었다.

"왜, 왜 그랬어요. 왜……."

서윤은 흐느꼈다. 앞으로 다시는 웃지 못할 것만 같은 슬픔이 밀려왔다.

그때 이현이 꿈틀 움직였다.

아직 살아 있으니 빨리 앰뷸런스부터 불러야겠다는 생각이 스쳐 가려는데…….

꺼어어어억!

트림이 길게도 나왔다.

그 소리에 정신을 차리고 보니 문득 거실 저편에, 아직 치우지도 않은 밥상에 김치볶음밥과 짜파게티를 해 먹은 흔적이 보였다.

이현은 배를 만지면서 일어났다.

"깜박 잠이 든 모양이군. 너무 많이 먹었나. 으' 화장실부터 가겠어."

그러다가 인기척을 느끼고 현관을 보니 서윤이 눈물을 펑펑 쏟으면서 반가움과 격렬한 미움이 뒤섞인 눈으로 노려보고 있는 게 아닌가.

두 번째 검술의 비기

한국 대학교에 가는 길. 이현은 불만으로 구시렁거렸다.

"도대체 여자들의 마음은 종잡을 수가 없다니까. 세계적인 학술지에 여자들의 마음이 변하는 공식이라도 싣는다면 최고의 발견이 될 텐데."

어제 서윤은 그렇게 슬퍼하더니 말도 하지 않고 부엌으로 갔다. 그리고 재료들을 다듬고 요리를 만들면서 살짝살짝 미소를 짓는 게 아닌가.

배불러 죽겠다는 이현에게 억지로 카레를 먹이는 만행까지 저질렀다.

서윤이 아무리 예쁘더라도, 눈물로 뒤섞인 이상한 화장을 하고 식탁 옆에 앉아 있는 그 잔혹함!

그것만으로도 이현은 과거 그녀와의 악연들이 마구 떠오르려고 했다.

서윤이 돌아가고 나서, 저녁에는 정효린이 찾아왔다.

취소할 수 없는 스케줄 때문에 늦었다면서 나이트에 가서 기분 전환을 하자고 꼬드겼다.

술이 무엇이던가. 그거야말로 배도 안 부르고 건강에도 안 좋은 방식으로 돈을 쓰는 최악의 선택이지 않던가.

그래도 이혜연이 꼭 한번 가 보고 싶었다고 해서 셋이서 나이트를 찾아갔다.

시끄러운 음악 소리에 전력난을 잊은 것 같은 조명들.

그나마 조용한 편인 룸을 잡고 나서 술을 마셨다.

이현도 남자라서 나이트에 오면 부킹을 해 보고 싶었다. 모르는 여자들과 짤막한 대화를 하며 호감을 찾아내고 연락처를 받는 거야말로 나이트의 즐거움이라고 최지훈이 말했기 때문이다.

"실례했어요."

하지만 웨이터를 따라온 여자들은 이혜연과 정효린의 얼굴을 보고는 앉지도 않고 나가 버렸다. 이 방은 대체 어떤 곳인지 궁금증도 일었지만, 그런 수모까지 감수하면서 버티기에는 이현이 그냥 평범했던 탓이리라.

결국 셋이서 술이나 마시면서 이야기나 했다.

이혜연과 정효린은 분위기를 띄우기 위해서 신나게 노래까지 부르고 쓰러졌다.

그렇게 허망하게 사라져 버린 어제저녁!

이현은 아침 일찍 학교에 가고 있었다.

봄의 신입생 환영회도, MT도, 축제도 다 지나가고 이제 시험만 치르면 여름방학이 된다.

"정말 등록금이 빨리도 날아가는군. 교수가 좋은 직업으로 손꼽히는 이유를 알겠어."

중학교, 고등학교 때 독하게 공부를 한 학생들이야말로 정말 선견지명이 있었다.

"그렇게 배워야 남한테 사기도 치고, 편한 직업을 택해서 놀고먹을 수도 있는 거지."

이현은 버스에 앉아서 창가를 내다봤다. 꾸벅꾸벅 졸면서 가다 보면 학교에 도착하게 되리라.

그런 이현을 보면서 주변의 학생들이 속삭였다.

"그거 아니야?"

"누구?"

"학교 홈페이지에도 올라온… 가상현실학과에 있었잖아."

"그 사람이란 말이야?"

"우리 학교 학생 같고 MT 사진이랑도 비슷하게 생겼잖아."

이현이 졸고 있는 동안 집중적인 관심을 보이는 대학생들이었다.

목적지가 다른 아주머니나 다른 어른들도, 위드란 말에 힐끗힐끗 봤다.

"으하암! 벌써 도착했군."

이현은 한국 대학교의 정문에서 내렸다.

강의실이 있는 장소로 걸어가는 내내 학생들은 계속 그를 보고 손가락으로 가리키며 말했다.

"가상현실학과의 그……."

"맞네."

"사인이라도 받아야 하는 거 아니야?"

이쯤 되자 이현도 주변에서 뭐라 떠들면서 그에게 관심을 갖는 것을 느꼈다. 평소에도 손가락질을 많이 당하면서 살았다 보니 그렇게까지 거슬리지는 않았지만.

이현이 강의실에 도착하자마자, 학생들이 우르르르 몰려들었다.

"선배님!"

"안녕하세요!"

"어제의 전투 정말 멋있었어요. 불패의 신화가 깨진 건 조금 아쉽기는 했지만요."

"전쟁의 신 위드가 이렇게 가까운 장소에 있었을 줄은……. 선배님, 〈로열 로드〉 하면서 참고가 될 만한 조언 같은 거 해 주시면 안 되나요?"

"레벨 234 레인저인데, 사냥터 한 곳만 추천해 주세요."

학교 게시판에도 전쟁의 신 위드의 정체가 밝혀졌다.

최상준과 2명의 후배들이 주변의 친구들에게 떠들었던 것들이 빠르게 퍼져 나가서 게시판에도 오르고 학교 전체가 알게 된 것이다.

최고의 인기를 누리는 〈로열 로드〉의 유명 인사 위드가 같은 학교의 학생이라니!

"선배님, 존경해요."

"전투 이야기 조금만 해 주시면 안 돼요?"

"데스 나이트는 어떻게 얻는 거예요?"

평소에 친하지도 않던 학생들이 이현의 자리 주변으로 몰려들었다.

어떻게 안 것인지 다른 학과의 학생들도 더 많이 와서 이현에게 질문 공세를 펼쳤다.

연예인 저리 가라 할 정도의 인기였다.

'이래서는 잠도 못 자겠군.'

이현은 팬들에게 친절한 편이 아니었다.

"〈로열 로드〉에서 싸움을 잘하는 비결은…….'"

"뭔데요?"

"꿀꺽!"

"없어. 그냥 사냥이나 해."

이현은 무시하고 책상에 엎드렸다.

여전히 책상 주변으로는 사람들이 몰려들어 있어 기분이 불편했다.

'바드레이라…….'

텔레비전으로 보거나 한 사람들은 잘 모를 수 있었다.

이현의 캐릭터와 바드레이는 박빙으로 느껴졌을 테고, 어떻게 보면 이현이 더 매섭게 공격을 퍼붓기도 했다.

'이길 수가 없었어.'

하지만 이현은 지금으로써는 바드레이와 현격한 격차가 있다는 것을 그야말로 처절하게 느꼈다.

가공할 방어력과 공격력을 가지고 있는 바드레이였다.

전투 스킬들을 놓고 따졌을 때에도 바드레이를 앞설 만한 것이 딱히 없다. 유일하게 압도하는 점이 속도, 하지만 그것도 조각 파괴술로 인하여 일시적으로 만들어 낸 이점이었다.

'바드레이가… 근접전에서는 어느 정도 나와 싸우는 방식을 맞춰 준 거야. 물러서면서 스킬들만 사용했더라면 절대 이길 수 없었어.'

평소 실력만을 놓고 보면 넓은 지형이었더라도 도망도 못 가고 사망했을 것이다. 마법사의 속박에 걸려들지 않았더라도, 바드레이와 조금 더 오래 싸웠다면 이길 방법이 없었다.

'만약 죽음을 거부할 수 있는 힘으로 부활했다면……?'

〈로열 로드〉와 관련이 있는 게시판에는 그러한 논쟁도 활발히 벌어졌다.

전쟁의 신 위드는 죽음 후에 더 강력한 모습으로 부활한다. 언데드의 한 종류로 태어나서, 다른 부하들을 이끌고 기적 같은 전투를 보여 줬다.

위드가 살아났다면 상황을 많이 바꾸었을 거란 기대 어린 전망이 다수의 지지를 얻는 중이었다.

바르칸의 풀 세트. 해골, 로브, 망토, 부츠, 목걸이, 반지에, 마법책까지 가졌다.

바르칸의 풀 세트가 한자리에 모이면 쓸 수 있는 3대 마법 등을 운용한다면 헤르메스 길드의 전력과도 어느 정도 비등한 싸움을 했을지에 대해 생각도 해 보았다.

'그래도 상황을 완전히 바꾸진 못했을 거야.'

이현의 캐릭터가 가장 큰 힘을 발휘할 때가 네크로맨서 계열인 상황이었다.

최고의 군단 전력을 만들어 낼 수 있는 리치로 재탄생을 했더라도, 언데드 군단을 만들어 내서 훈련시키지 못하는 초기에는 약하다. 전투단과 친위대의 집중적인 방해와 공격을 극복하며 언데드 소환도 못 했을 테고, 바드레이가 바로 가까이에서 덤벼들더라도 당해 내지는 못했을 것이다.

'지고 싶지 않다.'

이현은 스킬 숙련도와 경험치가 떨어지고 아이템을 잃어버리지 않는 것보다는, 패배하고 싶지 않았다.

전쟁의 신 위드로 여전히 우러르는 사람은 많을 것이다.

바드레이에게는 졌다고 하더라도, 〈로열 로드〉가 최고의 인기를 얻고 있는 이상 랭커 정도만 하더라도 대단했다. 전쟁의 신 위드라면 모두가 아직 좋아할 만했다.

'그렇게 살고 싶진 않아.'

이현은 어설프게 강한 정도로는 만족이 안 되었다.

〈마법의 대륙〉 시절에는 정말 이루 말할 수 없는 더러운 성미를 가지고 있었다. 기어오르면 밟고, 비난하면 죽이고, 시끄럽게 떠들면 쓸어버리고.

전쟁의 신 위드라는 이름이 현재의 〈로열 로드〉와는 다른 무게로 자리 잡았었다.

그때의 본성이란 어디로 가지 않고 그대로 간직되어 있었다.

◌◌◌

"질리도록 싸우는군. 남이 가진 것을 조금이라도 더 빼앗겠다고……."

유병준은 유저들의 싸움이 즐거웠다.

발전도가 높은 중앙 대륙의 이야기였지만, 전쟁이 끊임없이 터졌다.

세력 확장을 위한 공성전이야 원래 많은 편이었다고 볼 수 있었다. 여기에 헤르메스 길드가 칼라모르 왕국까지 점령하면서, 힘이 있는 다른 길드들도 본거지에서 얌전히 있을 수가 없게 되었다. 주변의 성, 도시, 요새를 잡아먹으면서 몸집을 불렸다.

약자들의 연합도 활발하게 이루어지며 저항했다.

하벤 왕국처럼 국왕이 물러나고 길드가 권력을 차지할 날이 머지않은 곳도 몇 군데 되었다.

엠비뉴 교단은 세뇌와 공포를 타고 들불처럼 번지면서 신도들을 모으고 있다.

거대 길드들의 입장에서는 적당한 혼란을 일으켜 기회도 제공하고 사냥터도 확보할 수 있어서 그리 나쁘지만은 않았다. 엠비뉴 교단에 점령당하면 쌓아 놓은 도시 발전도가 날아가 버린다는 단점이 있지만, 약탈한 재물을 다시 빼앗으며 공헌도와 민심을 확보할 수 있었다.

거대 길드들이 대부분 내정을 통한 발전보다는 침략을 기반으로 성장하였기에 벌어지는 현상이었다.

"이렇게 흘러가 버린다면 난세가 되어 걷잡을 수 없게 된 중앙 대륙은 암흑기를 거치겠지."

유병준은 〈로열 로드〉에서 진행되는 일이라면 정보가 빠른 단체와 방송국이 잡지 못한 부분까지도 알았다.

엠비뉴 교단의 저력은 민심을 얻은 데에 있다.

불안에 떨고 있는 이들을 통해서 급속도로 번져 나가며, 그 숨은 위력은 상상을 초월!

각 지파의 수장들이 힘을 얻어서 나온다면 중앙 대륙의 강력하고 쉽게 허물어뜨리기 어려운 세력이 될 것이다.

엠비뉴에 점령되지 않은 왕국, 영토로 사람들이 몰리고, 나머지 땅에는 암흑시대가 벌어지는 것도 가능성이 큰 미래였다.

"약자가 잡아먹히는 거야 역사적으로 비일비재하게 일어났지. 〈로열 로드〉에서 그러한 일이 벌어진다고 해도 놀랄 것은 없다."

유병준은 〈로열 로드〉를 관장하는 인공지능 시스템에게 물었다.

"헤르메스 길드와 흑사자 길드는 어떻게 되었지?"

—흑사자 길드가 패배한 이후 헤르메스 길드를 견제하려는 움직임이 도처에서 일어나고 있습니다. 패권 동맹은 아직 유효하며, 전쟁은 신중히 벌어지게 될 것 같습니다. 흑사자 길드는 다른 명문 길드로 이탈하는 유저들이 발생하여 세력이 많이 위축될 것으로 보입니다.

"흑사자 길드의 톨렌 왕국 점령 계획에도 차질이 생길 정도일까?"

—내부 수습을 위해 상당한 시일을 소모할 것입니다. 대표 칼리스는 인망과 높은 수준의 무력을 갖추었지만 바드레이에게 처참하게 패배하는 모습이 방송으로 나오면서 예전의 명성을 회복하기가 쉽지 않아졌습니다.

"헤르메스 길드의 꾀가 상당하군."

—큰 틀에서 보자면 전략적인 부분에서, 추진력과 과감한 전술이 뛰어납니다.

헤르메스 길드는 멜버른 광산에서 흑사자 길드를 회생이 쉽지 않을 정도로 짓밟았다.

유저들이야 사냥을 통해서 잃어버린 경험치와 숙련도를 복구할 수 있을 테지만, 패배한 이후로 자신감은 많이 사라졌으리라.

처음부터 헤르메스 길드에서는 흑사자 길드를 끌어들이는 전술을 펼쳤다.

바드레이가 방송으로 드러나고 나서도 철수하지 않고 공개적으로 보스급 몬스터 사냥을 진행했다.

당연한 듯이 칼리스와 흑사자 길드가 분노하여 달려오자 전투단과 친위대의 전력으로 완벽히 격파해 버렸다.

흑사자 길드에서 멜버른 광산으로 들어오지 않고 입구만 봉쇄하고 기다렸더라도 결과는 마찬가지였으리라.

유병준은 인공지능을 조절하여 모든 화면을 볼 수 있었다.

멜버른 광산 주변으로 헤르메스 길드의 전투단 200명이 숨어서 배치되어 때만 기다리고 있었다. 어떤 진행 상황에서든 철수하지 않고, 향후 경쟁자가 될 흑사자 길드를 무너뜨리려는 계략을 성공시켰다.

이번 전투의 최대 수혜자는 헤르메스 길드였다.

"결단력이 좋은 녀석이 있겠군."

—대외적으로는 길드장인 라페이로 추정됩니다.

"나름대로 능력이 있으니 헤르메스 길드의 외부적인 수장 노룻을 하고 있겠지. 하벤 왕국을 집어삼킬 때에도 계략이 괜찮았던 것 같군."

유병준은 〈로열 로드〉의 여러 장소들을 살폈다.

이름 있는 관광지들은 여전히 흥청망청하는 사람들로 넘쳐났다.

절벽, 산, 화산, 호수, 늪지, 강, 바다.

여행할 곳이 많고, 입이 떡 벌어지는 절경들이 워낙에 많다 보니 많은 유저들이 즐겁지 않을 수가 없다.

농사를 지어도 풍성한 곡식의 이삭과 탐스러운 열매를 보며 기쁨을 누릴 수 있을 정도이다. 현실에서 얻기 어려운 다양한 분야의 경험과 즐거움들이 만들어져 있었다.

유저들은 그곳에서 각자가 원하는 역할을 하면서 살아간다.

거친 몬스터들을 이겨 내기 위한 성장, 남을 돕는 의뢰도 중요한 요소였다.

유저들이 날이 갈수록 늘어나며 부대끼며 살아갈 것도 같지만, 대륙의 면적이 워낙에 넓다. 위험을 무릅쓰고 멀리 떠나기만 한다면 발견할 수 있는 것은 무궁무진했다.

다만 모험과 사냥에 충분한 시간을 투자할 수 없거나 안전을 생각한다면 유명한 성들 주변의 사냥터에 있을 수밖에 없다.

"농부 미레타스의 직업 마스터 퀘스트는 얼마나 진행됐지?"

—지금 9단계를 완료하고, 열 번째로 나아가고 있습니다.

농부는 씨앗을 뿌리고 가꾸어야 했기에 직업 퀘스트의 진전 속도가 조금 느렸다.

"모험가 체이스는?"

―필요한 자주색 소검을 구하지 못했습니다. 나중에 필요한 모험의 단서들도 아직 2개를 발견하지 못했습니다.

"열한 번째 퀘스트에 오랫동안 막혀 있군. 수수께끼를 해결하는 능력, 던전에서 길 찾기 능력에 비해서 아쉽게도 사교성이 조금 모자라."

유병준은 직업 마스터에 도전하는 유저들을 1명씩 관찰하고 있었다.

각자 직업과 연관된 퀘스트를 수행하기 위하여 접속 시간들이 부쩍 늘었다.

방송국들은 직업 마스터에 도전하는 유저들을 파악하고, 그들과의 인터뷰, 혹은 퀘스트 영상이라도 따내기 위하여 안달이었다. 유병준이 보고 있는 화면을 방송사에 제공한다면 큰 인기를 끌 수 있겠지만 그런 것은 안중에도 없었다.

직업 마스터 퀘스트가 진행되면서 유저들의 생활에도 변화가 생겼다.

전에는 본 적이 없는 견과류가 새로운 상품으로 등록된다거나, 커다란 던전이 새로 열린다거나, 국가 간의 우호도에도 영향이 발생했다.

"위드는?"

―접속하지 않았습니다. 아직 접속할 수 있는 시간이 되지 않았습니다.

목숨을 잃었을 경우 현실 시간으로 24시간 동안 접속할 수 없다.

"타격이 크겠군. 바드레이에게 공개적으로 패배하고, 레벨보다는 스킬의 숙련도가 많이 하락했겠어. 지금이 중요한 시기인데."

조각사는 스킬 숙련도를 얻기가 남보다 많이 어려운 직업군에 속한다.

"접속하면 즉시 알려 줘. 그리고 모니터의 하단에 위드의 영상을 띄워 놓도록."

—명령을 수행합니다. 유저 위드가 접속하면 8, 9번 모니터에 그의 영상을 띄우겠습니다.

유병준이 보고 있는 거대한 모니터가 위드를 위한 공간으로 준비되었다.

"접속해서 절망에 빠져 발버둥 치는 걸 지켜보는 것도 재미있겠지. 클클클."

이현은 학교에서 몰려드는 학생들로 인해서 힘든 시간을 보냈다. 우려했던 대로 후배들 사이에도 알려졌다.

"모라타에서 풀죽 사 주시면 안 돼요?"

"선배님이랑 풀죽 같이 먹어 보고 싶어요."

언제부터 선배님 소리를 들으며 후배들한테 인사를 받았는지 모를 일. MT와 축제, 학과 행사에도 끼지 않았는데 이현을 모르는 신입생 후배가 없을 정도였다.

가상현실학과인 만큼 모두 〈로열 로드〉를 했고, 이현이 그곳에서 이룬 업적이 대단하다는 걸 알았다.

3학년 선배 중 1명도 도시를 가진 영주이기는 하지만, 모라타의 인기도와 영향력에 비할 바가 아니었다. 모라타는, 방송사에서 투표를 해 본 결과 가장 살고 싶은 도시 1위로 선정되기도 했다.

"저 모라타에 있는데요, 선배님 만나 뵐 수 있을까요?"

수줍어하는 여대생의 고백도 들었다.

장점으로는, 교수들도 이현에 대해 긍정적으로 생각하게 된 것이었다.

'학점을 따는 데 도움이 되겠군.'

이현은 수업을 마치고 집으로 돌아왔다.

하루 동안 접속하지 못해서 어제는 서윤과 함께 집 청소를 실컷 했다.

미루었던 집안일을 끝내 놔서 상쾌한 기분!

"전장으로 다시 들어갈 시간이군."

이현은 캡슐로 걸어갔다.

⚜

위드가 다시 접속한 장소는 트레이피크의 성벽 아래였다.

"가죽 갑옷 착용."

레벨 130대의 초급자용 복장을 재빠르게 입었다.

"외모가 평범해서 이럴 때 조금 도움이 되는군."

흔한 복장으로 바꿔 입기만 해도 위드를 알아보는 사람이 많지 않다.

트레이피크는 여전히 흑사자 길드의 영역이었다. 헤르메스 길드의 습격을 받아서 혼란스러운 상황에, 위드가 이곳의 유저들에게 그렇게 중요한 존재는 아니리라.

"일단 확인해 봐야 될 것은… 잃어버린 경험치로군!"

위드는 나쁜 소식 세 가지를 살펴야 했다.

경험치, 숙련도, 장비!

"스탯 창!"

캐릭터 이름: 위드

성향: 역사적인 영웅의 기질   레벨: 409

직업: 전설의 달빛 조각사!

칭호: 세상을 바꾸는 조각사

명성: 92,007	생명력: 41,230	마나: 19,405
힘: 1,443	민첩: 1,097	체력: 209
지혜: 293	지력: 314	투지: 525
지구력: 265	인내력: 892	예술: 2,430
카리스마: 530	통솔력: 787	행운: 143
신앙: 207+435	매력: 451+30	맷집: 471
기품: 153	정신력: 92	용기: 200
명예: 43	방어력: 1,941	공격력: 7,103

자연과의 친화력: 1,043

마법 저항: 불 33%, 물 39%, 대지 39%, 흑마법 41%

* 모든 스탯에 20개의 포인트가 추가된다. 예술에 추가로 80개의 포인트가 부여된다. 달이 뜨는 밤에는 30%의 능력치의 향상이 있다.

* 아이템 특화.

* 모든 생산 스킬을 마스터의 경지까지 배울 수 있다. 모든 아이템 제조와 제련의 스킬에 우대 적용, 최고급 스킬들을 배울 수 있다.

* 특이하거나 예술적 가치가 높은 조각품을 만들면 명성이 상승한다.

* 조각품과 생산 스킬, 전투 경험, 퀘스트로 인하여 전 스탯이 178 증가한다.

* 착용하고 있는 바하란의 팔찌로 인하여 전 스탯이 15 증가한다.

레벨은 다시 409로 감소했다.

경험치를 쌓기 어렵다고는 해도, 다른 것들에 비해서는 쉬운 편이었다.

숙련도는 조각술이 11.4%가 감소하여 고급 8레벨 49.7%가 되었다.

손재주, 대장일, 재봉, 요리, 낚시 그리고 공격 스킬들까지 숙련도가 전부 조금씩 하락했다.

"역시… 행운의 도움을 받지 못했군."

모험가들은 특별히 행운을 올려 주는 아이템이 있다면 죽음의 충격도 약소한 피해로 넘긴다고 한다. 하지만 다른 직업들은 그런 행운의 작용이 잘 적용되지 않았다.

위드는 특별히 행운이 죽음의 페널티를 막아 줄 정도로 높은 편도 아니었다.

"다음으로는 아이템인데……."

소지품들을 하나씩 확인했다.

붕대와 약초, 화살, 낚싯밥, 숫돌, 조각 재료, 광물, 퀘스트 아이템인 사파이어까지 꼼꼼하게 확인!

"타, 탈로크의 믿음 갑옷이 사라졌군."

몬스터의 공격으로부터 오랫동안 지켜 주었던 훌륭한 갑옷을 잃어버렸다.

"이 피해는……."

위드는 잠시 눈을 감았다.

가슴에서 솟구치는 분노를 참아 내야 했다.

마음 같아서는 헤르메스 길드의 영역인 하벤 왕국으로 가서 실컷 복수를 해 주고 싶었다. 하지만 그렇게 한다면 다시 죽는 것 외에 다른 결과는 없다.

"반드시 갚아 줘야지."

위드는 분노를 삭이기 위해서라도 필요한 일을 하면서 움직이기로 했다.

"직업 퀘스트는 조금 뒤에 보고하고, 검술의 비기를 얻어야겠군."

더 강해지기 위한 첫걸음!

망망대해에 있는 검술 마스터 애쉬를 만나서 스킬을 전수받는 것이다.

위드의 검술 스킬은 이미 고급에 올라 있었기 때문에 자격이 되었다.

단지 광휘의 검술 하나라도 제대로 먼저 익혀 놓기 위하여 분검술은 배우지 않았을 뿐이다.

"어차피 광휘의 검술도 숙련도가 낮으니 이것저것 다 같이 배워 두는 편이 낫겠지."

잡캐다운 다짐을 하는 위드!

수련생들도 우연히 도착했던 그 장소를 배를 타고 다시 찾아가기란 매우 어려웠다.

항로에 대한 기록을 조금도 해 두지 않았기 때문에, 바람과 해류가 바뀐 지금은 시간을 몇 달은 투자해야 성과를 거둘 수 있으리라.

하지만 유린이 있었기 때문에 설명해 주는 것만으로도 그림을 그려서 그곳에 가는 게 가능했다.

철썩… 철썩…….

갈매기들이 놀고 파도가 치는 섬!

위드는 검치와 검둘치와 같이 애쉬가 사는 이름 모를 섬에 도착했다.

"위드야, 이곳이 검술을 배울 수 있는 장소냐."

"예. 맞습니다, 스승님."

"그다지 쓸모없겠지만 참고로 배워 두는 것도 좋겠지."

유린의 그림 이동술로 어제 검치와 검둘치 그리고 다른 사범들도 늦게나마 멜버른 광산에 갔다. 막 텔레포트로 빠져나가려던 헤르메스 길드를 공격하다가 장렬하게 사망!

검치와 검둘치의 강함에 대한 자부심은 남다른 편이라 다른 검술을 배우려고 하지 않았지만 위드의 부추김에는 당해 내지 못하고 검술의 비기를 익힐 수 있는 섬으로 오게 된 것이다.

"다른 사람들은 다 익히고 있는데…….

"…….

"물론 스승님과 대사형에게 꼭 필요하진 않겠지만 검술의 비기를 알고 있다면 필요할 때 적당히 써 주면서 엄청 멋지게 싸울 수도 있을 텐데요."

"…….

"뭐, 여자들한테 인기도…….

"……!"

위드와 검치, 검둘치가 도착하고 나서 조금 있으니 애쉬가 나무 사이에서 걸어 나왔다.

"검술을 배우러 나를 찾아온 자들인가. 그렇다면 자격을 갖추어야 될 것이다."

애쉬는 나타나자마자 검을 뽑아 대결하려고 했다.

"말이 짧아서 편하군."

검치가 검을 한 자루 뽑아 들고 나서더니 간단히 자격을 증명했다.

30개의 분신들 사이에서 잠깐잠깐 싸워 주는 것은 일도 아니었다.

무기술 스킬이 올라가면서 검에 부여되는 마나를 조절하여 공격력을 배가시키거나 상대를 밀쳐 낼 수 있게 되었다. 어설픈 분신들은 오히려 장애였다.

검치는 느긋하게 분검술을 즐기면서 애쉬가 인정할 수밖에 없게 만들었다.

패싸움이야말로 검치의 최대 장기!

검둘치도 비슷하게 관록 있는 검으로 분신들 사이에서도 활약했다.

"위드입니다. 저는 조각사이지만 평소에 뛰어난 검사를 존경했습니다. 대륙의 평화를 지키기 위하여 약간의 검술을 익히고도 있기에 이렇게 가르침을 청합니다. 만나 뵙게 되어서 영광입니다."

위드는 좀 달랐다. 상대가 검술의 마스터이고 레벨도 높아 보이니 자연스럽게 아부가 나왔다.

"조각사라는 직업으로 이만한 검의 성취를 이루었다면 그 노력이 대단하군. 좋은 승부를 기대하겠다."

위드는 애쉬의 똑같이 생긴 분신들을 보면서 호흡을 가다듬
었다.

분신 중에서 진짜를 찾아서 격파하면 전체가 약해진다.

위드는 가장 단순한 방식을 택했다.

죽기 직전까지 무작정 싸워 보는 법!

"시작하겠다."

위드를 가운데 두고 애쉬와 분신들이 주변을 겹겹이 포위한
채로 공격을 퍼부었다.

위드는 고도의 집중력을 발휘하여야만 했다.

'더 빨리 생각하고, 더 빨리 움직인다. 생각과 몸의 반응속도
를 최대로 해서… 길거리에 만 원짜리가 떨어진 걸 발견했을
때처럼 뛴다.'

정면의 적들과 싸우면서 좌우측도 신경을 써야 하고, 뒤쪽에
서의 공격까지도 고려해야 되었다.

애쉬의 분신에 의해 다리를 부상당했습니다.
부상 부위가 회복될 때까지 이동력이 7% 감소합니다. 높은 맷집으로 생명
력이 983 감소합니다.

분신은 진짜에 비해 그렇게까지 강하지 않다.

위험도가 덜한 공격은 맷집과 인내력으로 버티면서 격렬하
게 검을 휘둘렀다.

"헤라임 검술!"

분신을 하나씩 격파할 때마다 위드는 상처투성이가 되었다.

위험한 경로의 공격은 철저히 막으면서도 나머지는 몸으로 막아 내는 것이, 전투에 미친 광전사처럼 보일 정도였다.

지독하게 무식한 방법을 택한 것은 다른 검치 들을 능가할 정도였다.

위드를 중앙에 두고 분신들이 뛰어다녔다. 검이 부딪칠 때마다 격렬한 불똥이 튀었다.

왕국이 멸망하고 나서 남은 마지막 기사처럼 싸우는 위드!

거친 숨을 헐떡이면서도 애쉬의 분신들과 검을 겨루었다.

바드레이에게 패배한 이후로, 더는 물러서고 싶지 않았다.

'고작 이 정도에서 패배한다면… 나는 평생 부잣집 아들을 부러워하며 살 수밖에 없어.'

위드의 생명력은 삼분의 일도 남지 않았다.

분신은 고작 10개밖에 없애지 못했기에, 애쉬가 제안했다.

"이 정도에서 물러나는 것이 어떤가. 너는 아직 내 기술을 소화하기에 모자랄 것 같다."

위드는 고개를 저었다.

"계속 싸우겠습니다."

"그렇다면 죽더라도 후회하지 않겠는가."

"후회는 하겠지만 그래도 싸울 겁니다."

분신이 줄어든 만큼 위드도 전투가 처음보다는 쉬워졌다.

그러나 생명력이 감소하고, 무엇보다 자잘한 부상이 많아졌다. 상처들로 인해 움직임이 느려져서 오히려 어려워진 감도 있었다.

'믿을 건 몸밖에 없다. 맞으면서 이기자!'

검치와 수련생들의 전투력은, 무기술 스킬이 높은 경지에 있기 때문에 뛰어났다.

순간적인 공격력 강화가 가능했기 때문에 전투를 하면서 숨어 있는 진짜 애쉬를 잡을 수 있었다.

위드의 검술 스킬은 고급 2레벨이었다.

공격력이나 마나 운용에서 차이가 심해서, 분신들 사이에서 진짜 애쉬가 공격하더라도 역습을 가해서 제압하기가 어려웠다. 그 사이에 애쉬는 분신들 사이로 몸을 숨겨 버리기 때문이었다.

'전부 다 부숴 버린다.'

위드는 몸을 내던지면서 분신들을 줄였다.

과격한 전투로 인하여 투지가 솟구칩니다. 투지 스탯으로 인해 공격력과 방어력이 높아집니다.

"커헉!"

위드의 생명력은 4%도 안 남았다. 그렇지만 분신도 모두 사라졌다.

남은 건 애쉬 혼자였다.

몸을 던지면서 분신을 2개, 3개씩 줄일 기회를 만들어 낸 덕분이었다.

"검에 대한 이해나 기술적인 면은 많이 모자라지만 검사로서 포기하지 않는 자질이 엿보이는군. 나와 싸우면서 충분히 분검술에 대해서 깨달았을 것이다."

띠링!

애쉬보다 많이 낮은 레벨과 무기, 방어구로 싸웠기 때문에 모든 스탯이 3씩
오릅니다.

전투를 통해 검술 스킬, 분검술을 습득하였습니다.

분검술의 습득!

검치와 검둘치는, 다른 사범들과 수련생들과 같이 모라타에
방문하기로 했다. 영주성에 보관된 조각상의 광휘의 검술을 익
히기 위해서였다.

위드는 조각술 마스터 퀘스트를 에르리얀에게 보고하기 위
하여 우고트로 이동했다.

헬리움의 재탄생

에르리안을 만족시켜 주려면 대작 사파이어 조각품을 만들어야 했다.

"조각사란 좋은 직업이 아닌 거 같기도 하군."

무언가를 만들면서 즐거워한다면 그걸 직업으로 가질 수도 있다.

그러나 시간이 흐르다 보면 주변 사람들을 비롯하여 자신의 욕심이 커진다.

보다 좋은 작품을 만들고 싶은 욕망!

그 시점부터는 창작의 고통이 밀려오게 되고, 극심한 스트레스를 받기도 했다.

"요정들을 위해서 사파이어를 희생해야 하다니… 퀘스트만 아니었더라면……."

위드는 재료에 대한 아까움까지도 감수해야 됐다.

직업이 조각사인 만큼 능력이 오를수록 좋은 재료를 자주 사용하게 된다. 이 재료들을 가공하여 돈을 받고 팔아먹고 싶은 마음을 억누르기가 힘들었다.

"멜버른의 사파이어는 최고지. 조각품을 만들기에 충분해."

위드는 에르리얀의 출몰 지역에서 작품을 만들기로 했다.

보석 세공은 정밀한 작업을 필요로 했다. 모라타의 영주성에서는 창가로 사람들이 떠드는 소리와, 위대한 건축물의 공사를 하는 소음이 들렸다.

에르리얀의 입맛에 맞춰야 하니 조각품을 만드는 모습을 보여 주면서, 혹시나 반응이 뭔가 아닌 거 같으면 바로 수정하기 위한 맞춤형 제작 방식!

"대작 조각품을 만들기 위해서는 더 많은 투자를 해야겠지."

멜버른에서 다시 사파이어를 캐 오기는 어렵게 되었다.

흑사자 길드에 의하여 광산은 거의 폐쇄나 다름없게 막혀 버렸다. 길드원들만 들어가서 사냥할 수 있으며, 광부들은 철저히 검사를 받았다.

흑사자 길드의 입장에서는 굴욕과도 같은 장소를 외부인에게 허용하고 싶지 않은 것이다.

조각에 실패하면 타격이 크기 때문에 위드는 루비를 꺼냈다.

샤스펜의 루비 광산.

드워프 장인들이 모여 있는 쿠르소에서도 양질의 루비가 나오는 광산이었다. 채광량이 많지는 않아서, 루비를 다 캐고 난 지금은 몬스터들이 들끓는 던전이 되고 말았다.

위드는 자신의 몫의 루비를 이번에 챙겨 왔다.

"푸른 사파이어와 붉은 루비의 조화라……."

사파이어는 지혜를, 루비는 힘을 의미한다.

힘과 지혜를 겸비한 조각품!

"조각은 형태적인 아름다움 외에도 역사적인 가치가 있으면 더 좋겠지. 에르리얀들이 그리워할 수 있는 조각품은……."

위드는 이미 결정해 놓았다.

게이하르 폰 아르펜 황제!

대륙을 통일하고 조각술을 위대한 경지로 이끈 황제를 조각하려는 것이다.

스킬 숙련도를 위해 일찍 만들고 싶었는데도 참았다.

좋은 조각품을 만들어야 할 때를 위하여 아껴 놓았던 주제!

"영상을 몇 번 보면서 조각사로서 친숙하기도 하니까. 과거의 그 위풍당당한 모습을 그대로 재현해 낼 수 있겠지."

위드는 큼지막한 바위를 깎았다.

조각칼과 망치를 들고 있는 게이하르 황제의 몸매를 세밀하게 표현했다.

황제는 잘 먹어서 배가 두툼하게 나오고 다리는 짧고 굵었다. 팔도 역시 마찬가지로 짧았는데, 조각품을 만드는 손가락만은 굳은살과 상처로 인해서 엉망이었다.

턱은 살에 묻혀서 조각술로 미묘하게 표현하기가 정말 어려운 부분이었다.

"과연 역시 쉽지 않군."

다행히(?) 머리는 시원하게 벗어져서, 머리카락을 따로 표현하지 않아도 되었다.

평범한 아저씨 같은 외모였지만 위대한 게이하르 황제라서 조각품으로 만들기가 더 만만치 않다.

매사에 자신감과 확신이 있는 표정, 그리고 조각품들을 향한 부드러운 눈빛!

솔직히 위드가 만든 조각품 중에서 잘생긴 편은 아니었다.

외모적인 특성에도 불구하고 게이하르 황제의 느낌을 정확히 살리기가 그만큼 어려운 부분이 있었다.

"황금과 루비, 사파이어로 장식해 주면 되겠지. 황제의 위대함을 나타내는 최고의 옷과 장신구들이 있어야 해."

조각상에 전체적으로 루비를 사용하여 화려함을 빛내기로 했다.

중요한 표현은 조각상의 넓은 어깨를 이용하기로 했다.

오른쪽 어깨에는 황금을 녹여서 황금새를 조각하여 올려놓았다. 실물을 자주 보고 또 데리고 다녔기에 거의 똑같이 조각할 수 있었다.

다른 어깨에는 사파이어로 에르리얀을 매우 정교하게 조각해서 올려놓았다. 장난기 많은 에르리얀은 게이하르 황제의 옷소매와 단추를 잡고 놀기도 한다.

위드에게는 이 과정이 조각품을 만드는 데 매우 중요한 부분이었다.

게이하르 황제를 표현하면서 돌을 깎고, 황금을 녹이고, 루비와 사파이어까지 정밀하게 세공한다.

여러 과정들이 모두 합쳐져서 베르사 대륙의 역사에서 가장 큰 일을 해낸 게이하르 폰 아르펜 황제를 만들었다.

띠링!

만든 조각품의 이름을 정해 주십시오.

"이 조각품의 이름은 '게이하르 폰 아르펜 황제'로 하겠다."

〈게이하르 폰 아르펜 황제〉가 맞습니까?

"그래."

띠링!

역사적인 조각품, 대작! 〈게이하르 폰 아르펜 황제〉를 완성하였습니다!
까마득한 과거이지만 베르사 대륙이 하나의 깃발 아래에 뭉쳤던 시절이 있다. 왕국 간의 국경이 사라지고, 모든 종족들이 무릎을 꿇었던 대제국의 황제! 루비와 사파이어, 황금으로 치장된 더없이 호화롭고 사치스러운 조각품이지만, 그조차도 대륙 정복의 위업을 달성한 황제의 업적에 비한다면 결코 과하지 않으리라. 예술적이고 매력적이며 창조성이 뛰어나서 대중의 인기를 얻고 있는 거장 조각사의 작품! 현재 남아 있는 게이하르 폰 아르펜 황제의 조각품이 없기에 이 조각상은 역사적으로 높은 가치를 가진다.
예술적 가치: 24,789
옵션: 〈게이하르 폰 아르펜 황제〉를 본 이들은 생명력과 마나 회복 속도가 하루 동안 34% 증가한다. 아르펜 제국에 대한 역사적인 지식을 획득할 수 있다. 조각술의 평판을 높여 준다. 조각술로 증가한 스탯들을 하루 동안 30% 많아지게 한다. 왕과 황제의 존엄도 향상. 왕궁, 영주성에서 소유할 경우 지역 정치력을 확대한다. 영토 내 이종족들 간의 관계를 악화시키지 않는다. 전 스탯 30 상승. 다른 조각품과 중복으로 적용되지 않는다.
지금까지 완성한 대작의 숫자: 12

조각술 스킬의 숙련도가 향상되었습니다.

손재주 스킬의 숙련도가 향상되었습니다.

명성이 2,670 올랐습니다.

예술 스탯이 37 상승하였습니다.

매력이 8 상승하였습니다.

카리스마가 9 상승하였습니다.

대작 조각품을 만든 대가로 전 스탯이 3씩 추가로 상승합니다.

퀘스트에 필요한 조각품을 완성하였습니다.

위드의 입가에 잔잔한 미소가 맺혔다.

'역시 게이하르 황제는 훌륭한 사람이었어.'

에르리얀을 만족시켜야 하는 조각술 퀘스트에 절묘하게 친분을 팔아먹어서 성공시킨 조각품!

조각술 숙련도도 5.4%나 늘었다.

지난번 죽은 것을 복구할 수 있을 정도는 아니라서 여전히 피해가 컸다. 하지만, 대작 조각품의 경험을 많이 쌓아 두는 것도 이득이었다.

띠링!

에르리얀이 원하는 사파이어 퀘스트 완료
대륙에는 예술과 문화 속에서 탄생한 종족들이 살아가고 있다. 에르리얀은 다시 인간을 믿기 위해서 좋은 조각사가 나타나기만을 기다렸다. 이제 그들의 믿음을 배신하지 않고, 작품으로 조각술 능력을 증명하였다. 에르리얀들은 이제 지금까지 살아온 터전을 버리고 당신을 따라나설 것이다. 그곳이 비록 풀 한 포기 자라지 않는 사막이더라도……

명성이 1,600 올랐습니다.

종족 에르리얀과의 우호도가 최대가 되었습니다.
매우 중대한 잘못으로 실망을 주지 않는 한 우호도는 잘 떨어지지 않습니다.

열세 번째 단계의 조각술 마스터 퀘스트를 완료하는 순간이었다.

에르리얀들은 조심스럽게 말했다.

"우리를 잘 이끌어 주겠어?"

장난기 많고 작은 종족들이었다.

위드는 그들이 겁내는 것도 당연하다고 생각했다.

"너희는 앞으로 훌륭한 주인… 아니, 동반자를 만나게 되었으니 조금도 걱정할 필요가 없단다."

멜버른 광산에서 사파이어를 구하다가 한 번 죽었고, 탈로크의 갑옷도 빼앗겼다. 그런 어려운 퀘스트의 보상이라는 점을 감안한다면 죽을 때까지 부려 먹어야 하리라!

'농사도 잘 짓고, 광물 채취, 호수와 연못도 관리한다니… 쓸모가 많은 요정이로군.'

모라타의 넓은 곡창지대에서 광산촌, 호수에서 일할 일꾼으로 알차게 써먹을 작정이었다. 요정들이 일을 도와준다면 수확량이나 채굴량도 커지게 되리라.

에르리얀들은 계속 말했다.

"그런데 우리의 친구들을 데려가도 돼? 가엾게도 많이 배고파하고 있을 거야."

"친구들?"

에르리얀도 아직 제대로 밥값을 못하는 판인데 군식구까지 늘리겠다니!

위드는 조각 생명체들이 많이 늘어나면서 짜증과 잔소리보다는 설득을, 폭력보다는 존경을 얻는 방식을 취했다. 조각 생명체들은 때 묻지 않은 순수함을 가지고 있어서 조금만 달래주어도 일을 잘했기 때문이다.

'이럴 때일수록 냉정하고 과감하게 패 버려야 한다. 조금이라도 망설이면서 패는 모습을 보인다면 약해 보일 수 있어. 정확한 힘 조절로 생명력이 바닥에 떨어질 때까지 두들겨 패 줘야만⋯⋯.'

에르리얀이 대답했다.

"아르펜 제국에서 같이 일했던 친구들이야. 그들은 동물을 기르는 데 탁월한 재주를 가지고 있어."

위드의 목소리가 나긋나긋해졌다.

"네 친구에게 그런 재주가 있었구나?"

양, 토끼, 소, 말, 돼지 등은 대규모로 사육한다면 이득이 많다. 모라타에서 필요한 가죽을 구할 수 있었으며, 고기들은 식료품의 가격을 안정시키고 요식업계도 발전시킨다.

사실 위드야 어지간한 재료로 다 맛있게 만드는 편이었지만, 음식이란 생활과 민감해서 떼려야 뗄 수가 없는 부분이었다.

음식이 맛있으면 유저들이 마음 놓고 도시에서 머무르는 시간이 늘어나고 돈을 많이 쓴다.

누렁이로 인하여 소들이 잘 번식해서 운송 업계와 상인들이 혜택을 입은 것처럼 동물들을 잘 키우면 여러 가지 이득이 생긴다.

"응. 그런데 지금은 슬레이언 부족에 의해서 감금돼 있어."

"감금이라니. 저런!"

위드의 목소리가 가식적으로 들리는 것이 착각만은 아닐 것이다.

"슬레이언 부족을 물리치고 내 친구들을 구해 주겠어? 위험한 일이지만 조각술의 재기를 이끄는 당신이라면 할 수 있을지도 몰라."

띠링!

에르리얀의 친구

아르닌은 동물과 어울리면서 사는 요정이다. 그들은 전투 부족인 슬레이언에 의하여 강제 노역을 하고 있다. 하르셀 산악 지역의 지배자인 슬레이언 부족을 물리치고 그들을 구출하라! 큰 전쟁을 치르지 않고는 불가능한 일. 조각사에게는 위험천만한 일이 될 것이다.

난이도: 조각술 마스터 퀘스트.

제한: 고급 8레벨 이상의 조각술. 조각품에 생명 부여 스킬 필요.

"으음."

다행히 이번에는 북부에서 의뢰가 벌어졌다.

슬레이언은 번뜩이는 노란 눈에, 파충류처럼 피부가 두꺼운 각질로 덮여 있는 전사 부족이다. 방대한 하르셀 산악 지역에서 세력을 떨치고 있는 부족으로, 강대한 무력과 지형의 험난함으로 인해 주변에 도시와 마을, 정착촌도 형성되지 못했다.

"슬레이언이라니… 정말 쉽지 않은 상대인데."

큰 부락의 전사들만 몇천 명 이상이었다. 하르셀 전역에 퍼져 살고 있으니 전체적인 규모가 얼마나 되는지는 가늠하기 어렵다.

'여기서 포기할 수도 없고… 조각품에 생명 부여를 선택해서인지 대규모 전투 의뢰가 나오는 모양이로군.'

조각 생명체들을 양성하여 그들의 힘으로 전쟁을 치러야 하는 퀘스트 발생!

성공하면 조각 생명체 종족 하나를 통째로 얻게 된다.

위드는 의뢰를 받기로 결정했다. 이럴 때 써먹으려고 조각 생명체들을 키운 것이니까.

"퀘스트를 받아들이겠다."

> 퀘스트를 수락하였습니다.

> 위험한 의뢰를 승낙하여 용기 스탯이 2 증가합니다.

❦

각 방송국의 정보 프로그램에서는 직업 마스터 퀘스트 경쟁에 대한 부분이 가장 인기였다.

—현재 헤르메스 길드에 따르면 흑기사 바드레이는 열두 번째 퀘스트를 마쳤다고 하지요. 모험가 체이스에 대한 정보도 입수되었다면서요?

—필요한 재료를 모으고 이제 열한 번째 퀘스트 완료에 도전한다는 소식이 조금 전에 들어왔습니다.

—전사 파이톤도 직업 마스터 퀘스트에서 아홉 번째를 진행하며 어제 목표로 했던 몬스터를 사냥했습니다. 상세한 영상이 준비되어 있으니 잠시 후에 전해 드리겠습니다.

—다른 직업 마스터 퀘스트를 하고 있는 분들에 대해서는 아직 알려지지 않았습니다. CTS미디어는 모든 정보망을 동원하여 가장 빠르게 시청자분들에게 확실한 사실들을 전할 것을 약속드립니다.

—수희 씨, 이들끼리의 경쟁이 뜨거워지면서 더욱 많은 분들이 직업 마스터에 대하여 관심을 가지시는 것 같아요.

—누구나 다 자신과 같은 직업이 먼저 마스터가 되기를 바라는 마음을 갖고 있겠죠?

직업 마스터를 시도하는 유저들 가운데에서 현재까지 이름이 드러난 사람은 9명이었다. 방송국에서는 그들의 일거수일투족을 알고 싶어 했다.

최초의 직업 마스터가 갖는 영예란 이루 말할 수 없는 것이며, 다시 세울 수도 없는 대기록이기 때문이다.

하지만 조각사 위드에 대한 말은 거의 흘러나오지 않았다.

위드는 진행 상황을 몇몇 사람들에게만 알렸고, 도시에 가서 떠벌리지도 않았다. 최근에 바드레이에게 죽기까지 했으니 퀘스트 경쟁을 다루는 방송국들도 그에 대해 조금 소홀해졌다.

최종적으로 퀘스트를 끝마치기 위해서는 직업 스킬을 마스터해야 되었다. 조각술이 단기간에 올릴 수 있는 것도 아닌데 죽기까지 했으니 경쟁에서 많이 뒤처지게 되었다고 본 것이다.

◦৹ ⸙ ৹◦

　　"쯧쯧쯧, 틀려먹었군. 이번에도 너무나 어려운 퀘스트를 받았어."

　　유병준 박사는 모니터를 보면서 혀를 찼다.

　　위드가 접속하자마자 쭉 그의 영상을 지켜보고 있었다.

　　에르리안의 퀘스트를 완료한 정도야 당연히 예상한 범위 내에 있었다.

　　그러나 다음에 받은 퀘스트는 난이도가 너무 높았다.

　　위드에게 말을 잘 듣는 부하들이 있더라도. 슬레이언 부족은 호락호락하지 않다. 하르셀 산에 동굴들을 뚫어 놓고 교묘하게 이용하는 데다가 전사들의 능력도 대단하다.

　　군대를 대규모로 끌고 가더라도 토벌하기가 어려운 존재들이었다.

　　"엎친 데 덮친 격이로군. 이번 퀘스트에서도 실패한다거나 목숨을 잃거나 하면 안 될 텐데."

　　유병준은 위드만 접속하면 구경하는 재미가 있었다.

　　어떤 어려움이 있어도 최선을 다해서 성공할 것 같다는 기대가 되었다.

　　"바드레이가 최근에 좋은 스킬과 명검의 혜택을 많이 입으며 검술을 올리고 있지. 퀘스트는 둘째 치더라도 조각술을 올리기란 쉽지가 않을 텐데."

높은 산에 오르는 것에 비유하자면, 지금은 절벽 밑에 있었다. 절벽을 마저 올라야 완전한 정상, 조각술 마스터가 된다.

언젠가 위드가 마스터의 경지에 오르리란 건 확실하지만, 직업 스킬의 특성상 다른 경쟁자들에 비해서 심하게 불리했다.

"그보다도… 조각술 최후의 비기는 과연 얻을 수가 있을지 모르겠군. 이 정도까지 모은 것도 대단하기는 한데."

직업 스킬의 비기들을 모두 모은 것은 현재로써 위드가 유일했다.

유병준은 인공지능 시스템을 향해 질문했다.

"현재 위드와 바드레이가 전투했을 때의 승률은?"

—위드의 전투 성향상 지형적인 요소에 따라 스킬 활용도가 달라집니다. 바드레이는 휘하에 많은 사람들을 거느리고 있습니다. 단둘이 만날 수 있는 모든 상황을 가정하였을 때, 위드의 현재 승률은 7.2%가량입니다.

바드레이에게 부여된 축복이나 전투적인 유리한 요소들을 제외한다면 위드에게도 약간의 승산은 있었다. 바람이 심하게 부는 절벽에서의 싸움, 공중에서 와이번을 타고 겨루는 등의 경우에는 위드의 승률이 19% 이상으로 늘어났다.

다만 불리한 대부분의 경우에도 바드레이는 패배하더라도 죽지 않고 도망은 칠 수 있는 정도였다.

극한의 전투 감각에서 나오는 일점공격술이 연속으로 성공한다거나 한다면 물론 바드레이도 위태로워지거나 사망할 수 있지만.

바드레이의 레벨이 압도적으로 높지만, 위드도 사냥한 몬스터의 숫자만 놓고 본다면 그리 적지 않았다. 반 호크를 키우고, 조각 생명체를 만드느라 피해가 컸을 뿐.

"조각술 최후의 비기를 얻으면, 위드에게도 승산이 있을까?"

─조각술 최후의 비기는 스킬의 위력이 절대적이지만 운용하는 사람에 따라 효과가 수십 배 이상 차이가 날 수 있습니다. 과거의 경력으로 볼 때 위드가 조각술 최후의 비기를 획득한다면 그 특성을 제대로 활용할 수 있을 것입니다. 위드의 순간 공격력, 반응속도를 감안하면 승산은 매우 높아집니다.

"오, 14레벨이다."

바트는 성문 근처에서 녹슨 장검을 들고 늑대를 잡았다.

"축하드려요, 아저씨."

"고맙네."

같이 파티를 맺은 사람들이 축하의 말을 건넸다. 바트만이 아니라 다른 사람들도 전부 초보자들이었다.

"이제 튼튼한 철검 정도는 사용하실 수 있겠어요. 공격력 더 늘어나시겠는데요."

바트는 파티 사냥을 하면서 즐거운 기분이 들었다.

그가 와 있는 도시는 북부의 모라타!

초보자라고 특별히, 상인의 운송 마차를 거저나 다름없이 얻어 타고 왔다.

이곳에서는 여행을 온 느낌으로 둘러볼 곳도 많았고, 사냥도 재미가 있었다. 도와주는 친절한 사람도 있어서 적응하기도 훨씬 쉬웠다.

'〈로열 로드〉가 인기 있는 이유를 알겠군. 여긴 완전히 하나의 사회야.'

모라타를 보면 여실히 그 점을 느낄 수가 있다.

멋진 탐험을 완료하고 나서, 광장에서 주민들에게 보고하는 모험가!

박수를 받으면서 인사하는 모습이 그렇게 멋질 수가 없다.

땀을 흘리며 위대한 건축물을 세우고 있는 사람들은 어떤가.

헤스티아의 대장간, 탐구자의 탑이 지어지면서 드러나는 멋진 모습에 사람들은 감탄했다.

"이번에도 예산을 초과했다지?"

"엄청 많이. 그런데도 취소하지 않고 위대한 건축물을 계속 짓고 있다더라고."

"저거 완성되면 마법사랑 대장장이들은 엄청 좋겠다."

모라타는 지역 명성을 많이 쌓아서 중앙 대륙에도 알려졌다. 이곳의 특산품은 다른 도시에서 훨씬 비싸게 판매되었다.

얼마 후면 이 모라타는 북부에서 최초로 왕국의 자리에까지 이르게 된다.

중앙 광장에 새로운 명물도 탄생했다.

"우왓! 얼음 미녀상이다! 역시 보러 온 보람이 있어."

"완전 예쁘다. 여신이네."

얼음 미녀상이 복원되어서 광장에 세워졌다.

햇볕에 녹아 버릴 수가 있기에 빙계 마법을 배운 마법사들이 와서 온도를 낮추는 주문을 외웠다.

모라타는 대도시라서 마법사쯤은 어디서나 흔하게 만날 수 있는 존재였다. 빙계 마법사들은 얼음 미녀상의 기온을 낮추는 일을 영광으로 여겼다.

"내 딸이 저곳에 있다니……. 얼음으로 만들어서 느낌은 조금 다르지만 정말 예쁘구나. 그래, 어릴 때도 참 예뻤지."

바트는 딸이라고 자랑하고 싶었지만 나서지 못했다. 지난번에 위드와 아는 사이라고 했다가 당한 무시를 떠올리면 도저히 그럴 수가 없었다.

〈로열 로드〉에서 전쟁의 신 위드 그리고 사람들이 좋아하는 얼음 미녀상은 그에게 까마득한 존재였다.

"바트 아저씨, 늑대 가죽 다 모으셨으면 저랑 같이 잡화점에 다녀와요."

"그럴까. 튼튼한 철검도 사 와야겠어."

바트는 얼른 자리에서 일어났다.

이렇게 믿음직한 파티를 만나기란 쉽지 않다.

그는 회사 일 때문에 〈로열 로드〉를 할 시간도 들쑥날쑥해서 성장이 더딘 편. 초보자답게, 뒤처지지 않도록 빨리 움직이는 건 기본이었다.

노른 산맥에 있는 토르 왕국의 수도, 아이언해머!

위드는 관청으로 가서 장로 드워프 에인핸드를 만났다.

"우고트의 몬스터를 정리하고 돌아왔습니다."

"힘든 일을 도와주어서 고맙네. 우고트의 드워프들로부터 훨씬 안전해졌다는 소식을 들었지. 얼마 전까지만 하더라도 별생각이 없었는데 자네 덕분에 최근에 조각사들에 대한 인식이 아주 긍정적으로 바뀐 것 같아."

위드는 이럴 때가 제일 행복했다.

지금은 퀘스트를 완료하고 푸짐한 보상을 받으러 온 시간이다. 고된 모험을 마치고 고향으로 돌아온 기분이었다.

"드워프들이 연속으로 어려운 일을 도와준 자네에게 선물을 마련했다네."

"뭐 그런 것까지 다… 저는 생각지도 않았는데요."

예의상 하는 말일 뿐, 안 내놓겠다고 하면 칼부림이 일어났을지도 모를 노릇.

"우리 드워프는 물건을 잘 만들지. 무엇이든 원하는 장비를 만들어 주려고 했지만……."

토르 왕국 최고의 드워프 대장장이들이 만들어 주는 장비라면 명품 중의 명품이다.

에인핸드가 수염을 쓸어내리며 말을 이었다.

"어떤 재료로든 궁극의 아름다움을 이끌어 내는 조각사에게는 필요가 없을 것 같아서 그만두었네. 대신 여기 이걸 자네에게 주려고 챙겨 놓고 방문하기를 기다렸지."

에인핸드는 배낭 하나를 넘겨주었다.

위드는 바로 배낭을 열어서 물품들을 확인해 봤다.

미스릴 스물두 덩이, 극상의 아다만티움 다섯 덩이, 최고의 철광석 20개.

위드가 지난번에 악룡 케이베른의 퀘스트를 마치고 받은 물품들까지 합친다면 갑옷 세 벌 정도는 만들 수 있는 분량이 되었다.

"고맙습니다. 지금까지 쭉 그래 왔던 저의 삶처럼, 대륙의 평화를 지키기 위해서 잘 사용하겠습니다."

"자네의 어깨에 짊어지고 있는 짐이 참으로 무겁군. 앞으로도 대륙을 위하여 예술의 길을 걸어가 주기를 바라겠네."

"먹고살려면 어쩔 수 없… 예술이 보다 널리 인정받을 수 있도록 제 소임을 다하겠습니다."

⟳ ⟜✤⟞ ⟲

위대한 건축물, 헤스티아의 대장간이 완공되었습니다.
총 건축 기간: 4개월 26일
소모된 비용: 221만 1,002골드 35실버
참여한 인원: 42만 8,883명
건축물의 가치: 142,329
계획된 인원보다 훨씬 많은 이들의 참여로 이레 빨리 완공되었습니다.
대장장이들이 철광석에서 철을 빨리 추출할 수 있게 해 줍니다. 대장장이 스킬에 따라 물건을 만들 때 3%에서 11%까지 공격력과 방어력에 추가적인 효과를 부여합니다.
헤스티아의 특별한 힘이 깃든 물품을 만들 수 있습니다.
드워프의 정착률을 향상시킵니다. 모라타에 거주하는 드워프의 만족도를 올려 줄 것입니다.

위대한 헤스티아의 대장간이 완공되었다.

모라타 유저들의 적극적인 참여 속에 며칠 일찍 만들어졌다.

탐구자의 탑은 아직 건설 중이지만 97% 이상의 공정률을 보이고 있었다.

도시는 다시 축제에 휩싸였다.

떠들썩하게 먹고 마시고 노는 와중에 위드는 헤스티아의 대장간으로 들어갔다.

헤스티아의 신전에 제물을 바치고 끝없이 타오르는 불꽃을 가져와서 만든, 최고의 시설을 갖춘 대장간!

오늘은 완공 기념일이고, 정식으로 대장장이들에게 개방하는 건 내일부터였다.

"편하게 원하는 것을 만들 수 있겠군."

위드는 영주로서의 권력을 이용하여 하루 동안 헤스티아의 대장간을 독점하기로 했다. 드워프 퀘스트들을 하며 얻은 미스릴, 아다만티움, 철광석 들을 녹여서 장비를 만들기로 결심한 것이다.

"탈로크의 믿음 갑옷을 잃어버렸으니 그보다 더 좋은 걸 만들 수 있도록 최선을 다해 봐야지."

위드의 대장장이 스킬은 아쉽게도 중급 9레벨이었다.

고급 대장장이 스킬까지 얼마 남지 않았지만, 당장 전투에 입기 위해서는 갑옷을 만들어야 했다.

"직접 만드는 갑옷에도 장점은 있어."

무게를 조절하여 필요한 힘과 민첩을 분배할 수 있다.

일반적으로 무거운 갑옷을 착용하게 되면 활동하기가 불편해서 전투에도 지장을 주었다.

방어력이 높다는 장점이 있지만 그만큼 희생시켜야 하는 부분도 크다.

위드가 직접 만든다면 자신의 전투 방식에 맞는 갑옷을 제작하는 게 가능했다.

"그럼 녹여 볼까."

미스릴 35개, 아다만티움 12개, 높은 등급의 철광석 55개를 녹이기 위해 헤스티아의 화로에 집어넣었다.

갑옷은 획득하기도 어렵지만, 직접 제작하려고 해도 많은 재료가 들어간다.

"가볍고 마법 저항력이 높은 미스릴로 갑옷을 만들어야지. 그리고 이건 아깝지만……."

위드는 신의 금속인 헬리움으로 만든 횃불을 꺼냈다.

대작 조각품으로, 큰 자랑거리이고 훌륭한 옵션을 많이 가지고 있었다.

전투 중에 횃불을 들고 있으면 생명력, 마나 회복 속도를 절반 이상 늘려 준다. 전투 스킬의 위력도 높여 주고, 암흑 계열의 몬스터를 위축시키는 효과도 가졌다.

바드레이처럼 강한 인간을 상대로 할 때에는 쓸모가 적더라도, 몬스터 사냥에는 상당히 유용하게 쓰였다.

"이것도 지금 갑옷에 넣는 편이 낫겠지."

위드는 헬리움으로 만든 조각품도 녹이기 위하여 화로에 던졌다.

띠링!

> 대작 조각품이 파괴될 수 있습니다.
> 조각품이 파괴되면 명성과 평판을 크게 잃어버릴 수 있습니다.

화로에서 불에 휩싸여서 녹기 시작하는 헬리움 조각품.
위드는 꺼내지 않고 지켜만 보았다.

> 대작 조각품의 형체가 훼손되었습니다.
> 조각사의 자질이 의심되고 있습니다. 명성이 4,250 감소합니다. 조각사로
> 서의 평판이 다소 나빠집니다. 예술 스탯이 31 영구적으로 줄어듭니다.

헬리움은 귀한 재료이고, 예술만을 바라보고 살기에는 베르
사 대륙은 너무 위험했다.

"언젠가 더 좋은 재료로 조각품을 만들어 보는 그런 날도 오
겠지!"

아다만티움은 그 무엇으로도 깨뜨리기 어려울 정도로 단단
하여 방어력이 높은 편이다. 대신 묵직한 무게가 있으니 워리
어에게 더욱 적합했다.

"아다만티움으로는 오크 카리취가 되었을 때 쓸 수 있는 것
을 만들어 놔야겠군. 지금 오크들이 무럭무럭 성장하고 있으니
사용하다가 나중에 팔 수도 있겠지."

강철 갑옷도 솜씨가 뛰어난 대장장이가 만들면 더없이 훌륭
한 작품이 된다. 미스릴이나 아다만티움은 구하기 어려운 재료
라서 착용하는 사람이 흔하지 않았다.

미스릴이 헤스티아의 대장간에서 끝없이 타오르는 불꽃에
녹아서 물처럼 변했다. 은색으로 흐르는, 황금보다 비싸고 귀

한 미스릴이었다. 하지만 그조차도 오묘한 하늘색 광채의 헬리움에 비하면 헐값이다.

"이런 수준이라면 불순물도 하나 없겠군."

위드는 순수한 미스릴을 떠서 헬리움과 잘 섞어 제작한 형틀에 부었다.

재료들은 성분에 따라 잘 섞이지 않고 충돌이 일어나기도 했다. 훌륭한 대장장이일수록 재료를 잘 다루고, 융합했을 때의 상승효과를 극대화한다.

헬리움을 미스릴에 섞어 버리는 것은 아주 큰 모험이었다.

"안 되면 다시 녹여야지."

아다만티움은 철과 섞어서 오크용 갑옷의 형틀에 채웠다.

잠시 자연스럽게 굳을 때까지 기다린 후에 헤스티아의 화로를 보았다.

불길이 활활 타오르고 있었다.

어지간한 대장장이로서는 쉽게 만들어 내지 못할 거대한 불꽃이었다. 대장간의 시설이 지하에도 있어서, 땅속에서부터 올라오는 것처럼 보였다.

모라타의 대장장이들이 미치도록 기뻐할 일터이며 놀이터가 될 이곳.

"이제 되었겠지."

위드는 형틀을 뜯어냈다. 헬리움과 미스릴, 아다만티움으로 만들어진 갑옷들이 어렴풋이 세상에 그 형태를 드러냈다.

제대로 닦아만 주더라도 아름다움을 발산할 헬리움과 합성한 미스릴 갑옷, 늠름하고 무시무시한 두께와 크기를 가진 아다만티움 갑옷.

여기서 작업이 끝난 게 아니라서 위드는 망치를 들었다.

땅! 땅! 땅!

갑옷을 두들기면서 단련의 과정을 거친다.

방어력과 내구도를 올리기 위하여 달구고, 두들기고, 식히는 반복적인 과정이었다.

치이이이익!

헬리움, 아다만티움 갑옷을 식히는 물은 성수를 사용했다. 프레야의 교단과 루의 교단의 공헌도를 이용하여 입수한 성수였다.

다음 날, 헤스티아의 대장간이 문을 열기 전까지 갑옷을 두들기면서 보냈다.

인내가 필요한 작업이지만, 앞으로 많은 시간을 같이하면서 목숨을 지켜 줄 갑옷을 직접 만드는 숭고한 시간.

힘과 체력, 집중력을 요구하는 반복 작업이라서 힘들 때마다 눈에 힘을 주며 이를 갈듯 중얼거렸다.

"바드레이 나쁜 놈! 헤르메스 길드, 두고 보자!"

속 쓰린 감정을 듬뿍 담아서 밤새도록 갑옷을 두들겨서 완성했다.

띠링!

> 대장장이 스킬의 숙련도가 상승하였습니다.

> 헤스티아의 불꽃으로 인해, 완성된 갑옷이 더 단단해지는 효과를 갖습니다.

"감정!"

위드는 주로 입게 될, 헬리움에 미스릴을 많이 넣은 갑옷부터 살폈다.

여신의 기사 갑옷

신의 금속으로 탄생한 갑옷. 헬리움과 토르 왕국의 미스릴이 뒤섞여 있다. 조각사이며 대장장이, 재봉사로서 다방면에 천재성을 드러내고 있는 위드가 탄생시킨 걸출한 역작! 여신 프레야의 사랑과 헤스티아의 배려로 인하여 신성력이 깃들었다. 여신의 축복은 몬스터를 물리치기 위한 전투를 벌일 때에 절대적인 도움이 되리라.

내구력: 170/170

방어력: 197

제한: 레벨 530. 여신이 인정한 기사 전용. 힘 900, 기품 200, 신앙 300.

옵션: 신앙 +120, 명성 +6,100. 모든 스탯 31 상승. 화살이 적중되지 않게 한다. 마나의 회복 속도를 39% 늘려 준다. 적의 행운을 많이 빼앗아 온다. 행운으로 골드와 아이템을 습득할 가능성이 커진다. 어두움을 물리친다. 상태 이상 방어. 성기사, 교단 병사들에 대한 통솔력 강화. 흑마법, 저주 마법에 대한 내성.

*프레야의 축복: 적의 공격력이 강할 때 갑옷의 방어력이 최대 42%까지 높아진다. 숲과 산, 들판에서 곡물이나 약초, 나무 열매를 구하기가 쉬워진다.

*헤스티아의 축복: 철로 만들어진 무기로부터 피해를 적게 받는다. 매우 가볍다. 매우 단단하여 절대 부서지지 않는다.

"커허헉!"

아무리 재료가 좋고 제작 환경이 탁월했다지만 이런 갑옷이 나오다니!

"역시 착하게 살아온 보람이 조금은 있었어."

여신들의 축복으로 인하여 더 좋은 갑옷이 만들어졌다.

위드는 그냥은 착용 제한에 걸렸다. 하지만 대장장이 스킬로 요구치를 낮출 수 있어서 입을 수가 있었다.

"잘 만들어진 것을 축하해야 될지, 아니면 조각사로서 슬퍼해야 될지 모르겠군."

헬리움으로 만든 횃불은 전투를 보조하는 정도였다. 하지만 갑옷의 경우에는 어서 빨리 강한 몬스터에게 맞아 보고 싶어서 몸이 근질근질할 지경이었다.

위드가 맷집과 인내력을 열심히 올리기는 했지만, 그럼에도 검술의 비기까지 가지고 있는 공격력에 비해서 방어력이 모자란 편이다. 좋은 갑옷만 착용하고 있다면 지금까지 잡기 어려웠던 몬스터를 쓸어버릴 수 있을 것이다.

30골드의 행사

몽벨트룰리아에서 얻은 나무와 꽃씨 들이 모라타에 뿌리를 내리고 자랐다.

프레야의 신도들이 아낌없이 축복을 내려 주어서 열매들이 주렁주렁 열렸다. 유저들도 마음 놓고 과실을 따 먹었으며, 요리사들은 가져가서 새로운 요리법을 연구했다.

위대한 건축물인 탐구자의 탑, 헤스티아의 대장간도 완공되었다.

바르고 성채도, 유저들과 군대가 활약하면서 몬스터를 토벌하며 치안을 높였다.

그리고 마침내 기다리던 위드의 즉위식 날이 되었다.

"도시에 못 보던 병사들이 많은데, 오늘이 무슨 날이야?"

"몰라. 사람들도 평소보다 훨씬 많은데."

사냥을 나갔다가 모라타로 돌아온 유저들은 평소와는 다른 분위기에 의아했다. 거리마다 병사들이 깔렸고, 성문에도 기사들이 배치되어 있었다.

"부탁할 만한 일요? 오늘은 영주님의 즉위식이 있는 날이라는 걸 모르세요?"

"이 북부에 큰일이 벌어지는 행사예요. 존경하는 영주님이 국왕이 되시는 날이니까요."

유저들은 주민들을 통해 영주의 즉위식이 벌어진다는 사실을 알게 되었다.

위드가 왕이 될 거란 점에 대해 놀라거나 불만은 없었다. 모라타가 급속하게 성장하다 보니 언제가 되더라도 당연히 벌어질 일이었다고 충분히 납득할 수 있었다.

"근데 즉위식은 어디에서 하는 거야?"

"빙룡 광장인가, 와이번 광장?"

"중앙 광장에서 하지 않을까?"

"거기는 아무것도 없던데?"

"그러면 여신상 앞에서?"

모라타의 유저들은 즉위식에 참석하고 싶었다.

보통 이런 국가적인 행사들은 일찍부터 준비가 이루어지기 마련이다. 도시 개발이 잘되어 있는 모라타에는 대규모 행사를 진행할 광장이나 공원이 여러 곳이다.

"즉위식 어딘지 알아봤어?"

"몰라."

풀죽신교도 나서서 즉위식이 벌어지는 현장에 대해서 알아보았다. 하지만 그들도 행사장을 찾아내지 못했다.

모라타 유저 전체가 당황하고 있었다. 위드가 왕이 되는데 즉위식이 어디서 벌어지는지를 모르다니!

해가 중천에 떴을 무렵, 중앙 광장으로 병사들과 기사들이 배치되었다.

"즉위식이 중앙 광장에서 벌어지나 보다."

"빨리 가 보자!"

유저들과 주민들도 중앙 광장으로 몰리면서, 그곳은 수만 명 이상의 인원으로 인산인해를 이루었다. 위드의 즉위식이라니 페일과 다른 동료들도 다른 바쁜 일들을 모두 제쳐 놓고 참석했다.

중앙 광장에는 나무로 만든 탁자에 금으로 만든 얇은 왕관 그리고 맑은 물이 한 잔 놓여 있었다.

"설마……."

"제발 저것만큼은…….."

"지금 상상하고 있는 그건 아니겠죠?"

잠시 후에 위드가 기사들의 호위를 받으면서 나타났다.

새로 만든 여신의 기사 갑옷에, 평소에 보기 힘든 화려한 망토까지 걸쳤다.

즉위식을 기념하기 위하여 각종 특산품들이 영주성으로 진상되었다. 모라타 최고 재봉사들이 만들어서 상납한 망토였다.

멋진 백마를 타고 나타난 위드와, 30인의 호위 기사들!

위드는 분수대 앞에 섰다.

흥분 때문인지 그의 얼굴은 조금 달아올라 있었다. 예산 30 골드로 즉위식을 치르라고 했지만, 막상 이 많은 사람들 앞에서 실행하려고 하니 조금은 창피했던 것이다.

'40골드 정도는 쓸 걸 그랬나?'

위드는 묵묵히 걸어가서 탁자 앞에 섰다. 그곳에는 프레야 교단의 교황 후보인 알베론이 와 있었다.

알베론이 정중하게 고개를 숙였다.

"오랜만에 뵙겠습니다."

시간이 흐른 탓인지 곱상한 어린 소년이던 알베론도 성장했다. 키도 훌쩍 커지고, 영화배우 부럽지 않을 정도로 미남이 되었다. 곱고 매끈한 피부에는 흠잡을 곳조차 없어 대단한 인기라고 한다.

과거에는 위드가 이리저리 데리고 다니기도 하였지만, 지금 알베론은 프레야 교단에서 대단한 지위를 차지하고 있었다.

북부 대성당과 인근 지역의 포교 활동을 총관장하는 자리!

위드는 다른 사람들에게는 들리지 않을 정도로 낮은 목소리로 말했다.

"반갑군. 그래, 어려운 일은 많이 없었지?"

"위드 님께서 대륙의 평화를 위하여 애써 주신 덕분에……."

"내가 고생을 하기는 했지. 근데 알베론, 네 레벨이 몇이지?"

위드는 과거 알베론의 어마어마한 레벨에 기죽은 적이 있다.

뱀파이어들을 같이 잡기도 하였지만, 그때의 질투와 시기심을 지금까지 쌓아 둔 옹졸함!

"신에 대한 부족한 봉사가 항상 부끄럽습니다. 제 레벨은 고작 553밖에 되지 않습니다."

"커헉!"

사제 계열이 레벨을 올리기란 정말 어려웠다. 파티에 끼어서 사냥해야 하고, 항상 다른 사람을 보살펴 주어야 했다. 다만 그만큼 치료 능력과 축복 계열에 대해서는 다른 직업이 따라오지 못하는 수준이었다.

알베론 정도의 레벨이라면 하루에 한 번씩 '기적'을 일으켜 모든 상태 이상을 치료하는 절대적인 치료, 축복 능력을 발휘하거나, 몬스터에게 경외감을 심어서 제 발로 떠나게 할 수도 있다.

하지만 위드는 알베론을 향한 시기심과 질투를 다시 깊숙이 감추었다.

"알베론, 같이 사냥했던 시간이 나에게는 항상 좋은 추억으로 남아 있다."

"저도 그렇습니다."

"앞으로도 친하게 지내자꾸나."

"알겠습니다."

알베론이 즉위식을 진행했다.

병사들과 기사들의 행진이나, 왕을 찬양하는 연주단의 공연은 과감하게 생략됐다. 위드는 그럴 시간도 아깝다고 생각했기 때문이다.

병사들과 기사들은 그런 쓸데없는 일을 하기보다는 주변의 몬스터를 자주 토벌해야 값비싼 군대 운용 비용을 조금이나마 낮출 수가 있었다.

"프레야 교단과 루의 교단 그리고 베르사 대륙의 네 곳 이상의 교단에서 위드 님이 아르펜 왕국의 왕위에 오르시는 것을 축복합니다."

알베론은 위드의 머리에 금색 관을 씌워 주었다.

딱 매력을 7 올려 주는 효과밖에 없는 저렴한 관이었다.

왕관이야 어차피 착용하고 전투를 나설 수도 없었으므로, 바로 벗어서 영주성에 보관할 작정이었다.

"그러면 다음의 차례로 국왕 폐하의 말씀이 있겠습니다."

알베론은 즉위식의 마지막 순서를 진행했다.

국왕의 연설!

위드가 정식 국왕으로 취임하고 처음으로 주민들과 유저들에게 말하는 자리였다.

"흠흠."

위드는 제단에 올라섰다.

중앙 광장에 모여든 많은 유저들이 보였다. 광장에는 빈 곳을 찾을 수가 없을 정도였고, 거리도 인파로 빼곡했다.

"국왕으로서 말합니다."

"오오오오!"

"위드 님의 말이다!"

군중으로부터 사랑을 받는 왕.

위드가 연설을 시작하니 시끌벅적하던 광장이 조용해졌다.

사람들은 거창한 즉위식을 기대하고 모여들었다가 순식간에 끝나 버려서 아쉬움이 컸다. 하지만 왕이 된 위드의 말을 들을 수 있는 기회를 기다리며 잠자코 지켜봤다.

"아르펜 왕국은 앞으로 여러분과 함께 커 나갈 것입니다. 더 많은 상업 건물들이 세워질 것이며, 교역은 확대될 것이고, 퀘스트들이 탄생할 것입니다. 사람들이 살기 좋은 땅이 될 것입니다."

지도자는 확신에 찬 말로 희망을 주는 것이 중요했다.

위드의 속마음은 당연히 따로 있었다.

'여러분이 아르펜 왕국에 내는 세금을 거두어서 몽땅 내가 착취할 것입니다!'

"성문만 나가도 위험이 널려 있지만, 우리는 그 위험마저도 극복할 수 있을 것입니다. 용기가 있다면 우리 모두는 해낼 수 있습니다."

'성안에서 놀지 말고 죽더라도 나가서 죽어야 됩니다.'

"넓은 땅으로 나가서 전투도 하고, 모험도 하고, 발굴도 하고, 채광도 하고, 농작물도 기를 수 있습니다. 아르펜 왕국은 여러분의 고향처럼 기다릴 것입니다."

'세금을 납부하러 오는 사람들을 환영합니다.'

위드는 모라타 유저들에게 존경받는 영주였다.

중앙 대륙, 동부, 서부, 남부의 유저들도 위드의 통치에 찬사를 보냈다.

위드의 진심이 담겨 있을 거라 생각하는 말을 들으면서 유저들은 기쁨의 환호성을 올렸다.

"이제 전부 눈을 감아 주십시오."

위드의 말에 유저들은 대부분 눈을 감았다. 혹시라도 어떤 깜짝 놀랄 만한 이벤트라도 준비했을까 싶어서였다.

즉위식이 너무나도 소박하다 보니까 더욱 기대되었다.

위드는 당연히 따로 준비한 게 없었다. 그냥 돈이 안 드는 말로 해치울 작정이었다.

"눈을 감으면 보일 것입니다. 저 넓고 황량한 대지에 돌아다니는 몬스터 떼가……."

아무것도 안 보였지만, 유저들은 상상했다.

그 대상은 레벨이나 경험에 따라서 많이 달랐다.

완전히 초보자들에게는 고블린에 코볼트 정도만 되어도 위협적인 몬스터 집단이다. 중수 정도의 대우를 받는 이들은 언데드나 식인 부족, 리자드맨, 트롤, 라미아 등도 다양하게 떠올렸다. 고레벨 유저들이야 정말 위험하기 짝이 없는 몬스터들도 많이 경험해 보았다.

자신의 레벨이 어떻든 간에 방송이나 인터넷을 통해서 본, 몬스터의 무리가 움직이는 멋진 모습들은 기억으로 간직하고 있었다.

위드의 모험을 좋아하는 사람들은 그가 영웅의 탑에서 스켈레톤 나이트로 싸웠을 때나, 죽음의 계곡에서 본 드래곤을 해치울 때도 생각했다.

오크 카리취로서 다크 엘프와 오크 들을 지휘하며 불사의 군단과 싸우던 것은 이미 전설!

'만약 내가 그 주인공이 된다면……'

몬스터들은 두렵기도 했지만, 그만큼 흥분도 되었다.

심장이 쿵쾅대고 손발이 떨릴 정도의 모험을 할 때의 쾌감이란, 이루 말할 수 없는 것이었다.

"그리고 귀를 막아도 들릴 것입니다. 몬스터들의 거친 호흡 소리와 울부짖는 소리들……. 자, 이제 눈을 떠도 좋습니다. 그곳으로 달려가고 싶습니까?"

"예!"

"가고 싶습니다!"

위드의 입가에 자신만만한 썩은 미소가 맺혔다.

표정이야말로 대사보다도 더 훌륭한 감정의 전달 수단이 된다는 사실을, 피라미드를 제작하며 사기 칠 때 깨달은 바가 있었다.

"아르펜 왕국의 미래가 밝지만은 않습니다. 북부에는 몬스터들이 무섭게 번식하면서 영역을 넓혀 가고 있고, 알려지지 않은 위험도 많습니다."

실제로 최근 북부에는 몬스터들이 무섭게 많아지고 있었다. 북부의 날씨가 따뜻해지고 작물들이 자라면서 자연스럽게 몬스터들도 더욱 늘어나게 된 것이다.

"남들이 밟아 보지 못한 거친 땅으로 갈 것이고, 몬스터들과도 싸우게 될 것입니다. 우리는 승리를 거두고 전리품을 가지고 아르펜 왕국으로 돌아와서 영웅이 될 수 있을 것입니다. 이 아르펜 왕국에서 여러분의 심장은 계속 뛰게 될 것입니다!"

위드가 단호하게 사자후를 터트렸다.

"믿습니까?"

"믿습니다!"

"아르펜 왕국의 주민이 되겠습니까?"

"되겠습니다!"

군중은 한마음으로 대답했다.

상상력을 불러일으키는 말 몇 마디로 즉위식을 해치웠다.

사이비 교주를 능가하는 연설 능력을 보여 준 위드!

베르사 대륙의 모든 유저들에게 메시지 창이 떴다.

아르펜 왕국이 탄생했습니다.

국왕인 위드를 따라서 모라타와 바르고 성채를 거점으로 탄생한 작은 왕국. 북부 교역의 중심지이며, 예술과 문화를 이끌고 있습니다.

상당한 양의 무기 생산력과 놀라운 품질의 옷감, 여러 종류의 특산품을 보유한 왕국입니다. 풍요로운 땅에서 나오는 곡물로 인해 출생률이 매우 높습니다.

주민들의 숫자는 방대하며, 재능이 있는 사람들이 많습니다. 어려운 환경에서 눈부신 도약을 이루어 낸 주민들이기 때문에 낙천적인 성향을 가졌습니다.

주민들이 국왕에게 바치는 지지는 절대적이며, 어떤 힘겨운 일이 있더라도 똘똘 뭉쳐 이겨 낼 수 있을 거라고 긍정적으로 생각합니다. 주민들이 같이 건설한 위대한 건축물들은 아르펜 왕국의 시작을 밝혀 주는 등불과도 같습니다.

정령 에르리얀이 이주해 오면서, 아르펜 왕국이 그들의 새로운 놀이터가 될 것입니다. 영양분이 풍부한 과일과 곡물 들이 앞으로도 더욱 풍성하게 열릴 것입니다. 에르리얀의 이주로 인하여 엘프들의 관심이 높아지고 있습니다.

모라타와 바르고 성채의 지역 명성이 증가합니다.

아직 왕국에 속하지 않은 주변 지역에 대한 정치적인 영향력이 커집니다.

$$\mathcal{C}\mathfrak{S}\text{·}\mathfrak{o}\text{·}\mathfrak{o}\text{·}\mathfrak{g}\mathfrak{o}$$

바트는 사냥하다가 뒤늦게 파티원들과 모라타로 들어왔다.

모라타의 거리는 넓어서, 평소라면 마차와 말 들이 속도를 내고 달릴 수 있었다. 하지만 위드의 즉위식이 벌어지면서 실로 엄청난 인파가 모여서, 중앙 광장 쪽으로는 갈 수도 없을 정도였다.

바트가 속해 있는 파티원들이 말했다.

"우와, 역시 전쟁의 신 위드 님이다. 이곳에 모인 사람들 좀 봐요."

"왕국이 탄생하는 건 대륙 최초라면서요?"

"위드 님이니까 왕국까지 만드는 거죠. 혼자의 힘으로 마을을 회복시켜서 다스리면서 사람을 모아 왕국까지 이룩해 내다니 진짜……."

바트는 파티원들의 말을 들으면서 새삼 위드의 대단함에 놀랄 수밖에 없었다.

위드가 인기인이고 사람들이 다들 그의 모험을 좋아한다는 사실이야 경험을 통해서 알았다. 하지만 이런 절대적인 영향력을 발휘하고 있을 줄이야.

"근데 우리도 풀죽신교 들어야 하지 않겠어요?"

"레벨이 25인데도 받아 줄까요?"

"모라타의 주민이라면 얼마든지 받아 준대요. 바트 아저씨도 풀죽신교 가입하실래요?"

바트도 당연히 풀죽신교에 가입을 하고 싶었다.

단일 세력으로는 최대의 단체!

북부에서 모험을 하면서 풀죽신교에 들어가 있는 것만으로도 심심하지 않을 정도라고 한다.

◦ৡ৽৵৽ঌ৹

그사이에 베르사 대륙에서는 직업 마스터를 위한 경쟁이 한창이었다. 직업 마스터를 시도하는 유저들끼리 위치와 이름이 밝혀지면 암살이나 방해 공작도 쉽게 벌어질 정도라고 한다.

방송국들이 열을 올리면서 싸움을 부추길수록 더욱 격렬해지는 경쟁!

검치와 수련생들은 늘어지게 하품을 했다.

"얘네들도 이제는 싱겁구나."

"그렇습니다, 스승님!"

분검술에 광휘의 검술까지 배웠으니, 바르고 성채 주변에서 사냥하기도 훨씬 쉬웠다.

"무기술 스킬의 숙련도도 예전보다 훨씬 잘 느는 것 같다."

"저도 그렇습니다, 스승님!"

과거에는 무작정 검을 찌르고 휘두르면서 싸웠다.

무예인으로서 마나를 사용하는 스킬도 직접 만들 수 있었지만, 대부분은 단순한 힘을 쓰는 스킬들밖에는 안 만들어졌다.

왜냐하면 스킬을 발휘할 만한 마나 자체가 없었으니까!

이제는 모라타의 예술 회관에서 작품도 감상하고, 바르고 성채에서 엘프의 퀘스트도 하면서 레벨이 오를 때마다 지혜와 지식에도 스탯을 분배했다. 그 결과 스킬을 만들어 낼 만한 마나도 생겨났고, 검술의 비기도 한두 번씩 사용이 가능했다.

평생 나무를 비벼서 불을 만들다가 라이터를 손에 쥔 듯한 기쁨!

"너무 쉬워서 싸우는 거 같지가 않아."

"예, 스승님."

검치와 검둘치, 검삼치가 있는 장소로 50여 마리의 몬스터가 올라오고 있었다.

조금 전까지 120마리를 잡고 나서 몸이 만신창이가 되었다. 붕대를 감으면서 잠깐 쉬어 준 게 전부였지만 그 정도라면 얼마든지 충분했다. 광전사는 아니더라도 싸우면서 체력도 관리하고 생명력도 늘릴 수가 있었던 것이다.

심지어 고기를 먹고 있을 때 전투가 벌어지면, 갈비를 뜯으면서도 싸우는 그들!

"애들보고 스킬 빨리 올리라고 해라. 다들 8레벨이나 9레벨 정도 되면 같이 퀘스트 시작하게."

"옛. 검오치가 이미 먼저 하고 있으니까 금방 따라갈 수 있을 겁니다."

검오치는 고급 8레벨의 무기술 스킬을 달성했다. 그것으로 무예인의 퀘스트를 먼저 경험해 보기로 하였다.

시행착오를 줄일 수 있겠다는 판단에서였다.

검오치는 바바리안 핸슨을 만나서 대화했다. 무예인 퀘스트를 하면서 알게 된 바바리안이었다.

"10여 년 전쯤이야. 아주 강한 무사를 만난 적이 있지."

"그놈을 죽이면 되나?"

"그는 어떤 무기든 아주 잘 다루었어."

"죽여? 아니면 끌고 올까?"

"베리탄의 둥지로 떠났다는데… 그 후에 마을 사람이 베리탄의 둥지에 가 보니 몬스터의 시체들만 가득했다더군. 지금 그 베리탄의 둥지에 몬스터들이 모여 있다고 하네."

"가서 다 죽이면 되겠지."

"몬스터들을 해치우고 잘 살펴본다면 그 강한 무사가 남겼던 흔적을 조금이라도 찾을 수도 있지 않을까 싶네."

검오치에게는 생각보다 재미있는 직업 퀘스트였다.

어느 한 대단한 무예인이 있었다.

그의 행적을 뒤쫓으면서 관련된 의뢰와 전투를 하는 방식이었다.

"결국 마지막에 그놈을 죽이면 될 것 같군!"

아르펜 왕국의 국왕에 오르면서 위드에게는 자신만 볼 수 있는 메시지 창이 떴다.

국왕으로서 행사할 수 있는 권한은 막강했다. 주민들을 상대로 명성과 기품, 매력이 최고가 된다. 어떤 퀘스트라도 부여받을 수 있었으며, 재산을 강제로 빼앗는 것도 가능했다.

"역시 권력을 얻기 위하여 노력하는 이유가 있어."

즉위식의 정해진 행사가 끝나고 나서도 주민들과 유저들은 다른 장소로 흩어지지 않았다.

그들의 반짝이는 눈에는 기대감이 어려 있었다.

왕국이 탄생한 것은 이 베르사 대륙에서도 최초로 있는 일이었다. 흑색 거성의 창고라도 풀어서 거하게 베풀리라고 생각했다. 모라타는 어느덧 재정적으로 부유한 도시에 속했기 때문에 기대하는 것도 더욱 많았다.

극단적인 위기에 처하게 된 위드!

중앙 광장과 거리로 사람들이 계속 몰려왔다.

위드는 사자후를 터트렸다.

"위대한 건축물이 모라타에는 4개나 만들어져 있습니다!"

"우와아아아아!"

환호 소리가 도시를 가득 채웠다.

"아르펜 왕국은 매일 살기 좋은 곳이 되어 갈 것입니다!"

"국왕 위드 만세!"

모라타에서 시작한 초보자들까지 큰 소리로 호응했다.

멋모르고 같이 좋아하는 유저들이 모라타의 성벽 밖에까지 흘러넘칠 정도였다. 즉위식을 구경하기 위하여 유저들은 평소보다 훨씬 많이 접속했다.

50만이 넘는 유저들을 들뜨게 만들어 버린 국왕 위드!

이리엔은 지금의 상황이 많이 걱정됐다.

"분위기를 계속 고조시키는 것 같네요. 어쩌려고 저러시는 걸까요?"

페일도 비슷한 우려를 안고 있었다.

즉위식마저도 간소하게 진행한 위드가 천문학적인 자금을 그냥 베풀 리가 없다.

"이러면 뒷감당이 어려울 텐데……."

조용히 빠져나가는 편이 나았을 텐데 자꾸 군중을 부추기는 것으로 보아서 뭔가 심상치 않은 기분!

수르카와 마판조차도 분위기가 무거웠다.

"정말 많이 걱정돼요. 어떻게 하죠?"

"위드 님의 성격으로 봐서 이러다가는 정말 대형 사고가 터질 텐데요."

그들이 걱정하는 대상은 위드가 아니었다.

모라타에 모여든 군중!

위드는 모여든 사람들을 잘 활용할 줄 알았다. 그의 달콤한 말에 속아서 휩쓸리기 시작하면 걷잡을 수 없는 사태가 벌어지고 말 테니까!

⋘ ❧ ⋙

"여러분을 위해 아르펜 왕국은 상업을 발전시키고 군대를 확충하여 더 넓은 지역의 치안을 안정시키겠습니다."

"국왕 폐하 만세!"

"대장장이와 재봉사에 대한 처우를 개선하여 그들이 일에만 전념할 수 있게 하겠습니다."

"국왕, 국왕, 국왕!"

"예술가들에 대한 적극적인 지원 정책들은 왕국이 되고 난 이후로도 계속될 것임을 약속드립니다."

"아르펜 왕국을 믿습니다!"

군중의 기쁨은 최고조에 달했다.

위드조차도 국왕의 자리에 오르면 태도가 뒤바뀌리라고 의심했던 사람이 솔직히 많았다. 하지만 이렇게 많은 군중이 있는 자리에서 저렇게 당당하고 큰 배포로 약속할 수 있다니!

과연 위드라는 말이 절로 나올 수밖에 없었다.

"문화와 예술이 있었기에 모라타가 이렇게 발전할 수 있었습니다. 모라타는 앞으로 아르펜 왕국의 수도가 될 것입니다!"

"와아아아!"

이제는 환호성과 국왕 만세, 아르펜 왕국이 영원하라는 축복의 말이 쉬지 않고 나왔다.

군중의 가려운 곳을 시원하게 긁어 주는 듯한 화술이 누렁이를 협박할 때처럼 술술 발휘되었다.

군중심리를 유도할 줄 아는 천부적인 사기꾼 기질!

"아르펜 왕국이 번영하기 위해서는 문화와 예술이 멈추지 않고 발전해야 합니다. 예술품들이 늘어나고, 공연들이 새롭게 개최되어야 합니다!"

위드의 말은 유저들의 공감을 자아냈다.

모라타의 유저라면 조각품과 미술품을 보면서 스탯을 올린 경험이 다들 있었다. 전투와 관련이 적은 용기나 매력이라고 하더라도, 스탯이 영구적으로 올라간다면 모두 좋아하기 마련이었다. 문화와 예술이 발전하면 명성을 올리기도 쉬워지고, 그와 관련된 모험, 상인 계열의 의뢰들도 많이 생긴다.

"이제 저는 아르펜 왕국의 건국을 기념하기 위한 조각품을 만들 것입니다. 그리고 원하는 사람이 있다면 참여할 기회도 주겠습니다!"

국왕 위드, 동시에 대륙 최고의 조각사가 만드는 작품에 참여할 기회!

"저도 시켜 주세요!"

"어서 만들고 싶어요."

대륙의 그 어느 곳보다 모라타의 유저들은 노가다에 익숙했다. 위대한 건축물을 4개나 만들었을 뿐만 아니라, 여신상, 예술 회관 제작에도 참여했다. 로자임 왕국에서부터 건너온 유저들은 피라미드를 제작한 경험도 있다.

위드가 초대형 조각품을 만든다는 소문이 퍼진다면 더 많은 군중이 따르게 되리라.

　풀죽신도만 370만 명이라는 무시무시한 지원군!

　'지금부터도 늦지 않아.'

　조각술 스킬은 다른 직업 스킬에 비해서 성장 속도가 확실히 느리다. 재료도 구해야 하고, 일일이 혼자서 손을 봐야 하니 작업 시간이 오래 걸린다.

　위드의 경우에도 고급 8레벨이 넘고 난 이후부터는, 많은 조각품을 만들었음에도 불구하고 스킬 숙련도의 성장이 더욱 더뎌졌다. 이를 극복하기 위하여 위드가 짜낸 방법은 혼자가 아니라 군중과 같이 조각품들을 만드는 것이었다.

　'직업 마스터 퀘스트는 몇 단계 남지 않았어. 나머지 의뢰들이 조각 생명체들을 이용하여 싸우는 거라면 생각보다 금방 끝날 수도 있겠지.'

　어려운 전투를 미뤄 두면 조각 생명체들도 그동안 성장하고 강해져서 승산이 높아지게 된다. 지금처럼 띄엄띄엄 어중간한 조각품을 만드는 것이 아니라, 스킬을 올려놓고 나서 순식간에 나머지 의뢰도 끝내 버리려는 계획.

　직업 마스터 퀘스트!

　위드는 막판 대반전을 노리면서 포기하지 않았다.

실패한 조각품

모라타에 〈로열 로드〉를 처음 시작하는 초보자와 중앙 대륙의 여행자들이 물밀듯이 들어왔다.

"정말 기대했던 대로야."

"여긴 왜 이렇게 사람도 많아. 빨리 밖으로 나가서 사냥도 하고 모험도 즐겨 보고 싶다."

모라타에서 시작한 유저들의 국적은 아르펜 왕국 소속이 되어 있었다.

국왕 위드가 통치하는 신생 왕국!

초보자들은 4주간 모라타의 넓은 도시 지역을 돌아다니면서 서적 배달, 재료 운송 등의 소소한 퀘스트도 진행했다.

"수고 많았네."

"감사합니다! 다음에 일이 있으면 또 불러 주세요."

"조금 힘든 일이라도 괜찮겠는가?"

"물론이죠. 뭐든 시켜 주세요!"

닥치는 대로 일하며 10쿠퍼, 20쿠퍼씩 돈을 모았다.

녹슨 장검도 구입하고, 금방 닳아 버리는 가죽 갑옷도 장만해야 되어서 돈이 궁한 시기였다.

주민들과도 나중에 두고두고 퀘스트나 거래를 하면서 자주 만나게 될 테니 일찍 친해지려고 했다.

초보자들은 풀죽, 풀빵을 먹으면서 모라타에 대해서 하나둘 알아 갔다.

"거리도 넓고 깨끗하네. 신축 건물들도 많고."

"화가의 언덕이 있는 판자촌에는 가 봤어? 거기 볼 거 엄청 많대."

"우리가 가도 돼?"

"그럼! 모라타에서 꼭 가 봐야 되는 열두 곳의 명소 중 한 곳이야."

"다른 곳들은 어디야?"

"저녁 무렵의 빙룡 광장, 프레야 여신상이 있는 호숫가, 대성당 뒤쪽 골목, 중앙 광장의 시장이랑 재봉사들이 모여 있는 가방 거리, 조각의 다리, 예술 회관의 정원, 〈빛의 탑〉! 그리고 또 뭐가 있더라. 방송에서 봤는데."

"그럼 화가의 언덕부터 가 보자!"

조각품과 미술품, 공연, 위대한 건축물, 판자촌이 있는 도시!

역사는 짧아도 이것저것 구경할 거리가 정말 많았다.

오늘 하루를 즐겁게 보내도 다음 날 돌아다닐 생각에 힘이 났다.

"커헉… 여기까진가."

"윽, 더 가 보고 싶은 장소가 많은데."

거리에는 뛰어다니다가 체력의 한계로 쓰러져서 쉬는 초보자들도 많았다.

요리 스킬을 배운 유저들은 풀죽 도시락을 싸서 다니면서 친구도 사귀었다.

"너 무슨 직업 할 거야?"

"위드 님 따라서 조각사 할 거야. 미래에 대륙을 쩌렁쩌렁 울리는 그런 모험을 해야지."

"조각사로 모험하기가 쉽지 않다고 하던데……. 잘해 봐. 내가 맛있는 요리 해 줄게. 나중에 판자촌에 식당 내면 놀러 와."

"응, 그래."

친구들끼리 다니다 보면 해가 저물어 간다.

그러면 손에 손을 잡고 성벽이나 언덕 높은 곳에 올라서 도시와 〈빛의 탑〉의 야경을 지켜보았다.

관람하기 좋은 장소의 바위에는 웅대한 포부를 품을 수 있는 명언들이 새겨져 있었다.

잡템이라도 모아서 팔자

초보자 때 고생해야 나중에 다리 뻗고 잔다

이른 주택 마련, 내 집의 든든함

성실한 세금 납부만이 평화를 지키는 길

조각칼로 새겨진 조악한 필체의 글귀들은 언제부터 거기 있었는지 모를 정도로 오래된 것들이었다.

도시에도 구경하고 놀 곳들이 많지만 4골드를 모아서 예술 회관에 들어가는 것은 초보자들의 목표이고 꿈이었다.

"풀죽신교에도 가입해야지."

"난 돈 벌어서 판잣집부터 살 거야."

그렇게 4주가 지나, 마침내 부푼 희망을 안고 성문 밖에 나갈 수 있게 된 초보자들!

원래대로라면 사슴이나 토끼를 사냥하면서 차근차근 성장하였을 것이다.

그런데 위드의 즉위식이 모라타 중앙 광장에서 거행되었다. 모라타와 도시 부근에서 사냥하던 초보자들은 일제히 중앙 광장으로 모여들었다.

성문의 동서남북으로 말과 마차, 유저 들이 계속 들어오는 광경은 장관이었다.

각 방송국에서도 당연히 전부 취재를 나왔다.

"지금 시작하려나 봐."

"즉위식 같은 거 처음 보는데… 완전 떨리네."

"앞에서 대체 뭐라고 하는 거야? 주변이 소란스러워서 잘 안 들려."

"왕관을 씌워 준 거 같은데……."

"벌써?"

"어라, 끝났나?"

"이대로 이렇게 금방 끝나 버린 거야?"

바드들의 거창하고 웅장한 연주나 기사단의 마상 시합 같은 의식도 없이 초고속으로 진행되어 버린 즉위식!

허탈해진 군중은 이대로 흩어지기가 너무도 아쉬워 발걸음을 떼지 못하고 미적거렸다. 모라타에 가진 애정이 아르펜 왕국으로 이어지기 위해서 기념하는 어떤 행사라도 있었으면 하는 바람이었다.

그리고 이어진, 아르펜 왕국을 번영시키기 위한 사상 최대의 조각품을 창조하겠다는 위드의 선언!

지금까지 유저들은 예술가들이 만든 작품들을 구경만 해 왔지만, 다 함께 참여할 기회를 주겠다고 약속하는 것이 아닌가.

대륙의 역사에 이전까지 존재하지도 않았고, 앞으로도 누군가가 감히 만들겠다고 덤벼들기 전에는 나오지 않을, 굉장한 작품!

그런 작품을 계획하고 실천에 옮기게 되어 영광인지, 위드가 터트리는 사자후에는 미묘한 떨림까지 있었다.

"국왕 위드 만세!"

"저 꼭 하고 싶어요!"

광적인 열기가 광장을 휩쓸었다.

이런 거대한 기회는 어쩌면 다시 오지 않을 것 같았고, 참여하지 않으면 무언가 뒤처질 것만 같았다.

멋진 도시를 성장시키고 왕의 자리에까지 오른 위드를, 초보자들은 순수한 마음으로 존경했다.

"진짜 훌륭한 왕이 되어 주시겠지."

"응. 우리 같은 초보자들의 어려움도 고려해 주고, 예전에 레벨이 낮을 때의 설움도 잘 알아주실 거야."

절대 세금 인상 따위는 하지 않을 거라고 믿는 순진한 그들!

그러나 페일 일행은 정확한 진실을 알고 있었다.

조각품을 만드는 데 동참할 기회란, 곧 강제 노동 개시와 같은 의미라는 것을!

무력을 동원하거나 억지로 시키는 건 아니지만, 일단 시작하고 나면 교묘하게 꾀어서 절대로 빠져나갈 수 없도록 하고야 만다.

위드가 역사상 존재하지도 않았던 규모의 조각품을 만들겠다고 하면 어지간해서는 참여하지 않을 수가 없다.

어쩌면 예산 30골드의 허무한 즉위식까지도 이를 의도한 것일지도 모른다. 광장의 대규모 인파를 몽땅 노동자로 삼으려는 웅대한 계획의 일부였다면!

수르카가 냉철하게 분석했다.

"위드 님의 목소리가 떨리는 건 아마 공사 비용 때문이겠죠."

마판은 닭살이 돋을 정도로 소름 끼치는 감정까지도 느꼈다.

"정말 배울 점이 많고도 많구나."

위드에 의해 이 군중이 움직이게 되다니!

훌륭한 장사꾼은 사기도 잘 칠 줄 알아야 한다.

이 사상 최대의 공사가 이루어 낼 모습들이 조금씩이나마 상상이 되었던 것이다.

"자, 갑시다!"

위드는 군중을 이끌고 성문을 나갔다. 예쁘게 피어 있는 꽃길을 따라서 산으로 이동했다.

채석장, 광산이 있는 산악 지대였다.

"이걸 하나씩 들고 따라오시면 됩니다. 빨리빨리 움직이세요. 늦으면 곤란하니까요. 해가 저물면 다시 와서 옮기기가 어렵습니다."

끝도 없는 개미 떼의 행렬처럼 군중은 돌덩어리와 광물을 등과 머리에 이고 운반을 했다.

위드가 점찍어 놓은 목적지는 풀 한 포기 자랄 수 없는 넓은 황무지였다. 모라타의 성벽과 건축물도 보이지 않을 정도로 상당히 먼 거리.

일꾼의 행렬은 금세 10만 명을 넘었고, 모라타에서 꾸역꾸역 나와서 계속 산악 지대로 향했다. 돌과 나무 등 필요한 자재를 채취해서 뒤를 따라왔다.

초보자들의 좋은 시절은 이것으로 끝나고, 이제부터는 충실한 일꾼이 되어야 했다.

"땅값도 싸고… 나중에 오를 일도 없는 이런 장소가 조각품을 놔두기에 딱 좋지."

위드는 황무지가 제법 마음에 들었다.

조각품은 지형과 자연환경의 영향도 많이 받는다. 위드가 설계한 주제의 조각품들은 척박한 장소에서 시작해야 효과가 더 높게 발생할 수 있었다.

조각품들이 자리 잡을 수 있는 광대한 면적, 정말로 사상 최대의 공사를 필요로 했다.

"돌을 더 올리세요!"

"이곳은 지반공사를 더 튼튼히 해야 합니다. 땅을 더 깊이 파내고 시작합시다."

일꾼들이 돌산과 깊은 숲 여기저기로 투입되어서 자재를 운반해 왔다.

위드를 믿고 조각품을 제작하는 데 같이 참여하기로 한 유저들의 숫자는 이제 셀 수도 없을 정도였다.

로자임 왕국 출신의 유저, 중앙 대륙에서 건너온 레벨이 좀 높은 유저들만 해도 대단한 인원이었다. 거기에 풀죽신교를 대표로 하여 모라타에서 시작한 초보자들이 대거 합세하니 황무지의 모습이 완전히 달라졌다.

위드가 지정한 장소의 땅을 파내고, 운반해 온 바위를 높이 쌓았다.

만리장성, 피라미드, 운하를 파내는 것처럼 엄청난 규모!

역대 왕들이 국가의 명운을 걸고 실행했을 거대한 토목 사업이었다.

"너도 빨리 자식들 데리고 와서 일해."

음머어어어어어.

누렁이도 새끼 소들과 같이 산더미 같은 바위와 진흙을 운반했다.

공사 장소에 쌓여 가는 각종 재료들!

바위와 흙더미가 작은 산처럼 보일 정도였다.

"도대체 뭘 만들려고 하는 걸까?"

"몰라. 일단 재료들을 모아 주면 뭐라도 만들겠지."

위드와 같이 조각품을 만들고 싶었던 유저들은 인근의 쓸 만한 큰 돌을 닥치는 대로 채취해 왔다.

아르펜 왕국이 건국되고 나서 최초로 위드가 진행하는 사업인 만큼 많은 관심을 끌 수밖에 없었다.

모라타와 도로를 연결하고, 건축가 유저들은 땅을 고르며 광장을 지을 터를 닦았다.

위드는 32개의 조각품을 만들 수 있는 작업 구역을 정했다. 혼자서 전체를 관리할 수 없을 정도로 컸다.

"제자를 모집해야겠어."

서른두 곳이나 되는 대형 작업장에서 전부 혼자 조각을 할 수는 없었다. 조각상을 본격적으로 만들기 전에 누군가 최소한의 손질을 해 준다면 일이 편해진다.

위드는 베르사 대륙 최고의 조각사로서 모라타의 성문에 구인 광고를 냈다.

위드가 제자를 구함!

안녕하세요.

조각사 위드가 즐겁고 화기애애한 분위기에서 같이 조각품을 깎을 제자를 찾습니다.

＊매일 하루 21시간씩 조각품을 만들고, 3시간 동안 심부름할 수 있는 분.

＊시급 4쿠퍼(단, 사흘의 수습 기간에는 절반의 급여만 지급. 조각품을 만들다가 부상 시 붕대 지급 안 됨. 휴일 없음. 야간 추가 수당 없음).

＊숙식 제공(하루 세끼 풀죽, 작업장 아무 곳에나 누워서 자
면 됨. 월 2회 토끼탕 회식 있음. 단, 토끼는 직접 잡아 와
야 함).

＊상시 모집(조각 경력자 우대. 초보도 상관없음. 재능보다
는 성실하신 분).

최악의 근로조건!

그럼에도 위드의 제자라고 하니 다시 찾아오지 않을 기회라
고 여기는 사람이 많았다.

"설마 진짜 이렇게 쓴 대로 하겠어?"

"난 그렇더라도 제자가 될래. 기술을 배워 놓으면 써먹을 수
있잖아."

초보자들부터 고위 마법사까지 가리지 않고 지원자들이 구
름처럼 모였다.

위드는 10명씩 간단한 면접을 봤다.

"조각술은 알고 있습니까?"

"네!"

"조금 전에 배우고 왔습니다."

위드의 앞이라서 지원자들은 숨도 제대로 크게 쉬지 못하고
긴장하고 있었다.

모라타에는 조각사의 꿈을 가지고 시작한 유저들도 많이 있
었다. 그들은 조각사에 대한 큰 포부나 예술관에 대한 질문이
나올 것으로 예상하고 미리 준비해 왔다.

"조각품을 깎다가 비가 오거나 공복일 때에도 작업을 계속할

수 있죠?"

"예? 물론… 악천후가 좀 있고 몸이 좀 힘들더라도 참고 계속할 생각으로 오긴 했는데요."

"합격!"

조각술 스킬이 없는 완전 초보자들도 지원했다.

"팔다리 멀쩡하고… 시간 많아요?"

"예. 백수라서 남는 게 시간인데요."

"합격!"

순식간에 700명의 제자들을 뽑아 버린 위드!

실력이 미숙한 조각사들은 위드가 시키는 대로 바위를 손질하는 일부터 맡았다. 완전 초보자들은 그들을 돕는 역할로 심부름을 하면 되었다.

중급의 조각술을 익히고 있는 유명한 유저 뎁스도 제자로 지원했다.

로디움에서 북부로 이사를 와서 모라타에서 조각가로 명성을 날리고 있었다.

"평소에 흠모하고 있었습니다. 앞으로 잘 부탁드립니다."

"그래. 조각품은 자주 만들면 실력이 늘어나게 되니까, 일을 많이 하면 돼."

"어떤 일이든 시켜만 주세요."

뎁스를 비롯하여 실력이 괜찮은 조각사들은 조각상을 다듬는 역할을 맡았다. 재료가 높이 쌓이면 위드가 지시하는 대로 외관을 다듬으면서 조각상의 기본적인 형태를 잡았다.

"이 정도면 일을 시작할 만하군."

위드는 제일 먼저 사람처럼 형태가 잡힌 거대 조각상에, 조각칼과 모루와 정 같은 작업 도구를 꺼내고 매달렸다.

등에서는 빛의 날개가 활짝 펼쳐지면서 신비로운 분위기를 잔뜩 자아냈다.

"기술이 과하게 들어갈 필요는 없겠지. 조금 투박하더라도 원형에 충실하게 해야 돼."

땅! 땅! 땅!

돌을 깎으면서 조각을 개시했다.

위드의 조각술이 고급 8레벨인 만큼 돌이 가진 재료의 아름다움이 그대로 드러나고 있었다.

개울가에서 수백 년간 구르던 자갈돌처럼 매끈하고, 높은 산에 있는 큰 바위처럼 웅장한 면이 표현되었다.

공중에서 단단한 바위를 조금씩 정교하게 깎는 건 인내와 체력을 필요로 하는 일이었다.

아름다움을 향한 열정과 노력으로 조각품이 탄생한다.

예술의 숭고함이란 노가다와 고난에서 탄생하는 것인지도 모른다.

"나중에 결혼하고 자식을 낳으면 절대 조각사는 시키지 말아야겠어!"

위드는 왜 부모들이 자신의 직업을 자식에게 물려주지 않으려고 하는지 이해했다. 경험해 봐야 제대로 알 수 있다는 말이

거짓이 아니었다.

〈로열 로드〉에서도 이렇게 힘들고 위험한데, 현실에서 평생 조각품을 만든다면 얼마나 거친 인생을 살아야겠는가.

물론 그 인생 자체가 멋지고 존경할 만한 가치도 있겠지만, 자식에게는 권하고 싶지 않았다.

"그냥 적당히 죄짓고, 남한테 피해도 주고, 공부 열심히 해서 성공하는 게 최고지."

부모들의 마음이란 다 똑같은 것.

위드가 가끔 아래를 내려다보면 지상에서는 많은 사람들이 일을 하고 있었다.

황무지 일대에는 도로가 놓이고, 조각 재료들이 흙더미, 바위 더미 옆에 쌓였으며 광장에도 벽돌을 깔고 있는 사람들이 가득하다.

조각상의 개수에 따라서 대리석 건물까지 건축되고 있었다.

다들 무엇을 만드는지도 모르지만, 위드의 지시에 따라서 엄청난 작업이 이루어지고 있었다.

"이걸 다 해 놓기 전에는 쉴 틈도 없겠군."

다른 작업보다 늦어지면 안 되기에 위드는 바위를 계속해서 깎았다.

그가 조각할 때에는 와이번들과 빙룡, 불사조가 구경했다.

"왜 또 왔냐. 가서 사냥이나 하지."

"주인, 주인! 오늘은 말을 2마리 먹었다."

"배부르겠다. 바쁘니까 가라, 좀."

"맛있었다. 말고기는 만날 먹어도 맛있는 거 같다, 주인."

"그래, 맛있는 거 알아. 그러니까 다른 데로 가."

은새는 가끔 진지한 고민도 늘어놓았다.

"황금새가 요즘 날 보는 시선이 이상해요, 짹짹. 근데 꼭 싫은 건 아니고요."

불사조는 한낮에 더울 때 와서 바싹 달라붙었다.

"주인, 조각품이 멋진 것 같다."

딱히 용건도 없으면서 활활 타오르는 뜨거운 몸을 들이대며 조각품을 가까이에서 구경하다가 가는 것이다.

위드의 짧은 인내력은 벌써 밑바닥을 완전히 드러냈다.

그때 와삼이가 날아왔다.

"주인, 오늘은 말을 3마리 먹었다. 이러다가 살찌면 어떻게 하지?"

조각 생명체들은 요즘 들어서 위드와 같이 보내는 시간이 적어서 서운했다. 그렇기에 자꾸 와서 조금이라도 더 위드 곁에 있으려고 투정을 부리는 식이었다.

물론 조각 생명체로서 위드가 만드는 예술품에 지대한 관심을 갖는 것도 사실이었다.

"와삼아."

"주인, 말해라."

"오래오래 같이 살자."

"알았다, 주인."

하지만 위드는 화를 풀기 위해서 때리거나 하지 않았다. 나중에 오래오래 힘든 일, 어려운 일에 부려 먹으면서 조각 생명체들과 같이 지내다 보면 해결될 문제였으니까.

모라타 군중의 기대는 엄청났다.

"저 방대한 규모를 좀 봐. 대체 뭘 얼마나 지으려고 저렇게까지 넓게 하는 걸까?"

"왕궁 지으려는 거 아니야?"

"정말 그럴 수도 있겠는데?"

위드는 광장에, 대리석으로 건물까지 세웠다.

만들려고 하는 조각품의 숫자에 맞춰서 32개의 건축물이 지어지고 있었지만, 그것들은 자세히 보면 일반적인 왕궁과는 형태가 많이 달랐다.

그다지 호화스럽지도 않았으며, 그저 대리석으로 기둥들을 줄줄이 세워 놓고 지붕을 씌워 넓고 큰 공간을 만드는 방식이었다.

돌과 흙은 근처에서 파낼 수 있었지만 대리석은 당연히 공짜가 아니었다. 북부의 다른 마을에서 구입하면서 아르펜 왕국의 국가 예산도 소모되고 있었다.

위대한 건축물 3개를 세워도 될 만큼의 자금이 이 공사로 빠져나갔다.

사람들은 도대체가 너무 궁금해서 참을 수가 없었다.

"무슨 조각품을 만들려는 것이기에 저렇게 거창해?"

"여기에 아르펜 왕국의 재정을 다 투입해서 바로 몰락해 버리는 거 아니야?"

공사의 규모로 볼 때, 그야말로 돈을 쏟아붓는 꼴이다.

왕국 주민들의 충성도가 지금은 최고 수준을 유지하고 있고, 치안 역시 높았다. 모라타와 바르고 성채의 미래는 매우 희망적이라고 할 수 있었지만, 세상일이란 모르는 것이 아니던가.

국가재정이 과하게 소모되면 그다음 수순은 당연히 세금 인상이고, 그다음다음으로 주민들과 유저들의 불만을 감당해야 될 것이다.

게다가 어쩌면 세금 인상이 한차례로 끝나지 않을 수도 있다. 그러다 보면 치안이 악화되어 생산량이 감소하고 도적 떼가 들끓게 된다.

자칫 아르펜 왕국이 잘못되는 건 아닌지, 유저들이 더 걱정스러울 정도였다.

위드가 마른 수건도 쥐어짜서 다시 말려 쓰는 방식으로 예산을 최대한 절감하여 추가적인 공사 비용이 들지 않도록 관리하고 있었지만 이미 투입된 돈만도 미증유의 거액이었다.

다른 도시에는 있지도 않은 위대한 건축물을 3개는 세울 자금 규모의 투입이라니, 공사에 대해 납득하는 사람은 드물었다. 차라리 왕궁이나 군사시설을 짓는다면 이해라도 하겠지만, 이런 자금을 들여서 조각품을 탄생시키다니!

위드의 조각품에 대한 지대한 관심이 몰리고 있을 때, 어렴풋이 조각상의 얼굴이 드러나기 시작했다.

아무리 봐도 특별할 것 없이 평범하게 생긴 여자의 조각품이었다.

멋지고 대단한 작품을 기대하며 돌과 흙을 나르고 작업에 참여한 유저들로서는 어깨에 힘이 빠졌다.

"고작 이걸 만들려고 이렇게 대작업을 하는 거였어?"

"말도 안 돼. 위드가 만든 얼음 미녀상만 하더라도 엄청나게 예쁜데."

"프레야 여신상도 예쁘잖아."

위드의 조각품들은 모라타의 유저들에게 대단한 긍지이고, 볼 때마다 감탄을 자아내기도 했다.

새벽안개를 헤치고 떠오르는 아침 햇살을 받을 때의 프레야 여신상은 정말로 황홀할 정도였다.

그런 위드가 모라타 유저들의 적극적인 지원을 받아 가면서 만들어 낸 조각품이 평범한 수준이라니, 믿기지가 않았다.

"이건 완전 실패작이잖아."

"어쩌겠어. 위드라고 만드는 조각품이 매번 성공한다는 법도 없지, 뭘."

"그렇게 보기에는 실력이 엄청 퇴보했네."

"에이, 난 그냥 사냥이나 갈 걸 그랬다. 이렇게 대공사를 벌여서 저런 졸작을 창조해 낸다는 건 돈 낭비, 시간 낭비였어."

유저들 사이에 실망과 우려가 생기려고 했다.

고된 작업에도 불구하고 수많은 사람들이 참여했고 기대도 많이 했는데 작품이 너무 평범한 수준이었다.

"고작 저 정도라면 배울 것도 없겠다."

제자로서 참여하던 조각사들 중에도 불만을 품고 일을 그만두는 이들이 속출했다.

모라타의 뒷골목에서는 은밀하게 흉흉한 소문도 돌고 있을 정도였다.

"바드레이한테 죽고 나서 조각술도 감이 떨어졌나 봐."

"위드의 조각품도 알고 보니 별 볼일 없네. 그동안은 그냥 운이 좋았던 거 아니야?"

풀죽신교의 눈초리가 무서워서 드러내 놓고 떠들지는 못했지만, 모라타에 온 지 얼마 안 된 사람들은 위드에 대한 비난도 했다.

세상의 인심이 각박하다는 걸 드러내는 것처럼, 위드가 조각품을 만들기로 한 계획을 밝히자 열렬한 환호를 보냈던 군중이 차갑게 등을 돌리고 돌아서고 있었다.

대작업에 어마어마한 자금과 인원을 동원한 만큼 작품의 가치에 따라서 비난과 실망을 사는 것도 어쩔 수 없는 일이었다.

조각사로서의 무거운 짐과도 같은 일.

"어쩌려고 저러시지?"

"이번 건 우리가 보기에도 조금 별로인 것 같기는 한데요."

이리엔, 수르카도 작품을 만들기 위해 석상에 매달려 있는 위드를 보며 안타까웠다.

저렇게 고생을 하는데 사람들은 기대보다 떨어진다고 쑥덕거리고 있었다. 이럴 때에는 당사자인 위드의 마음이 가장 아프지 않겠는가.

위드는 불신을 받으면서 첫 번째 조각상의 마무리 작업을 하고 있었다. 사람들은 별 기대도 없이 광장에서 그 광경을 올려다보았다.

그리고 위드가 마지막으로 조각상의 쌍꺼풀을 완성하는 순간이었다!

여신 헤스티아의 신상이 탄생하였습니다!

고대부터 베르사 대륙을 수호하던 헤스티아. 불과 화로를 관장하는 그녀는 가정적이며, 창조적인 능력을 사랑합니다.

그녀의 신상은 전쟁으로 파괴되고 난 이후, 드워프들의 말과 인간들의 기록에 의해서만 그 존재가 알려져 왔습니다. 베르사 대륙의 인간과 드워프들을 보살펴 온 여신 헤스티아의 완전한 석상을 복원한 것은 종교적으로 큰 의미를 가집니다.

역사가 기록되고 난 이후에 최초로 완성된 헤스티아의 여신상입니다.

여신 헤스티아의 신상을 감상하면 하루 동안 생명력과 마나 회복 속도, 체력의 최대치가 35% 증가합니다. 불과 관련된 정령술, 마법, 공격 스킬의 효과가 11% 높아집니다. 종교적인 조각품을 감상한 영향으로 신앙 스탯이 영구적으로 7 증가합니다. 조각사와 화가, 음유시인의 예술 스탯이 영구적으로 9 오릅니다. 예술 계열의 직업에 대한 헤스티아 여신의 축복이 비정기적으로 발생합니다.

주변 일대에서 인간과 드워프의 불을 다루는 능력이 13% 향상됩니다. 마법사들의 화염 계열 마법에도 4%의 확률로 꺼지지 않는 불꽃의 효과가 부여됩니다. 고대의 작품 탄생법으로 예술 스탯이 영구적으로 6 높아집니다.

여신 헤스티아의 신상!

단지 완성된 조각품을 밑에서 구경하는 것만으로도 스탯이 마구 올랐다.

"위드가 만든 조각품이 헤스티아의 신상이었던 거야?"

"우와왓, 끝내준다!"

위드를 믿으면서 작품의 완성을 지켜보던 사람은 스탯을 얻는 효과를 누렸다.

조각품의 재료를 운반해 오고 기반을 다지고 있던 사람들도, 순간 어깨에 지고 있던 무거운 짐이 새털처럼 가볍게 느껴질 정도로 기쁜 소식이었다.

띠링!

헤스티아의 신상이 완성되면서 아르펜 왕국의 지역 정치력이 확장됩니다.
드워프들과의 관계가 개선됩니다.
새로운 종교의 영향은 주민들에게 긍정적인 희망을 안겨 주게 될 것입니다.

헤스티아 여신상이 만들어졌다는 말을 듣고 모라타에서도
사람들이 마구 찾아왔다.

"과연 조각사 위드야. 조각술의 신이야, 완전!"

"내가 돌덩어리 일곱 번이나 옮겼다니까! 저 석상 만드는 데
나도 엄청 고생했어!"

"난 처음부터 위드 님이 하는 조각품이라면 무조건 믿고 있
었다니까."

"이럴 게 아니라 빨리 돌 나르러 가자."

"일한 후에 마시는 풀죽의 맛은 최고지."

초보들 외에도, 일하기 위해 모라타에서부터 달려오는 지원
자들이 끝도 없이 늘어났다. 하루 만에 지원하는 인부가 30만
명이 넘어갈 정도였다.

헤스티아의 신상을 만드는 데 역할을 한 사람은 여신의 축복
을 특별히 더 받았다.

신앙심이 더 늘어나고, 힘과 인내력도 약간 향상되었다. 아
르펜 왕국에 대한 공헌도마저도 늘어났으니 이런 일감은 다시
없는 기회!

드넓은 공사 구역에 돌이 산더미처럼 쌓일 정도였다.

"곡괭이질은 이렇게 체중을 이용해서 하는 겁니다."

"돌덩어리는 등에 짊어지고 허리를 굽히는 편이 운반하기가 쉬워요. 그다음에는 무조건 앞만 보며 가는 거예요."

"무리해서 한꺼번에 너무 많이 짊어지려고 하지 마세요. 무겁게 한 번에 나르기보다는 두 번, 세 번 나누어서 나르는 편이 더 빨라요."

로자임 왕국에서 피라미드를 만들 때부터 동원되었던 숙련된 유저들은 경험을 과시하면서 초보자들을 이끌어 줬다.

"힘들어요?"

"아니에요. 전 괜찮아요."

페일과 메이런도 오붓하게 석판을 나르며 다시금 애정을 과시했다.

수르카도 좋은 남자를 만날 수 있지 않을까 하며 내심 인연을 기다렸다.

"이건 너무 커 보이는데, 부숴 드릴까요?"

"그러면 좋긴 한데… 가능하세요?"

"연환권!"

파바바바바박!

맨주먹으로 바위를 부수는 수르카!

웬만한 남자들은 자기들이 들지도 못하는 무거운 돌을 번쩍번쩍 운반하는 그녀에게 감히 말도 붙이지 못했다.

"안녕하세요."

"고맙습니다, 사제님."

이리엔은 다른 사제들과 같이 고된 일을 하는 유저들에게 축

실패한 조각품 205

복을 걸어 주면서 대환영을 받았다.

돌을 나르는 일꾼들이 쉬어 갈 만한 장소마다 요리사들이 나와서 풀죽을 제공했다.

대대적인 노동력 투입을 통해, 매일 지형이 바뀔 정도의 엄청난 공사가 펼쳐지고 있었다.

벤트 성!

니플하임 제국의 수도 모드레드를 지키기 위한 중요한 관문 중의 하나였다.

제국의 수도가 완전히 무너지고 북부가 얼음과 몬스터로 뒤덮이고 난 이후에, 얼마 남지 않은 기사단과 군대가 할 수 있는 일이라곤 성문을 걸어 잠그고 주민을 지키는 것뿐이었다.

"이곳을 목숨으로 지킨다. 언젠가, 니플하임 제국은 다시 일어설 것이다!"

제국의 기사단은 몬스터들과 싸워 가면서, 어렵게 성을 보호했다.

혹독한 빙하의 폭풍이 불던 시절. 그나마 북부의 사람들이 많이 모여 사는 장소는 벤트 성이 유일하였다. 얼마 안 되는 땅을 일구어 식량을 자급자족하면서, 몬스터를 경계하면서 살아왔다.

북부 대륙이 다시 온화한 기후를 찾았지만, 그들의 성문은 여전히 열리지 않았다.

"북부는 위험하다. 그리고 니플하임 제국을 계승하는 사람도 나타나지 않았다."

기사단과 병사들이 다스리는 벤트 성!

그사이에 북부의 다른 지역이 개발되고, 모라타가 프레야 여신의 축복을 받으면서 대량의 농작물을 수확해 냈다. 그리고 모라타의 식료품 가격이 저렴하게 유지되면서, 그곳의 식량을 받은 마을의 출생률은 기적적으로 늘어났다.

북부에는 사냥꾼과 전사 들이 매우 많이 흩어져서 살았다. 추운 기후를 견디고 몬스터와 투쟁하며 살던 그들이 이룬 작은 부락이 점점 커져 마을이 되는 곳들이 생겨났다.

모라타의 식료품이 꾸준히 공급되면서 이루어진 변화였다.

농부들이 더 많은 땅을 개간할수록 북부 주민들의 삶이 좋아졌다.

모라타의 지역 정치 영향력 등이 증가하고 있었다.

벤트 성에도 그 변화의 물결이 찾아왔다.

"저기… 식료품을 팔러 왔는데요."

모라타에서 온 초보 상인 가몽이었다.

"저리 썩 꺼져라!"

벤트 성의 기사들은 야박하게 내쫓았다. 하지만 가몽은 그런 대접에 익숙했다. 그는 명성이 높지도 않았고, 교역 경험이 많지도 않았던 것이다.

북부에서 상인이 활동하기란 썩 좋은 것만은 아니었다.

모라타에서 나오는 방대한 특산품을 가지고 중앙 대륙으로 가면 좋은 대우를 받을 수가 있었다.

대부분의 유저들은 모라타와 중앙 대륙을 오가면서 교역을 하거나, 아니면 모라타에서만 유저들을 상대로 장사했다. 그것만으로도 상당히 짭짤해서, 교역 마차를 끌고 북부를 돌아다닐 생각은 별로 하지 않았다.

상인들에게는 위험한 몬스터들이 많이 돌아다니는데, 그에 비해서 도로는 뚫리지 않아서 이동이 힘들었던 것이다.

북부의 다른 마을들은 발전도도 낮아서, 모라타처럼 특산품이 개발되어 있지도 않아 더욱 이득이 적었다.

"상인의 길은 남보다 먼저 뚫는 교역로에 있다고 했어!"

가몽은 안락함을 추구하는 다른 상인들처럼 성장하고 싶지 않았다.

모라타의 존경받는 대상인들은 주로 도시가 커지기 전에 와서 장사를 시작한 인물들이다.

다행히 모라타에는 풍부한 산물들이 있었기 때문에 북부를 돌아다니면서 이것을 팔면 어떨까 싶었던 것.

잡템을 거래하고, 멀고 먼 중앙 대륙과 오가면서 벌어들인 재산을 털어서 가몽은 북부를 돌아다니고 있었다.

"일단 맛이라도 한번 보세요."

가몽은 기사들에게 올리브와 와인, 쌀을 다섯 보따리씩 주고 물러났다. 그리고 남은 식료품은 주변의 작은 마을들을 돌면서 나누어 주었다.

식료품들은 유통기한이 있어서 오래 놔두면 상해 버린다. 어차피 팔지 못할 거라면 공짜로 뿌리기라도 해야 되는 것이다.

재산상의 큰 손실만을 얻은 거래!

그럼에도 가몽은 희망을 가졌다.

"모라타는 갈수록 커질 거야. 그리고 북부에도 사람들이 사는 곳이 늘어나면, 교역은 활성화될 거야."

모라타에서 돈을 벌면, 식량 마차를 끌고 장사를 하며 북부를 돌아다녔다.

몬스터를 만나서 몽땅 털리거나 공짜로 나누어 주는 것이 대부분이었다.

운 좋게 여행자나 전사의 무리, 다른 영주의 마을에서 판매하기도 했지만 수익이라고 할 수는 없을 정도였다.

"야, 야! 그거 미친 짓이야. 하지 마."

"돈 모아서 모라타에 상점 하나만 내. 그러기만 하면 그다음부터는 놀고먹어도 된다니까."

술집에서 다른 상인들을 만나더라도 다들 말리기만 했다.

가몽은 그럴 때마다 모라타의 밤을 밝혀 주는 〈빛의 탑〉을 보며 희망의 끈을 놓지 않았다.

"나는 큰 교역 상인이 될 거야. 마차 1,000대를 끌고 다니면서 거래하는……."

그렇게 몇 개월 이상 북부를 돌아다녔다.

돈은 벌지 못하였지만 작은 마을들을 잇는 빠르고 안전한 길을 발견하고, 현지의 주민들과 친해진 것이 소득이었다.

"벤트 성에 가 보고 싶다고?"

어느 산골 마을에서 식량을 나눠 주고 있는데 할머니 한 분이 앞으로 나와 물었다.

"예… 그런데 거의 포기하고 있어요. 어차피 쉽게 될 일도 아닌 거 같고요."

"그곳의 경비병이 내 손자인데, 아마 밤에 가서 오르데라는 내 이름을 대면 들여보내 줄 거야."

띠링!

> 벤트 성에 들어갈 수 있는 정보를 획득하였습니다.

가몽의 기쁨은 이루 말할 수 없을 정도였다.

북부에서 누구도 방문하지 못한 성을 처음으로 들어가 본다!

다른 직업이라면 그곳에서 얻을 수 있는 퀘스트에 관심이 많겠지만, 그는 상인이었다. 장사를 위하여 그곳에서 뭘 구매하고 뭘 팔 수 있을지 궁금했다.

가몽은 이틀 후 밤에 벤트 성에 도착했다.

"음… 자네가 이 근처에서 식량을 나누어 주는 착한 일을 한다는 이야기를 들었어. 할머니의 부탁이 있었다면 들여보내 줘야지."

벤트 성에는 과거 니플하임 제국 시절의 유물이 간직되어 있었다. 상점의 교역품으로도 그 당시의 기술을 고스란히 가진 상품들이 나왔다.

"나… 난 이제 대상인이다!"

가몽은 크게 소리를 지르며 기뻐했다.

벤트 성의 물품을 가져다가 다른 곳에 팔 수 있다는 것은 교역으로 큰돈을 벌어들일 수 있다는 보증수표와도 같았다.

거기에다가 경쟁자도 없는 독점 판매!

독점이 언제까지 지속될지는 아무도 모르지만, 가몽이 성공한 이상 다른 상인들도 벤트 성의 문을 두들길 것은 분명했다. 하지만 설혹 독점 기간이 끝나더라도 그동안 쌓아 놓은 친밀도나 인맥, 상품에 대한 정보들이 자산이 될 수 있었다.

가몽은 벤트 성의 우수한 세공품과 갑옷을 저렴한 가격에 구입해서 모라타에서 판매했다. 벤트 성은 그동안 닫혀 있던 곳이기 때문에 세공품과 갑옷의 시세가 낮게 유지되었다.

모라타에서는 막대한 양의 식료품을 구입해서 벤트 성으로 왔다.

"자, 모라타의 특산품! 양고기와 맥주, 쌀, 토마토, 포도, 치즈, 와인, 야자 술을 정말 싸게 팔아요! 어서 와서 사 가세요!"

"상인님, 이거 얼마예요?"

"4쿠퍼만 주세요. 덤으로 밀도 조금 더 드릴게요."

광장에서 판매하면 순식간에 동나 버렸다.

> 벤트 성의 주민에게 식료품을 싼 가격에 판매했습니다.
> 교역 명성이 24 오릅니다. 매력이 3 증가합니다.

가몽은 먼 미래를 생각해서 식료품은 거의 마진을 남기지 않고 팔았다. 구입가에 비해서 최소 3~4배를 더 받을 수도 있겠지만, 지금은 거래 자체가 이득이었다.

모라타에서는 남아도는 식료품을 팔면서 이렇게 명성과 스탯, 친밀도까지 얻을 기회란 지금뿐이었다.

이제 벤트 성의 상점에서 구매할 때는 바로 반응이 왔다.

"좋은 상인 가몽이로군. 당신의 방문을 기다리고 있었소. 이건 여간해서는 잘 팔지 않는 물건인데… 한번 보시겠소? 참,

그리고 당신에게는 판매하는 수량도 조금 늘려 주겠소.”

상인으로서 돈이 있다고 물건을 무한정 구입할 수 있는 건 아니었다. 무기나 방어구 등에는 정해진 수량이 있었는데, 그것이 대폭 늘어나게 됐다.

“에헤헷. 부자다, 부자!”

가몽은 교역으로 큰돈과 명성을 얻게 되었다.

교역할 때마다 초보 상인으로서는 상상하기 어려운 부가 축적되었다. 상인으로서의 위엄을 뜻하는 뱃살도 볼록하게 나와서, 걸을 때마다 출렁거렸다.

그것이 가몽 혼자만의 이득도 아니었다.

모라타에서는 재배하고 가공하는 식료품의 판로가 확대되는 효과를 가졌고, 벤트 성은 당장 치안이 좋아지고 출생률이 높아졌다.

상인이 지역 안정에 크게 이바지하는 것이다.

교역이 이루어지면서 벤트 성의 폐쇄성도 조금씩 풀리게 되었다.

“고블린의 말에 따르면 조각사 위드라는 사람이 대단한 모험을 성공시켰다더라고. 거짓말을 잘하는 고블린의 말이라서 얼마나 믿을 수 있을지……. 그런데 위드에 대해 모르는 건 우리 뿐이라고 놀라더군.”

“길 잃은 인간이 지금의 따뜻한 기후는 위드의 모험 덕분이라 하던데, 과연 정말일까?”

“우리가 존경하는 니플하임 제국 황실의 명예를 되찾아 준 사람도 위드라는 헛소문이 많이 들리는 것 같아.”

"벤트 성 남쪽에 모라타라는 도시가 크게 번성하고 있다는데, 그게 정말은 아니겠지?"

"아르펜 왕국이 건국됐다고? 글쎄… 요즘 들어서 계속 위드와 모라타에 대한 이야기를 듣다 보니 그런 일이 있을 수도 있겠다는 생각이 들어."

벤트 성의 주민들도 위드에 대해서 조금씩 알아 갔다.

"떠돌이가 말했는데, 위드가 엄청난 신상들을 만드는 중이래. 그 신상들로 인해 모라타는 놀라운 도시가 되고 있다더군."

"우리가 먹고 있는 식량이 모라타에서 재배된 것이라는데… 그곳의 밀로 구운 빵은 아주 고소해."

◦◦◦◦◦

"이곳이 작업실을 운영하기에 적당하겠군."

대장장이 헤르만은 드워프의 왕국 쿠르소를 떠나서 모라타에 왔다.

대장장이 마스터에 도전할 뿐만 아니라, 궁극적인 목표로 최고의 검을 만들고 싶어 하는 헤르만.

그는 많은 것을 따져 보고 이곳으로 왔다.

"헤스티아의 대장간과도 가까워서 도움이 많이 되겠어."

쿠르소에서는 양질의 철과 희귀 금속이 풍부하게 공급되었다. 드워프 대장장이에 대한 대우도 좋은 편이었다. 쿠르소에서 대장간을 운영하는 것만으로도 만드는 장비의 가격을 다른 곳보다 2~3배씩은 더 받았다.

하지만 여러 편의에도 불구하고 헤스티아의 대장간이 지어지자 더 훌륭한 생산물을 만들기 위해 5대 대장장이 중의 1명인 헤르만이 모라타로 온 것이다.

그 혼자만이 온 것도 아니고, 다른 드워프 대장장이 상당수가 이주에 동행했다.

드워프들은 땅 보러 다니기에 여념이 없었다.

"이곳도 좋아. 평탄하고 넓은 땅이군. 주택과 대장간을 같이 지을 수도 있겠어."

"캬하! 이곳의 맥주 맛이 기가 막힌다던데. 집부터 짓고 마시러 가야지."

"인간들이 빚은 맥주가 다 거기서 거기지 않겠어?"

"마셔 보지 않고는 모르지. 맥주 맛이 좋으면 강철을 두들길 때도 도움이 될 거야."

드워프 대장장이들은 손재주와 재료를 다루는 능력 덕분에 쓸 만한 건축 기술도 가지고 있었다.

헤스티아의 대장간과 가까운 장소의 땅을 사려고 했는데, 개발되지 않은 공터들이 벌써 널찍하고 평평한 형태로 조성되어 있었다.

그리고 땅값은 최소 4,500골드에서부터 시작!

"근데 땅값이 왜 이렇게 비싸!"

"여긴 번화가도 아닌데… 이상하게 비싼 가격이군."

"그렇다고 사지 못할 정도도 아니기는 하지만……."

드워프들은 구시렁거리면서도 결국은 관청으로 가서 토지를 구입했다.

위드는 헤스티아의 대장간을 건설하기로 했을 때부터 생각해 놓았다.

'여긴 최고의 역세권으로 성장할 잠재력이 있는 장소야.'

땅 투기는 남들이 상상하지도 못할 시점에 해야 한다.

위드는 일대의 땅 소유권을 가지고 부지 조성까지 끝내 놓고, 돈 많은 드워프 대장장이들의 이주만을 기다리고 있었다. 위대한 건축물인 헤스티아의 대장간을 짓기로 했을 때부터 투자금 회수까지 염두에 두었던 것이다.

신들의 정원

위드의 즉위식에는 모라타와 바르고 성채 그리고 북부의 유저들 전체가 지대한 관심을 가졌다. 모라타에만 수백만 명이 넘는 유저들이 있지만, 언제 어디서 하는지 전혀 홍보가 되지 않았다.

헤르메스 길드 하벤 왕국 바드레이의 휘황찬란한 즉위식과는 달리, 고작 30골드라는 푼돈으로 간략하게 진행되어 버린 즉위식이 뒤늦게 알려지면서 잔잔한 파장을 불러일으켰다.

위대한 건축물 건립에는 수백만 골드를 아깝지 않게 여기면서 개인적으로는 가장 영광된 순간에 30골드라는 돈밖에 지출하지 않다니.

"이런 거… 무슨 동화에서나 보던 '선정을 베푸는 왕'이 하는 거잖아."

"캬하! 다르긴 다르다. 자기를 돋보일 수 있는 행사는 작게 치르면서, 주민들을 위하는 데에는 목돈을 안 아끼네."

"그러니까 마을을 성장시켜서 국왕까지 된 거지. 나는 그럴 줄 알고 있었다니까."

위드의 의도와는 다르게 훌륭한 통치자로서의 마음씨라는 칭찬이 자자하게 퍼지게 되었다.

◦୨ ⚜ ୧◦

위드는 신상을 조각하는 장소의 이름을 '신들의 정원'이라고 지었다.

조각품만을 만드는 게 아니라, 신전도 짓고 호수도 파고 주변에는 꽃과 나무를 심어서 조경에도 신경을 썼다.

예전이었더라면 분명히 조각품만 덩그러니 놔두고 말았을 것이다. 사실 많은 인력이 투입되는 데에는 조각품과 건축물뿐만 아니라 광활할 정도로 넓은 정원 조성 사업에도 이유가 있었다.

자연과의 친화력을 올리기 위해서는 꽃과 나무를 가꾸는 것이 필요했다.

숲이나 산에서 잘 자라고 있는 나무를 그냥 뽑아 와서 옮겨 심는 건 의미가 없다. 절벽 중턱이나 바위 틈새 같은 곳에서 곧 말라 죽을 것 같은 식물들만 옮겨 와서 생명력을 왕성하게 도와주는 자연의 식물원을 완성한다는 계획.

메마르고 자갈이 많은 황무지에 이룩하기 위하여, 강에서 수로를 통해 물도 끌어와야 했다.

엄청난 인부 투입과 그로 인한 노동력 착취로 이루어 내는 대사업!

"커허허헉……."

"잠깐 쉬었다가 하자."

"난 조금 더 갈 수 있을 것 같아."

"못 들었어? 로모모 님이 오전에 들고 있던 돌에 깔려서 사망하셨잖아. 쉬었다가 해."

"크흐흑. 어쩐지 그분이 안 보이시더라니."

초보자들은 무거운 짐을 나르다가 사망하기도 했다.

이곳에는 벌써 3개째의 신상이 만들어지고 있어, 성기사와 사제에게는 필수적인 방문 장소가 됐다.

신상을 보면 중요한 스탯인 신앙심을 올려 주고, 신성 마법과 전투 능력도 향상시켜 준다. 자신이 믿는 신의 조각품을 보고 기도를 하면 더 많은 혜택과 특별한 힘을 내려 주는 경우까지 있으니 더욱 열성적으로 신들의 정원을 찾아왔다.

"위드 님은 정말 우리 사제와 성기사를 위해 주는 것 같아."

"응. 우리를 위한 일을 많이 해 주시잖아."

위드는 딱히 어느 직업만 가려서 좋아하지 않았다.

"아르펜 왕국에 쓸데없는 지역주의나 직업에 따른 차별은 필요 없어."

중앙 대륙에서 왔거나 북부에서 시작한 유저나 같았다.

어떤 직업의 유저라도 세금만 많이 내면 공평하게 존중할 뿐이다!

신들의 정원이 인터넷으로 퍼지게 된 것은 당연한 일이었다.

기초공사가 이루어질 때부터 게시판과 동영상, 스크린샷을 통하여 〈로열 로드〉의 유저들이 주목하고 있었다.

KMC미디어, CTS미디어 등등의 방송국을 통해서도 소개되었다.

—모라타에 또 다른 조각품이…….

—지금까지 상상했던 그 모든 규모를 넘어설 정도의 작품이 만들어지고 있습니다.

중앙 대륙, 동부, 서부, 남부의 성직자들은 모라타로 찾아오기 위한 긴 원정길에 올랐다.

"신앙심도 늘리고… 신상도 보고 와야겠어요."

성직 계열의 직업들은 파티 사냥에서 핵심을 차지한다. 사제들의 축복, 보호 마법, 치료 능력에 따라서 파티원이 죽을 상황에서 죽지 않기도 하기 때문이다.

사제들끼리의 경쟁도 존재해서, 치료 마법 한 번에 생명력을 얼마나 채울 수 있는가도 민감한 부분이었다. 자신은 워리어의 생명력을 1,500씩 회복시켜 줄 수 있는데 다른 사람은 1,730을 회복시켜 줄 수 있다면 받는 사람의 태도부터 차이가 나기 마련이다.

파티 사냥을 뒷받침하는 직업이 사제이다 보니 그들의 자부심은 클 수밖에 없었다.

중앙 대륙에서 모라타까지는 꽤 먼 길이지만 그때쯤이면 더 많은 신상이 완공되었으리라 생각하고 사제들은 순례의 길에 올랐다.

말을 타거나, 상인의 마차를 얻어 타고, 배를 이용하여, 성직 계열의 유저들이 모라타로 대거 모이고 있었다.

"던전 사냥 갑니다. 지금 사제 구해요."

"레벨 200 이상 사제님 특급 대우 해 드립니다. 아이템도 2명 몫으로 가지게 해 드릴게요."

"실력 따지지 않고 사제님 있으시면 저희 파티로 모실게요. 원하시는 조건 있으면 최대한 맞춰 드립니다."

대륙의 다른 장소에서는 사냥을 위해서 실력이 좋은 사제를 찾는 게 중요한 일이 되었다. 일부 지역은 사제들의 몸값이 크게 뛸 정도로 심각한 상황이 벌어지기도 했다.

◦⟋ ⟍◦⟍⟋◦⟍◦

"이것으로 열네 번째 퀘스트를 마쳤군."

바드레이는 직업 마스터 퀘스트에서 가장 앞서 나갔다.

카잔카의 식인 괴물 퇴치 의뢰 완료!

그가 의뢰를 받으면 각 방송국에서 생중계에 들어갔다. 전투 영상은 동 시간대에 최고의 시청률도 기록했다.

진행자들은 그의 힘과 스킬 운용에 대하여 입에 침이 마르도록 칭찬할 정도였다.

―어떻게 저런 식으로 싸울 수 있죠?

―기가 막힐 정도로 허점을 잘 노렸습니다. 완벽에 가까운 모습입니다.

―아마도 정말 무신이 있다면 저런 모습이 아닐까 싶어요.

—예, 바드레이의 전투 능력은 누구도 따라오지 못할 것 같습니다.

인기와 명예, 헤르메스 길드에서 비롯되는 권력까지 가지고 있는 바드레이!

하지만 시청률이 가장 높았던 것은 위드와의 전투가 벌어졌을 때였다.

바드레이도 위드를 이겼던 그 전투를 수없이 다시 생각했다.

위드의 검이 그렸던 궤적, 헤르메스 길드의 전사들을 상대로 활약하던 모습들.

'공격 스킬의 사용은 정해 두지 않은 채로 자연스러운 흐름을 따라서 몸이 먼저 이끌어 간다.'

위드의 공격은 맹렬하고, 끊어짐이 없었다.

헤라임 검술에 대해서는 바드레이도 알고 있었지만, 여섯 번의 연속 공격까지가 최대였다. 그것만으로도 친위대에서는 대단하다고 우러러볼 정도였다.

그런데 위드의 경우에는 어쌔신을 상대로 열여섯 번까지도 성공시켰다.

바드레이로서는 그 움직임이 계속 떠오를 정도로 충격적인 일이었다.

'어떻게 그럴 수가 있을까?'

위드의 다른 전투 영상들도 찾아봤다.

'투지로 몬스터를 놀라게 만들고 멈칫거리는 것을 이용하여 호흡을 끊어 버리는군. 몬스터보다 앞서서 공격을 하고, 옆으로 빠지면서 반격을 무용지물로 만들고 연속 공격. 사방이 포

신들의 정원 221

위되었을 때에는 일부러 허점을 보이면서 뒤쪽의 몬스터가 공격하도록 반응을 유도하며 제압한다. 포위당해서 공격을 받았을 때에도 이리저리 빠져나가는 게, 정말 익숙하게 수없이 맞춰 보기라도 한 것처럼 싸우는군. 도대체 어떤 전투를 얼마나 경험하면 저럴 수가 있지?'

일점공격술은 본 드래곤에게 사용한 걸 봤으면서도 따라 하기가 정말 어려웠다.

사실 하늘을 날고 있는 본 드래곤의 몸에 그대로 올라탄다는 자체만도 웬만한 용기로는 저지를 수도 없는 미친 짓이다. 가까이 가지 않고, 멀리서 공격 스킬이나 쓰는 정도가 대다수의 유저들이 상식적으로 선택하는 행동이다.

위드는 본 드래곤과 와이번을 타고 공중에서 전투를 벌였다.

"스킬이나 레벨이 높다고 해서 할 수 있는 행동일까?"

리치 샤이어와 싸울 때에도, 대부분의 시간을 오크, 다크 엘프 부대를 지휘하는 데 썼지만 결국 마지막 순간을 노려서 위드는 한 번의 공격을 성공시켰다.

모든 것을 걸었던 한 번의 공격에서 발견해 낸 적의 허점을 공략한 것!

위드의 전투는 보면 볼수록 대단하단 생각뿐이었다.

'만약 스킬이나 레벨, 장비를 다 제외하고 그냥 검을 들고 동등하게 일대일로 싸웠더라도 이길 수 있었을까?'

위드는 매우 빨랐다. 하지만 그때의 바드레이도 여러 가지 축복으로 속도가 빨라진 상태였다.

최고의 명마 린들린도 타고 있었다.

스킬의 반응속도와 범위에 차이가 있다는 점을 감안하면 대체로 동등하다고 볼 수 있다.

그런데 전투 내내 위드가 자신보다 한발 앞서 공격을 주도했다. 그가 노리는 방향은 가장 까다로운 경로였고, 심리적인 허점을 이용하며 두 번째, 세 번째의 공격까지도 연속으로 이어지곤 했다.

'그리고 그 수많은 변칙 공격들……'

위드는 검을 휘두르면서 흐름을 일으켰다.

빠르게, 빠르게, 느리게, 빠르게, 강하게, 느리게, 강하게, 빠르게, 강하게!

그냥 공격하는 것이 아니라, 폭풍처럼 쏟아지는 공격에 정신없이 적응하려고 하면 어느새 다시 살벌하고 혼란스럽게 바뀌었다.

전혀 다른 성격의 여러 명과 싸우는 것처럼 리듬을 바꾸면서 몰아친다.

이게 멀리서 볼 때에는 이해하지 못하겠지만 직접 싸우는 사람에게는 미치게 만드는 공격인 것이다.

바드레이는 검술의 비기인 다른 하나의 검까지 쓰고 있었는데, 그것까지 감안하여 쳐 내면서 온통 두들겨 댔다. 그 현란함과 화려함 속에 숨어 있는 공격성은 무자비했다.

섬뜩함을 느낄 정도로 파괴적인 방식.

'생각보다 공격력이 약해서 다행이었어. 정말… 위험할 수도 있었다.'

피해가 덜한 공격은 그냥 맞아 주고서라도 강하게 반격을 가하려고 하면 어떻게 알았는지 먼저 반응을 해 버렸다.

'그런 전투를 몬스터에게도 사용한다면 어떻게 될까?'

바드레이는 자신의 전투법이 남보다 못하다고 생각해 본 적이 없었다. 힘과 마나 분배를 잘하고, 적당한 거리를 유지하여 스킬의 위력을 이끌어 내며 효율적으로 사냥을 해 왔다.

그러나 위드가 보여 준 전투는 그보다 높은 단계였다.

전투를 즐기면서, 할 수 있는 모든 것을 끌어내면서 싸운다.

'괜찮은 시도가 되겠군. 사냥이 한층 재미있어지겠어.'

바드레이는 스스로 부족한 면을 일부나마 깨달았다.

직업 마스터 퀘스트를 위한 전투에도 반영해서 소득을 거두었다.

몬스터나 다른 기사와 싸울 때마다, 위드의 전투법을 참고하는 것만으로도 상대의 허점을 잡기가 쉬워졌다.

'일점공격술이란 것도 따로 어떻게든 연습을 해 봐야겠다.'

∞ ──────── ∞

"빨리빨리!"

"붉은 돌이 세 수레 왔습니다!"

"여기 이쪽부터 깔아 주세요."

유저들이 신들의 정원 공사 현장을 가득 채웠다. 그들이 지나간 자리에는 광장이 완성되었으며, 신전도 금방 세워졌다.

"역시 이 재미로군. 노가다는 다 같이 하니까 못 할 게 없어."

위드는 노가다가 보여 주는 마법 같은 공사 현장을 보면서 뿌듯했다.

이게 바로 권력의 맛이었다.

낮과 밤을 가리지 않고 파내고 쌓으면서 작업 속도가 상상을 초월할 정도로 빨랐다.

"이 정도라면, 조각품만 완성된다면 다른 구조물들은 먼저 끝마칠 수도 있겠어."

위드는 라체부르그에서 봤던 신상을 만들었다.

세상에서 잊힌 신들의 경우에는, 조각상이 완성되면서 새로운 종교가 탄생하기도 했다.

조각사들도 어떤 작품을 만들어야 하는지 알게 되자 진전이 빨라졌다. 위드가 손을 대야 하는 부분들을 남겨 놓고 시간이 많이 소모되는 하부의 조각을 했다.

"신들을 조각하는 작품에 참여할 수 있다니 이건 다시 오지 않을 기회야."

"응. 작품에 참여하는 것만으로도 정말 얻는 게 많으니까."

제자들은 많은 업무량에도 불구하고 의욕이 솟았다.

"으아아아악!"

가끔 줄을 소홀히 매서 석상에서 추락하여 사망하는 조각사들도 생겨났다.

그렇지만 이번만큼이나 조각사라는 직업에 자부심을 가졌던 기억이 없었다.

위드의 작품을 보조하면서 스킬 숙련도와 스탯, 명성도 많이 얻었기에 조각사 유저들은 기쁜 마음으로 밤을 꼬박 새웠다.

4개의 신상이 완성되었을 때에는 수십만 명이 넘는 유저들이 작업을 매일 도와주고 있었다.

6개의 신상이 만들어질 무렵에는 더 이상 조각 재료를 모아 올 필요도 없었으며, 광장에도 돌이 빼곡하게 깔렸다.

엘프들이 와서 정원에 야생화와, 각 신을 상징하는 꽃을 심었다.

10개의 신상의 작업이 마무리될 때쯤에는, 모라타와의 도로도 개통되었다.

군중의 참여로 인해 작업은 무서운 속도로 진행되고 있었다.

"어제까지만 해도 저쪽에는 야산이 있었는데……."

"아침에 싹 옮겼어."

"호수의 형태가 바뀐 거 같은데?"

"그냥 동그란 건 식상하다고, 공중에서 보면 모라타의 모습을 축소한 것처럼 해 놨거든."

부실 공사가 우려될 정도로 일대의 모습이 빠르게 바뀌었다.

신들의 정원의 기초공사가 마무리되자마자, 신전들에 사람들이 와르르 몰려가서 기둥을 세우고 외부 장식을 했다. 벽에는 위드가 조각한 신상을 참고하여 찬양하는 그림이 그려지거나 조각품이 새겨졌다.

"위드 님이 이번에 만든 신은 누구야?"

"여행과 시간의 신, 트로체트!"

"그게 누군데?"

"나도 몰라."

"또 모르는 신이 나타난 건가?"

"근데 지금 모험가와 학자 직업을 가진 유저들에게 퀘스트가 부여되었다더라. 트로체트의 신탁이라는 의뢰래."

위드가 신상을 만들고 나면, 모험가들은 그 신상에 대한 정보들을 입수해 왔다. 신상의 완공은 곧 관련된 신의 퀘스트와도 연결되었다.

"아하, 이게 트로체트 신을 의미하는 말이었구나!"

대도서관에 아무 근거도 없이 남겨져 있던 쪽지들이 이제야 비로소 설명되었다.

트로체트 신에 대한 내용으로, 오랫동안 알려지지 않았던 문구들이 밝혀지면서 퀘스트의 완수!

신의 탄생으로 인하여 밝혀진 쪽지와 책자는 다른 연계 퀘스트와도 이어지게 되었다.

"크윽, 맥주 맛 죽인다. 다음에는 무슨 의뢰부터 할까?"

"헤스티아의 의뢰는 벌써 끝낸 거야?"

"응. 어렵지 않은 의뢰라서 금방 해치웠지!"

모험과 의뢰가 다시 모라타를 뜨겁게 했다.

신들의 정원에 신상이 만들어질수록 지역 정치에 대한 영향력이 늘어나고, 새로운 종류의 의뢰가 발생하며, 종교적인 혜택이 생겼다.

성직자와 사제는 행복한 비명을 질렀고, 모험을 원하는 사람들은 밀려드는 의뢰와 밝혀내야 하는 진실의 실마리를 가지고 길을 떠났다.

건축가들도 신전을 만들면서 그동안 쌓아 왔던 실력을 발휘했다.

"너무 평범한 신전은 안 돼. 불과 화로의 여신인 헤스티아의 특성을 고려해야지. 드워프들도 편하게 올 수 있는 그런 장소로……."

"신전에서 맥주라도 팔면 안 되겠지?"

"꿀꺽! 그러면 장사야 잘되겠지만 어디 그렇게 할 수야 있겠는가? 신성한 불을 피울 수 있는 장소를 신전 중앙에 제단 형식으로 해서 놔두어야지."

"드워프들을 위하여 작은 의자도 설치해 두면 편할 것 같네."

위드의 연설과 조각품으로 빚어낸 결과이기는 하지만, 신전은 군중의 절대적인 호응을 받으면서 세워지고 있었다.

신전은 일단 건설되고 나면 아주 긴 시간 동안 무너지지 않고 보존될 것이다.

건축가들도 그런 건물을 지을 때에는 특별히 많은 명성과 스킬 숙련도를 얻었다.

그들은 군중의 도움에 힘입어 갖은 솜씨를 발휘하여 멋진 건물을 지었다.

모라타로 인하여 튼튼하던 아르펜 왕국의 재정은, 신들의 정원을 조성하면서 비축해 두었던 자금이 몽땅 소모되어 버릴 정도였다.

하지만 주민들은 그런 점에 있어서는 걱정하지 않게 되었다.

"요즘 들어서 유저들이 더 많이 늘어나고 있다지?"

"응. 초보자들은 정말 아르펜 왕국에서 시작하지 않으면 이상할 정도잖아."

"초보자들만이 아니라더라. 중앙 대륙이나 다른 곳에서도 유저들이 매일 몰려오니까."

"하긴… 광장에서 거래되는 물건들이 별게 다 있더라. 아주 비싼 마법용품도 사람들이 금방 사 가 버리더라고."

신들의 정원을 보기 위하여 찾아오는 성직 계열의 직업들이 문제였다.

그들은 혼자서도 왔지만, 친분이 있는 사람들과 같이 여행과 사냥을 하며 모라타에 도착하는 경우가 더 많았다.

"여기가 북부구나!"

"이곳에 요즘 의뢰가 많이 생긴다던데, 우리 이번에 한번 모험을 해 봐요."

"던전 탐험도!"

사제와 성기사 들은 신들의 정원이 완전히 갖춰지기 전에는 돌아갈 생각이 없었다.

모라타에서 지내다 보면 그들 중에서는 점차 북부의 들끓는 몬스터와 다양한 의뢰에 반하게 되는 사람들이 나오리라. 예술품, 공연으로 아름다운 도시 모라타에 빠져들면 다시 돌아갈 마음이 생기지 않을 수도 있을 것이다.

지금도 중앙 대륙에서 와서 머무르는 사람들로 인하여 아르펜 왕국의 세금 수입은 비약적으로 늘어나서, 신들의 정원에 필요한 공사 대금을 넉넉히 충당하고 있을 정도였다.

이미 특정한 신을 믿고 있는 사제는 관련 신전의 공사 비용을 내면서 공헌도를 올릴 수 있기 때문에 헌금도 많았다.

모라타의 초보자들은 몇 쿠퍼씩이라도 내놓는다면, 중앙 대륙에서 온 사제와 성기사 들은 한 번에 목돈을 내놓았다.

종교가 생기지 않은 신에게도 헌금이 많이 몰렸는데, 새로운 신의 경우에는 고위 사제가 되기 쉽다는 이유 때문이었다.

인간과 비슷한 모습이 아닌 오크의 신, 바바리안의 신도 조각되었다.

띠링!

> 오크의 종교가 탄생하였습니다.
> 오크들의 복수심과 문화를 확장하게 될 것입니다.

> 바바리안의 종교가 탄생하였습니다.
> 그들은 이곳 신전에 와서 강건한 힘을 얻을 수 있습니다. 아르펜 왕국과의 우호
> 도가 높아지게 될 것입니다.

각종 신상이 하나씩 만들어짐으로써 역시 좋아하고 자부심을 갖는 건 아르펜 왕국의 주민들과 유저들이었다.

신들의 정원은 그들이 북부에서 살아가는 한 끝없는 축복을 내려 주는 장소가 되리라.

황무지를 바꾸어 버린 대역사에 참여했다는 명예도 얻었다.

대륙의 그 어느 왕국도 따라올 수 없는 문화가 하루하루 쌓아 올려지고 있었다.

❧

위드는 베르사 대륙의 시간으로 꼬박 3달이 넘게 신상 조각에 매달렸다.

지루하고 힘든 작업이었지만, 아래에서 구경하는 유저들이

의지가 되었다.

"인구가 더 늘어났군. 앞으로 벌어들일 세금이 얼마겠어!"

위대한 건축물도, 지을 때는 밑 빠진 독처럼 느꼈지만 지금은 모라타의 굉장한 자랑거리다.

"아르펜 왕국의 인구를 계속 늘려서 앞으로 저들이 다른 곳으로 가지 못하게 해야지. 평생을 내 왕국에서 지내면서 세금을 내게 해야 돼!"

대륙 최대의 조각, 토목공사라는 신들의 정원도 그런 측면에서 볼 때에는 반드시 필요했다.

무릇 장사가 잘되는 가게를 보면 인테리어부터 화려한 경우가 많지 않던가. 어딘가, 손님으로 하여금 꼭 들어가 보고 싶게 하는 충동을 일으켜야 된다.

나중에 가서 후회하더라도 일단 낸 세금에 있어서 환불은 없으니까.

주민으로 정착시켜서 돈을 싹싹 긁어모으려면 투자에 인색해서는 안 된다.

"뭔가 비싸 보여야 돼. 나중에 세금을 올리더라도 아까운 느낌이 나지 않도록! 관광업은 돈을 잘 거둬들인다는 측면에서 볼 때 남기는 것이 많지."

건축물은 도시를 유명하게 하는 데 도움이 많이 되었다.

하지만 신들의 정원이 필요 이상으로 거대하게 계획된 것은 아니었다.

라체부르그에 있던 신들이 최초로 세상에 나오는 중요한 자리였다. 아직까지 믿는 사람이 많은 신이라고 해도, 그 원형에 대해서는 완전히 잊힌 후였다.

종교적, 역사적인 가치를 고려해 볼 때 지금이 신상을 조각할 수 있는 최적의 시기라고 볼 수 있었다.

다른 누구도 라체부르그를 발견하기 전이었으며, 조각사는 그 신들에 대하여 예술품으로 세상에 알릴 수가 있는 것.

"장사에도 다 때가 있어!"

위드 본인의 실력과 그에 대한 주민들의 믿음까지 이용하여 누가 봐도 경악할 수밖에 없을 정도로 제대로 멋지고 크게 만들어 본 것이다.

"조각술 숙련도는 고급 8레벨에서 정말 안 오르는 편이지. 조각품은 이런 것이라는 걸 확실히 느낄 수 있을 정도의 작품을 만들어야 돼!"

현재 위드의 조각술 스킬은 고급 8레벨!

지금까지 세워 놓은 신상은 11개로, 조각술 스킬 숙련도를 27% 약간 넘게 얻었다.

작품들이 역사적, 종교적인 가치를 가지면서 얻은 스탯도 부지기수!

위드와 성향이 비슷한 신들의 축복까지 받으면서 손재주와 요리, 낚시, 재봉의 스킬 숙련도도 조금 획득했다.

더 이상 숭배하지 않게 된 신들이 여럿 나타나면서, 베르사 대륙 전체에도 크고 작은 영향을 미치게 되었다.

조각사로서 현재까지는 위드만이 저지를 수 있는 대단한 사건이라고 해도 과언이 아니었다.

현재까지를 놓고 본다면 조각술 마스터에도 한 발자국 더 다가갔다고 볼 수 있을 정도였다.

"이걸 망쳤으면 난 아마 다시는 돈이 많이 드는 비싼 조각품을 만들지 못했을지도 몰라."

위드는 지긋지긋하게 작품을 만들면서도 전투를 하고 싶어서 몸이 간질거렸다.

헬리움으로 만든 여신의 기사 갑옷!

특정한 신들을 조각하고 나서는 장비에도 축복을 받아서, 신앙심에 영향을 받는 다른 옵션이 생기거나 방어력이 추가되었다. 이걸 착용하고 전투를 한다면 훨씬 재미있게 싸울 수 있을 텐데, 지금은 다른 일보다는 조각품을 만들어야만 했다.

위드가 매달려서 신상의 조각을 끝낼 때마다 지상에서는 거센 함성이 터졌다. 많은 군중이 모여서 기다리고 있었으며, 참여한 사람들의 공을 생각해서라도 조각품을 만드는 일이 우선이었다.

아르펜 왕국의 미래를 위해서라도 참으면서 조각품만 깎아야 했다.

"힘들어요, 주인님."

빛날이의 날갯짓이 약해지면, 밧줄에 몸을 의지한 채로 돌을 깎고 신상의 어깨에 올라가서 일했다.

한밤에 달빛과 별들 아래에서 고요하게 돌을 깎았다.

'다른 사람들은 사냥도 하고, 모험도 하고, 다들 재미있게 지내겠지.'

위드를 부러워하면서도 바보라고 비난하는 사람도 여전히 있는 것이 사실이었다. 인생은 적당히 즐기면서 살아야 하는

데, 조각사라는 직업을 택해서 백날 고생하며 작품만 깎고 있으니까.

눈물 젖은 보리빵을 먹으면서 살아온 삶이었다. 하지만 작품을 만들면서 사람들에게 기쁨을 주고, 부족하더라도 최선을 다하였을 때에는 성취감과 충족감을 얻을 수가 있다.

어떤 일이든 열심히 하는 사람이라면, 그 사람의 인생을 겪어 보지 않은 한 함부로 말해서는 안 되는 것이다.

"세금… 이게 다 나중에 세금을 늘리는 데 도움이 될 거야."

위드가 밤에도 조각품을 깎고 있는데, 방문자가 찾아왔다.

그는 큰 새를 타고 위드가 있는 근처까지 올라왔다.

"위드, 오랜만일세."

드워프 대장장이 헤르만!

그는 헤스티아의 대장간 주변에서 검과 방어구를 주문 제작해서 사람들에게 제공해 주고 있었다.

헤르만의 장비는 상당히 오래 기다려야 했음에도 대기 주문자들이 끝도 없이 밀려 있었다.

위드도 반갑게 맞이했다.

"안녕하세요. 모라타에 정착하셨다는 말은 들었습니다. 그동안 잘 지내셨죠?"

"모라타는 정말 좋은 도시더구만. 쿠르소에서 더 빨리 오지 않은 걸 후회할 정도로……. 참, 예전에 쿠르소에서 환송식을 했을 때 말인데……."

위드는 쿠르소의 환송식에서 계산을 헤르만에게 미루고 달아난 적이 있다.

"환송식요? 어… 오래전 일이라서 잘 기억이 나지 않는데요. 왜요?"

"그게, 자네가 쿠르소를 떠나는 마지막 날에… 에잉, 별것 아닐세."

헤르만은 구차스럽기도 하여서 더 이상 말하지 않기로 했다.

드워프 대장장이로서 버는 돈도 많으니, 상대적으로 푼돈에 불과한 환송식에서의 일은 다시 꺼내지 않기로 한 것이었다.

게다가 환송식의 드워프들의 풍습은, 어쩌면 쿠르소의 유저들끼리 만들어 낸 것이 아니던가.

'그냥 내가 산 걸로 치고 말지.'

당사자인 위드는 잘 알지도 못했을 텐데 그 술값을 내라고 한다는 건 다소 횡포에 가까운 요청이 될 수도 있다.

위드의 입가에 잔잔한 미소가 맺혔다.

조각품을 깎으면서 얻은 정신적인 피로의 상당 부분이 돈을 떼먹으며 날아갔다.

"내가 여기에 온 건 영주나 국왕에게 허락받아야 하는 일이 있어서인데, 화가의 언덕처럼 헤스티아의 대장간 주변으로 대장장이의 거리를 만들면 어떻겠나?"

헤르만은 모라타에 정착하기로 하면서 쿠르소에서부터 같이 온 드워프들과 함께 대장간의 거리를 조성하고 싶었다.

좋은 품질의 물품들만을 판매하는 무기점, 방어구점도 중간중간 문을 열면서, 도시에서도 이름 있는 장소를 이루는 것이 작은 꿈이었다.

"대장간 주변으로는 다른 직업보다는 대장장이들이 모여서 사는 걸세. 그러다 보면 서로 가르쳐 주면서 도움이 되는 일도 생길 것이고, 금속을 주로 다루는 상점들도 생긴다면 도시 발전에도 좋지 않겠는가?"

식당도 잘되는 곳일수록 하나가 아니라 여러 개가 모여 있는 편이 좋다. 그러면 더 많은 이용자들을 끌어들이면서 다 같이 장사가 잘된다.

헤르만은 대장장이들을 이끌어 가면서 적극적으로 도시 발전에도 동참하고 싶어 하는 것이다.

대장장이만이 아니라 다른 직업들도 모라타에서 더 많은 역할과 기여를 하려고 했다.

사람들이 보는 눈은 대체로 비슷했다.

모라타는 베르사 대륙에서도 경쟁력이 있는 도시였고, 이제는 아르펜 왕국의 수도다. 신들의 정원까지 조성되면서 가능성이 무궁무진하다고 여겼다.

먼 훗날 대륙 최고의 도시가 될 수도 있다는 것이 그저 망상만은 아닐 것이다. 최소한 지금으로써도 유저들에게는 천국과도 같은 곳이니까.

위드의 입가에도 훈훈한 미소가 어렸다.

"안 그래도 그렇게 할 계획이었습니다. 대장장이들이 존중을 받아야 다른 직업들도 멋진 장비를 입을 수 있을 테니까요. 저는 대장장이라는 직업을 정말 좋아합니다."

대장장이들이 많아야 세금이 듬뿍듬뿍!

위드는 대장장이에 대한 환상을 가지고 있었다.

모라타 주변에 대장장이 마을을 조성하여, 그들이 대륙을 대표할 만한 훌륭한 검과 갑옷을 만드는 것이다.

교역은 물론이고, 정착하는 사람과 여행을 통한 방문자들까지도 많아지게 되면 일석삼조(!)의 세금 수입!

"알아주니 고맙네."

"물론이지요. 제 마음속에는 대장장이들에 대한 착…실한 지원 방안들이 마련되어 있습니다."

착취란 단어가 언뜻 나올 뻔한 워드였다.

"대장장이 거리가 생겨난다면 사람들이 지금보다 정말 많아질 거네."

대장장이들이 발전하기 위해서는 고객이 확보되어야 한다.

모라타에는 북부에서 모험하는 높은 레벨의 유명한 유저들이 많았고, 초보들도 계속 유입되고 있었다. 초보 대장장이라고 하더라도 성장하기 좋은 환경이었고, 헤르만처럼 최고의 대장장이 중 1명이라도 그의 물건을 구매할 능력이 갖춰진 고객이 충분히 있으니 마음껏 실력을 발휘할 수 있다.

다만 장기적으로는 최상급의 철 확보가 필요했다.

모라타에는 철광산도 있긴 하지만 매장량이나 품질이 그렇게 만족할 수준은 아니다. 다 합쳐도 트레이피크 멜버른 광산의 절반에도 이르지 못할 정도로 열악한 수준.

광산 쪽으로는 좋은 환경은 아니었다.

현재 재료의 부족은 니플하임 제국 시절에 제조되었던 오래된 무기를 철로 녹여서 대장장이들이 다시 쓰는 방식으로 해소하고 있었다.

초보 대장장이들은 기존에 있는 녹슨 철검이라도 새로 만들면서 더 단단하게 제련하는 방법을 배웠다.

제법 이름이 알려진 대장장이들은 북부의 다른 마을에서 개발된 광산의 철을 수입해 와서 썼다.

모라타에서 수입하는 물량이 워낙 막대하다 보니 광산이 가까운 곳에 있는 마을들은 엄청난 수익을 낼 정도였다.

다행히도 바르고 성채 주변은 험준한 산악 지역이라서 매장량이 많은 광산이 나타날 가능성이 크다. 드워프들은 현재는 폐광이 된 은광산, 철광산에 대한 이야기도 했다.

군대를 키우고, 유저들이 역량을 갖추어서 몬스터를 몰아낸다면 에르리안들도 바르고 성채의 광산에서 일하게 될 것이다.

"여러 가지 측면에서 대장장이들에 대한 지원은 계속해 드리겠습니다."

"고맙네. 예술가들에 대한 지원들을 생각한다면 내 우려가 괜한 것들이었다는 생각이 드는군."

위드가 예술가를 지원하기 시작한 게 아니라 그의 생각을 지레짐작한 모라타의 장로가 멋대로 저지른 일이지만, 어쨌든 그러한 부분에서도 훌륭한 왕이라는 소문이 많이 퍼졌다.

예술 계열, 공연 계열의 직업들은 대륙을 떠돌며 위드에 대한 작품을 만들기도 하고, 칭찬을 아끼지 않았다. 아르펜 왕국의 치안이나 주민 충성도는 그런 부분에서도 높게 유지되었다.

북부를 넘어서 이제 중앙 대륙에서도 유민들이 들어왔다.

"그보다도 부탁드릴 게 있는데요, 제가 만들고 싶은 것이 있어서……."

"어떤 일인가?"

신상을 제작할 때에는 헤르만의 도움이 필요한 부분도 있었다. 군신이나 투신의 조각품 등을 표현할 때에는 무기도 들고 있는 편이 좋다.

"대장장이가 참여한다면 훨씬 좋겠지."

너무 큰 무기는 그 자체의 무게도 많이 나가기에 조각상이 파괴되어 버릴 수도 있다.

위드의 손재주와 조각술 스킬이 적용되어 내구성이 높다고 해도, 거대한 강철 검을 머리 위로 들고 있는 조각상이라면 당연히 부서지기 마련.

헤르만은 내부가 비어 있는 대형 무기도 만들 수 있을 테니 경량화가 가능했다.

"그러니까… 품질보다는 조각상에 쓸 만한 무기를 제작해 달란 말이로군. 보통 해 본 적이 없는 일이기는 해도 새로운 도전이라서 흥미가 생겨. 같이 일해 보세."

위드의 작업에 동참하는 건 오히려 헤르만 쪽에서 고맙게 생각해야 될 입장이었다.

무기만이 아니라 청동으로 신상을 만드는 데에도 도움을 주기로 했다.

그리고 위드의 부탁은 한 가지가 더 있었다.

"그런 특성의 재료라면… 딱 맞는 것이 있는데, 자네가 다룰 수 있을까?"

"예. 할 수 있을 것 같습니다."

"그렇다면 이것들을 주지. 가격은 잘 쳐주게."

흑암의 철을 습득하였습니다.

피를 흡수하는 보석을 습득하였습니다.

흑암의 철
생산 스킬 대장일과 관련된 아이템. 궁극의 대장일 재료. 네크로맨서가 제물을 바치며 얻은 강력한 저주를 받은 철이다. 언데드들이 사용하는 무기를 만들면 암흑 투기를 더 많이 이끌어 내는 특성을 부여할 수 있다. 신성력에 의한 보호 마법에도 영향을 덜 받는다.
1등급 대장일 아이템.
내구력: 9/9
옵션: 언데드가 사용할 시에는 능력을 더 발휘한다.

피를 마시는 보석
생산 스킬 대장일과 관련된 아이템. 궁극의 대장일 재료. 마센 왕국과 에버딘 왕국 간 전쟁의 빌미가 되었던 보석이다. 결국 에버딘 왕국의 소유가 되었지만, 3 명의 왕비들이 비극적인 죽음을 맞이했고, 그 후에도 숱한 피를 뿌렸다. 아직 가공되지 않았지만, 이 보석을 세공하는 사람에게는 불행한 일이 생길 것이다.
1등급 대장일 아이템.
내구력: 7/7
옵션: 피와 관련된 스킬 효과 증가. 가공 시 행운 스탯 13 감소. 매력 7 증가. 특별한 숙련도를 획득할 수 있다.

위드는 헤스티아의 대장간 주변의 땅을 넘겨주기로 하고 물건을 받았다.

"이것들은 바로 만들어 줘야겠군."

신상을 깎는 일도 제쳐 두고 하루를 헤스티아의 대장간에서 외도했다.

조각술 스킬이 있으니 보석 깎는 일은 문제도 아니고, 평소에 다양한 재료들을 써 보았으니 흑암의 철도 금방 익숙하게 다루었다.

"다시는 부러지지 않을 검을 주어야겠어."

위드는 흑암의 철을 헤스티아의 화로에서 녹이고 다시 물로 식혀서 망치로 두들겼다.

그리하여 탄생한 검!

흑암의 검

네크로맨서의 희귀한 저주가 깃든 철로 단련된 검. 언데드를 강화시키는 특성이 있으며, 지휘관급에게 더욱 효과가 높다. 장식은 전혀 없고 투박한 외형을 가졌다. 어지간한 언데드는 들 수도 없을 정도로 무시무시한 마검이다. 재능이 절정에 달하려고 하는 대장장이의 제작품!

내구력: 145/145

공격력: 96~137

제한: 언데드, 타락한 기사 전용. 레벨 465. 도덕심, 신앙이 없어야 한다.

옵션: 견고하다. 암흑 투기의 효과 37%. 네크로맨서의 저주, 증오의 소리, 의지
상실 사용 가능. 힘 +12. 민첩 +26. 언데드를 지휘하고, 그들의 힘을
13% 더 끌어낼 수 있다. 신성력 기반 보호 마법의 효과 약화.

중급 대장장이 스킬의 레벨이 10이 되어 고급 대장장이 스킬로 변화합니다.
존재하는 철과 금속을 능숙하게 다룰 수 있습니다. 검과 방어구의 성능을 더욱 강화할 수 있습니다. 이를 위해서는 특별한 재료가 필요합니다.
드워프들의 우호도가 더욱 높아지며, 그들은 종족을 떠나 친구로서 존중해 줄 것입니다.
화로의 불을 다스리는 효과가 추가로 31% 증가합니다. 매우 높은 온도의

불꽃을 피울 수 있습니다. 망치질할 때 체력 소비량이 절반으로 줄어듭니다. 각 아이템의 착용 제한이 4%씩 줄어듭니다. 전 스탯이 20포인트씩 늘어납니다.

언데드가 착용할 수 있는 특별한 무기를 제작하여 명성이 139 올랐습니다.

흑암의 검을 완성하자 중급 대장장이 스킬이 고급의 단계에 올랐다.

엄청난 노력 끝에 얻은 결실.

미스릴과 헬리움을 이용한 여신의 기사 갑옷도 만들면서 스킬 숙련도를 많이 올린 덕분이었다.

"드디어 기다려 왔던 순간이군."

위드는 가지고 있는 장비들을 전부 손봤다.

데몬 소드를 조금 더 강화하고, 아직 몬스터에게는 써먹어 보지도 못한 여신의 기사 갑옷도 마찬가지였다.

방어 능력을 키우기 위하여 미스릴을 조금 더 추가하고, 특수하고 복잡한 무늬를 새겨서 적들의 공격을 훨씬 더 잘 막을 수 있게 했다.

처음부터 고급 대장장이 스킬로 갑옷을 제작한 것보다는 못하지만, 그래도 조금은 나아졌다. 사실 필요한 장비를 직접 만드는 입장에서는 스킬의 레벨이 오를 때마다 전부 다시 새로 제작하여 쓸 수도 없었다.

"흑암의 검도 썩 나쁘지 않은 편이군."

재료의 성향도 있지만 일반적인 검에 비해서 조금 더 두껍고 무겁게 만들었다. 그 덕분에 공격력이 좋았다.

위드는 보석 세공용 칼을 꺼내서 보석도 가공했다.

원래 직업이 조각사이다 보니 흑암의 검을 만드는 것보다는 보석을 깎는 편이 훨씬 쉬웠다.

요사스럽게 빛나는 붉은색 보석!

베르사 대륙의 역사서에도 기록된 보석으로, 가지고 있으면 여러 나쁜 일이 일어났다.

"행운 스탯도 중요하긴 한데… 뭐, 어쩔 수 없겠지."

위드는 깎아 놓은 보석을 금반지에 끼워 넣었다.

마치 원래 있을 자리를 찾아가는 것처럼 보석이 반지에 들어갔다.

요사스러운 흡혈 반지

피를 마시는 보석으로 만든 반지. 착용하고 있으면 생명력이 계속 줄어들며, 체력도 저하된다. 결국 무시무시한 병에 걸리게 만드는 반지. 대단한 실력을 가진 대장장이가, 무슨 이유에서인지 만들어 냈다. 가능한 한 세상에 나가지 않는 편이 나을 것 같다. 밤의 귀족이 탐낼 만한 물건이다.

내구력: 27/27

제한: 없음.

옵션: 착용자의 생명력 감소. 체력 약화. 매력 16% 증가. 현혹의 능력을 강화한다. 흡혈의 권능 효과를 늘린다. 피를 마실수록 보석의 숨겨진 힘이 드러난다.

확실하게 재수 없는 물건!

위드는 착용해 보지도 않았다.

"콜 데스 나이트 반 호크, 콜 뱀파이어 로드 토리도!"

검은 연기가 일어나더니 데스 나이트가 나타났다. 뱀파이어 로드도 검은 망토를 펄럭이며 등장했다.

"주인, 이번에는 무슨 싸움인가."

"어떤 적이라도… 싸우고 싶다. 이 갈증을 씻어 낼 수 있도록 피에 취하고 싶다."

헤르메스 길드에 비참하게 깨진 일 때문에 위드의 두 부하도 자존심에 큰 상처를 입었다.

신성력의 영향을 받아서 역소환되고 난 이후로 아직 몸이 정상도 아니었다. 특히 데스 나이트의 경우에는 찢어진 망토에 맨손이라서 볼품도 없었다.

"이거 너희에게 주는 선물이야."

위드는 흑암의 검을 반 호크에게, 요사스러운 흡혈 반지를 토리도에게 보여 주었다. 항상 재고나 불량품 혹은 중고품만 받아서 쓰던 그들에게 처음으로 휘황찬란한 물품들을 지급한 것이다.

반 호크와 토리도는 흠칫 뒤로 물러났다.

"아, 아니다. 이런 건 필요 없다, 주인. 맨손으로도 싸울 수 있다."

"나는 보석을 좋아하지 않는다."

위드의 함정이라고 판단하고, 마음에도 없는 말을 하는 둘이었다.

매사에 의심과 경계가 습관이 되어 버린 훌륭한 주종 관계!

"내가 아주 공들여 만든 건데. 정말 귀한 재료들로 특별히 너희에게 맞춰서 제작한 거야."

위드는 장비들에 대해 설명했다. 그제야 안심하고 받아 드는 반 호크와 토리도였다.

"앞으로는 말 잘 들을 거지?"

"무슨 말이든 따르겠다."

"난 정말 좋은 주인인 것 같아."

"물론이다."

"다른 주인이라면 자기만 생각하지, 너희에게 이런 거 만들어 줄 생각도 못 했을 거 아니야."

"……."

"내가 이것들을 만들려고 넣은 재료들이 뭐냐면……."

"……."

위드는 그날부터 사흘간 소환을 유지한 채 쉬지도 않고 생색을 냈다.

오크들의 선택

"전쟁이다!"

"블랙 안나스의 군대가 이곳으로 향하고 있다."

"빨리 성부터 빠져나가야겠군!"

위드가 신상을 만들고 있는 동안, 베르사 대륙은 전쟁으로 불타올랐다.

성과 도시에서 공성전이 벌어지면 장사를 하던 상인들과 초보자들은 모두 성 밖으로 도망을 나왔다. 공성전이 벌어지다 보면 성내가 무법 지대가 되어서 닥치는 대로 방화와 살상이 이루어지기 때문이다.

"엠비뉴 신을 찬양하라."

"정의로운 성기사들은 이교도들과 맞서 싸우라."

대륙에서는 엠비뉴의 군대와 각 교단 성기사단끼리의 충돌도 일어났다.

엠비뉴 교단이 모습을 드러내고 나서부터 다른 교단들도 바빠졌다. 대성당과 수도원에 머무르던 성기사단과 수도사들이 적극적으로 밖으로 나왔다.

그들이 돌아다님으로써 유저들에게는 신규 퀘스트가 계속 발생하였으며, 공적을 올릴 기회도 많아졌다.

엠비뉴 교단과의 전면전쟁!

어떤 유저도 그 혼란에서 자유롭지 못했다. 안정되게 성에서, 마을 근처에서 사냥하며 던전을 돌아보던 시절은 끝났다고 해도 과언이 아니었다.

대륙이 위험해짐으로써 성과 마을이 파괴되기도 하고, 더 강한 몬스터들이 떼거리로 출몰하기도 하였다.

엠비뉴 교단에 점령된 지역에서는, 개종을 하고 그들의 하수인이 되어서 같은 유저들을 사냥하는 사람까지 등장했다.

୧ৎ৽৽৽ঌ৽

주식회사 유니콘에서는 홍보부의 장윤수 팀장이 주관하는 회의가 벌어지고 있었다.

"아시다시피 최근 베르사 대륙의 상황에 맞춰 지난번에 기획부에서 내온 시안을 바탕으로 광고 영상을 제작했습니다."

"실제 플레이 화면은 얼마나 담겨 있나요?"

"90% 이상입니다. 먼저 보시고, 나머지를 계속 말씀드리겠습니다."

회의실의 불이 꺼지고 벽 스크린에 영상이 나오기 시작했다.

어느새 익숙해진 엠비뉴의 군대가 어마어마한 숫자로 평원에 모여 있었다.

깊은 밤, 횃불을 밝히고 모여든 그들!

화면은 엠비뉴의 대사제들이 머무르는 천막으로 가까이 다가갔다.

—그곳에서…….

—제물을 바침으로써 비로소…….

—인간들에게…….

—크크크크…….

대사제들이 음산하게 소곤대는 목소리가 들렸다.

엠비뉴의 암흑 기사들이 삼엄하게 순찰을 돌았고, 몬스터들도 경계를 섰다.

〈로열 로드〉를 경험한 유저라면 이곳이 얼마나 위험한 장소인지 알고 소름이 돋을 정도의 분위기였다. 대부분은 엠비뉴 교단을 적으로 생각하였기 때문에 더욱 두렵고 공포스러웠다.

자기가 활동하는 지역에 대해서는 어느 정도 알지만, 정작 엠비뉴 교단의 전력이 얼마나 되는지 구체적으로 아는 사람은 많지 않았다.

이윽고 화면은 바뀌어서, 유저들이 그라디안 왕국을 침공하는 모습을 보여 주었다.

—가라, 용사들이여!

—우리의 평화를 지키기 위하여 끝까지 싸울 것이다!

성벽에서 우수수 쏟아지는 화살 비를 뚫고 전진하는 블랙소드 용병단!

공성 무기까지 동원되어서 엄청난 전투가 벌어지고 있었다.

그라디안 왕국은 중앙 대륙에서도 가장 서쪽에 위치하여 지형이 험한 까닭에 유저들이 많은 편은 아니었다. 활동 영역이 넓은 블랙소드 용병단에서 이 그라디안 왕국을 목표로 삼고 전투를 벌여 점령전을 펼치는 것이었다.

사흘간 싸운 결과 왕성이 함락당하고, 왕국 전체는 내전에 휩싸이게 되었다.

다시 화면은 바뀌어서 하벤 왕국으로 향했다.

호화롭다는 말로도 부족할 정도로 사치스럽게 지어지고 있는 왕궁!

헤르메스 길드에서는 천문학적인 자금을 투입하여 기사들과 병사들의 충성도를 높여 통치를 유리하게 하는 왕궁을 건설하고 있었다.

노예들의 강제 노동이 이루어지고 있는 주변에는 기사들과 병사들이 삼엄하게 배치되어 있다.

수도 아렌 성에는 빛과 어둠처럼, 한편에는 넓은 빈민가가 있고 다른 편은 상업 건물들로 성업을 이루었다.

왕성 주변을 공중에서 짧게 스쳐 지나가는 식으로 다른 왕국의 모습도 보여 주었다.

그리고 다시 화면은 바뀌어서 오크들에게로 향했다.

화면에 나무와 수풀이 보였다.

—취이이이잇!

오크들은 나타나지 않았다. 하지만 거친 숨소리, 그리고 수풀 위로 빛나고 있는 글레이브.

—가자, 취치취익!

오크 랜드의 동쪽, 엘나스 산맥 오크들이 일제히 넓은 평원을 향하여 달렸다.

화면은 그대로 그 자리에 남아서 비추고 있었다.

놀란 짐승들이 도망치고, 새들이 하늘로 날아올랐다.

평원을 향하여 내려가는 오크들의 행렬은 끝을 알 수 없을 정도였다.

무지막지한 번식력으로, 동쪽으로 계속 세력을 넓혀 가는 오크들.

엘프들은 정령술과 마법을 개발하고 있었으며, 드워프들은 그들만의 무기를 제작하며 토르 왕국을 다스린다.

이제 마지막 단계로, 화면은 사람들을 비추어 주었다.

가장 유명하며 무력의 정점에 서 있는 바드레이가 왕성의 탑에 서서 아렌 성에 비치는 여명을 지켜보고 있었다.

모험가 체이스는 던전의 어딘가를 헤매고 있었는데, 그를 뒤쫓아서 몬스터들이 달려오는 소리가 났다.

대장장이 파비오는 온통 새빨간 화염이 넘실거리는 장소에서 철을 다루었다.

각 직업을 대표하는 17명의 유저들의 행동이 화면에 비쳤다.

영상이 끝나고 나서 장윤수 팀장이 말했다.

"지금으로써는 베르사 대륙이 혼돈의 시기에 접어든 것으로 보입니다. 그 점을 감안하여 유저들에게 보여 줄 영상을 제작하였습니다."

인터넷과 방송으로 나누어서 내보내질 이 영상은 〈로열 로드〉의 유저들에게 현재 상황을 알려 주기 위한 목적으로 제작되었다. 베르사 대륙이 변화하는 상황에 따라 각 지역에도 영향이 생겼기 때문이다.

혼돈의 시기!

〈로열 로드〉의 초창기에는 왕국들 간의 분쟁이나 이종족, 몬스터의 침공이 있기는 했어도 어느 정도 안정적인 토대에 머무르고 있었다. 원래부터 존재하던 각 왕국이 치안을 유지하는 데에 많은 노력을 기울인 덕분이기도 했다.

문제는, 유저들이 점점 성장하면서 그 균형이 깨어졌다.

기사로 임명된 유저들은 명예보다는 이득을 택하고, 의무를 다하지 않았다. 영주들도 과도한 세금을 물리면서 주민들을 돌보지 않았다.

몬스터들이 날뛰거나 말거나 상관하지도 않았다.

왕국에 대한 충성도 없고 이웃 성과 전쟁을 벌이며 약탈을 일삼는 데에만 관심이 많았다.

〈로열 로드〉는 딱히 정해진 스토리가 없었다.

만약에 중앙 대륙의 영주들과 명문 길드들이 통치를 잘했다면 악의 세력이 크게 나서지 못했을 수도 있다. 현재로써는 주민들의 충성도가 낮아지면서 엠비뉴 교단을 비롯한 여러 악의 단체들이 활동하기가 좋은 환경이 조성되었다.

그 결과 확실히 각 왕국보다는 유저들이 중심이 되었지만, 그만큼의 대가도 치르고 있는 형편이었다.

〈로열 로드〉의 역사를 돌이켜 보면 이런 혼돈의 시기가 과거에도 존재했다.

그때에는 마족과 계약을 한 흑마법사들이 날뛰었으며, 왕국들은 전란에 휩싸였다. 각 교단도 성물을 빼앗기면서 위세가 크게 약화되었다.

"흐음, 전략운영실에서는 어떻게 판단하고 계십니까?"

유니콘 사에서 베르사 대륙의 상황에 대해 가장 잘 파악하고 있는 전략운영실의 손일강 실장에게 사람들의 시선이 맞춰졌다. 그는 다음 차례가 자신이 될 것이라는 것을 짐작이라도 하고 있었던 듯이 의자에서 일어나고 있었다.

"엠비뉴 교단의 대대적인 준동 그리고 거대 길드들의 세력 확장, 역사적인 몬스터들의 등장이나 흑마법사들의 난립. 여러 측면에서 볼 때에 과거 베르사 대륙의 역사에 나왔던 혼돈의 시기보다 더욱 큰 위기로 보입니다."

이사들과 여러 부서의 책임자들은 골치가 아파 왔다.

사실 베르사 대륙의 수많은 종족들과, 생성되고 사라지기를 반복하는 왕국들을 다 파악하고 있기란 무리였다.

대륙에는 유저들의 밥이 되는 몬스터들만 돌아다니는 게 아니라 무수한 무리가 음모를 꾸민다.

해결책 역시 유저들 스스로 찾아내야 했다.

"그렇다면 아주 곤란하게 된 것 아닙니까?"

〈로열 로드〉의 이용자들이 기하급수적으로 늘어나고 있는 이때 베르사 대륙의 평화가 불안정하다는 사실은, 유니콘 사의 이사들에게 좋은 소식이 아니었다.

그러나 손일강 실장의 표정은 밝았다.

"영웅은 위기 속에서 탄생합니다. 그런 점에서 볼 때, 혼돈의 시기가 도래한다면 유저들에게 강한 결속력을 요구하게 될 것입니다. 그리고 더 큰 업적을 이루는 사람도 나타나겠지요."

베르사 대륙은 가상의 세계!

손일강 실장은 그 안에서 극복하고 해결해 낼 수 있을 거라는 확신을 갖고 있었다.

유니콘 사의 직원들도 비슷한 공감대를 가졌다.

처음 〈로열 로드〉가 열리고 난 이후부터 유저들의 성장세는 하루하루가 놀라울 정도였다. 그들이 알아서 자신들의 삶을 결정하게 될 것이다.

실제로 어떤 국가의 역사를 돌아보더라도 민중의 힘만큼 위대한 것은 없었으니까.

$$\mathcal{O} \mathcal{S} \cdot \mathcal{S} \mathcal{S} \mathcal{O} \cdot \mathcal{S} \mathcal{O}$$

"케헤헷."

"으케음케!"

"크헤헤헤헤헤헤."

바르고 성채에 정착한 조각 생명체들은 행복한 나날들을 보내고 있었다.

"세상은 참 아름다운 곳이다."

"이 맑은 공기와 신선한 풀들. 환상적이다!"

위드가 지골라스에서 생명을 부여한 47마리의 조각 생명체들이었다.

그들은 위대한 조각사들이 만들어서 오랜 기간을 조각상으로 지내왔다. 삶에 대한 욕구가 강한 만큼, 바르고 성채에서도 적당히 놀면서 만족스럽게 지냈다.

와이번과 빙룡, 불사조 등이 매번 위드에 의해서 고생을 한다는 이야기를 들으며, 자신들은 편하게 지내서 참 다행이란 생각도 했다.

오도독오도독!

켈베로스는 산양의 뼈를 먹고 나서 풀밭을 뒹굴었다.

알록달록한 색상을 가진 독사, 산과 숲에서 날쌔게 움직이는 시골뱀은 나뭇가지에 축 늘어져 있었다.

데스웜은 진흙탕에서 느긋하게 휴식을 취했다.

조각 생명체들은 한적한 오후의 평화로운 시간을 보내고 있었다.

예외적으로 기사 세빌 프렉스턴은 바쁜 임무를 맡았다.

그는 적극적으로 몬스터를 몰아내는 일을 하며 사냥꾼과 병사를 1명씩 부하로 거느리게 되었다.

시간이 흐르면서 바바리안까지도 세빌의 전투력에 감탄하여 휘하로 들어와, 세빌의 병력은 이제 980명으로 불어나 있었다.

병사들은 훌륭한 기사의 지휘를 받으면서 전투를 치렀다. 재능 있는 기사 후보생에, 정규 기사까지 14명이나 보유한 막강한 병력이었다.

바쁘든 한가하든, 위드의 명령에 따라 바르고 성채 인근에 정착한 이후 제멋대로 살아가고 있는 그들!

금인이와 누렁이도 그들과 어울리다가 야밤에 몰래 빠져나왔다.

"요즘 개들은 어떠냐."

"너무 편하다. 골골!"

"고생 좀 시켜야겠지."

"일을 3배는 해야 된다. 골골!"

금인이와 누군가의 모종의 '뒷담화'가 오가고 난 다음 날부터, 조각 생명체들이 있는 장소에 몬스터들이 마구 밀려왔다. 빙룡, 불사조, 와이번들이 몬스터를 몰아서 그곳으로 보내는 것이었다.

"저놈들 지금까지 엄청 많이 놀았다."

"우리만 땀 흘리고 파닥거리며 다녔다!"

위드의 나머지 조각술 마스터 퀘스트를 돕기 위해서라도, 조각 생명체들은 매일 강해지고 있었다.

바르고 성채 근처에 제멋대로 정착한 오크들!

"취취췻!"

"날 밝았다. 싸우러 가자, 취이익!"

오크들은 정착촌을 이루었다.

바르고 성채로 침략하려는 몬스터들은 오크들의 정착촌부터 넘어야 했다.

몬스터와 오크들의 싸움이 매일같이 벌어졌다.

오크들의 개체 수는 6만까지도 감소했지만, 그들은 끄떡도 하지 않았다.

"취취췻, 첫째 형 죽었다. 둘째 형도 죽었다. 일곱째 형도 죽었다. 엄마가 5마리 더 낳으면 된다, 취이이익!"

"누구냐, 너는. 취취췻!"

"나 서른두 번째 아들이다, 취잇!"

"너 막내냐, 취치칙!"

"아니다, 취익취취익. 엄마가 마흔네 번째까지 더 낳았다."

오크들은 번식력으로 버티면서 몬스터를 상대했다. 전사들이 나가서 싸우는 사이에 암컷들은 안전하게 보살핌을 받은 덕분이었다.

몇몇 오크 로드 유저들도, 그들의 입장에서는 눈부신 활약을 했다.

"오크는 싸우다 죽는다, 취칫!"

"나 에이취를 따라서 가자, 취치익!"

대규모의 전사와 투사 들을 이끌고 몬스터의 진지를 습격하기도 했다.

물론 1마리의 오크도 돌아오지 못하는 계획이었지만, 몬스터들에게도 그 이상의 타격은 입힐 수 있었다.

10마리가 죽더라도 5마리를 없애면, 다음 날에는 13마리가 싸우러 갈 테니 이득이라는 오크식의 계산법!

오크 카리취는 어떤 불리한 전투에서도 물러서지 않았다.

흉악하게 생긴 오크가 강하다.

암컷 오크들에게 인기를 끌기 위해서라도 용맹해야 한다.

오크 유저들에게 내려오는 전설, 혹은 카리취로 인해 만들어진 편견도 있었다.

위드의 모험이 오크 유저들에게 미친 영향이 막대하다 보니 그들도 대책 없이 용감한 경우가 허다했다.

"싸워야 큰다, 취칫!"

새끼 오크들이 조금만 자라면 대량으로 끌고 나가서 싸웠다.

오크들은 기본적으로 무리를 지어서 활동하며 전투를 몇 번만 같이 치르면 형제처럼 인식하기 때문에, 대규모 전투를 같이 치르기에는 가장 편한 종족이었다.

다소 무모한 싸움으로 크게 피해를 입더라도, 오크 유저들은 새로운 전투를 계획했다.

"이번에만 안 된 거다, 취치이익!"

"다음에는 될 거 같다, 취익!"

"더 많이 데려가 보자. 안 되면 이길 때까지, 취치치치칫!"

오크 유저들은 형제와 자식 들을 지휘하며 얼마든지 대규모 전투를 치를 수 있었다.

오크 종족을 선택한 최고의 장점이었다.

위드는 다크 엘프와 싸우고, 나중에는 그들까지 동료로 맞이하여 불사의 군단과도 전투를 치러서 이겨 냈다. 오크 로드를 지망하는 유저들은 그런 대규모 전투를 꿈꾸면서 패거리로 몰려다니며 전투를 배웠다.

몬스터로부터 전리품을 습득하거나 그들의 본거지를 약탈할 때도 있었다.

산에서 값나가는 물건이라도 주우면 바르고 성채로 가서 식료품과 무기를 듬뿍 구입!

"많이 먹고, 무기를 들고 가서 싸우자, 취이이익!"

덩치가 큰 오크들은 갑옷을 만들려면 돈이 많이 든다. 그들은 높은 생명력과 번식력을 이용하여 전투를 이끌었다.

오크 로드들은 이 과정에서 갖은 고생을 했지만, 바르고 성채의 유저들에게는 그냥 한심해 보일 뿐이었다.

"쟤들 또 싸우러 가는 거야?"

"응. 아까 밥 사 갔으니까……."

"아무튼 오크들이 대단하기는 하네."

"쟤들은 정말 건드리면 안 되겠다."

바르고 성채는 보수 작업이 거의 완료 단계라서 튼튼한 성벽과 방어 시설들이 완성되었다. 하지만 아쉽게도 이제는 몬스터 무리가 잘 쳐들어오지 않았다.

오크들과 서로 감정이 격화되어 만날 치고받고 있었기 때문이다.

"이 전투만 이기면 암컷들을 5마리나 더 거느릴 수 있게 된다, 취이이이잇!"

위드는 피해 다녔던 암컷 오크들!

오크 유저들은 그들의 호감을 얻기 위하여 적극적으로 용기를 과시하려 했다. 자신의 세력에 암컷 오크들이 많이 속해 있을수록 새끼 오크들이 엄청나게 많이 탄생했기 때문이다.

암컷 오크들의 사랑 고백을 받을 때는 행복한 기분마저 들 정도였다.

"구취, 당신의 새끼를 낳고 살겠다, 취치칫!"

"고맙다, 데취! 나의 어떤 점이 마음에 들었나, 취이이익."

"카리취의 외모나 힘은 따라가지 못하더라도 나한테 잘해 주는 점이 좋다. 취익취익!"

바르고 성채 일대에는 조각 생명체들이 활약하고 있을 뿐 아니라 검치와 수련생들도 사냥터를 바꿔 가며 몬스터를 때려잡고 있었다. 북부에서 모여든 유저들도 하나둘 사냥을 개시하자, 근처를 배회하거나 성채로 몰려오는 몬스터들의 숫자도 대폭 감소했다.

"온다."

"아직 조금만 더 기다려."

"지금이다. 쏴!"

레인저와 궁수 들은 몬스터들이 주로 오가는 길목의 나무 위에 매복한 채 화살을 쏘는 식으로 사냥을 했다.

거리와 지형을 적극적으로 이용하는 것이 궁수들의 비법!

바르고 성채의 군대도 방어에서 공격으로 전술을 바꾸었다.

아르펜 왕국의 군대가 성문 밖으로 나와서 몬스터의 무리를 주기적으로 퇴치하면서 오크들이 느끼는 부담감이 훨씬 줄어들었다.

"몬스터 쫓아가자. 다 때려죽이자. 취치치칫!"

오크들은 시원하게 몰려다니면서 싸웠다.

숙련된 오크 전사가 탄생했습니다.

3마리의 오크 전사가 오크 투사가 되었습니다.

오크들의 세력이 강해지는 것도 금방이었다.

잘 먹고 잘 싸우면 세력이 급속도로 확장되는 것이 오크들의 무서운 특징!

새끼 오크들이 점점 더 많이 태어나고, 몬스터에 의하여 정착촌이 불타는 경우도 거의 사라졌다.

그러자 금방 개체 수가 늘어나서 39만이 되었다.

띠링!

오크 종족이 북부 대륙에 존재를 드러내었습니다.
포악하고 이기심 많은 종족, 투쟁심 강한 오크들이 북부까지 영역을 확대했습니다. 강력하고 위험한 몬스터들과 싸우면서 오크들은 스스로의 한계를 시험하며 성장하게 될 것입니다.
그들이 지금까지 믿어 왔던 힘이 마법과 대형 몬스터 앞에서는 약하게 느껴질 수도 있습니다. 오크들에게 믿을 수 있는 존재는 동족들밖에 없습니다. 오크로서 세상을 밟게 된다면 많은 형제들을 가질 수 있습니다. 그 형제들과 같이 다닌다면 두려움도 생기지 않을 것입니다.

오크들이 집단을 이루고 번식에 성공했습니다. 바르고 성채에서 종족 오크로 시작할 수 있게 되었습니다.

인간으로 활동하려면 여러 조건을 맞춰야 되었다. 치안은 기본이고 기술력, 상업 등 도시 개발이 이루어져야 한다.

그에 비해서 오크는 번식력 자체가 장점인 만큼 시작하는 조건이 훨씬 간단했다.

동족들과 식량, 우물 7개만 있으면 되었던 것이다.

초보자들 중에서 아직 오크를 택하는 사람은 비중이 낮았다.

어쨌든 징그러운 외모와, 마법사, 정령술사 등의 직업을 택하지 못한다는 점이 아쉬운 면이었다. 검사, 기사처럼 전문적인 전투 계열의 직업도 선택할 수 없다. 오크를 선택했을 경우에는 종족 자체의 힘과 글레이브를 다루면서 투사로서 성장하거나 샤먼이 되는 방법이 있다.

그렇지만 오크에게는 빠지면 헤어 나올 수 없는 자유로움과 전투의 낭만이 있어서, 일단 택한 유저들은 별로 후회하지 않는 종족이었다.

게시판에 오크들의 동영상이라도 한번 올라오면, 이미 다른 종족과 직업을 가지고 플레이를 하는 유저들의 부러워하는 글이 올라올 정도였다.

⋯⋯⋯⋯⋯

바르고 성채의 오크들은 다른 지역보다 조금 지식이 높다는 특성을 가졌다. 조각품과 미술품의 영향을 받은 것이다.

하지만 아무리 그렇다 해도, 먹을 것, 싸울 것 이외에 오크들이 진지하게 토론을 벌이는 일 따위는 존재할 수가 없는 행위였다. 그런데 지금 바르고 성채의 오크들이 모여 심각한 주제를 놓고 토론을 벌이고 있었다.

"무슨 일인가, 취이이잇!"

"그게, 카리취가… 취취췻."

오크 카리취에 대한 수상한 소문이 정착촌마다 돌아다녔다. 오크 유저들도 일반 오크들 사이에서 떠도는 소문을 접했지만, 이미 진실을 알고 있기에 웃어넘겨 버렸다. 하지만 오크들에게 있어 이 문제는 결코 그냥 넘길 사안이 아니었다.

"용서할 수 없다, 취익!"

"그는 우리의 형제다, 취취익! 밥을 나보다 더 먹어도 밉지 않은 형제다!"

이윽고 오크 로드 5명이 모라타로 출발했다.

ᴄᴏ ᴇᴈᴈᴈ ᴏᴈ

위드는 모라타에서 조각계에 엄청난 열풍을 일으키며 신상을 조각하고 있었다.

갈레리아스의 신상이 탄생하였습니다!
정복자의 신! 한때 베르사 대륙에 평화가 찾아오자 사라지게 된 신입니다. 전쟁과 영토 확장을 좋아하는 갈레리아스는 야만족과 몬스터와 싸울 때에 투신으로서 축복을 내렸습니다. 그의 신도들이 매번 싸움을 일으켰기에 다른 신들과는 그다지 사이가 좋지 않았습니다.
조각상으로만 남아 있던 갈레리아스! 그에게 기도를 올리면, 창과 도끼 등의 중병기를 다루는 인간과 오크의 힘과 투쟁심을 높여 줄 것입니다. 거장 조각사 위드의 손에 의해서 다시 알려지게 된 갈레리아스의 석상은 종교적으로 큰 의미를 갖습니다.
역사가 기록되기 시작한 이후에 최초로 완성된 갈레리아스의 석상입니다.
갈레리아스의 석상을 감상하면 하루 동안 생명력과 마나 회복 속도, 체력의 최대치가 16% 증가합니다. 종교적인 조각품을 감상하여 신앙 스탯이 영구적으로 6 증가합니다. 인간과 오크가 조금 더 무거운 무기를 편하게 다룰 수 있게 됩니다. 전투에서 더 높은 사기를 보유합니다.
고대의 작품 탄생법으로 예술 스탯이 영구적으로 6 높아집니다.

왕과 영주가 갈레리아스를 믿는다면 정복 전쟁을 일으켰을 때 병사들의 투지를 더 높게 이끌어 낼 수 있습니다. 군대와 보급 부대의 이동속도를 빠르게 합니다.

갈레리아스를 따르는 주민들은 전쟁에 대한 피로감이 감소할 것입니다. 왕이 전쟁을 일으켰을 때 충성도가 낮더라도 적극적인 호응을 얻을 수 있습니다. 몬스터와 야만족의 무리를 처단하면 더 많은 경험치를 획득할 수 있게 됩니다.

전투에 패하고 영토를 빼앗기게 되면 신의 믿음을 잃어버리게 될 것입니다. 갈레리아스의 신의 혜택을 3회 이상 입는다면 그다음부터는 많은 공물을 바쳐야만 저주를 입지 않습니다.

갈레리아스 신은 개인보다는 왕국 자체에 영향을 미치는 편이었다.

"싸움의 신이로군."

위드는 라체부르그에 매장되어 있던 여러 신들을 조각했다.

그 여파로 인해 특별히 인기가 있는 신들은 성직자들에 의하여 모라타에 새로운 교단이 생겨나기도 했다.

라체부르그에 악신이나 파괴신은 따로 없었기에, 전부 조각품을 만들면 되었다.

19개째를 조각했을 때, 드디어 조각술 스킬의 레벨이 한 단계 올랐다.

고급 조각술 스킬의 레벨이 9로 상승했습니다.
궁극의 경지로 나아가고 있습니다. 조각술이 놀랍도록 섬세하고 세밀해집니다. 예술에 대한 안목이 넓어지면서 지력과 지혜 스탯이 39 증가합니다. 매력이 41 늘어납니다. 자연 조각술을 익혔기 때문에 자연과의 친화력이 98 오릅니다. 광휘의 검술을 익혔기 때문에 민첩이 7 오릅니다.

위드는 조각술 스킬이 고급 9레벨에 올라섰을 뿐만 아니라
호칭까지도 하나 더 얻었다.

그동안 얻었던 '훌륭한 조각 장인', '미지로 돛을 펼치는 유령
선장', '극지의 탐험가' 등 다양한 호칭들로 약간씩 도움을 받았
으니 새로운 호칭이 생긴 것은 역시나 기쁜 일이었다.

명성도 11만을 넘겨 버린 상태였다.

"크흠, 오늘 밥은 먹었니?"

멍멍!

지나가는 길거리의 강아지에게 말을 걸더라도 위드를 알아
보고 꼬리를 흔들 정도!

위드는 계속 나머지 신상을 조각했다. 그런데 그에게 오크
로드 5마리가 찾아왔다.

"취이잇! 나 왕 만나러 왔다."

"위드는 당장 내려와라, 췻췻취익!"

오크 로드들은 신들의 정원에서 막무가내로 큰 소란을 일으
켰다.

병사들과 기사들을 시켜서 제압할 수도 있었지만 그렇게 되

면 자칫 바르고 성채에 정착해 있는 오크 부족 전체와 전쟁을 치러야 될지도 모른다.

없으면 허전하고, 있으면 든든하지만 영 골치 아픈 종족.

위드는 조각상을 만들다가 내려와서 정중하게 물었다.

"무슨 일인데 그러십니까?"

"우리 다 알고 왔다, 취이잇!"

"취칫, 속일 생각 하지 마라!"

오크 로드들이 강하게 윽박질렀다.

위드의 안색은 창백해졌다.

'대체 어디서 문제가 생긴 거지?'

걸릴 만한 일이 한두 가지가 아니었기에 머릿속을 정리해 봐야 했다.

'이놈들이 북부에 못 오고 죽기를 바랐던 게 문제인 걸까? 아니야, 행동에 옮긴 게 없잖아. 바다에서 쓱싹 해치워 버리는 게 최선이었는데 바빠서 그러지를 못했으니…….'

그게 아니라면 조각사 퀘스트를 하며 엘프, 드워프와 함께 오크들에 대한 뒷담화를 한 것밖에 없다.

오크들은 그 정도의 사건에 대해서는 관대한 편이었다.

위드로서는 믿는 부분도 있었다.

화나면 글레이브부터 꺼내 들지 오크는 이렇게 말로 다투려는 종족이 아니니까.

"취이칫, 카리취…….."

"예?"

"모르는 척하지 마라, 취취칫. 우리도 다 안다."

오크 로드들은 감정이 북받쳐 오르는지 자꾸 췻췻거렸다. 눈시울도 붉어졌다.

"너한테서 냄새가 난다, 취치췻!"

"췻췻취췻, 카리취와 같은 냄새다."

위드는 자신의 몸 냄새를 맡아 봤다.

요리를 하다 보니 여러 음식들의 냄새가 묻어나더라도 별로 이상할 건 없으리라.

"1년 넘게 안 씻은 쉰 냄새! 이거 우리 오크들에게서 나는 냄새 맞다, 취이췻!"

"……."

오크들과 냄새로 동질감을 형성할 줄이야!

위드는 사실 자주 씻는 편이 아니었다. 특히 요즘에는 신상을 깎으면서, 비가 오면 그대로 맞고 땀이 나면 그대로 흘렸다.

괜히 비싼 옷을 입어 봐야 관리만 힘들 뿐이라 꾀죄죄한 초보자용 복장을 그대로 입고 다니는 것이 문제였을까?

하지만 이 옷으로 예전에는 사냥도 하고, 요리도 하고, 약초도 캐고, 조각품도 깎고, 대장간에서 일도 했다. 지골라스까지 먼바다를 항해해서 다녀오기도 했을 정도다.

"우리 카리취 찾아서 고향 떠나 여기까지 왔다. 어떤 인간도 그런 냄새 안 난다, 취취췻. 카리취는 조각품 만드는 오크다."

안 씻는 습성은 영락없이 오크 그 자체였다.

"우린 형제다, 취이취이취취췻. 저주로 인해 연약한 인간이 되었다고 해도 변하지 않는다, 췻익."

오크들은 위드가 저주로 인하여 인간이 되었다고 믿었다!

"우린 카리취를 따르기로 했다, 취이취익!"

오크 종족이 아르펜 왕국에 합류합니다.
오크들은 놀라운 호전성과 생존 능력을 가지고 있습니다. 식량을 대량으로 소모하는 데다 말썽을 부릴 수도 있지만, 그만큼의 일은 하는 종족입니다. 또한, 넓은 땅을 좋아하고 떼로 몰려다니면서 싸움을 즐깁니다. 오크들이 왕국에 잘 어우러질 수 있다면 분명 많은 사건이 일어나게 될 것입니다.
그게 다 좋은 일이 될지는 모르겠지만……

최악의 팔자

위드는 대륙에 어떤 일이 벌어지든 끈질기게 신들의 정원에 세울 조각품 제작에 매달렸다.

신들의 정원이라는 엄청난 대공사에 지칠 만도 했지만, 걸작, 명작이 나오면서 군중이 환호를 보냈다.

"위드의 조각품은 진짜 달라!"

"평범하면서 좀 못나 보이다가도, 오랫동안 보면 조금 괜찮게 느껴지기도 한다니까."

지금까지 여러 직업과 역할로 사람들의 인정을 받았지만, 조각사로서 진정 뛰어나다는 평가는 이제야 받고 있었다.

사실 여러 분야에 걸쳐서 조각사의 다재다능함이 장점이 되었지만 사람들은 모르는 면이 많았다.

대작 조각품!

헤르만과 협력해서 만든 루의 신상과 투신 바탈리의 신상이 대작으로 탄생했다.

대작은 각 교단에 대한 높은 공헌도를 선사해 주고 지역의 전사들을 전직시켜 주며, 몬스터와 싸울 때 축복을 부여하는 효과가 있었다.

유저들과 주민들은 신들의 정원을 만들면서 단합도 이루어 냈다.

아르펜 왕국이 건국되고 나서 위드가 시도한 첫 번째 작품은 대성공이었다.

"크으윽, 허리가 쑤셔."

"하체에 감각이 없어."

"난 고개를 들지를 못하겠어!"

위드가 마지막 신상을 조각할 때쯤에는 신음하며 길가에 쓰러진 유저들이 가득했다.

돌과 모래를 나르다가, 수로를 개통하고, 도로를 깔았다. 정원을 단장하기 위하여 풀과 나무까지 옮겨 와서 심었다.

대형 토목 사업이 이루어지면서 해야 할 일이 한가득, 해도 해도 끝이 없었다.

설레는 마음으로 참여하여 골병이 들고 나서야 끝마치게 된 공사!

일이 고되다 보니 중간에 빠지고 싶은 강렬한 유혹을 느낀 유저들도 부지기수였다.

하지만 이런 조각품을 언제 다시 만들지 모르니 기회를 놓치기가 싫어서 대부분은 끝까지 공사에 참여했다.

유저들은 정말 감회가 새로웠다.

"아… 저게 마지막이구나."

"참 길었지."

"몬스터랑 싸운 것도 아니고 노동을 하다가 세 번이나 죽을 줄은……."

북부의 다른 곳에서도 사람들이 찾아와서, 모라타는 여행객들로 넘쳐 났다. 사냥과 퀘스트를 하러 떠났던 사람들도 완공 일자에 맞춰 돌아오면서, 식당과 상점이 유저들로 미어터질 정도였다.

"이거 완성되면 정말 대륙의 어떤 곳보다도 대단하겠다."

"완전 믿을 수가 없을 정도지."

"어디에도, 이 비슷한 것도 없잖아. 위대한 건축물도 없는 곳이 많은데 여긴 다 있으니까."

"하긴 그래. 어떤 신이든 전부 있으니까 축복을 받기가 아주 편해."

신들의 정원에 세워진 웅장한 32개의 조각품은, 참여한 유저들과 인부들의 피와 땀이 어려 있는 결정체였다.

대리석으로 지어진 신전들도 모여 있다 보니 고급스러운 분위기가 흐르는 데다, 정원의 한가운데에는 광장과 호수도 조성되어 있었다.

게다가 모라타에는 유난히 꽃이 많았다.

프리나의 꽃씨가 뿌려지기도 했으며, 위드가 얻어 와서 심어 놓은 야생초의 꽃들도 활짝 피어났다.

정원사에게 모라타는 가꾸어야 할 꽃과 나무가 다양한 도시였다. 씨를 뿌려 놓은 작물들은 싹이 트자마자 정원사들의 24시간 철저한 관리를 받고 있었다.

정원사들에게 신들의 정원이란, 도전해야 할 넓은 사냥터와도 같은 것!

한쪽에는 공연장도 만들어 두었다.

신의 조각품이 있는 장소에서 너무 소란을 피우면 곤란하겠지만, 신들과 관련된 전설이나 이야기를 공연으로 할 수 있게 했다.

찬양하는 노래까지 부르게 된다면 신들의 정원을 한층 유명하게 만드는 장소가 되리라.

규모 면에서나 작업의 속도 면에서나 상상을 초월할 정도로 진행되어 마무리만을 앞둔 신들의 정원.

위드는 마지막 작업을 다음 날 아침으로 미루기로 했다.

"그래야 저 밑에 있는 사람들이 도시에서 하루를 더 묵어가겠지!"

아르펜 왕국은 계속 투입된 자금 소모로 인하여 남아 있는 재정이 거의 없었다.

만일 신들의 정원이 실패했다면 국력의 낭비로 인하여 역사서의 잉크에 물기도 마르지 않은 시점에서 망하는 왕국이 될 뻔했다.

위드의 피로도 쌓일 만큼 쌓인 상태였다.

"나머지 작업은 내일 아침에 끝내겠습니다. 오늘은 모두 다 수고했으니 가서 실컷 쉽시다!"

신들의 정원 근처에서 환호성 지를 준비를 하고 있던 군중은 약간의 아쉬움과 내일의 큰 기쁨을 간직하며 흩어졌다.

위드도 동료들과 술집이나 가기로 했다.

모라타에 유저들이 계속 몰리면서 무역업과 판매업을 겸하는 마판은 떼돈을 벌었다.

　그가 거하게 술을 사기로 했으니, 검치와 수련생들, 거기에 헤르만까지 끼어서 저녁을 먹기로 했다.

⋯⋯⋯⋯

　"크후후, 내일은 하루 종일 돈을 세어야지!"

　손대는 사업마다 큰돈을 벌어들인 마판.

　잡템 전문 상인에서, 이제는 북부 전체를 관장하는 상회까지 둘 정도가 되었다.

　북부상인연합회의 회장직도 맡으면서 영향력을 행사했다.

　모라타의 노른자위 땅에 있는 상점들은 전부 그의 것, 바르고 성채에도 무기 상점, 갑옷 상점, 가죽 상점을 개설했다.

　다른 상인들은 쭉쭉 뻗어 나가는 마판을 보고 부러워하면서 장사 수완에 대해서 배우고 싶어 했다.

　"마판 님, 대체 비결이 뭡니까?"

　"오랜 신용과 단골 덕분입니다."

　마판은 일찍부터 위드를 따라다니면서 모라타에 같이 투자해 왔다. 초보자들이 시작하기 전에 북부로 왔던 중앙 대륙의 유저들과도 먼저 거래를 트고 지속적인 관리를 해 왔다.

　알음알음 사람들 사이에서 괜찮다는 입소문이 퍼져서 현재로써는 누구나 마판의 상점을 최고로 쳐준다.

대륙의 다른 왕국에도 지점이나 연락망을 두고 활용하였기에, 마판은 무역업도 성공적으로 이루어 냈다.

모라타의 특산품들이 많아질수록 대량으로 구입하여 구매 가격을 낮추고 필요한 곳에 가서 판매하여 돈과 명성을 얻는 대상인!

북부의 발전이야말로 마판에게 큰돈을 안겨 주었던 것이다.

물론 비결이 그것만은 아니었다.

뇌물과, 권력과의 유착은 필수.

위드가 아르펜 왕국의 국왕이 되자 가장 기뻐한 사람도 마판이었다.

위드의 꿈인 장기 독재가 실현된다면 그의 부도 덩달아서 늘어날 테니까!

"캬하, 과연 이 맛이로구나."

"닭 날개가 입안에서 분리되어 사르르 녹는 이 느낌."

"갈비가 뼈에서 떨어지면서 씹히는 식감은… 역시 돼지가 최고지."

검치와 수련생들은 사냥만 하다가 오랜만에 푸짐하게 제대로 된 음식을 먹었다. 마판이 술집을 통째로 빌려서 접대해 주었던 것이다.

씨름 선수들을 능가하는 식성 탓에, 고기 굽는 일은 불의 정령인 화돌이가 맡았다. 화돌이가 테이블에서 뛰어다니면 육즙까지도 대부분 남아 있는 채로 적당히 잘 익었다.

위드가 요리를 하면 더 맛이 있겠지만, 그도 오늘만큼은 먹는 입장이었다.

"그동안 고생 많으셨으니 한입 드세요."

수르카가 먹여 주는 쌈을 먹고 있자면 이리엔도 고기를 두 점이나 올려서 챙겨 줬다.

신들의 정원이 지어지면서 일행 중에는 사제인 이리엔이 혜택을 제일 많이 입었다.

'역시 공짜 음식이 맛있지.'

위드도 편안한 기분으로 만찬을 즐겼다.

고기만이 아니라 수십 가지의 안주들을 마음껏 가져다 먹을 수 있었다.

테이블 구석에 앉아 있는 마판의 얼굴색이 비어 가는 접시만큼이나 창백해지고 있었지만, 어쨌든 먹고 볼 일.

모라타의 식당과 술집은 도시로 온 손님들로 전부 북적였다.

광장에서 장사하는 상인들도 한몫 잡았고, 내일 원정 떠날 파티를 구하는 사람도 많았다.

"이제 조금 주먹 쓰는 법을 알 거 같아요."

수르카가 자신 있게 말했다.

위드와 사냥할 때의 그녀는 약간 소극적인 편이었다. 일부러 맞아서 생명력을 낮추는 과감한 전투를 하는 방식이나 공격력에서는 훨씬 뒤처져 있었기 때문이다.

스킬을 잘 활용할 줄 알아서 누가 봐도 평균 이상은 되는 권사였지만, 전투 감각이 특별히 뛰어나지는 않았다.

같은 육체를 가지고 있더라도 누가 쓰느냐에 따라 결과가 다를 수 있는 법.

하지만 그동안 검치와 수련생들과 섞여서 사냥을 계속하다 보니 그들의 사냥법을 참고할 수 있었다.

"먼저 패고, 아픈 데 패고, 팬 데 또 패면 된다는 사실을 배웠어요!"

수르카는 다른 사람들에 비해 어린 만큼, 보조개가 팰 정도로 환하게 웃는 모습이 더욱 귀엽기 그지없었다.

싸움의 3대 법칙.

누구나 알지만 직접 체득하기 전에는 사냥에서 잘하기가 어렵다. 수많은 사냥 동영상을 보더라도 막상 전투가 시작되면 잘되지 않았는데, 그 벽을 깬 것이다.

메이런도 웃으면서 옆에서 거들었다.

"요즘 수르카가 무서워요. 몬스터들을 얼마나 잘 패는지 몰라요."

"언니도 화살 잘 쏘잖아요. 추적 화살 스킬도 대부분 다 맞던데, 거의 마스터 가까이 올리지 않았어요?"

위드는 불현듯 이들의 레벨이 궁금해졌다.

수르카, 메이런뿐 아니라 다른 동료들과 모험한 지도 꽤 오래됐다.

라체부르그를 발견했던 당시에 잠깐 같이 사냥한 적이 있는데, 그때도 실력이 크게 늘어서 놀랐던 기억이 난다.

위드는 수르카에게 물었다.

"혹시, 레벨이 얼마지?"

레벨은 친하지 않으면 말하기 꺼리지만, 이들과는 거리낌이 없는 사이였다.

"403밖에 안 됐어요."

"403?"

"레벨이 아직 조금 낮죠? 오빠는 나보다 엄청 높을 텐데요."

위드는 정말 크게 놀랐다. 그의 레벨은 현재 409이다. 높은 편이기는 해도 수르카와 그리 차이가 나지 않는 것이다.

"커험, 내가 조금 높긴 하지."

"페일 오빠는 지금 411인데요, 페일 오빠보다도 훨씬 높죠?"

"뭐, 그렇게 높은 건 아니야."

위드가 400의 벽에서 얼마나 많은 고생을 하였던가.

모험도 하고 조각품도 만드는 사이에 다른 동료들이 어느새 다 따라와 있었다.

이럴 때 나오는 것은 바드레이에 대한 원색적인 욕뿐!

"늦었지만 레벨 400 넘은 거 추… 축하해."

"고마워요."

축하해 주는 위드의 입술이 미세하게 떨렸다.

음식을 먹으면서 화기애애한 시간을 보내고 있는데, 그에게로 다가오는 어린 소년이 있었다. 검은 머리에, 어딘가 모르게 차가운 눈매를 가지고 있는 소년이었다.

NPC들이 다 그런 것은 아니지만, 소년의 얼굴에는 아주 미세한 표정 변화조차 없었다.

위드는 그를 보자마자 심각한 위화감을 느꼈다.

중학생 시절에 인형 눈을 40만 개쯤 붙였는데 월급도 안 주고 내쫓은 악덕 사장에게서 느껴지던, 형용하기 어려운 두려움이었다.

입안이 바싹 마르고, 머리털이 쭈뼛 서는 듯한 불안감!

위드는 소년에게 부드럽게 말했다.

"애야, 지금은 식사 중이니까 다음에 오렴."

위드의 명성이 높아지면서 퀘스트를 받는 일이 아주 크게 쉬워졌다.

국왕이 되고 나서는 모라타에 있는 주민들의 의뢰를 원하는 대로 골라 받을 수 있을 정도.

위드는 선수를 치기까지 했다.

"그리고 나는 베르사 대륙의 평화를 지키기 위하여 바쁘니 너의 부탁이 뭔지는 몰라도 받아 주지 못하겠구나. 다른 사람들을 먼저 찾아보도록 하렴. 충분히 좋은 사람을 만날 수 있을 거야."

적당히 무난하게 거절의 의사를 밝혔다.

그런데 소년이 가소롭다는 듯이 웃는 게 아닌가.

"인간인 너에게는 내 명령을 거절할 자격이 없다."

국왕인 위드의 지위를 감안하면 광오하기 짝이 없는 발언이었다.

그렇지만 인생이 자기 뜻대로만 살아지는 건 아니다.

오히려 지금까지 살아오면서 아주 어린 시절을 제외하고는 대부분 오직 눈치로 연명해 온 위드!

그 눈치가, 소년이 범상치 않은 신분이라는 걸 알려 주고 있었다.

'누굴까. 니플하임 제국의 진정한 후계자? 어떤 퀘스트의 조건이 되어서 나타났나?'

퀘스트의 요건을 갖추면 직접 찾아가지 않더라도 알아서 만나러 오는 경우도 많았다.

'몽땅 죽었다고 들었는데. 혹시나 어디 1명쯤 살아 있다가 갑자기 나타났더라도……. 하기야 멀리 떨어진 왕족 중에서 목숨을 건진 자가 있을 수도 있겠지. 그렇다면 이참에 뒷골목에서 조용히…….'

위드의 두뇌는 맹렬히 회전하면서 소년의 신분을 파악하기 위하여 노력했다.

기사를 비롯한 다른 호위들을 데리고 오지 않았음에도 소년은 매우 당당했다.

위드의 전투 능력은 이제 어지간한 몬스터라면 반갑게 맞이하면서 때려 줄 정도였다. 좋은 말 대신에 주먹을 사용할 수도 있었지만, 위드는 소년이 입고 있는 장비들을 보며 생각을 돌렸다.

'최고급이다. 드워프들 중에서도 최고의 장인이나 되어야 겨우 만들 수 있는 복장이야.'

검 자루에는 무슨 오리알만 한 다이아몬드가 번쩍번쩍 빛나고 있었다. 게다가 검집에는 복잡한 마법진의 무늬가 그려져 있었는데, 이거야말로 순도 100%의 마법 검임을 증명하는 것.

흔하지 않을 뿐만 아니라, 누가 착용하거나 구했다는 이야기도 들어 본 적이 없을 정도의 명검이었다.

입고 있는 옷은 특수한 벌레에서 나온 실을 수천 가닥으로 쪼개고 그걸 다시 세 가닥씩 엮어서 만든 제품이다.

최고의 드워프 재봉 장인이 끈질긴 노력을 하여도 1달에 한 벌 이상은 만들지 못하는 옷.

당연히 유저들 중에서 저런 옷을 착용하고 있는 사람도 아직은 없다.

'거기에 스텔레세의 날개 신발까지 신고 있어.'

최강의 바바리안 전사들만 오를 수 있다는 스텔레세 언덕. 소년은 그곳을 지키는 수호 바바리안들이 착용한다는 날개 신발을 신고 있었다.

신발의 추정 레벨은 590 정도였다.

순식간에 공손해지는 위드!

"물론 그렇습니다. 저에게 시키실 일이 무엇인지요."

진정한 비굴함이란 상대의 나이 따위는 조금도 상관하지 않는 것!

명성이 높아지고 사람들로부터 인정을 받는다고 하지만 위드는 과거의 약했던 시절을 잊지 않았다.

초지일관으로 꿋꿋한 비굴함이었다.

"너의 조각술 실력이 괜찮더구나."

"저보다 더 뛰어난 이들도 있습니다."

조각술이라니, 위드는 대체 어떤 퀘스트의 요건이 갖춰졌는지 궁금했다.

"내가 갖고 싶은 물건이 있는데, 구해 오너라. 그것은 인간들에게 내려지기에는 지나치게 과분한 보물. 나만이 그것을 조각품으로 만들어서 가질 자격이 있다. 아가테의 수정은 아마도 벨소스라는 인간이 가졌을 것이다. 약한 인간 혼자서는 불가능한 일일 테니 내 부하들에게 널 지켜 주라고 하겠다."

띠링!

드래곤이 원하는 보물

불의 대제 벨소스! 그의 유산을 찾아서 사악한 악룡 케이베른이 원하는 조각품을 만들어라. 악룡 케이베른은 자신에게 상납된 공물 중에서 괜찮은 실력으로 완성된 조각품이 있는 것을 알아보았다.

오만한 케이베른이 명령한다.

"조각사여, 너와 네 친구들이 살아남고 싶다면 내가 원하는 것을 가져와야 할 것이다. 만일 늦거나 내 마음에 들지 못한다면 죽음을 면치 못하리라."

아가테의 수정은 깨어지기 쉬운 물건이다. 어떻게 탄생한 것인지는 수수께끼에 휩싸여 있지만, 수정 안에는 은하수처럼 수많은 별들이 반짝인다고 한다. 케이베른은 아가테의 수정을 가져올 당신을 호위하기 위하여 11명의 용아병을 투입할 것이다.

난이도: 조각사 퀘스트

제한: 조각사로서 최고의 명성을 가지고 있어야 한다. 케이베른과의 인연. 30일 내에 해결해야 한다. 어떤 보상도 없다. 실패하면 케이베른에게 죽게 된다. 최소한 8명이 함께 완수해야 한다. 7명에게 퀘스트를 권유할 수 있다. 거절한 상대방은 케이베른에 의하여 처단될 것이다.

"커헉!"

위드의 앞에 있는 소년의 정체가 악룡 케이베른이었다니.

대륙 최초이지만, 반드시 기뻐할 수만은 없는 처지인 드래곤의 퀘스트!

보상도 없으며, 실패는 더더욱 하면 안 된다.

드워프들이 이 악룡을 향해 갈아 대느라 닳아 버린 이빨 파편만 모으더라도 아르펜 왕국 병사들 전부의 갑옷을 만들 수 있을 정도였다.

'여기저기서 고생을 했더니 이제는 드래곤까지 날 알아먹고 부려 먹기 위해 의뢰를 맡기는군.'

위드에게 케이베른과 엮었던 사건이라면 두 가지가 있었다.

과거에 우스꽝스러운 케이베른을 조각한 적이 있기야 하지만 그건 유명한 작품도 아니라서 그냥 묻혀 버린 일이고, 최근에 드워프들의 상납품을 같이 만들어 준 경험이 있다.

드워프들로부터 보상도 많이 받고 무사히 끝난 줄로만 알았는데 이런 식의 조각사 퀘스트로 이어지는 반전이 있었다니, 생각도 하지 못했다.

'그냥 드워프들이나 계속 부려 먹을 것이지!'

조각술 마스터 퀘스트에서 어쩌다 연결된 악룡 케이베른!

엎친 데 덮친 격으로, 벨소스 대제는 베르사 대륙의 온도를 높여 놓고 진홍의날개 길드를 파멸시킬 정도의 거물이었다.

전형적인, 고래 싸움에 새우처럼 끼어들게 되었다.

어느 쪽이든 한 걸음만 잘못 디디면 절벽 아래로 떨어질 수밖에 없는 신세.

'드래곤의 퀘스트라면 난이도는 무조건 평균 이상이겠군. 그나마 다행이라면 조각술과 관련이 있다는 건데… 그리고 잘 풀리면 어쨌거나 아가테의 수정도 조각해 볼 수 있겠고. 드래곤이 바라는 물건이라면 정말 귀한 거겠지.'

위드는 고개를 끄덕였다.

"원하시는 물건을 찾아오겠습니다."

어차피 거절한다는 건 불가능한 이야기.

일찍 죽나 나중에 죽나, 순서상의 문제일 뿐이다.

"잘 생각했다. 기다림이 길면 그만큼 나의 노여움도 커질 것이다."

소년의 모습이 갑자기 사라졌다.

위드가 그제야 주변을 돌아보니 술집 안이 적막할 정도로 조용했다.

"커허헉."

"이제 겨우 숨을 쉴 수 있네."

"방금 뭐였어?"

악룡 케이베른의 투기에 눌려서 전부 말도 꺼내지 못했던 것이다.

"지금 저는 어떤 위대한 존재와 대화를 나누었습니다."

위드는 혹시 케이베른이 아직 듣고 있을지도 모른다는 생각에 정중하게 존댓말을 써 가면서 간추려서 설명해 줬다.

"토르 왕국에서 군림하는 위대한 드래곤 케이베른 님께서 누추한 이곳까지 와 주셨습니다. 그리고 직접 만난 적도 없는 저에게 고귀한 임무를 부여하였는데, 벨소스 왕의 유산을 찾아서 조각품으로 창조해 달라는 것입니다. 케이베른 님께서 원하시는 물품이니 정말 귀한 것이겠지요. 비록 어려움이 예상되더라도 감히 거절할 수 없는 존엄한 분의 부탁이라서 받아들이기로 했습니다. 조각술의 길을 걷다 보니 이러한 영광도 얻게 되는 군요."

해석하자면…….

토르 왕국에서 깽판을 부리는 악룡 케이베른이 뭐 건져 먹을 게 없나 해서 모라타까지 왔다.

생판 본 적도 없는 위드 자신에게 일도 시켰는데, 벨소스 왕의 유산을 찾으라는 거다.

드래곤 주제에 좋은 건 알아 가지고 가져다 달라고 하는데, 어차피 죽을 목숨이니 받아들일 수밖에 없었다.

조각사로서 살다 보니 내 이런 더러운 꼴도 다 당한다.

"오, 전설로나 듣던 드래곤의 퀘스트!"

"과연 위드로구나. 역시 막내는 달라!"

"암요. 우리의 자랑거리 아니겠습니까?"

검치와 수련생들은 부러워했다.

대륙에서 가장 강력한 드래곤의 퀘스트를 할 수 있다니!

대충 설명해도 잘 알아들은 동료들의 눈빛에는 동정심이 가득 어렸다.

"위드 님 어떻게 해요."

"잘하실 수 있겠죠?"

"다른 누구도 아닌 위드 님이니까 해내실 수 있으리라고 믿어요."

"이번에도 대단한 모험을 하게 생겼네요. 응원할게요."

어떻게든 긍정적으로, 용기를 주기 위하여 애쓰는 동료들이었다.

위드는 고개를 저었다.

"벨소스 왕의 무덤에 가려면 스콜피온 왕의 유적으로 가야 됩니다."

메이런이 고개를 끄덕였다.

"아, 그랬죠?"

과거에 진홍의날개의 모험을 방송한 적도 있어서 기억에 남아 있었다.

"그곳 정말 위험하잖아요. 탐험할 때에도 상당히 많이 죽었는데. 그리고 유적 내부로 들어가려면 무슨 열쇠가 있어야 하지 않아요?"

"그 조각품을 제가 만들어 주었고 형태도 기억이 나니까, 던전으로 들어가는 건 어렵지 않습니다."

스콜피온 왕의 무덤은 현재 봉인되어 있다. 진홍의날개 길드에서 그 꼴을 당하고 나니 누구도 들어가지 못했고, 들어가는 방법을 알아보려고 하지도 않았다.

"근데 중간에 봉인된 문을 열려면 스콜피온의 조각을 동시에 올려놔야 하기 때문에 저를 제외하고도 최소한 7명의 인원이 필요할 것 같은데요."

"그게… 그랬나요?"

"네. 그리고 퀘스트 내용에도 다른 동료들을 구하라고 하던데요."

위드는 동료들과 눈을 마주쳤다.

"드래곤이라니……."

얼어붙어 있는 페일이었다.

"벨소스 왕의 유적은 위험할 것 같은데… 괜찮을까요? 아, 저 며칠간 방송국에 출근해야 되는데……."

호기심을 보이고 있지만 직장인으로서 어쩔 수 없어 포기하는 듯한 메이런.

"그때 방송에서 봤던 보물을 거기서 얻을 수 있을까요?"

수르카는 큰 모험이라고 대책 없이 좋아했다.

"잘못 손대면 큰일 나는데."

이리엔은 불안해하고, 로뮤나는 깊은 생각에 잠긴 것이, 거절할 변명거리를 찾는 모습이었다.

"유린아… 크윽."

제피는 어쨌든 거절할 수 없는 입장이라서 같이 죽어도 된다는 듯이 눈을 마주쳐 왔다.

화령과 벨로트, 그녀들은 어떤 장소라도 가 보고 싶어 했다. 위드와 같이 갔던 모험이 재미없었던 적은 단 한 번도 없기 때문이다.

"진짜 위험할까?"

"언니, 전 엄청 위험했으면 좋겠어요. 그래야 멋진 노래로 제작할 수 있지 않겠어요?"

스콜피온 왕의 무덤이라면 바드에게는 더할 나위 없이 좋을 노릇.

'메이런 님은 아마도 방송을 해야 될 테고…….'

그녀를 제외하면 딱 7명이 모집된다.

서윤도 같이 간다면 대단한 전력이 될 테지만 양심상 자꾸 부탁할 수는 없었다. 그리고 사실 그녀에게는 다른 특별한 정보도 알려 준 상태였다.

위드가 신상을 만들고 있는 동안, 어느 떠돌이 음유시인이 미친 전사에 대한 이야기를 들려주었다.

국왕이나 고위 귀족에게는 음유시인들이 와서 공연을 하거나 노래를 들려주는 경우가 간혹 있었다.

"폐하, 제가 토호루 지방에 가서 보고 들은 것을 노래로 들려드려도 될까요?"

그러면 왕은 음유시인의 노래를 감상하고 나서 그에 대한 포상금을 준다.

국왕이 일부러 파티를 베풀어서 음유시인들을 통해 대륙의 정보를 얻거나 퀘스트의 단서를 구할 수도 있었다. 그러면 수백 명 이상의 실력 있는 음유시인들이 저마다의 사연을 가지고 모여들게 되는 것이다.

위드는 물론 일부러 궁중 파티를 벌일 생각 따위는 추호도 없었다. 굳이 아르펜 왕국의 재정이 바닥에서 맴도는 현실이 아니더라도, 그들에게 지급할 행사비가 아까웠으니까!

'노래 한 곡 하고 몇백 골드씩 달라고 하다니 어림없다!'

물론 명곡은 그 가치를 할 테지만, 흥청망청 쓰다 보면 왕국의 존립이 위태롭다.

'역대로 보면 주민들을 정말 잘 착취하면서 많은 세금을 거

두었더라도 사치를 하다 망하는 왕들이 많았지.'

위드는 그런 왕들을 보면 참 못났다고 생각했다.

금수저를 입에 물고 태어나고도 그 금이 다 닳을 때까지 빨아 먹을 줄 아는 현명함이 부족했던 것 아닌가.

그런 측면에서 볼 때 경비 절감이란 언제나 염두에 둬야 할 만큼 중요한 것이다.

위드의 경우에는 개인적으로도 대륙 제일이라고 할 만큼 명성이 높았고, 모라타에는 공연장들도 있어서 음유시인들이 알아서 찾아온다.

북부의 떠돌이 음유시인이 와서 들려준 노래는, 전장에서 악귀라고 불리던 최고의 광전사가 은거한 장소를 알려 주는 것이었다.

혹시 직업 기술이라도 익힐 수 있을지 몰라서 서윤에게 그곳으로 가 보라고 했다. 물론 확실한 정보는 아니었지만 그동안 신세 진 것이 있어서 특별히 알려 주는 것이라면서 생색도 실컷 내고서 말이다.

'혹시나 오두막이 텅 비어 있어서 칼을 들고 날 찾아오는 건 아니겠지.'

위드는 생각을 정리한 후에 환하게 웃었다.

"여러분 다 레벨이 400은 넘었고, 그러면 우리끼리 가면 되겠네요."

"하, 하하하, 그럴까요?"

어딘가 모르게 경직된 웃음!

착하고 순한 청년이던 페일에게도 어느새 위드의 썩은 미소가 전염되어 있었다.

♡ ☙❀❧ ♡

각 방송국은 바드레이의 전투와 모험을 매일 중계했다.

―최강의 무신 바드레이!

―오늘도 지금까지 잡힌 적이 없는 몬스터에 도전합니다.

―흑기사의 마스터 퀘스트! 강함의 끝을 알려 주는 것 같은 의뢰가 잠시 후부터 시작됩니다.

시청자들의 환호 속에서 바드레이의 직업 퀘스트는 뉴스와 중계를 통해서 매일 올라왔다.

바드레이는 벌써 열다섯 번째 퀘스트를 진행하고 있었다.

흑기사의 이번 퀘스트에는 정해진 시나리오가 있었다.

전쟁에서 왕에게 배반당한 기사가 스스로 명예를 버린다. 왕국을 떠나 여러 전쟁터를 전전하면서 공적을 쌓고, 돈을 벌어 노예나 고아 중에서 자질을 가진 이들을 제자로 삼는다.

그들을 데리고 용병대로 활동하며 전쟁터에서 군대를 조직해 내고 기사를 키워 내는 이야기.

바드레이를 위하여 과거 베르사 대륙의 역사에 있던 왕국과 전투가 재현되었고, 성과 요새도 당시의 모습대로 건설되어 있었다.

어마어마하다고밖에는 표현할 수 없는 규모의 퀘스트!

테르메돈의 기사단.

테르메돈의 보병대.

바드레이는 전쟁터에서 기사 30명과 병사 2,500명을 구성해 냈다.

　이 병력은 남은 흑기사 퀘스트에도 사용할 수 있고, 개인적인 부하로도 계속 둘 수 있다. 그렇기에 상당한 정예 병력으로 키워 낸다는 목표였다.

　"작은 성 정도는 점령할 수 있겠군."

　원래 바드레이가 받아들인 고아의 숫자만 4,000명이 넘고, 전쟁터에서 끌어들인 병사는 그보다 훨씬 많았다.

　전투 중에 소모된 병력도 적지는 않았지만, 그들이 무능하다고 느껴지면 바드레이는 일부러 어려운 임무를 맡겨 가차 없이 죽게 했다.

　"성문 앞을 사수하라."

　"하지만 기사님, 그 명령은 저희로는 무리입니다."

　밀려오는 몬스터들에 맞서 도시를 안전하게 지켜야 되는 상황이었다.

　성문 안쪽에서 대비하더라도 위험한데 밖에 서 있으라는 말은, 그냥 죽으라는 뜻.

　"기사가 되려면 이 정도는 해낼 수 있어야 한다. 그래야만 너희를 끝까지 데리고 갈 것이다."

　"알겠습니다."

　고아 출신의 병사들은 다 성문 바깥에 있다가 장렬하게 전사했다.

　바드레이는 그들의 빈자리를 더 좋은 재능을 가진 아이들로 채웠다.

 흑기사의 퀘스트를 진행하다 보면 피치 못하게 선호하는 용병술의 방식이 나올 수밖에 없다.
 그간 바드레이는 헤르메스 길드의 악행에도 불구하고 의도적으로 그 뒤에 숨어서 가려져 있는 편이었다. 그러나 혼자서 진행해야 하는 퀘스트에서 서슴없이 부하들을 버리는 광경을 보여 주면서, 시청자들의 비난을 받았다.
 "완전 나쁘다. 어떻게 전투에서 몇 번이나 공을 세운 부대를 저런 식으로 버려."
 "정말 충성스러운 부하였는데 전투에서 쉽게 이기려고 희생양으로 삼아 버리네. 진짜 인정머리도 없다."
 "귀족 자제들이 헌금을 들고 오니까 평민은 내쳐? 지난번에 바드레이와 같이 싸웠던 기사까지도 내쳤어."
 하지만 그럼으로써 부대가 더 강해지고 있었기에 만만치 않은 수의 시청자들이 열광하고 호응하기도 했다.
 바드레이가 추구하는 힘.
 정의나 명분은 제쳐 두고 강력한 기사단과 군대를 양성해 내는 과정이 흥미로웠기 때문이다.
 이처럼 모두가 부러워하는 모험을 하면서도 정작 바드레이 본인은 조금도 행복하지 않았다.

 '쓸모없고 귀찮은 일이군.'
 헤르메스 길드를 장악하고 있는 그로서는, 기사단과 병사들이 필요하다면 손쉽게 동원하면 될 뿐이다.

바드레이를 위하여 죽어 줄 부하들은 이미 많다.

역사적인 전장을 헤매면서 직접 부하를 키우고 그것으로 퀘스트를 해야 한다는 사실이 번거로울 뿐이었다.

꺄᷈᷈᷈

명장의 손 파비오.

드워프 대장장이 중에서 가장 훌륭한 검과 갑옷을 제작하는 그는 인기인이었다. 〈로열 로드〉 초기부터 최고의 갑옷을 만들어 두각을 드러냈고, 현재에 이르기까지 방송사의 단골 취재를 받았다.

"이번에는 어디 괜찮은 검이 나오려나."

땅. 땅. 땅.

파비오의 대장간은 쉴 틈이 없이 돌아갔다.

그가 직접 키운 드워프 도제들이 불을 지피고 재료들을 운반한다.

대장간의 규모도 매우 컸지만, 이미 완성되어 철광을 번뜩이며 쌓여 있는 검이 산더미.

"아빠, 트리커 길드에서 레벨 360짜리 검 120자루 주문 들어왔어요. 팔까요?"

"그래. 알아서 챙겨 가라."

드워프들은 쌓여 있는 검 중에서 대충 선별해서 가져갔다.

파비오가 따로 심혈을 기울여서 만들어 낸 무기가 아니더라도 옵션이 최소한 4~5개씩은 붙었다. 공격과 방어력도 일품이고 무게중심도 잘 잡혔으니 누가 착용하더라도 좋아할 것이다.

"진정한 검이 탄생하려면 멀었어."

파비오는 망치를 두들기며 오로지 검을 계속 만들어 내고 있었다.

수백 자루 중에서 한 자루 정도, 의도하지도 않은 작품이 태어난다. 저절로 태어나는 것 같은 그런 검들을 더 두들기고 괴롭혀 주면 명검이 된다.

불과 철, 실력 있는 대장장이가 어우러져야 탄생하는 작품.

드워프 대장장이 파비오의 검게 그을린 몸은 불꽃의 기운을 담은 강철을 연상시켰다.

그는 대장간에서 움직이지도 않고 검과 갑옷만을 제작했다.

일체의 대화는 철과 불 그리고 자신의 몸에서 흐르는 땀방울로 충분했다.

파비오의 대장장이 스킬은 고급 9레벨 81.7%.

대장간에 웅크리고 있는 거인이었다.

벨소스 왕의 유적

농부들이 한 장소에 정착을 하기 위해서는 필요한 조건이 많았다.

넓고 비옥한 땅, 맑고 마르지 않는 물, 자연재해나 몬스터의 습격도 없어야 한다.

"그런 다 좋은 땅은 값이 비싼 게 흠이지."

그래서 농부들은 성벽으로 보호된 좁고 비싼 곳보다는 험한 산과 들판을 개간했다. 산짐승의 습격을 방지하기 위하여 목책도 두르고 배수로도 팠다.

성의 병사들과 전투 계열 유저들이 치안을 확보하면 눈치를 보며 그 지역으로 농지를 확대해 가야 되었다.

산이나 들에서 일하다 보면 몬스터에게 죽는 경우도 잦은 편이다.

작물을 기르기 위해서는 일도 많이 해야 하기 때문에 고생이라고 볼 수도 있지만, 농부들은 그 일을 좋아했다.

"오늘은 저녁에 비가 올지도 모르겠는걸. 일을 빨리 마쳐야 겠어."

아침 해가 뜨기 전 안개가 깔려 있을 때부터 땅을 일구고 씨 앗을 심으면, 싹이 트고 줄기가 무럭무럭 자라는 것을 볼 수 있 었다. 안 좋은 환경을 극복하면서 악착같이 생명의 씨를 뿌리 다 보면 언젠가는 황금의 들녘을 볼 수 있게 되는 것이다.

그때의 감동은 농부만이 느낄 수 있으리라.

묵직한 알맹이를 가진 곡물이 자라고, 과수원의 나무에 열매 들이 탐스럽게 영글면 시장에 나가서 내다 팔기도 하였다.

직접 키운 농산물로 장사의 재미도 느낄 수 있을뿐더러, 재 배가 잘되면 요리사들이 웃돈을 얹어 주며 구입하기 위하여 야 단법석을 피워다.

그렇게 번 돈은 땅을 더 사거나 특수작물을 기르는 데 투자 하게 된다. 무기나 방어구를 구입하는 게 아니라 땅에 다시 투 자하기에 흉작이 오더라도 견딜 수 있는 것이다.

북부의 모라타는 엘프들과의 관계가 나쁘지 않고 토지도 비옥한 편이라서 인기 만점인 엘프들의 과일을 키울 수 있었 다. 잘 돌볼 수만 있다면 주변의 다른 대지까지 비옥하게 만들 어 주고, 조경 효과도 좋았다.

단지 나무와 과일이 비싸서만이 아니라, 농부들에게는 자신 의 밭과 논이 풍성해 보인다는 것 자체가 굉장한 자부심이 되 었다.

하지만 수익성을 놓고 볼 때 가장 비싼 건 아무래도 약초밭!

약초밭은 아무 곳에나 조성할 수 있는 게 아니라 적당히 그늘이 지고 땅의 양분이 기름진 구역에 시간을 들여서 만들어야 한다.

몬스터, 산짐승의 적극적인 침략 행위를 막으면서 좋은 약초를 길러 내면 각 교단이나 요리사들이 엄청난 금액을 지불하고 사 간다.

안정화 단계에 이르기만 하면 농작물은 조금만 관리하더라도 재배가 쉽고, 땅은 고스란히 남는다. 넓은 땅을 가진 농부야말로 상인이 부럽지 않을 만큼 돈을 벌어들이는 직업이었다.

하지만 나중에 어느 정도 개간한 땅을 넓히는 데 한계가 오면, 자신의 땅을 영주나 다른 농민에게 팔고 새로운 장소를 찾아서 이주하게 된다.

알려지지 않은 씨앗을 구하고, 비옥한 땅을 찾기 위하여 다른 장소에 정착했다.

전문 농부들이 뭉친 캐비지 길드는 프레야 여신상이 지어지고 난 직후에 모라타에 왔다.

"북부는 땅이 정말 넓어서, 중앙 대륙처럼 협소한 영역에서 농사를 짓지 않아도 되겠네요."

"어디 그것뿐인가요. 여기 토질 좀 보세요."

길드원들이 거친 땅 여기저기를 파 봤더니 금방 기름진 토양이 나왔다.

"여긴 뭘 심어도 잘 자라겠는데요."

"프레야 교단에서 이 땅에 축복까지 내려 주었으니 두말할 필요도 없죠. 여기서 농사나 지어 봅시다."

처음에는 간단한 작물인 밀과 쌀을 심었다.

밀은 어느 장소에서도 어지간한 수확량은 쉽게 거둘 수 있고, 땅도 크게 가리는 편이 아니었다.

그리고 기대 이상의 대풍년!

프레야 교단의 가호로 곡물을 무사히 재배할 수 있었다.

몬스터의 침입을 걱정할 때에는 모라타의 영주에 대한 악담도 많이 나왔다.

"모라타 영주는 생각이 짧아. 몬스터가 있어서 치안이 위태로우면 아무것도 되지 않는데."

"무식한 놈들이 때리고 부수는 거 외에 뭘 알겠습니까. 다 그런 거지요."

농부들은 원래 중앙 대륙으로의 수출을 염두에 두었다.

그런데 유민들이 모라타로 밀려왔고, 초보자들도 시작할 수 있게 되었다. 가까운 소비 시장이 형성되었고, 영주는 아르펜의 특수 곡물 창고까지 지어 주면서 농부들에 대한 간접적인 지원도 확실히 해 줬다.

농부들에게는 애써 재배한 농작물이 보관 중에 상하는 것만큼이나 가슴 아픈 일이 없는 상황이었는데 다른 영주들과는 달리 세심하게 신경을 써 준 것이다.

"모라타 영주가 검소하게 살면서 투자를 많이 하긴 하네요."

"조금 좋은 면도 있는 거 같죠?"

"요즘에야 알아차린 건데요, 우리가 땅을 개간하면 레인저 부대들이 전진 배치되면서 지켜 주고 있어요."

농부들이 토마토와 포도까지 성공적으로 재배하자 농작물의 명성과 지역 명성이 합쳐져서 특산품으로 등록이 되었다.

특산품이 되기만 하면 판매는 우스울 정도였다. 식품 상인들이 구매를 위하여 일부러 방문하여, 곡물 창고에 있는 물량을 싹 가져가려고 하기 때문이었다.

농부들의 활약으로 나중에는 올리브도 특산품으로 추가 등록되고, 식료품을 원료로 요리사들이 기술 발전도 이루었다.

와인, 맥주 양조장도 운영되면서 재배된 곡물들을 2차로 가공하며 더 많이 소비시켜 주었다.

축산업으로는 소와 양을 대량으로 키우면서 우유, 치즈 등의 음식물이 생산되고, 모라타의 경쟁력 높은 가죽 산업에도 뒷받침이 되었다.

"모라타의 영주는 정말 훌륭합니다. 누가 우리 농부들의 일까지 이렇게 세심하게 살펴 줄까요?"

"뛰어난 재목이죠. 아르펜 왕국이 되면 사람이 지금보다 늘어날 테니 더 늦기 전에 약초밭도 시작하고, 과수원과 포도 농장도 더 넓혀야겠습니다."

"전 커피와 사탕수수도 시작하려고요."

농부들이 거대한 부를 축적하며, 더 넓은 땅을 곡창지대로 일구어 내는 데에는 영주인 위드의 역할도 절대적이었다.

위드를 보고 많은 유저들이 모라타에 정착하면서, 치안이 강화되고 몬스터로부터 안전을 지킬 수도 있었다.

농부들이 조각 생명체들 중에서 킹 히드라와 블랙 이무기의 집중적인 보호를 장기간에 걸쳐서 받지 않았더라면 지금처럼 안심하고 생산량을 늘리진 못하였으리라.

그렇지만 농부들도 모라타의 발전을 많이 이끌었고, 아르펜 왕국이 되고 나서도 그것은 마찬가지였다.

현재 농업은 대활황이다.

야생초와 꽃나무가 활짝 피어 있는 모라타는 관광지로도 인기다. 어떻게 알고 온 것인지, 새들도 이 아름다운 도시로 많이 날아들었다.

아까운 곡식을 마구 먹어 치우는 새들은 농부들에게 천적과도 같은 존재였다.

"이놈의 새들은 왜 이렇게 많은지."

"훠이! 이것들만 몽땅 없애 버리면 정말 그 이상 바랄 게 없겠어."

그들을 쫓아내기 위하여 안간힘을 썼지만, 수만 마리씩 무리를 지어 황금 들판 위를 날아다니는 새들은 농부들의 썩어 가는 속과는 상관없이 일대 장관을 이루었다.

여행자들이 새들을 보기 위하여 일부러 곡창지대로 찾아올 정도로 인기를 끌게 된 것이다.

"누나, 저기 저 새는 이상해!"

새들을 이끌고 다니는 2마리의 특별한 대장 새.

특별한 외관을 가진 황금새와 은새는 둘이서 오붓하게 쌀알들을 쪼아 먹었다. 황금새가 껍질까지 벗겨서 주면, 은새는 공주처럼 받아먹으면서 만족스럽게 짹짹 울었다.

루의 교단의 의뢰를 받아 아골디아로 떠났던 원정대.

대륙 10대 금역은 그 명성이 허황한 게 아니었다는 사실을 증명하듯이 원정대를 괴롭혔다.

"아, 지친다."

"아무리 가도 끝이 없네."

"벌써 이틀째 발견한 것이 없으니 절망적이야."

식량은 물론 물도 구할 수가 없었다.

바닥까지 갈라져서 메마른 땅에는 굶주린 몬스터와 식인 야만족들이 돌아다녔다.

성지 아골디아는 이미 옛 모습을 찾을 수 없게 된 지 오래.

"이겨 내야 합니다. 우리는 할 수 있습니다."

루의 교단 출신의 성기사와 사제 들이 지쳐 있는 사람들을 독려했다. 아무래도 교단에서 내건 퀘스트인 만큼 성직 계열의 유저가 많았다.

"위드 님도 이런 10대 금역에서 활약했습니다. 그리고 보란 듯이 성공하지 않았습니까?"

"여기서 포기하고 돌아가면 우리는 패배자로 남을 뿐입니다. 다 같이 해냅시다."

그렇더라도 끝이 없는 메마른 땅은 그들을 포기하고 싶게 유혹했다.

굶주림과 목마름.

몬스터들은 독을 가지고 있어서 그들의 고기를 먹지도 못했다. 겨우 찾아낸 오아시스조차도 이미 다 말라붙어서 밑바닥까지 드러난 상태였다.

"크으… 이곳도 틀렸습니다."

"흩어져서 조금 더 찾아보죠."

"내일은 비라도 내려 주면 좋을 텐데……."

"1달 전에 내렸던 비가 마지막이라니, 정말 끔찍합니다."

아골디아는 다크우드의 마법사들의 영역이라서 텔레포트 등의 마법을 쓰지도 못했다. 전투가 벌어지더라도 주변에 파장을 덜 일으키는 소규모의 마법만 시전해야 했다.

인근에 다크우드 소속의 마법사가 있으면 발각되어 그들의 습격을 받았다.

레벨 460이 넘는 고위 마법사의 공격은 원정대를 시달리게 하기에 충분.

아골디아에 도착해서 헤매기 시작한 지도 시간이 제법 흘렀다. 모라타에 있던 북부의 최정예 유저들이 대거 참여하였다지만, 사상자가 무수히 발생했다.

원정대가 중요한 갈림길에 설 때마다 사람들의 생각이 부딪치다 보니, 많은 인원이 참여했다는 사실이 꼭 좋은 것만도 아니었다.

모라타에 신들의 정원이 완성되고 있다는 소식을 듣고 성직 계열의 유저들은 돌아가고 싶었다.

"금역 아골디아의 탐험은 그냥 이쯤에서 끝내고, 모라타에 가서 신들의 정원을 감상하는 게 어떻겠습니까?"

"아르펜 왕국에는 재미있는 모험들이 더 많을 것 같네요."

"그래요. 그게 더 낫겠어요."

성직 계열의 유저 상당수가 이탈하자, 같이 참여했던 다른 직업을 가진 유저들도 썰물처럼 빠져나갔다.

남은 인원은 불과 20명가량밖에 되지 않았다.

"반드시 우리의 임무를 완수해야 됩니다."

대륙에 이름을 날리고 있는 모험가 스펜슨이 이들을 끝까지 이끌며 루의 검의 힘을 되찾기로 했다.

위드는 새벽 일찍 신들의 정원에 나와서 자신이 만든 조각상들을 돌아보았다.

아침에 마지막 조각상을 최종 완성하기로 했으니 시간이 좀 있었다.

달과 별이 가까이 있는 것처럼 느껴질 정도로 맑은 밤하늘이었다. 그렇지만 위드의 마음은 그렇게 편하지 않았다.

과거 200원 더 비싼 소금을 샀던 것은 물론 여전히 후회로 남아 있지만, 그보다 더한 잘못을 최근에 저지르고 말았기 때문이다.

"멜버른 광산에서의 전투는 실수가 너무 많았어."

그동안 조각상을 만들면서도 바드레이와 싸웠던 순간이 자꾸만 떠올랐다.

위드는 그때의 패배와 죽음이 그렇게 억울하거나 분통이 터지는 건 아니었다.

이유는 간단하다. 약해서 죽었으니까.

"더 강해지지 못한 내 책임이겠지."

바드레이는 알려진 별명만큼 강했다.

길드의 지원을 받았다거나 처음부터 불리한 상황이었다거나 하는 것은 모두 변명거리일 뿐.

그 전투에서 자신의 능력을 온전히 발휘하여 싸우지 못했다는 후회가 자꾸 들었다.

"더 차분히 생각하지 못했어. 내가 가진 걸 최대한으로 활용하지도 못했고."

전부 열악한 상황이었다지만, 그래도 이용할 것은 많았다.

서윤과의 결혼반지로 생명력을 분배받을 수 있었으니 그 점을 활용하였더라면 마지막에 더 오래 버틸 수 있었을 것이다. 생명력이 떨어졌을 때 더 활발하게 싸우면서 광전사의 직업 특성에 스킬까지 활용하면서 싸웠다면, 더 화끈하게 붙어 볼 수 있었다.

하지만 헤르메스 길드의 다른 지원군이 부담되어서, 어차피 죽을 것이라는 생각이 들었기 때문에, 조급하게 싸운 점이 없지 않았다.

생명력이 적당히 낮은 상태에서 한꺼번에 큰 타격을 받아서 결혼반지의 효과도 써 보지 못하고 죽어 버리고 말았다.

"난 지렁이만도 못했던 거야. 하기야 그랬으니 미련하게 200원이나 비싼 소금을 샀겠지."

위드는 꿈틀조차 하지 못하고 죽었다고 스스로를 책망했다. 정작 그 싸움에서 의도치 않게 피해를 본 헤르메스 길드의 유저들은 전혀 동의하지 않겠지만.

사실 약간 복잡한 상황이 있었더라도, 헤르메스 길드의 최정예 유저들이 그만큼의 피해를 본 것도 놀라운 일이었다. 스킬이나 레벨을 떠나서 단 1명이 몬스터인 벨카인 부부와 협력하여 그렇게 자신들을 괴롭힐 줄은 몰랐다.

"그리고 심하게 방심했어. 내게 적이 많은 이상 무슨 일이라도 벌어질 수 있었는데 대비가 부족했지."

조각 소환술은 상황이 나빠서 일부러 쓰지 않았다. 그건 더 큰 피해를 받지 않기 위해서였으니 납득할 수 있는 부분이다.

그렇지만 대재앙의 자연 조각술도, 마땅한 조각품이 없어서 사용할 수가 없었다.

화산 폭발 같은 스킬은 발동하는 데 아주 오래 걸릴 테고 위드 자신에게도 너무나 위험하여, 정작 결정적인 순간에 쓰기 어려웠다.

던전에서도 적당히 일으킬 수 있는 재앙의 조각품을 가졌다면, 그걸 사용하고 나서 훨씬 더 잘 싸울 수 있었을 것이다.

달빛 조각 검술은 전투적으로 유용하기는 했다. 대부분의 사냥에서 사용했기에 스킬의 숙련도 역시 높았다.

하지만 조각 검술의 3배나 되는 살벌한 양의 마나 소모. 일대일의 전투도 아니고 그때에는 여신의 기사 갑옷도 없어서, 별로 써먹지를 못했다.

"여러모로 긴장이 풀려 있었어."

위드는 허술했던 지난 전투에 대하여 통렬한 반성을 했다.

그런 식으로 진다면 언제 강해져서 남의 것을 빼앗으면서 살겠는가!

"거기다 탈로크의 믿음 갑옷까지 잃어버렸으니."

유니크급의 아이템.

획득한 지 오래되기는 했어도 옵션들이 좋고 착용하기도 편했다.

위드는 방어력을 높이기보다는 공격력에 치중하는 편이라서 검을 훨씬 더 자주 바꿨다.

뺏겨 버린 갑옷에 대한 애착이 자꾸 그를 괴롭혔다.

탈로크의 믿음 갑옷을 입고 있으면 든든한 돈주머니를 차고 있는 기분이었는데, 그게 팔아먹기도 전에 남의 손에 들어가 버리다니.

"다시는 그러지 말아야지."

위드는 마지막 신상을 조각하기로 한 아침이 찾아오기 전에, 던전에서 활용할 수 있는 재앙의 조각품부터 깎았다.

갑자기 출몰하는 죽음의 벌레들의 떼. 지독한 생명력과 바위까지 뚫고 다니는 관통력으로 인간과 몬스터를 덮어 버리게 될 것이다.

사실 위드가 지금까지 만든 조각품의 종류도 워낙 다양했고, 재앙은 조금만 골몰하면 상상을 초월하는 여러 가지 종류를 생각해 낼 수 있었다.

"뭐든 끔찍하면 될 거야. 몸이 익어 버릴 정도로 뜨거운 물이 들어차는 것도 괜찮고… 얼음물도 훌륭하고… 아, 조각품에 내가 피할 장소는 미리 만들어 놔야지."

대재앙도 자주 일으키다 보니 경험이 쌓였다.

만약 광산 같은 곳에서 재앙을 일으키기 직전이라면, 딱 혼자만 들어가서 살 수 있는 구멍 같은 것을 미리 조각품에 형성해 놓는 것이다.

과연 나쁜 짓도 자주 해 봐야 는다는 말이 괜한 게 아니었다.

"은행도 여러 번 털어 본 강도가 잘 훔쳐 가겠지."

위드가 아침까지 만든 것은 재앙의 씨앗을 사방으로 퍼트리기 위한 작품들이었다.

೨%ഀ%ഀ೦

"곧 시작하는 거야?"

"이제 진짜 끝이다."

"괜히 긴장되네."

"난 갑자기 허리가 쑤셔."

신들의 정원을 완성하기로 한 아침이 되자, 모라타에 지금까지 본 적이 없던 대군중이 모였다.

그들의 흥분과 설렘은 마지막 조각을 남겨 두고 커졌다.

직접 참여하였기에 감동도 더욱 진할 것이다.

"으윽… 저걸 다 만들면 우리가 가게 되겠죠?"

"벨소스 왕의 유적은 탐험이 어렵진 않을 거야. 다만 잘못될 수는 있겠지."

"하아! 과거 진홍의날개 경우를 보면 너무 불안해요."

수르카와 로뮤나, 이리엔 등의 동료들만 얼굴빛이 상한 풀죽처럼 거무스름했다.

조각품이 완성되면 위드와 함께 던전으로 떠나야 하는 처지라서 표정이 밝을 수가 없었다.

케이베른의 용아병들은 이미 흑색 거성에 도착하여 있었다.

"역시 너무 착하면 안 돼."

위드는 대표적으로 페일과 이리엔을 보면서 느꼈다.

괜히 생고생하는 사람 옆에 있으면서 같이 날벼락을 맞는 성격이었다!

'나처럼 재수 없는 사람과 가까이 있으면 안 좋은 일이 많이 생긴다니까.'

아침 해가 뜨면서 주변이 밝아져 마지막 작품을 선보일 때가 되었다.

군중의 기다림이 최대가 되는 시간.

허기가 최고의 반찬인 것처럼, 이럴 때 완성해 주어야 조각의 결과물에 더 감탄하게 될 것이다.

"오늘 아침, 이 아르펜 왕국에는 정말 역사적인 순간이야. 더 많은 세금을 거두기 위한 새로운 장이 열리겠지."

위드는 조각품의 입술을 깎았다.

마지막으로 남겨 놓은 신상은 프레야였다.

중앙 대륙에서까지 달려온 성기사와 사제 들은 경쟁적으로 자신들이 모시는 신부터 완성해 주기를 바랐다.

프레야 여신상은 모라타에 이미 만들어져 있었기 때문에, 신의 원형이라고 할 수 있는 작품을 마지막으로 깎게 된 것.

미의 상징인 프레야 여신상은 아름다워야 했고, 여러 차례 우려먹었던 주제라서 최종 작품으로 할 정도의 자신도 있었다.

립스틱을 곱게 바르고 마무리로 반짝이는 립글로스까지 더해 화장을 완성하듯, 프레야 여신상의 입가가 완성됐다.

띠링!

여신 프레야의 신상이 탄생하였습니다.
아름다움과 풍요를 주관하는 여신. 여러 방면에 재주를 가지고 있으며 인간들에게 많은 영향을 미치고 있는 여신 프레야. 그녀의 아름다움을 표현하는 데 정평이 나 있는 거장 조각사의 작품입니다. 과거의 작품을 새롭게 선보이는 것으로, 프레야 교단에서는 이 조각상도 귀중히 여길 것입니다.

프레야 교단과의 우호도가 54가 되었습니다.

프레야 교단의 공적치가 960 상승했습니다. 교단의 공적치는 종교 상태 창을 통해 확인할 수 있습니다.

프레야 교단의 공적치: 21,291
종교 단체에의 공적치는 마물을 퇴치하는 것과, 관련된 퀘스트를 완수하는 것으로 상승한다.

프레야 교단과는 대성당으로 그리고 주민들의 믿음으로 인하여 공적치가 매일 꾸준히 오르고 있었다. 국왕이나 영주로서 얻을 수 있는 중요한 이득 중의 하나였다.

띠링!

하나의 넓은 장소에 신을 표현한 조각품들이 모여 있습니다. 이 조각품들이 완성된 장소에 이름을 붙이겠습니까?

"신들의 정원으로 하겠다."

〈신들의 정원〉이 맞습니까?

이미 인부들과 유저들 모두가 그렇게 부르고 있었다.

위드의 작명 기준으로도 썩 나쁘지 않았다.

'노가다의 땅', '모라타 도시 옆 동네', '세금의 정원', '헤르메스 길드 나쁜 놈'이라는 이름을 지을 수도 있었으니까.

"맞아."

띠링!

베르사 대륙에 신들의 정원이 조성되었습니다!
신의 조각품들이 거대한 위용을 갖추고 있는 장소. 그 어떤 종족이라도 이 장소에 오면 경건함과 장엄함을 느끼게 될 것입니다.
조각사이며 아르펜 왕국의 국왕인 위드가, 그의 주민들과 함께 방대한 공사를 통해 꾸민 곳입니다. 가장 오래된 신들의 원형을 복구해 놓았습니다. 종교적으로 중요한 곳이 될 것이며, 넓은 정원에 나무가 자라고 꽃이 활짝 피게 되면 정령들도 좋아할 것입니다.
각 교단들에 의하여 이곳은 베르사 대륙의 성지로 등록됩니다. 순례자들이 신들의 정원을 방문하기 위하여 올 것입니다. 신을 믿는 이들에게는 신성한 경험을 통한 축복이 부여됩니다.
아르펜 왕국의 국가 명성이 매우 높아집니다. 높은 문화를 가진 국가의 확장력이 최대가 되었습니다. 주민들의 충성도는 국왕을 향한 존경 그 자체입니다.

국가 명성은 외교와 특산품의 거래에 있어서 매우 유용하다.

널리 알려진 왕국에서 가져온 교역품일수록 가격을 잘 쳐준다. 기왕이면 특정 왕국의 물건으로 구해 오라는 조달 퀘스트도 발생하게 될 테니 상인들이 기뻐할 만한 일이었다.

위드의 개인적인 메시지 창도 떴다.

다른 교단과의 친밀도나 공적치가 무척 많이 올랐으며, 신들의 축복까지 받았다.

신이 축복하는 독재자, 착취자!

신상을 세우는 과정에서 총 대작 2개, 명작 3개, 걸작 7개를 탄생시켰다. 역사적인 조각품, 종교적인 조각품, 거대한 조각품도 다수 완성되었다.

다른 사람들을 지도하면서 조각품을 만든 덕분에 스탯도 통솔력이, 그리고 지구력과 인내력이 많이 오른 편이었다.

조각술 숙련도도 고급 9레벨에 38.2%가 되었다. 대륙 전체의 종교계에 큰 반향을 일으킬 만한 작품을 만들어 낸 덕분에 스킬 숙련도가 꾸준히 늘어난 것이다.

위드에게는 다른 무엇보다 조각술 숙련도를 늘린 것이 가장 큰 수확이었다.

장기적으로 본다면, 아르펜 왕국의 건국 이후에 얼마 되지 않은 초창기에 신들의 정원이 생성되었다는 사실만으로도 대단한 이득이 발생할 것이다.

"캬하하하하! 드디어 끝났다!"

"이제 놀아 보자!"

신들의 정원 공사에 참여했던 유저들은 환호하며 모자를 높이 던졌다. 악사들은 가지고 있는 악기들을 힘차게 연주했다.

"여행, 바람, 돼지고기 식당으로 오세요. 싸게 많이 드리겠습니다. 상추 무료!"

"톡 쏘는 흑맥주! 조금 전까지 날아다니던 새 요리도 같이 나오는 곳이 있어요. 드시고 싶은 손님들은 저를 따라오세요!"

"풀죽신교! 대추죽 부대 찾습니다. 오늘 풀술 카페에서 회식 있습니다!"

모라타에서 오늘만 기다렸던 사람들에게는 축제나 다름이 없었다.

거리에는 완성을 기념하는 꽃잎들이 날리고, 상점들은 문을 활짝 열었다.

판잣집과 주택에는 팻말도 달렸다.

신들의 정원. 돌 14회 운반.
신들의 정원에서 삽질 4시간 하였음.
상인의 집. 대리석 두 판 기부.

집집마다 자랑거리가 되기도 하였다.

대륙의 다른 장소에서 관광객과 이주민도 계속 찾아오고 있었기에 그 분위기가 상당 기간 지속될 수 있었다.

위드가 국왕이기는 했지만, 조각사로서 이토록 거대한 토목 공사를 군중과 같이하며 작품을 만든 것은 굉장한 일이었다. 다른 조각사라면 길드의 지원이 있더라도 대중의 인기가 따라오지 않는 한 흉내조차 낼 수 없는 일!

환하게 웃으면서 순수한 기쁨을 표현하고 있는, 수많은 주민들의 노동력을 쥐어짜 완성시킨 신들의 정원.

조각사들의 위상이 달라질 만한 작품이었다.

위드는 주민들에게 잘 보일 기회가 이때라고 여기고 사자후를 터트렸다.

"이 신들의 정원은 앞으로 영원히 무료로 개방할 것이다!"

"아르펜 국왕 만세!"

"대륙 최고의 조각사 위드 만세!"

유저들에게 더 큰 기쁨을 선사하는 위드!

"정말 위드 님을 좋아할 수밖에 없어."

"응. 나 위드 님 완전 좋아해. 위드 님이 나오는 모험은 다 보고, 모라타에 온 이유도 그것 때문이라니까."

솔직히 위드로서는 무조건 무료로 들어오게 할 수밖에 없는 처지였다.

영향력이 높은 성직 계열의 유저들이 많이 찾아오는 데다가, 일반 직업들도 반드시 들러야 하는 필수 장소가 되었다. 입장료를 받을 수만 있다면 소득이 정말로 막대할 테지만, 군중이 참여하지 않았다면 불가능한 작업이었다.

위드 혼자만 해낸 것이 아니라서 입장료를 받겠다면 저항이 만만치가 않으리라.

게다가 결정적으로, 안타깝게도 종교 건물로 분류되어서 도저히 입장료를 거두지 못하는 서글픈 속사정이 있었다.

신들의 정원 자체가 완공된 것과 간접적으로 따라올 긍정적인 효과들만 하더라도 작은 것은 아니다. 위드도 그 정도에서 만족하는 수밖에 없었다.

"이런 좋은 시설들이 있어야 나중을 위해서도 좋겠지. 세금을 거둘 때에도 뭔가 받은 느낌이 날 테니까."

중앙 대륙의 다른 영주들이라고 하여 위대한 건축물 건립이나 조각사, 건축가를 고용하여 대작업을 하지 못하는 건 아니다. 기술력이나 발전도 등의 조건이 되지 않거나, 장기적인 관점에서 투자를 하고 당장의 목돈이 나가는 것을 감당하지 못할 뿐이다.

멀리 보면 성공하는 길이 있더라도, 구체적으로 얼마만큼의 이득이 있는지 손에 쥐어 주지 않는 이상은 쉬운 결단이 아니었다.

위대한 건축물을 지을 수 있을 정도의 성과 도시는 중앙 대륙에 많이 몰려 있었다. 전쟁으로 인하여 다소 피폐해지기는 했지만, 중앙 대륙의 성과 도시 들은 높은 경제력과 기술력을 갖추었다.

하지만 지금까지 영주들은 유저들을 늘리기 위한 고민을 한 적이 없었다. 어떻게든 영주가 되기만 하면 소속 유저들을 쥐어짜 낼 궁리만 하였다.

가만히 있어도 새로 시작하는 유저들이 다수 늘어나고 있었고, 세율을 높게 올리면 그만큼 세금이 더 걷혔기 때문이다.

멀리 보기보다는 당장의 이익에 충실 하는 데 익숙해지고 말았다.

주변의 다른 영주들도 모두 마찬가지였으니 변화가 어려울 수밖에 없었다.

대륙의 사정이 이렇다 보니 일반 유저들 사이에서 위드의 인기가 높은 것도 당연했다.

〈마법의 대륙〉에서 위드를 조금이라도 겪어 본 사람들은, 모라타를 개발하여 선정을 베푸는 국왕이라는 걸 도무지 이해하지 못하였을 정도다.

"케이베른 님을 위하여 가야 한다."

대단히 좋은 갑옷을 입은 용아병들이 위드에게 다가왔다.

위드도 조각품을 만드느라 소중한 하루를 써 버렸기에 서두를 필요가 있었다. 케이베른의 퀘스트에 늦는다는 것은 상상도 할 수 없었으니까.

"아르펜 국왕으로서 해야 될 일도 많지만 이제는 가야지. 와삼아!"

조각 생명체인 와이번들이 날아와 신들의 정원에 착륙했다.

불의 대제 벨소스의 던전으로 가는 길은 와이번을 타고 이동하기로 했다.

근처의 지형에 대해 완벽히 알고 있는 것도 아니고, 유린의 그림 이동술로는 각종 저항력이 높은 용아병들을 옮기지 못했기 때문이다.

위드가 신들의 정원에서 용아병들과 같이 와이번에 타자, 구경꾼들은 크게 놀랐다.

"위드 님의 왕실 기사들인가?"

"갑옷 좀 봐. 보통이 아니야."

"정말 강해 보이네. 저런 정도면 레벨이 400대 중반이거나 후반 수준 아니야?"

"아르펜 왕국의 군대가 약한 줄 알았는데… 과연 저런 기사들을 숨겨 놓고 있었구나!"

"생긴 지도 얼마 안 된 아르펜 왕국 왕실 기사들의 수준이 왜 저렇게 높지?"

위드를 따르는 용아병들은 군중을 통해, 그리고 화면을 생방송으로 중계하는 방송국들로 알려지고 있었다.

—저건 용아병입니다!

—용아병이라면, 드래곤이 자신의 신체 일부로 만들 수 있는 대단히 강력한 몬스터 아닌가요?

—그렇습니다. 아직까지 용아병이 전투에 나선 걸 본 적은 없습니다만, 착용하고 있는 장비들로 감안하면 최상급의 몬스터라고 분류를 해도 좋을 것 같습니다. 정확한 레벨은 일단 500대 초반으로 예상됩니다.

—용아병은 마법 저항력이 굉장한 수준이고, 생명력도 무한에 가까운, 실제로 그렇다는 것은 아니지만 여간해서는 거의 줄어들지 않는다는 자료가 여기 있네요.

—아아, 놀랍습니다! 언제 위드가 드래곤의 퀘스트도 해서 용아병을 호위 기사로 받았던 것일까요?

—다른 사람이라면 몰라도 위드라면 어느새 해치웠더라도 이상하지 않습니다.

방송국의 스튜디오에서는 진행자들이 경악하고 있었다.

신들의 정원에 관심을 갖고 생방송을 보던 시청자들도 큰 충격을 받지 않을 수가 없었다.

신들의 정원에 관심을 많이 가지고 보고 있던 중앙 대륙의 고레벨 유저들도 덩달아 기겁했다.

"아르펜 왕국이 이제 막 건국되어 약할 줄 알았는데 그게 아니잖아?"

"북부에는 별거 없을 거라고 생각했는데 무시했다가는 큰일 나겠어."

신들의 정원의 완공에 대한 방송이 갑작스럽게 등장한 용아병으로 활기를 띠었다.

왕실 기사는 왕국의 힘을 상징하는 것이나 마찬가지였다. 영주나 국왕은 복잡한 퀘스트를 거칠 필요도 없이 주어진 권한으로 기사들을 임명할 수 있었다.

자유 기사나 유저도 기사에 임명되면 월급과 말, 갑옷, 검술, 연무장 등의 혜택을 받지만, 대신 충성을 바쳐야 한다.

기사들은 병사들의 지휘권을 가지고 던전 사냥이나 몬스터 소탕에 나갈 수도 있기에 잘 임명해야 하였다. 국왕이 되면 인사에도 신경을 많이 써야 했던 것이다.

훌륭한 기사들을 거느리고 있으면 그들로 인하여 왕과 영주의 명성도 높아지고 명예 스탯까지 올랐다.

외부에 드러낼 수 있는 자랑거리도 되었다.

모두가 용아병에 대해서 놀라고 큰 화제가 되었지만, 위드와 그 일행만이 알고 있는 그들의 숨겨진 진실한 정체는 바로 케이베른의 감시병!

위드가 날짜 안에 퀘스트를 성공시키지 못하거나 딴짓을 한다면 당장 적대적으로 나올 이들이었다.

마지막 조각술 마스터

"안개가 많이 끼어서 으스스하네요."

"여긴 만날 안개가 낀다고 해요."

왕들의 무덤이 있는 므소스 계곡에 와이번을 탄 위드와 동료들이 도착하였다.

용아병들은 눈을 부릅뜨고 몬스터나 위협거리들을 찾고 있었다.

계곡에서 돌아다니던 산짐승과 어지간한 몬스터들은 용아병들이 내뿜는 투기에 질려서 지진이라도 난 것처럼 무질서하게 마구 도망쳤다.

고위 몬스터의 쓸데없는 위용이었다.

반 호크나 토리도처럼 고분고분하지 않은 것이다.

위드는 입맛을 다셨다.

'잡아서 가죽을 벗기면 비싸게 팔릴 텐데.'

"저곳이 맞는 것 같습니다."

페일이 주위를 살피다가 입구를 발견해 냈다.

벨소스 왕의 무덤이 있는 유적의 입구는 과거 진홍의날개 길드에 의하여 개방되었다.

하지만 그 이후로는 찾아오는 사람이 없어 다시 봉인되어 있었다.

무너진 입구의 돌을 치우고 유적 안으로 들어갔다.

유적의 내부는 천연 동굴이 아니라 평평하고 넓게 깎아 놓은 돌벽의 형태로 이루어져 있었다. 중간중간 커다란 원형 기둥도 있었는데, 몬스터들이 충분히 숨을 수 있는 면적이라서 신경이 쓰였다.

"여기서는 저부터 실력을 발휘해 보죠."

페일이 앞으로 나섰다.

"바람의 눈."

공간이 연결되어 있다면 장애물을 뚫고 볼 수 있습니다.

레벨 400대에 오르고 난 이후에 획득한 궁수 스킬.

궁수의 비기는 얻지 못하였어도, 페일은 순수하게 전투 계열로 성장해 왔다. 위드를 따라다니면서 스탯과 스킬 숙련도를 충실히 올리는 방식을 택하면서 훌륭한 궁수가 된 것이다.

페일이 화살을 시위에 걸었다.

"땅거미의 화살."

> 끈끈한 거미줄이 걸려 있는 화살은 적의 속도를 느리게 합니다.

"바람의 인도."

> 바람의 눈으로 본 목표물을 맞힐 수 있습니다. 정확하게 조준해야만 화살이 적을 추적하여 맞히게 됩니다.

푸슝!

페일이 막혀 있는 벽을 보면서 화살을 쐈다.

그의 궁술 스킬은 하나의 화살에 최대 네 가지까지 기술을 걸 수 있었다.

화살은 일직선으로 날아가더니 벽을 타고 사라졌다.

잠시 후.

캬하악!

몬스터의 괴성이 들렸다.

페일은 속사 스킬을 발휘하며 계속 화살을 쏘았고, 달려오던 몬스터의 비명은 이내 잦아들었다.

멀리 있는 몬스터를 던전에서도 사냥하는 위용을 보인 것이었다.

고레벨 궁수들만이 실행할 수 있는 능력!

1마리씩 있을 때에야 별 상관 없지만 여러 마리가 모여 있으면 상대하기 까다로운 경우가 많다. 그럴 때, 몬스터들이 다가오기 전에 먼저 화살로 적의 숫자나 생명력을 많이 줄여 놓을 수 있는 것이다.

몬스터들을 유인하는 데에도 일품이었다.

페일이 적을 해치우고 천천히 활을 내리는 모습은 누구라도 반할 정도로 멋진 것이었다.

다음에 나온 몬스터는 수르카의 주먹의 희생양이 되었다.

"연환권, 무쌍권, 차륜의 권!"

복부, 옆구리, 이마.

부위를 가리지 않고 폭풍처럼 때리면서 권사 특유의 스킬의 중간 연결까지 이뤄졌다.

권사 본인이 느끼는 짜릿한 손맛이나 들려오는 타격음은 역시 최고였다.

"헤헤, 저도 많이 강해졌죠?"

위드는 동료들이 많이 성장한 것을 느끼고 흡족했다.

"잘됐습니다. 다음에 언제 S급 난이도 퀘스트라도 받게 되면 우리 모두 같이 할 수 있겠군요."

고생도 나누어서 하면 그만큼 줄어드는 것.

혼자서 고생하지 않고 동료들과 같이한다면 훨씬 편할 수 있으리라!

위드의 말에 동료들의 얼굴에서 핏기가 싸악 가셨다.

괜히 힘자랑을 했다가 더 큰 일에 휘말린 꼴이 되어 버렸으니까!

그다음부터는 적극적으로 유적을 탐험하는 데 속도를 냈다.

과거 진홍의날개에서는 벨소스 왕의 유적을 탐험하면서 레벨 300대의 유저들을 대거 끌고 왔다. 당시의 수준으로는 압도적인 무력으로, 베르사 대륙에서 열 손가락 안에 드는 길드였기에 가능한 일이었다.

"왕이 남긴 유적의 문까지는 휴식 없이 바로 갑니다."

"알겠어요!"

"이리엔 님, 축복을 걸어 주시고, 늘 그랬듯이 제 생명력 회복은 목숨이 위태로운 수준이 되어서만 해 주셔야 됩니다."

"그렇게 할게요."

위드는 유적 탐험을 지휘했다.

그를 비롯하여 동료들도 레벨이 400대에 올랐다. 진홍의날개만큼의 전력은 아니더라도 개개인이 훨씬 강하다 보니 던전 탐험에서는 더 효과적인 측면도 있었다.

게다가 케이베른이 넘긴 용아병까지 있으니 여차하면 그들을 앞세우면 된다.

용아병은 드워프들이 만든 최고급의 갑옷을 착용한 해골들이었다. 인간형의 해골이었지만, 뼈가 더 굵고 마디마다 날카로운 가시가 있었다.

위드는 용아병들에게 지시했다.

"가서 싸워라."

웬만한 몬스터들은 동료들과 함께 해결하겠지만, 작은 유적 벌레나 철갑충은 잘 죽지 않아서 번거로운 부류였다.

"너의 말을 들을 의무는 없다."

"위대하신 케이베른 님께서 맡기신 일을 하기 위해서 꼭 필요한 일이야."

"…알았다."

용아병들은 갑옷을 철컥대며 걸어가 철갑충을 베어 넘겼다. 어딘가 자유롭지 못하고 기계 같은 느낌이었지만, 철갑충을 눈 깜짝할 사이에 처리할 정도로 강했다.

'저런 놈들이 내 부하라면 좋을 텐데……'

용아병의 추정 레벨은 520 정도라지만 어떤 전투에 내놓아도 될 만큼 듬직했다.

오로지 전투를 위하여 태어난 마법 생명체!

위드는 그들의 뒷모습을 쳐다보며 진득한 침을 흘렸다.

'죽어 주는 것도 괜찮지. 몬스터들의 습격에 용아병이 전멸한다면……'

그들이 들고 있는 검이며 입고 있는 갑옷은 모두 위드의 것!

위드의 눈빛이 음험해졌다.

"용아병, 앞으로 쭉 돌격하라!"

"키릿, 알겠다."

용아병들이 전진하자, 유적에서 깨어난 마수들이 수백 마리씩 뛰쳐나왔다.

통로에서 그들끼리 격렬한 전투가 벌어졌다.

"잘한다, 용아병!"

위드는 응원을 하면서 용아병들과 마수의 싸움을 구경했다.

마수들은 용아병들에게 지극히 무자비한 공격을 퍼부었다. 앞발로 치고, 머리로 들이받고, 불을 토해 내거나 입을 크게 벌려 물어뜯는 정도는 예사였다.

하지만 용아병들은 아무리 공격을 당해도 생명력이 그다지 줄어들지 않았다. 악룡 케이베른의 강력하기 짝이 없는 보호 마법이 걸려 있었던 것이다.

공격이 통하지 않으니 오히려 마수들이 주춤거렸다.

용아병들은 전혀 공포나 위기를 느끼지 않고 철두철미하게 마수들을 1마리씩 사냥했다.

　　"과연, 쉽게는 안 죽어 주는군."

　　위드는 용아병들에게 그 자리를 지키도록 했다.

　　공격력이 일품이고 방어력까지 훌륭한 용아병이 있으니 사냥이 편해졌다.

　　"콜 데스 나이트 반 호크, 콜 뱀파이어 로드 토리도!"

　　"주인, 불렀는가."

　　"싸워라."

　　토리도와 반 호크를 전투에 투입한 위드는 검술의 비기를 사용했다.

　　"분검술!"

　　바로 그의 분신이 5개로 늘어났다.

　　바드레이와의 싸움에서 패배하고 깨달은 점이 있다면, 사냥이 아닌 결투를 위해서는 여러 전투 스킬의 숙련도를 골고루 올려놓아야 한다는 것이었다.

　　검술의 비기를 적극적으로 활용하면서 전투 개시!

　　분신들이 마수들을 공격하고, 또 공격당했다.

　　위드가 앞으로 뛰어나갔기 때문에 그에게도 마수들의 앞발 공격이 다가왔다.

> 말루크의 공격이 스쳤습니다.

> 여신의 기사 갑옷이 프레야 여신의 축복을 불러옵니다. 몬스터의 공격력에

따라 방어력이 27% 높아집니다.

그렇지 않아도 좋은 방어력을 가지고 있는 여신의 기사 갑옷의 방어력이 더 높아졌다.

"좋아. 웬만큼 맞아서는 끄떡없겠군."

위드는 즉흥적으로 전투 방법을 평소와는 조금 달리했다. 일부러 때리라는 듯이, 마수들 앞으로 가서 스킬을 난사하며 싸웠다.

바드레이조차 감탄했던, 정교하며 민첩한 전투가 아니었다.

"눈 질끈 감기, 광휘의 검술!"

퍼버버버벅!

위드는 마수들에게 얻어맞으면서 검술의 비기를 사용했다.

이제는 빛나는 참새가 3마리씩 나왔다. 알아서 적들에게 달려들었으니 눈을 감고 싸워도 된다.

마수들의 공격은 피하지도 않고 맞으면서, 전투 스킬을 계속 사용했다.

맷집과 인내력을 올리기 위해서는 많이 맞아야 하고, 공격력의 측면에서도 피하고 때리기보단 맞으면서 때리는 편이 더 나았다.

사냥 방식이 조금 더 효율적으로 바뀐 것이다.

원래 싸움을 잘하던 사람이 개싸움을 벌이니 더 지독했다.

"더 때려라. 아직 약해. 날 패 줘, 어서!"

여신의 기사 갑옷을 전투에 사용하는 것도 처음.

높은 방어력은 기본이고, 헬리움으로 완성되어서 마나를 빨리 채워 주는 효과도 가졌기에 검술 스킬을 연달아서 쓰면서도 지치지 않았다.

벨로트가 깊은 한숨을 쉬었다.

"위드 님은 정말⋯⋯."

무식하다, 무식하다, 해도 어떻게 저렇게까지 무식하게 싸울 수 있단 말인가. 남자로서 어느 정도 체면도 고려해야 되지 않겠는가 말이다.

화령이 화사하게 미소를 지었다.

"위드 님은 짐승 같은 매력까지 있으시다니까. 꺄아아!"

"⋯⋯."

친한 언니이긴 하지만, 벨로트는 가끔 화령을 정말 이해할 수가 없었다.

❁

벨소스 왕의 석실로 들어가는 입구까지 무사히 도착하였다.

용아병들이 도와주었지만 몬스터가 지긋지긋하게 많이 나왔다. 정말 많이 맞으면서 전투를 했기 때문인지, 위드는 내내 표정이 좋지 않았다.

이리엔이 걱정스럽게 물었다.

"괜찮아요? 어디 아프신 곳이 있으면 치료 마법이라도 걸어 드릴까요?"

"그게 아닙니다. 휴우."

인내력 스탯이 900을 넘었고, 맷집은 곧 500이 된다. 지독한 사냥과 조각품 제작을 통해 이룩해 낸 결과물이었다.

워리어들조차도 가능하면 방패로 공격을 막기 때문에 수비 스킬이 발달하는 편.

위드처럼 기본 스탯을 위주로 성장시키기란 정말 어려웠다. 사냥하다가 몬스터가 엉뚱한 곳으로 날린 공격까지도 일부러 맞아 주어야 했으니까.

"갑옷이 워낙 좋아서 맞아도 예전처럼 맞은 것 같은 기분이 안 들어서요."

"……."

방어력이 85밖에 되지 않던 탈로크의 믿음 갑옷과 방어력이 최대 300 가까이 늘어나는 여신의 기사 갑옷은 하늘과 땅 차이였다.

여기에 방어구 닦기까지 사용한다면 20%의 방어력이 추가로 더 늘어나서 격차는 더욱 벌어졌다.

방어력 200 정도의 차이는 몬스터의 공격력을 오분의 일 이상 감소시키는 효과를 나타냈다.

"전에는 시원하게 맞았는데 이제는 그냥 간질간질해서 많이 아쉽네요."

여신의 기사 갑옷을 입었기에, 각종 저주를 무시하고 피하거나 도망가지 않으며 더욱 적극적으로 싸울 수 있었다.

그것만으로도 전투력에 영향을 미쳤는데, 갑옷의 재질이 헬리움이라서 마나를 빨리 채워 줬다. 공격 스킬을 많이 사용하면서, 사냥의 속도가 빨라지고 검술의 비기 숙련도 올리기도 좋아졌다.

지금까지 위드의 맷집을 성장시키는 데 지대한 역할을 해 주었던 탈로크의 갑옷을 잃어버린 것이 새삼 안타까워졌다.

"좋은 구매자에게 비싼 가격에 팔아먹는 걸로 끝났으면 완벽했는데."

"네?"

"아닙니다. 그보다도, 이제 조각상을 끼워 넣죠."

벨소스 왕을 상징하는 스콜피온의 조각.

위드는 제단에서 붉은색의 원석들을 주웠다.

과거에도 조각을 해 본 적이 있지만, 아주 상세하게까지는 기억을 못 했다.

대륙에는 지금까지 그의 손을 거쳐 간 조각품들이 엄청난 수량으로 떠돌고 있을 것이다.

흑색 거성의 창고에도 막대한 양이 쌓여 있었다.

기념일이 있거나 하면 특별 판매로 좋은 가격에 팔아 치우려는 조각품들.

"그때보다 더 좋은 전갈로 만들면 되겠지."

위드는 원석을 세공하여 전갈을 금방 깎아 냈다. 그리고 동료들에게 1개씩 나누어 주었다.

"동시에 올려놓는 겁니다."

"네."

긴장된 순간이 잠시 흘러갔다.

진홍의날개 길드가 벨소스 왕의 무덤에 들어가서 베르사 대륙 전체가 저주를 입었다.

그것을 감안한다면 이 안으로 들어간다는 건 대단한 위험을 안는 일이었다.

위드는 물론 그 부분에 대해서도 고려하고 있었다.

'몰래 하는 거니까 설혹 결과가 좋지 않더라도 내가 한 건지 모르겠지. 끝까지 잡아떼면 돼.'

진홍의날개처럼 공개적인 게 아니라, 도굴꾼처럼 유적의 입구에 다른 사람이 있는지 확인하고 내부로 들어온 것이다.

쿠구구구구궁!

붉은 스콜피온이 그려져 있는 석문이 육중한 소리를 내며 열렸다.

내부에는 상당한 양의 마수들이 배회하고 있었다.

마수들이 한꺼번에 위드와 일행을 쳐다보며 공격의 의지를 다지는 거친 울음소리를 냈다.

"용아병, 앞으로 가서 입구를 지켜라."

"알겠다."

왕의 무덤을 지키는 마수들이기에 더 위험하고 레벨도 높으리라.

진홍의날개 길드가 먼저 공략하던 동영상을 봤기에 많은 참고가 되었다.

위드는 이번에는 무리하지 않고 안정된 사냥을 하기로 했다. 용아병과 데스 나이트로 입구를 지키고, 원거리 공격을 주로 쓰는 것이다.

로뮤나의 고위 마법, 페일의 화살, 제피의 낚싯대도 공격 사거리가 제법 길었다.

수르카는 용아병들 사이로 빠져나온 마수들과 싸우면 된다.

"우리도 춤을 시작해야지."

"언니, 빠른 리듬으로 연주할게요!"

화령과 벨로트는 춤과 노래로 마수들을 현혹시켰다.

위드는 광휘의 검술을 쓰다가 마나가 떨어지면 엘프의 활로 무장하고 화살로 마수들을 차근차근히 없앴다.

입구에서 철저히 틀어막고 원거리 공격으로 마음 놓고 사냥한다.

강한 마수들을 상대로 경험치도 쉽게 올리고, 전리품도 쌓이고 있었다.

모든 전투 계열 유저들이 꿈꾸며 바라는 상황이었다.

"조금 싱겁군. 역시 난 맞아야겠어!"

하지만 결국 위드는 용아병들의 머리 위로 넘어가서 마수들에 둘러싸인 채로 전투를 하는 쪽을 택했다.

마수들은 더없이 위험하기 짝이 없는 존재들이었지만, 여신의 기사 갑옷이 제 위력을 발휘했다.

"치료의 손길!"

용아병들에게는 이리엔의 치료도 필요하지 않았기에 집중적인 보살핌을 받을 수 있었다.

위드는 조각품을 깎을 때처럼 다소 정적인 일을 할 때도 좋았지만, 이렇게 정신없는 사냥을 할 때도 행복했다.

경험치와 숙련도를 쌓으면서 바로바로 전리품을 획득할 수 있었기 때문!

"위드 님, 엄호해 드리겠습니다."

페일의 화살이 위드의 뒤쪽으로 돌아서 공격하는 마수들을 위주로 집중됐다.

로뮤나는 마법을 준비해서 한 번씩 크게 터트렸다.

화령과 벨로트의 춤과 노래에 현혹된 마수들은 움직임이 조금 느려지면서 약화되었다.

정신없이 치고받고 싸우면서 왕의 석실이 있는 공간을 제압했다.

"캬아!"

위드는 물기 어린 눈으로 황금 스콜피온상과, 쌓여 있는 금은보화들을 바라보았다.

진홍의날개 길드가 침입했을 때에도 동영상을 통해 봤던 광경이지만, 그 감동은 조금도 줄지 않았다.

"그, 금화에 보석들이……!"

위드의 목소리는 첫사랑 소녀에게 고백하는 어린 소년처럼 떨렸다.

그러나 얼굴은 막대한 뇌물을 눈앞에 둔 정치인처럼 보일 지경이었다.

"그쪽으로 가시면 안 돼요, 위드 님!"

"그거 건드리면 큰일 나는 거 아시잖아요."

동료들은 위드가 보물을 몽땅 챙기려는 건 아닌지 의심스러웠다.

진홍의날개 길드도 보물을 잘못 건드려서 큰 저주를 받지 않았던가.

그림의 떡이라고도 할 수 있는 보물들. 가져갈 수 없기에 굳이 큰 위험성을 무릅쓰면서 이곳으로 온 사람들이 없었던 것이리라.

동료들이 달려와서 팔을 잡아끄는 와중에도 위드의 두뇌는 계속 빠르게 돌아갔다.

보석과 금화, 아이템에 대하여 냉정하게 분석!

'처분을 잘하면 요즘 시세로 340만 골드 정도는 나올 것 같군. 마판 님에게 맡기면, 수고료를 준다고 해도 367만 골드까지는 남길 수 있겠어.'

최근 변동된 시세까지 감안한, 오차 범위 3% 내외의 정확한 분석.

위드는 쌓여 있는 보석을 건드리지는 않았다.

"······!"

침을 줄줄 흘렸을 뿐!

"어머, 이 반짝이는 보석 좀 봐."

"언니, 여기에 가방도 있어요. 공주 로세나가 착용하던 하나뿐인 가방이래요."

"정말? 한정품이잖아. 이것도 꼭 갖고 싶었는데."

화령과 벨로트는 피혁류와 귀금속, 액세서리에서 눈을 떼지 못했다.

"꺄아아! 너무 예뻐."

"이 영롱한 빛깔 좀 봐요."

가방과 보석, 부츠는 보는 것만으로도 그녀들을 행복하게 해 주었다.

"사제용 스태프가 이런 곳에 있었네!"

"다이아몬드가 박힌 장갑은 처음 봐요."

이리엔과 수르카도 장비를 보더니 눈빛이 흔들렸다.

마법사로서 진귀한 아이템에 관심이 많은 로뮤나는 붉은빛이 도는 로브 앞에서 서성거리고 있었다.

물건을 보고 욕심을 내는 건 위드만이 아니었던 것!

이곳의 보물을 함부로 건드리면 불행한 일이 닥치게 된다는 것을 알고 있었기에 그래도 이성을 갖고 참아, 섣불리 챙기다가 불상사가 벌어지는 일은 없었다.

하지만 오래 머무른다면 정말 장담할 수 없는 일이었다.

"위드 님, 나중에 이런 옷이랑 구두, 가방 꼭 만들어 주세요!"

"보석도 좀 가공해 주세요. 목걸이랑 귀걸이 세트로요!"

가장 위험인물에 속하는 화령과 벨로트가 다재다능한 위드에게 복제품을 의뢰해 왔다.

"아무튼 건드리지만 않으면 괜찮을 것 같으니 충분히 돌아보도록 하죠. 나중에 따로 장만하고 싶은 물품이 생기면 참고도 할 수 있을 테니까 말이죠."

위드의 말에 남자들도 흩어져서 보물을 구경했다.

제피는 제일 무관심한 부류에 속했다.

"보석이나 금도 많이 보니까 지겹고 식상하군."

물질적으로 풍요롭게 살아왔기에 이런 특별한 장소에서도 소유욕이 덜했다.

"별별 게 다 있네요. 왕의 보물이라는 게 원래 이렇게 많은 걸까요."

페일도 그저 온 김에 구경이나 잘해 볼 작정이었다.

"커헛! 이건 그렇게 갖고 싶었던 말안장인데."

말의 등에 얹으면 속도를 더 빠르게 해 준다는 유니크급 말 안장!

"웃! 바르베타의 화살통이다."

궁수들이 원하는 꿈의 아이템.

사거리와 속사 스킬을 비약적으로 늘려 준다는 바르베타의 화살통.

궁수 중에서 이 화살통을 가지고 있는 사람은 총 10명도 되지 않았다.

"캬아아아, 갖고 싶다. 이걸 이곳에서 보게 되다니……."

제피도 전설로만 들었던 낚싯대와 미끼를 발견했다.

물건에 대한 욕심은 종류만 다를 뿐 남자나 여자나 별로 다를 바가 없었다.

"이건 비싼 건데. 특산품도 있고, 조금만 세공해서 귀족들에게 팔면 값어치가 많이 나갈 텐데."

위드의 경우 비싸면 다 좋았다.

보물이 가득 모여 있는 공간이지만, 가질 수는 없는 지극한 괴로움!

말 그대로 그림의 떡이었다.

위드는 쌓여 있는 보석들을 감상하다가 이상한 점을 발견하였다.

"세공한 솜씨가 상당히 훌륭하군. 드워프의 작품인가? 미세한 차이지만 드워프들이 좋아하는 방식은 아닌데."

드워프들은 아름다움을 강조하는 어려운 세공보다는 단순하면서도 보석의 빛깔을 최대한 담백하게 표현하는 커팅법을 따랐다.

"자세히 보니 다른 것들도 조금 이상해."

위드는 술잔이나 기사들의 모형 등이 상당한 실력을 가진 조각사에 의하여 완성된 것임을 알아볼 수가 있었다.

정중앙에 있는 벨소스 왕의 커다란 관.

관 뚜껑에 새겨진 불과 어우러진 정령들의 조각 무늬는 보통 실력이 아니었다.

"스콜피온상도 상당히 범상치 않은 수준이로군."

위드는 왕의 석실에 들어오기만 하면 되어서 스콜피온을 대충 깎기만 했다.

하지만 이곳의 석실에 있는 스콜피온들은 매우 정교하여, 당장이라도 살아서 기어 다닐 것처럼 보일 만큼 놀랄 만한 수준이었다.

보물들이 많이 있었지만, 직업이 조각사인 위드는 그렇게 많지 않은 조각품들에도 대단한 손길이 간 것임을 알아볼 수 있었다.

"어쩌면 이것은……."

위드는 벽에 있는 스콜피온의 무늬에 손을 가져다 대었다.

"감정!"

실패하였습니다.

"역시 이건……."

위드의 확신이 더욱 굳어졌다.

"감정!"

"역시 조각술 마스터였어!"

위드가 만나지 못했던 마지막 마스터가 벨소스 왕이었다. 그리고 조각품에 담긴 추억이 눈앞에 펼쳐지기 시작했다.

⋯⋯⋯⋯

벨소스는 남부 사막에서 태어났다.

왕의 핏줄을 타고났지만, 그는 어린 시절 내내 어쌔신들에게 쫓겨 다녔다.

사막의 부족들과 대상들을 따라다니면서 성장하고, 그들의 짐을 나르면서 진귀한 물건들을 구경했다.

그의 관심을 끈 것은 칼과 조각품이었다.

벨소스는 여리고 작은 손으로 조각품을 깎아서 대상들로부터 인정을 받았다.

용병들로부터 검도 배우면서, 사막과 중앙 대륙을 오가는 떠돌이 생활을 하였다.

성인이 되고 나서는 자신의 부족으로 돌아갔다.

벨소스가 착용하고 있는 전갈의 목걸이와, 갓 태어났을 때 등에 새겨진 문신이 부족의 증표.

부르칸 왕국의 국왕이 되고 난 이후 그는 남부 사막을 다스리게 되었다.

벨소스 왕은 불의 대제라고 불렸으며, 전쟁이 벌어지면 수많은 정령들이 그를 따랐다.

"부르칸 왕국의 진군이다."

"사막의 크실리야 부족은 집결하라!"

사막의 약탈 부족들과의 전쟁.

약탈 부족들은 양과 낙타를 키우는 유목민들을 살육하고, 가축을 빼앗아 갔다.

사막에서는 누구도 건드리지 못하는 세력으로, 벨소스 왕의 아버지도 그들에 의해 패배하고 죽임을 당했다.

약탈 부족의 대군은 10만 명이 넘는 낙타 기병들로 이루어져 있었다.

긴 곡도를 휘두르며, 활을 능숙하게 다룬다.

근접전에서는 짧은 창을 먼저 집어 던지기에 중앙 대륙의 기사단과는 많이 다른 방식으로 싸웠다. 하지만 전투력만큼은 중앙 대륙의 기사단에 못지않았다.

반면에 부르칸 왕국의 부족 전사들은 채 3만 명도 되지 않았다. 낙타도 타지 않은 일반병들이 다수 포함된 숫자였다.

싸우나 마나 전투의 결말은 정해져 있는 것 같았지만, 벨소스 왕의 군대에는 인간뿐만 아니라 수만에 달하는 불의 정령이 있었다.

사막이 아닌 초원이나 숲이었다면 전투가 벌어지고 난 이후에 모든 것이 타서 없어져 버렸으리라. 불의 정령들은 사막의 모래에서 자유롭게 돌아다닐 수 있었다.

벨소스 왕은 불의 정령들을 통해 사막에 평화를 가져왔다. 그러나 훌륭한 왕은 될 수 없었다.

사막은 곡물이 자라지 않는 땅이 대부분이었고, 오아시스와 강을 두고 뜻이 맞지 않는 부족들 간의 싸움이 계속 일어났다.

벨소스 왕은 어쩔 수 없이 중앙 대륙으로 진출했다.

친구인 불의 정령들을 동원하여 전쟁을 치르면서 넓은 영토를 확보하였다.

전쟁에서 이길 때마다 쌓이는 막대한 보물들은 부족민들의 눈을 흐리게 했고, 그들은 땅을 일구고 살아가는 대신 더 많은 피를 원했다.

벨소스는 외로움을 느끼고 왕궁을 떠나지 않았다. 하지만 그의 부족에 의하여 전쟁은 계속 확대되었다.

사막 부족들은 전투로 단련되어 있었고, 공성 무기까지 확보하여 성벽도 더 이상 난공불락의 대상이 아니었다. 벨소스가 싸우지 않더라도, 그의 부족들은 피를 흘리고 중앙 대륙의 왕국들은 희생을 치러야 했다.

"조각품은 아름답지만, 인간의 욕심까지 아름답게 만들지는 못하는구나."

벨소스는 왕이면서도 정령과 조각술에 더욱 매달렸다.

궁전을 가꾸고, 진귀한 재료들을 모아서 조각품을 표현했다. 정원을 사막의 오아시스처럼 꾸며 놓았으며, 개울가에서 평화롭게 목을 축이는 낙타의 조각품도 만들었다.

전쟁에 빠져 있는 사막 부족들은 그 조각품의 의미를 알지 못했다.

벨소스가 왕궁에만 있는 사이에도 모집된 전사들로 왕국의 영토는 넓어지고, 더 많은 보물들이 들어왔다. 왕이 나이가 들었을 때에는 후계자를 자처하는 사람들이 나타나서 세력 다툼을 벌였다.

벨소스 왕과 불의 정령들의 군대가 있었기에 왕성에서는 조용하였지만, 밖으로 나가면 이미 처참한 살육장이었다.

벨소스는 계속 불의 정령을 조각하였다. 그를 따르는 정령의 수는 이미 헤아릴 수도 없을 정도였다.

그러다가 결국 인간의 육신을 버리고 정령이 되었다.

불의 정령왕이 된 것이다.

벨소스가 왕궁에서 갑자기 사라지고 난 이후, 불의 정령들도 종적을 감췄다. 더 이상 부르칸 왕국을 위하여 싸워야 할 이유가 사라졌기 때문이다.

후계자들은 왕궁으로 와서 값나가는 것들을 약탈하고 불을 질렀다. 깨끗하게 타오르는 왕궁에는 벨소스가 만들었던 많은 조각품이 있었다.

이후 부르칸 왕국은 부족들 간의 전쟁으로 약화되고, 마센 왕국의 반격에 의하여 다시 사막으로 쫓겨났다.

다행히 벨소스의 몇몇 유품들과 보물들은 왕궁이 약탈당하기 전에 시종들에 의하여 므소스 계곡으로 옮겨져 파괴되지 않았다.

하지만 벨소스 왕은 그의 업적에도 불구하고 남아 있는 자료가 아주 적게 되었다.

조각품에 담긴 추억을 통해 조각술 마스터 벨소스 라 데우스 3세에 대한 정
보를 입수하였습니다. 부르칸 왕국의 정보를 입수하였습니다. 역사적인 지
식을 획득하였습니다. 지식이 14 증가합니다.
이미 정령 창조 조각술을 터득하고 있기에 연관된 퀘스트는 발생하지 않습
니다.

"조각술 마스터는 정말 평범하지 않은 인생들을 살았군."

위드는 조각품에 담긴 추억을 보며 씁쓸함을 느꼈다.

"누구는 없어서 죽겠는데… 보물을 이렇게 쌓아 놓고도 외로
움을 느끼다니!"

이거야말로 진정한 불공평!

왕이 사치와 향락을 즐긴다는 건 절대 비난만 할 일은 아니
었다.

위드가 개인적인 관점에서 볼 때, 검소한 왕이란 대체 이해
가 안 갔다. 그 많은 재산을 그저 가지고만 있으면 무엇하겠는
가. 다 써 버려야 하지 않겠는가.

보물을 더 많이 모으고, 적당히 권력으로 횡포도 부리면서
살아야 그게 사람 사는 세상!

아무튼 벨소스 왕도 평범하지는 않았다.

정령 창조 조각술을 만든 마스터이기 때문에 더욱 그런 삶을
살았으리라.

조각술 마스터마다 각자 특색은 있었다.

다론은 한 여자를 많이 조각하면서, 조각품에 담긴 애정을

통해 조각 변신술을 깨달았다.

자하브는 왕비를 사랑하면서 조각 검술과 광휘의 검술을 남겼다.

게이하르 폰 아르펜 황제는 조각품에 생명을 부여하여 제국을 거느렸고, 데이크람은 자연을 벗 삼아서 조각하며 대재앙의 자연 조각술을 완성했다.

마지막으로 벨소스 왕은 사막의 이글거리는 열기처럼 살다가 사라진 것이다.

"나도 조심해야겠어. 잘못하면 착취도 못 해 보고, 흥청망청 돈도 못 써 보고… 그러면 안 되니까."

위드는 경계심을 느끼면서도 훨씬 가벼워진 기분으로 왕의 석실을 구경했다.

벨소스 왕이 조각술 마스터라면 완전 남이라고 할 수는 없는 처지였으니까.

정령왕의 조각품

위드는 자신이 얻어 낸 정보를 동료들에게도 전해 줬다.

이리엔이 알았다는 듯이 살짝 미소를 지었다.

"왕이 불의 정령왕이 되어서, 예전에 그의 유물을 함부로 건드렸을 때 정령들로 인해 대륙이 뜨거워지는 저주가 내렸던 것이네요."

수르카도 흥미진진한 이야기를 들은 듯이 좋아했다.

"완전 옛날이야기 같아서 신기해요. 베르사 대륙의 알려지지 않은 역사, 이걸 알고 있는 건 지금은 우리뿐이겠죠?"

화령은 벨로트와 같이 벨소스 왕에 대한 공연을 해 보고 싶은지 무언가를 의논하면서 맞춰 가고 있었다.

모라타에는 소규모 공연장도 많았고, 웬만큼 큰 식당에는 거의 공연장이 만들어져 있었다. 빛의 광장, 빙룡 광장에서도 곧잘 공연이 벌어지는데, 관객들의 높은 호응을 받으면서 크고 작은 공연을 성공시키면 스탯이 오르기도 한다.

위드가 역사적인 사연이 있는 조각품을 만들었을 때 효과가 높은 것처럼, 공연의 내용도 잘 알려지지 않은 역사에 근거를 두고 있을 때 평가가 좋았다.

전에 알지 못하던 진실을 알려 줌으로써 공연을 본 관객들이 지식 스탯을 얻을 수도 있기 때문에 더 환영받았다.

물론 이런 경우에는 같은 역사적인 사실에 대해 처음 한 번만 스탯을 얻을 수 있다. 그렇기에 관객들은 더욱 좋은 공연들을 매번 찾아다니는 것이다.

바드들이 대륙을 떠돌면서 이야깃거리를 구하는 이유이기도 했다.

"일단 아가테의 수정만 가져가면 되긴 하는데."

위드는 조각 재료들이 모여 있는 장소에서 아가테의 수정을 다수 발견하였다. 수량도 적지 않아, 최소한 120개는 되어 보였다.

"가져가도 별 탈이 없을지 모르겠군!"

벨소스 대왕의 검, 뿔피리, 그가 착용했다는 사막 전사의 장비 등 여러 가지 보물들이 있었다. 그런데 그 모든 것을 놔두고 가져가는 것이 하필 고작 조각 재료라니 아쉬운 마음도 들지만, 그마저도 가져가도 되는지 안심이 안 되었다.

"어떻게 해야 되나……."

위드는 깊은 생각에 잠겼다.

발굴가들도 던전에서 보물 상자가 보인다고 하여 함부로 열지는 않는다. 어떤 함정이 설치되어 있을지 모르기 때문!

이런 경우에는 더더욱 의심하고 경계를 해야만 한다.

위드는 지금까지 경험한 자신의 팔자로 미루어 볼 때 더욱 수상한 기분이 들었다.

'드래곤의 퀘스트가 이렇게 간단히 끝날 리가 없어. 친절하게 용아병까지 지원해 줬는데 이대로 보물을 챙기면 끝? 유적의 위치를 찾는 데 약간 헤맸고 몬스터와의 싸움도 있기는 했지만, 이 정도로는 고생이라고 할 수가 없잖아.'

보통 이런 난이도의 퀘스트는 술술 잘 풀리는 것처럼 방심시키고, 사람 행복하게 만들어 놓고서 제대로 뒤통수를 친다.

지금까지 난이도 높은 퀘스트를 하면서 얼마나 많이 경험해 보았던가.

'세상에 공짜나 쉽게 풀리는 일은 없다고!'

동료들은 조용히 서서 그의 선택을 기다렸다.

잘못된 선택을 하였을 때에는 다 같이 화를 입을 수도 있지만 믿고 기다려 주는 것이다.

제피가 소곤거렸다.

"위드 님의 결정은 대체로 믿을 만하죠."

벨로트도 작은 목소리로 말했다.

"제 생각도 그래요. 밟아도 밟아도 죽지 않는 바퀴벌레 같다고나 할까."

그 점은 다른 동료들도 동의했다.

❦

"역시 안 되겠어."

위드는 조각 재료들에 손대지 않기로 했다.

어마어마한 고뇌가 있었지만, 아가테의 수정도 금은, 보석 이상으로 정말 귀한 것이다. 진홍의날개 길드가 보물에 욕심을 내다가 그런 꼴을 당한 것을 알면서도 손을 대서 챙길 수가 없었다.

"인생이란, 양념통닭을 시켰는데 프라이드통닭이 올 수도 있는 것이지."

위드는 조각 재료나 다른 보물들에서 시선을 거두고 왕의 석실을 둘러보았다.

욕심을 버릴수록 더 많은 것을 볼 수 있었고, 조각품에 담긴 추억을 읽으면서 벨소스 왕의 소장품들도 각별하게 느껴졌다.

"정령의 조각품이 많았던 것이 이해가 가는군."

어릴 때부터 험난하게 살면서 정령들이 친구이며 동료가 되었으리라.

그리고 발견한, 절반 정도 만들어진 불의 정령의 조각상!

보통 솜씨가 아니었다.

사막에서 거칠게 살아가던 벨소스 왕의 모습에, 몸 전체가 정령처럼 불로 이루어져 있었다.

위드는 그 미완의 조각상을 보는 순간 어긋난 퍼즐의 모든 것들이 맞춰지는 것처럼 확신이 생겼다.

"보물이 아니라서 아가테의 수정은 가져가도 괜찮을지도 몰라. 어떤 저주가 생기지 않을 수도 있겠지."

위드도 벨소스 왕도, 조각사라는 공통점이 있었다.

간혹 사회적인 문제가 되기는 하지만 동업자 정신이 있지 않던가.

"그렇지만 벨소스 왕은 조각술 마스터였고, 그는 정령 창조 조각술을 가지고 있었어."

위드는 따로 독학으로 스킬을 익혔지만, 조각품에 담긴 추억으로 봐서 벨소스 왕이 정령 창조 조각술을 터득했으리라고 100% 확신했다.

"여기 있는 미완의 조각상을 완성하면 정령 창조 조각술을 배울 수 있게 되는 건가?"

그렇다면 이 조각품을 완성해 봐야 한다. 여기가 조각사와 관련이 있는 장소인 만큼, 조각상이 매우 중요한 열쇠라고 볼 수 있었다.

동료들은 시시각각 깊은 상념과 혼잣말을 반복하는 위드를 물끄러미 지켜보며 기다리고 있었다.

"어떻게 하시려는 거죠?"

"몰라요. 당장 보물을 가지고 도망칠 거 같진 않은데……."

"주변을 둘러보면서 다시 한 번 확인도 하네요."

"앗, 웃고 있어요!"

위드의 입가에 드디어 자신만만한 썩은 미소가 맺혔다.

"불의 정령왕이라. 룰루루!"

위드는 콧노래를 부르며 정령의 돌 브루에시아를 깎았다.

"과연, 명품이라서 다르긴 다르군."

벨소스 왕이 미완성으로 남겨 놓은 정령의 돌은 거의 구할 수가 없는 재료였다.

정령술사들이 정령계로 가서 퀘스트를 하고 공적치를 쌓아서 가져와야 하는 것이었다. 아니면 최상급 정령이 돌로 변한 것을 발견해야 된다.

정령의 돌에는 속성에 맞는 정령의 힘도 담겨 있었다.

위드가 돌의 깎아 낼 때마다 불길이 화르르 크게 일어났다. 마치 중국집에서 팬에 기름을 두르고 요리하는 것 같은 모습이었다.

불에 데어 생명력이 237 감소하였습니다.

위드에게 조각품을 깎으면서 이 정도의 고난 따위야 짜장면을 먹는데 단무지가 다 떨어진 정도.

조각한 부위는 돌이 굳지 않고 불길이 계속 넘실거렸다.

정령의 돌 브루에시아야말로 정령왕을 조각하기에 최고의 재료였다.

페일이 와서 알려 주었다.

"위드 님, 이제 놈들이 나타날 시간이에요."

"벌써 1시간이 지났군요."

벨소스 왕의 유적에는 마수들이 득실거렸다. 따로 서식지가 있어서, 통로와 석실로 마수들이 주기적으로 들어오기도 했다.

위드는 동료들과 함께 이 마수들도 처리하고 있었다.

용아병과 동료들에게 맡겨 놓아도 되지만 직접 사냥하고 싶었던 것이다.

"광휘의 검술!"

그새 검술의 비기도 숙련도가 늘어서, 빛의 참새가 5마리씩 나타났다. 참새가 5마리로 늘어나자 몬스터에 충돌하며 일어나는 효과는 화려하기 짝이 없었다.

숙련도가 늘어날수록 검술의 비기답게 확실하게 강해졌다.

"위드 님, 이번에는 아이스 로커가 옵니다."

보스급 마수 아이스 로커!

"분검술!"

위드는 광휘의 검술이 아니라 분검술을 사용했다.

분검술은 강한 몬스터 1마리를 상대로 사냥할 때의 효과가 정말 좋은 편이었다.

샤샤샤샤샥.

위드의 분신이 9명이나 나타났다.

크르르르…….

아이스 로커는 경계하면서 약간 혼란스러운 눈빛으로 분신들을 번갈아 쳐다보았다.

페일과 제피, 수르카는 아직 공격하지 않고 때를 기다렸다.

"간다!"

위드가 아이스 로커를 향해서 달려갔다. 분신들도 동시에 앞으로 뛰었다.

캬호!

아이스 로커는 정면으로 강한 입김을 내뿜었다.

극한의 냉기!

적중된 분신의 몸이 달려가는 도중에 빠르게 얼어붙었다.

캬하하하학!

아이스 로커의 팔꿈치가 분신을 강력하게 쳤다.

회색빛으로 변하여 흩어지는 분신.

분검술은 적의 특수 공격을 무력화하는 데 효과가 컸다.

위드는 다른 분신들이 몬스터의 공격을 유도하는 사이에 뒤로 돌아가, 데몬 소드로 아이스 로커의 목뒤를 강타했다.

치명적인 일격이 터졌습니다!

다시 분신들이 아이스 로커에게 덤벼들었다.

위드는 그 틈에 연속 공격을 했다.

치명적인 일격이 터졌습니다!

치명적인 일격이 터졌습니다!

연속으로 치명적인 일격이 터졌습니다!

아이스 로커가 머리를 강타당하여 혼란 상태에 빠졌습니다.

"밟아!"

혼란 상태에 빠지면 여러 분신들이 다 같이 공격하였기에, 연거푸 퍼붓는 그 공격력이란 무자비한 수준!

"죽어랏."

"저도 때릴 거예요!"

이제나저제나 기다리던 제피와 수르카가 공격에 합세했다.

로뮤나의 마법과 페일의 화살도 적중되었다.

위드의 '밟아!'라는 말이 신호였던 것!

낮은 방어력과 생명력에, 공격력도 약해서 근접전에는 그다지 나서지 못하던 화령과 벨로트도 활약을 보였다. 소검으로 찌르고, 강철 악기로 때리면서 사냥을 도운 것이었다.

위드가 분검술을 익히기 전이었다면 제피와 같이 정면에서 상대하고, 다른 동료들은 지원하는 식이었으리라.

웬만큼 강한 몬스터를 상대로 하여 싸울 때 파티 플레이의 정석!

이제 위드는 분검술을 이용하여 몬스터가 약해지거나 느려지지 않을 때에도 치명적인 일격을 쉽게 터트리고, 혼란도 잘 일으킬 수 있게 되었다.

검술의 비기를 익히고 난 후로 전투에서 많은 것이 달라진 것이다.

분검술은 몬스터를 여러 마리 동시에 사냥할 때의 효과도 일품이었다. 분신들이 일어나서 같이 싸우니 수비에도 도움이 되고, 전체적인 공격력이 커졌다.

급격한 마나 소모가 단점이긴 하지만 사냥 속도가 월등히 빨라지게 만드는 이유였다.

게다가 이제는 마나를 올려 주는 패로트의 링에, 바하란의 팔찌, 헬리움으로 만들어 낸 여신의 기사 갑옷까지 입고 있기에 분검술도 필요할 때마다 아낄 필요 없이 사용했다.

검치와 수련생들은 분검술을 익히고도 아직 제대로 활용하지 못하였지만 위드는 완벽하게 써먹고 있는 것이다.

"과연 검술의 비기가 좋긴 좋군!"

숙련도를 듬뿍 올리면서 경험치와 전리품도 획득!

위드와 던전에 오기로 결정했을 때부터 동료들은 가방을 많이 챙겼다. 사냥만 하면 매번 전리품으로 가득 찼던 것이다.

> —지금쯤 출발하면 될까요?
> —아직 조금 더 기다리셔도 될 것 같습니다.

마판은 주기적으로 페일에게 귓속말을 보내서 상황을 확인했다.

최근에 매우 비싼 돈을 들여서 길들인 가고일 12마리를 구입했다. 최고의 수준에 오른 상인들만이 거느린다는, 하늘을 나는 가고일 운송 부대를 장만한 것이다.

마판은 이렇게 언제라도 와서 거래할 수 있는 준비를 마쳐 놓고 대기 중이었다.

위드와 동료들이 유적에서 벌이는 사냥은 여러모로 짭짤했기 때문이다.

"여기도 훌륭한 사냥터로군."

마수들이 대규모로 서식하고 있고, 전리품으로는 가끔 벨소스 왕의 보석이 떨어졌다.

혼자라면 다소 버거웠겠지만 믿음직스러운 동료들과 같이 왔고, 직업 구성도 잘되어 있었다.

위드는 던전의 보스급 몬스터가 아닌 이상 정면 방어의 역할도 가능했고 공격력도 높았다. 동료들도 각자의 직업에서 실력이 뛰어나서 조화가 잘 이루어졌다.

초반부터 쭉 같이 성장해 왔으니 눈빛만 봐도 의미를 알아챌 수 있었다.

'앞으로 3시간만 더 사냥하자는 뜻이구나. 으윽, 얼마나 뛰어다녔는지 다리에 감각이 없어.'

'이놈의 마수들은 왜 이렇게 많이 나와. 위드 님이랑 사냥하면서 인내력 스탯이 또 올랐어.'

'아아, 위드 님이 차려 주는 맛있는 밥 먹고, 새로 산 신발이랑 옷이랑 갈아입고 돌아다니고 싶다.'

❧ ⚜ ❧

"크흐흐흣."

"사형, 이거 정말 괜찮은데요."

"그래. 사냥하는 맛이 난다."

검치와 수련생들도 분검술과 광휘의 검술을 사용했다.

몬스터들은 점점 강해져만 가는데 기초적인 검술만 쓰면서 버텨 오다가 스킬을 운용해 가면서 잡아 보니 사냥에 제대로 탄력이 붙었다.

몬스터를 해치우고 던전의 보물을 찾거나 보스급 몬스터를 집단 사냥하는 재미에, 시간 가는 줄 모를 정도였다.

혼자서 잡을 수 없는 보스급 몬스터를, 사형제들이 힘을 합쳐서 사냥한다.

말을 타고 달리며 검을 휘두르거나 와이번을 타 보는 것도 사나이의 로망!

"신나지 않느냐."

"옛, 스승님!"

"마음껏 놀아 보자!"

바르고 성채 주변에는 이제 오크들이 있고, 레벨이 높은 유저들도 대거 찾아왔다.

검치와 수련생들은 몬스터들을 물리치고 험준한 산들을 장악하였다.

높은 산의 정상에 올라서 함성을 지르며 사방을 돌아보았다. 구름과, 굽이굽이 이어지는 산들이 아래에 있다. 그보다 멋진 광경이 없었다.

야성을 만끽하면서 강한 힘에 의지하여 살아가는 길!

검치와 사범들, 수련생들에게 레벨 같은 수치는 가슴으로 잘 느껴지지 않았다. 그저 만족할 만큼 실컷 싸울 수 있는 자유로운 공간이 있다는 데에 전율을 느꼈다.

새벽의 이슬이 맺혀 있는 산길을 달리면서 몬스터의 무리를 찾아내고, 사형제들끼리 대대적으로 겨루는 그 기분!

무기술 스킬이 늘어나는 건 둘째 치고, 이렇게 싸울 수 있다는 것에 고마운 기분이 들었다.

경험치가 쌓이면서 레벨이 마구 오르고, 전리품도 셀 수 없이 획득했다.

바르고 성채에서 지낸 시간도 꽤 되다 보니 적응을 하여, 최근에는 죽는 사람도 많이 줄었다.

"둘치야."

"예, 스승님."

"우리가 〈로열 로드〉를 한 지도 꽤 오래됐구나."

"시간이 벌써 많이 흘렀습니다, 스승님."

"그래……."

검치는 오른손에 쥔, 이가 듬성듬성 빠진 철검을 쳐다봤다.

'실감이 난다.'

가상현실이라는 것이 이렇게 기쁜 것인지 몰랐다.

육체를 단련할수록, 어쩌면 사회에서는 그것을 쓸 기회가 더욱 줄어들었다. 남과 시비가 붙어도 싸우면 안 되고, 잘못된 행동을 하는 사람을 때려도 안 된다.

격투기에 나가서 관중을 즐겁게 해 주기 위하여 싸울 필요도 없었다.

〈로열 로드〉는, 채워지지 않던 욕구를 해소하는 데 도움이 많이 되었다.

"중학생 때 잡아 봤던 쇠 파이프만큼이나 마음에 드는구나."

"수련생들도 좋아하고 있습니다."

도장의 수련생들도 사형제들끼리 전투를 하고 모험도 하는 〈로열 로드〉를 하는 시간을 매번 기다렸다. 주말이나, 휴식을 위해 쉬는 시간에도 자진해서 캡슐로 들어갔다.

"그런데 정말 강하다는 것이 무엇일까."

검치가 조용히 되뇌었을 때, 검삼치와 검사치, 검오치도 와서 조용히 듣고 있었다.

"우리가 이곳에서 가장 강해지지 못한다면 그게 자존심에 상처를 입을 만한 일일까?"

사범들과 수련생들은 죽음에 대해서도 가볍게 받아들였다.

〈로열 로드〉에서는 레벨 차이나 장비 차이가 심하게 나면 이기지 못한다. 판단력, 육체의 반응이 매우 큰 도움이 되지만, 그렇더라도 한계는 있었다.

"즐거운 꿈과 같구나. 이곳은……."

"……."

"내가 너희에게 알려 주고 싶은 건 검을 배우는 것이다. 검을 배움으로써 달라지고, 자기 자신을 보는 것이다."

현실에서는 몇십 년을 고되게 단련했더라도 한순간의 실수로 패배를 겪기도 하고 목숨을 잃어버리기도 한다. 젊을 때의 혈기와 왕성함도, 나이를 먹게 되면서 약해진다.

허무하더라도, 그것이 인생이었다.

사범들이 그럼에도 힘한 길을 택한 이유는 각양각색이었지만, 결국 검치의 인도 아래 검을 배우면서 자신을 찾아갔다.

진정한 육체의 괴로움, 강해질 때의 기쁨, 생명의 위협, 훌륭한 검술.

이 모든 것들을 통해 강해지고, 자기 자신의 내면을 만나게 된다.

"이곳에서라도 우리 정말 강해져 보자꾸나."

"그렇다면……."

"이것도 좋은 공부가 될 것이다."

위드가 벨소스 왕의 유적에서 보낼 수 있는 시간이 이제 엿새밖에 안 남았다.

악룡 케이베른의 퀘스트에 시간제한이 있기 때문!

"진짜 이 버릇없는 도마뱀은 도움이 되는 게 없어!"

조각품도 만들고 사냥도 하느라 정신없는 와중에도 외부의 소문을 들었다.

> —바드레이가 퀘스트를 또 완수한 모양이야.
> —방송에 나왔어?
> —아직. 방금 속보로 떴어. 방송 중계는 오늘 저녁에 해 준다더라.
> —생방은 아닌 거네.

바드레이가 직업 마스터 퀘스트 열다섯 번째를 성공시켰다는 소식이었다.

직업 마스터 퀘스트는 일반적으로 15단계에서 20단계까지로 이루어졌다고 했으니 거의 끝부분에 도달한 것이다.

위드는 고작 열네 번째 퀘스트를 하고 있다.

조각사의 퀘스트가 어쩌면 흑기사보다 짧을지도 모른다는 행운을 바랄 수도 있겠지만, 현재로써는 크게 불리했다.

"으으음!"

위드는 남이 잘될 때의 속 쓰림과 배 아픔을 참으면서 정령왕의 조각품을 만들었다.

"이럴 때 먹을 수 있는 속 쓰림 약을 개발한다면 그 회사는 떼돈을 벌 거야."

늦기 전에 케이베른에게 가야 한다는 점까지 감안하면 시간이 넉넉한 상황은 아니다. 그나마 절반 정도는 만들어져 있다는 점이 장점이었지만, 역으로 거기에 맞춰서 나머지 부분을 표현해야 하는 어려움이 있었다.

정령의 돌은 조각칼을 댈 때마다 불길이 크게 타올라서 작업하는 환경도 나쁘다. 생명력이 감소하는 것이야 어쩔 수 없다고 치더라도 시야가 잘 확보되지 않았다.

정말 불덩어리를 다루는 것처럼 어려움을 참아 가면서 조각품을 만들어야 해서 다소 난이도가 있었다.

서두를수록 작품을 망가뜨릴 수 있기에 더욱 꼼꼼하게 집중력을 발휘했다.

"아무튼 나중에 레벨을 올려서 도마뱀 녀석들을 몽땅 다 죽여 버려야지 말이야……."

〈마법의 대륙〉에서는 드래곤도 사냥했었다.

언제가 될지는 몰라도 차후를 기약하는 위드였다.

띠링!

만든 조각품의 이름을 정해 주십시오.

"벨소스 라 데우스 3세에게 바치는 후배의 조각품."

위드는 정령왕의 조각품을 완성했다.

조각품의 이름을 정하는 것은 마음대로였지만 아부는 필수!

〈벨소스 라 데우스 3세에게 바치는 후배의 조각품〉이 맞습니까?

"불의 대제이며 정령왕이신 분의 작품을 조각할 수 있어서 영광이었다. 맞아!"

위드는 후련하게 외쳤다.

케이베른의 퀘스트 제한일까지 고작 엿새를 남겨 놓고 완성이었다.

대작! 〈벨소스 라 데우스 3세에게 바치는 후배의 조각품〉을 완성하였습니다.
벨소스 왕은 조각품을 만들면서 외롭게 살아갔다. 그의 조각품은 많이 알려지지도 않았으며, 예술가들의 평가도 제대로 받지 못하였다.
벨소스 왕이 남긴 미완의 작품을, 최근 혜성처럼 떠올라 대륙의 조각계를 밝히고 있는 거장 조각사 위드가 완성했다. 조각사 위드는 아르펜 왕국의 존엄한 국왕의 신분이기도 하다.
그의 조각품은 대륙에 항상 커다란 화제를 몰고 왔으며, 귀족들이 탐내는 것 중의 하나이다. 이 놀라운 작품이 알려진다면 벨소스 왕의 예술성에 대하여 다시 평가할 수 있는 계기가 되기에 충분하리라.
예술적 가치: 조각술 마스터 벨소스와 그에 버금가는 조각사의 공동 작품.
19,834
옵션: 〈벨소스 라 데우스 3세에게 바치는 후배의 조각품〉을 본 이들은 생명력과 마나 회복 속도가 하루 동안 31% 증가한다. 대륙 전체에서 불의 정령들이 발휘할 수 있는 힘이 3.2% 늘어난다. 정령술사의 불의 정령 소환 스킬의 레벨이 일주일간 1단계 오른다. 더 많은 불의 정령들이 나타난다. 조각상과 가까운 거리일수록 화염 마법의 위력이 커진다. 전 스탯 24 상승. 다른 조각품과 중복으로 적용되지 않는다.
지금까지 완성한 대작의 숫자: 15

조각술 스킬의 숙련도가 향상되었습니다.

손재주 스킬의 숙련도가 향상되었습니다.

명성이 1,953 올랐습니다.

예술 스탯이 21 상승하였습니다.

인내력이 7 상승하였습니다.

카리스마가 9 상승하였습니다.

투지가 3 상승하였습니다.

자연의 원초적인 힘을 조각하여, 자연과의 친화력이 37 오릅니다.

불의 정령왕을 조각하였습니다. 특별한 경험으로 인하여 불에 대한 저항력이 3.4% 오릅니다.

대작 조각품을 만든 대가로 전 스탯이 3씩 추가로 상승합니다.

위드가 혼자서 만든 조각품은 아니라서 스탯을 다소 적게 얻었다.

그렇더라도 대작을 완성해 낸 것은 대단한 수확!

'피땀을 흘리며 죽을힘을 다해 조각한 보람이 있군. 이번 건 유난히 어려웠지. 매번 조각품을 만들기가 만만치가 않아.'

화염을 몸 전체에 두르고 있는 벨소스 왕.

불길을 정확하면서도 인위적이지 않고 자연스럽게 표현해야 하기에 어려운 작품이었는데도 실수한 부분 없이 잘 해냈다.

대부분의 조각품은 빛과 주위의 풍경과 같이 훌륭하게 잘 어우러진다. 막 새벽의 아침에 큰 감동을 주기도 하고, 청명하고 맑은 하늘과 흰 구름 아래에서 멋들어진 느낌을 받을 수도 있었다.

대표적으로, 신들의 정원은 넓은 땅에 건물들과 조각물들로 하늘과 대지 전체에 걸쳐서 웅장함을 자아내는 노가다의 정점에 달한 장대한 예술품이었다.

불의 정령왕은 불꽃처럼 스스로 빛을 발산하면서, 어느 곳에 있더라도 존재감과 느낌을 강하게 드러냈다.

위드는 스스로에게 뿌듯함을 느꼈다.

'재료도 정말 좋았고, 제대로 얻어걸렸구나.'

동료들도 작품을 보며 감탄했다.

"역시 위드 님이니까 대작 정도는 그냥 만드시는구나."

"저는 원래 이렇게 멋진 작품이 나올 줄 알고 있었어요."

"……."

어렵게 고생하여 창조해 낸 것을 당연하다는 듯이 받아들이는 동료들!

위드는 입가에 억지 미소를 지었다.

불에 대한 저항력이 오르면서 사냥하기가 훨씬 편해졌다.

일반적으로 빙계 마법이 훨씬 까다로운 건 사실이었다. 몸이 굳어서 잘 움직이지 못하게 됨으로써 전투력을 상당히 많이 잃어버리게 된다.

하지만 몬스터들이 가장 자주 활용하는 것은 불과 관련된 경우가 많았고, 위험한 화염 마법도 많이 있었다.

게다가 불의 저항력이 100%가 되면 드래곤의 검, 레드 스타를 쓸 수 있다.

위드의 경우에는 지골라스에서 임벌의 마법진을 통해 이미

7%가 올랐고, 지금 다시 3.4%가 늘었다. 유명한 화염의 링 같은 액세서리를 착용하여 저항력을 더 높일 수도 있었다.

'목걸이나 팔찌까지도 구입한다면 최대 79% 정도까지도 늘릴 수 있겠어.'

불과 관련이 있는 종족으로 조각 변신술까지 쓴다면, 거기에 대장장이 스킬까지 적용된다면 레드 스타를 활용할 수 있을 것 같았다.

'역시 아이템은 가지고 있으면 쓸 수 있는 날이 다 온다니까. 버릴 물건이 하나도 없지.'

잡템까지 알뜰하게 챙겨 왔던 생활의 보람이 느껴지는 것 같았다. 어릴 때 사용하던 기저귀를 자식에게 물려줄 정도의 절약 정신!

조각 변신술로 몸을 바꾸는 종족에 따라 저항력은 달라지겠지만, 미리 준비할 시간만 있다면 활용할 수 있었다.

단지 검의 원래 주인인 드래곤이 찾아올 수 있다는 점이 걸릴 뿐.

'장물은 그런 점에서 곤란하단 말이야.'

위드 입장에서야 드래곤을 만난 것은 악룡 케이베른으로도 충분했기에 보통 때 사냥을 위해 쓸 수는 없을 것 같았다.

하지만 적당히 중요한 순간에 한 번씩 활용하다가, 검의 이름값이 높아졌을 때 바가지를 듬뿍 씌워서 팔아 버리면 되는 일이다.

그때 석실의 온도가 뜨겁게 달아올랐다.

한낮의 사막처럼 온도가 높아지더니, 이내 사방에 불길이 일렁거리기 시작했다.

커다란 황금 스콜피온의 조각상이 눈을 뜨고 있었다.

"으으음......"

"이거 큰일 나는 거 아니에요?"

"왠지 조짐이 좋진 않아 보여요."

위드와 동료들은 과거 진홍의날개 길드가 당했던 수난을 떠올렸다.

불의 대제 벨소스 왕의 저주를 받아서 탐험대가 전멸하고, 대륙이 저주를 받고 말았다.

"꿀꺽."

위드는 9시 뉴스에서 도시가스 요금이 오른다는 소식을 볼 때처럼 방심하지 않았다.

불길이 확 퍼지더니, 그 안에서 불의 정령들이 나와 날아다녔다.

석실 안을 마구 휘젓고 돌아다니는 불의 정령들!

멋지지만 상당히 두려운 광경이기도 했다.

정령왕의 조각품이 생명을 부여하지도 않았는데 불타오르기 시작했다.

—나의 땅에 방문한 인간들이여…….

벨소스 왕의 재림!

위드는 누가 시키지도 않았는데 가장 빨리 무릎을 꿇었다.

"존경해 마지않는 위대한 벨소스 대제시여, 이렇게 만나 뵙게 되어 지극한 영광이옵나이다. 저는 대륙을 방랑하고 있는 후배 조각사입니다. 간악한 악룡 케이베른의 부탁으로 감히 이곳에 방문하여 벨소스 대제를 만나게 되어 영광입니다!"

속사포처럼 아부를 쏟아 내는 위드!

벨소스 왕의 고개가 위드와 동료들을 훑으며 지나갔다.

—너희는 나를 만날 자격이 있다. 탐욕에 눈이 멀지 않고…
나의 시험을 훌륭하게 통과하였다.

뜨끔!

위드만이 아니라, 일행 중에도 찔리는 구석을 가진 사람이
한둘이 아니었다.

—그리고 너희 가운데에는 나의 뒤를 이어서 영광의 길을 걷
는 자도 있다.

벨소스 왕의 주변이 불로 뒤덮였다. 벨소스 왕은 그 불길을
타고 위드에게 걸어왔다.

—그대, 고개를 들고 일어서라. 진정한 아름다움을 깨달은
사람은 다른 이에게 고개를 숙이지 않아도 되리라.

> 정령왕 벨소스 대제의 인정을 받아 기품과 명예가 24씩 오릅니다.

위드의 머릿속이 맹렬하게 회전했다.

자기 뜻한 방식대로만 세상을 살 수 있다면 얼마나 좋겠는
가. 그러나 눈치를 보면서 살아가야 할 때는 시도 때도 없이,
틈만 나면 찾아왔다.

'이대로 더 있어야 점수를 딸 수 있을까? 모름지기 두 번은
사양해야 예의 바른 느낌이 나는데…. 근데 조각사들끼리의 예
법으로는 일어나도 될 것 같고. 하지만 지금 일어나서 바로 조
각사로서 동등한 대우를 해 달라고 하면 그것도 이상할 거야.'

위드는 그냥 조금 더 고개를 숙이고 있기로 했다.

벨소스 대제는 상당히 무자비한 인물이다. 과거 인간이었을 때에도 그랬고, 정령왕이 되고 나서도 그의 비위를 거스른 진 홍의날개 길드에 잔혹하게 보복을 했다.

상대가 무서울수록 자연스럽게 정중해지는 게 세상의 이치!

평소에는 목욕탕이 제집인 것처럼 시끄럽게 물장구치며 놀 던 동네 초등학생 꼬마들도 몸에 문신이 잔뜩 그려진 아저씨들 이 있으면 얌전히 노는 것과 마찬가지였다.

"아니옵니다. 조각사의 길을 먼저 개척하신, 흠모하던 분을 만나다 보니 이렇게 뵙는 것이 저에게는 편합니다."

벨소스 왕에 대해서는 별로 사전 지식도 없었고 유적에 와서 는 어떻게든 물건을 훔쳐 가고 싶은 생각뿐이었지만, 위드의 입에서는 속마음과 다른 말들이 술술 나왔다.

아부의 달인답게 감격에 겨운 듯 목소리 끝을 떨어 주는 세 밀함까지!

북부 영주들의 선택

벨소스 왕의 몸에서 불길이 마구 피어올랐다. 불의 정령들도 석실에서 미친 듯이 날아다녔다.

—보기 드문 훌륭한 인성을 가진 조각사 후배로구나.

위드의 눈이 정확했다.

벨소스 왕 역시 아부에는 약했던 것!

아닌 척하면서도 아부를 싫어하는 사람이 드물었다.

—그래도 이제는 일어나도록 하라.

벨소스 왕이 위드의 팔을 잡고 일으켜 주었다.

불에 데어 생명력이 489 감소합니다.

불에 데어 생명력이 832 감소합니다.

불에 데어 생명력이 1,309 감소합니다.

불에 데어……

위드의 생명력이 마구 떨어졌다. 하지만 그 와중에도 영광이라는 듯이 눈을 초롱초롱 빛내면서 일어나는 위드였다.

"폐하, 고맙사옵나이다!"

동료들은 감탄을 금치 못했다.

마을 주민들과의 친밀도는 사냥이나 모험을 하다 보면 비교적 올리기가 쉬운 편이다. 하지만 어느 누가 이런 상황에서까지 친밀도를 염두에 두면서 행동할 수 있겠는가.

보통 강력하기 짝이 없는 몬스터를 만나면 몸이 굳어 버리고 말도 제대로 못 하는데, 위드는 이때다 싶을 정도로 본능적으로 아부를 발동했다.

―이곳까지 와서 내가 생전에 완성하지 못했던 조각품을 훌륭한 솜씨로 마무리 지어 주어서 고맙다는 인사를 하고 싶다.

"정녕 저는 벨소스 대제께서 끓여 놓은 라면에 김치와 젓가락만… 아니, 형태와 비례미가 이미 갖춰진 조각품의 후반 작업만을 하였을 뿐입니다."

―겸손한 조각사여, 너는 자신의 실력을 너무 낮춰 보고 있구나.

"저의 조각술이 어찌 벨소스 대제께 비할 수나 있겠습니까. 요즘 베르사 대륙에서 제가 조각술로 굉장한 인정을 받고 있지만 그럼에도 벨소스 대제께서 만드신 조각품을 보면서 저절로 겸손해질 수밖에 없었나이다."

―앞으로 더 많이 발전할 수 있는 성품을 가지고 있도다.

"대제께 가르침을 받고 싶을 뿐입니다."

위드는 여러 가지 주제에 대해서 대화를 나누면서 아부를 할 수 있었다.

―나의 시험을 통과하였으니 너희에게 한 가지씩 선물을 주겠다. 가지고 싶은 것을 말하여라.

띠링!

조각품을 완성하고 벨소스 유적의 숨겨진 모험을 완료하였습니다.
불의 정령왕 벨소스로부터 선물을 받을 수 있습니다. 불의 정령 소환술, 화염 계열의 상급 마법, 보물 중에서 택할 수 있습니다.

"으음……."

위드의 얼굴에 깊은 고뇌가 차올랐다.

다른 동료들도 무사히 던전의 마지막까지 오고 위드가 조각품까지 만들어 내서 모험을 끝낸 혜택을 다 같이 받았다.

이것저것 따질 이유가 없는 로뮤나가 제일 먼저 선택했다.

"폐하, 저는 화염 계열의 상급 마법을 배우고 싶어요."

―너의 실력에 맞추어 원하는 것을 받을 것이다.

로뮤나의 몸이 로브를 입고 있는 채로 불길에 뒤덮였다.

화염 계열의 마법, 플레임 리버를 습득하였습니다.

"꺄아!"

로뮤나가 기쁨의 탄성을 질렀다.

화염의 강물을 흐르게 하여 적을 송두리째 몰살시킬 수 있는 광역 마법을 배운 것이다.

불의 상급 마법 중에는 '전소'처럼 마법력이 허용하는 한 적에게 소멸에 가까운 타격을 입히는 것도 있다. 하지만 플레임 리버는 던전에서는 그다지 쓸모 있는 마법이라 할 수 없었다.

그러나 평원처럼 확 트인 곳에서는 대량 살상을 할 수 있는 마법!

마법사들의 최대 장점이 파괴력과 위압감에 있는 만큼, 상급 마법을 입수한 것은 대단한 소득이었다.

"저희는 보물을 받고 싶습니다."

―이곳은 내가 인간이었을 때 모아 놓은 물건들이 남아 있는 장소. 정령이 된 지금은 더 이상 필요하지 않다. 각자 원하는 물품 중에서 하나씩을 택하도록 하라.

위드를 뺀 다른 동료들은 미리 눈여겨봐 두었던 보물들을 택했다.

보석 등이 탐나기는 하였지만, 이곳에 모여 있는 대부분의 아이템들이 유니크, 혹은 레전드급! 한때나마 중앙 대륙으로 영역을 넓혔던 왕국의 보물들이 모여 있다.

현재로써는 특별한 퀘스트나 이벤트를 완수하지 않고서는 비슷한 물품이나 옵션을 구할 수 없기에 각자 원하는 것들을 장만했다.

화령의 경우에는 가장 예쁘게 반짝거리는 루비 귀걸이를 선택했지만.

"저는……."

위드는 마지막 순간까지도 갈등했다.

벨소스 대제에 대해서 그래도 많이 알고 있었기에 더 선택하기가 어려웠다.

검은 뿔피리.

최고의 보물 중의 하나로 위드가 가지고 있는 트레세크의 뿔피리와도 비교가 불가능한 물건이었다.

'저걸 불면 정령들이 나타나 적들을 휩쓸어 버린다던데……'

전투에 동원되는 정령을 마나의 소비 없이 부를 수 있다.

진홍의날개 길드의 테로스가 탐내다가 저주를 받게 된 지옥의 불꽃 검도 엄청난 명검!

방패와 갑옷에 부딪치면 불길이 옮겨붙으면서 적을 태워 버린다고 한다.

방어가 불가능한 최고의 검 중 하나였다.

게다가 몬스터들이 모여 있으면 그 불이 다른 적들에게도 연속으로 옮겨붙으며 대량 살상도 가능했다.

누구나 열심히 사냥하지만 스킬이나 무기에 따라서 성과가 많이 달라지기도 한다. 지옥의 불꽃 검을 가지고 있다면 위드의 부족한 레벨을 올리기가 훨씬 편해지리라.

대장장이 스킬이나 불의 저항력도 제법 있었으니 검을 갖기만 한다면 쓸 수는 있을 것 같았다.

"그렇다면 제 선택은… 제가 바라는 건 벨소스 대제께서 가지고 계시던 보물이 아닙니다. 조각사로서 아가테의 수정을 받고 싶습니다. 크윽."

위드는 서러운 눈물이 흐르려고 하는 것을 참으면서 말했다.

결국 욕심이 악룡 케이베른을 이기지 못한 것이다.

—조각사여, 정 그대가 원한다면… 내가 모아 놓은 조각 재

료들은 다른 이에게는 필요하지 않을 것이다. 조각 재료들을 모두 가지도록 하여라.

"은혜에 감사드립니다."

아가테의 수정 외에도 쓸 만한 조각 재료들이 몇 가지 있긴 했지만, 크게 비싸거나 구하기 어려운 것들은 아니었다.

'기왕이면 비싼 걸로 선심을 쓸 것이지, 이놈의 팔자······.'

위드는 힘 빠진 걸음걸이로 가서 아가테의 수정을 입수했다.

불의 정령왕 벨소스의 선물을 받았습니다.

―조각사여.

"예, 벨소스 선배."

위드의 말이 짧아졌다.

받을 것 받고 난 이후에는 삭막해지는 인간관계!

―그대가 만들어 놓은 조각품을 보고 있으니 나 역시 다시 예술에 대한 갈증이 생겨나는 것 같다.

"근데요?"

이제 남은 건 유적을 나가는 것뿐이기에 위드는 퉁명스럽게 물었다. 물론 벨소스 왕이 기분 나쁘게 여기고 물리적인 위협을 가할 조짐이 약간이라도 보이면 금세 굽실거릴 테지만.

―그대의 조각품을 같이 만들어 보고 싶다.

띠링!

불의 정령왕 벨소스가 조각품을 함께 만들자는 제안을 했습니다.
벨소스가 인간계에서 머무를 수 있는 시간은 일주일이며, 왕의 유적지를 떠날 수 없습니다.

과거 조각 변신술을 가르쳐 주었던 다론과의 공동 작업처럼 조각품을 만들어 보자는 제안!

그때에는 위드의 수준이 많이 낮아서 일방적으로 배우는 입장에 가까웠다. 하지만 지금은 벨소스와 거의 동등한 입장에서 조각품을 탄생시킬 수 있게 되었다.

'일주일이라면 대형 조각품을 만들기도 무리이고, 아가테의 수정을 엮은 조각품 정도밖에는 만들지 못하겠군.'

그거라도 조각술 마스터가 같이 만든다면 높은 예술적 가치를 가진 작품이 완성되리라.

위드가 미심쩍은 목소리로 물었다.

"혹시 나중에 가서 소유권을 요구한다거나……."

─정령이 된 내게 무슨 욕심이 있겠는가.

"아시다시피 이쪽 업계 사정이 그리 넉넉하지 않기 때문에 따로 수고비를 드리지는 못합니다."

─받을 생각도 없다.

계약은 작업을 시작하기 전에 확실히 해 두어야 되었다.

"그렇다면 좋습니다!"

모라타로 돌아오는 서윤의 발걸음은 가볍기 그지없었다.

건축물, 조각품, 미술품, 공연, 요리!

만날 사람들이 없는 사냥터로만 피해 다니던 그녀가 북적거리는 도시에서 행복해했다.

그녀도 위드와 같이 모라타의 초창기 모습부터 지켜보았다.

위드가 지키고, 영주로서 키워 온 도시이기에 그녀도 많은 공헌을 했다. 모라타에 일찍 정착했고, 광전사로서 북부의 던전을 돌며 사냥하여 얻은 전리품을 이곳의 상점에 팔았다.

"죄송합니다만 이렇게 귀한 재료들은 아직 처분할 수가 없습니다, 손님. 제값을 받을 수 있는 남쪽의 왕국으로 가 보시는 편이 어떻겠습니까?"

"이곳에서 팔겠어요. 돈은 적게 주셔도 괜찮아요."

도시 모라타의 발전에 공헌하였습니다. 공헌도가 17 오릅니다.

그녀는 일찍부터 상점에 귀한 물건들을 처분하여 상업 발달에 도움을 줬다.

모라타에 온 고레벨 유저들이 착용하고 있는 장비들 중에는 그녀가 구해 온 것이 제법 많았다.

공원과 다리가 새로 개설될 때에는 막대한 기부금도 냈다.

북부의 유민들이 몰려오며 주택이 모자랄 때에는 건축 비용을 대신 내주기도 하였다.

그녀의 공적치는 32,000 정도로, 대단히 높은 수준이었다.

'언젠가 그와 같이 이곳을 돌아다니고 싶어.'

위드와 함께 모라타를 돌아다니며 데이트를 하고 싶은 기분이 들었다.

〈빛의 탑〉의 영향 때문인지 건축물들은 대낮일 때뿐 아니라 야경까지 고려해서 지어졌다.

밤에 맑은 물이 흐르는 다리 위에서, 불빛을 환히 밝히고 있는 건축물들을 구경한다. 그리고 저 멀리 있는 〈빛의 탑〉을 바라보면 연인 사이의 설레는 분위기의 완성이었다.

다리에서 그림처럼 아름답게 서 있는 서윤!

'난 별로 매력이 없나 봐.'

서윤은 남자들과 같이 걸어 다니는 여성 유저들을 보며 부러워했다.

만약에 그녀가 가면을 쓰지 않았더라면 사람들이 바글바글 몰려들었으리라.

사냥 떠나기 전에 얼음 미녀상을 보며 잘 풀리기를 기원하는 남성 유저는 너무나도 많았다. 얼음 미녀상 앞은 프레야 여신상 못지않게 인파가 들끓었다.

다른 조각품은 일절 안 보고 오직 얼음 미녀상만 보는 마니아층까지 생겨났다.

'예쁜 건 금방 질리거나 하잖아. 위드 님이 날 싫어하면 안 되는데……'

서윤은 어릴 때부터 원래 예뻤기 때문에, 자신의 미모가 어느 정도의 위력을 가졌는지에 대해서 잘 몰랐다.

학교에 가거나 길거리를 다니다 보면 남자나 여자나 할 것 없이 그녀의 얼굴을 쳐다본다. 하지만 정작 그녀에게 말을 붙여 보거나 친절을 베푸는 사람은 없었다.

서윤은 자신이 그저 사람들의 구경거리 정도밖에 안 된다고 생각했지만, 실상은 당연히 완전히 달랐다.

눈부신 미모 때문에 얼굴을 마주치는 순간 아무 생각도 안 난다.

감히 무슨 말을 붙여 볼 수 있겠는가.

그저 꿈에서라도 다시 볼 수 있으면 행복할 뿐.

서윤은 상점으로 가서 거래를 하고, 분수대 근처에 앉아서 사람들을 구경하기도 했다.

가까운 어디에서 공연이라도 열린 것인지, 감미로운 음악 소리가 바람을 타고 흘러왔다.

서윤은 가볍게 눈을 감았다.

서윤이 한동안 오지 않던 사이에 신들의 정원이 완성되면서, 유저들은 심할 정도로 많이 늘어나 있었다.

밤에도 도시가 관광객들로 북적이면서 불야성을 이룰 정도였다.

초보자들이 모여 살던 판잣집도, 여전히 개미굴 같은 모습이지만 그동안 집주인이 많이 바뀌었다.

모라타에 일찍 정착했던 초보 유저들은 이제 도시에서 제법 멀리까지 가서 모험도 하고, 짭짤한 보상이 있는 퀘스트도 완료하였다. 도시가 발전됨에 따라서 주력 소비 계층을 이루는 중산층이 대거 등장하게 된 것이다.

"레벨 180대의 던전으로 데려가 주실 파티 찾습니다. 어디서든 제 몫은 할 수 있는 검사입니다."

"사제가 자리 구해요. 아직 사제 구하지 못하신 분? 제 레벨은 230대인데요, 안 졸고 치료 열심히 할게요!"

"풀죽신교 원정 갑니다. 레벨 제한은 210 이상. 최대 300명까지 서쪽으로 갑니다. 모이세요!"

유저들의 수준이 올라가면서 소비 물품도 많아지고 고급화되었다.

그렇다고 중급 유저들에게 전망 좋은 산 중턱이나 강가에 아주 비싼 주택을 건축할 자금이 있는 건 아니었다. 집에 투자하기보다는 장비들을 계속 바꾸는 것이 우선이었으니까.

집값의 안정은 유저들에게 대단히 민감한 부분이었다.

모라타에서는 누구나 판잣집으로 내 집 마련을 쉽게 했기에, 그다음 집도 낮은 가격이 유지되지 않으면 사는 사람이 줄어들 것이다.

그렇다고 해서 모라타의 도시 경관을 해칠 정도의 허름한 집도 곤란했다.

건축가들조차 곤란해하던 이 주택문제는 새로운 직업 도예가의 등장으로 아주 쉽게 풀렸다.

도예가는 불과 흙을 다루며, 손재주가 훌륭하다. 그들은 사냥터가 아니라 강가에서 양질의 흙을 채취했다.

"빨리 작업장을 만들어야지!"

도예가들은 자신만의 작업장을 필요로 했다.

도시 밖에서는 불을 피워서 작업하기도 까다로웠고, 강가에는 몬스터들이 출몰할 수도 있기 때문이다.

위드야 몬스터가 나오면 이게 웬 간식거리냐 하고 잡아 버릴 테지만 막 직업을 도예가로 정한 유저들에게는 공포의 존재!

그들은 각자에게 주어진 능력을 십분 활용해서 집을 지었다.

순수하게 흙을 뭉치고 굳혀서 지은 천연 황토 흙집!

모라타의 강가와 호숫가에는 좋은 진흙이 많이 나오기에 건축 재료로는 그만이었다.

도예가들이 흙으로 지은 집은 모라타의 집주인 유저들 사이에 큰 화제가 되었다.

"이거 건축 비용이 얼마예요?"

"흙이랑 물만 있으면 되니까, 판잣집이랑 비슷한 돈밖에 안 들어요."

"아, 정말요? 완공까지는 며칠 정도 걸려요?"

"하루요."

"이야, 최고다! 저희 집도 지어 주시면 안 돼요? 수고비는 따로 드릴게요."

중급 유저들의 적극적인 호응 속에서 도예가들은 황토 흙집을 널리 보급했다.

초보 도예가에게는 처음부터 돈을 벌 수 있는 기회!

황토 흙집의 장점이라면, 자연적인 재료로 지어져서 그만의 운치가 있다는 것과, 특히 조금 번거롭기는 해도 나무를 때서 방을 데우는 구들장의 존재가 유저들 사이에서는 최고의 인기였다.

"캬아… 좋다."

"이쪽으로 와. 엄청 뜨끈뜨끈해."

추운 밤에도 뜨거운 아랫목에 등을 붙이고 있으면 정말 제대로 쉬는 기분이 들었다.

북부의 몬스터와 모험을 만끽할 수 있는 도시 모라타에서의 꿀맛 같은 휴식!

구들장에 누워 고구마, 생선을 구워 먹으면서 친구나 동료끼리 모여 있다 보면 탐험이나 사냥에 대한 이야기도 하며 친해질 수가 있었다.

꿀풀차라도 따끈하게 한 잔 타 먹으면 더 바랄 게 없었다.

판잣집에서 성장한 유저들은 레벨이 오르면서 너도나도 황토 흙집으로 이사 가는 붐이 일어났다.

판잣집이 언덕에 있다면, 강가에는 황토 단지가 조성되어 집 값을 저렴하게 유지하는 데 많은 역할을 하고 있었다.

흙집은 모라타의 도시 문화의 새로운 특색이 되기도 하였고, 도예가들이 일찍 자리를 잡는 계기도 되었다. 그들이 만든 그릇, 도자기가 황토 흙집과 절묘하게 잘 어울린다는 이유로 날개 돋친 듯 팔렸기 때문이다.

아르펜 왕국에서는 에르리얀들이 곳곳에 퍼져 일하기 시작하면서 광물이 평소보다 더 많이 채굴되었고, 곡물의 재배량이 늘었다. 커피와 멜론도 새로운 특산품으로 등록되었다.

무엇보다 커다란 변혁은, 성직 계열 직업의 대대적인 방문이었다.

대륙의 교단에서는 사제들과 성당 기사단을 대거 파견하여 신들의 정원에 와서 아르펜 국왕의 현명함을 칭찬하고 돌아갔다. 그것으로 국가 명성을 올리고 교단과의 우호적인 관계를 다질 수 있었다.

흰 사제복과, 신성한 은이 섞인 갑옷을 입고 있는 중앙 대륙의 유저들도 계속 찾아왔다. 사제와 성기사가 되어서 신들의 정원에 와 보지 않는다는 건 있을 수 없는 일이었다.

"가지고 있는 돈 얼마 있어?"

"3,400골드 정도. 왜?"

"여기에 기부하고 가자. 공헌도 올리기 좋대."

그들은 신들의 정원에 와서 자신들이 믿는 신을 위하여 상당한 액수를 기부하였다. 기부금이 모여 성당들이 건설되기 시작하면서 건축가들이 바빠졌다. 한적하던 신들의 정원 주변에 여전히 공사가 계속되는 이유였다.

신들의 정원을 찾아온 사람들이 예술 회관과 다른 예술품도 관람하고 돌아가면서, 아르펜 왕국의 문화가 크게 팽창했다.

> 아르펜 왕국의 문화가 널리 알려집니다.

상점에서 기념으로 예술품을 많이 구입해서 돌아가고, 그것들이 다른 도시와 왕국에서도 보이게 되면 문화 수치가 더 빨리 높아지게 된다.

국왕인 위드가 조각사라는 점도 영향을 미쳤다.

기사가 국왕이나 영주인 경우에는 병사들이 더 쉽게 충성을 바친다. 마찬가지로 명성이 높은 조각사가 국왕이기에 문화력의 확장 속도가 무시무시할 정도였다.

> 타레스의 성당이 완성되었습니다. 아르펜 왕국의 종교적인 영향력이 오릅니다.

> 아르펜 왕국의 국가 명성이 북부에서는 작은 산골 마을에까지 알려질 수준입니다.
> 중부와 동부에서도 상인들이 아르펜 왕국과 거래를 트고 싶어 합니다. 그들은 최고 품질의 농산물들을 수입하고 싶어 할 것입니다.

아르펜 왕국의 지역 정치력이 주변의 마을에 시시콜콜 참견할 수 있을 수준입니다.

영주들은 기뻐하지 않겠지만, 마을의 주민들은 오히려 아르펜 왕국의 참견을 반가워할 수 있습니다.

영주에 대한 충성심이 낮은 지역에 대한 반란 선동이 가능합니다. 내부 반란에 성공하면 그 지역은 아르펜 왕국에 귀속되겠지만, 그 대가로 국왕은 명예를 잃고 외교적인 관계가 악화될 것입니다.

위드는 땅을 넓히고 인구를 늘리기 위해 반란을 선동하는 쪽은 아니었다.

모라타의 확장이 끝나더라도 북부 최고의 도시로는 남게 되리라.

지금은 초보 대장장이, 재봉사라고 해도, 그들이 성장하고 나서 만들어 낸 물품들은 상인들의 교역망을 통해 퍼져 나가게 된다.

모험가들이 다른 곳의 던전을 돌아다니면서 캐낸 진귀한 물품들도 모이고, 전사들이 사냥으로 획득한 전리품까지 거래되고 있었기 때문에 도시의 발전 가능성은 무궁무진했다.

게시판에 모라타의 기적이라는 말이 괜히 있는 게 아니다. 초보 유저들은 일단 무조건 모라타에서 시작해야 한다는 말까지 나올 정도였다.

아르펜 왕국의 국가 명성과 지역 정치력은 나날이 높은 수준으로 치솟았고, 북부의 다른 영주들은 그 발전 속도를 따라잡지 못했다.

"사람이 온다!"

"야, 얼른 가서 도와줘!"

북부의 영주들은 모라타로 가는 유민들을 발견하면 집을 마련해 주고 상점도 내주었다.

길드원들이 잡초를 뽑고 돌을 골라서 농지를 넓혀 놓고 정착을 시켰다.

"영주님, 고맙습니다."

"뭘요. 어떤 불편함이라도 있으면 아무 때나 저에게 말씀하세요."

영지민들의 아이가 태어나면 다 함께 기뻐하기도 하였다.

주민이 3명, 4명씩이라도 늘어나다 보면 언젠가 그들의 마을도 커지지 않겠는가.

위드는 모라타가 완전히 열악하던 시기부터 발전을 시켰으니 그들도 가능하리라 믿었다.

"죄송합니다, 영주님. 이 은혜는 잊지 않겠습니다. 애들아, 가자."

하지만 영지민들의 선택은 야반도주!

모라타의 발전된 기술과 거대한 경제 규모, 놀라운 문화와 명성이 알려지면서 밤에 짐을 싸서 떠나 버렸다.

손수레에 그동안 퍼 준 물건들까지 가득 실어 떠나 버리는 잔인함!

북부에서 사냥과 모험을 하는 유저들이 많아지면서 영주들이 다스리는 마을의 방문자도 늘어났다. 그들이 희망이 될 것 같았지만, 큰 이득은 없었다.

"이쪽 부근에서 아침부터 저녁까지 사냥하고 모라타로 돌아갈 수 있을까?"

"빨리 서두르면 시간은 될 것 같아."

"밤에 〈빛의 탑〉 근처에서 저녁 약속 있는데… 어서 사냥하러 가자."

"응!"

던전과 사냥터를 개발해 놓아도 유저들은 모라타로 돌아가 버렸다.

마을의 인구가 힘겹게 100명씩 늘어 가고 있을 때, 모라타에서는 2만, 3만 명씩 마구 증가하였다.

"커흐흐흑!"

광산도 개발하고 농사도 지어 모라타와의 상업 거래를 통해서 미약하나마 사정이 나아지고 있었지만, 조각품과 지원 시설을 따라잡기가 도저히 불가능했다.

"길드 자금을 탈탈 털어서 용병 길드를 마련해 놨으니 모험가들이 좋아할 거야. 하하핫!"

건물들을 세워 놓으면 무엇하겠는가.

모라타에는 말로만 듣던, 방송에서도 보기가 어렵던 위대한 건축물들이 마구 지어졌다.

그 탓(?)에 북부 영주들의 마음고생은 이루 말할 수 없을 정도였다.

"도대체 모라타의 맥주는 왜 이렇게 맛있는 거야."

제2차 북부동맹군을 결성하여 전쟁을 선포할 수도 없었다. 모라타의 주민들과 유저들이 수십 배는 늘어나고 수준도 높아져서 범접하기도 어려워졌다.

다른 영주들의 반응도 부정적이었다.

"전쟁요? 아, 못 들은 걸로 할 테니 저희는 빼 주세요."

"승산도 없는데 왜 싸워요. 전쟁 배상금도 안 받고, 오히려 영주 위드는 우리에게도 살길을 열어 주었는데요. 양심이 있어야지."

"모라타에 전쟁 선언하고 버틸 자신 있으세요?"

북부 영주들 중에서도 모라타와의 교역 관계가 커지면서 전쟁을 원하지 않는 이들이 늘어났다. 광산을 적극적으로 개발한 몇몇 대영주들은 그나마 수출로 먹고사는 것이다.

모라타와 전쟁이 시작되면 그 여파는 수출의 전면 중단으로 이어질 것이고, 아울러 위드를 따르는 북부 유저 전체와 싸워야 할지도 모른다.

공성전이 한 번으로 끝나면 좋겠지만, 그게 아니라면 유저들에 의하여 버림받은 땅이 되어 버리는 것이다. 사냥 파티의 방문은 물론이고, 그나마 있던 유저들도 떠나 버릴 판이다.

중앙 대륙에서야 명문 길드들의 힘과 군사력이 강력하기에 일반 유저들을 억지로 찍어 누를 수 있지만 북부에서는 상황이 완전히 달랐다.

모라타의 낮은 세율과 환상적인 환경으로 인하여, 사실상 솟아오르는 밝은 미래가 보장된 아르펜 왕국만을 쳐다보고 있을 수밖에 없었다.

그러던 차에 역사에 남을 대공사를 통하여 신들의 정원까지 환상적으로 완공되고, 대거 인기몰이를 해 버렸다.

영주의 노력이 부족하거나 척박한 지역에 위치하여 인구가 많지 않고 기술 수준이 낮으며 충성심이 낮은 마을들이, 드디어 들고일어났다.

아르망 마을의 얼마 안 되는 주민들이 아르펜 왕국에 영구히 종속되기를 원합니다. 모라타의 번성하는 문화가 주민들의 마음을 확실하게 붙잡았습니다. 주민들은 그들의 영주에 대한 기대를 버리고, 아르펜 왕국의 일부가 되기를 원합니다.
특산품: 없음
인구: 4,329
매달 세금 수입: 7,989골드

에퀴녹 마을의 얼마 안 되는 주민들이 아르펜 왕국에 영구히 종속되기를 원합니다. 모라타의 경제력과 인구는 그들에게 너무나도 부러운 것입니다. 영주의 노력이 나쁘지는 않지만, 에퀴녹 마을의 어린아이들에게는 희망이 없습니다. 그들은 아르펜 왕국에 속하는 쪽을 택했습니다.
특산품: 없음
인구: 5,828
매달 세금 수입: 4,124골드

문화의 힘!

아르망, 에퀴녹, 요안나, 유셀린 마을 등 여덟 곳의 마을 주민이 아르펜 왕국의 일부가 되기를 원했다. 자발적으로 위드의 통치를 받아들이고자 결정한 것이다.

영주가 존재하지 않는 매우 작은 마을도 있었지만, 유저들과 길드들이 다스리는 마을이 여섯 곳이나 됐다.

"아… 미치겠네. 이걸 어떻게 하지."

영주들은 골치 아픈 상황에 직면했다.

병사들을 동원하여 주민들을 강제로 진압할 수는 있었다. 하지만 그러다 보면 주민들의 충성도가 더 하락하고 생산이 이루어지지 않으며 결국 인구는 더 많이 줄어드는 부작용을 감당해야 된다.

덤으로 영주는 엄청난 악명까지 얻게 되는 것이다.

"어차피 이대로 있어도 모라타의 발전 속도를 따라가는 건 불가능한데……."

인구가 1만도 안 되는 작은 마을들이, 수백만 이상으로 커진 아르펜 왕국을 감당할 수는 없었다.

벌써 상황이 크게 악화된 마을들 중에는 영주들이 초반에 어설프게 착취를 시도하면서 통치에 실패한 곳도 있었다. 무리한 군비 확장이나 몬스터의 습격으로 사태가 악화된 경우였다.

북부에 유저들이 많아지면서 그들에게도 분명히 기회는 있었다.

하지만 초기에 대규모 자금을 투자하지 않고, 인부들을 고용하여 광산 개발, 농지 개발 등에 힘쓰지도 않았다. 그저 모라타의 옆에 붙어 있으면 알아서 떡고물이 떨어질 거라 기대한 곳들은 오히려 시골 마을 신세를 벗어나지 못했다.

주민들의 시위를 보며 영주들은 어려운 판단을 해야 했다.

"어떻게 해야 좋을까요?"

"길드장님, 지금이야 어떻게든 주민들을 억누를 수 있겠지만 문화적인 수준, 기술적인 역량, 군사력의 격차, 어느 모로 보아도 장기적인 관점에서 독자 생존은 힘들 것 같습니다."

"아르펜 왕국에 아예 종속되면 어떻겠습니까?"

"영주로서 정치적인 권한은 잃어버리겠지만, 투자한 자금은 지킬 수 있지 않을까요."

"여러 가지 기회도 얻을 수 있고, 유저들도 많아질 거라 생각

됩니다."

위드가 다스린다면 그들의 마을도 급속도로 발전할 수 있을 것이다. 아르펜 왕국의 기술력과 인구, 교역, 국가 명성, 특산 품 등이 공유된다면 수십 배나 유리한 환경에 놓이게 되는 것 이다.

"그렇지만 그래도 영주라는 자리는 지역에서 절대적인 것인 데. 손에 쥐고 있다가 나중에 상황이 바뀌어서 발전되기라도 한다면……."

영주들은 자리를 내놓는 게 썩 내키지는 않았다. 자존심과 권력에 대한 애착 때문이었다.

그런데 길드에 속해 있는 상인들이 말했다.

"아르펜 왕국의 초창기에 결정해야 됩니다. 자칫 기회를 놓 치면 상황은 점점 더 악화되고 아예 마을을 내놓을 기회 자체 가 사라지게 될 수도 있습니다."

"길드장님, 모라타의 발전 속도를 보셨잖습니까. 바르고 성 채는 또 어떻습니까? 우리 길드원의 평균 레벨보다도 훨씬 높 은 이들이 거기서 사냥하고 있습니다. 아르펜 왕국의 군대도 빠르게 커지고 있죠."

"우리가 왜 중앙 대륙에서 쫓겨났습니까. 솔직히 힘이 부족 했기 때문 아닙니까? 위드가 북부에서 전쟁을 일으키지 않겠 다고 했기 때문에 버틸 수야 있겠지만, 어쩌면 그에게 우리 마 을은 존재감도 없을 겁니다."

"지금보다 더 늦어지면 다른 마을들이 먼저 아르펜 왕국에 붙어 버릴 겁니다."

"나중에는 우리 마을이 소속되더라도 환영을 못 받습니다. 다른 마을들과의 경제적인 격차도 커져 있을 것이고요. 북부의 유저들에 대해서도 크게 기대하면 안 됩니다. 그들은 모라타를 나오면 멀리 모험을 떠나고 말지 아르펜 왕국과 가까운 어중간한 거리에 있는 우리 마을에 집을 구해 살지는 않을 겁니다. 발전 가능성이 정말 약할 수밖에 없단 말입니다. 그렇다고 자체적으로 발전하기도 쉬운 것이 아니고요."

상인들이 가장 적극적으로 아르펜 복속을 외치며 설득에 나섰다.

아르펜 왕국과의 통합이 이루어진다면 그들은 교역과 세금에 있어서 큰 혜택을 받게 된다. 실제로 사람이 많은 광장과 교역소를 자주 출입하면서 지켜보니, 아르펜 왕국과 경쟁한다는 것은 도저히 무리다.

북부의 영주들 여럿이 모여서 국가를 창설하고 교역권을 형성한다면 또 모르겠지만, 그것도 주도권 다툼이나 몇 가지 고려를 하다 보면 달성하기 쉬운 목표가 아니었다.

전사 계열의 유저들은 오히려 말이 없었다.

마을을 발전시키는 쪽에 대해서는 그들의 전문 분야가 아니었고, 또 아르펜 왕국에 속하더라도 이득이 되면 되었지 잃을 건 없었기 때문이다.

그들도 이미 직업 스킬이나 모험, 사냥 퀘스트를 받을 때에는 모라타로 가서 필요한 일들을 처리한다.

영주의 권력이 사라지게 되겠지만, 대신 마을이 발전할 수 있다면 그동안 투자한 자금이며 건물은 건질 수 있지 않겠는

가. 길드는 그대로 아르펜 왕국에서 활동하면 된다.

전체의 뜻이 아르펜 왕국에 속하는 쪽으로 흐르다 보니 결국 영주도 아깝지만 지위를 포기하는 수밖에 없었다.

"여러분의 의견은 잘 알았습니다. 그렇다면 주민들의 뜻을 받아들이기로 합시다."

발전도는 낮지만, 영토로만 놓고 보면 크고 작은 8개의 마을이 아르펜 왕국으로의 합류를 결정했다.

조각 생명체들의 활약

위드는 악룡 케이베른의 레어로 걸어서 이동했다.

토르 왕국까지는 와삼이를 타고 왔지만 죽어도 혼자 죽기 위하여 케이베른을 만나는 자리까지 걸어가는 것이다.

"아이고, 내 팔자야……."

얼마 전에 보물을 바치기 위한 운송단의 드워프들이 다녀오는 것을 선술집에서 맥주에 땅콩을 먹으며 기다렸는데 이번에는 직접 가야 되다니.

"진짜 신비할 정도로 고생을 찾아서 하는구나."

위드는 한숨을 푹푹 쉬었다.

인생이란 왜 이다지도 고난의 연속인지 모를 일이었다.

"이럴 때 눈먼 돈이나 좀 떨어지면 기운이 날 텐데."

위드는 구시렁대면서 레어를 향하여 올라갔다.

아르펜 왕국의 영토가 넓어지고 소속된 마을이 많아졌다는 좋은 소식을 듣기는 했다.

사실 인구도 적고 교역품의 생산량도 약소한 마을들이라서 당장은 국왕으로서 기뻐할 만한 대사건까지는 아니었다. 하지만 벌써 통합된 마을은 유저들로 붐비고 있다고 한다.

아르펜 왕국에 속한 것만으로도 향후 발전 가능성을 보고 상인들이 투자하고 있으며, 좋은 장소에 집도 지어지고 있었다.

위드를 따라서 다른 영주들도 판자촌을 형성해 놓았었는데 지금까지 치안만 악화시키고 들어가서 사는 사람이 없었다. 며칠 전부터 그 판자촌의 집들에도 유저들이 들어가는 변화가 생겼다.

농부들도 가서 땅을 개간하고, 광부들은 광산을 찾아서 헤매고 다닌다.

각 마을로 유지되고 있던 시기에는 그곳의 퀘스트나 사냥이 그리 매력적이지 않았다. 마을을 떠나 버리면 쌓아 올린 친밀도나 공적치가 사라지기 때문이다.

하지만 아르펜 왕국의 영토가 되고 난 이후부터는 전사들이 떼거리로 방문하여 몬스터 사냥을 하고 던전을 발굴했다. 이제부터는 아르펜 왕국의 공적치를 얻을 수 있으니까.

다른 마을들이 성장하는 저력에는 모라타가 있었기 때문에 당장 이득은 없더라도 향후 잠재력을 기대해 볼 수 있었다.

신들의 정원을 짓고 나서 바닥까지 드러냈던 왕국의 재정이 다시 차오르면서, 새로 받아들인 마을의 시설에 투자도 이루어졌다.

광장과 시장이 개설되고 필요한 건물들이 지어졌다.

아르펜 왕국의 수도인 모라타와는 도로 공사가 시작되었는데, 개통되고 나면 마을 간의 교역이 확대되는 것은 물론이고 문화의 확장과 치안 안정에 도움이 될 것이다.

자연스럽게 유저들도 더 많이 찾아가게 되어 개발이 이루어지리라.

모라타는 급속도로 성장하였음에도 지금까지 긴 시간이 걸렸지만, 새로 왕국에 속하게 된 마을들은 초기에 걸리는 시간이 많이 단축될 것이다.

크르르…….

캬웅!

이런저런 생각을 하면서 드래곤의 레어로 가는 길은 몬스터들 천지였다.

그들이 신경전이라도 펼치듯이 사납게 으르렁거렸다.

위드라고 해도 위협을 느낄 만큼 레벨이 높은 몬스터들이 근처까지 와서 누런 침을 뚝뚝 흘렸다.

용아병들과 같이 악룡 케이베른의 영역으로 들어와서 레어로 향하고 있기 때문에 몬스터들로부터 공격을 받지는 않았다.

그다지 반갑지는 않지만 악룡의 부름을 받은 상태!

'드래곤 같은 건 진짜 신의 저주나 다름이 없지. 냄비에 넣어서 약간 삶은 다음에 소금을 뿌려서 먹어 버려야 하는데.'

이런 생각과 동시에 마침내 레어의 입구에 도착했다.

드래곤 케이베른의 부하인 용아병의 지휘 권한을 상실합니다.

용아병들은 흩어져서 입구를 지키는 역할로 돌아갔다.

위드는 혼자서 큼지막한 레어로 들어갔다.

레어에는 진귀한 마법 서적들과, 명장이 만들어 낸 장비와 보물들이 쓰레기 더미처럼 아무렇게나 흩어져 있었다. 토르 왕국의 드워프들이 매년 심혈을 기울여서 바친 공물들이 쌓이고 쌓인 것이다.

그리고 똬리를 틀고 누워 있는 블랙 드래곤!

케이베른과 마주 보게 됨에 따라 공포 상태에 빠져듭니다. 모든 신체적인 능력이 저하됩니다.

위드는 곧바로 무릎을 꿇었다.

"편안히 쉬고 계셨는지요. 미천한 조각사 위드, 케이베른 님께서 원하셨던 조각품을 가지고 왔사옵니다."

구차하게 얼마나 고생을 했는지를 장황하게 늘어놓지는 않았다.

친해져서는 안 되는 존재!

친밀도를 높여 봐야 그다지 의미가 없으니 물건만 빨리 주고 떠나고 싶을 뿐이었다.

악룡 케이베른의 시커먼 머리가 가까이 다가왔다. 드래곤이 내뿜는 독한 입 냄새가 밀려들었다.

—조각품은?

"여기 있습니다."

위드는 배낭에서 〈눈부신 케이베른 조각상〉을 꺼냈다.

아가테의 수정!

은하수처럼 수없이 많은 별들이 반짝이는 결정체를 세밀하게 가공하여 만든 조각품이었다. 크고 작은 보석 같은 수정들을 정교하게 깎고 은실로 수천 개를 방울방울 엮어서 드래곤의 형상으로 표현했다.

위드는 벨소스 왕과 같이 조각품을 만들던 기억이 잠시 떠올랐다.

벨소스 왕은 이 작품에 대한 설명을 듣자마자 흥분했다.

―정말 창조적인 조각품이 되겠군.

"왕께서 보시기에도 괜찮겠습니까?"

―훌륭해. 하나로는 표현이 어려운 작은 수정들을 연결하여 조각품을 이루겠다니.

보석 조각품! 〈눈부신 케이베른 조각상〉

위대한 경지에 마지막 한 걸음을 남겨 놓고 있는 조각사, 그리고 전설이 된 조각사가 함께 만든 조각품이다. 별빛을 담은 아가테의 수정으로, 이보다 더 영롱하며 신비로운 보물은 존재하지 않으리라.

예술적 가치: 12,843

옵션: 지나친 아름다움으로 인한 불운, 도적 떼를 만나게 될 확률이 4배로 증가한다. 기품 +89. 매력 +145. 값을 따질 수 없다. 다른 조각품과 중복으로 적용되지 않는다.

지금까지 완성한 보석 조각품의 숫자: 1

아가테의 수정이 가장 아름답게 빛날 수 있도록 표면을 세공했다.

위드와 벨소스 왕은 작은 수정을 깎아 내고 구슬 꿰기를 하여, 케이베른에게 바칠 조각품을 멋지게 완성해 낸 것이다.

"아⋯⋯."

위드의 손에서 아가테의 수정으로 만든 조각품이 은은하게 빛을 냈다.

드래곤의 머리에서부터 꼬리까지, 수정들 하나하나가 모여 완전한 조각품을 이루고 있었다.

약간의 햇빛이 조각품을 머리에서부터 훑고 지나가면 아가테의 수정들이 그 빛을 받아서 차례대로 빛났다.

정말 이보다 더 아름답거나 화려할 수는 없는 작품이다.

―놔두고 가라.

케이베른은 입을 크게 벌리더니 하품을 하고 눈을 감았다. 그래도 약간의 기대는 했는데 정말 아무 보상도 없이 뻔뻔하게 입을 다문 것이다.

띠링!

드래곤이 원하는 보물 퀘스트 완료

악룡 케이베른이 원하는 물건을 정해진 날짜 안에 구해 왔다. 조각품에 대한 흥미를 거둔 드래곤은 당분간 더 좋은 재료나 보물에 대한 이야기를 듣지 않는 한 당신을 괴롭히지 않을 것이다. 달리 얻은 것이 없더라도 케이베른과 만나서 살아남은 것만으로도 큰 행운이자 영광이라고 할 수 있으리라.

퀘스트의 성공!

'이, 이런 썩을 드래곤⋯⋯.'

위드는 웬만해서는 눈물을 흘리지 않으려고 했다. 그렇지만 지금은 설움과 안타까움에 북받쳐서 눈가가 촉촉하게 젖고 있었다.

슬픈 영화를 봐도 나오지 않던 눈물이 왈칵 쏟아지려 했다.

"제 정성을 바, 받아 주셔서 감사합니다, 케이베른 님."

위드는 인사를 하고 레어를 나왔다.

꙼꙼

"아, 휴가 가고 싶다."

오늘은 오전 일찍 방송국에 출근하는 날이다.

신혜민은 그녀가 진행하는 〈베르사 대륙 이야기〉에서 유명인 7명을 데리고 1, 2부의 방송을 하기로 예정되어 있었다.

대본도 미리 확인하고, 밀린 서류 정리도 해야 되어서 할 일이 쌓여 있었다.

"이럴 땐 다 때려치우고 정말 모험이나 하고 싶다니까."

신혜민은 만약 사표를 썼을 때의 퇴직금이 얼마나 될지를 계산해 보고 나서 고개를 저었다.

1~2년 정도 외국 여행도 다녀오고 재충전을 위한 휴직을 하는 건 직장인의 꿈이지만, 현실에서 실행하기에는 무리였다.

"오주완 씨, 오늘은 소개해 드릴 소식이 정말 많은데요, 밤에는 잘 주무셨어요? 눈 밑이 어두운 것이, 밤을 꼬박 새우신 것 같은데요."

"이런. 어제 베아스토 마을에 몬스터가 쳐들어왔는데 어느 여행자에 의해 격퇴되었다는 소문을 혜민 씨만 못 들으신 것 같네요."

"어머, 그런 일이 있었나요? 아마 시청자분들도 궁금해하지 않으실 거라고 여기고 넘어갈게요. 오늘도 중요한 소식을 전해 드려야죠."

신혜민과 오주완은 대본을 참고하며 방송을 진행해 나갔다.

"벌써 알고 계신 분들도 많을 텐데요, 흑기사 바드레이가 열다섯 번째 퀘스트를 완료했습니다."

"정말 대단했죠. 바드레이가 키운 기사단과 보병대가 불리하던 전황을 멋지게 뒤집어 버리는 모습은요."

"오늘은 전달해 드려야 되는 사건들이 많아서 잠시 후에 중요한 부분의 영상을 보여 드리겠습니다. 전사 파이톤도 대활약을 하고 있다면서요?"

"황야의 늑대라는 별명이 딱 어울릴 정도인데요, 어디에 이런 전사가 숨어 있었는지 모르겠습니다. 거침없이 대검을 휘두르는 모습으로 인기를 끌고 있습니다."

직업 마스터 퀘스트에 도전하는 유저들의 소식이 프로그램의 첫 부분이었다.

아직 마스터 퀘스트를 완수한 사람이 없기에, 누가 먼저 그 영광과 보상을 가져가게 될지가 초미의 관심사가 되고 있었다.

그 외에 모험을 성공하거나 던전의 보물 발굴, 난이도가 높지 않더라도 보상이 후한 편이라서 많은 유저들이 도전할 만한 퀘스트도 소개를 해 주어야 한다.

뉴스 프로그램들은 각 방송국을 대표하는 역할을 하기 때문에 가능한 한 알찬 내용들을 담고 있어야 했다. 베르사 대륙이 혼란스러울수록 중요한 정보들을 유저들에게 전달하며 시청률을 올리는 것이다.

1부는 바드레이를 화제의 중심으로 진행하고 나서, 2부는 다른 사람의 모험에 대해서도 알렸다.

토르 왕국의 드워프 주민들이 맥주를 마시며 시끌벅적하게 떠들었다.

"방송에서 그러는데 위드가 악룡 케이베른을 만나고도 무사했다며?"

"정말?"

"응. 레어 부근에 있는 주민들이, 대단한 예술가가 케이베른을 만나고 나서 무사히 돌아갔다고 떠들고 있대."

"음, 그의 조각술 실력이 대단히 뛰어난 모양이야."

"커헉, 케이베른을 만났다고?"

드워프 유저들은 깜짝 놀랐다.

최근에 중앙 대륙의 유저들 사이에 위드에 대한 관심도는 다시 크게 높아져 있었다.

바드레이에게 패배했을 때는 아무래도 결정타였다.

하지만 아르펜 왕국의 국왕 자리에 오르고 신들의 정원을 조성하여 엄청난 여파를 몰고 오기도 했다. 국왕으로서 영토를 넓히고 퀘스트도 치러 내면서 믿음을 되찾았다.

그렇지만 그게 전부라고는 할 수 없었다.

〈마법의 대륙〉에서부터 위드를 지켜봤던 유저들은, 그리고

〈로열 로드〉에서의 팬들은 무언가를 더 제대로 터트릴 것만 같은 분위기를 느끼고 있었다.

위드가 처음부터 압도적으로 강하거나 대단한 전력을 발휘했던 건 아니다. 잠잠하다가 크게 한 번씩 터트려 주며 흥분할 수밖에 없게 만드는 기대감을 주곤 했던 것이다.

"캬아! 위드가 드래곤을 만나고도 살아남다니……."

"전에 나왔던 용아병이 케이베른 것이었던 모양이더라고."

"아, 정말 궁금하다. 그거 방송 일정 잡혔어?"

"아니. 아직 몰라."

"정말 다른 건 다 제쳐 두고, 진짜 용감하네."

위드도 드워프들이 떠들고 있는 아이언해머의 선술집에 앉아 있었다.

중급 이상의 대장장이에게 지급되는 공짜 맥주를 마실 수 있기에, 와삼이를 타고 가야 하는 장거리 비행에 앞서 잠시 들른 것이다.

'케이베른의 퀘스트를 성공한 것이 알려진 모양이로군.'

위드는 시원한 맥주로 목을 축였다.

〈로열 로드〉의 여행자들은 대단히 많았지만, 랭커나 유명한 모험가들에게는 관심이 많아서 그들이 한 일은 금방 알려졌다.

드워프들은 대단한 사건이라면서 엄지손가락을 추켜올렸지만, 사실은 얻은 것도 없이 끝난 퀘스트!

'아무튼 이제 홀가분해질 수 있겠군.'

현재 위드의 조각술 숙련도는 고급 9레벨 49.2%.

대략 50% 정도의 숙련도만 더 올리면 스킬을 완벽하게 마스터하게 된다.

'크으으, 조각술을 올리기 위한 투자가 너무 컸어.'

아르펜 왕국의 국력까지 기울였다.

직업의 완전한 마스터의 단계에 오르기 위해서 막대한 노력을 필요로 한 것.

다행히 성공하고 나름 신들의 정원이라는 결과물을 얻었기에 한숨 돌릴 수 있는 처지였다.

'퀘스트의 나머지를 진행하면서 얻는 조각술 숙련도도 있을 테고. 모자라면 더 만들면 되겠지.'

위드에게는 조각술의 다섯 가지 비기까지 있으니 사실상 퀘스트와 모험에 본격적으로 사용한다면 그때부터가 진짜라고 할 수 있다.

드래곤의 검 레드 스타도, 위험 요소는 컸지만 다룰 수 있음으로 인해서 발휘할 수 있는 전투력 자체도 종전과 비교할 바가 아니었다.

일대일의 전투보다는 큰 세력전에 더 유리하게 발휘될 수 있는 능력!

"망할 놈. 뻔뻔한 놈. 껍질을 홀딱 벗겨 구워 먹어야 되는데."

위드는 토르 왕국을 떠나기 전에 케이베른에 대한 욕을 실컷 했다.

"아시겠지만 케이베른의 퀘스트는 무사히 끝났습니다."

달빛 조각사

퀘스트를 마치고 나서 위드는 페일을 포함한 다른 동료들과 다시 만났다.

일행은 혹시라도 무언가 보상으로 받은 것이 없을지 그래도 기대하고 있었지만, 위드의 표정을 보고는 아무것도 없다는 것을 알았다.

숨김없이 아쉽고, 억울하며, 케이베른에 대한 얄미움이 가득 찬 표정!

'웃을 때도 무언가 이상했는데…….'

'볼이 부푸니까 진짜 인상 안 좋다.'

그럼에도 벨소스 왕의 유적에서 다들 하나씩을 챙기기도 해서 홀가분한 얼굴이었다. 위드만 아가테의 수정까지 몽땅 강탈당했으니 피해가 컸다.

화령이 다정하게 물었다.

"그럼 위드 님은 이제 뭘 하실 거예요?"

"저는 다시 직업 마스터 퀘스트를 진행해야죠. 하르셀로 갈 겁니다."

빙룡, 와이번, 금인이, 누렁이, 불사조, 황금새, 은새 외에도 지골라스에서 얻은 조각 생명체들을 총동원하고, 대재앙의 자연 조각술까지 쓸 생각이었다.

위드는 전투에 대해 모르는 순수한 조각사가 아니다.

갑옷도 새로 제작했고, 광휘의 검술을 비롯한 검술의 비기의 스킬 숙련도도 유용하게 활용할 수 있을 정도로 높여 놓았다.

게다가 조각품에 생명 부여도 상당히 일찍 터득한 직업의 비기였다. 조각 생명체들이 이제 나이도 먹으며 강해지기도 해서, 나머지 퀘스트는 오히려 지금보다 쉬울 수도 있다.

라체부르그를 찾아내는 탐험에, 오크와 엘프 등과 엮이지만 않는다면.

화령이 대뜸 말했다.

"저도 같이 갈게요."

위드가 무어라 하기도 전에 페일이 웃으면서 말했다.

"저희끼리 벌써 이야기를 다 끝내 났습니다. 위드 님의 퀘스트에 계속 끼어서 도울 수 있는 부분이 있으면 돕겠다고요."

위드가 헤르메스 길드에 의해 박해를 받고 또 고생하는 부분을, 동료로서 지켜볼 수만은 없었다. 조각술 마스터를 도와서 같이해 주기로 한 것이다.

동료들의 끈끈한 정!

위드는 평소에 동료들에게 잘 익힌 고기 한 점 덜 구워 줬던 게 미안했다.

"여러분, 이렇게 절 감동을……."

수르카가 귀엽게 웃었다.

"그러실 필요 없어요. 어차피 나중에 우리도 직업 마스터 퀘스트를 하게 될 테고, 그때 위드 님도 도와주시면 되니까요!"

"마스터 퀘스트요?"

위드는 갑자기 사양하고 싶은 기분이 들었다.

여태까지 조각술 마스터 퀘스트를 진행하는 것도 복잡하고 어려웠는데 동료들의 직업 퀘스트까지 다 해야 하다니!

권사에 궁수, 레인저, 댄서, 바드, 마법사, 성직자, 낚시꾼까지 있다.

"아무래도 번거로울 것 같으니 저 혼자 가는 편이……."

"먼 거리니까 바로 출발해야겠죠? 와삼아, 이리 온!"

화령이 부르자 냉큼 바닥에 배를 깔고 눕는 와삼이!

항상 양념 된 말고기를 간식거리로 주거나 해서 위드 못지않게 이들 일행이라면 아무나 잘 따르는 편이었다.

"와일아!"

"와둘아!"

이어서 내려앉은 와이번들에 동료들이 계속 올라탔다.

공중에는 빙룡과 불사조도 대기하고 있었으며, 빛의 날개를 펼친 누렁이의 등에는 금인이까지 타고 있었다.

지골라스에서 생명을 부여했던 생명체들은 조금 더 일찍 출발하여 하르셀에서 합류하기로 했다.

슬레이언 부족!

험준한 높은 산들이 겹겹이 자리 잡고 있는 하르셀 산악 지역을 장악하고 있는 전사 부족.

이들을 해치우고 나면 조각 생명체 종족을 구출할 수 있다.

위드는 마음이 급했다.

"불쌍한 녀석들. 고생을 많이 하고 있을 텐데, 정의를 바로 세우기 위해서라도 어서 구해 줘야지."

아르펜 왕국에 먼저 데려온 에르리얀들로 인하여 수확량 등이 믿기지 않을 정도로 크게 늘었다.

5미터짜리 딸기에, 8미터짜리 수박!

꿀을 바른 것처럼 당도가 높고 크기도 커서 화젯거리였다.

지역 명성을 늘리는 데에도 도움이 되어, 장기적으로 특산품으로 등록되는 것을 기대할 수 있었다. 여러 마을을 받아들이면서 확보한 토지에 농사를 짓는다면 그 수익률이 상당히 높을 것이다.

"아르닌이라고 했지? 기다리고 있어라. 제대로 부려 먹어 줘야겠어."

슬레이언 부족에 의하여 갇혀 있는 아르닌 종족의 더 큰 위기일 수도!

위드는 하르셀 산악 지역에 도착하여 간단한 계획을 짰다.

"외곽에서부터 천천히 치고 올라가는 방식을 취해야 하겠습니다."

산악 지역 전체가 놈들의 소굴이라면 이를 피하지 않고 당당히 맞서기로 한 것이다.

제피가 얼굴을 찡그리며 우려를 담아 말했다.

"너무 단순한 계획이 아닐까요?"

"계획은 단순할수록 좋은 거니까 괜찮아."

"……."

슬레이언 부족이 대단한 전사들로 알려져 있기는 했다.

그러나 사실 빙룡이나 불사조의 공격력, 거기에 다른 조각 생명체들의 능력까지 감안한다면 산에서 싸운다는 불리함 정도는 그리 문제 될 게 없다. 오히려 놈들의 본거지로 잠입하는 게 불가능했다.

9개의 커다란 머리로 여기저기를 기웃거리는 킹 히드라에, 멀리서도 명확히 보이는 불사조, 불의 거인 등!

전투력은 강해도 은밀하게 움직이는 쪽과는 도무지 거리가 멀었다.

"조각 생명체들을 데리고 싸우라는 퀘스트라면, 제대로 한바탕해 줘야지. 몽땅 구해서 부려 먹어 주겠어."

위드는 지금까지 키워 온 조각 생명체들을 믿었다.

사실상 조각 생명체들의 전력은 1마리 1마리가 보스급 몬스터의 수준이었다. 그들을 조합하여 전투를 펼친다면 놀라운 전력을 발휘할 수 있으리라.

"콜 데스 나이트 반 호크, 콜 뱀파이어 로드 토리도!"

"주인, 전투를 기다리고 있었다!"

"나를 불렀는가."

용맹하기 짝이 없는 두 부하도 나왔다.

위드는 그들을 다스리는 주인답게 폼을 잡으며 말했다.

"너희, 내가 반지랑 검 만들어 준 거 잊지 않았지?"

"……."

토리도의 눈가가 찌푸려졌고, 해골인 반 호크의 턱이 달그락 거렸다.

최소한 999번은 들었던 소리!

"착용해 보니까 어때, 좋아?"

"……."

"대답 안 하면 도로 가져간다."

"조, 좋다."

"훌륭하다."

"반지랑 검 만들어 줬으니까, 밥값 할 기회가 왔을 때 확실히 해야 된다. 알았지?"

"알았다."

◦○ ❖ ○◦

뿌우우우우우우!

위드는 힘차게 트레세크의 승리를 알리는 뿔피리를 불었다.

조각 생명체들의 사기를 끌어 올리고, 전투 중에는 치료의 손길까지 발휘할 수 있는 아이템!

"가라."

그동안 조각 생명체들은 모라타를 지키고 바르고 성채 지역에서 몬스터 무리를 휩쓸면서, 전면에 잘 나서지 않았다.

와이번들만 곧잘 이동 수단으로 쓰였을 뿐, 다른 조각 생명체들은 성장하도록 넉넉히 시간을 주었다.

"배에 살이 정말 포동포동 올랐구만!"

이제는 충분히 부려 먹을 수 있는 상태인 것이다.

콰아아아아아아아!

머리가 9개 달린 킹 히드라가 거대한 몸을 끌고 하르셀 산악 지역을 올라갔다.

데스웜. 땅속에 사는 초거대 몬스터.

위드에게 지렁이라고 이름이 붙여진 데스웜의 몸은 200미터까지 커진다. 현재의 몸길이는 아직 95미터 정도지만, 땅속에서 튀어나와서 목표로 한 몬스터를 으스러뜨리거나 먹어 치우는 데에는 충분한 크기였다.

입에 넣고 삼키는 순간 몬스터는 장렬히 사망!

지렁이는 그럴 때마다 좋다고 몸을 꿈틀거리는 애교를 부리기도 했다.

불의 거인도 늠름하게 불의 검을 휘두르며 뛰쳐나갔다.

켈베로스, 기사 세빌도 있었다.

지골라스에서 탄생시킨 조각 생명체 47마리는 전부 다른 종족으로 구성되어 있었다.

그들이 뿜어내는 엄청난 위압감!

빙룡, 와이번, 이무기, 불사조, 은새, 황금새는 지원을 위하여 공중에서 대기했다.

삐이이이익!

산에서 매우 날카로운 소리가 들리더니 수풀과 나무 사이에서 무언가가 분주하게 움직였다.

"놈들이 있습니다."

시력이 좋은 페일이 수풀 사이에서 슬레이언 부족을 발견하고는 말했다.

"약 300여 명이 화살과 창을 들고 대기하고 있습니다."

위드에게는 아직 그 정도까지 정확하게 확인되지는 않았다.

"그놈들이 전부입니까?"

"뒤쪽의 감춰진 동굴에서 계속 더 나오고 있고요, 조각 생명체들이 더 앞으로 가면 다소 위험할 수 있겠는데요. 지금 멈추게 하는 편이 좋지 않을까요?"

위드는 고개를 저었다.

"괜찮습니다. 고작 이 정도의 적들에게 당하지는 않을 겁니다. 일단 이곳에서, 어떻게 싸우는지 지켜보도록 하죠."

사자는 새끼를 절벽에서 떨어뜨려서 강하게 키운다고 한다. 위드도 비슷한 심정이었다.

"밥값도 못할 정도로 약한 녀석이 있다면 일찍 추려 내는 편이 낫습니다."

이제부터는 본격적으로 부려 먹어야 하니 조각 생명체들의 능력을 정확히 파악할 필요가 있었다.

개개의 능력 한계를 알아야 전술도 세울 수 있다.

슬레이언 부족은 집단으로 움직이며 용맹한 전사들을 보유했다는 평가를 받는다. 그들의 영역으로 들어오는 웬만한 보스급 몬스터 따위는, 일제히 덮쳐서 순식간에 사냥해 버린다.

그렇기에 위드도 조각 생명체들의 안전에 대해서 다소 걱정스러웠다.

"이제 나오겠군요!"

조각 생명체들이 산을 절반 가까이 올라갔다.

그러자 갑자기 바위와 수풀, 나무 뒤에서 슬레이언 부족이 튀어나와 공격했다.

킹 히드라의 9개의 머리가 제각각 불을 토해 내며 전사들을 덮쳤다.

여성 하이엘프의 조각 생명체, 위드가 엘틴이라는 이름을 붙여 준 엘프는 화살을 마구 쏘아 댔다.

여자 바바리안 전사 게르니카!

그녀는 왼손에는 도끼를, 오른손에는 철퇴를 들었다. 매우 강력한 힘을 가지고 박력 있게 슬레이언 전사들을 때려눕히고 있었다.

여자 검사 빈덱스.

그녀는 얇고 날카로운 검을 가지고 빠르게 움직이면서 전사들과 싸웠다.

아무래도 지골라스의 조각사들은 외로웠던 나머지 대체로 남자보다는 여성을 많이 조각했던 것이다. 아니면 대형 몬스터를 조각하여 강함에 대한 갈증을 풀거나!

얇고 긴 다리에, 우아한 공작새처럼 생긴 조각 생명체도 있었다.

수르카가 정말 귀여워서 머리를 쓰다듬어 주던 에폴리티!

전투와는 전혀 상관없이 사뿐사뿐 걸어 다니다가 슬레이언의 전사가 가까이 오면 갑자기 날개를 활짝 펼쳤다.

췌래래래래랫!

날개에 숨겨 놓은 독을 방출하며 뛰어다녔다.

영악하고 재빨라서 생김새로는 전투력을 구분할 수 없었지만, 독 안개를 방출하기 때문에 굉장히 위험한 몬스터였다.

독 안개에 닿으면 풀들은 금방 시들어서 죽어 버렸다.

위드와 일행이 멀리서 보고 있는 동안, 조각 생명체들은 대활약을 펼쳤다. 각자가 레벨 400대가 넘는 고레벨 생명체들인 만큼 기대했던 그대로의 모습들이었다.

커다란 불의 거인이 성큼성큼 걸어 다니면서 불의 검을 휘두르면 슬레이언의 전사들이 있던 곳이 불바다가 되었다.

압도적이라고 해야 마땅한 전투 능력!

"역시……."

위드는 흡족하게 웃었다.

"내가 생각했던 그대로야. 앞으로 잘 부려 먹을 수 있겠어!"

개개인이 보스급 몬스터인 조각 생명체들이었다. 그들이 뭉쳐 있다 보니 각자의 특징에 맞는 전투 능력을 유감없이 보여 주었다.

잘 조합한다면 웬만한 성이라도 부숴 버릴 수 있는 가공할 전력이었다.

공중 생명체들의 도움 없이 지골라스 출신의 조각 생명체들만으로도 산악 지역 초입을 멋지게 제압할 수 있었다.

"이제 탐색전은 끝났습니다. 충분하겠군요. 위로 올라가죠!"

위드는 일행과 같이 하르셀 산에 올랐다.

유병준은 모니터를 보면서 웃고 있었다.

"그래, 그렇게 방심해야지. 그 조각 생명체 군단이 강하기는 하다만… 슬레이언의 전사들도 만만치는 않을 것이야."

이번의 위드의 모험은 방송국에서도 중계를 준비하고 있었다. 지금은 생방송이 아니지만 중요한 전투부터는 생중계가 진행될 예정이었다.

아마 시청자들은 날뛰는 조각 생명체들에 대해 놀라움을 금치 못할 것이다.

조각 생명체들의 전력은 예상했던 대로였다.

그렇지만 하르셀 산악 지역의 중심부로 간다면 자칫 조각 생명체들 전체가 위험에 빠질 수도 있을 것이다.

유병준의 다른 화면에는 슬레이언 부족의 장로들이 이야기하는 것이 보였다.

모닥불을 피워 놓고 장로들과 전사들이 회합을 벌이고 있었다. 어찌 보면 조금 큰 파충류처럼 생겼지만, 그들이 하르셀 산악 지역의 지배자들이다.

—우리의 산을 넘어오는 자들이 나타났다.

—강한가?

—우리가 이길 수 있는 수준이다.

—나가서 싸우자.

—아니, 놈들을 더 깊이 끌어들이자.

—그러면…….

—크흐흐흣, 우리가 늘 그랬듯이 한 놈도 살려 보내지 말자.

—좋은 방법이다.

슬레이언 부족은 영악하게 머리를 쓸 줄 알았다.

이곳은 그들의 영역. 산악 지역의 깊은 땅으로 끌어들이고 나서 진짜 전력을 내보내서 싸우는 것이다.

은밀하게 감춰져 있는 동굴들로 전사들이 계속 투입된다면 날아서 도주할 수 있는 녀석들을 제외하고는 전멸!

결국 로자임 왕국에 남아서 최후를 맞은 스핑크스의 경우를 보면, 비행이 가능한 생명체들도 그냥 싸우다가 죽기를 선택할 수도 있다.

그동안 투덕거리면서 미운 정이 잔뜩 든 빙룡과 누렁이, 와 이번들까지 다 죽고 나면 위드에게는 부려 먹을 녀석이 없어지 는 셈이 된다.

"그거야말로 정말 재미있을 것 같군."

유병준은 흥미진진하게 결과를 기다리고 있었다.

찍찍.

슬레이언 부족의 장로들이 회합하는 장소에 큼지막한 들쥐 1마리가 울면서 돌아다녔다.

"놈들을 더 끌어들여서……."

들쥐는 빵 부스러기라도 찾는지 바닥을 헤매고 다녔지만 먹 을 것이 보이지 않았다.

"하르셀 산악 지역이 어떤 곳인지를 침입자에게 똑똑히 보여 주어야……."

찌직!

들쥐가 전사들의 발치 아래에 떨어져 있는 고기 조각을 발견 하고 눈을 빛냈다. 그리고 벽의 틈새와 쌓여 있는 물건, 어두운 그림자 뒤로 몸을 숨겨 가며 고기를 향해 접근했다. 네발로 재 빠르게 뛰어다니는데도 은밀하여 소리가 나지 않았다.

"놈들을 모조리 죽일 수 있는 장소를 찾아내야 한다."

드디어 고깃덩어리를 입에 넣는 데 성공!

들쥐는 땅을 파고 나타났던 구멍으로 조용히 다시 들어갔다.

그가 귀환해야 할 장소는 위드와 다른 조각 생명체들이 있는 바로 그곳이었다.

들쥐 역시 조각 생명체였던 것이다.

이름은 시골쥐!

별로 예쁜 구석은 없지만, 자세히 보면 툭 튀어나온 이빨이나 발톱이 그럭저럭 사랑스럽기도 했다. 지골라스의 탄광에서 일하던 조각사가 최후에 자신의 운명을 한탄하며 만들었던 조각품이다.

위드는 슬레이언 부족이 있는 장소에 시골쥐를 잠입시켜서 염탐하였던 것.

째재잭!

온몸이 시커멓게 칠해진 은새도 나뭇가지에 앉아서 엿듣고 있었다.

낮말은 새가 듣고 밤말은 쥐가 듣는다고 했다.

위드는 속담을 참고하여 그들을 활용한 것이다.

슬레이언 부족의 함정

혼돈의 시기!

유니콘 사의 텔레비전 광고가 방송되기 시작했다.

"이게 갑자기 왜 나오는 거야?"

"우리 보라고 일부러 광고하는 것 같은데."

사람들은 최근 심각한 위기를 느끼고 있었다.

중앙 대륙 도처에서 전쟁이 벌어졌다. 과거에는 길드들끼리 벌이는 세력 싸움이었다면, 이제는 몬스터와 엠비뉴 교단이 대거 가세했다.

—휘스론 마을이 몬스터에 의하여 초토화되었습니다. 그곳으로 가시려는 여행객 여러분은 주의해 주세요. 전사들도 레벨 320 이하는 가급적 방문하지 않기를 권합니다.

—세르지에 도시가 엠비뉴 교단에 공격받고 있어요. 구출하러 와 주실 수 있는 분 혹시 계신가요?

―프레디스의 상점에 도적 떼가 난입하여 싹 털어 갔습니다. 장비 장만하실 분은 인근의 롭스 성벽으로 가 보세요. 현재 행상인들이 와서 물건을 판매하고 있습니다.

게시판에도 도시가 망했다거나 성이 무너졌다는 이야기가 빈번하게 나올 지경.

평원이나 왕국의 도시들을 잇는 안전한 주요 도로에 전에는 못 보던 몬스터가 출현하기도 했다.

"진짜 요즘에는 너무 불안해."

"갈수록 살기 힘들어지네. 몬스터들 좀 물리치고 치안을 회복시켜 주면 안 되나?"

"다들 전쟁놀이하기 바쁜데 그럴 병력이 어디에 있겠어."

"에휴… 성문 밖에 나가기도 무섭네."

"이제 사냥하기도 힘들어졌어."

평원이나 산, 숲에서는 다른 몬스터들의 난입으로 바짝 경계해야 했다.

왕국 전체가 내부적으로 혼란스럽거나, 엠비뉴 교단이 침공하면 전체적으로 흔들렸다.

몬스터들의 서식지가 시시각각으로 바뀌는 경우도 있어서 유저들은 긴장을 풀 수가 없었다.

용병 의뢰들이 많이 들어오고, 대신에 임무를 완수했을 때의 보상은 줄어들었다.

"저희가 드릴 수 있는 게 이것밖에는 없어요. 죄송해요."

"어떻게 하죠? 약속했던 물품을 드려야 되는데 도적들에게

털려 버려서······."

주민들이 가난해지면서 의뢰의 내용도 단순해진 데다가 보상도 제대로 받지 못했다.

"아, 정말 해 먹기 힘드네."

"너무 어려워졌어."

"의뢰를 위주로 하다가는 검 수리비도 안 나올 지경이야."

과거에는 도시가 몬스터에 휩쓸리는 일이 거의 없었지만, 이제는 유저들이 스스로의 힘으로 극복해야만 되었다.

상황 자체가 많이 바뀌게 되었다고 봐야 한다.

상인들도 도적 떼의 출몰과 내전, 엠비뉴 교단으로 인하여 상권에 끔찍한 타격을 입었다.

"어이, 돈 좀 벌었어?"

"말도 마. 말먹잇값도 대기 어려워. 마차 수리비도 내야 되는데······."

전쟁을 벌이는 왕국군과 길드에 물자를 납품하면 큰 교역 이득을 거둘 수 있다. 하지만 그런 경우는 이미 각 세력의 전속 상인들이 있었기에, 그들의 독점 체제만 가속화되는 것을 손가락 빨며 구경만 해야 되는 입장!

일반 유저들과 주민들을 상대로 하는 장사는 혼란으로 인해서 갈수록 악화되다 보니 상인들의 불만은 터지기 일보 직전이었다.

"못 해 먹겠다, 진짜!"

"우리가 지금까지 낸 세금이 얼마인데 이런 식이야!"

상인들은 과도한 세금에 시달리면서도 성실하게 납부하면서 어렵게 장사를 해 왔다. 가끔 화가 나더라도, 상인으로서 무력이 약하다 보니 참고 넘어가야 하는 때가 많이 있는 편.

그런데 악재들이 연이어 터지다 보니 일반 상인들이 누가 먼저라고 할 것도 없이 들고일어났다.

"언제까지 참아야 되는 겁니까! 참으면 좀 나아질 희망이라도 보여야 할 맛이 나지, 이건 죽으라는 말밖에 안 돼요!"

"저는 상점 5개 문 닫았습니다. 밖이 위험하다 보니 사냥하는 사람도 줄었어요. 다들 생활에 쪼들리다 보니 팔리는 물건들의 질도 떨어지고 있고요."

"전 더러워서 때려치울 겁니다!"

중소 상인들의 회합에서는 영주와 길드에 대한 비난이 쏟아졌다.

대륙의 혼란에 가장 큰 피해를 입는 직업이 상인이나 농부, 광부 등이었다. 그들은 일 자체를 하기 어려워지게 된 것.

다른 이들의 사정이 어떻든, 만족할 만한 영토를 확보하지 못한 명문 길드들은 계속해서 병력을 확충하고 전쟁을 벌였다.

중앙 대륙에서의 혼란은 몬스터들의 대거 등장으로 산골 마을까지도 퍼지고, 이제는 돌이키기 어려울 정도였다.

악신을 신봉하는 엠비뉴의 광신도들을
심판대에 올려라.

여기서 대륙의 교단들은 엠비뉴 교단에 전격적으로 선전포고를 했다.

성당 기사단과 비밀 수도원 소속의 몽크들이 움직였다.

엠비뉴 교단과 다른 교단들 사이의 전쟁까지 벌어지면서, 유저들은 베르사 대륙의 변화를 몸으로 실감하게 되었다.

바드레이의 퀘스트가 진행되는 와중에도 헤르메스 길드는 바쁘게 움직이고 있었다. 하벤 왕국과 칼라모르 왕국에서 거두는 막대한 세금으로 군대를 양성하면서, 다른 쪽으로는 음모를 꾸몄다.

"이런 좋은 기회는 다시 찾아오지 않을 겁니다."

"헤르메스 길드의 제안을 거부할 수는 없지요. 받아들이겠습니다. 모쪼록 앞으로 잘 부탁드립니다."

흑사자 길드는 멜버른 광산에서 큰 타격을 받았다.

길드의 전체적인 규모에 비하면 단 한 번의 패배일 뿐이지만, 대표인 칼리스를 비롯하여 최정예들의 몰살!

이것은 사실상 헤르메스 길드에 비하여 흑사자 길드가 보잘것없다는 인식을 퍼지게 했다.

흑사자 길드에서 이탈하는 세력들이 생겨나고, 라이벌인 베덴 길드에서는 전력을 확충하여 총공세를 펼쳤다. 싸우기만 하면 이겨서 잃어버렸던 영토를 되찾는 것은 물론이고, 다른 중소 길드와의 연합도 성공적으로 이루어 냈다.

사실 베덴 길드의 배경에는 헤르메스가 있었다.

그들에게 비밀 전력을 보내 주어서 흑사자 길드를 물리치고 톨렌 왕국을 장악하게 한 뒤, 이를 통째로 삼키겠다는 계산.

베덴 길드는 헤르메스 길드의 힘을 경험한 이상 제안을 거부하지 못하였다.

톨렌 왕국을 바치는 대가로 제법 넓은 지역의 영주 자리를 보장받았는데, 그것은 흑사자 길드에 몰려서 해체되는 것보다는 훨씬 나은 결과물이었다.

라페이는 헤르메스 길드의 수뇌부 회의를 개최했다.

"2~3달이면 톨렌 왕국은 베덴 길드를 내세워서 어렵지 않게 정리할 것 같습니다."

"구태여 베덴 길드를 내세울 필요가 있을까요? 우리의 힘으로도 충분하다는 것이 증명되었는데요."

"중간에 다른 왕국이 있어서 거리상의 문제도 있고, 그 지역의 여러 가지 사정을 잘 아는 베덴 길드가 귀찮은 문제들을 처리할 수 있으리라고 봅니다."

"하지만 나중에 혹시나 피곤하게 된다면……."

"그때 베덴 길드도 쓸어버리면 되죠. 덧붙이자면, 베덴 길드의 핵심 고레벨 유저들에게는 별도의 포섭 작업이 진행되고 있습니다."

"나중에는 껍데기만 남게 되겠군요."

"그보다도 라살 왕국의 점령 계획이 문제인데……."

"그 작업도 막바지에 있습니다. 이번 달 내로 공격 날짜가 잡힐 것으로 보입니다."

헤르메스 길드는 막강한 군대를 투입하여 속전속결로 라살 왕국을 끝장내는 계획을 세웠다.

그 뒤에는 곧바로 브리튼 연합 왕국을 침공하여 클라우드 길 드까지 칠 작정이었다.

◦⚬ ⚬◦

와삼이는 유린을 태우고 하늘을 날고 있었다.

"경치 참 좋다. 와삼이 네 덕분에 이런 기분도 느끼네."

까루룩. 캬캬캬캬.

칭찬에 약한 와이번이었다.

"너를 타고 만날 이렇게 하늘을 날아다니고 싶어. 아침부터 저녁까지. 그리고 밤새도록."

유린의 말에 와삼이는 날개 힘이 빠지려고 했다. 그렇잖아도 이미 많이 돌아다니고 있었는데 탑승자가 1명 더 늘어나다니!

유린과 와삼이는 험한 산 위를 날아다니고 있었다. 위드의 부탁으로 하르셀 산악 지역의 지도를 그리기 위해 온 것이다.

"여기보다 더 높은 곳으로 올라가자. 한눈에 넓게 볼 필요가 있을 것 같아."

까룩!

와삼이는 날갯짓하며 하늘로 솟구쳤다.

그동안 먹이를 사냥하며 레벨을 올린 만큼 상승 속도도 빨라 져 있었다.

구름 근처까지 올라간 유린은 하르셀 산악 지역을 훤히 내려 다보았다.

슬레이언 부족은 특별히 높고 험한 투브칼 봉우리에 요새를 짓고 살아가고 있었다. 성벽이 높거나 하진 않았지만 절벽과 바위로 이루어져 있어서 천혜의 요새라고 할 수 있었다.

"높은 산들 위주로 지형을 그려 달라고 했지."

유린은 상세한 지도를 그리기 시작했다.

"음, 그렇군."

위드는 시골쥐와 은새로부터 슬레이언 부족이 쓸 전략을 그대로 입수했다.

"확실히 나쁜 전략은 아니야."

하르셀 산악 지역은 험한 지형으로 인해서 적을 깊숙이 끌어들여서 포위하여 일망타진하는 것이 유리하긴 했다. 슬레이언 전사들이 뚫어 놓은 동굴도 적절하게 이용할 수 있었으니, 부족의 강점까지도 감안한 최선의 작전!

위드는 놈들을 크게 칭찬해 줬다.

"꽤 머리가 좋은 녀석들이군!"

페일은 큰 기대를 했다.

"그렇다면 어떤 전술로 받아치실 겁니까?"

위드의 용병술은 대륙에 정평이 나 있을 정도로 일품이었다. 통솔력과 지휘 능력 자체가 최고라고 해도 과언이 아니다.

이번의 전투를 위해서는 트레세크의 뿔피리 외에 대륙의 지배자의 도장까지 가져왔다.

현재 위드 정도의 통솔력이라면 야만족 부대라도 조금만 훈

런시키면 정예로 양성할 수 있는 수준이었다.

위드라면 전투 자체로도 기대되지만, 그가 펼칠 전술을 상상하니 더욱 짜릿했다.

"놈들이 제법 똑똑한 데다 여러모로 애를 쓰고 있으니……."

"쓰고 있으니?"

"노력이 가상해서라도 빠져 줘야죠."

"예에?"

페일은 설마 했다.

그렇지만 위드는 조각 생명체 군단을 이끌고 투브칼 산을 향하여 계속 진격했다.

적진으로 더욱 깊숙하게 들어가는 것.

지금까지 경험한 바로는, 슬레이언의 전사들은 조각 생명체들을 넓게 포위하고 지형과 공간을 활용하면서 싸웠다.

이렇기 때문에 하르셀 산악 지역 자체가 파티 사냥은 거의 불가능했다. 집단, 혹은 군대를 데려와서 슬레이언 부족과 싸워야 하는 장소!

조각 생명체들은 강하지만, 충원이 빠른 슬레이언 부족에 비하면 전체적인 전력은 약간 모자란다고 할 수 있었다.

지형상으로는 절대적으로 불리.

"킹 히드라, 오른쪽으로 가라. 임무는 적들의 공격을 유도하는 것. 게르니카, 나서지 말고 위치를 사수한 후에 동료들을 도와라."

위드의 명령에 따라 조각 생명체들이 진형을 바꾸었다.

투브칼 산이 있는 장소까지는 9개의 산을 넘어야 하는데, 적들이 숨겨진 동굴을 통하여 시도 때도 없이 나타났다.

슬레이언의 전사들은 1마리를 집중해서 공격하는 성향이 있었다. 위험했던 생명체들이 뒤로 빠지고, 대형이고 생명력에 여유가 있는 이들이 전면에 나섰다.

조각 생명체들의 특성에 맞게 파티 사냥을 할 때처럼 위치를 바꾸는 것이다.

"플레임 리버!"

로뮤나가 새로 익힌 화염의 강 마법을 써서 공격했다.

불의 강에 휩쓸려 가는 적의 전사들!

"꺄아, 정말 세다!"

화끈한 광역 공격력에 기뻐하는 로뮤나를 볼 때마다, 축하의 썩은 미소를 짓는 위드!

동료들도 대활약을 펼치면서 계속 전진했다.

공중에서는 와이번, 빙룡, 불사조, 이무기가 지원하면서 적들을 격파했다.

"공격은 한 지점에 집중하고, 적들을 흩트려 놓은 후에 과감하게 싸워. 너 아까 그렇게 밥 많이 먹더니 행동이 왜 이렇게 느려!"

위드의 지휘 능력에, 조각 생명체들은 평소의 능력보다 약 35% 정도는 더 실력을 발휘했다.

거대 조각 생명체들을 활용하니 그 무지막지한 전력으로 일대를 초토화할 지경이었다.

화살을 쏘거나 마법을 쓸 줄 아는 생명체들은 안전한 가운데에 위치하여 위력을 발휘하였다.

무시무시한 화력이 집중되면서 연전연승!

원거리 공격이 가능한 페일과 로뮤나도 맹활약을 하고, 가까이 다가오는 적들은 수르카와 제피가 해치웠다.

"슬레이언 부족의 요새가 있는 장소까지는… 앞으로 산을 6개만 더 넘으면 되겠군요."

위드는 지도를 보면서 거리를 계산했다.

투브칼 산까지는 크고 험한 산을 9개나 넘어야 했다. 이미 한참을 왔지만, 앞으로도 가야 할 길이 많이 남아 있었다.

"중간에 위험한 장소들이 있긴 한데……."

협곡과 같은 장소는 집중 공격을 받기가 딱 좋다.

보통은 와이번들로 정찰이 이루어지지만, 슬레이언의 전사들은 동굴을 통하여 은밀하게 이동하기 때문에 일찍 알아차리기가 쉽지 않다.

잠깐 순간에 포위당하여 공격을 받는다면 그거야말로 최악의 경우!

"지금이라도 돌아가야 하지 않겠어요?"

이리엔은 불안한 기색이 역력했다.

사제인 그녀는 포위당하여 공격받는 데에 꺼리는 부분이 많이 있었다. 위급한 상황이 닥쳐와 누구를 치료할 틈도 없이 1명씩 죽어 나가는 꼴을 보는 것만큼은 피하고 싶었던 것.

"저한테도 생각이 있으니 조금만 더 계속 가죠."

위드는 잠깐씩 쉴 때는 요리를 하고, 부상을 입은 조각 생명체들의 몸에 붕대를 감아 주었다.

원래대로라면 프레야 교단의 공적치를 이용하여 알베론을

데려오려고 했지만, 전투 중에는 이리엔의 치료를 받으며 버티기로 했다.

그녀의 실력이 알베론보다는 훨씬 못했지만, 킹 히드라처럼 거의 불사에 가까운 생명체를 전면에 앞세우면 되었다.

킹 히드라의 머리는 어지간하면 1개 이상 떨어지지 않았다. 다른 동료 생명체들의 지원과 이리엔의 치료가 있었기 때문이다. 조각 생명체들은 금세 사제인 이리엔과 친해졌다.

사제야말로 친밀도를 높이기에 정말 유리한 직업!

그리고 위드는 평소보다 오래 휴식 시간을 잡고 조각품을 깎았다.

평소에도 자주 하는 행동이라서 아무도 의식하지는 않았지만, 넓은 판자에 주변 산들의 형태를 조각하고 있었다.

몇 시간 후, 페일이 자리에 멈췄다.

"여기는 건너기에 좀 위험해 보입니다."

물이 흐르는 개울이 나왔다. 평소에는 무릎과 허리까지 차오를 정도로만 물이 흐르지만 비라도 내리면 수심이 대책 없이 높아지고 급류로 변하는, 그런 장소였다.

위드는 지도를 보고 위치를 확인했다.

"유린이 그려 준 지도에서 보면 적들이 공격하기 좋은 장소 중의 한 곳이군요. 투브칼 봉우리로 가려면 이 개울을 따라서 걸어야 합니다."

지형을 미리 알고 있다는 건 산악 지역에서 헤매지 않아도 된다는 큰 장점으로 작용한다. 하지만 위험한 줄 알면서도 가야 되는 길이 있는 법, 투브칼 봉우리까지 가장 위험한 세 곳

정도를 꼽는다면 바로 이곳이 그중 하나라고 할 수 있었다.

물길을 거스르면서 이동하여야 할뿐더러, 좌우의 숲에서 화살 등의 공격을 받을 수도 있는 것이다.

페일과 로뮤나 그리고 조각 생명체들이 대응하더라도 여러모로 불리한 상황에 처할 수밖에 없다.

위드의 조각품에도 이 장소가 있었다.

로뮤나가 자신 없다는 듯이 말했다.

"다른 길로 우회해서 가는 편이 안전하겠는데요?"

"그러면 산을 2개는 돌아가야 됩니다. 만만치 않은 등산도 해야 되고요. 이곳을 빨리 통과하는 편이 나을 것 같으니 여기서부터는 전투준비를 하고 조심해서 움직이죠."

위드는 생명력이 높은 조각 생명체들을 앞세우며 전진했다.

"절대 마음을 놓아서는 됩니다. 페일 님이 먼저 경계를 해 주세요. 로뮤나 님은 마법을 미리 완성해 놓고 기다리셔야 될 것 같습니다."

걱정과는 달리 물줄기가 흐르는 이곳에서는 갑자기 적들이 나타나거나 하지 않아 무사히 지나갈 수 있었다. 그러나 그 후부터는 마주치는 슬레이언의 전사들의 수준이 전반적으로 높아졌다.

지금까지는 일반 전사들과 싸웠다면, 이제는 엘리트급 전사들까지 출현했다.

레벨 420이 넘는, 부족의 진정한 전사들!

슬레이언의 전사들은 전투가 벌어지면 목숨을 아랑곳하지 않고 맹공을 퍼부었다.

조각 생명체들도 지골라스에서 생명을 부여받은 후에 많이 성장해서, 여전히 적들을 압박하며 잘 싸우고 있었다.

생명체들의 생명력이 떨어지는 만큼 슬레이언의 전사들이 죽어 나갔다.

특히 불의 거인을 비롯한 몇 마리의 조각 생명체들은 탁월한 능력을 보였다.

불이라는 특성 때문인지, 파충류의 습성을 가진 슬레이언의 전사들은 공격을 상당히 기피하는 모습이었다.

"아무래도 조금 불안해요!"

이리엔이 걱정스러웠는지 다가와서 진지하게 말했다.

"여긴 완전히 적진이잖아요. 게다가 저쪽은 연결된 동굴을 통해 어디서든 충원되어서 우릴 포위 공격할 수 있어요. 아무리 조각 생명체들이 강하더라도 너무 위험해요!"

위드가 조각 생명체들을 효과적으로 지휘하는 것만으로도 사냥 속도는 월등히 빨라졌다.

슬레이언의 전사들이 사방에서 모여들어 주기까지 하니 전투의 공적이 무섭게 쌓이고 있는 것.

보통의 경우에는 킹 히드라가 겁을 주고, 지렁이가 갑자기 땅을 뚫고 나오며 적들을 위협한다.

쉿쉿쉬쉬쉬쉬싯.

시골뱀은 독기를 뿜어내서 중독시키고, 마법과 화살 공격도 집중되었다. 이후로는 대형 생명체와 전사 부대가 돌격하여 정리하는 방식!

매우 효과적이고 강력하였지만, 이 일대를 지배하고 있는 슬레이언 부족이 총동원된다면 전멸할 수도 있다는 위기감이 들었다.

이리엔은 자신이 죽는 것도 물론 싫었지만, 일행이 어쩔 수 없는 상황에 처해서 전부 사망하는 것은 결코 원치 않았다. 더군다나 위드가 아끼는 조각 생명체까지 다 잃어버린다면 그 손실은 돌이킬 수가 없다.

그래서 평소에 잘 나서지 않던 그녀지만 큰 결심을 하고 위드를 말리기 위해 입을 연 것이다.

상식적으로 볼 때 위드는 평소답지 않게 서둘렀다.

"여기까지 온 것도 적들이 우리를 유인해서인 것 같아요."

이리엔의 지적에 위드는 고개를 끄덕였다.

"정확합니다."

"그러면 계획이……."

"우리도 놈들을 유인하고 있거든요."

위드는 유린이 그려 준 지형도를 보고 나서 고민을 했다.

'여긴 천혜의 요새야. 외곽에서부터 전투를 하면서 뚫는다면 시간이 얼마나 걸릴까. 방어 진형을 펼치거나, 놈들이 기습 공격 위주로 전환을 한다면…….'

투브칼 봉우리까지 가려면 시간이 많이 필요했다. 하르셀 산악 지역에서 계속 번식하는 슬레이언 부족과 싸워야 되기 때문이다.

어차피 몇 차례 적들과 싸워 이기더라도, 적진에 가까이 갈수록 지형상 끊임없이 불리한 싸움만 거듭해야 한다.

그런 소모적인 전투를 하다 보면 보급이나 여러 부분에서 문제가 생길 수 있다.

은새와 시골쥐를 통하여 적들 병력의 움직임까지 확인하며 한 번의 큰 전투를 펼치기로 했다.

"지금은 저를 믿어 주셔야 됩니다."

"성공 가능성은요?"

"확신할 수는 없지만, 놈들이 똑똑하다면 누워서 김밥 먹기 정도입니다."

위드가 이렇게까지 말하자 이리엔은 그를 믿기로 했다.

병원비 때문에, 웬만해서는 끔찍하게 몸을 아끼는 사람의 말이었으므로!

개울가 다음으로 마주친 지형상 위험한 지역은 바위 협곡이었다. 양옆이 높이가 2킬로도 더 되는 아찔한 암벽이 병풍처럼 둘려 있다.

보고 있으면 그저 입이 떡 벌어지면서 돌아 나가고 싶은 충동이 들게 하는 장소! 통과할 수 있는 길은 협곡의 중심으로 물이 흐르는 부분이었다.

제피가 주위를 돌아보더니 조금 긴장한 얼굴이 되었다.

"여기서는 기습을 당하더라도 꼼짝 못 하겠는데요."

슬레이언의 전사는 좁은 동굴을 이용하기에 대부분 나타나기 전까지는 모습이 잘 보이지 않았다.

"협곡 중턱에 나 있는 까마득한 낭떠러지의 길이라도 빠르게 이동해야겠죠?"

페일이 화살을 이미 시위에 걸어 둔 채로 물었다.

왠지 이런 곳에는 적들이 기다리고 있을 것 같은 기분!

"아닙니다. 협곡의 아래로 갑니다."

"예? 거긴 앞뒤로만 뚫려 있고 빠져나갈 곳도 없습니다. 절벽처럼 가파른 협곡이 성벽과 같은 효과를 내면서 집중 공격을 당할 텐데요?"

"바로 그걸 노리고 있는 거죠."

위드는 조각 생명체들과 같이 물길을 거스르는 쪽을 택했다.

좌우의 폭이 넓어서 조각 생명체들이 움직이기는 편했지만, 양쪽에 펼쳐진 협곡은 절망적인 높이였다.

'이번에는 나오겠지. 여기야말로 가장 유리한 지형이니까.'

위드는 그런 생각으로 암벽 협곡에 들어섰다.

∞ ⋆⋆⋆ ∞

슬레이언 부족은 좌우 암벽 협곡의 동굴에 조용히 매복하고 있었다.

"나는 너무 똑똑하다."

"이 계획은 내가 세웠다."

"멍청한 인간 놈. *끄윽끄윽!*"

장로와 전사들은 웃음을 참기가 어려웠다.

자신들의 현명함에 대한 깊은 고뇌!

'이런 곳에 있기에는 내가 너무 아까운데.'

'아, 신은 나에게 다 주셨구나! 근데 왜 우리 엄마는 나보고 만날 멍청하다고 했을까.'

그런 고민을 하면서 위드와 일행, 조각 생명체들이 암벽 협곡의 중심부까지 오기를 기다렸다.

"놈들은 완벽한 함정에 빠졌다!"

"없애 버리자!"

슬레이언 부족 전사들이 한꺼번에 나타났다.

절벽처럼 가파른 암벽 협곡이 그들의 피부색인 짙은 청색으로 뒤덮였다.

위드도 짙은 고뇌에 휩싸였다.

'사실은 내가 감춰진 천재가 아니었을까.'

학교 성적은 사실상 좋은 편은 아니었다. 하지만 대한민국의 불합리한 교육의 희생자라고 생각했다.

"시험 성적에서도 국영수만 조금 부족했지, 나머지 성적은 괜찮았던 거 같아. 아, 그러고 보니 도덕 시험 점수가 좀… 많이 낮았지."

기억을 자세히 돌이켜 볼수록 선생님들에게 야단맞았던 것밖에 떠오르지 않았다.

학교 체벌 폐지의 최대 수혜자!

아무튼 지금 슬레이언 부족을 유인하는 데는 대성공이었다.

"놈들은 우리가 파 놓은 함정에 빠졌다. *끄윽끄윽!*"

"죽이자. 잡아먹자!"

쿠오오오오!

끝이 보이지 않을 정도로 높은 암벽 협곡의 좌우에서 거칠게 포효하는 몬스터들!

얕은 물이 흐르는 암벽 협곡 아래에서는 슬레이언 부족의 짙은 청색의 피부색과 들고 있는 창의 칼날, 활 들만이 보일 정도였다.

제아무리 대륙에서 많은 모험을 했다고 자부하는 모험가라도 이런 광경을 보기는 쉽지 않았을 것이다.

그것도 완벽하게 고립되어서 맞아 죽기 딱 좋은 아래쪽에서는 말이다!

당사자들의 입장에서는 어마어마한 위압감이 느껴지는 장면이었다.

페일이 들고 있는 화살이, 부담감으로 살짝 떨렸다.

"지금까지 익힌 궁술 스킬이 있으니 협곡의 위쪽을 겨냥해서 아무렇게나 쏘기만 하더라도 맞히기야 하겠지만 그다음에는 어떻게 하죠?"

뒷감당이 불가능!

슬레이언 전사들은 계속 함성을 질렀다. 전투에 앞서서 그들 스스로 사기를 높이려는 행동이었다. 몬스터도 대군이 되면 사기가 중요하게 작용하여 기본적인 능력치가 달라진다.

"인간들은 도망도 치지 못하고 우리의 식량이 될 것이다."

"키야아아!"

전사들이 암벽 협곡의 유리한 지형을 장악한 채로 시끄럽게 고함을 지르며 위협했다.

이곳에 모인 슬레이언 전사들만 최소한 3,000이 넘었다.

지형이 험해서 이동하기가 어려운 하르셀 산악 지역에서도 최악의 장소 중 한 곳에서 적들을 맞닥뜨리게 된 것.

　누렁이는 구슬픈 눈으로 울었다.

　음머어어어어…….

　탐스러운 꽃등심 부위가 드디어 구워지게 될지도 모를 상황이었다.

　킹 히드라는 9개의 머리를 사방으로 뻗치면서 호락호락하게 당하지는 않으리라 험악한 의지를 불태웠다. 블랙 이무기도 용맹스럽게 날개를 펼치고 날아오를 준비를 하였다.

　비행 생명체인 만큼 공중에만 있었더라면 이런 상황에 처하지 않았을 텐데 군이 지상으로 걸어가라고 명령한 위드에게 조금 원망스러운 기분도 들었다. 그럼에도 최후까지 같이 싸울 작정이었다.

　지골라스에서 생명을 부여받은 47마리의 조각 생명체들 역시 의지를 다졌다.

　"끝까지 1마리라도 더 죽인다."

　"이곳에서 사라지더라도… 짧은 삶에 후회는 없다."

　조각사들이 염원을 다해서 만든 생명체들인 만큼 불꽃처럼 격렬한 마지막을 불태우고 죽을 각오.

　빙룡과 금인이, 와이번들은 의외로 태평하고 느긋했다.

　"저 인간이 또 무슨 비열한 작전을 세웠을지 궁금하다."

　"얍삽하기는 하다, 골골골!"

　"우릴 여기서 죽일 리가 없다. 앞으로도 계속 부려 먹을 작정이던데."

위기도 하루 이틀이지, 위드와 같이 있다 보면 몬스터 대군을 만나는 정도는 따뜻한 밥 먹은 다음 물 마시는 일처럼 익숙하다.

오래 같이 지냈던 빙룡과 와이번들이 특히 위드에 대해 잘 알았다.

그사이에 점차 함성이 잦아들면서 슬레이언 전사들은 전투를 준비하는 모습이었다.

그들의 선택은 활!

까마득히 높은 암벽 협곡을 장악하고 있는 만큼 아래로 화살을 쏘려고 했다.

슬레이언 전사들은 강철 촉이 달린 화살을 쏘기에 명중률이 좋고 공격력도 상당히 높았다. 화살이 일제히 발사된다면 지상에서는 영락없는 화살 비처럼 느끼리라.

생명력이 높은 킹 히드라나 불사조 외에는 큰 위험에 처하게 될 터!

비행 생명체들은 날아서 도주할 수도 있었지만, 위드와 다른 일행을 지키기 위하여 공중에서 싸우기로 했다.

조각 생명체들을 데리고 다니면서 직면할 수 있는 큰 위기였다. 아껴 왔던 부하들이 전멸하게 된다면 그때부터는 다시 생명 부여를 하거나 아니면 새로 부하를 만들어야 한다.

하지만 위드는 여전히 입가에 썩은 미소를 드리우고 있었다.

"난 역시 천재야."

본인에게는 아주 좋은 일이 그리고 상대방에게는 매우 불행한 일이 벌어지게 되면 참지 못하고 나오는 흐뭇한 웃음!

"위드 님, 빨리 어떻게든 해 봐요."

이리엔의 재촉을 받고 나서야 위드는 마지못해 품에서 조각품을 꺼냈다.

이곳 암벽 협곡의 조각품!

유린이 상세하게 그린 지형도를 보고 귀한 청옥으로 된 돌판에 깎은 조각품이었다.

고급 조각술 9레벨에, 귀한 재료를 쓰고 정성을 들여서 파낸 덕분인지 걸작이 나왔다.

"부수기에는 조금 아깝기는 하지만… 이렇게 쓰는 것도 확실하겠지."

부족의 대장로들이 고함을 지르면서 일제사격을 준비시키고 이에 슬레이언 전사들이 활에 화살을 걸려 하는 순간이었다.

위드가 조각품을 꺼내자 일행의 시선이 모였다.

옆에 서 있던 수르카가 물었다.

"조각 파괴술을 쓰실 거예요?"

힘이나 민첩에 예술 스탯을 몰아넣는다면 환상적인 전투 능력을 발휘할 수 있다.

여신의 기사 갑옷까지 착용하고 있는 지금은 더욱 시원하게 날뛸 수 있으리라.

빛의 날개를 펼치고 절벽을 날아오르면서 슬레이언 부족의 전사들과 싸울 수도 있다.

하지만 그렇게 불리한 싸움을 하기 위해서 이곳으로 적들을 끌어들인 건 물론 아니었다.

"아니야. 지금 써야 될 스킬은… 대재앙의 자연 조각술이지!"

대재앙의 자연 조각술 스킬을 사용하였습니다.
예술 스탯 20이 영구적으로 사라집니다. 생명력과 마나가 2만씩 소모됩니다. 모든 스탯이 사흘간 일시적으로 15% 감소합니다. 자연과의 친화력이 떨어집니다.
대재앙의 자연 조각술은 하루에 한 번밖에 사용하지 못합니다. 위험한 재앙을 불러오게 되면, 그 피해에 따라서 명성이나 악명이 오를 수 있습니다. 재앙을 겪는 와중에 죽을 수도 있으니 주의하십시오.

암벽 협곡에 몬스터를 끌어들여서 대재앙을 일으키다니.

이거야말로 완전히 날로 먹겠다는 속셈!

위드의 계획은 완벽한 편이었지만, 어쩔 수 없는 한 가지 문제가 있었다.

대재앙이 시작될 때까지는 상황에 따라서 시간이 걸린다는 점이었다!

재앙마다 발동되는 시간이 다르기에 이 부분은 어찌할 방법이 없었다. 제대로 대재앙이 일어나기를 바라면서 수비를 위주로 버텨야 한다.

"커험, 오랜만에 무대가 마음에 드는군."

대규모 전투에 앞서서 위드는 목을 풀고 노래를 부르려고 하였다.

조각 생명체들까지 총집결해 있고 슬레이언 부족의 전사들이 무시무시했기에, 긴장감 넘치는 최고의 전장이라고 할 수 있다.

전매특허라고 할 수 있는 음치, 박치의 라이브 무대!

그런데 화령이 먼저 새로 얻은 루비 귀걸이와 목걸이를 착용하고 나섰다.

"제가 시간을 벌어 볼게요."

그녀는 화살이 쏘아지기 전에 앞으로 걸어 나가며 노래를 불렀다.

눈을 뜨면 웃고 있을 것 같아
가슴이 설레는데 이 기분을 들키진 않을까
그 사람에게 안기고 싶어
어떤 말부터 꺼내야 할지

화령이 달콤하게 속삭이는 노랫소리가 암벽 협곡으로 퍼져 나갔다.

그녀는 댄서라서, 자신의 직업이 아니라면 숙련도를 쌓기 어렵다는 단점 때문에 발성 스킬의 레벨이 아주 높진 않았다.

중급 4레벨 정도!

발성 스킬이 높아지면 멀리까지 퍼지는 풍부한 성량에, 음색이 맑고 청아해지며 어려운 고음도 보다 쉽게 낼 수 있다.

하지만 화령은 전투 중에도 몬스터 가까이서 춤을 추며 싸우는 걸 워낙 좋아했다. 위험하더라도 신나게 몸을 움직이면서 화려한 춤을 추는 대담한 성격.

"케엑."

"저 여자가 노래를 한다."

"상관하지 말고 쏴라. 잡아먹자!"

시골 장터에서 노래를 부를 때만큼이나 혼란스러운 상황이었고, 연주를 해 줄 악기들도 준비되지 않았다.

그렇지만 화령은 그녀 자체만으로 최고의 악기였다. 비싼 마이크가 없더라도, 감정을 표현해 내는 노래를 하는 데 지장이 없었다.

감추고 싶은데 알고 있는 것 같아
우리가 같이 이렇게
아침에도 빗속을 달려서 안기고 싶어

그녀는 원래 자신의 목소리로 노래했다.
발성 스킬은 암벽 협곡의 위에서도 들을 수 있게 소리를 키우는 데만 사용했다.
정확한 음정과 흡입력.
가까운 곳에서 속삭이는 듯한 달콤함이, 슬레이언 전사들이 화살을 쏘는 것을 잠시 망설이게 했다.
게다가 암벽 협곡의 지형상 음향이 반사되어 울리면서 자연스럽게 부여되는 에코까지!
"저 여자 노래 잘 부른다."
"죽이기에는 아깝다."
"잡아서 노예로 만들면 안 될까?"
슬레이언 부족의 전사들은 감미로운 노래에 빠져들기 시작했다.

소녀가 되고 싶어서
이렇게 부끄러움만 타는데

그런데 당신은 아내가 있는 유부남이죠

달콤하던 노래 가사가 느닷없이 막장으로 치달았다.

화령도 위드의 막무가내에 엉뚱한 노래를 좋아하고 있었기 때문!

그렇지만 가사만 제외한다면 멜로디와 소리는 일품이었다.

기교보다는 몸 전체를 울리면서 저음과 고음을 넘나드는, 믿을 수 없을 정도로 맑은 목소리.

순전히 그녀 스스로의 능력으로 부르는 노래였다.

벨로트가 어느새 하프를 꺼내서 연주를 해 줬다.

당신의 딸은 정말 예뻐요
그 아이에게 초콜릿을 사 주었어요
아이야, 이빨이 몽땅 썩어서 치과에나 가렴!

무대 위의 요정이란 별명이 아깝지 않을 정도로, 흡인력에서는 비교 대상이 없을 정도였다.

발랄하고 상큼한 매력도 있지만, 그녀는 보이지 않는 곳에서는 외로움도 많이 탔다. 노래를 부르거나 자기만의 예술을 한다는 건 감정을 예민하게 느끼게 되는 것.

화령은 무대에서 격정적이거나 애절한 감정도 쉽게 소화하면서, 거의 모든 장르를 넘나들며 노래를 했다. 그녀만이 가진 노래, 거부할 수 없는 매력으로 무대를 즐길 줄 알았다.

댄서의 특성으로 인하여 어느새 화령의 몸 주변에는 꽃가루에 뿌연 연기, 조명까지 나타나고 있었다.

"쿠에엣!"

"명곡이다."

"정말 좋은 가사다."

슬레이언 전사들은 창과 활을 흔들며 좋아했다.

෧ᦙᦙᦙ

"방송 시작합니다. 4, 3, 2, 1."

KMC미디어는 위드의 모험을 생방송하기로 예고해 놓았다.

장소를 알려 주지 않은 채 생방송으로 진행한다면, 그때부터 는 설혹 헤르메스 길드가 방해하려고 해도 이미 늦어서 불가능하다.

"위드의 모험! 많은 분들이 기다려 온 시간입니다."

신혜민이 활짝 웃으면서 프로그램을 시작했다.

〈베르사 대륙 이야기〉 특집 방송 2부!

다른 패널들과 같이 소소한 뉴스거리에 대해 이야기하고 있다가, 위드의 모험이 중요한 부분에 돌입하자 중계를 시작하는 것이다.

이런 때에 시간을 끌면 시청자들의 원성이 쌓이기 마련.

오늘은 미리 시간을 정하지 않고 〈위드〉의 생방송이 있을 거라고만 예고해 놓았는데도 평균 시청률이 다른 날보다 11% 가까이 오른 상태였다.

위드가 바드레이에게 패배한 후로 방송국 관계자들은 고개를 절레절레 저었다.

"큰일이군. 시청률을 높이는 데에는 위드만 한 인물도 없었는데……."

"위드와 바드레이의 대결 구도가 있을 때에는 시청자들이 참 궁금해했잖아. 패하고 죽었으니 그에 대한 이야깃거리는 끝난 거지."

"아쉽게 되었군. 그보다 더한 흥행 카드는 웬만해서는 만들어지지 않을 건데."

방송국들은 그때부터 위드에 대해 소홀해졌다. 뉴스에서도 자주 거론하지 않았고, 다른 프로그램에서도 위드에 대한 이야기를 그다지 다루지 않았다.

하지만 그런 것들과는 무관하게, 시청자들은 위드에 대해 예전이나 지금이나 그대로 열광하고 있었다.

언뜻 이해하기 어려운 분위기!

그사이에 위드는 아르펜 왕국의 국왕이 되고 조각품을 대성공으로 만들었다. 드래곤의 퀘스트도 하면서 차근차근 다시 일어나는 모습을 보였다.

〈로열 로드〉의 상황이 악화될수록 사람들은 영웅을 바랄 수밖에 없다. 그저 강한 것만이 아니라, 악의 무리를 물리치고 정의를 바로 세울 수 있는 진정한 영웅을 기다리게 되었다.

"뉴스를 보면 만날 도시가 망하거나 마을이 파괴되었다는 소식밖에 없네."

"브랑드리 강가에서 사냥이나 낚시를 하던 유저들이 엠비뉴의 순찰대를 만나서 몽땅 죽었대."

"사자성에서 추방자 명단을 발표했다더라고. 그들의 말을 따르지 않는 사람들은 더 이상 사자성 길드의 사냥터와 도시를 이용하지 못한다더라."

"정말 나쁜 놈들이네."

위드가 크게 터트렸던 퀘스트의 대부분은 그 당시만 하더라도 상대하기도 버거운 악의 세력과 싸워서 이기는 것이었다.

한편, 사람들로부터 무신이라고 불리며 인정을 받던 바드레이는 최근 퀘스트를 진행하면서 부하들을 마구 다루는 모습으로 인해 진면목이 드러나고 말았다.

헤르메스 길드의 악행도 말할 수 없을 정도로 혹독했다.

"그때 위드 님이 이겼어야 되는 거란 생각이 자꾸만 들어."

"이제 한 번 싸운 건데, 뭘! 무엇보다, 공정한 싸움도 아니었잖아."

"헤르메스 놈들, 진짜 싹 밟아 버렸으면 좋겠다."

대중은 주인공이 역경을 딛고 일어나는 이야기를 좋아한다.

확실한 건, 위드의 팬은 더욱 늘어났으며 바드레이는 더욱 유명해졌지만 싫어하는 사람들도 많아졌다는 것이다.

"그러면 시청자 여러분이 기대하고 계시는 곳으로 넘어가도록 하겠습니다.”

KMC미디어는 영상이 넘어오는 그대로 화면에 띄웠다.

이번에는 KMC미디어만의 독점 중계가 아니었다. 다른 방송국에서도 시청자들의 성화를 이기지 못하고 생중계를 개시했다.

바드레이의 직업 마스터 퀘스트가 진행될 때에도 이런 식이었지만, 현재 방송국들에 기록되고 있는 시청률은 그와 비교할 수 없는 수준이었다.

화령의 노래는 깊은 감동을 주었다.

좋은 음악에는 가슴을 뛰게 하고 행복하게 하는 힘이 있다. 소리가 얼마나 위대한지를 깨닫게 해 주는 것이 음악이라고 할 수 있다.

> 슬레이언 부족의 전사 3,022인이 노래를 듣고 크게 환호합니다. 그들은 가사의 내용을 완전히 이해하지는 못하였지만, 매우 멋진 곡을 들었다고 생각하고 있습니다. 특히 좋았던 점은 공연의 화려한 효과와 아리따운 여성을 본 것입니다. 슬레이언 부족의 남성 전사들은 단순하기 짝이 없어서 예쁜 여자만 보면 그저 좋아합니다. 그들의 가슴을 설레게 하여 명성을 131 획득합니다.

위드도 벅찬 감동을 느끼고 있었다.

“역시… 확실히 치과 의사는 전문직이지.”

가사의 내용만 놓고 보자면, 노래의 핵심은 이빨이 썩은 아이 때문에 만나게 된 치과 의사와 결혼을 하여 잘산다는 내용!

남편 카드를 긁으며, 신상 구두가 나올 날짜를 기다리고 있어서 기쁘다는 여자가 주인공이었다.

치과 치료, 특히 임플란트를 겁내지 말라는 교훈적인 메시지까지 담고 있었다.

위드는 이번에는 노래를 부르지 못했지만 허전함을 달랬다.

"다음에 기회가 되면 듀엣이라도 해 보죠."

"좋아요!"

다음에는 위드와 화령이 즉흥 라이브 공연을 하기로 했다.

"캬하오오오오."

"괜찮은 노래를 들었다. 재주가 아깝기는 하지만 배가 고프니 이제 잡아먹자!"

슬레이언 전사들도 감동에서 서서히 벗어났다. 노래가 끝나고 나니 다시 공격 태세를 갖추는 것이다. 화령의 발성 스킬이 조금 더 높았더라면 시간을 더 끌어 줄 수가 있었겠지만, 슬레이언 전사들은 그런 쪽에 무딘 편이었다.

전사들의 레벨은 최하 200대에서, 평균적으로 300대 중반에 이른다. 그리고 1,000마리 이상의 엘리트급 부족 전사들은 레벨이 420대라는 점을 감안하면, 적들의 군대는 조각 생명체들로서도 감당하기 어려운 전력!

하지만 이제 대재앙의 조각술의 조짐이 나타나고 있었다.

투두둑.

암벽 협곡의 가장 높은 곳에 있던 슬레이언 전사의 머리 위로 돌 조각들이 떨어졌다.

"이게 뭐… 꾸에에에엑!"

암벽 협곡의 정상에 있던 바윗덩어리들이 무더기로 아래로 굴러 내렸다. 전사들은 허둥대며 바위들을 피하려고 하였지만 너무 많은 이들이 몰려 있어서 아래로 추락하는 녀석들이 속출했다.

　"와… 위드 님의 스킬은 정말 대단해요. 지형 덕분에 100마리도 넘게 죽겠는데요!"

　수르카가 감탄했다.

　암벽 협곡의 여기저기에서 바윗덩어리가 굴러떨어지면서 그들이 서 있는 땅이 울릴 정도였다.

　그렇지만 이것은 진정한 대재앙의 전조에 불과했다.

　위드의 표정은 이미 심각해져 있었다.

　"가장 최근에 대재앙의 자연 조각술을 썼을 때가 아마 로자임 왕국에서였지."

　엠비뉴 교단과 싸울 때 탈출하기 위하여 피라미드 꼭대기에서 사용한 적이 있다.

　대지 일대를 물바다로 만들어 버렸던, 강력하기 짝이 없는 대재앙!

　"그때가 자연과의 친화력이 1,000이 약간 넘은 상태였으니까……."

　대재앙의 자연 조각술의 위력은 자연과의 친화력에 따라 결정된다.

　그 후로 셀리나의 꽃팔찌를 얻어서 친화력이 7%나 올라가는 옵션이 부여되었다. 성장하는 아이템이라, 물도 잘 주고 신들의 정원을 조성하며 햇볕도 쬐게 해 주고 해서 지금은 친화력이 9%나 더 올라가게 해 준다.

"근데 지금은 아이템이 다가 아니지."

모험을 하면서, 일부러 예쁘게 피어난 꽃길도 걷고 야생초도 잘 돌봐 주었다. 그럴 때마다 자연과의 친화력은 조금씩이나마 착실히 올랐다.

전에는 시들어서 죽어 가는 나무들은 잘라서 조각 재료로 썼지만, 이제는 자라기 좋은 장소에 옮겨 주기도 했다.

친환경 재료인 흙을 사용해서 도자기도 빚었고, 신들의 정원을 조성하면서 사상 초유의 규모로 식물원까지 이루어 냈다.

자연 그대로 놔두면서도 식물의 생명력이 더 왕성해질 수 있는 식물원!

그처럼 자연보호에 앞장섰던 이유가 바로 대재앙의 자연 조각술 때문이었다.

"불의 정령왕의 대작 조각품도 만들었지. 지금 내 친화력이 1,291 정도로군. 그리고 꽃팔찌를 더하고 걸작 조각품을 부쉈다면 이건……."

수치상으로 보면 예전과는 비교도 안 될 만큼 심각하게 강해졌을 거란 생각이 들었다.

이번에 터질 사건에 비한다면 로자임 왕국에서의 일은 물장난 수준!

위드의 얼굴이 딱딱하게 굳었다.

"모두 가까이 모여요."

벨로트가 이상하다는 듯이 물었다.

"모여 있는데요?"

다 같이 있으면서 이 무슨 엉뚱한 말인가!

"어느 정도의 위력일지 짐작하기 어렵지만, 계곡 중앙으로 바싹 붙지 않으면 자칫 우리까지 휩쓸릴지도 모릅니다."

위드는 사자후를 터트렸다.

"조각 생명체들은 전부 내게 가까이 붙어라!"

편하게 흩어져 있는 것이 아니라, 출퇴근 지하철처럼 빽빽하게 뭉쳐 있어야 한다.

암벽 협곡의 중앙 넓은 물이 흐르는 곳에서 위드와 동료들, 조각 생명체들은 가능한 한 가까이 붙어 섰다.

음머어어어어어!

이럴 때 생존 본능이 유별난 누렁이는 위드의 바로 옆에 찰싹 붙어서 꼼짝도 하지 않았다.

위드 옆이 가장 안전하다는 것을 알기 때문!

불사조와 불의 거인, 빙룡처럼 다른 생명체와 가까이할 수 없는 녀석들은 하늘로 급하게 날아올랐다.

그리고 대재앙이 발생하기 시작한 협곡!

가파르기 짝이 없는 협곡에 산사태가 일어나면서 2킬로가 넘는 암벽이 모조리 무너져 내리고 있었다.

"끄에에에에에에에엑!"

"갑자기 몽땅 무너진다!"

"용감한 슬레이언 전사들이여, 지금은 어서 피하라!"

전사들은 그들이 들어왔던 동굴로 다시 빠져나가려고 했지만, 그곳은 차곡차곡 순서대로 들어오고 나와야 할 정도로 좁아 입구에 2마리씩만 엉켜도 빨리 들어갈 수가 없었다. 서로 엉

켜 아등바등하는 사이 위에서는 80평 대형 아파트만 한 바윗덩
어리들이 굴러떨어지고 있으니 전사들은 완벽한 공황 상태에
빠졌다.

"케아아아아!"

"츄츄츄츄츄릅."

협곡을 장악하고 있던 슬레이언 전사들이 바위에 맞아서 떼
죽음!

수십, 수백 마리의 전사들이 거대한 바윗덩어리에 무참히 깔
리고 있었다. 피하려다가 급한 마음에 협곡 아래로 떨어지는
전사들은 셀 수도 없을 정도였다.

거친 바람에 나뭇잎 떨어지듯이 땅으로 추락했다.

이것만 하더라도 대재앙의 효과는 어마어마했다. 양쪽 협곡
에서 동시에 산사태가 발생하면서, 이런 난리가 없는 것이다.

죽어 나가는 적들을 감상할 틈도 없이, 위드와 동료들, 조각
생명체들도 위기를 맞이했다.

꼭대기에서부터 떨어지던 어마어마한 크기의 바윗덩어리
들. 그것이 중간에 멈추지 않고 협곡의 밑부분까지 계속 굴러
떨어지고 있었던 것이다.

위드가 말했다.

"이게 진짜 강한 스킬이긴 한데, 형식적이고 작은 부작용 한
가지가……."

그 부작용이 뭔지는 동료들도, 조각 생명체들도 알 것 같았
다. 정답을 맞히고 싶지도 않았다. 벌써 바위들이 무자비하게
떨어지고 있으니까!

대재앙의 자연 조각술이란 말 그대로 재앙이라서 쓰는 사람도 죽을 수 있다는 것!

"이쪽으로 와요!"

"오른쪽으로 이동!"

"꺄아아! 엄청 큰 바윗덩어리가……."

"우왓, 신난다!"

"정말 짜릿해요! 이렇게 해서 살아남으면 대박인데! 근데 우리 죽겠죠?"

"평소에 나쁜 짓 한 번 안 하고 착하게만 살아왔는데, 어떻게 나에게 이런 일이……!"

"거짓말하지 마요, 위드 님! 130골드 내면 누렁이 꼬리곰탕 해 주신다고 했잖아요."

"지난번에 사냥하다가 밤에 족발 먹고 싶은 적 없냐고도 물어보셨는데요."

"어머, 저한테는 소갈비가 일품이라고 하셨는데."

음머어어어어!

귀 옆에서 천둥 벼락이 치는 것 같은 굉음과 함께 바윗덩어리들이 계곡 아래 땅속 깊숙하게 박혔다.

물보라가 높게 치솟았으며, 주변은 떨어지는 바위들로 공포 그 자체!

"지금 우리 살았어요, 죽었어요?"

"배가 고픈 걸 보니 살아 있습니다."

위드는 암벽 협곡에서 대재앙의 자연 조각술을 사용할 것을 미리 결정하고 준비를 해 왔다. 스킬을 사용하기 전에 중앙에 자리를 잡고 있던 것이 그나마 다행이었다.

가까운 곳에 추락하는 바위들이 매우 많았지만, 아직까지 그들을 정면으로 덮치지는 않았다.

"이제 슬슬 끝나도 될 텐데……."

바위와 자갈도 대량으로 쏟아져, 슬레이언 전사들은 회복이 어려울 정도의 막대한 타격을 입었다. 최소한 600마리 이상이 바위에 맞거나 추락해서 죽었으리라.

"저거 거짓말이죠?"

수르카가 암벽 협곡의 꼭대기를 손가락으로 가리켰다.

그들이 있는 위치에서는 어렴풋이밖에 보이지 않긴 했다.

쿠그그그그그그긍!

적당히 해도 될 텐데, 대재앙의 자연 조각술은 걷잡을 수 없이 더욱 큰 사고를 일으켰다. 암벽 협곡의 꼭대기가 흔들리더니 기울어지면서 통째로 무너지려고 하는 것이다.

지금까지 슬레이언 전사들은 이동을 위해 이 협곡에 동굴을 무수하게 뚫어 왔다. 이렇게 뚫린 동굴들에 의해 약화된 암벽 협곡에, 바위가 떨어져 나가고 산사태가 일어나 충격까지 가해졌으니 결과는 뻔하다.

결국은 정상 부분이 한꺼번에 무너져 내리려고 하는 것.

위드의 마지막 비명!

"역시 이놈의 팔자는……!"

효과가 얼마나 있을지는 의심스러웠지만, 이리엔은 일단 죽기 살기로 보호 마법을 펼쳤다.

"신성 수호!"

보호의 빛이 그들 전부를 감쌌다.

cᘿ⟡ᘾ⟡ᘿ

땅이 뒤흔들리는 충격과 굉음!

잠시 후.

위드와 일행, 조각 생명체들이 있던 장소의 먼지가 걷혔다.

"…으음, 우리는 살았군요."

"진짜… 살았어요? 죽는 줄만 알았는데."

"우리 아까 죽은 거 아니었나요?"

천만다행으로, 제피가 조금 파묻혔을 뿐 죽은 사람은 없었다. 암벽 협곡의 중간에 있어서 쏟아지는 바윗덩어리들로부터 거리가 조금 있었고, 자잘한 돌덩어리들은 킹 히드라가 몸으로 막아 주었기 때문이다.

"쿠워오오오오, 아프다!"

킹 히드라는 여간해서는 죽지 않는 최고의 생명체!

지금 그 생명력이 간당간당하기는 했지만, 머리가 전부 잘리지 않았으니 회복이 가능하다. 물론 조각 생명체로서의 레벨이 아직 높지 않아서 그 회복이란 게 상당히 느리다는 제약이 있었지만.

킹 히드라의 머리 2개는 완전히 멀쩡해서, 아프다고 소리를 지르면서도 동시에 배가 고프니까 먹을 것을 달라고 외쳤다.

"킹 히드라를 전투에 다시 쓰려면 시간이 걸리겠군."

위드는 냉정하고 빠르게 상황을 분석해 보려고 했다.

조각 생명체들은 암벽 협곡의 붕괴로 크게 놀란 상태였지만 킹 히드라를 제외하면 전혀 다치지는 않아서 전투에 별 지장은 없었다.

"문제는 놈들이 얼마나 타격을 받았느냐인데."

암벽 협곡에서 일어난 붕괴. 대략 사분의 일이 무너져 내렸을 정도로 엄청난 재앙으로 지형이 완전히 바뀌었다.

슬레이언 전사들은 돌이키기 어려울 정도로 많은 피해를 입었다. 하지만 그런 재앙에서도 상당히 많은 수가 살아남았다.

마찬가지로 지독한 생명력!

바퀴벌레처럼 살아남아서, 바윗덩어리들 틈에서 기어 나오거나 암벽 협곡에서 청색의 피부를 드러냈다.

"쿠오오, 저놈들을 죽여라!"

"슬레이언의 이름을 걸고 놈들을 하나도 살려 두지 마라!"

강하고 끈질긴 전사들은 분노하고 있었다.

대재앙으로 부족의 삼분의 일이 죽고 그만큼의 숫자가 전투 불능이 되었다. 암벽 협곡에 있다가 날벼락을 제대로 맞은 것이다.

하지만 위드의 대재앙의 자연 조각술이 항상 완벽하지는 않아서, 무너지지 않은 장소들도 상당히 많은 편이다. 그런 곳들에서는 건재한 전사들이 활을 들고 일어났다.

"음, 그래도 피해를 많이 입혔군."

처음 암벽 협곡에서 함정을 파고 기다리는 적 무리의 규모를 보고 위드는 최소한 절반에 달하는 전사들이 살아남을 거라고 예측했다. 하지만 그보다 훨씬 더 많은 숫자가 죽거나 생명력에 큰 타격을 입은 것이다.

슬레이언 전사들은 그만큼 더욱 분노했다.

"다행이군. 오늘은 적당히 싸우고 물러난 이후에 몇 번 더 대재앙을 일으키려고 했는데 이번 전투로 끝낼 수 있겠어."

위드의 장기적이고 악랄한 계획을 생각한다면 이 엄청난 피해 상황이 오히려 슬레이언 전사들에게는 행운이라고 할 수도 있는 일.

협곡 아래로 뛰어내린 전사들 중에도 일시적인 충격으로 전투 불능이 된 자들이 많았지만 시간이 지나면 회복될 테고, 눈에는 보이지 않지만 집채만 한 바윗덩어리에 갇힌 이들도 시간이 지나면 종족 특성을 이용하여 땅을 파고 나오게 될 테니 적들은 더욱 불어날 것이다.

"놈들이 더 많이 깨어나서 공격하기 전에 싸워야 됩니다. 모두 공격!"

위드는 조각 생명체들을 지휘하여 전투를 재개했다.

대재앙의 자연 조각술로 적들을 뒤흔들어 놓는 데에는 멋지게 성공했다. 하르셀 산악 지역에 있는 슬레이언 전사들은 지형의 이점을 이용해 공격하려 했지만 이를 역으로 이용하여 재앙을 일으켜 먼저 끔찍한 타격을 입힌 것이다.

이제부터는 시간과의 싸움!

다친 킹 히드라와 괜히 놀라서 나오지 않는 지렁이를 제외하고 나머지 조각 생명체들은 적들을 향하여 용감하게 전진했다.

누렁이는 싸우고 싶지 않은 듯했지만 금인이가 타고 나갔다.

"멀티플 샷!"

페일도 활에 화살을 걸자마자 적들을 향하여 쏘았다. 하나의 화살이 분산되어 여러 적을 공격하는 스킬로, 40개가 넘는 화살이 한꺼번에 발사됐다.

이제는 가릴 것도 없이, 적들을 죽이고 살아남는 것만 생각하면 된다.

바윗덩어리를 타고 뛰어오는 슬레이언 전사들을 향하여 화살을 난사!

"위드 님을 따라다니면 지루할 걱정은 하지 않아도 되어 좋다니까."

암벽 협곡 같은 거대한 전장에서 싸울 수 있는 것도 특권이라면 특권.

페일은 화살통에서 꺼낸 화살을 입에도 하나를 물고, 궁수의 민첩함을 이용해 바윗덩어리들 틈을 뛰어다녔다.

슬레이언 전사들이 거리를 좁히면서 달려오고 있었고, 땅에 떨어진 이들이 버둥거리며 일어나려고 하고 있다. 페일은 다가오는 100여 마리의 적들에게 마구 화살을 쏘았다.

"딱 이런 곳이 내 취향이었어. 몽땅 쓸어버려야지."

로뮤나는 기뻐하면서 마법을 준비했다.

화염의 강!

마법사로서 던전에서 3~4마리씩 사냥할 때보다 이렇게 시원하게 싸울 때가 훨씬 기뻤다.

그렇지만 이미 협곡에 있는 슬레이언 전사들도 화살을 쏘고 있었기에 엄폐물이 되어 주는 바위 옆에 바싹 붙어서 마법을 준비해야 했다.

"오기만 해 봐라. 실컷 패 줘야지!"

수르카는 킹 히드라를 치료하고 있는 이리엔을 지켜야 하기 때문에 뛰쳐나가지는 않았지만 주먹을 움켜쥔 채 잔뜩 벼르고 있었다.

"에고, 여기서 살아날 수 있을지……."

제피도 백금 낚싯대를 꺼내서 길이를 길게 늘였다.

낚싯대는 가벼운 데다가 의외로 공격력이 높고, 낚싯줄까지 자유자재로 사용한다면 훌륭한 원거리 무기가 된다.

크허허허허헝!

조각 생명체 중에서는 백호가 날렵하게 바위들 위로 뛰어다니며 전사들을 앞발로 때리고 입으로 깨물었다. 기사 세빌, 켈베로스, 시골뱀도 이미 활약하고 있었다.

아무튼 슬레이언 전사들의 수가 워낙 많기 때문에 회복되기 전에 빨리 해치워야 했다.

하늘에서는 암벽 협곡에 있는 전사들의 화살이 빗발치듯이 쏘아지고, 이에 대항해 와이번, 빙룡, 불사조, 이무기도 활약 개시!

연속적인 협곡의 붕괴로 인해서 크게 놀랐지만 상황을 파악한 것이다.

"주인 안 죽었나 보다."

"웬만해선 안 죽어."

"끅끅, 명이 참 길기도 하지."

"쟤들 정신 차리는 모양인데."

"빨리 싸우자. 안 그러면 끝나고 잔소리 들을 거야."

빙룡은 숨을 힘껏 들이마셨다.

그리고 주둥이에서부터 일직선으로 쏘아진 아이스 브레스가 암벽 협곡의 중턱에 적중하여 전사들을 꽁꽁 얼어붙게 했다.

불사조는 반대편 협곡으로 가서 불을 내뿜었다.

와이번들은 정신없이 날아다니면서 전사들을 공략!

난전이 벌어지고 있는 상황에서, 벨로트와 화령은 다시금 춤과 노래를 준비했다. 전투가 벌어지고 나면 몬스터들의 이목을 끄는 효과는 많이 감소하지만, 대신 동료들의 능력을 크게 올릴 수 있기 때문이었다.

위드만 아직 싸우지 않았다.

"일단 마나가 얼마나 들어갈지 모르겠군. 아무리 먼 곳에 떨어져 있더라도 불가사의한 예술의 힘으로 가져올 수 있으리라, 조각 소환술!"

미리 깎아 놓은 조각품을 불러올 수 있는 스킬!

슬레이언 전사들이 더 많이 깨어나고 있었다. 조각 생명체들과 전투를 벌이는 소리가 협곡을 크게 울릴 정도였고, 자잘한 돌 조각들도 계속 아래로 떨어졌다.

로뮤나의 화염의 강 마법도 무사히 시전되어 전사들 한 무리를 휩쓸었다.

황금새와 은새도 조인족으로 변하여 같이 싸운다.

이럴 때에 평상시의 모습으로 싸운다면 물론 익숙하기는 해도 최상의 전력은 아니다. 바드레이에게 패배하고 나서, 그리고 그 이후에 여러 가지 방법으로 화끈하게 싸울 수 있도록 대비해 놓았던 것.

위드의 조각품은 땅에서부터 천천히 형태를 갖추면서 올라왔다.

혼돈의 대전사 쿠비취.

전투 계열인 '취' 자 돌림!

지골라스에서 사냥했던 혼돈의 대전사 쿠비챠를 위드의 방식으로 조각한 작품이었다.

키는 조금 더 키우고, 근육은 더욱 두껍고 많이.

얼굴은 위드의 방식대로, 무조건 강해 보이는 인상! 눈이 좌우로 끝까지 찢어져 있었다.

소개팅을 받고 만났다면 무서워서 무릎부터 꿇을 정도였다.

불의 전사

"정말 적당하군."

위드는 조각품을 보며 만족했다.

혼돈의 대전사 쿠비취는 벨소스 왕의 유적에서 정령왕의 조각품을 깎을 때 얻은 재료, 브루에시아 가루를 몰래 발라서 만든 작품이었다.

"비싼 건데 잘 써야지."

조각품 재료를 재활용하는 정신.

위드는 조각술의 비기를 발동했다.

"조각 변신술!"

조각 변신술을 사용합니다.
조각술에 대한 무한한 애정은 그 조각품과 조각사를 서로 닮게 만듭니다!

키가 2미터 40센티로 커지고, 몸 전체에서는 화르륵 불길이
일어났다.

위드가 아끼는 헬리움 갑옷은 혹시나 상할까 봐 아까워서 착용하지 못했고, 다른 액세서리들은 두말할 필요도 없다.

혼돈의 전사들은 원래 불에 잘 녹지 않는 지골라스의 광물로 제련한 도끼와 특수한 저항력을 가진 짐승의 가죽을 엮은 채찍을 다룬다. 하지만 위드에게는 굳이 그런 고유한 무기가 필요하지 않았다.

드래곤의 검, 레드 스타.

위드를 포함하여 모든 유저들이 현재 장비할 수 있는 최상의 검이라고 해도 지나치지 않은 검이 있기 때문이다.

"내가 아무리 팔자가 더럽다고 해도 딱 한 번 사용하는 걸로 드래곤이 찾아오진 않겠지. 솔직히 재수가 없으면 찾아올 수도 있겠지만… 지금은 싸워 보자."

위드는 레드 스타를 꺼냈다. 그리고 서서히 검집에서 검을 빼냈다.

스르르르르릉!

음악 같은 소리를 내면서 뽑히는 검.

위드가 지폐 넘기는 소리 다음으로 좋아하는 소리였다.

드래곤이 만든 검 레드 스타를 착용했습니다.
제한 레벨과 불에 대한 저항력이 부족합니다. 하지만 대장장이의 무기에 대한 이해력으로 사용할 수 있습니다.
스킬을 사용해도 지치지 않습니다. 더욱 빨리 움직이고, 적의 공격이 빗나갈 확률을 늘립니다. 공격이 상대의 방어구를 관통. 마법 보호를 무시하고 뚫어 냅니다. 전투 능력을 약화시키는 부상을 입힐 확률이 늘어납니다. 불의 힘의 위력이 2배로 증폭됩니다. 검에 담겨 있는 불의 힘으로 인해 발휘할 수 있는 공격력이 크게 높아집니다. 마법 저항력 +30%. 검에 담겨 있는 마력이 중급 이하의 몬스터들을 강하게 위축시킵니다. 공격 스킬의 위력이 향상됩니다.
불을 다스리는 능력을 가지고 있습니다. 검에 담겨 있는 기술을 사용할 수 있게 됩니다. 불화살, 불의 진노, 화염 폭발, 화염 소멸, 지옥의 겁화, 파이어 히드라 소환.
특수 스킬 레드 스타는 지혜와 지력, 마나가 부족하여 쓸 수 없습니다. 대지 소멸은 힘과 검술, 마나가 부족하여 쓸 수 없습니다.
혼돈의 전사는 불의 힘을 다스릴 줄 아는 종족입니다. 레드 스타가 뿜어내는 화염을 생명력과 마나로 전환할 수 있습니다. 생명력과 마나의 최대치가 120%가 증가하고, 그 회복 속도도 2배가 됩니다.

혼돈의 대전사가 되어 있는 위드의 몸에서 새하얀 불꽃이 타올랐다.

조각 변신술로 종족을 바꾸면서 예술 스탯이 사라지고 다른 스탯들은 크게 늘어난다. 검의 추가적인 효과까지 부여되었다.

"이것이 바로 전지전능한 집주인의 기분일까?"

위드는 리치로 변신하여 바르칸의 아이템을 착용하고 언데드를 소환하는 것도 가능했다. 별로 좋지 않은 죽은 자의 힘이 무섭게 늘어나는 부작용은 감수해야 될 테지만, 그 강함은 이미 여러 번 증명되었다.

위드가 언데드를 지휘할 때가 멋지다면서, 지골라스에서의 모습을 재방송해 달라는 시청자들의 요구는 아직까지도 끊이지 않고 계속되었다.

무너진 암벽 협곡에 있는 지금도, 주변에는 전사들의 시체가 즐비하니 언데드 군단을 소환하여 한바탕할 수는 있으리라.

그러나 언데드의 힘은 강력하지만 지금 당장 조각 생명체와 동료들에게 퍼부어지는 적들의 공격은 어찌할 수가 없는 것.

위드 대신 죽음을 택했던 금인이나, 구박만 실컷 받은 누렁이나, 만날 타고 다니는 와삼이까지, 그동안 부려 먹으며 정이 많이 쌓였는데 죽게 할 수는 없다.

"앞으로 평생 부려 먹어야지. 여기서 이 녀석들이 죽으면 나만 손해야. 콜 데스 나이트 반 호크, 뱀파이어 로드 토리도!"

"불렀는가, 주인."

"너희는 이곳을 지켜라. 킹 히드라를 부탁한다."

"알겠다."

토리도와 반 호크는 위드에게 종속되어 있기에 어떤 종족으로 변하더라도 부를 수 있다.

위드는 암벽 협곡을 쳐다보며 스킬을 사용했다.

"블링크!"

찰나의 순간, 위드는 바로 화살을 쏘아 대는 슬레이언 전사 등 뒤에 나타났다.

"크엣?"

파충류의 일종인 슬레이언 부족에게 화염을 내뿜는 존재는 천적과도 같은 것. 위드가 검을 휘두르자 바로 불길에 휩싸여서 아래로 추락했다.

> 불의 힘이 전사들에게 치명적으로 작용합니다. 전투 능력을 상실하게 만듭니다.

"블링크!"

위드는 암벽 협곡에서 연속으로 이동하며 활을 쏘는 이들을 제압했다.

검이 한 번 휘둘리면 무려 8미터에 달하는 넓고 커다란 불기둥이 일어난다. 피할 수도 없으며, 살짝 닿기만 해도 불에 휩싸여서 전투 능력을 빼앗기고 생명력도 상실.

높은 협곡에서 추락하면 추가적인 충돌 대미지로 사망!

현재의 위드는 슬레이언 전사들에게 천적 그 자체였다.

"불 인간부터 없애라."

"저놈이 가장 나쁜 놈이다."

위드에게로 화살 공격이 집중되었다.

주변만이 아니라 맞은편 암벽에서도 화살이 쏘아졌다.

"블링크."

위드는 단거리 텔레포트를 사용하면서 공격을 하고 순간적으로 이동하였기에 붙잡히지 않았다.

혼돈의 대전사 쿠비취를 사냥할 때 이것 때문에 위드도 얼마나 많은 고생을 했던가.

그나마 그는 대전사로서 당당하고 고지식하게 힘을 겨루는 면이라도 있었다. 하지만 위드는 얍삽하게 블링크를 시전하면서 검의 힘을 최대한 활용하여 싸웠다.

"화염 폭발!"

마나에 여유가 있어서 검으로 협곡의 한 부분을 가리키자, 불덩어리가 생성되어 일시에 사방으로 흩어지면서 폭발!

슬레이언 전사들이 파편에 휩쓸려서 큰 피해를 입거나 땅으로 추락했다.

일반적인 성벽을 두고 치르는 공성전이었다면 지키는 쪽인 슬레이언 부족들에게 매우 유리한 싸움이 되었으리라는 건 당연했다.

그러나 여기처럼 지형적으로 까다로운 암벽 협곡에서는 타격을 얼마나 입었든 상관없이, 아래로 떨어지면 끝장이었다.

대재앙의 자연 조각술에, 조각 변신술이라는 비기를 사용하면서 맞춤형의 전투를 했기에 오히려 이 암벽 협곡은 적들의 무덤으로 가장 적합한 장소.

위드는 동에 번쩍 서에 번쩍 하는 식으로 블링크를 사용하며 협곡에서 활을 들고 있는 전사들부터 물리쳤다.

"슬레이언 부족의 활이라. 이거 레벨 제한이 낮고 종족 제한도 없다니 괜찮군. 속사 스킬을 올려 주는 옵션만 있었으면 바가지를 듬뿍 씌워도 팔릴 텐데. 약간 아쉽기는 해도 그런대로 비싸게 받을 수는 있겠어."

멀리 가지 않더라도, 이제는 모라타에서도 중앙 대륙의 이주민들에게 레벨 300대의 무기는 쉽게 팔아먹을 수 있게 되었다.

아이템 확인을 마치고 나니 더욱 솟구치는 전투 의지.

"이쪽으로 온다. 살려 줘!"

"으웨에엑. 도망치고 싶다!"

"흐이익."

"키야아아아아악!"

몬스터를 위축시키는 레드 스타의 권능으로 인하여 슬레이언 전사들은 위드에게 냉정하게 대응하지 못했다.

화살 공격이 서서히 약해져 가고, 비행 생명체들이 활개를 치며 협곡을 누비면서 날아다녔다.

암벽 협곡의 아래에서는 조각 생명체들이 동료들과 힘을 모아 잘 싸우고 있었다.

암벽 붕괴와 추락으로 상처를 많이 입고 약화된 슬레이언 전사들이었기에 전투 중에 죽은 이들도 상당수.

"하르셀 산악 지역을 지배하는 전사들이여, 우리는 이곳에서 침입자를 몰아낼 수 있다. 아직도 우리가 가진 힘은 거대하다!"

"적들을 이곳에서 모두 없애자. 동족들의 복수를 우리의 손으로!"

부족의 장로들은 전사들을 다시 수습하려고 애썼다.

대규모 전투일수록 사기를 회복하고 조직적으로 싸우게 되면 큰일.

위드는 장로들 옆에 나타났다.

"놈이 여기에 왔다. 지원군을 불러라."

"침입자의 대장인 저놈을 죽여야 한다!"

장로의 호위 전사들이 창을 들고 경계했다. 그들의 레벨은 아무래도 420보다는 좀 더 높을 것이다.

위드는 스킬을 시전했다.

"불의 진노!"

정면에 불기둥이 일어나서 전사들을 태웠다.

레드 스타의 최고의 장점은, 공격에 성공하게 되면 적들의 전투력을 상당히 빼앗아 버린다는 점이다. 일단 화염에 휩싸이게 되면 불의 저항력이 극도로 높거나 사제들의 치료 마법을 받지 않고서는 진화할 수가 없다.

게다가 혼돈의 전사는 레드 스타에서 자연적으로 발산되는 불길로 생명력과 마나를 채울 수 있는 종족이었다. 생명의 원천이 되는 젊은 여자의 피를 무한정 공급받는 뱀파이어가 된 것이나 마찬가지인 셈이다.

이럴 경우, 뱀파이어는 자신보다 훨씬 강한 적과도 싸워 이길 수 있다.

마법과 공격 스킬도 아낌없이 사용할 수 있어서, 전투력 자체가 완전히 달라졌다.

드래곤의 검을 들고 혼돈의 전사의 스킬을 마구 활용하며 적들을 없애는 위드의 전율적인 카리스마!

그가 지나간 장소는 화염에 휩싸여 있었다.

물론 슬레이언 전사들이 떨어뜨린 전리품의 습득은 완전히 끝난 상태.

슬레이언 부족들은 하르셀 산악 지역을 오래 다스렸던 부족이기에 다양하고 비싼 전리품을 가지고 있었다.

"전사들이여, 저 여전사가 약해 보인다. 저 여자를 없애라."

일부의 부족 장로들은 조각 생명체 중에 게르니카를 노렸다.

그녀는 바바리안 여전사로, 양손에 하나씩의 무기를 가지고 물가에서 싸웠다.

어느새 적들 사이로 많이 들어와 있었기에 목표가 된 것.

그때 갑자기 장로들이 있는 장소의 땅이 갈라지더니 데스웜의 머리가 나타나서 그들을 삼켰다.

위드에게 지렁이라는 이름을 받은 데스웜은 미식가였다.

지휘관급을 우선하여 먹어 치우는 까다로운 습성을 가졌다.

암벽 협곡이 붕괴되어서 소심해져 있던 녀석이 마침내 머리를 내밀고 전투를 시작한 것이다.

킹 히드라도 한쪽에서 쉬면서 이리엔의 도움을 받아 급속도로 생명력을 회복하고 있었다.

암벽 협곡의 전투!

위드의 퀘스트가 생방송으로 중계되며 큰 파장을 일으켰다.

암벽 협곡의 붕괴라는 상상을 초월하는 충격적인 영상. 그리고 조각 생명체들의 가공할 활약!

―빙룡 진짜 세다.
―완전 위엄이야. 저 정도면 웬만큼 강한 몬스터는 덤비지도 못하겠는데.
―불사조가 더 세 보여. 화염의 비, 저 광역 마법 정말 무섭다.
―위드가 데리고 다니는 부하들도 정말 장난이 아니라니까.

깃털을 날려 암벽 협곡을 온통 불태워 버리는 불사조의 지고의 스킬!

조각 생명체들이 가지고 있는 고유 스킬들은 놀라움 그 자체였다.

지골라스에서 생명을 부여한 이들까지 다 같이 날뛰면서, 암벽 협곡에서는 환상적이라고 할 만큼 화려한 장면들이 계속 나왔다.

현재 조각 생명체들의 인기를 반영하듯, 이미 그들의 팬클럽까지 결성되었다. 모라타에서 인기가 높은 누렁이를 비롯하여 전투에서 결정적 활약을 하는 빙룡, 오랫동안 살아온 와이번들까지, 시청자들에게는 빼놓을 수 없는 존재들이었다.

〈로열 로드〉의 요리사들이 빙룡 아이스크림을 개발하고 와이번 통닭을 만들 정도!

시청자들이 더 주목한 것은 위드의 전투 능력이었다.

—지금까지 치밀하게 싸우던 것과는 다르잖아.
—완전 힘이 넘쳐 주체할 수 없는 것처럼 보이는데.
—이런 걸 보고 싶었어요. 이게 〈마법의 대륙〉의 위드입니다. 차원이 다른 무력을 발휘하면서 몬스터들을 학살하는 그 느낌!
—아우! 진짜 나도 저렇게 싸워 보고 싶다. 근데 현실은 좀비 1마리만 나와도 도망 다니고 있으니, 에효.
—저렇게 강한데 바드레이한테 죽었단 말이야?
—혹시 무슨 뒷공작이 있었던 거 아닐까. 돈을 받고 져 줬다거나 하는 거… 돈만 많이 준다면 그럴 수 있을 것도 같은데.
—위드 님은 그럴 분이 아닙니다. 위드 님에 대해서 잘 모르시면 함부로 말씀하지 마세요.
—위드 님처럼 순수하고 때 묻지 않은 분에 대해 조금도 공감할 수 없는 음모론 같은 말씀을 하고 계시네요.
—근데 정말 장난 아니게 세네요. 과연 위드라는 건가. 보면서 괜히 설레는데요!

혼돈의 전사로서 보여 주는 화끈함!

위드는 시청자들이 열광할 수밖에 없는 전투를 벌이고 있었다. 전투에 완전히 몰두해서, 활을 든 전사들을 처단하고 장로들이 있는 곳에 나타나서 싸우는 멋진 모습들.

물론 전사들의 활과 장로들이 들고 있는 아이템에 대한 욕심 때문이었지만, 시청자들은 그 빠르고 거친 전투에 단단히 매료되었다.

신중하게 접근하고, 생명력과 축복 마법을 확인하면서 장기전으로 안정되게 싸우는 전투에는 지쳐 있었던 것이다.

—역시 싸움이라면 몽땅 무너뜨리고, 다 때려 부수고, 불도 지르고 그러는 게 정답 아니겠습니까?
—위쪽 분, 뭘 좀 아시네요. 위드처럼 싸우는 사람이 있어야 우리도 구경할 맛이 나는 거죠!

거기에 개인적인 무력만이 아니라 지휘 능력도 발군이었다.

조각 생명체들의 특성에 맞춘 전술 운용에, 적들을 맞이하는 진형 변화도 거침없이 이루어졌다.

위드가 손가락으로 척척 지시할 때마다 조각 생명체들이 칼같이 따르면서 슬레이언 전사들을 격파하는데, 그 장면을 보면서 매료되지 않을 사람은 없으리라.

바다에서 유령선들을 다스리고 대해전을 벌일 때처럼 지휘력이 일품이었다.

물론 전장의 소음으로 인해 위드가 귓속말을 펼치고 있었기 때문에 시청자들이 알지는 못했다.

—게르니카, 나서지 말고 뒤로 빠져.

—빈덱스, 뭐 하니. 지금까지 만날 놀았잖아. 이제 노는 거 지겹지도 않아?
지금 1마리를 데리고 칼질을 몇 번 하는 거야!

—시골뱀, 혓바닥만 날름거리지 말고 빨리 독 풀고 뒤로 빠져.

—지렁이! 너 지금 20초 넘게 땅속에서 자고 있지?

폭풍 잔소리!

그러면서도 위험에 빠진 녀석이 있다면 반드시 단거리 텔레
포트를 이용하여 가서 구해 주었다.

다른 랭커나 유저 들이 자신들만의 성공을 위하여 부하를 막
다루는 것과는 전혀 다른 모습이었다.

—바드레이는 희생양으로 부하들을 소모시켜 버리잖아.
—원래 자기밖에 모르는 놈이라서 그러지.
—비교가 돼? 이런 게 진정한 지휘관의 역량 차이라는 거지.
—캬하! 저런 전투, 나도 해 보고 싶은데.

가끔 심통을 부리는 사람도 있었다.

—내가 싸워도 저만큼은 할 수 있겠다. 레벨 높고 좋은 아이템 끼고 있으면
누구나 다 저렇게 하지.
—위쪽 분, 정신 차려요. 위쪽 분이 저기 있었으면 아마 바윗덩어리에 깔려
죽으셨을 듯.
—위드의 이동속도나 반응속도, 장소마다 스킬 활용하는 판단력을 보세요.
저런 난전에서 정말 저렇게 싸울 수 있다고요?

시청자들이 단 한순간도 텔레비전에서 눈을 뗄 수 없을 정도
로 숨 가쁘게 흐르는 전투였다.

영화 한 편을 보는 것처럼 예측 불가능한 위드의 결정이야말
로 재미를 북돋아 주는 요소.

누가 불리한 암벽 협곡으로 들어가서 적들을 무너뜨릴 계획
을 세울 수 있겠는가.

대재앙을 일으킬 수 있더라도, 이리저리 조심하다 보면 그렇
게 하기가 어렵다.

고작해야 스킬을 활용하면서 하르셀 산악 지역의 외곽에서
부터 적들과 계속 싸움을 하기 마련이다.

하지만 위드는 저지르고 보았다.

"최악의 경우에는 도망이라도 치면 되겠지. 이곳 산악 지역
에서 수비에 유리한 절벽이나 산봉우리로 퇴각해서 3개월쯤
버티면 될 거야. 사냥해서 먹을 걸 구하고 빗물을 받아 마시면
사는 데에는 무리가 없겠군."

지금까지 익힌 스킬들을 활용하여 버틸 수 있는 생존 능력.

이 배짱이야말로 대중이 열광할 수밖에 없는 요소였다.

─어리석게도 슬레이언의 함정에 빠져 버리고 말았습니다.

─매복에 완벽하게 당한 모습인데, 위드가 이 정도를 예상하지 못했을
까요. 아, 실망인데요.

전투가 시작되었을 때 진행자들은 짙은 한숨을 쉬었다. 하지만 이제 그들은 말을 바꾸어서 칭찬하기 바빴다.

—오오오! 위드의 부하들도 정말 대단한 전투 능력을 가지고 있습니다.

—저 무기는 혼돈의 대전사 쿠비챠가 쓰던 게 맞는 거죠. 일설에 의하면 드래곤의 무기라는 말이 있습니다.

—드래곤의 무기라는 건 아직 확인은 되지 않은 정보인데요, 지금까지로 보아서 매우 엄청난 공격력을 가지고 있으며 화염 마법을 사용할 수 있는 아이템이 틀림없습니다.

—멋집니다! 방금 보셨습니까? 검을 휘둘러서 날아오는 화살들을 모조리 태워 버렸습니다. 그 대담함이나 스킬의 범위와 타이밍을 절묘하게 노리는 행동은 위드만이 가능한 거죠.

—과연 위드라는 말을 방송 중에 지금 몇 번 하는 건지 모르겠네요.

칭찬의 릴레이.

LK게임과 온 방송국은 최근에 헤르메스 길드를 비롯한 명문 길드와 우호적인 관계를 이룩했다.

방송 진행이나 전투 영상을 확보하기 위해서는 거대 세력과 잘 지낼 필요가 있었다. 방송 시간 배정이나 광고 수익금 배분에 있어서도 명문 길드들에 상당한 프리미엄을 지불했다.

하지만 시청자들이 위드의 방송에 기대하는 것과는 비교할 수도 없는 노릇.

진행자들도 이제는 시청자들이 무엇을 원하는지를 알기에 위드에 대한 찬양을 그치지 않았다.

—오오오, 위드가…….

—그를 향해서 화살 공격이 준비되고 있고, 전사들이 모여드는군요. 가

만히 있는 걸 보니, 아직 모르고 있는 걸까요?

　—마나가 부족해서 빠져나가지 못하는지도 모릅니다.

　—그러면 위기죠!

　진행자들은 영상을 보면서 열을 올렸다.

　축구 경기의 결승전을 능가하는 긴박감으로 이루어지는 방송 중계!

　—위드가 적들의 공격에 의해 암벽 협곡에서 추락!

　—이 높이에서 떨어지면 위드도 심각할 정도의 타격을 받을 것입니다.

　—앗… 그게 아닙니다! 공중에서 블링크를 연속 사용하면서 빠져나왔습니다!

　—마치 예상하고 있었던 것처럼 유연하게 대처하는군요. 기적과도 같은 스킬 운용입니다.

　영상이 따라가기도 아주 바빴다.

　—위드가 지상에 나타났습니다. 지금 전리품을 습득하고 입꼬리를 올리며 웃고 있습니다!

　위드는 레드 스타에 간직된 여러 가지 마법을 아낌없이 사용했다. 만날 버스만 타고 다니다가 총알택시를 탄 것처럼 후련한 기분.

　"지금이 풍년이로군!"

　암벽 협곡에 널려 있는 슬레이언 전사들 중에는 부상자들이 많았고 생명력도 많이 떨어져 있어서 위드에게는 사냥감이 널려 있는 셈이었다.

혼돈의 전사로 조각 변신술을 펼친 이후 아예 방어구를 착용하지 않았다.

기본적인 인내력과 맷집만으로 견뎌야 하는 것이다.

하지만 레드 스타의 위압감과 종족의 카리스마로 인해 위축된 슬레이언 전사들이 정상적으로 싸우지를 못하니 아무 문제되지 않았다.

검이 생명력을 회복시켜 주고 위험한 순간마다 단거리 텔레포트를 활용하다 보니, 생명력의 감소에 대하여도 걱정할 필요가 없는 상태!

"퇴각하라!"

이제 거의 남지 않은 부족의 장로들이 드디어 후퇴를 결정했다. 그러자 전사들이 암벽 협곡에서 철수하기 시작했다.

암벽 협곡의 좁은 길을 빠져나가고, 붕괴되면서 막히지 않은 동굴들을 통하여 떠나갔다.

위드는 사자후를 터트렸다.

"추격하지 마라!"

대규모 전투를 하다 보면 보통 추격전에서 가장 큰 공을 세우게 되기 마련이다. 기병들의 경우에는 평원에서 몬스터 무리를 압도하는 공격력을 보이기도 한다.

기사의 매우 큰 장점으로, 장애물이 거의 없는 넓은 평원에 몬스터 대군이 몰려왔다면 그건 정말 좋은 먹잇감이 된다.

기사단의 돌격으로 적을 관통하고 나면 지능이 낮은 몬스터일수록 사기가 떨어져서 마구 도망치기 마련이었다. 그때의 추격전을 통하여 며칠을 꼬박 사냥한 정도의 전리품과 명성, 경험치를 얻을 수도 있는 것이다.

기사란 직업은 전투만 놓고 보면 그야말로 혜택이 많은 편.

몇몇 조각 생명체들의 이동속도는 말만큼이나 빠르지만 여기는 지형이 험한 하르셀 산악 지역. 위드와 조각 생명체들도 전투로 인해서 지쳤으니 무턱대고 쫓아가다가는 숫자가 훨씬 많은 슬레이언 부족 전사들에게 뼈아픈 역습을 당할 수도 있어 참아야 했다.

지휘관으로서 이기고 있을 때 자제한다는 것은 정말 어렵지만, 때로는 참는 것도 필요했다.

하르셀 산악 지역의 협곡 전투에서 기적과도 같은 승리를 거두었습니다. 전투 중에 적들은 당황하여 끊임없이 끌려다녔습니다. 예측할 수 없는 지도력으로 거둔 승리. 우수한 부하들을 데리고 있었다고 해도, 아군의 손실 없이 얻어 낸 귀중한 승리는 칭송의 대상이 되기에 충분할 것입니다.

명성이 1,210 올랐습니다.

카리스마가 6 상승하였습니다.

통솔력이 5 상승하였습니다.

슬레이언 부족과의 적대도가 100이 되었습니다.

위대한 전투 경험을 쌓았습니다. 전투와 관련된 스탯들이 1씩 증가합니다.

> 레벨이 올랐습니다.

"으흐흑, 내 아이템들이 멀리 가는구나. 아… 저기 활 들고 있는 녀석을 일찍 잡지 못했다니."

큰 전투를 이기고 나서도 한없이 아쉬워하는 위드.

"이 근처에 있는 녀석들은 확실히 없애 놔야겠군."

위드는 일행과 조각 생명체들과 같이 무너진 암벽 협곡을 돌아다니며 부상이 심해 남겨진 슬레이언 전사들을 처리했다.

"살려 다오."

슬레이언 전사들이 애처로운 얼굴로 부탁을 했다.

위드는 슬픈 표정을 지었다.

"나도 그러고 싶어. 하지만… 전리품 때문에 안 돼."

싹둑!

전투에서 대승리를 거두고 나서 항복하는 포로들을 살려 주거나 하면 명예 스탯과 기품이 많이 오른다. 물론 직접 나서지 않고 기사들을 지휘하기만 하여 승리를 거두더라도 부하들을 통하여 명예 스탯은 심심치 않게 오른다.

있을 수 없는 일이지만, 아르펜 왕국의 세금을 낮추더라도 명예 스탯은 올라간다.

"국밥 한 그릇 먹을 수도 없는 명예 따위야 의미가 없지. 명성은 말할 가치도 없고."

국왕으로서 명예가 높으면 자유 기사들이 알아서 제 발로 걸어 들어온다.

위드도 아르펜 왕국의 국왕으로서 현재 명예 스탯이 165밖에 되지 않지만, 그것도 상당히 높은 편이었다. 거기에 대륙 전체에 확실하게 퍼진 명성으로 인하여 상당히 많은 자유 기사들이 아르펜 왕국으로 향하고 있었다.

"북쪽으로 가면 진정한 왕이 있다고 하던데."
"주민들이 말하고 있으니 틀림없겠지."
"먼 거리이지만… 평생 봉사할 수 있는 왕을 만나기 위해서는 가야겠지."

허름한 망토에 가죽옷을 차려입은 자유 기사들이 오늘도 말을 몰아 북부로 오고 있었다.
그들은 간신히 자유 기사가 된 인물들이 대부분으로, 오는 도중에 몬스터에 의해서 죽거나 다른 영주에게 충성을 맹세하고 눌러앉아 버리는 경우도 종종 있었다.
하지만 역사서에 나올 만큼 유명한 인물이나, 칼라모르 왕국의 붕괴 이후로 새로운 주군을 찾아서 이동하는 기사도 제법 되었다.
위드의 명예 스탯은 예술이나 힘, 민첩에 비하면 대단히 낮은 편이지만, 어디까지나 상대적인 수치가 그럴 뿐이다. 다른 국가의 국왕들은 명예 따위는 아예 모르고 살기 때문이다.

세금을 거두는 데에만 혈안이 되어 있는 폭군.
어리석고, 수치를 모르는 전쟁광.
기사도를 지키지 않는 파렴치한.

사치스러운 불량배.

지나가는 개들조차도 꼬리를 세우고 왈왈 짖는다는 최악의 평판!

특히 유저 출신의 대영주나 국왕은 워낙에 심한 불명예를 안고 있었다. 그렇다 보니 반사이익으로 베르사 대륙을 떠도는 자유 기사들이 대거 아르펜 왕국으로 향하는 것이다.

병사들은 징병과 훈련이 쉽게 된다지만 기사들을 채우기 위해서는 많은 투자와 노력이 필요하다. 자유 기사들의 충성을 받으면 이 부분이 비교적 쉽게 해결되리라.

물론 그들에 대한 위드의 평가는 인색하기 짝이 없었다.

"무슨 기사들이, 월급을 너무 많이 받아 가. 고용 비용이 장난이 아니라니까. 나 혼자 먹고 챙길 돈도 부족한데……."

절대 공짜가 아니었으므로, 기사들이 충성 서약을 하러 몰려와도 나가는 세금에 슬플 뿐.

현재 아르펜 왕국의 기사단은 240명이 약간 넘는 수준이다.

국왕에 따라서 기사단의 성격도 달라지게 된다. 사치스럽고 방탕하고 세금을 많이 거두는 국왕이라면, 기사단은 그에 맞게 주민들을 무시하며 향락을 즐기는 식이다.

아르펜 왕국의 기사들은 검소하고 문화를 즐길 줄 알았다. 현재는 자진해서 도적 떼와 몬스터들과 싸우면서 치안을 지키는 일을 했다.

아직 다른 왕국과 같은 수준으로 볼 수 없을 정도로 레벨이 낮기도 해서, 위험한 곳에 투입할 정도는 아니었다.

"꺄아, 정말 승리를 거뒀어요!"

적들을 얼마나 팼는지 너덜너덜해진 장갑을 벗으면서 수르카가 기뻐했다.

"아까는 꼼짝없이 함정에 빠졌다고 생각해서 정말 죽는 줄 알았는데."

위드는 동료들에게조차 놈들을 유인한다고만 해 놓고 자세한 계획은 알려 주지 않았다. 철저한 보안 유지가 생명이었다기보다는 그냥 말하기 귀찮아서, 그리고 어차피 경험을 해 보면 알게 될 것이기 때문이다.

두 번 놀랐다가는 대재앙에 휩쓸려서 몰살하게 될지도 모를 일이었다.

로뮤나가 핀잔을 주었다.

"그럴 리가 있니. 위드 님의 잔머리가 어떤 수준인데. 난 이 정도의 꼼수가 있을 줄 짐작하고 있었어."

제피도 눈치를 보면서 슬그머니 긍정했다.

"맛있는 요리를 해 주는 날이면 정말 그날 하루는 정신을 바짝 차려야 됩니다."

화령도 위드와 던전 사냥을 다니며 비슷한 경우를 많이 겪어 본 편이었다.

"잘 숙성시킨 와인이라도 한 병 개봉해 주는 날에는 쉴 생각을 말아야 돼요."

방송에서는 두 번 나오기 어려운 희대의 전략이라든가 한 치의 오차도 허용하지 않는 과감하고 공격적인 전술이라고 평가했지만, 동료들은 다르게 생각했다.

'음흉하게 웃더니 역시 꼼수가 있었어.'

'얍삽함은 정말······.'

'어릴 때부터 남다르게 야비했을 것 같다.'

원래 세상이 다 이런 것!

어쨌든 위드의 진짜 목표는 슬레이언 전사 퇴치가 아니라 요새에서 아르닌을 구출하는 것이었다.

"이곳에서 놈들의 병력을 크게 물리쳤으니 남아 있는 적들은 훨씬 적겠군요. 바로 그곳으로 진격하겠습니다."

투브칼 봉우리에 있는 슬레이언의 요새.

경치 하나만큼은 끝내주는 장소로, 봉우리에 오르면 발아래 하르셀 산악 지역이 그림처럼 펼쳐지고 구름이 자욱하게 깔려 있는 광경을 보게 된다.

슬레이언 부족은 칼날을 거꾸로 세워 놓은 것 같은 산꼭대기에 돌을 쌓아서 요새를 지었다. 와이번을 타고 높은 하늘에서 보면 어떻게 접근할지가 걱정될 정도로 공격하기 어려운 지형이었다.

위드는 동료들과 조각 생명체들과 더불어 봉우리 근처까지 도착했다.

여기까지 오는 중에도 지형상 매복 공격을 당하기 쉬운 위험

한 장소가 몇 군데 더 있었지만, 크게 기가 꺾인 슬레이언 부족
은 더 이상 기습하지 않았다.

"이제 여기서만 이기면 되겠군."

위드는 유린의 그림을 통해서 요새 부근의 지형을 먼저 확인
했다. 봉우리의 경사가 너무 심하고 바닥이 고르지 않아서, 대
장장이 스킬로 공성 무기를 제작하더라도 끌고 접근하는 게 거
의 불가능에 가까웠다.

"침입자들이 이곳까지 왔다."

"성문을 닫아라."

"궁병들을 배치해. 그리고 창고에서 수비 무기들을 가져와서
배치하자."

위드 일행을 확인한 슬레이언 부족의 전사들이 요새의 문을
닫아걸고 농성을 시작!

이들은 약탈하거나 드워프들을 포로로 데리고 있으면서 획
득한, 공성전에서의 전용 수비 무기까지 갖추고 있었다. 끓는
기름과 넉넉한 화살, 고정되어 계속 발사가 가능한 쇠뇌, 돌을
떨어뜨릴 수 있는 장치 등!

"여기는 정말 까다로운 난관이 되겠습니다. 함락시킬 만한
장소가 전혀 보이지를 않는데요."

페일이 높은 곳으로 올라가 요새를 살펴보고 나서 혀를 내둘
렀다.

슬레이언 부족의 요새는 성벽이 허술하지도 않고 잘 정비되
어 있었다. 일반적으로 이런 경우에는 5배는 되는 병력으로 소
모전을 펼쳐야 된다.

"연기다!"

설상가상으로 요새에서는 시커먼 연기까지 피워 올렸다.

인간들의 성이 공격을 받으면 사용하는 봉화를 슬레이언 부족도 쓰는 것.

"할 건 다 하는구나."

요새를 공격하면서 시간을 쓰다 보면 하르셀 산악 지역에 흩어져 있는 슬레이언의 마을에서 전사들이 계속 충원된다는 이야기다.

그들은 미리 뚫어 놓은 작은 동굴들을 이용해 요새 안으로 들어갈 수도 있고, 혹은 밖으로 나와서 포위를 하고 역공을 펼치는 것도 가능했다.

하르셀 산악 지역이야말로 슬레이언 부족이 살기에 최적화된 장소.

조각술 마스터 퀘스트, 아르닌을 구출하는 의뢰는, 시간을 끈다면 다시 원점으로 돌아가야 할지도 모른다.

페일이 물었다.

"여기서는 어떻게 싸우실 거죠?"

위드라면 어떤 꼼수든 낼 것으로 믿었다.

"먹고 싸우면 되겠죠. 놈들이 많이 줄었으니 충분히 가능할 겁니다."

위드는 아껴 온 고급 재료들을 꺼내서 요리를 시작했다.

갓 구운 빵에, 진한 고기 국물을 우려내서 만든 수프는 입맛을 돋우는 용도였다. 평소에는 보리빵에 딸기 잼이라도 발라 먹으면서 만족할 수준이었는데, 벌써부터 입안에서 느껴지는 호화로움!

"조금 시간이 걸릴 테니 천천히 즐겨 주세요."

위드는 요리 도구와 재료를 몽땅 꺼냈다.

고기와 야채, 대부분의 재료들은 아쉽게도 빙룡이 보관하도록 해서 얼린 것이었지만 중급 9레벨 89%가 넘는 숙련도는 맛을 거의 떨어뜨리지 않았다.

요리 스킬이 초급 6레벨만 넘어도 음식을 만드는 도중에 풍기는 냄새가 일품이었다.

직접 양념해 버무린 돼지갈비에, 양의 넓적다리.

"간단히 먹어 주세요. 차릴 게 많으니 벌써부터 배가 부르면 안 됩니다."

농어, 가자미, 연어, 광어, 도미, 참치 회!

당연히 모라타 동쪽 바다에서 잡아 올린 자연산이었다.

비록 얼리기는 했지만.

위드의 칼질에 썰리는 횟감들!

"회가 입안에서 녹아요."

"앗… 이 팔딱거리는 신선함!"

회가 나오자 그릇이 금세 비워졌다.

"너희도 고생 많았다."

조각 생명체들에게는 참치를 큼지막하게 잘라서 줬다.

킹 히드라의 머리 9개는 서로 먹으려고 자기들끼리 싸울 정도였다.

"계속 드세요. 이제 시작일 뿐입니다."

위드가 다음에 내온 요리는 상어알과 조개, 생선을 삶아서 특제 소스를 바른 것이었다.

큼지막한 감자와 야채로 장식하여 그릇에 내온 요리는 침을 줄줄 흐르게 했다.

화령이 대표로 첫 숟가락을 떴다.

"어때요?"

수르카의 물음에 화령은 무언가를 생각하는 듯 눈을 감았다.

"혀에 닿는 순간 깊은 바다의 맛이 났어. 알에서 막 태어난 생선들이 끝없이 깊고 넓은 바다를 헤엄쳐 가면서 느끼는 그런 아늑한 신비로움……."

와구와구.

"앗, 같이 먹어요!"

위드는 요리에 대한 사람들의 평가에 대해서는 신경 쓰지 않았다.

고급 요리라고 해서 사람들의 입맛에 전부 맞는 건 아니었다. 떡볶이나 어묵을 가장 먹고 싶을 때도 있는 법이다.

"맛있는 요리를 할 때가 행복하지!"

위드는 대륙의 여러 지역을 다니면서 온갖 재료들을 다 요리해 보며 맛에 대해 연구했다. 아직 중급 9레벨의 요리 스킬이지만, 혼자 다녔던 시간이 길고 사람들을 대접하는 경우도 적었다. 음식을 하는 데 시간을 많이 쓰지 않았던 것도 이유였다.

사냥이나 모험을 나가서는 어쩔 수 없이 간단히 먹게 된다. 도시에서 식당을 차리고 다양한 재료를 공급받지 않는다면, 요리를 전문적으로 하긴 힘들다.

그래도 육지와 바다, 금역까지도 오가면서 쌓아 온 맛의 깊이는 상당한 편에 속했다.

"여기에 곁들여서 마실 만한 와인과 브랜디도 준비되어 있습니다."

"꺄아, 정말 기다렸던 술이에요. 조금만 마실게요."

회무침, 굴, 복어튀김에, 전통적인 야식 메뉴인 보쌈, 족발까지 나왔다.

한데 너무나도 행복하게 먹던 와이번들의 얼굴이 어느 순간 어두워졌다.

누렁이는 눈물까지 뚝뚝 흘리며, 고깃국에 삶은 야채를 삼키고 있었다.

"음머어어어, 아무래도 이게 우리가 먹는 마지막 음식인 것 같다."

"누가 될지 몰라도… 배부르게 먹고 죽자."

최후의 만찬!

금인이는 구석으로 가서 조개를 까먹으며 서럽게 울었다.

"주인, 그래도 지금까지 같이 다녀서 행복했다."

위드에게는 그럴 의도가 조금도 없는데, 어디까지나 조각 생명체들의 과민 반응이었다.

위드가 흡족한 웃음을 지었다.

"내가 그동안 너무 야단만 쳤지. 가끔은 애들한테 먹을 것도 해 주고 그래야겠군. 이렇게 감동하고 좋아할 줄은 몰랐어."

"크흐흐흐흑."

조각 생명체들이 흘리는 눈물은 갈수록 많아졌다.

그렇게 거창한 식사를 마치고 나서 위드와 일행, 조각 생명체들의 전투력은 충분히 높아져 있었다.

"와, 너무 맛있게 잘 먹었어요!"

"정말 하나같이 다 맛있었네요."

전투와 이동으로 지쳐 있던 몸에, 맛있는 음식을 먹고 충분한 휴식을 취하자 다들 기분이 좋았다.

체력이 회복된 것은 물론이고, 중급 요리 스킬 9레벨에서 낼 수 있는 최대한의 효과도 부여되었다. 생명력이 18,284까지 늘어나고, 체력과 지구력이 일시적으로 50% 이상 더 강해진다. 나머지 스탯들도 35 이상 증가!

그렇다고 해도, 늘어난 스탯만 놓고 본다면 전투에서 결정적인 역할을 할 정도까지는 아니었다.

하지만 잘 먹고 싸우다 보면 더 좋은 효과도 기대할 수 있는 것이다.

위드가 보통 때에는 절대 볼 수 없을 산해진미를 차린 이유는 동료들과 부하들에 대한 고마움의 마음을 나누는 데 있었다. 아르펜 왕국의 건국식은 조촐하게 했지만, 실상 진짜 고마운 사람들은 모두 이곳에 있는 게 아닌가.

조각 생명체들도 지금까지 많은 수고를 했고, 앞으로도 계속 함께 성장해 나가야 한다. 동료들에게도 그동안 여러모로 고마운 면이 많았다.

비싼 요리 재료를 가지고 와서 아끼지 않고 쓴 위드의 속마음이었다.

물론 겉으로는 달랐지만.

"그냥 왠지 요리를 해 보고 싶어서… 재료가 남기도 했고요."

"다음에 음식 재료 남으면 또 해 주실 거죠?"

"안 남을 겁니다."

베키닌의 3마리 미친 상어!

대양을 누비며 해적질을 하던 그들의 배에 일주일 전에 위드가 나타났다. 유린의 그림 이동술을 통하여 단숨에 온 것이다.

위드는 나타나자마자 널찍한 해적선을 마치 자기 집처럼 거침없이 둘러보았다. 그 과정에서 선실 창고에 정리해 놓은 해산물도 조금 발견했다.

"바다에 있으면 해산물은 질리도록 드시겠네요."

"뭘요. 육지 음식이 그리워서 오히려 고기를 더 자주 먹죠."

"하핫, 회도 매일 먹으면 질리니까요."

위드는 그들의 의견은 듣지도 않았다.

"해산물이 많이 남을 것 같은데…….."

"별로 없는데요?"

"내일 가져가겠습니다. 마차 여덟 대 분량 정도면 좋겠군요."

"허어, 여기가 아무리 바다라고 해도 그 많은 해산물을 어떻게 그렇게 빨리 구합니까?"

"어종도 좀 다양하게 하고, 굴이나 조개도 있었으면 좋겠는데……."

"하하, 농담도 잘하십니다."

"참, 요즘에 현상금 많이 오르셨다는데… 축하드립니다."

"엇, 고맙습니다. 이게 다 열심히 해적질한 덕분 아니겠습니까. 배 1척으로 이만큼 키우기 정말 힘들었습니다. 바다에서 무차별 약탈을 하고 다니는 보람으로 사는 거죠, 뭘."

"악명도 높고 살인자 상태니까, 여러분 만난 어떤 운 좋은 사람은 이득 많이 보겠네요. 왕국에 가서 현상금까지 탈 수 있을 테고요."

베키닌의 3마리 미친 상어들은 그때 위드가 입꼬리를 올리며 지은 명품 비열한 미소를 잊을 수가 없었다. 웬만한 협박은 다 하고 다닌 그들이었지만, 위드라면 충분히 그러고도 남을 놈이다.

"진짜 존경스러운 나쁜 놈이다. 어떻게 우릴 잊지 않고 와서 등쳐 먹을 생각을 하냐."

"우린 아직도 멀었다니까. 배울 점이 많아."

"나쁜 짓의 세계에도 확실히 수준 차이가 느껴지지!"

미친 상어의 함대는 낚시와 물질을 할 줄 아는 해적들을 부려서 해산물을 모았다. 간신히 할당량을 채우고 나니 위드와 빙룡이 와서 싹싹 긁어 갔다.

그렇다고 해서 위드가 완전히 공짜로 챙겨 간 건 아니었다.

"여러분과 많이 친하지만, 그냥 가져간다면 속사정을 모르는 사람들은 강도질이라고 생각할지도 모르겠네요."

사실 강도질이 맞긴 했다.

"그래도 우리 사이에 돈을 주기는 좀 그렇죠?"

"정 주신다면야, 뭐……."

"친한 사람들끼리, 그리고 모험도 같이한 사이에는 돈거래를 하는 게 아닙니다."

베키닌의 3마리 미친 상어는 주는 돈을 거절할 인간들은 아니었다. 하지만 상대방이 줄 마음이 있어야 받을 게 아닌가.

위드가 어떤 짠돌이인지 알기 때문에 기대도 하지 않았다.

"제가 가진 재주가 이것뿐이니, 선수상이나 제작해 드리죠."

적당히 썩은 나무를 골라서 해골 해적의 선수상을 제작!

조각사가 만든 선수상은 바다에서 든든한 부적과도 같았다. 항해 스킬이나 배의 이동속도를 올려 주는 것은 물론이고, 폭풍에도 피해를 덜 받게 해 준다. 해적들의 스킬과 스탯에도 도움이 되었다.

육지에서 만든 조각품이야 가지고 다니기가 버거운 경우가 많지만, 뱃머리에 붙어 있는 조각품은 언제나 그 효과를 볼 수 있기에 항해에 매우 커다란 도움이 되었다.

헤인트는 다른 의미로 감동했다.

"캬하! 금방이라도 가진 돈 다 내놓으라고 말할 것 같은 조각품입니다."

표정 연구라도 하고 싶어질 정도로 악랄하게 만들어진 해적의 조각품!

사실 그냥 조각품만 하나 덩그러니 깎아 준다면 조금 서운한 감정을 가질 수도 있다. 위드는 인간관계란 그래서는 안 된다고 생각했다.

만의 하나 나쁜 마음이라도 품게 되면 다음에 또 필요한 물품을 얻어야 할 때 곤란할 것이 아닌가.

"조각품을 더 만들어 드리겠습니다."

위드는 다른 배에도 선수상을 제작해 주었다.

이른바 1+1 상품!

이번에는 바다에서 가끔 볼 수 있는 돌고래 선수상을 깎아서 만들었다.

배 주변에 돌고래들이 자주 출몰하게 하여 행운을 높이고 항해 속도를 늘려 주는 선수상!

"저희를 위해서 이렇게까지……. 앞으로 더 열심히 해적질하겠습니다."

"만족하셨다니 다행이군요. 그럼……."

위드는 입가에 잔뜩 썩은 미소를 지은 채 떠났다. 그 미소가 남긴 잔잔한 여운은 베키닌의 3마리 미친 상어의 해적선에 오래오래 머물렀다.

투브칼 봉우리

위드는 시간이 많지 않다는 사실을 잘 알고 있었다.

슬레이언의 마을은 하르셀 산악 지역 전체에 걸쳐 광범위하게 퍼져 있을 테고 번식률도 굉장히 빠를 것이기에 예전 상태로 돌아오는 것은 시간문제.

"오늘 내로 싸워야 할 것 같으니 아쉽게 되었군."

대재앙의 자연 조각술을 쓴다면 커다란 타격을 주고 시작할 수 있으리라. 그런데 대재앙은 하루에 한 번밖에 일으키지 못한다는 제약이 있었다.

기다리면서 시간을 보내면 전사들이 그만큼 늘어나게 된다.

"설혹 대재앙을 일으키더라도 아르닌이 몰살하면 안 되니 그냥 지금 싸워야겠어."

구출 계획에 대재앙의 자연 조각술을 쓴다는 건 그냥 몽땅 파묻자는 이야기밖에는 안 되는 것.

위드는 다시 혼돈의 대전사 쿠비취로 바뀌도록 조각 변신술을 사용했다.

"여기서는 빠른 것이 가장 중요하겠군. 모두 전투준비!"

동료들과 조각 생명체들은 큰 기대를 했다.

"이번엔 어떤 전략으로 상대할까요?"

"슬레이언의 습성을 역이용한다거나, 혹은 지형을 바꾸어 놓을 수 있는 무언가를 쓸 것 같죠?"

"상상도 못 한 전술을 성공적으로 실행시킬 것 같아요."

이리엔, 페일, 벨로트는 앞으로 벌어질 일을 기대하며 잔뜩 긴장하여 지켜보았다.

조각 생명체들은 어떠한 명령이라도 따를 수 있는 준비를 하였다.

잘 먹여 놓아서 지휘의 효과가 더 발휘될 수 있는 상태였다.

"음머어어어어, 살아서 만나자."

"골골골, 모두 지금까지 같이 있어서 행복했다."

"너희가 죽기 전에 와삼이, 나부터 먼저 죽을 것이다."

와삼이의 다정한 말에, 와이번 중에서 첫째인 와일이가 쏘아붙였다.

"그래, 너부터 죽어라."

"주인 혼자 태우고 다니고… 등 평평하다고 만날 잘난 척만 한다."

"끄우우, 그게 아니다. 얼마나 힘든 줄 아느냐."

"배가 불렀다!"

"아까 타조알 요리도 제일 많이 먹었다."

"딱 1개 더 먹었을 뿐이다!"

"내가 먹고 싶었다!"

이 와중에도 벌어지는 시기와 질투!

지골라스에서 생명을 부여받은 생명체들은 아직은 친밀도가 낮아서인지 구경만 하고 있었다.

이 순간도 방송국들을 통하여 생중계가 이루어졌다.

수천만 명이 넘는 시청자들이 실시간으로 지켜보고 있었으며, 〈로열 로드〉의 선술집 등에서도 맥주와 음식을 시켜 놓고 기다렸다. 시장과 광장에서도, 장사보다는 위드의 모험을 지켜보고 있을 정도였다.

"자, 시작해 볼까."

위드는 간단한 명령을 내렸다.

"얘들아, 공격이다. 가자!"

그가 선택한 방법은 정면공격.

칼날 같은 경사를 용케 기어 올라간다 해도 그 너머에는 성벽까지 있으니 정말 무모해 보이는 방법!

하지만 위드가 먼저 요새로 달려 나가자 조각 생명체들도 뒤질세라 따라왔다. 누렁이, 금인이, 불의 거인, 백호, 기사 세빌, 여전사 게르니카, 여검사 빈덱스, 하이엘프 엘틴 등이 모두 같이 달렸다.

비행 생명체들은 하늘로 날아오르며 지상에 대한 공격 개시를 준비했다.

투브칼 봉우리의 요새에서는 사정거리에 들어오는 대로 화살을 쏘았다.

"블링크!"

위드는 순간적으로 성문 앞으로 텔레포트를 했다.

"지옥의 겁화!"

레드 스타에서 생성된 불길이 검 전체를 덮었다.

> 공격력이 최대 329%까지 강화됩니다.

위드는 있는 힘껏 성문을 때렸다.

꽈아아아앙!

천둥이 치는 소리와 함께 성문 격파!

> 투브칼 요새의 성문을 파괴하였습니다.
> 투지 스탯이 1 오릅니다.

성문이 깨지자 문 안에서 진을 치고 기다리고 있던 슬레이언 전사들이 보였다.

"불의 인간이다."

"적들의 대장을 없애야 한다."

화살을 쏘고 창을 앞세우고 달려 나왔지만, 위드는 상대해 주지 않고 스킬을 시전했다.

"블링크!"

그가 새로 나타난 장소는 요새 주택의 건물 위!

"이곳에는 없겠지."

위드는 레드 스타로 목조건물을 베었다. 그러자 건물 전체가 순식간에 화염에 휩싸였다.

"저곳이다! 저기에서 불을 질렀다."

"블링크!"

슬레이언 전사들을 피하여 이번에는 요새의 중심부를 지나쳐서 뒤쪽까지 텔레포트를 시전!

"크와아아아아아!"

"놈들을 몽땅 없애라."

"죽기 위해서 들어온 놈들을 죽여 줘라!"

위드는 성문 쪽에서 전투의 소음을 들을 수 있었다.

조각 생명체들이나 동료들이 다가오는 것을 슬레이언 전사들이 막고 있으리라.

성벽이 뒤흔들리는 소리와 진동도 발생했는데, 그것은 아마도 데스웜이 성벽을 붕괴시키기 위하여 땅속에서 부딪쳤기 때문일 것이다.

부서진 성문과 두꺼운 성벽을 사이에 두고 양측 간에 공방전이 매우 치열하게 진행될 터.

몇몇 지나치게 덩치 큰 조각 생명체들이야 당연히 성문을 비집고 들어올 수 없겠지만, 그게 아니라도 몇 겹의 방어선을 치고 지키고 있는 적들을 넘어오기란 어려운 부분이 많았다.

"적당히 하라고 했으니 잘 싸우겠지."

위드는 금인이에게 지휘를 맡겼다. 적당히 소심하고 눈치 빠른 금인이에게 시켜 놓았으니 알아서 잘 싸울 것이다.

효율적인 움직임은 아니더라도, 애초에 위드는 요새를 함락시키겠다는 목표를 가지고 있지도 않았던 것이다. 그저 위드 혼자 요새로 잠입하여 염탐하고 아르닌을 구출하는 동안 시간만 벌어 주면 된다.

"조각 생명체들은 보통 자신들의 목숨을 끔찍이 아끼기 때문에 잘 살 수 있을 거야. 겁까지 먹었으니 더 적당히 하겠지."

믿을 수 있는 사제 이리엔이 치료해 줄 테니 마음이 놓였다.

꺼어어억!

실제로 눈을 게슴츠레 뜬 채 엉금엉금 네발로 기는 대형 악어 나일이의 경우는 아직 성문 근처에 도착도 하지 못했다.

나일이의 전투력이 최대로 발휘되는 장소는 강가나 늪.

무거운 꼬리와 짧은 다리를 가지고 산을 오르락내리락하는 건 보통 힘든 일이 아니다. 전투가 벌어지면 순간적으로 이동 속도가 말을 능가할 정도로 빨라지기도 하지만 오래 유지되는 건 아니었다.

꼬리를 흔들며 네발로 엉기적거리며 걷는 모습이 귀엽다면서 화령과 벨로트는 정말 좋아했다.

"위드 님, 나일이도 꼭 싸워야 돼요? 제가 나일이 몫까지 해 낼 테니까 애는 좀 빼 주시면 안 돼요?"

"어머, 여기 배 쪽의 무늬 좀 봐요, 언니!"

오죽하면 나일이가 전투에 참가하는 것도 반대할 정도였다. 그 탐스럽고 부드러운 가죽에 흙먼지라도 달라붙거나 상처라 도 생기면 어쩐단 말인가!

"시간이 돈이야. 빨리 해치우고 끝내야지!"

요새는 높은 봉우리 위에 지어진 만큼 그리 넓은 것은 아니 었다. 건물들도 대부분 1, 2층이라서 수색할 범위가 좁았다.

지골라스에서 생명을 부여한 조각 생명체인 시골쥐도 성벽

밑의 구멍을 통해 들어와서 요새를 돌아다니며 아르닌을 찾고 있었다. 슬레이언 전사들이 삼엄하게 지킬 때는 무리였지만, 지금은 시골쥐가 얼마든지 돌아다닐 수 있는 환경이었다.

"저놈을 죽여라!"

문제는 눈에 잘 띄는 레드 스타를 들고 있는 위드를 보고 슬레이언 전사들이 마구 모여든다는 점.

공성전이 벌어지면 자연스럽게 상대방의 대장에게 맹렬한 적개심을 가지고 죽이려고 든다. 위드가 요새 안으로 들어왔으니 전사들은 더욱 살려 보내려고 하지 않았다.

최소한 300~400명의 전사들이 위드를 쫓아왔다.

"이곳에는 없군. 블링크!"

위드는 눈에 보이는 대로 적의 전사들을 베고 아르닌을 찾기 위한 수색을 계속했다. 건물들을 일일이 다 들어가 봐야 하기 때문에 시간이 걸릴 수밖에 없다.

시골쥐도 건물마다 들어가 찾아보고 있었지만 아직 소식이 없었다.

"이곳까지 오다니, 용서할 수 없다. 캬핫!"

높은 곳에서 위드를 향하여 뛰어내리는 슬레이언 전사.

위드는 검으로 적의 창을 받아 주었다. 레드 스타의 불길이 적에게 옮겨붙었다.

"치에에에엣!"

고통스러워하는 적을 연속으로 베어 버리고 전리품을 습득!

위드는 싸우고 싶지 않았다.

혼돈의 전사로서 레드 스타의 힘을 활용하더라도, 적의 요새

한가운데서 수백 마리에게 둘러싸여 싸울 엄두는 나지 않았다.

그렇지만 블링크를 사용하는 것도 마나가 제법 소모되니 무한정 남발할 수도 없었다.

"놈이 이쪽으로 온다."

"막아라. 끼야아아아아앗!"

위드는 창을 든 전사들을 향해 정면으로 달렸다.

슈익!

창이 머리카락을 스치며 지나가자 레드 스타를 올려치며 베었다.

그다음으로는 옆구리를 베면서 통과.

슬레이언 전사는 불길에 휩싸여서 사망하고, 다음의 적과 마주했다.

레드 스타는 다루어 본 경험이 없는 무기였지만, 어떤 부위를 공격했을 때 어떤 효과가 있는지 알아내는 건 어려운 일이 아니었다.

생명력의 감소 정도에 따라 적당한 부위를 연결하여 연속 공격을 하여 죽인다. 필요한 만큼 때린 이후에는 더할 것도 뺄 것도 없는 마무리 공격을 퍼붓고, 다음 적을 찾는다.

위드가 집단 전투를 하거나 여러 마리를 이어서 사냥해야 하는 순간에 효율이 높은 이유였다.

노가다에서도 효율이 중요했는데, 나중에 달인의 경지에 오르면 그냥 모든 일이 맞추어진 것처럼 척척 이루어진다.

위드는 검을 다루는 데 있어서 몸이 알아서 반응하는 정도까지는 아니었지만, 전리품을 챙기는 것만큼은 누구도 따라오지 못할 신속함과 정확함이 있었다. 어느 전장을 가더라도 미처 놔두고 지나치는 아이템은 없었으니까.

"헤라임 검술!"

위드는 슬레이언 전사들 5마리를 그림 같은 연속 공격으로 제압하며 스쳐 지나갔다.

불덩어리에 휩싸여서 사망한 그들의 전리품은 이미 확실하게 챙긴 상태!

빨리 해치우기 위해서 몸으로 두 대를 맞아 주었기에 위드의 생명력도 뚝 떨어져 있었다.

헬리움 갑옷이나 혹시나 몰라서 미리 만들어 둔 다른 갑옷도 여전히 착용하지 않았다. 그렇기에 방어력이 꽤 낮아서 생명력의 피해를 많이 입은 것이다.

레드 스타의 힘으로 생명력이 채워지고 있기에 일부러 맞으면서 버틴 것.

"이곳에도 없군."

투브칼 봉우리에 있는 요새는 슬레이언 전사들만의 천국이었다.

"그르륵, 이쪽에서 비명이 들렸다!"

"놈이 건물 안으로 들어갔다."

"일부는 성벽을 수비하러 가고, 나머지는 저놈을 없애자."

위드의 일거수일투족이 실시간으로 보고되었다.

그나마 암벽 협곡이 붕괴한 전투에서 슬레이언 전사들이 몰살당해 그 여파로 이곳에서 수비하는 전사들도 평소보다는 많이 줄었기에, 어렵지만 건물 수색이 이루어지고 있었다.

전투에 참여하지 않아서 멀쩡한 레벨 400대의 엘리트 전사들은 골칫덩이!

위드는 엘리트 전사들이 성벽으로 달려가는 것도 막아야 되었기에 가끔은 놈들을 일부러 도발해서 끌고 다니기도 했다.

"못생긴 놈들. 외모라면 적어도 나 정도는 되어야지."

"저놈 죽여!"

"블링크!"

요새에서 적들이 없는 장소를 찾아서 이동하며, 수색도 하고, 그러면서 전력 질주를 하며 싸우기도 해야 되었기에 바쁘기 짝이 없었다.

"불 인간이 이 주변에 있을 것이다."

"여기다!"

마나는 한정되어 있는데 이 넓은 요새는 수색해야 되고 적들은 설쳐 대고 있다.

하지만 어서 빨리 아르닌을 찾아내서 보호하며 구출하지 못한다면 퇴각해야 할 터!

—시골쥐, 뭔가 찾아낸 건 없냐.

위드는 싸우는 도중에 귓속말을 보냈다.

—찍찍!

시골쥐도 건물들 사이를 마구 헤집고 다녔지만 발견하지 못했다.

이곳에 있는 건물들은 상당히 허술한 편이라 문틈이나 구멍으로 들어가기가 쉬웠다. 하지만 어디에도 아르닌은 없었다.

"차례차례 요새 전체를 수색하기는 불가능한데……."

동료들과 조각 생명체들이 시간을 끌어 주는 것도 한계가 있다. 와이번들은 요새에서 쏜살같이 아래로 내려와 슬레이언 전사들에게 공격을 퍼부으며 시선을 끌어가는 식으로 위드가 수색을 할 수 있도록 지원도 해 주었지만, 그게 언제까지고 가능할 리도 없다.

"아무래도 여기는 아닌 것 같은데……."

위드는 미심쩍은 창고나 외딴 건물들 위주로 살펴보았지만 포로들을 감금해 놓은 장소는 찾을 수 없었다.

"보는 관점을 바꾸어야 돼. 무턱대고 급하게 찾으려고만 하면 서두르느라 될 일도 안 되지. 블링크!"

위드는 요새의 가장 높은 탑으로 올라갔다.

와이번들이 주변에서 맴돌며 지상으로 강하하여 전사들을 공격하고, 성벽 주변에서는 동료들과 조각 생명체, 슬레이언 부족 간의 전투가 벌어지고 있었다.

페일과 로뮤나의 활약이 돋보였고, 한쪽에서는 대규모 전사들의 눈길을 한 몸에 받으며 화령이 끊임없이 춤추고 있었다. 그녀가 춤을 멈추는 순간 전사들의 공격이 더욱 거세질 테니 나름 필사적이었다.

위드 못지않게 그들도 바쁘고 정신없는 전투를 하는 중.

"놈이 저 위로 올라갔다."

"다시 내려올지도 모른다. 경계하라."

"쫓아가서 죽여!"

"창을 던져라."

위드에게로 창과 화살도 날아왔다.

차분하게 생각을 정리할 시간도 모자란 이때.

"내가 아르닌을 부려 먹는다면 어떻게 할까. 어차피 죽거나 살거나 내가 알 바는 아니지. 평생 일만 시키면서 도망도 못 치게 가두어 두려면……."

완벽한 노동 착취 업자로서의 사고방식.

당했던 사람이 더한다고, 위드에게는 아르닌을 구출한 후에 철저히 노예로 부려 먹기 위해서 쓸 수 있는 방법이 무궁무진했다.

"탈출은 꿈도 못 꿀 정도로 가두어 놓아야지. 일은 온종일 시키고, 먹을 것은 최소한으로만 주면 돼. 나처럼 누가 구해 주러 올 수 있으니 절대 빠져나올 수 없는 곳을 만들어 놔야지."

요새의 건물들은 감옥으로 하기에는 문이나 창문이 있어서 적합하지 않다. 한 2~3년 부려 먹기에는 대충 쓸 만하겠지만, 100년 이상 감금시켜 놓고 일을 시키려면 어딘가 안심할 수 없는 것이다.

"밝은 햇빛이나 신선한 공기 같은 건 없어도 될 거야. 괜히 도망칠 수도 있으니 슬레이언 부족의 특성을 이용해서 땅속에 가두어 놓는다면……."

요새의 지하!

그곳이야말로 가장 확실하게 가두어 둘 수 있는 장소이리라.

지금까지는 인간의 사고방식으로만 생각하여 지상 건물만 뒤졌지만, 잘 생각해 보니 슬레이언 부족은 지하 생활도 많이 한다.

위드는 시골쥐에게 귓속말을 보냈다.

> ―여기 땅속에 동굴 같은 거 있지?
> ―찍찍. 있다.
> ―입구의 위치는?
> ―두 군데다. 전사들의 숙소 앞과, 중앙의 큰 건물 옆이다.

그사이, 슬레이언 전사들이 위드가 있는 탑 위에 거의 도착했다. 위드의 생명력은 벌써 46% 정도나 줄었다. 레드 스타로 생명력과 마나가 빨리 보충된다고 하더라도 전투가 길어지게 되면 위험할 수 있는 일.

"블링크!"

위드는 중앙의 큰 건물 근처로 이동했다.

❦

페일은 요새의 건물들이 불에 타고 때로는 화염이 치솟는 것을 보며 감탄했다.

"정말 용기 하나만큼은……."

요새로 혼자 들어가는 계획이었다니! 좋은 말로 용기지, 구출에 실패하고 죽는다면 이런 객기도 없다.

공성전을 통해서 험한 투브칼 봉우리의 꼭대기에 있는 요새를 함락시키기란 정말 어려운 것이 사실이긴 하다. 위드는 유린의 그림을 보고, 슬레이언 전사들과 싸워 보고 나서 이미 결정해 두었던 것이다.

"혼돈의 전사가 쓰는 블링크까지 계획에 들어 있었다면 역시 위드 님이라고 할 수밖에 없지."

그렇지만 정말 잘 싸워야만 아르닌을 구해서 돌아올 수 있으리라.

페일은 그동안 위드가 불가사의한 성공을 이루어 내는 경우를 많이 보아 왔다. 하지만 아무리 생각해도 이번만큼은 정말 어려울 것 같았다.

"어쨌든 우리가 할 일은, 최대한 많은 놈들이 성벽으로 모이게 하는 겁니다. 우리가 저들을 붙잡아 놔야 합니다. 공격을 계속하면서도 체력과 마나를 아끼세요."

페일은 성벽 위로 머리가 보이는 적 전사들에게 화살을 날렸다. 성벽을 두들기거나 위에 올라가서 싸우고 있는 조각 생명체들에게 도움을 주기 위한 것.

제피와 수르카도 성벽 위를 점령했다. 조각 생명체 중에서 게르니카, 빈덱스, 세빌과 같이 싸우고 있는 모습이었다.

페일의 눈에 공중에서 적을 노리고 있는 와이번이 보였다.

"와삼아, 잠깐 이쪽으로 와 줘!"

와삼이가 공중을 선회하더니 곧 그에게로 날아왔다.

"저도 같이 갈게요."

페일은 하이엘프 엘틴과 같이 와삼이의 등에 타고 하늘로 날아올랐다. 궁수로서 높은 위치에 있으면 공격할 수 있는 범위도 넓어지고 공격력도 강해진다.

와이번을 타고 공중에서 아래를 보니 더더욱 가관이었다.

킹 히드라는 9개의 머리를 움직이면서 전사들의 창과 화살에 맞서고 있었고, 데스웜은 땅을 뒤흔들어서 몰려 있는 적들을 밀쳐 내고 잡아먹었다.

백호는 켈베로스와 쌍으로 달리기 경쟁이라도 하듯이 성벽 위에서 거침없이 질주하며 적들을 물어뜯고 있다.

악어인 나일이도 느리게 기어가다가 적을 포착하면 언제 그랬냐는 듯 날렵한 움직임으로 한입에 삼키곤 했다.

졸린 듯 눈을 게슴츠레 뜬 채 슬레이언 전사들을 잡아먹는 대형 악어!

혹시나 거죽에 상처 날까, 위드가 덧입혀 준 좋은 가죽을 몸에 두르고 있어서 창에 맞아도 피해조차 거의 없었다.

조각 생명체들 1마리 1마리의 레벨은 상당히 높다. 그렇기에 놀라운 활약을 하면서 슬레이언 전사들과 싸우고 있는 모습이었다.

"정말 꼭 이런 곳에 와 보고 싶었는데. 위드 님을 따라다니면 애초에 시시한 장소에서 싸울 걱정은 할 필요가 없다니까."

조각품을 만들 때 참여하면 최소한 피라미드, 그리고 전투에서는 불사의 군단 정도의 스케일!

페일은 요새를 내려다보며 실컷 화살을 날려 주었다. 숨쉴 틈도 없이 화살통에서 화살을 꺼내서 적을 조준해서 쏘는 궁수의 즐거움을 마음껏 누릴 수 있었다.

❦

키르는 모라타에서 시작한 초보자였다.

"홋, 남들이 다 추천해서 오기는 했지만, 이곳이라고 해서 별 거 있겠어?"

학교에서나 〈로열 로드〉의 정보 게시판에서나 사람들은 전부 모라타가 초보자로 시작하는 도시로는 최고라고 했다. 심지어는 그의 부모님도 모라타에 있었다.

"아들아, 〈로열 로드〉를 해 보는 것이 어떻겠니."

"왜 해야 되는데요?"

그의 아버지는 크게 한숨을 쉬고 말했다.

"네가 친구가 없잖니."

"친구는 세상 사는 데 필요하지 않아요."

"모험을 하면서 여자 친구를 만나는 경우도 많단다."

"결혼은 인생의 무덤이라면서요."

"…그래도 〈로열 로드〉는 그 자체만으로도 가치가 있단다. 얼마나 삭막하고 무미건조한 도시 생활이더냐. 〈로열 로드〉라는 장소를 통해서 우리는 현대인으로서 느낄 수 없는 개척 정신이나 정신적인 휴식을 얻을 수 있지. 어른들을 위한 휴양지이며 놀이터이기도 하고. 회사에서도 〈로열 로드〉에 대한 이야기를 많이 하다 보니 인맥을 쌓는 데 도움이 된단다."

"전 공무원 시험 합격해서 철 밥통 될 건데요."

도저히 말이 통하지 않는 아들을 보며 아버지는 입을 닫고 말았다.

하지만 키르도 〈로열 로드〉에 대해서 호기심을 느끼고는 있었기 때문에 결국 시작하게 되었다.

하루를 고민하여 모라타에서 시작하게 되었지만 게시판에서 본 내용들에 대해서는 여전히 미심쩍어했다.

"요즘 사람 말 함부로 믿으면 안 되니까."

키르는 일단 모라타의 도시 구경부터 하기로 했다.

중앙 광장에 서 있는 경비병들이 그에게 먼저 말을 걸었다.

"막 모험을 시작한 인간이여, 이곳은 넓고 복잡하니 멀리까지는 가지 않는 것이 좋을 거네. 광장에서 간단한 심부름이라도 하고 도시 지도를 사고 나서 다니는 편이 나을 거야."

키르는 그 말을 무시하고 여기저기 돌아다녔다.

시장, 교역소나 상점마다 사람들이 미어터질 정도였다.

활달하게 웃으면서 거래하는 상인들의 모습.

몇몇 유저들은 뱃살이 두둑하게 나와 있었는데, 이것은 상인으로서 레벨이 높다는 증거였다.

"물품들을 정말 많이 사고파는 걸 보니 이곳이 번화가인가 보군. 꽤 큰 도시인데…….."

영락없이 관광객으로 보이는 유저들이 모라타의 명소들을 보러 다니기도 했다. 키르도 그들을 따라갔다.

"도시가 정말 아름답다지만, 그냥 다 허황된 거겠지!"

전부 과장된 이야기일 거라고 생각하고 관광객들을 따라서 언덕을 올라가 보았다.

"캬아, 죽인다!"

언덕에서 도시를 보니 멋진 건축물들이 질서 정연하게 지어져 있었다.

예술 회관과 대성당, 대도서관, 여신상, 흑색 거성 그리고 유럽의 고풍스러운 건축양식을 따라서 다양하게 지어진 건물들. 건축가들이 많이 활약하고 있었기에 비슷하게 지어진 건물이 없다.

높은 곳에서 보면 도시의 골목길까지도 한 폭의 그림처럼 느껴질 정도였다.

성문 너머의 헤스티아의 대장간, 탐구자의 탑을 비롯하여 그 너머의 풍경들도 아름다워 보였다.

어서 빨리 가 보고 싶을 정도로 매혹적인 도시의 풍경!

일찍이 키르가 본 것 중에 최고라고 할 수 있었다.

답답하게 막혀 있는 빌딩 숲과 매연의 냄새밖에 맡을 수 없는 현실과는 달리 이곳은 쾌활함과 심장을 두근거리게 하는 무언가가 있었다.

"조, 조금 볼만하긴 하군. 그렇지만 아직 감탄한 건 아니야."

키르는 화가의 언덕을 내려왔다.

슬쩍 둘러보니 화가들이 그리고 있는 그림도 상당히 매력적이었다.

침을 질질 흘리고 있는 몬스터, 도시의 풍경, 오크와 엘프 들을 거느리고 전투를 하는 어느 흉악한 오크의 모습.

그런 그림을 관광객들이나 유저들이 비싼 돈을 마구 써 대며 구입하고 있었다.

"아무튼 사람들은 이런 식으로 쓸데없는 데 돈을 쓴다니까."

키르는 언덕을 내려와서 발길이 닿는 대로 걸었다.

요리사들이 자신의 이름을 걸고 장사를 하는 맛의 거리. 대륙의 진미들을 맛볼 수 있는 장소로, 건물들도 저마다 으리으리했다.

"여긴 나중에 꼭 와 봐야겠군. 맛있는 걸 먹는 건 좋으니까. 하지만 뭐, 맛이 얼마나 있기야 하겠어."

키르는 거리를 돌아다니다가 판잣집이 몰려 있는 곳으로 향하게 되었다.

사실 그가 게시판에서 본 내용은 이런 것들만이 아니었다.

낮은 세금이나 조각상들의 혜택, 여러 시설물들, 다양한 퀘스트!

이것들은 나중에 진짜인지 아닌지 확인해 보면 금방 알 수 있는 일이지만 모라타의 자랑거리는 이것들만은 아니다.

—프레야의 여사제들이 있어서 예쁜 여자들이 많습니다.
—외모만 놓고 보면 모라타야말로… 후후후.

예쁜 여자는 보물처럼 그냥 쳐다보고만 있어도 좋다.

게시판에서 본 그 이야기가 바로 의심을 하면서도 모라타에서 시작하게 된 결정적인 계기였다.

"지금까지 거리에서 본 바로는… 약간 예쁘긴 한 것 같군."

키르는 크게 속지는 않았다고 생각하면서 판자촌을 올라가고 있었다.

그런데 평범한 초보자 복장을 한 여자가 밭에 씨감자를 심고 있는 모습이 보였다.

판잣집마다 땅이 조금씩 딸려 있어서 사람들은 허기를 때울 수 있는 감자나 고구마를 많이 심는 편이었다.

"뭐, 이런 곳에서 예쁜 여자를 만날 수 있을 리가……."

키르는 길을 잘 몰랐기에 더 위로 올라가더라도 별게 없는 막힌 곳으로 가고 있었다. 사람들이 거의 다니지 않는 곳이었기 때문에 밭을 갈고 있던 그녀, 서윤도 땀을 흘려서 가면을 잠시 벗어 둔 상태였다.

"커헉!"

키르는 서윤의 옆모습을 보고 심장이 멎는 줄만 알았다.

아름다움에 대한 그 어떤 수식어도 필요 없는 여신급 외모!

"우워어어……."

키르는 말도 잇지 못했다.

서윤은 감자를 심고 나서 우리에 있는 송아지에게 여물을 먹였다. 그녀도 위드가 다스리는 왕국의 주민이 되어서 판잣집 생활을 해 보고 있는 것이었다.

"모, 모라타가 이런 곳이었구나."

지하로 뚫린 구멍은 위드가 예상한 대로 요새 내부의 중요한 시설들이 있는 곳이 맞았다. 그리고 슬레이언 부족의 엘리트 전사 10마리가 입구를 지키고 있었다.

"이곳을 침범하다니, 잡아먹힐 자리를 제 발로 찾아왔구나!"

같은 엘리트 전사라도 요새에 있는 놈들보다 차고 있는 장비도 훨씬 좋은 걸로 보아 레벨도 그만큼 높을 것이다.

위드는 그들을 살펴보고 나서 쉽지 않겠다는 생각을 했다.

"10마리나 되다니 많기도 하군. 블링크!"

입구를 방어하는 엘리트 전사들을 단거리 텔레포트로 넘어가서 앞으로 달렸다.

"구에엑!"

"끼야아앗!"

뒤쪽에서 엘리트 전사들이 괴성을 지르면서 쫓아왔다.

그들이 던지는 창이 위드를 스쳐 지나가거나, 천장과 바닥에 꽂혔다.

이 긴박감과 스릴!

"잡히면 죽겠군!"

위드는 죽을힘을 다해서 달렸다. 갈림길이 나타날 때마다 바로 한 방향을 정해서 달려야 했지만 여기저기를 쳐다보며 가능한 한 많은 것을 살피려고 했다.

아르닌이 감금된 감옥을 찾아낼 수 있다면 더 바랄 것이 없었다.

닫혀 있는 문이 발견되면 잽싸게 열어 보기도 했다.

"불의 인간이 쳐들어왔다."

"죽여라!"

방에서는 엉뚱한 슬레이언의 엘리트 전사들만 계속 발견되었다. 그들도 위드의 뒤를 줄지어서 쫓아왔다.

　100마리가 넘었을 때에는 주변에서 온통 적들이 모여들었기에 어떤 수를 쓰더라도 싸워서 이기기가 불가능한 상황!

　"이렇게 된 이상 2단계 작전이다."

　1단계는 적들에게서 도망치기.

　2단계는 더 빨리 도망치기!

　위드는 상체를 굽혀 네발로 뛰기 시작했다.

　무려 60%나 빨라지는 이동 스킬.

　모양새가 조금 빠지기는 해도, 살아남는 데에 수단과 방법을 가릴 필요는 없다.

　"잡히면……."

　"아이들의 먹이로 주자."

　"구워 줘야 되나?"

　"이미 구워진 거 같은데. 그냥 주자."

　슬레이언 전사들은 위드를 어떻게 요리해 먹을지 의논을 하면서 쫓아오고 있었다.

　사실 이 던전은 그들의 집이나 다름없기에 그들에게는 아주 익숙하였고, 빠져나갈 곳만 막으면 위드는 꼼짝없이 갇힌 셈이 된다.

　"침입자가 이쪽으로 온다!"

　이제 앞에서도 전사들이 나타났다.

　위드는 다른 방향으로 길을 바꾸었다. 전사들이 여기저기서 잡으려고 덤벼들고 있었기 때문에 원하는 대로 돌아다니지도 못하는 상태였다.

"일단 무조건 깊은 곳으로… 그리고 뭐라도 있을 것 같은 장소를 택해야겠군."

위드는 앞을 보면서 갈림길마다 으슥한 장소를 선택하며 계속 뛰어갔다.

그런데 어느 순간, 길의 중간에 빠져나갈 곳도 없는 장소에 엘리트 전사 둘이 창을 들고 떡하니 막고 있었다.

"죽어랏!"

뒤에서 쫓아오는 적들이 많아서 멈출 수가 없었고, 블링크를 쓰려면 네발 뛰기 스킬을 먼저 취소하여야 했다.

"눈 질끈 감기!"

창에 어깨를 찔렸습니다.
생명력이 크게 감소합니다.

창이 머리를 쳤습니다.
치명적인 일격! 혼돈 상태에 빠져듭니다.

다시 눈을 떴을 때에는, 엘리트 전사들은 지나쳤지만 주변의 풍경이 일그러져 흔들리고 있었다.

혼란 상황에서는 시야가 엉망이 되어서 길을 찾기 어렵다. 위드는 벽에 부딪치면서도 뚫려 있는 길을 용케 찾아서 네발로 달려갔다.

여기서 멈춘다면 정말로 최악의 상황을 맞이해야 했으니까!

'혼돈 상태가 풀리려면 최소 13초…….'

추격하는 엘리트 전사들은 그 틈을 주지 않았다.

"놈이 저기 가고 있다!"

전사들의 레벨이 높은 만큼, 혼란 상황에 빠져서 벽에 부딪치면서 나아가는 위드를 아주 빨리 쫓아왔다.

이곳은 그들의 서식지인 만큼 지름길로 먼저 와서 앞을 막기도 했다.

결국 네발 뛰기를 그만두고 블링크를 사용하기도 했지만 그마저도 어려울 때는 3단계 작전을 썼다.

도망쳐도 안 되고, 머리를 굴려도 안 된다면 몸으로 때우기!

"눈 질끈 감기!"

퍼퍼퍽!

"눈 질끈 감기!"

빠박!

"눈 질끈 감기! 에라! 죽여라, 죽여!"

슬레이언 전사들을 밀치고 연속 돌파!

방어 스킬에도 불구하고 위드의 생명력은 계속해서 감소하고 있었다.

레드 스타의 힘을 활용하여 싸우고 싶은 충동도 들었지만 그건 어디까지나 최후의 수단이다.

좁은 통로를 이용하여 오래 버티더라도 결국 엘리트 전사들은 계속 모여들게 될 테고, 지상에서 전투를 하는 조각 생명체와 동료들도 언제까지나 싸울 수는 없다.

위드에게 제일 부족한 것은 시간이었다.

"식당에서 설거지 아르바이트 할 때는 그렇게도 안 가던 시간이 지금은 왜 이렇게 빨리 가는 거야!"

덜컹.

"엇… 침입자다. 죽여라!"

위드가 문을 열어 보는 곳마다 슬레이언 부족의 경비병들과 전사들만 나왔다.

"야단났군. 생명력도 간당간당하고 마나도 얼마 없는데…….."

요새로 들어온 뒤에 끊임없이 전투를 벌이고 강제로 전사들을 돌파하다 보니 생명력과 마나가 회복될 시간이 모자랐다.

도시의 석상

"이곳에서 놈을 잡아먹자!"

위드가 도망치니 전사들의 사기는 더욱 올라갔다.

위드는 엘리트 전사들이 길을 막고 있으면 웬만하면 뚫고 지나치거나, 4명 이상이면 어쩔 수 없이 블링크를 시전했다.

"난 질기고 맛도 없을 거야! 탄 음식이 건강에도 얼마나 안 좋은데."

"맛있는 냄새가 난다."

"저쪽이다!"

몬스터에게 몰려서 도망 다니는 것은 위드에게 그렇게 자주 있는 일은 아니었다.

하지만 지금은 답답한 지하에서 감당할 수도 없는 처지.

> 강철 화살이 옆구리에 적중되었습니다.

위드는 도망치면서도 화살 공격과 창에 의해서 부상을 계속 입었다.

혼돈의 전사로서 방어구도 착용하지 않아서 생명력이 뚝뚝 떨어졌을 뿐만 아니라 심지어는 붕대도 감지 못한다. 전속력으로 달리면서 벽에 부딪치고 부상당하다 보니 생명력이 10% 이하까지 감소했다.

안정되게 사냥할 때는 맷집을 올리기 위해 그보다 훨씬 낮은 생명력을 유지하기도 하지만 지금은 극심하게 위험한 상태다.

"이제는 진짜 피해야겠군!"

위드는 뒤쫓아 오는 슬레이언 전사들과의 거리를 가늠했다. 그리고 스킬을 시전했다.

"블링크!"

이미 지나쳐 온 방 한 군데로 텔레포트!

곧바로 방구석에 웅크리고 숨어서 슬레이언 전사들이 지나가기를 기다렸다.

"저쪽으로 갔을 거다."

"저곳은 우리의 부족장님께서 계신 장소. 무조건 막아!"

위드는 발소리가 완전히 멀어지고 나서야 숨을 돌렸다.

"다행이군. 어떻게든 저쪽으로는 가지 말아야겠어."

체감상 땅속 깊은 곳까지 상당히 많이 내려온 것 같았다.

몸에 박혀 있는 강철 화살을 빼내고, 상처 부위에는 약초를 발랐다.

약초가 불에 타 버리기 때문에 효능의 37%만 발휘됩니다.

"아까운 내 약초. 상점에 팔면 이게 얼마짜리인데……."

간단한 치료를 마치고 나니 레드 스타로 인하여 생명력과 마나가 다시 빠르게 회복되었다.

생명력이 23%, 마나가 31%쯤 되었을 때 위드는 방구석에서 일어섰다.

"슬슬 나가 봐도 되겠군."

타다다다닥!

"놈이 어딘가에 있을 것이다."

"저쪽으로 가 보자!"

그 순간 슬레이언 전사들의 발소리와 고함이 들리자 자연스럽게 방구석으로 숨는 위드!

"생명력을 절반 정도는 회복해야겠어."

위드는 레드 스타를 쳐다보았다.

자신의 검이지만 제대로 구경하는 것은 이번이 처음이었다.

검신을 자세히 보니 붉은색의 마법진들이 복잡하게 얽혀서 새겨져 있다. 대단한 공격 마법이 봉인된 마법 검이었다.

"나중에 레벨이 올라서 이 검의 힘을 끝까지 끌어내서 쓸 수 있다면 좋을 텐데……."

위드는 검에 대해 욕심이 났다.

레드 스타를 써 본 자라면 누구라도 욕심을 낼 것이다. 화염 계열의 공격 마법 사용, 부가 대미지로 인하여 전투력이 몇 배로 늘어난 것 같은 효과를 주었으니까.

단지 이 검 역시 소소한 부작용이 있다면, 드래곤에게 걸릴 수 있다는 부분.

"마음을 편하게 먹자. 계속 걸리지 않고 몰래 실컷 사용할 수 있을 거야."

위드는 생명력을 46%까지 회복하고 통로로 나가기로 했다. 지금은 시간이 현금이기 때문에 위험하더라도 나갈 수밖에 없었다.

"그러면 다음 작전으로 넘어가야지."

위드는 품에서 조각품을 꺼냈다.

그것은 미리 깎아 놓은 슬레이언 엘리트 전사의 조각품!

턱이 길게 늘어진 그들의 외모를 거의 똑같이 표현해 놓았고, 목덜미의 비늘까지도 세밀하게 조각되어 있었다.

"조각 변신술!"

위드는 혼돈의 전사에서 슬레이언의 엘리트 전사로 몸을 바꾸었다. 레드 스타를 해제하고, 창과 활은 이미 입수한 전리품이 있기에 쉽게 착용이 가능했다.

그리고 통로로 나와서 태연하게 걸어가다 곧 다른 전사와 마주쳤다.

그는 이상하다는 눈빛으로 위드를 위아래로 훑어보았다.

'설마 들켰을까? 하긴… 생각해 보니 조각 변신술이 냄새까지 바꿔 주진 않는군.'

조각 변신술이라고 해도 만능은 아니었다. 수많은 이유로 정체가 발각될 수 있으며, 후각이 예민한 종족을 속이기 위해서는 특유의 냄새까지 갖춰야 한다.

그런데 슬레이언들은 콧구멍이 없어서 냄새를 맡지 못하는 비운의 종족이었다.

엘리트 전사가 물었다.

"아파 보인다. 어디서 그렇게 다쳤냐."

위드는 말도 말라는 듯이 고개를 저었다.

"침입자와 싸웠다."

"어디 있었나? 지금 다들 놈을 잡아먹고 싶어서 난리다."

"내가 먹었다."

"조금 남았나?"

"없다. 맛도 없었다. 그런데……."

위드는 대화를 하면서 상대 엘리트 전사가 의심하지 않는다고 판단했다.

하기야 물갈퀴가 달린 두 발로 바닥을 끌면서 걸어가는 모습이나 비늘이 뒤덮인 손으로 창을 쥐는 방식까지도 완전히 똑같았다.

오크 카리취로 행세를 할 때부터, 조각 변신술을 쓸 때에는 해당 종족의 특기와 사소한 버릇까지도 그대로 따라 하는 것에 익숙했다.

원래 거짓말이나 사기도 한두 번 치는 수준을 넘어가면 양심의 가책이나 망설임도 희미해지기 마련 아니던가.

현재 위드라면 대학 강의를 나가더라도 충분한 수준.

"놈이 잡아먹기 전에, 아르닌이라는 노예들을 구출하기 위해서 더 많은 침입자들이 올 거라고 했다."

"아니, 그놈들이? 그러면 감옥을 지켜야겠군. 빨리 가 봐야겠다."

엘리트 전사는 통로에서 오른쪽 갈림길 쪽을 선택해서 걸어갔다.

위드도 창으로 땅을 찍으면서 따라갔다. 다친 슬레이언 전사들이 이런 식으로 걸어가는 것을 봤기 때문이다.

"나도 가겠다."

"쉬어도 된다. 그곳에는 10명이나 있다."

"더 싸울 수 있다. 침입자를 더 잡아먹고 싶다."

"그럼 같이 가자."

위드는 엘리트 전사의 안내를 받으면서 아르닌이 갇혀 있는 감옥 앞에 도착했다.

그곳은 위드가 숨어 있던 방보다는 오히려 위로, 3층 정도 올라가야 하는 장소였다.

아르닌들이 갇혀 있는 감옥 입구는 상당히 컸다. 10명의 엘리트 전사가 지키고 있었고, 위드와 같이 충원된 엘리트 전사가 1명 더 늘었다.

'여기서 또 걸리는군. 한두 놈이면 금방 해치웠을 텐데.'

위드는 판단을 내려야 되었다. 감옥의 위치는 알았으니 나갔다가 다시 돌아오는 방법과, 아니면 이번 기회를 노리는 수가 있다. 어떻게든 밖에서의 소란이 끝나기 전에 처리해야 된다.

'조각 변신술을 쓴다면 이곳까지 침투하는 자체는 어렵지 않겠지만 아르닌들을 데리고 탈출하려면 어차피 모험하는 수밖에 없다.'

위드는 강행 돌파를 택했다.

"콜 데스 나이트 반 호크, 콜 뱀파이어 로드 토리도!"

짙은 안개와 함께 소환된 데스 나이트와 뱀파이어 로드!

"주인, 싸움인가?"

"파충류의 피는 마시고 싶지 않은데… 밤의 귀족은 입맛이 고급스럽다는 걸 잊은 것이 아닌가? 어여쁜 아가씨나 소녀가 있었으면 좋겠다."

반 호크는 충성스럽게 검을 뽑았고, 토리도는 주변을 둘러보더니 인상을 썼다.

"어서 싸워라! 음식 가리면 못쓴다."

데스 나이트와 뱀파이어 로드는 엘리트 전사들을 공격했다.

"어엇, 배신이다!"

위드도 바로 창을 던지고 데몬 소드를 뽑아서 엘리트 전사 둘을 베었다. 하지만 큰 타격은 입히지 못했다.

레벨이 높은 엘리트 전사들은 상당한 수준의 싸움꾼이었다. 게다가 종족의 특성상 피부가 단단한 편이라서 일반 공격은 잘 먹히지 않는다.

팔다리는 얇고 가늘지만 상당히 긴 데다가 창까지 휘둘러서, 공격 범위가 넓고 의외로 힘도 셌다.

엘리트 전사 11마리라면 위드와 부하 둘이 힘을 합쳐도 약간 버거운 상태.

"반 호크, 시간을 끌어서는 안 된다. 무리해서라도 싸워라. 토리도, 너는 뒤로 돌아가!"

반 호크는 창과 화살에 적중당하면서도 저돌적으로 검을 휘두르며 용맹하게 싸웠다.

데스 나이트는 전투 중에 어지간하면 물러서지 않는다. 위드가 만들어 준 흑암의 검에 의지하며 암흑 투기를 발산하며 싸웠다.

토리도는 그사이에 뒤로 돌아가서 저주 마법과 흡혈 스킬을 발휘!

"케엣, 밤의 귀족인 뱀파이어다!"

"저 붉은 눈과 마주치면 안 돼."

슬레이언 전사들은 본능적으로 토리도를 두려워했다. 정신력이 약해서 세뇌나 저주 마법에 잘 걸리는 특성 때문이었다.

고위 몬스터답게 유감없이 위력을 발휘하는 토리도.

위드는 측면을 선택했다. 몬스터들이 공격하거나 말거나, 있는 대로 맞아 주면서 1마리만 노렸다.

"광휘의 검술!"

참새 5마리가 나타나서 데몬 소드에 베인 엘리트 전사를 난타했다!

하필이면 위드를 이곳까지 데려온 녀석이었다.

"크엑, 동료인 줄 알았는데…….."

"인생은 원래 배반의 연속이야. 다들 그렇게 어른이 되는 거지, 뭐."

"더러운 놈!"

"원래 물이 아까워서 일주일에 한 번만 씻어!"

위드를 데려온 전사는 사망!

"분검술!"

그 후부터는 검술의 비기인 분검술을 시전했다. 다른 의미가 있어서가 아니라, 분신들이 적의 시선을 끌어 주는 것을 이용하기 위해서였다.

"집중 공격!"

분신들이 싸우는 사이에 위드는 반 호크, 토리도와 같이 3마리를 사냥!

진형이 바뀌는 것이나 공격의 목표를 정하는 것이 한순간에 이루어졌다.

"놈들에게 시간을 주면 안 된다. 계속 몰아붙여!"

위드와 반 호크의 생명력이 많이 떨어졌다.

그럼에도, 7마리가 남은 이후부터는 이전보다는 훨씬 수월하게 싸울 수 있었다.

이때부터는 토리도가 흡혈 스킬을 이용하여 빠르게 생명력을 회복해서 적들의 공격을 감당해 주었다. 위드와 반 호크는 그사이를 이용하여 2마리씩 처치에 성공했다.

마나를 아낄 만한 상황이 아니었다.

3마리가 남았을 때에도, 어디서 지원군이 나타날지 모르기 때문에 혼신을 다했다.

마침내 전투가 끝난 후, 다들 잠시 숨을 몰아쉬면서 호흡을 가다듬었다.

"쉽지 않았군."

반 호크가 만신창이가 되었고, 토리도 역시 입맛에 맞지 않는 흡혈을 해서 더욱 창백해진 얼굴이었다.

위드의 생명력도 다시 7% 이하로 감소했다.

"역시 내가 만들어 준 흑암의 검과 흡혈 반지 덕분이었어."

"……."

잘되면 내 덕, 못되면 남 탓!

위드는 엘리트 전사들이 흘린 아이템을 주웠다. 전리품은 어디서도 빼놓을 수 없었고, 지금 꼭 필요한 아이템이 보였기 때문이다.

지하 감옥의 열쇠를 습득하였습니다.

열쇠는 잠겨 있는 문을 여는 데 바로 사용했다.

끼릭.

드디어 게이하르 폰 아르펜 황제의 조각 생명체 종족, 아르닌을 만나게 되는 것이다.

이 감동적인 환희의 순간!

"고생한 것이 아까워서라도 평생 부려 먹어야지."

신혜민은 깊이 탄식했다.

"아아, 암벽 협곡의 전투에 이어서 투브칼 봉우리의 요새 공격에서도 환상적인 전투가 벌어지고 있네요."

오주완이 그녀의 말을 받았다.

"예, 정말 기가 막힌 전투입니다. 저토록 멋진 장소를 배경으로 펼쳐지는 공성전이라니, 이런 싸움을 또 언제 볼 수 있겠습니까."

신혜민은 레인저 메이런으로 활동하며 저 자리에 있었으면 얼마나 즐거웠을까 생각하니 아쉽기만 했다.

격렬한 전투의 와중에 조각 생명체들이 포효하고, 슬레이언 전사들도 그들의 본거지를 지키기 위하여 필사적으로 저항을 한다.

조각 생명체들의 스킬, 전사들의 요새 지형을 이용한 적극적인 방어.

화려하고 멋진 장면이 정말 많이 나왔던 것이다.

"위드가 충분한 휴식도 취하지 않고 이렇게 서둘러서 공성전에 돌입할 줄은 몰랐는데 말이죠. 신혜민 씨는 이렇게 되리라고 예상하셨나요?"

"언제나 예상을 깨는 것이 위드의 방식이니까요."

"그런데 전투가 원하는 대로 되진 않는 것 같습니다."

"네, 아무래도 그렇게 보이네요. 암벽 협곡에서 큰 희생이 있었다고는 해도, 요새에도 슬레이언 전사들이 상당히 많은 숫자가 남아 있었습니다. 현재로써 요새 함락은 불가능한 것 같은데요."

"오늘의 공격은 실패라고 해야겠습니다. 그리고 내일이나 모레가 되면, 위드의 상황은 더욱 악화될 것입니다."

페일과 동료들, 조각 생명체들은 성벽을 포기하고 요새에서 물러나서 수비로 전환했다.

요새 내부에서, 그리고 투브칼 봉우리에 뚫려 있는 동굴들을 통하여 끝없이 보충되는 슬레이언 전사들에 의해 뒤로 밀려난 것이었다.

"위드 님이 다시 나올 때를 대비해서 다들 힘을 아껴 놓아야 됩니다."

미리 정해진 각본에 따라서 물러난 것이었지만, 시간을 오래

끌면 정말 위험해지는 것도 사실이었다.

레벨이 높은 불사조와 황금새, 빙룡이 엄청난 활약을 하고 있었지만, 땅에서 달려오는 슬레이언 전사들의 숫자는 보는 것만으로도 숨이 막힐 정도.

작은 동굴들을 통해서 그리고 늪에서 뛰어나온 전사들이 속속 싸움에 참여하고 있었다.

감옥의 문을 열고 들어가자 땅바닥에 큰대자로 누워서 잠들어 있는 아르닌들이 보였다.

노예로 살아가는 조각 생명체들.

"누구세요?"

아르닌들이 잠에서 깨어나 위드를 보며 물었다.

"나는……."

위드는 눈가에 힘을 주었다.

감격스러운 눈물 연기를 하려고 했지만, 마음의 준비가 되지 않다 보니 썩은 미소가 나오려고 입가가 실룩거리는 상태!

바깥의 사정은 이리엔의 귓속말을 통해 전해 듣고 있었기에 간단히 말했다.

"너희 친구인 에르리얀의 부탁을 받고 왔다. 이곳에서 탈출시켜 주기 위해서 왔어."

"정말요?"

아르닌들이 땅에서 일어났다. 그래 봐야 드워프보다도 훨씬 작은 키였다.

에르리안의 친구, 아르닌 종족을 만났습니다.
그들을 이끌고 투브칼 봉우리를 안전하게 빠져나가야 합니다.
아르닌은 자유를 구속받으면서 살아서 제대로 번식하지 못했습니다. 현재 살아
있는 생명은 총 342인. 최대한 많은 인원을 살려서 에르리안이 있는 곳으로 돌
아가야 합니다. 10명 이상이 생존해서 돌아갈 수 있다면, 어려운 부탁이었던 만
큼 에르리안들도 이해할 것입니다.

이제 나가기만 하면 된다.

위드는 몸에 붕대를 감으면서 확인차 물어보았다.

"너희 모두 싸움은 좀 하겠지?"

아르닌들에게 빌려줄 검과 창도 잔뜩 준비해 온 상황이었다.

"싸움은 할 줄 모르는데요."

"그러면… 검은 쥐어 본 적이 있을 거야. 그렇지?"

"없는데요."

"어, 마법이나 정령술도 좋은데……."

"쓸 줄을 모르는데요."

전투를 모르는 어린아이들을 342명이나 데리고 전쟁터를 빠
져나가야 한다.

"어쨌든 할 수밖에 없겠군."

위드는 혼돈의 대전사 쿠비취로 다시 몸을 바꾸었다.

조각술의 비기인 변신술로, 최적의 전투를 할 수 있도록 몸
을 바꾸는 것이 필요했다.

레드 스타도 다시 무장했다.

"잘 따라와라. 뒤처지지 않도록 조심해."

막 떠나려는 순간 아르닌이 말했다.

"저기요, 키우던 동물을 데려가고 싶은데요. 여기에 남겨 두고 저만 떠날 수는 없어요."

"저도 키우던 동물들을 데려갈래요."

"매일 밥 주고 돌봐 주던 동물들에게 정이 많이 들어서, 저 혼자 살겠다고 나가진 않을 거예요."

띠링!

에르리안의 친구 아르닌이 지금까지 키우던 동물들을 데리고 탈출하고 싶어 합니다. 억지로 그들만 데려간다 해도, 중간에 말썽을 부릴 가능성이 큽니다. 동물들까지 구출한다면 그들은 진심 어린 감사를 할 것입니다.

위드는 깊은 한숨을 쉬었다.

"내가 전생에 나라를 얼마나 팔아먹었기에……"

이렇게 인생이 꼬이는 것인지 모를 일이다.

그렇지만 아르닌 종족을 평생 부려 먹기 위해서도 어떻게든 퀘스트는 성공시켜야 했다.

위드는 입술에 침을 듬뿍 발랐다.

"동물들은 다음에 내가 꼭 구해 줄 테니까 너희부터 가자."

"진짜예요?"

"그럼, 당연하지."

다시 와서 구해 줄 생각 따위, 위드에게는 당연히 없었다. 편하게 사냥할 수 있는 던전이나 사냥터도 많은데 까다롭기 그지없는 슬레이언 전사들을 뭐 하러 잡겠는가.

"그럴 수 없어요. 슬레이언 부족은 우리가 없으면 동물들을 잡아먹어 버릴 거예요.”

“함께가 아니라면 우리도 가지 않을 거예요.”

아쉽게도 이 간단한 거짓말은 통하지 않았다.

“위험해서 그래. 내 능력으로는 너희만 데려가는 것도 벅차. 너희라도 살아야 되지 않겠니. 모라타에서 기다리고 있을 친구 에르리안 종족을 생각해 봐.”

“동물들도 살리고 싶어요. 그리고 그렇게 해 주실 수 없으면 차라리 다음에 다시 구하러 와 주세요.”

그 고생을 하며 여기까지 왔는데……. 아무래도 퀘스트의 난 이도가 너무 높았다.

‘그렇다고 여기서 포기할 수도 없고…….’

만약에 북부 유저들의 수준이 높았다면 하르셀 산악 지역에 서도 사냥하는 사람이 많았으리라. 하지만 아직은 이곳에서 사 냥할 수준의 유저는 적은 숫자였고, 그들은 훨씬 안전하거나 효율이 좋은 던전과 사냥터에 있다.

다른 유저들보다 앞서 나갈 때의 괴로움!

실컷 번식한 슬레이언 부족과 싸워서 이들을 구출한다는 건 정말 어려운 퀘스트였다.

‘물러나서 조각 생명체들을 성장시켜서 다시 온다는 건… 시 간이 많이 걸릴 것 같군.’

유저들만이 아니라 지성이 있고 부족을 이룬 몬스터 무리의 경우 시간을 주면 더욱 성장한다. 동족의 숫자가 지금보다 더 늘어나고, 공격을 받았던 만큼 요새도 강화할 것이다.

그렇게 본다면 지금 결정을 내려야 된다.

'억지로 10마리만 잡아서 모라타까지만 데려간다면…….'

구출하러 와서 할 생각은 아니었지만, 정 안 되면 그렇게라도 하는 수밖에 없다. 하지만 가지 않으려고 발버둥 치는 아르닌 10마리를 붙잡아 가며 전투를 치러 밖으로 데리고 나갈 생각을 하니 정신이 아득해질 지경이었다.

"그래, 어디 너희가 키우는 동물들도 구출해 보자!"

이판사판!

최악의 경우에는 상황에 따라서 위드 혼자 빠져나가서 다음 기회를 노리거나, 아니면 최대한 많은 아르닌을 납치해 가기로 했다.

강제로 끌고 가면 퀘스트의 깔끔한 성공은 아니라서, 의뢰를 완료하고 나서도 위드의 높은 평판이 조금은 떨어질 수 있다. 친밀도는커녕 불화가 생겨서 아르펜 왕국에서 부려 먹을 수도 없겠지만, 지금 미적거리면서 시간을 끌다가는 지상에서 싸우고 있는 조각 생명체들조차도 위험하다.

"정말 고맙습니다."

"너희가 키우는 동물들은 어디에 있지?"

"여기서 가까워요. 저희가 안내할게요."

위드는 반 호크, 토리도와 같이 길을 열었다.

슬레이언 전사들을 만나면 몽땅 죽여서, 다른 구원군을 불러올 수 없게 했다. 한 놈이라도 놓치면 동료들을 잔뜩 불러올 수 있기에 한순간도 안심할 수 없었다.

아르닌 중 1명이 말했다.

"평소와 달리 놈들이 별로 없네요."

지하에서 돌아다니던 전사들도 지금은 지상으로 나가 싸우느라 바쁠 것이다.

"이곳을 돌면 있어요."

사육장의 입구를 지키는 엘리트 전사는 4마리였다.

위드는 몸 상태를 확인하고 짧게 심호흡을 했다.

"반 호크, 네가 3마리를 맡아라. 토리도와 내가 1마리를 빨리 정리하고 돕겠다."

"알겠다, 주인."

반 호크와 토리도와는 사냥을 워낙에 많이 해서 손발이 척척 맞았다.

이번에는 겨우(?) 4마리에, 레드 스타까지 사용하고 있어서 어렵지 않게 엘리트 전사들을 해치우고 사육장의 열쇠를 획득. 그리고 문을 열었다.

위드의 눈동자가 커졌다.

"이놈들은……."

전투가 벌어지던 투브칼 봉우리.

페일과 일행은 체력과 마나가 거의 한계에 도달해 있었다.

조각 생명체들이 분전했지만, 그들도 계속 덤벼드는 전사들에 지쳤다.

공중 생명체들이 위협을 하고 킹 히드라, 데스웜이 날뛰는 탓에 슬레이언 전사들도 공격적으로 나서지는 못했다.

지친 상태에서도, 화령과 벨로트는 끊임없이 춤과 연주를 통해 적들의 시선을 끌었다.

페일은 화살통에서 얼마 남지 않은 화살을 꺼내며 외쳤다.

"위드 님한테서는 아직 아무 소식 없어요?"

그가 쏜 화살이 덤벼드는 전사의 이마에 정확히 명중!

요새를 지키기 위해서인지 아니면 피해가 너무 컸기 때문인지, 전사들도 신중하게 덤비고 있었다.

어쩌면 이게 더 무서운 것인지도 모른다. 슬레이언 전사들은 강한 먹이를 보면 차분히 포위하고 야금야금 힘을 빼 놓은 다음에 습격을 가하기 때문이다.

이리엔은 생명력이 빠진 조각 생명체에게 치료의 손길을 걸어 주고 나서 대답했다.

"조금만 기다리래요."

"퇴각해야 됩니다. 지금이 물러서야 할 때라고 전해 주세요."

"잠깐만 기다리면 다 잘될 거라고 했어요."

"그게 무슨 뜻으로……."

그때였다.

투브칼 봉우리에 있던 슬레이언의 요새에서 수십 마리의 그리핀들이 날아올랐다.

거기에다 지상에서는 샤벨타이거들이 뚫려 있는 성문을 통하여 뛰쳐나왔다. 샤벨타이거의 머리에는 아르닌들이 앉아 있었다.

슬레이언 부족이 키우던 동물은 토끼, 양, 돼지, 닭 같은 온순한 가축이 아니었다. 오히려 그것들을 먹이로 써서 샤벨타이

거와 그리핀을 대량으로 키워 내고 있었다.

슬레이언 부족의 목표는 지상과 공중에서 탈 수 있는 몬스터들을 키우는 것.

만약 이들에게 시간이 주어졌더라면 지금보다 더 강력한 세력을 이루어서 하르셀 산악 지역을 내려와 다른 지역까지 손에 넣을 수 있었으리라.

위드는 그리핀과 샤벨타이거를 확인하자마자 신이 나서 몽땅 풀어 주었다.

어차피 아르닌의 부탁을 들어주려면 데리고 나가야 하는 데다 남 잘되는 꼴 보기를 죽기보다 싫어하는 그였으니 일석이조였다.

그리고 풀려나게 된 그리핀, 샤벨타이거 들은 아르닌의 부탁에 따라 슬레이언 전사들을 공격하였다.

"쿠엣, 이놈들이 다 밖으로 나왔다!"

"큰일이다. 큰일이야."

슬레이언 전사들은 요새를 지킬 수는 있었지만, 뛰쳐나가는 그리핀과 샤벨타이거를 막을 수는 없었다.

"활을 들고 있는 녀석들을 위주로 해치우고, 샤벨타이거들은 퇴로를 열어라!"

뒤따라 나온 위드가 전투를 지휘하며 일행은 투브칼 봉우리에서 무사히 퇴각!

암벽 협곡과 공성전에서 피해를 입은 슬레이언 부족은 쫓아오지 못했다.

띠링!

위드는 동료들과 조각 생명체들을 데리고 모라타로 돌아왔
다. 그리핀과 샤벨타이거까지 손에 넣었으면 더할 나위 없이
좋았겠지만, 원래 하르셀 산악 지역의 동쪽과 남쪽 서식지로
돌려보내 주어야 했다.

그들은 슬레이언 부족을 견제하며 살아갈 것이다.

ⓒ૭ ⊶ ૭૭

"…그리하여 무사히 돌아오게 되었어."

"정말 고마워. 이렇게 다시 친구들을 만날 수 있을 거라고는
생각하지 못했어."

띠링!

하게 될 것이다. 하르셀 산악 지역에서 보여 준 용기와 영웅적인 지휘 능력 그리고 마지막 순간에 생명에 대한 존중을 바탕으로 한 결정은 대륙의 많은 이들에게 알려져서 놀라움을 주게 되리라.

명성이 2,580 올랐습니다.

레벨이 올랐습니다.

조각 생명체 종족 에르리얀과 아르닌이 왕국을 위해 일하게 됩니다.

조각 생명체들과의 친밀도가 높아집니다. 그들은 큰 위험을 무릅쓰고 구출해 준 감사함을 잊지 않을 것입니다.

카리스마가 15 상승하였습니다.

통솔력이 23 상승하였습니다.

위대한 전투 지휘 경험을 쌓았습니다. 전투와 관련된 스탯들이 3씩 증가합니다.

위드는 훈훈하게 웃었다.

최근 방송에서 보면, 잘생기진 않았어도 좋은 느낌을 주는 훈남들이 인기였다. 눈을 가늘게 뜨고 입가를 비열하게 끌어올리면서, 마음껏 웃어 주었다.

"나도 너희를 만날 수 있어서 정말 다행이라고 생각한단다."

조각술 마스터 퀘스트의 완수.

동물을 잘 기르는 아르닌을 얻은 건 장비나 아이템을 얻은 것과는 달랐다. 아르펜 왕국의 가축들이 잘 자라게 되면 가죽이나 고기, 식량 등 많은 측면에서 발전에 도움이 되는 것이다.

'영원히 부려 먹을 수 있겠어.'

슬레이언 부족의 손아귀에서 벗어나 위드에게로 왔다.

이제부터는 철저한 착취만이 남아 있을 뿐.

"아무튼 내 왕국이 더 잘되었으면 좋겠군."

위드의 아르펜 왕국은 북부의 유민과 초보자를 중심으로 하여 탄생한 신생국가다. 종합적인 전력이나 경제력, 군사력으로 보면 중앙 대륙의 전통적인 강국에는 크게 미치지 못했다.

그것을 극복하는 길은, 오로지 착취만이 있을 뿐!

사실 위드를 둘러싼 상황들이 그리 좋지만은 않았다.

바드레이의 헤르메스 길드는 대외적으로 하벤 왕국과 칼라모르 왕국을 통합하여 규모가 제국이라고 불러도 될 정도였다. 흑사자 길드의 영역인 톨렌 왕국 또한 베덴 길드를 앞세워서 장악해 나가는 중이다.

여기에, 지금도 막강한 경제력을 바탕으로 최고의 군대를 양성하고 있다.

레벨이 높고 유명한 랭커들을 섭외하는 작업도 적극적으로 이루어지는 중이었다. 랭커들이 헤르메스 길드의 제안을 거절하면, 상상을 초월하는 새로운 조건을 가지고 온다는 소문이 자자했다.

클라우드 길드, 로암 길드, 블랙소드 용병단 역시 경악스러울 정도의 세력을 갖추어 가는 중이다.

왕국을 지배하려는 길드들.

그들의 세력과 자금력, 군대에 아르펜 왕국은 감히 견줄 수조차 없을 지경이다.

'그냥 나한테 섭외 제의를 하지. 선금만 좀 많이 주면 헤르메스 길드에 포섭되어 줄 수 있었는데.'

위드는 그 점이 정말 아쉬웠다. 지금은 헤르메스 길드원 중에서도 그에게 칼을 갈고 있을 사람이 많기 때문에 돌아갈 수 없는 강을 건넌 사이였다.

아르펜 왕국은 아직 약하지만 그래도 조각술 마스터 퀘스트를 하면서 일 잘하는 부하들이 많이 생긴다면 그게 나름대로 소득이 될 것이다.

이것으로 위드의 직업 마스터 퀘스트도 열네 번째가 완수되었다.

진정한 직업 마스터까지 얼마 남지 않은 셈.

'최초로 성공하면 엄청난 돈이 들어오겠지!'

방송국들은 상금까지 걸어 놓고 최초의 직업 마스터 순간의 중계를 원했다.

이럴 때 한몫 단단히 챙겨 두어야 하지 않겠는가.

위드의 배낭에서, 예전에 깎아 놓았던 사슴의 조각품이 생명을 부여하지도 않았는데 걸어 나왔다.

아기 사슴으로, 얼굴이 똘망똘망하기 그지없어서 제법 괜찮은 가격에 팔 수 있겠다고 생각한 조각품.

특정 형태들은 대중적인 인기를 끄는 것들이 가끔 나왔다.

아기 사슴이 말했다.

—예술에 생명과 혼을 담을 수 있는 조각사님.

위드는 예술가라는 칭찬을 들을 때마다 민망해졌다.

창조적인 면이나 끝없는 고뇌를 운명처럼 안고 있는 직업.

방송에서 인터뷰할 때에도 어떻게 조각사라는 직업을 택하게 된 것인지가 큰 화제였다. 그저 어쩌다 실수로 택한 직업이고, 그 이후로 먹고살려고 열심히 하였을 뿐인데.

그렇지만 위드는 진지한 얼굴로 대답했다.

"그래. 말하렴, 새끼 사슴아."

—조각품을 아끼고 소중히 여기는 마음에 대해서 고맙게 여기고 있어요.

아무리 위드라고 해도 조금은 낯간지러운 말.

—우리에게 생명을 불어 넣고 살아갈 수 있게 해 주셔서 다시 한 번 감사드립니다.

"그러지 않아도 된다. 나는 당연히 해야 할 일을 하였을 뿐인데. 너처럼 귀여운 조각품을 보면 세상에 대해서 더 많이 알려 주고 싶었던 거란다."

아버지와 딸처럼 화목한 대화가 이어지고는 있었다. 설렁탕에 꽃등심이라고 수시로 구박을 당하던 누렁이가 옆에서 지금 나누는 이야기를 들었다면 억울해서 난동을 피웠을지도 모른다.

—우리 조각품의 마음을 이해해 주실 수 있는 건 조각사님밖에 없어요. 그래서 부탁드릴 것이 있습니다. 조각품이 되어서

우리에 대해서 조금 더 알아주시면 안 될까요?

띠링!

조각의 눈

조각사로서 새로운 도전. 자기 자신이 조각품이 되어서 이해의 폭을 넓히자. 바람이 통하지 않는 갇힌 공간이 아니라 세상을 느낄 수 있는 넓게 트인 곳에서 스스로의 몸을 조각품으로 만들어 보라. 그리하여 조각품의 눈으로 1달간 세상을 지켜본다면 많은 것을 얻을 수 있을 것이다.

난이도: 조각술 마스터 퀘스트.

제한: 고급 8레벨 이상의 조각술. 조각품이 파괴되거나 동물들과 사람들이 지켜보지 못한다면 실패. 조각화 스킬을 도중에 해제하면 실패.

조각화 스킬을 습득하였습니다.

조각화

자신의 몸을 조각상으로 만든다. 스킬을 최초 시전하였을 때의 모습으로 석상화하여 1달간 유지된다. 스킬이 유지되는 동안에는 움직일 수 없다. 접속을 종료하더라도 석상은 그대로 남아 있으며, 보유한 예술 스탯에 따라 내구도가 달라진다.

"크흠."

위드는 순식간에 열다섯 번째 퀘스트에 대한 계산을 마쳤다.

조각술 마스터가 얼마 남지 않은 점을 감안한다면 이번 의뢰가 실패할 가능성이 거의 없는 것이라는 점은 다행이었다. 그렇지만 남들이 기고 뛰고 날고 있을 때 석상이 되어서 마음 편히 1달을 보내야 하다니.

〈로열 로드〉의 기준이었기에 실제로 현실을 기준으로 해서 보면 그리 긴 시간은 아니기는 했지만, 그렇더라도 아쉬운 건 사실이었다. 위드는 입가에 썩소를 날리면서 말했다.

"너희의 마음에 대해서 예전부터 더 잘 알고 싶었지. 이번 기회에 알아보마."

퀘스트를 수락하였습니다.

—고마워요. 우리의 부탁을 들어주어서요.

아기 사슴은 다시 조각상으로 돌아갔다.

눈이 땡글땡글한 목각 인형!

보통 1골드 정도로 팔 수 있지만 커플들에게는 4골드 이상의 요금제가 적용되는 작품.

그리고 위드의 푸념이 시작되었다.

"이놈의 조각사란 직업은 매번 말썽이로군."

어쨌든 퀘스트는 해야 할 일.

기왕이면 서둘러 시작하는 편이 빨리 끝낼 수 있으리라.

"어차피 크게 위험할 일도 없을 것 같으니까."

이왕 하는 것, 와이번을 타고 절벽의 중간에 가서 스킬을 시전할 수도 있다.

"아니야. 무슨 험한 일이 벌어질지 몰라."

대재앙의 자연 조각술로 암벽 협곡을 무너뜨려 봤더니 절벽도 그리 믿을 곳이 못 된다는 걸 확실히 깨달을 수 있었다.

"평지는 몬스터들이 다녀서 안 되지. 바다 한복판도 위험하고……."

바다야말로 재앙의 구렁텅이와도 같다. 폭풍도 자주 불어올

뿐만 아니라, 상상할 수도 없는 온갖 위험이 산재해 있는 곳이 바로 바다다. 모라타의 대도서관에 보면 바다와 관련된 무시무시한 모험담도 많다.

요즘에는 모라타 주변의 바닷가에 항구 바르나가 만들어지고 있다. 해상 모험과 낚시, 수영을 즐기는 유저들도 많다 보니 별별 일이 다 벌어지는 바다는 역시 그다지 믿을 수 없는 지역.

"정말 세상에 믿을 만한 놈이 없는데… 어디서 1달간이나 보내야 하지?"

위드는 일단 모라타 내부로 결정했다. 아무리 생각해 봐도 모라타가 몬스터나 자연의 영향에서는 최대한 안전한 곳이라고 판단한 것이다.

"1달 정도야 금방이지."

도시에 조각품도 많이 전시되어 있기 때문에 시간만 지나면 될 일. 거리에도 조각사들의 작품들이 있지만, 예술 회관이나 대성당에 유독 조각품들이 많았다.

"닫힌 장소는 안 된다고 하였으니까 그냥 거리에서 석상화를 사용해야겠군."

위드는 이 사실은 누구에게도 알려져서는 안 된다고 생각했다. 퀘스트 자체는 어렵지 않다고도 볼 수 있지만, 자신에게 원한을 가진 사람이 한둘인가.

"헤르메스 길드, 〈마법의 대륙〉의 유저 그리고 이래저래 어떤 방식으로든 나 때문에 피해를 입은 사람들… 적어도 10만에서 20만 정도는 되지 않을까?"

원한도 중소 도시급의 규모!

"이게 알려지게 되면 그들이 몰려올지도 몰라. 어떤 훼방을 놓을지 모르니까 철저히 해야지."

위드는 모라타에서도 으슥한 곳을 찾아다녔다.

과거에 뱀파이어와 싸울 때부터 이곳에서는 사냥을 많이 했고 자신이 발전시킨 도시였지만, 새로 지어진 건물들이 늘어서 올 때마다 매번 다르게 느껴지는 모라타.

"가능한 한 사람들이 없는 곳… 방해를 받지 않아도 되는 조용한 곳."

모라타에 사람들이 아예 오지 않는 장소는 없었다. 대도시급 이상으로 성장하여 이제는 왕국의 수도가 되었다. 어디를 가나 마차와 소 들이 다니고 있으며 초보자들이 뛰어다녔다.

위드는 로브로 얼굴을 가리고 골목길 위주로만 다녔다. 모라타의 외곽까지 가서, 야산으로 올라가는 골목길 옆으로 장소를 결정.

"이곳이 좋겠다. 사람도 잘 안 다니는 거 같고……."

1시간을 조각품을 깎으면서 기다려 봤는데 지나다니는 사람이 없었다.

위드는 여신의 기사 갑옷과 데몬 소드, 바하란의 팔찌, 고귀한 기품이 어린 검은 헬멧 등을 착용하고 스킬을 시전했다.

"조각화!"

조각화 스킬을 시전합니다. 스킬을 유지하는 동안에는 움직일 수 없습니다.

발에서부터 올라오면서 석상화가 이루어졌다.

몸 전체가 돌덩어리가 되고 난 이후에는 몸이 움직여지지 않아서 답답한 기분.

석상의 눈으로 세상을 볼 수 있었는데, 주변을 두리번거리더라도 조각상의 눈동자는 움직이지 않았다.

'이거야말로 아무도 모르는 완벽한 일이군.'

위드는 혼자만의 비밀을 가졌다고 기뻐했다. 그리고 시간이 10분 정도가 흘렀다.

휘이잉.

낙엽 몇 개가 떨어져서 골목길을 스치면서 지나갔다. 모라타에서도 정말 한적한 장소로 와서 따분하기 그지없는 일.

풍경의 변화라 봐야 야산에서 날아온 참새들이 하늘을 지나가는 정도가 전부였다.

'어쨌든 퀘스트만 성공하면 그만이지. 비라도 내려 주면 좋겠군.'

위드는 만일의 사태에 대비해서 지루하더라도 계속 접속을 유지했다.

그렇지만 밥도 해야 되고, 청소도 해야 한다. 인간으로서 살아가면서 필수적으로 해결해야 하는 집안일과 생리 현상!

'뭐, 별일 없겠지. 모라타는 안전한 곳이니까. 청소나 하고 와야겠다.'

위드는 접속을 종료했다.

흑기사의 길

베르사 대륙의 여러 유저들이 직업 퀘스트를 위하여 분주히 돌아다녔다.

소위 말하는 랭커들!

최상의 레벨을 가지고 있으며 직업 스킬 부분에서도 정점에 오른 이들의 모험이 진행되면서, 유저들은 그 사실 자체만으로도 들떴다.

"체이스 님 봤어?"

"캬하! 한밤의 공동묘지로, 진짜 1초도 망설이지 않고 들어가더라니까."

"거기서 녹슨 철 조각을 찾아 나오는 게 더 대단하지 않냐."

직업 마스터를 염두에 두고 있는 사람들의 모험이라서, 유저들도 대단히 큰 흥미를 가지고 지켜보았다.

그러던 차에 CTS미디어가 특종을 터트렸다.

—직업 마스터에 가장 근접한 사람이 나타났다는 정보를 입수했습니다.

―유혜나 씨, 무척 궁금한데요, 그게 누구인가요?

―네, 빨리 알려 드릴게요. 여러분도 많이 알고 계시는 사람… 아니, 드워프입니다.

쿠르소의 대장장이 파비오!

그가 스킬 마스터를 목전에 두고 있다는 특종 보도였다.

그는 지금까지 여행도 다니지 않고 퀘스트도 하지 않은 채 오로지 대장간에서 장비만 만들어 온 인물이었다.

누구나 최고로 손꼽는 대장장이, 가장 유명한 장인인 그가 마스터에 가깝다는 확실한 정보가 CTS미디어로 입수되었다.

―아, 대장장이 파비오라면 가능성이 크죠. 유혜나 씨, 하지만 그가 직업 마스터 퀘스트를 진행한다는 소식은 듣지 못한 것 같은데요.

―현재까지 알아본 바로, 직업 마스터 퀘스트는 시작도 하지 않았다고 합니다. 그의 목적은 오직 스킬의 완전한 마스터로 보이는데요.

방송이 나온 이후로 토르 왕국과 쿠르소에는 그의 무기를 받고 싶어 하는 유저들이 몰려들었다.

대장장이 마스터의 무기!

그 가치와 희소성으로 인하여 상상하기조차 어려운 높은 가격이 책정되고 있을 정도였다.

파비오가 대장장이 스킬을 가장 먼저 마스터한다면 대단한 영예였다.

최초의 직업 스킬 마스터로서 퀘스트도 하게 되리라.

다른 유명한 유저들의 도전이 실시간으로 방송되면서, 마스터 퀘스트 경쟁은 갈수록 치열해졌다.

바드레이는 직업 마스터 퀘스트의 열여섯 번째 단계를 진행하고 있었다.

"테르메돈의 기사여, 명망이 높은 그대에게 이 성의 수비를 맡기겠다."

"이곳에서 지켜봐 주십시오. 반란군 수장의 목을 베어 오겠습니다."

기사단과 보병대를 끌고 전쟁터를 전전하던 바드레이는 승리를 거두면서 막대한 보상금을 얻었다.

사실 용병 활동을 하면서 대가로 받은 돈 외에도, 인적이 뜸한 도시 같은 곳은 잔인하게 약탈!

기사들을 중무장시키고 보병대를 훈련시키는 비용으로 활용했다.

그는 도시와 마을을 돌면서 재능 있는 소년들을 모집하고 기사들을 영입했다.

바드레이가 있는 장소는 역사서에 나오는 과거의 베르사 대륙이었다!

그곳에서 자신만의 기사단과 보병대를 날카롭게 벼려진 검처럼 키워 냈다.

테르메돈의 기사단.

테르메돈의 보병대.

기사 65명과 보병대 4,000명의 정예병!

퐁텐블로 성의 전투에서는 성주 측에 고용되어, 반란군과 싸우는 임무를 맡았다. 바드레이는 성의 모든 병력을 지휘할 수 있는 권한마저도 가졌다.

"이곳이 마음에 드는군."

바드레이는 퐁텐블로 성의 지형과 마을을 둘러보고 나서 마음을 굳혔다.

"성벽도 두껍고 높아서 방어하기 좋고, 정말 부유한 곳이야."

반란군의 무리가 쳐들어왔을 때에는 기사단을 출동시켜서 그들을 격퇴하였다.

테르메돈의 기사단은 두려움을 모르고 잔인하게 키워져서, 항복하는 적들까지 모조리 죽였다.

그리고 승리를 축하하는 연회식이 벌어졌다.

"테르메돈의 기사여, 그대의 꿈은 어디에 있는가?"

성주가 물었을 때에 바드레이는 검을 뽑았다.

"강한 자가 모든 것을 갖는다. 나의 꿈은 강해지는 데 있다."

테르메돈의 기사들과 병사들도 정해진 약속대로 무기를 뽑았다.

"크아악!"

"배반이다! 성주님을 보호해!"

"경비병!"

악사들의 음악이 연주되고 진귀한 음식들이 차려져 있던 연회식장은 피로 얼룩지게 되었다. 보병들은 복도에서 석궁을 들고 기다리다가 구원을 오는 수비군을 차례대로 제압.

바드레이는 퐁텐블로 성을 장악하고 귀족이 되었다.

띠링!

피의 기사 퀘스트 완료

테르메돈의 기사단이 퐁텐블로 성을 점령하였다. 전란에서 공을 세워서 이루어 낸 영광스러운 업적은 아니더라도, 전쟁터에서 붉은 피를 흘리며 자란 기사단 은 다른 이들이 무시할 수 없는 두려운 존재이다.

명성이 3,329 올랐습니다.

명예롭지 못한 퀘스트의 달성입니다. 기품과 명예가 13씩 감소합니다.

비겁한 전투로 기사단과 보병대의 충성도가 저하됩니다. 데일 왕국과 다른 왕국들에서 평판이 낮아집니다.

힘이 11 상승하였습니다.

투지가 19 상승하였습니다.

흑기사의 직업 퀘스트 열여섯 번째의 완료!

원래대로라면 전쟁터에서 공을 세워 고위 귀족이나 국왕의 눈에 들어서 영토를 받아야 했다. 하지만 그런 기회란 큰 규모 의 전쟁에서 대단한 공을 세워야 가능했고, 또 좋은 성을 얻는 다는 보장도 없었다.

바드레이는 그냥 힘으로 빼앗아 버린 것이다.

일반적인 기사 퀘스트라면 충성심이나 명예를 대단히 중요 하게 여긴다. 흑기사는 그런 것들은 상관하지 않는 편이었으며, 끝없는 힘과 권력을 추구했다.

"계속 훈련시켜야겠군."

퀘스트를 마쳤지만 바드레이는 기사단과 보병대에 대한 훈련을 중단할 생각은 전혀 없었다. 흑기사의 퀘스트들이 대부분 전투와 깊은 관련이 있었고, 기사단의 존재는 이 과정에서 필수적이라고 봐야 할 정도였다.

바드레이가 전쟁터에서 쓸 수 있도록, 테르메돈 기사단은 끝없이 단련되어야 하는 운명이었다.

"그리고 이제 내가 가야 할 길은……."

바드레이는 눈을 감았다.

흑기사의 퀘스트는, 눈을 감고 있으면 마치 자기 자신이 상상하는 것처럼 떠오른다.

마치 욕망의 충동질처럼.

저 넓은 평원이 불타오르고 있다.

성과 요새도 무너지고, 비명이 들려온다.

테르메돈의 기사단과 보병들이 잔혹한 살육전을 펼친다.

바드레이가 키운 군대가 왕성으로 쳐들어가서 모든 것을 파괴한다. 그를 버린 왕에게 복수를 하는 것이다.

띠링!

흑기사의 길

흑기사는 누구에게도 충성을 바치지 않는다. 국왕에 대한 보복도 당연히 걸어가야 할 여정에 있을 뿐. 그가 바라는 것은 끝없는 권력에 대한 탐욕이다. 모든

것을 이용하여 원하는 것을 얻으리라. 그리고 목표를 이루는 과정에서 더욱 강한 힘을 손에 넣을 수 있을 것이다. 그것이 정의로운 자에게 주어지는 선물은 아니겠지만······.
난이도: 흑기사 마스터 퀘스트.
제한: 고급 9레벨 이상의 검술. 기사단이 필요하다.

퀘스트의 과정에서 검술의 비기를 창조할 수 있습니다.
기존에 없는 새로운 기술을 탄생시키는 것으로, 퀘스트 과정에서 보여 주는 행동에 따라 달라집니다.

직업 마스터 퀘스트의 과정에서 새로운 스킬의 비기가 탄생한다. 그것은 새로운 흑기사 마스터가 되는 바드레이만의 기술이었다.

퀘스트에 필요한 검술 스킬의 레벨이 부족합니다.
아직 퀘스트를 수행할 수 없습니다.

바드레이의 미간이 찌푸려졌다.

"이건 조금 아쉽군."

그의 검술 스킬은 고급 8레벨. 그것도 겨우 10%대의 숙련도였다. 아직은 퀘스트를 진행하며 검술의 비기를 창조해 낼 수 있는 수준이 아닌 것이다.

바드레이의 눈앞에서, 무릎을 꿇고 있는 테르메돈의 기사단과 퐁텐블로 성의 모습이 일그러졌다. 햇살에 밀려나는 안개처럼 그것들이 사라지더니 그는 다시 하벤 왕국의 수도 아렌 성으로 돌아왔다.

퀘스트의 자격을 갖추지 못하였기에, 그대로 쫓겨난 셈.

재봉사 드라고어.

그는 카드모스와 함께 대륙 3대 재봉사 중의 1명으로 이름난 사람이었다. 본래 수리암이라는 도시에서 살고 있었지만, 북부 여행 열풍이 일어난 이후 방직 기술이 발달한 모라타로 왔다.

"이곳의 천 짜는 기술은 최고로군. 가죽 손질도, 과연 대륙에 정평이 나 있을 정도야."

니플하임 제국 시절부터 첫손가락에 꼽혔던 모라타.

당시만 하더라도 중앙 대륙과 지역적으로 떨어져 있는 니플 하임 제국은 문화와 기술, 경제에서 앞서 나가는 강국이었다. 몬스터와 추위로 인하여 몰락하기 전까지만 하더라도 대륙 전체에서 세 손가락에 꼽혔을 정도다.

그런 모라타에서도 가죽과 천을 다루는 기술은 특히 더 뛰어난 것이었다.

예나 지금이나 막대한 생산력을 자랑하는 드워프의 토르 왕국, 엘프, 바바리안의 왕국까지도 포함했던 시기이니 얼마나 번성했는지 알 수 있으리라.

남부의 신비로운 마법 문명, 서부의 강렬한 부족국가.

그 시절은 무역을 통하여 대륙 전체가 부와 기술을 쌓아 나가던 시기다.

지금은 몬스터와 엠비뉴 교단, 그리고 그 외에 알려지지 않은 이유들로 인하여 각 왕국들은 과거보다 많이 쇠퇴한 시대였다. 모라타는 주민들이 석상화의 저주를 받아서 번성했던 시대의 기술력을 간직하고 있다는 점이 재봉사들에게는 큰 축복이었다.

드라고어의 의상점

모라타로 갑니다. 옷을 주문하실 분은 모라타의 빙룡 광장으로 찾아와 주세요.

재봉사 드라고어는 여성복 전문이었다.

그는 모라타에 와서도 실력을 뽐내면서 고객들을 늘렸다. 북부의 레벨 높은 모험가들, 상인들, 전투 계열 직업들이 그 고객이다. 과거의 단골들도 중앙 대륙을 오가는 상단을 통하여 옷을 주문하기도 하였다.

그의 주특기는 은근한 노출과 최고의 원단을 사용한 디자인에 있었다.

드라고어와 카드모스, 모라타에 있는 재봉사들은 부지런히 옷을 만들어 판매했다.

띠링!

최신의 유행을 선도하는 옷들이 모라타에서 재단되고 있습니다.
모라타의 특산품에 고급 의류가 등록되었습니다.

재봉사들의 노력과 실력으로 특산품 등록!

모라타에서 재봉사들은 존중받는 직업이었으며 가죽옷의 거리, 원단의 거리도 조성될 정도로 인기가 높았다.

지역 특산품이 되고 나서는 비싼 고급 의류들이 귀족이나 마법사 들에게 판매되고, 교역을 통해서도 불티나게 팔렸다.

"로브 전문점. 레벨과 주로 사용하시는 마법에 따라서 디자인을 달리하고 무늬를 따로 수놓아 드립니다."

"바람에 잘 펄럭이는 망토. 민첩성 향상 전문 망토 주문 제작합니다."

"바지 있어요. 가볍고 탄력이 있어서 어떤 사냥터에서도 불편하지 않습니다. 방어력은 기본, 바람이 잘 통하고 빗물을 막아 주는 모라타의 최고급 원단을 사용합니다."

사람들의 옷에 대한 욕심은 끝이 없었다. 동네 뒷산을 놀러 가면서도 히말라야나 알프스에 가도 될 정도의 등산복을 입어 주는 것이 미덕이 아니던가.

베르사 대륙에서는 몬스터와 싸워야 하고 험지들도 오가야 하니 조금이라도 더 좋은 옷은 가격을 따지지 않고 팔려 나갔다. 사슴 사냥을 하더라도 마법 저항력 정도는 기본으로 부여된 옷을 입어야 한다는 원칙.

모라타의 세금 수입원 중에서는 재봉사들의 비중이 상당히 컸다.

드라고어는 모라타에서도 커다란 입지를 가진 재봉사로서, 그의 사업도 계속 번창하고 있었다.

"이제야 재봉 스킬이 고급 8레벨이 되었군."

보석이 달린 드레스를 제작하고 나니 재봉 스킬이 1단계 올랐다. 모라타에는 바드와 댄서도 많았기에 관련 의류의 주문이 많이 들어왔다. 화령도 그의 단골 고객 중 1명이었다.

"고급 8레벨이 되어서 자격은 갖추었는데… 나도 이제 재봉사의 마스터 퀘스트에 도전해 볼까?"

드라고어는 그동안 관련 업계 외에는 알려지지 않은 인물이었다.

생산직 직업을 가진 사람이 위드처럼 모험이나 전투로 이름을 떨치기는 어렵다.

아무래도 재봉사가 대장장이만큼 유명하지 못한 것도 현실. 대다수 전투 계열 직업들이 가죽옷보다는 갑옷을 선호하기 때문이었다.

"나도 멋지게 방송에 나오면 괜찮을 텐데. 그럼 옷값도 더 비싸게 받을 수 있을 테고."

드라고어는 재봉사 직업 마스터 퀘스트를 시작하기로 결정했다.

그리고 한밤중에 재봉사 길드로 가서 교관에게 말했다.

"옷을 입을 줄 아는 사람들에게, 이제 내가 그들이 원하는 최고의 옷을 만들어 주려고 합니다."

부푼 기대를 안고 시작한 재봉사 마스터 퀘스트!

"재봉사여, 지금까지 많은 사람의 옷을 만들어 주셨군요."

드라고어는 전문적으로 원단을 떼어다가 옷을 만들고 돈을 벌었으니 당연한 일이었다. 바쁘게 살던 시절에는 하루에 수십 벌의 옷을 만들었을 정도다.

개인 주문보다는 길드에서 주문을 받으면 동일한 디자인으로도 정말 많이 만들 수 있다. 풀죽신교의 단체복 같은 경우는 지정 옷 가게 서른 곳에서 매일 수백 벌씩 만들어 내는데도 늘 재고가 없을 정도였다.

"재봉사로서 기본에 충실한 것이 정말 중요합니다. 옷이란 한번 잘못 만들게 되면 입는 사람이 항상 불편하게 생각할 수밖에 없기 때문입니다."

"저도 그렇게 생각합니다."

"재봉사의 길을 걸어가기 위해서는 기본을 착실히 익혀야 합니다. 길드의 창고로 가셔서 인형의 눈 10만 개를 붙이고 나면 기본기를 확실히 익히실 수 있을 겁니다."

띠링!

인형 눈 10만 개

재봉사로서의 꼼꼼함으로 인형의 눈을 붙이라. 완성된 인형들은 모라타의 아이들에게 나누어 주면 매우 기뻐할 것이다.

난이도: 재봉 마스터 퀘스트.

제한: 고급 8레벨 이상의 재봉. 불량품이 20개가 넘으면 실패. 퀘스트를 실패하면 처음부터 다시 붙여야 한다.

"이, 시작부터 이런 거지 같은 퀘스트가……."

드라고어는 눈앞이 캄캄해졌다.

ᘏᗢᘏ

위드는 틈틈이 접속해 보았지만 별일 없이 시간이 흐르고 있었다. 낙엽이 머리 위에 쌓이고, 새들이 앉아서 놀기도 했다.

'역시 쉬운 퀘스트로군. 성공은 시간문제야.'

아침, 점심, 저녁.

해가 뜨고 지는 변화에도 불구하고 으슥한 구석에 서 있는 그의 조각상에는 별다른 일이 없었다.

'간단히 마무리 짓고 직업 마스터 퀘스트를 끝내야지.'

엿새가 지나도록 아무 일도 벌어지지 않았다.

석상으로 있으면 주변의 풍경을 구경하는 것이 유일하게 할 일이라서 위드는 너무나 지루했다.

바닷가의 경치 좋은 언덕이라도 하루 이틀이지, 시간이 지나면 심심해지기 마련. 위드가 있는 장소는 모라타의 외곽에서도 구석이었으니 더욱 볼 것 없었다.

'오늘도 별일 없겠지.'

도장에 가서 평소보다 운동도 더 많이 하고, 밀린 집안일도 이것저것 찾아서 하나씩 끝냈다.

그래서 일찍 접속 종료.

그런데 불과 20분 정도가 지난 후에 사람들이 다가왔다.

"여우 사냥터로 나가려면 이쪽으로 가는 거 맞아?"

"분명히 이 근처였는데……."

"막힌 곳이잖아."

"오늘 내로 여우 구경도 못 하겠다."

초보자들 4명이 밧줄과 덫을 가지고 걸어오고 있었다.

여우 가죽과 꼬리를 모아 오라는 퀘스트를 받고 판자촌에 들렀다가 나오는데, 지름길을 찾겠다고 헤매다가 엉뚱한 곳으로 오게 된 것.

"여기 아닌 거 같으니 다른 곳으로 가자."

"어? 저기 조각품이 있어."

"모라타에 흔해 빠진 게 조각품인데, 뭐."

"저거 자세히 봐 봐. 국왕 위드의 조각품 아니야?"

띠링!

조각사 위드를 감상하였습니다.
모험가, 국왕, 조각사로서 위대한 명성을 쌓은 위드가 자신의 모습을 조각상으로 남겨 놓았습니다. 실제의 모습과 동일한 작품으로, 탁월한 지도력과 용기를 가진 위드의 영웅적인 면모를 느낄 수 있을 것입니다.
생명력과 마나, 체력의 회복 속도가 하루 동안 37% 증가합니다. 조각술의 효과가 6% 오릅니다. 던전에서 모험가들의 스킬의 레벨이 1단계 오르고, 통솔력이 29, 이동속도가 12% 상승합니다. 사냥과 퀘스트를 완수하였을 때 명성이 20% 더 늘어납니다. 아르펜 왕국 주민들은 특별한 의뢰를 완수했을 시에 국가 공적치가 50%, 모든 스탯이 9씩 오릅니다.
강렬한 빛의 축복이 깃든 조각품으로, 인근 어둠의 몬스터들의 활약을 억제시킵니다.
문화적인 유물로, 지역 정치력의 확대가 이루어집니다.
위대한 영웅 조각물의 감상으로 인하여 전투와 모험, 예술과 관련된 스탯이 1씩 오릅니다.

"장난 아니다, 이거……."

"이런 곳에 숨어 있었다니! 완전 보물이네."

초보자들은 조각품으로 가서 조심스럽게 몸을 어루만졌다.

"인체 비율도 진짜 대박이다. 다리가 조금 짧은 거 같기는 하지만……."

"색깔이 짙은 청색만 아니었더라도 살아 있는 줄 알았겠어. 진짜 같아."

초보자들은 조각상을 세밀히 살피던 도중, 땅바닥에 고정된 작품이 아니란 것을 알아냈다.

"이거 가져갈까?"

"여기에 있으면 아까우니 광장에 전시하자. 그러면 훨씬 많은 사람들이 볼 수 있잖아."

그러나 초보자 4명이 들기에는 조각상의 무게가 너무 많이 나갔다.

"내가 가서 사람 불러올게. 이곳에서 지키고 있어."

"응. 알았어. 빨리 다녀와!"

초보자 1명이 중앙 광장에 뛰어가서 외쳤다.

"위드 님의 조각상을 발견했습니다! 엄청난 작품인데요, 우리끼리 들 수가 없어요. 와서 좀 도와주실 분!"

광장에서 장사하던 사람, 물건을 구경하던 사람, 파티를 찾던 사람, 이야기를 나누던 사람 등등 수많은 이들이 하던 일을 멈추고 그에게로 시선을 돌렸다.

"진짜인가요?"

"제가 금방 들통날 거짓말을 왜 합니까. 도시 내에 있어요!"

"갑시다."

"풀죽신교여, 어서 갑시다!"

중앙 광장에 있던, 적어도 2,000명 이상의 사람들이 한꺼번에 이동!

조각품을 보면 스탯이 오르는 효과도 있기에 막 사냥을 나가려던 사람도 따라왔다.

"뭔데? 무슨 일이야?"

"위드 님의 조각품이 발견되었대."

"정말?"

계속해서 늘어나는 사람들!

그리하여 으슥하던 야산과 인접한 골목길에 사람들이 가득 차게 되었다.

"진짜 위드 님의 조각품이다. 그것도 자신의 조각품이야."

"거기 뒤에, 밀지 마요!"

"이걸 광장으로 가져갑시다. 구경은 나중에 하도록 하고, 힘 좋은 워리어들만 우선 나서 주세요."

"신들의 정원, 피라미드 등에서 석재 많이 나르신 관록 있는 워리어분들! 20명만 앞으로 와 주세요."

안전하게 운반할 수 있도록, 재봉사들이 자진하여 자신들이 가지고 있는 가장 좋은 천으로 동상을 덮었다. 그리고 짐 나르는 데에는 일가견이 있는 워리어들이 나서서 조각상을 조심스럽게 운반!

"앞쪽에 길 터요!"

"모두 길을 비켜 주세요."

웬만한 포장 이사 업체를 넘어서는 섬세한 서비스!

멀리서도 볼 수 있도록 높은 제단까지 금세 설치가 끝나서, 위드의 조각상은 모라타의 중앙 광장 분수대 옆으로 옮겨졌다.

광장의 조각상

위드가 다시 접속했을 때에는 눈에 보이는 모든 것이 바뀌어 있었다. 중앙 광장은 빙룡 광장이나 빛의 광장보다는 협소하지만 사람이 가장 많이 붐비는 곳이다.

'커헉! 내가 왜 이곳에⋯⋯.'

위드는 당황하고 말았지만 사람들은 그저 평소처럼 움직일 뿐이었다.

분수대에서 물통을 채우는 초보자들도 조각상을 구경하면서 지나갔다.

"이번에 발견된 조각품이지?"

"응. 꼭 진짜 같다."

"만져 보고 싶은데⋯⋯."

여성 유저 2명이 가까운 곳에서 조각상을 구경하고 있었다.

"키는 별로 안 크네."

"얼굴도 평범한 것 같아."

여성 유저들이 떠나고 나서는, 처음 시작하면 기본으로 지급되는 옷에 아직 때도 묻지 않은 초보자가 나타났다.

"위드 님, 저도 위드 님을 본받아서 열심히 살게요. 앞으로 쭉 지켜봐 주세요."

장사를 마치고 자리를 접던 상인들도 다가와서 말을 걸었다.

"모라타를 이렇게 발전시켜 주어서 고맙습니다. 덕분에 재미있게 지내고 있습니다."

위드는 석상이었기에 움직임도 없이 가만히 있었다.

상인은 조금 높은 제단에 서 있는 조각상이 근엄한 표정을 짓고 있는 것만 보았으리라.

파티 사냥을 나가는 전사들이나 모험가들도 다가왔다.

모라타에서는 도시 밖으로 나가기 전에는 예술품을 감상하는 일이 기본처럼 되어 있었다. 만약 던전에 사냥하러 갔는데 조각상이나 그림을 감상하지도 않고 왔다면 개념 없다고 욕을 먹어도 마땅한 일.

"정말 이렇게 신나는 곳은 처음이에요. 멀리까지 사냥 나가서 죽고 돌아오기는 했지만, 그래도 너무 즐겁네요."

눈앞에 있는 게 단순한 석상이 아니라 진짜 위드가 석상처럼 굳어 있는 거라는 사실을 상상도 하지 못하고 별생각 없이 마음에 담고 있던 혼잣말을 던지는 것이었다.

키 작은 드워프도 왔다.

"캬하! 대륙 곳곳, 정말 많은 곳을 다녀 봤지만 모라타만큼 맥주 맛이 좋은 곳은 처음이오. 이렇게 지내기 좋은 활기찬 곳을 만들어 줘서 고맙구려."

유저들 중에는 나이가 많은 아주머니, 아저씨가 손을 꼭 잡고 와서 조각상을 감상하고는 다른 곳으로 향하기도 하였다.

"풀죽신교 대추죽에서 다녀갑니다."

"국왕 위드 만세."

유저들 중에서도 위드를 좋아하는 사람들은 빈손으로 오지 않았다. 사냥을 나갔다가 밖에서 흔한 야생 꽃이나 풀이라도 뜯어 와 조각상 아래에 깔아 주었다.

접속을 종료했다가 다시 들어와도, 사람들이 조각상을 보면서 감탄하거나 아르펜 왕국의 발전을 원하면서 활기에 차 대화하는 내용을 들을 수 있었다.

"아르펜 왕국 주민 된 거 잘했다, 그치?"

"그럼. 내가 바로 왕국에 들어오자고 했잖아. 대륙 어디를 뒤져 봐도 이런 곳은 없다니까."

중앙 광장에서는 〈로열 로드〉를 시작한 초보자들이 분주하게 뛰어다니는 모습도 보였다.

밝게 웃으며 움직이는 사람들을 구경하는 것만으로도 지루함을 느낄 수 없는 장소.

중앙 광장에서는 파티 사냥을 할 사람을 모으거나 장사만 이루어지는 것이 아니었다. 바드들이 악기를 연주하면서 작은 공연도 했다.

거리의 악사들이 내는 음악 소리를 들으며 위드의 마음도 편안해졌다.

'주민들이 이렇게나 좋아하다니… 그리고 한밤중에도 장사가 정말 잘되는구나. 상인들이 떼돈을 벌어들이고 있군.'

국왕으로서 정말 행복했다.

'세금을 올리기만 하면 완벽하겠어.'

ᥟ ᥟᥟᥟ ᥟ

풀죽신교의 비밀 회동.

"에퀴녹 마을의 상업 시설에 대한 정비가 필요합니다."

"건축가 몽베르트 님에게 부탁드려 봐야지요. 시장의 규모를 키우고 상업 건물들을 단기간에 확장할 수 있도록 말씀드리겠습니다."

"유셀린 마을은, 지금은 별것 없지만 던전들로 인하여 발전 가능성이 큽니다."

"개척 마을의 특성에 맞도록 모험가들을 파견하면 될까요?"

"로그 님이 최근에 퀘스트를 마치고 맡은 일이 없다던데, 소일거리 삼아서 부탁드려 보죠."

"이주민들이 계속 늘어나고 있으니 판자촌이 부족해질 수 있습니다."

"이미 가파른 언덕에 판잣집 건설 부지를 마련해 놓았습니다. 조만간 건설에 들어가면 별걱정 없을 겁니다."

풀죽신교는 어마어마한 성세를 자랑했다.

지금으로써는 정확한 규모조차도 추정이 불가능했는데, 아르펜 왕국의 유저라면 풀죽신교에 가입하는 것을 너무나 당연한 일로 생각하게 되었기 때문이다.

위드가 현명한 통치를 할 때마다 풀죽신도들은 깊은 감동을 받았다.

"우리를 위하여 위대한 건축물이 완공되었습니다. 열심히 이용해 줍시다!"

"정말 위드 님밖에 없는 것 같아요."

다른 영주들과 너무나도 비교되었다.

"보론 마을의 영주가 원래 있던 성을 허물고 새로 짓는다고 하네요."

"완전 어이없네. 위드 님은 흑색 거성에서 그대로 머무르고 계시는데. 쯧쯧."

"위드 님은 그런 데 쓸 돈이 있으면 우리를 위하여 건축물을 하나 더 지어 주셨을 겁니다."

"디안스 마을의 세율이 2% 더 올랐다는 소식 들으셨어요?"

"정말 뭘 믿고 자꾸 세금만 올리지?"

"그러니까 망해야죠!"

신도의 충성심 유지의 원천은 뒷담화!

풀죽신교는 위드를 진심으로 존경했다.

전쟁과 파괴, 과도한 세금으로 핍박받고 고통스러워하는 다른 왕국민들과는 달리, 베르사 대륙에서 주민들을 위한 통치를 베푸는 유일한 땅이 바로 모라타였다.

세상을 비추는 훌륭한 국왕 위드!

"이 땅에는 풀죽보다 맛있는 것이 많습니다. 우리가 소도 아니고, 언제까지 풀죽만 먹고 살겠습니까. 저는 이제 스테이크에 콩 수프도 먹을 수 있을 정도의 레벨이 되었다고, 그렇게 생각한 적이 있습니다. 정말 어리석었죠."

모라타에서 시작한 초보자 순두부의 고백이었다.

"저는 잠시 잊었습니다. 왜 위드 님이 우리에게 풀죽을 베풀었는지, 그 이유를!"

"풀죽! 풀죽! 풀죽!"

"자유와 희망을 상징하는 풀죽의 정신은 앞으로도 계속되어야 합니다. 따뜻한 고깃국을 먹더라도, 떫고 쓴 풀죽의 맛을 잊어서는 안 됩니다!"

"풀죽신교 만세!"

그래도 초보자들에게 밥은 먹이면서 일을 시켜야겠다고 생각하고 끓여 준 풀죽이, 이제 자유라는 거창한 상징을 가진 의미로 해석되고 있었다.

"꺾이거나 밟힌 풀은 우리를 뜻합니다. 한 뿌리는 쉽게 뽑히지만 다 같이 모이면 우린 해낼 수 있습니다. 위드 님과 함께 갑시다!"

"풀죽, 풀죽, 풀죽!"

"그냥 풀이 아닙니다. 땀을 마시고 자라는 노력의 열매인 것입니다!"

"풀죽, 풀죽, 풀죽!"

풀죽신교는 모라타를 성도로 하여 북부 전체에 분포되어 있었다.

> ─위드 님, 일당 잡부가 많이 필요한데요.
> ─풀죽이라도 먹여 가며 일 시키면 될 겁니다.

과거 창설 작업에 관여한 바가 있던 마판으로서는 어처구니가 없을 정도의 사태.

그리고 북부에 아르펜 왕국이 건국되면서 풀죽신교에서는 그들이 할 일을 적극적으로 찾았다. 모라타는 한정된 땅에 사람들이 아주 많이 몰리면서 커진 도시라고 할 수 있지만, 왕국이 되면서 영토가 비할 바 없이 넓어진 것이다.

"마을 개발 작업을 더 서둘러야 됩니다. 늦어지거나 해서 위드 님이 그런 곳에까지 신경 쓰게 되는 사태가 일어나면 절대 안 돼요."

"가뜩이나 하실 일도 많은 분인데, 어떻게 마을 길 하나 내는 것까지 다 관리를 하실 수 있겠습니까. 워낙 신경 쓰실 일이 많다 보니 얼마 전에는 망할 놈의 바드레이에게 죽기까지 하셨잖습니까."

"그게 다 우리 잘못입니다. 진작 나서지 못한 탓입니다!"

풀죽신교는 아르펜 왕국의 영토가 확장된 곳에서 개간과 채광, 건축, 사냥, 모험에 대한 적극적인 지원을 하고 있었다.

"죽순죽 부대, 오늘은 루벤스 강가를 거슬러 올라가면서 사냥합시다. 치안 회복을 위해서 앞장서야지요. 가실 분들, 동문으로 모이세요."

"죽순죽 유저 여기 갑니다!"

"독버섯 부대, 뭐 하고 있는 겁니까! 스탠 성 인근에 몬스터들이 쳐들어오고 있다는데! 당장 갑시다!"

"우우, 몽땅 잡아 옵시다!"

과거에는 완전 초보자들의 모임이었지만, 시간이 지나며 그들의 전체적인 레벨이 많이 높아졌다. 평원에서 돌아다니는 웬만한 몬스터들은 그럭저럭 상대할 수 있는 수준이 되다 보니, 필요한 곳에 투자해서 건물을 세우거나 몬스터 사냥으로 치안 회복도 이루었다.

아르펜 왕국의 문화 확장으로 새로 얻은 마을과 땅을 발전시키기 위해서는 과감한 투자와 오랜 시간이 필요했다. 그 발전 과정이 유저들의 축적된 힘으로 단축되고 있는 것이다.

"영주… 아니, 국왕 폐하의 은혜를 조금이라도 갚아야지. 건축가로서 위드 님의 이름을 딴 광장을 세워야겠어."

"이곳의 예술품은 내가 먼저야."

"장사 하루 이틀 하나. 아르망 마을에 잡화점을 제일 처음 열어야지. 손해? 일주일만 장사해도 투자비는 다 회수할 수 있을 거야."

⁕

중앙 대륙에서 아르펜 왕국으로 통째로 넘어오는 중소 길드들. 그들도 풀죽신교에 포함되기를 원했다.

"정말 우리 길드의 정체성을 버리면서까지 풀죽신교에 들어가야 될까?"

"길드장님, 아르펜 왕국에서는 필수입니다."

"혹시 사냥터 제한이나 그런 게 있는 건가? 하지만 풀죽신교에서 배타적으로 나온다는 말은 들어 본 적이 없는데."

중앙 대륙에서 건너온 유저들은 그런 핍박을 지긋지긋하게 겪었다. 기껏 북부까지 왔는데 여기서도 이런저런 제한이 생긴다면 상당히 불행한 일이었다.

"그게 아닙니다. 풀죽신교 회원은 도시 내의 식당에서 5% 할인 혜택을 받는다는군요."

"영주의 식당에서?"

"아닙니다. 이곳에 장사하는 유저들이 대부분 풀죽신교 회원이다 보니 어느 식당을 가더라도 혜택이 같습니다. 반찬도 몇 가지 더 나온다는군요. 그리고 사냥터에서 상인들로부터 필요한 물품을 구입할 때는 10%의 할인 혜택을 받습니다."

"그건 괜찮군."

"마차나 말을 빌릴 때도 값을 깎아 주고, 공연도 그날 가장 일찍 시작하는 회는 반값에 이용할 수 있습니다."

"그렇게까지나?"

"그림이나 조각품 구매 시 할인! 모험과 사냥에 대한 정보 제공도 되고, 신용도를 쌓으면 장사 밑천도 대 준다고 하는데요. 어려운 스킬을 습득하는 퀘스트에도 모여서 갈 수 있으니 정말 좋다고 합니다."

웬만한 카드 혜택을 능가하는 풀죽신교!

ᗞᖇᖇᖇᖇ

서윤은 빙룡 광장을 돌아다니고 있었다.

"부드러운 털옷 팝니다. 갑옷 위에도 겹쳐 입을 수 있어요. 최저가 390골드에 모십니다."

"얼마든지 구경하세요. 사냥에 필요한 모든 물품을 취급하니다. 중고 물품 거래도 가능."

"육질이 살아 있는 쥐포! 씹는 맛이 달라요. 전투 중에도 씹으면서 포만감을 채울 수 있는 쥐포 사세요."

그녀는 장사하는 상인들에게 다가가서 물었다.

"혹시, 식기나 가구를 사려면 어디로 가야 하나요?"

"판잣집 장만하셨어요?"

"네."

"이 부근에서는 흙집용품들을 많이 판매하거든요. 판잣집에 꾸밀 만한 용품은 황소 광장 쪽에서 많이 팔아요."

"감사합니다."

상인은 곱고 예쁜 목소리를 들어서 흐뭇했다.

왠지 목소리만으로도 쉽게 범접하지 못할 아름다움을 느낀 듯한 기분.

서윤은 황소 광장으로 가서 판잣집에 어울리는 식기와 가구를 구매했다.

가구공예는 조각사들이 많이 하는 부업이기도 했다. 쓸 만한 나무를 벌목하여 책상, 침대, 의자, 식탁, 소파 등을 만들곤 했는데, 디자인만이 아니라 내구성도 중요한 부분이었다.

"오빠, 우리 이거 사자."

커플끼리도 많이 와서 판잣집을 꾸미기 위한 다양한 용품들을 구입했다.

거실, 침실, 부엌, 서재 등을 꾸미는 경우에는 구입해야 하는 물품도 상당히 많았다. 집을 꾸미고 나면 언제든 와서 편안히 쉴 수도 있었으며 친구들에게 자랑거리도 되어서, 그냥 넘겨 버릴 수 없는 유혹이었다.

서윤도 마음에 드는 물품을 골랐는데, 몇 가지 없는 것들이 있었다.

"찾으시는 물품들이… 제법 안목이 있으시군요. 그런 것들은 조금 비싼데. 중앙 광장에 가시면 상인 안데르스가 팔고 있을 겁니다."

서윤은 중앙 광장으로 가서 물품을 찾던 중에 분수대 옆에서 위드의 조각상을 발견했다.

"……."

그녀가 알고 있는 위드와 완벽하게 똑같은 모습.

서윤은 고개를 갸웃하더니 조각상을 구경하는 사람들의 순서를 기다려서 앞으로 갔다.

가까이에서 봐도 영락없는 위드였다.

"……."

서윤은 밤이 될 때까지 중앙 광장에서 물품을 구매하면서 시간을 보냈다.

시간을 때우는 데는 쇼핑만 한 것이 없다. 중앙 광장에서는 온갖 잡다한 물품들을 다 판매하고 있기에 볼만한 구경거리도 많았다.

시간이 정해진 건 아니지만 저녁에는 선술집이 붐비고, 사냥은 아무래도 아침 무렵에 가는 것이 일반적이었다.

그래서 밤에는 어디나 다소 한적해지기 마련이지만, 중앙 광장은 새벽 시장도 크게 열려 손님들이 북적이는 편이어서 24시간 한산한 때가 없었다.

새벽 시장에서는 쉽게 맛보기 힘든 곰 바비큐를 포함하여 신기한 요리들을 맛볼 수 있기도 하여 더욱 인기였다.

"공연장에서 하이렌과 베너티의 공연이 있습니다."

"벌써 모라타로 돌아왔나?"

"얼른 가 보자!"

인기 있는 여성 바드들의 공연 소식에, 유저들이 많이 빠져나갔다.

다소 한산해지면서, 위드의 조각상에 대한 사람들의 관심도 줄어들었다.

위드의 조각상이 진열되고 나서 처음 사흘 동안은 구경꾼들로 중앙 광장이 미어터질 정도였다. 중앙 광장 상인들의 매출이 10배씩 뛰어오를 만큼, 파급효과가 대단하였다.

모라타는 다른 도시와는 달리 문화적인 혜택이 풍부하였지만, 그럼에도 위드의 조각상이고 스탯을 얻을 수 있다는 점 때문에 초보자와 고레벨 유저가 가리지 않고 모여들었던 것이다.

하지만 중앙 광장으로 옮겨지고 열흘이 지난 지금은 다소 주목도가 떨어진 상태. 한창 북적이는 때에는 줄을 서서 구경해야 한다는 것은 변함없었지만 말이다.

서윤은 슬그머니 조각상으로 다가가 주변을 돌아보았다. 마법 조명들이 밝혀져 있긴 하지만 아무래도 밤이라서 사방이 어스름했다.

'정말 해도 될까?'

그녀의 가슴은 아까부터 쿵쾅대면서 뛰고 있었다.

서윤이 얼굴을 가리고 있던 가면을 살짝 올렸다.

달빛조차도 숨을 죽일 그녀의 얼굴이 드러나는 순간, 서윤은
조각상에 가볍게 입을 맞추었다.

ᘓ๛ᘔᘖᘔᘓ

이현은 오랜만에 아이템 경매 사이트에 접속했다. 요즘의 주
수입원은 아이템 매각보다는 아무래도 방송사에서 지급되는
출연료였다.

"흠, 아이템의 시세가 생각보다도 훨씬 떨어지지 않는군."

처음 〈로열 로드〉에 대해서 걱정했던 부분이다.

새로 시작하는 유저들이 없다면 아이템의 시세는 곤두박질
치기 마련.

그러나 〈로열 로드〉는 유저들을 기하급수적으로 끌어들이고
있다. 아르펜 왕국의 최근 발전 속도가 어처구니없을 정도로
빠른 것도 레벨 50 이하 초보자들의 힘이었다.

무력이야 볼품없지만 모이면 대단한 힘을 발휘하는 것이 초
보자들!

매일 가져오는 짐승의 가죽으로 인하여 재봉 산업이 나날이
발달하고, 초보자들에게 필요한 물품들을 조달하느라 상업 활
동도 활발했다.

"가지고 있는 아이템을 조금 나중에 팔아도 괜찮겠어."

이현은 매각 시점을 잘 조절했다.

아이템의 시세는 매분 단위로 변동되는데, 어느 누가 쓴다는
소문만 나도 찾는 사람이 늘어서 가격이 뛴다.

특정 사냥터에서 유용한 무기도 있고, 새로운 전투 방식이 개발되기도 하였다.

전투에는 유행이 따르기도 하는데, 〈로열 로드〉 초창기에는 도둑이나 모험가 같은 직업에게도 방패는 필수였다. 몬스터의 공격력이 강력하다 보니 크고 두꺼운 방패에 숨어서 장기전을 치러야 했기 때문이다.

그러나 현재는 적의 생명력을 크게 깎아 놓을 수 있는 마법사, 궁수와의 파티 사냥법이 흔해졌다. 갑옷이나 다른 방어구, 사제의 보호 마법도 발달하다 보니 기사와 워리어가 아니라면 굳이 방패를 찾지 않았다.

그러다 보니 방패의 가격이 많이 폭락했다.

그래도 공성전이나 던전을 처음 개척할 때를 위한 대비용으로 여전히 어느 정도 소비는 유지되는 상황이었다.

"마법 아이템들의 가격은 여전히 높고… 마법사 하지 않기를 정말 잘했지."

마법사 전용 아이템의 가격은 상상을 초월!

높은 지적 능력으로 인해서 NPC들의 호감을 끌어내기 좋은 것이 마법사다. 파티 사냥을 한다 해도, 앞에서 직접 싸우지 않고 뒤에서 마법 공격만 날리면 되니 편하기도 했다.

주문을 외워서 발휘하는 마법의 한 방 공격력이나 화려한 효과는 일품이었으니, 마법사는 정말 인기 있는 직업이었다. 하늘을 날거나, 텔레포트, 물 위를 걷고, 유용한 소환수를 불러내는 등 다양한 보조 마법까지 쓸 수 있어서 재미있는 직업이었다.

다만 마법 아이템은 정말 만들기도 어렵고 귀해서 가격이 비싸기 때문에, 장비 마련으로 허덕이는 경우가 대부분이었다.

"바르칸의 풀 세트는 아직 팔 때가 아니로군."

네크로맨서들의 물품들은 아직 중저레벨을 위주로 거래되고 있으니 바르칸의 풀 세트 아이템은 한참이나 후에 팔아야 될 것 같았다.

이현이 가지고 있는 아이템들을 다 올리면 경매 사이트에 엄청난 난리가 나게 되리라.

느긋하게 경매 사이트를 돌아보고 있는데, 최근에 경매가가 가장 크게 들썩이는 물품이 있었다.

탈로크의 믿음 갑옷.

"설마……."

경매 글을 클릭해서 들어가 보니 역시였다.

너무나도 익숙한 아이템의 모습! 매일 수리하고, 입김을 불어 조심스럽게 닦아 가며 사용했던 물품!

┗ 이거 텔레비전에서 많이 본 그 갑옷 아니에요?
┗ 전쟁의 신 위드가 사용했던 갑옷이 맞나요?
┗ 맞습니다. 이거 올린 사람의 아이디를 보세요.
┗ 바드레이 맞네요.
┗ 완전 대박이다.

탈로크의 믿음 갑옷 경매 시작 금액은 130만 원!

낮은 액수가 아니었지만, 많은 사람들이 입찰하고 있었다.

다양한 옵션을 가지고 있고, 레벨 제한은 350으로 비교적 낮은 편이기도 하다.

더구나 위드가 착용했던 물품이라는 희소성까지 붙다 보니 가격은 벌써 370만 원을 넘어간 상태!

경매가 끝날 때까지는 아직 닷새나 남아 있으니 더욱 비싼 값으로 낙찰될 가능성이 컸다.

이현은 입술을 깨물었다.

"바드레이, 이 나쁜 놈……."

베르사 대륙에서는 강한 자로서, 그리고 뛰어난 유저로서 존중했다. 적대적인 관계가 되어서 싸움이야 있었지만 악감정까지는 없었다.

그러나 경매 글을 보고 생겨난 분노와 짜증, 소화불량!

"바드레이, 훗날 반드시 널 죽여 주겠다. 그리고……."

이현은 확실한 복수 방법을 떠올렸다.

"네가 가지고 있는 아이템도 빼앗아서, 그걸 팔아 큰돈을 벌어 주지!"

무작정 감정에 몸을 맡기는 건 이현의 방식이 아니었다.

철저히 실리를 추구하는 분노!

꿈꾸기

한국 대학교로 가는 길.

이현은 버스를 타고 있었다. 걸어갈 때도 많았지만 때마침 버스가 와서 시간을 아끼기 위해서 탄 것이었다.

그런데 버스에서부터부터 학과 후배를 만났다.

"선배님, 안녕하세요. 학교 가세요?"

"그래."

이현에게 인사를 한 건 최상준을 따라다니던 여자 후배였다. 〈로열 로드〉에서, 잠깐이지만 멜버른 광산에서 사냥도 같이한 사이.

"시간 되시면 밥이라도 같이 드실래요? 모험에 대해 듣고 싶은 이야기가 정말 많거든요."

"아침 먹었어."

"금방 점심시간인데요. 인문관 식당에서 돈가스 드셔 보셨어요? 맛있어요."

"나도 그러고 싶지만 위궤양 때문에 요즘 물만 마시고 있어. 기름기 있는 건 안 돼."

"제가 살게요."

"배고프던 참이었지."

후배들 사이에서는 이미 이현의 성격에 대한 소문도 쫙 퍼진 후였다.

〈로열 로드〉에서의 위드라는 소식이 알려지지 않았을 때에야 그를 소 닭 보듯이 했다. MT나 학회 일에서도 전부 빠졌으니, 강의실에서 후배들에게 존재감이 없다고 해도 과언이 아니었다.

"우리 학과에 그런 선배도 있었어?"

"왠지 우리를 자꾸 피해 다니는 거 같지 않니? 인사를 해도 받아 주지도 않고."

"수업도 제대로 안 듣는 것 같아. 노트에는 낙서하고 있더라. 리포트도 제대로 낸 적도 없다더라. 그런 선배랑 같은 조에 걸리면 정말 귀찮아지는데."

"아, 그 서윤 선배님이랑 같이 다니는 남자?"

넓게 펼쳐진 갯벌의 꼬막 같은 미미한 존재감!

그러다가 전쟁의 신 위드라는 사실이 알려지고 난 이후에는 모든 것이 180도 바뀌었다.

후배들은 강의 시간마다 모여서 수다를 떨었다.

"이현 선배 멋지지 않니? 말수도 적고, 강의 시간에도 뭔가 깊은 생각에 잠겨 고뇌하는 것 같아 보이는 옆모습이 정말……."

"돋보이는 외유내강이라고 해야 할까? 말로만 떠드는 사람과는 다르게 자랑도 하지 않고 조용히 학교 다니고, 〈로열 로드〉에 접속하면 전쟁의 신 위드라니… 꺄아! 그 이중성이 매력적이야."

"전투만 하면 그 박력 있는 모습이 정말 남자다워. 오크 카리취의 품에 안겨 보고 싶다."

"어떻게 조각사란 직업을 가졌을까? 보통 감수성으로는 어려운 직업이잖니. 모험을 하지 않는 평소에는 잔잔한 호수를 보면서 정말 예쁜 조각품을 생각하고 있을 거 같아."

"모라타에 가 봤니? 완전 영웅이야. 이현 선배님이랑 꼭 밥 한 끼 같이 먹고 싶다."

"동생이 사인 받아 오라고 했는데 너무 떨려서… 뭐라고 말을 걸지?"

순식간에 가상현실학과의 멋진 선배로 떠오르게 된 이현이었다.

설상가상으로, 작년에 학교에서 벌였던 활약들까지 알려지면서 일약 스타가 되었다.

대학 졸업 때까지 후배들에게 절대 밥을 사지 않겠다는 거창한 목표를 가진 이현에게는 그다지 바람직하지 않은 전개.

다행히 서윤의 높은 벽에, 대부분의 여자 후배들은 말도 붙여 보질 못했다.

"둘이 왜 만나는 거야?"
"무슨 약점이라도 잡혔을까?"
"만날 따라다니고 도시락도 싸 오는데? 서윤 선배가 정말 좋아하는 거 같잖아."

그러다가 요즘엔 이것도 바뀌었다.

"둘이 잘 어울리는 거 같아."
"서윤 선배의 선택에는 역시 당연히 이유가 있었던 거구나."

이현은 학교 식당에서 돈가스를 먹었다. 사실 집에서는 영양식을 요리해서 먹는 편이기는 했지만, 돈가스나 라면도 정말 좋아했다.

'어릴 때는 동생이랑 같이 돈가스집 가 보고 싶었는데······.'

레스토랑까지는 아니더라도, 분식집 돈가스라도 동생과 같이 나누어 먹으면 행복하던 시절이 있었다.

돈가스는 가끔 생각나는 추억의 음식이기는 했지만 집에서 만들어 먹으려면 손도 제법 가고, 무엇보다 식용유가 너무 많이 들어서 최근에는 먹지를 못했다.

요리로 인한 환경오염보다는, 전적으로 식용웃값 때문에!

"제 이상형은요, 모험을 같이할 수 있는 남자예요."

"아, 그래."

슥슥.

이현은 금방 나온 돈가스에 칼질을 했다.

정확하게 간격을 나누어서 자르는 고기.

"저를 지켜 주지 않아도 좋아요. 막 미지의 땅으로 모험을 하면서, 그 두근거림을 같이 나눌 수 있다면 얼마나 좋을까요?"

오물오물.

"좋겠지."

"소연이 남자 친구 생긴 거 아세요? 〈로열 로드〉에서 만났다는데."

"생겼어?"

"네. 매일 캡슐방으로 데이트하러 간대요."

"그렇구나."

이현은 돈가스를 씹어 먹으면서 만족스러운 맛을 느꼈다.

'이 돈가스 괜찮군!'

소스도 느끼하지 않은 것이, 정확히 그의 취향이었다.

물론 앞자리에 앉은 후배가 뭐라고 떠드는지에 대한 관심은 전혀 없는 상태. 소연이라는 애가 누구인지, 얼굴도 떠오르지 않았다.

이현은 과식도 하지 않고 잘 씹어 먹은 후에 자리에서 일어 났다.

"잘 먹었다. 그럼 다음에 보자."

"네, 선배님!"

후배의 얼굴은, 이제 인맥이 생겼다면서 흐뭇해하는 표정이 었다.

앞으로 학교에서 만나거나 한다면 친하게 말도 걸 수 있으리 라는 기대였다. 그리고 어쩌면 〈로열 로드〉에서 아이템을 지원 해 주거나 퀘스트를 소개해 줄지도 모른다는 무궁무진한 환상 의 퍼레이드!

이현은 햇볕이 뜨겁게 내리쬐는 잔디밭을 걸었다.

큰 나무 그늘 아래는 서윤과 1년 넘게 같이 도시락을 까먹던 추억의 장소.

"앞으로 1년 정도는 도시락을 먹지 못하겠군."

서윤이 싸 오지 않아서가 아니다.

이현은 방학 기간 내내 여동생의 눈치를 보다가 개강 전날, 드디어 결단을 내렸다. 그리고 저녁에, 된장찌개에 삼겹살까지 해 놓고 여동생에게 부드럽게 말했다.

"전공 수업에, 도장도 다녀야 되고, 〈로열 로드〉도 해야 되잖

아. 요즘 내 몸이 예전 같지가 않아."

이현의 몸이 예전 같지 않기는 했다.

티셔츠를 벗으면 자잘하게 발달한 근육이 눈에 확 띄고, 아침에 10킬로 정도는 가볍게 조깅할 수 있는 체력.

"몸이 안 좋아지다 보니 요즘 감기도 자주 걸리는 거 같고…….”

이날을 위하여 그동안 찬물로 목욕도 많이 했다. 감기에 걸려서 기침하는 걸 보여 주기 위해서였는데, 그걸로는 끄떡도 없었다. 그래서 일부러 이불도 덮지 않고 자고, 아이스크림도 많이 먹고, 도장에서 혹사도 해 보았다.

그런데 무슨 몸이, 몸살이나 감기 한번 걸리지 않고 멀쩡한 건지!

사전 공작은 실패였지만 그래도 어젯밤 밤을 새워서인지 눈은 충혈되어 있었다.

"오빠, 많이 아픈 거야?"

이혜연이 이현의 이마에 손을 얹었다.

열을 재 보기 위해서였는데, 그녀가 깜짝 놀랄 만큼 뜨거웠다. 부엌에서 끓인 물을 빈 병에 담아서 이마에 대고 있다가 왔기 때문이다.

따뜻한 물을 많이 마시고 운동도 격하게 해서, 몸에서 땀도 줄줄 흘렀다.

이현은 힘없이 말했다.

"그냥 견딜 만해. 그래도 여러 가지를 다 하다 보니 조금 무리가 온 것 같네."

달빛 조각사

"병원 가 보자."

"병원은 무슨!"

꾀병에 병원비라니, 절대 안 될 노릇!

"조금만 쉬면 나아. 그런데 이제 내일이면 개강이지?"

"학교는 갈 수 있겠어?"

"가고는 싶은데, 내일까지 몸이 나을 거 같진 않아. 무리해서 학교에 다니다 보면 몸 상태가 계속 나빠질 것 같아서 걱정도 되고."

"원래 개강 첫 주에는 학교 안 나갔잖아. 그냥 집에서 쉬어."

"……."

이현은 개강 첫 주는 철저히 학교에 가지 않고 〈로열 로드〉를 했다. 그러한 과거 전력이 부메랑이 되어서 돌아온 것.

이현은 과장된 몸동작으로 의자에 몸을 기대었다.

"아무튼, 내가 생각해도 몸 생각을 해야 될 것 같아. 그나마 방학 때는 시간이 많았는데 개강하면 학교도 다니면서 일해야 되니 더더욱 힘들겠지."

"잘할 수 있을 거야, 오빠. 나도 도울 일이 있으면 도울게."

"그냥 조금 푹 쉬고 싶다. 항상 바쁘게 달려오기만 해서 삶에 여유가 없는 것 같아."

"오빠……."

여동생에게 꾀병을 부려서 전격적인 1년의 휴학 결정!

"드디어 골치 아픈 일에서 해방이야."

이현은 1년 반의 추억이 담겨 있는 한국 대학교를 거닐었다.

"내가 낸 등록금으로 벤치를 바꾸었군. 화단에 꽃도 심었고… 체육관도 새로 짓고, 직원들 회식도 한 모양이지."

여기저기 모두 눈에 익숙한 곳들이었다.

"그렇지만 1년간 휴학하면 그동안은 등록금을 내지 않아도 되지."

대학 최대의 장점은 누가 뭐라 해도 역시 휴학 제도!

이현은 학과 사무실로 가서 휴학 신청을 했다.

원래 개강 전까지 해야 되지만, 대한민국에서 기간이 지났다고 안 되는 건 없는 법.

휴학 사유에는 '바드레이에게 복수'라고 적어 놓았다.

집으로 돌아오는 이현의 발걸음은 가벼웠다.

앞으로 1년간 등록금을 내지 않아도 된다는 데서 기인한 편안한 기분.

"이 1년이 2년이 되고 3년이 될지도 모르는 일이지."

여동생이 유학을 간다면 무슨 수를 써서라도 휴학을 연장하고 말리라.

모처럼 기쁜 마음으로 마당으로 가서 키우는 개 몸보신에게 밥도 줬다.

"많이 먹어라."

왈왈!

요즘 무슨 낌새를 챈 것인지 몸보신이 다이어트를 하고 있는 것 같았다.

"통통하게 살이 쪄야지. 기름기도 좔좔 흘러 주면 좋고……."

〈로열 로드〉에 접속해서 해야 할 일이 산더미였지만 집안일이란 잠시도 떼어 놓을 수가 없는 것.

이현은 닭과 오리, 토끼 들에게도 먹이를 주었다.

일감이 있어서 번거롭다는 생각도 가끔 들었지만, 동물을 키우는 것은 포기할 수가 없었다.

하루하루 먹음직스럽게 커 가는 것을 바라보는 그 기쁨!

이현이 이처럼 평화로운 시간을 보내고 있을 때, 얼마 전에 이사를 나간 옆집 자리에서는 공사가 한창이었다.

이현이 사는 동네는 주택단지였는데, 가장 넓고 집값이 많이 나가던 옆집이 최근에 팔렸다. 그러더니 집을 허물고 넓은 마당에 텃밭까지 딸린 대저택이 지어지고 있는 것이다.

서윤의 집!

그녀는 이현이 휴학을 고려 중이라는 말을 듣자마자 웃돈을 주고 옆집을 매수했다. 물론 이현의 집과 붙어 있는 쪽의 담장은 미국식으로 형식적인 나무 울타리 정도만 만들 계획.

박진석이 그녀의 마음을 얻기 위해서 노력했지만 전혀 효과가 없었던 것이다.

♬

최지훈은 한강이 보이는 카페에 앉아 있었다.

"올 때가 되었는데……."

오늘은 이혜연과 데이트 약속이 있는 날.

그의 생각으로는 영화 한 편 보고 근사한 곳에서 식사도 하면 좋겠는데, 만나서 자전거를 타기로 했다.

"한 달 전부터 자전거 타고 돌아다녀 보고 싶었는데… 싫으면 말고요."

이혜연의 무서운 말.

공부해야 한다며 어찌나 바쁜지, 정말 어렵게 잡은 기회라 설령 막노동을 간다 해도 이 데이트를 포기할 수는 없었다.

최지훈이 쿠키와 커피를 시켜 놓고 앉아 있으니 카페 여자들의 시선이 자꾸 그에게로 향했다.

키 크고 잘생긴 외모에 옷까지 센스 있게 입어서, 어디를 가더라도 눈길을 끌었다.

하지만 최지훈은 그녀들에게 이제 신경도 쓰지 않았다. 감히 다른 여자들과 같이 둘 수 없는 이혜연의 매력에 푹 빠진 상태였기 때문이다.

"정말 좋은 여자야."

어려운 환경에서도 꿋꿋하고 올바르게 자라지 않았던가.

사실 과거에 껌을 조금 씹긴 했지만, 최지훈은 여기에 대해서는 까맣게 모르는 상태!

"똑똑하고 참하고 예쁘고, 모자란 구석이 없는 것 같아. 둘이 같이 살면 알콩달콩 정겹게 지낼 수 있을 것 같고."

이미 수면 안대 두께의 콩깍지가 완벽하게 씌워져 있었다.

최지훈은 그녀를 기다리는 시간마저도 행복하기 그지없었다. 한밤중이 아니라 아침 일찍 데이트를 위해서 나오는 것도 기분 전환에 참 좋은 일이라는 걸 깨달았다.

부르르르르!

진동하는 핸드폰 화면을 보니 이혜연의 이름이 떠 있었다.

"왔나 보구나."

최지훈은 오랜만의 데이트에 설렘을 느끼면서 얼른 전화를 받았다.

"지금 어디야?"

약속 시간이 이미 조금 지났지만, 이혜연이 무안하지 않게 금방 먼저 도착했다고 말하려는 순간.

─미안해요. 갑자기 일이 많이 생겨서 못 갈 거 같아요.

"그렇구나. 괜찮아. 일이 있으면 어쩔 수 없지, 뭘."

최지훈은 다정하게 이해해 주는 남자였다.

"근데 무슨 일인데? 곤란하거나 어려운 일이라도 생긴 건 아니지?"

─오빠가 대청소랑 밀린 빨래를 한다고 해서요. 보신이 털이 꼬질꼬질해서 목욕도 시켜야 되는데… 도와줘야 할 것 같아요.

"그건……."

천하의 최지훈이 개 목욕시키는 데 밀리다니!

─여기 일손이 부족한데, 지훈 오빠도 올래요?

"난, 저기, 청소 같은 건 잘 못해서……."

─싫어요?

"갈게. 집으로 가면 되지?"

—고마워요. 빨리 와요.

최지훈은 자동차 키와 지갑을 챙기고 자리에서 일어났다.

고급 명품 시계를 보고 시간을 확인.

아쉬워하는 여자들의 눈길을 한 몸에 받고 있는 최지훈, 그러나 그의 현실은 잔소리를 듣기 전에 서둘러 청소를 도와주러 가야 하는 처지였다.

끝없는 욕심의 헤르메스 길드

위드는 다시 〈로열 로드〉에 접속했다.

'오늘도 광장에 사람들이 참 많군.'

광장에 있다 보면 모라타의 발전을 실감 나게 느낄 수가 있었다. 사람들이 하는 이야기도 듣고, 장사하는 상인들, 지나다니는 유저들을 구경하다 보면 금방 밤이 찾아온다.

'이제 고작 엿새 남았군.'

1달을 버텨야 하는 퀘스트. 조각상으로 가만히 있으면서 지내느라 심심하기는 했지만 이대로라면 무사히 퀘스트를 완수.

광장에는 늦은 시간까지 공연하는 사람들이 있었다. 그들의 시간도 지나면 새벽이 되어, 낮보다도 훨씬 사람들이 많아졌다. 해가 떠오르고 난 이후부터는 새들도 구경하고, 따뜻한 햇볕도 받으면서 시간을 보냈다.

'음, 오늘도 별일은 없겠어.'

광장 한복판에 있다 보면 위험한 사건이라고는 거의 벌어지지 않았을 뿐 아니라, 사람들을 구경하는 것만으로도 쏠쏠한 재미가 있었다.

위드는 로자임 왕국의 세라보그 성의 광장에서부터 장사를 자주 했다. 조각사, 요리사, 대장장이로 영업하면서, 어떻게 하면 손님들에게 조금이라도 더 바가지를 씌울까 궁리하면서 보내던 시절. 모라타에서는 큰 모험에 성공하거나 대단한 무역 이득을 거둔 상인들이 곧잘 나왔다.

"스펜슨 님이 금역 아골디아에서 루의 교단의 성소를 찾았다 더라."

"아, 드디어 해냈네."

"성검을 복원하는 중이래. 끝까지 남아서 퀘스트를 하던 사람들 완전 대박이야."

모험가들의 새로운 소식도 듣고, 최근 소문이나 잘 팔리는 상품에 대해서도 알 수 있었다.

직업 마스터 퀘스트에 대한 정보들도 접할 수 있었는데, 지금은 자격을 갖춘 다양한 사람들이 활약 중이었다.

전투 계열들은 스킬 요구 레벨이 조금 낮은 편이다. 유명한 랭커가 아니었더라도 철저히 기본 스킬 위주로 성장해 온 사람들은 직업 마스터 퀘스트 경쟁에 뛰어들었다.

스스로도 가장 먼저 성공하리라는 생각은 하지 않았지만 어차피 언젠가는 해야 할 일. 그리고 이번 기회에 큰 유명세를 떨칠 수도 있었기 때문에, 마스터 퀘스트를 하는 사람은 알려진 것만 54인까지 늘어났다.

위드는 거의 마지막 단계에 이르고 있었기 때문에 다른 경쟁자들에 대해서는 신경이 쓰이지 않는 편이었다.

'바드레이가 요즘 뜸하던데… 뭘 하고 있는지 모르겠군. 분명히 어디선가 호박씨를 까고 있을 것 같은데.'

탈로크의 믿음 갑옷으로 발생한 악감정!

ᏽ·ᑬᑬ·ᏽ

헤르메스 길드의 결단의 날.

"전쟁 개시는 오늘 새벽입니다."

라페이는 수뇌부 회의에서 선포했다.

모든 군대가 이미 라살 왕국의 국경 부근에서 대기하고 있었다. 바드레이도 직업 마스터 퀘스트 진행을 잠시 멈추고 하벤 왕국의 대군을 지휘하고자 나섰다.

라페이가 확실히 하기 위해 말했다.

"우리가 라살 왕국을 치게 되면 패권 동맹에서 이탈하는 것입니다."

베르사 대륙 명문 길드들의 대연합. 패권 동맹.

힘을 합쳐 싸우는 것이 아니라 각기 정해진 영토에서 점령전을 펼치기로 한 약속이었다.

어쩔 수 없는 경우였다지만, 헤르메스 길드는 멜버른 광산에서 흑사자 길드의 영역을 침입한 전례가 있다. 그 때문에 이미 패권 동맹의 다른 명문 길드들로부터 공식적인 경고를 받은 상태였는데 군대를 동원하여 라살 왕국까지 침략한다면, 이것은 전 대륙을 향한 선전포고나 다름이 없었다.

수뇌부 역시 이 점 때문에 다소 걱정되기도 했다.

"동맹 이탈에 대한 대비책은 철저히 세워져 있습니까?"

"우리 헤르메스 길드가 다른 곳들이 따라오지 못할 정도로 강대하다고는 하나, 그들이 한꺼번에 적대적으로 나오면 곤란한 부분도 많을 겁니다."

라살 왕국의 점령은 이미 정해진 계획이기는 했지만 중요한 부분이라 우려하지 않을 수는 없었다.

라페이가 차분히 설명했다.

"현재까지 파악한 상황에 따르면 다른 길드들은 영토 확장을 끝마치지 못했습니다. 왕국 내에서 기존의 적들과 전투가 이어지고 있기에, 우리를 막기 위해 군사력을 투입하기는 어려운 시점입니다."

라페이는 길드의 대외적인 대표였다.

바드레이가 헤르메스 길드에서 실질적인 지배권을 행사하지만, 라페이에게 주어진 권한도 막대하다. 길드 차원에서 중요한 목표가 결정되면 이에 대한 세부적인 계획은 대부분 라페이와 참모부에서 추진한다.

왕국 개발과 인사 결정, 군대 양성, 다른 길드와의 외교 협상 등의 대부분이 길드장인 라페이에 의해 이루어졌다.

지금까지 헤르메스 길드의 성장에 라페이의 공 역시 적지 않은 것이다.

라페이와 그를 뒷받침하는 참모부의 정보력과 결정력은 대단한 수준이었다.

"그리고 특별히 신경을 써야 되는 몇몇 길드에 대해서는 선제적인 조치들을 준비 중입니다."

"그 부분에 대해서는 들은 게 없는데, 계획이 무엇입니까?"

헤르메스 길드의 수뇌부라고 하더라도 거느리고 있는 영토가 넓고 성들의 숫자만 100여 개에 달하는 만큼 자신들의 일이 아니라면 정확히 모르는 경우가 많았다.

"지금까지는 밝히기에 조금 이른 편이라서 말씀드리지 않았습니다. 방법은, 그들과 싸우고 있는 적대 세력에 힘을 실어 주는 것입니다. 파괴 공작이나 요인 암살 등의 여러 지원책이 있지만, 구체적으로는 톨렌 왕국을 장악하고 있는 베덴 길드의 경우를 보시면 될 것 같습니다."

"흑사자 길드의 톨렌 왕국의 경우에는 아주 성공적이었습니다. 계획이 잘 통한다면 저들을 당황하게 만들 수 있을 겁니다. 그런데 당장 라살 왕국과 치를 전쟁에 투입할 병력과 자금은 충분한 겁니까?"

"위드를 없애기 위하여 모라타까지 파견하려고 했던 공격대, 그들의 임무를 바꾸어서 이번 일에 사용하기로 했습니다. 또한 다른 비밀 전투단도 준비되어 있습니다. 칼라모르 왕국에서 거둔 세금도 막대해서, 충분히 여유가 있습니다."

"꼬리가 길면 밟히는 법입니다. 다른 길드에서 우리의 짓이라는 걸 눈치채기라도 한다면 그때는 입장이 더욱 곤란해지지 않을까요?"

"우리에 대해서는 다들 이미 경계를 하고 있습니다. 우리의 세력이 현재보다 커진다면 무슨 수를 써서라도 공격을 해 오게 되어 있다는 이야기입니다. 명분은 어차피 크게 의미가 없으니, 패권 동맹이 깨지고 헤르메스 길드를 목표로 한 연합 동맹이 결성될 수도 있겠죠. 그럴 바에야 선제공격을 하는 편이 더 낫습니다.”

헤르메스 길드에서 대륙을 제패하기 위해서는 어차피 다른 명문 길드들과도 싸우지 않으면 안 된다. 영원한 동반자가 아닌, 서로의 이익을 키우기 위한 일시적인 협력 상태였을 뿐!

헤르메스 길드에서는 숨겨 났던 전력을 드러내며 하벤 왕국의 통일과 칼라모르 왕국의 점령을 재빨리 이루어 냈다.

상대 명문 길드들도 분명히 긴장하고 또 경계하고 있으리라. 시간을 끌어서 대비하게 해 줄 바에야 확실하게 앞서 나간다는 선제공격의 전략.

헤르메스 길드는 식민지 운영으로 군대 확장을 이끌어 내었고, 바드레이의 명성 덕분에 고레벨 유저들의 포섭도 원활하게 이루어졌다.

현재, 다른 길드들과는 비교가 안 될 정도로 압도적인 전력의 우위에 서 있었다.

헤르메스 길드의 전격적인 라살 왕국 침공!

공성 병기를 운용하지 않고 마법사 부대를 대규모로 운영하여 요새와 성을 통째로 파괴해 버리며 전쟁을 개시했다.

최상의 수준으로 훈련된 기사단과 기병, 중장갑 보병으로 이루어진, 대륙 최고의 군대.

평원을 가득 메운 군대가 라살 왕국의 방향으로 진격하는 장면은 그야말로 전율이 일게 만들 정도였다.

속보! 대륙의 최강대국 하벤 왕국이 라살 왕국을 상대로 전쟁을 선언하다
라살 왕국, 과연 얼마나 버틸 수 있을 것인가. 수도까지 점령은 시간문제일 듯!
대륙에 충격을 안겨 주는 하벤 왕국군의 진격

방송국들은 전쟁의 개시를 신속하게 알렸다. 파급효과만 놓고 본다면 이보다 더 중요한 뉴스가 없을 정도였다.

중앙 대륙에서 전투는 자주 일어나지만, 왕국 단위의 전쟁이 쉽게 발생하지는 않았다. 영토의 면적이나 인구, 군사력, 경제력에서 가장 앞서 있는 하벤 왕국의 일방적인 침공이기에 방송국들은 중요하게 보고 있었다.

하벤 왕국에 비한다면 라살 왕국의 전력은 오분의 일도 안 되는 수준. 설상가상으로, 군대에 속해 있는 유저들의 질과 숫자에서도 아예 비교가 안 되었다.

—헤르메스 길드가 쳐들어온다는데 어떻게 하죠? 항복하는 사람은 살려 줄까요?
—상인입니다. 지금이라도 몽땅 처분하고 이주하려고 하는데요, 어느 쪽 길로 가야 안전할까요?
—바드레이가 어디서 전투를 벌이는지 아시는 분. 전쟁은 어차피 패배할 거, 구경이나 가게요.

기사 훈련을 통해 평원에서 할 수 있는 갖가지 돌격 전술에 탁월한 실력을 갖춰 온, 헤르메스 길드원을 주축으로 한 하벤 왕국 유저들은 초원에서 라살 왕국의 취약한 군대를 그야말로 남김없이 짓밟아 버렸다.

라살 왕국은 압도적인 하벤 왕국의 군대를 상대할 엄두도 내지 못할 처지라서, 완전 점령도 시간문제였다.

> ─또다시 전쟁을 일으키다니. 지겹다, 지겨워.
> ─헤르메스 길드는 진짜 해도 너무합니다.
> ─엠비뉴 교단으로 인해 중앙 대륙이 괴로운 지금, 영토를 넓히기 위해서 꼭 왕국 전쟁을 일으켜야만 했나요?
> ─힘이 있다고 그런 식으로 쓰는 거 아닙니다. 여러분 때문에 피해를 보는 사람도 좀 생각해 봐야죠. 물론 그런 거 생각할 머리가 없으시겠지만.

시청자들은 게시판에 가서 헤르메스 길드의 야욕을 맹비난했다.

패권 동맹에 속해 있는 길드들도 긴급회의를 통하여 대응책을 마련하려고 하였다. 헤르메스 길드의 라살 왕국 침공은 명백히 동맹을 이탈했음을 밝히는 행위였다.

하지만 이미 자신들도 전쟁을 벌이고 있는 터라서 대규모의 군대를 빼내는 것은 무리였다. 소규모의 군대로는 아예 헤르메스 길드를 넘볼 수도 없었다.

"로암 길드에서 나서 주시는 것이 어떻겠습니까?"

"여력이 되는 클라우드 길드가 먼저 힘을 써 주시면 저희도 동참하겠습니다."

"블랙소드 용병단은요?"

"저희는 최근에 어려운 의뢰를 수행하는 중이라서 빼낼 사람들이 없습니다."

패권 동맹의 길드들은, 필요성은 공감하였지만 자신들의 피해는 최대한 줄이고 다른 사람들이 나서 주기만을 바라는 입장이었다. 게다가 다른 명문 길드 중 몇 곳은 비밀리에 헤르메스 길드의 지원을 받고 있기도 했다.

지긋지긋한 회의가 이어졌지만, 연합군 결성이 정식으로 추진되지는 못했다.

＊＊＊

샤먼을 위한 최고의 장비, 스킬 북, 사냥터, 전투 용병.

다인은 온갖 혜택을 받으면서 던전 사냥을 하였다.

헤르메스 길드의 일반 유저들과는 차원이 다른 특급 대우!

길드에서는 능력에 따라 우대하는 정책을 시행했는데, 다인은 평균도 되지 않는 수준에 불과한데도 특급에 해당하는 대우를 받았다.

"대체 누구야?"

"몰라. 길드장님이 개인적으로 아는 사람인가 본데. 요구하는 게 있으면 어떤 지원이라도 해 주라고 했다더라."

다인은 샤먼으로서 높은 스킬 숙련도를 가지고 있었기에 레벨도 금방 따라서 올랐다.

길드의 지원 팀에서 주기적으로 연락이 왔다.

"필요한 물건이 더 없으십니까?"

"지금은 괜찮아요."

"소모품이 필요하시다면 말씀해 주십시오. 그리고 다스리고 싶은 도시나 성이 있다면 요청하셔도 됩니다."

헤르메스 길드는 능력이 있는 사람에게 영주의 자리를 제공한다. 단, 전장에서 실력을 발휘하지 못하거나 남들보다 뒤처진다면 지위도 박탈. 그런데 다인에게는 그럴 능력이 되지 않음에도 영주의 자리를 준다는 것이었다.

그녀는 원래 라페이, 바드레이를 포함한 헤르메스 길드의 핵심 유저 7명과 〈로열 로드〉의 초창기에 같이 성장하였다. 능력을 최대한 우선하는 헤르메스 길드라고 하여도 초창기 창립 공신에 대한 대우는 다를 수밖에 없는 법.

다인은 영주로서 권력에는 관심이 없었지만 칼라모르 왕국에 대한 관심은 갖고 있었다. 헤르메스 길드가 정복한 이후로 그곳의 주민들은 겨우 죽지 않을 정도의 식량만을 남기고 모조리 수탈당하였던 것이다.

"칼라모르 왕국에 속해 있는 성이라면 어디든 괜찮아요."

"칼라모르 왕국 지역은 길드장님의 허가가 필요한 사안이라서… 확인 후에 연락을 드리겠습니다."

길드에서는 불과 몇 시간 후에 대답을 주었다.

칼라모르 왕국에서 영주가 정해지지 않은 곳이라면 어디든 상관없으며, 영주가 있는 장소더라도 원한다면 말하라는 제안이었다.

"인구가 많고 치안이 낮은 곳으로 구해 주세요."

"치안이 낮은 곳요? 하긴… 그런 곳이 사냥에 유리하고, 명성 올리기도 좋죠. 알겠습니다."

헤르메스 길드는 다음 날, 에바루크 성을 다인의 영토로 정해 줬다. 칼라모르 왕국에서도 일곱 번째로 인구가 많은 성이었는데, 현재는 점령의 후유증과 과도한 세금으로 인하여 폭동이 벌어지고 있었다. 몬스터의 출현도 잦아져서 치안이 정말 나쁜 장소였다.

"기사단과 보병대도 지원해 드리겠습니다. 그리고 세금도 3개월간은 납부하지 않으셔도 된답니다."

파격적이라고 할 수 있는 특혜의 연속.

다인은 영주가 되고 나서 주민들에게 세금을 감면하고, 시설투자와 성벽을 개보수하는 일에 관심을 기울였다. 성벽의 관리상태가 좋을수록 몬스터의 침입이 줄어들고 주민들의 충성도가 감소하는 속도도 느려진다.

먼저 주민들의 믿음을 되찾는 것이 우선이었다.

그녀는 칼라모르 왕국의 영주로서는 유일하게 예술에 대한투자도 했다. 조각사와 화가를 우대하면서 그들을 위한 전시공간도 마련했다.

기사의 왕국 칼라모르.

점령당한 이후 오직 생존이 최우선 목표가 된 이곳에서도 예술의 꽃이 조금씩 피어나기 시작했다.

ᴄ୨ ⸝⸝⸝ ୨ᴅ

위드는 중앙 광장에서 조각상이 된 상태로 전쟁 소식을 들었다. 상인들은 거래를 하거나 주변에 돌아다니는 소문을 이야기 하곤 했는데, 이제는 온통 전쟁과 관련된 이야기들뿐이었다.

"라살 왕국에서 활동하는 유저가 알려 줬는데, 전투 몇 번 해 보지도 못하고 망하기 직전이라더라. 하루에 성을 7개나 점령 당했다던데."

"와, 진짜 무섭네. 진격 속도가 어떻게 그렇게 빨라?"

"군대를 세 갈래로 나누어서 파상 공세를 펼치고 있대. 군대 마다 15만 이상의 병력이라는데… 상상도 안 간다."

광장의 상인들은 좌불안석이었다.

중앙 대륙이야 늘 싸움이 벌어지는 곳이지만 이렇게 큰 전쟁 은 그들에게도 영향을 미치지 않을 수가 없기 때문이다. 당장 곡물과 철의 가격이 오르고, 전쟁을 피하려는 피난민들이 대거 발생하여 물가가 불안정해지리라.

위드는 헤르메스 길드의 승전 소식을 들으면서 끊임없이 기 도했다.

'망해라. 쫄딱 망해라.'

헤르메스 길드가 커질수록 적대적인 관계를 감안하면 막막 하였기 때문.

모험가가 달려와서 말했다.

"헤르메스 길드가 이번에, 공략이 어렵다던 수어쿤 요새도 점령했대!"

하지만 위드는 실망하지 않았다. 헤르메스 길드의 세력이 더 거대하더라도, 전쟁에는 변수가 무수히 많지 않던가.

'져라. 져라.'

이번에는 조각상 부근에서 장사하는 상인이 떠들어 댔다.

"엘나비스 평원도 접수했다더라. 점령 속도가 정말 빨라."

몸을 움직일 수도 없는 조각품이라 귀도 틀어막지 못하고 무조건 들어야만 하는 소식이라곤 온통 헤르메스 길드의 승전보뿐이었다!

가끔 다른 이야기들이 들려오기도 했지만 그마저도 로암 길드나 블랙소드 용병단, 사자성의 전쟁 소식들이었다.

그들도 각자 시작한 왕국을 벗어나서 다른 왕국에 대한 침략 전쟁을 개시했다. 헤르메스 길드의 전격적인 라살 왕국 침공으로 인하여 중앙 대륙에 전쟁이 걷잡을 수 없이 번지는 모습이었다.

패권 동맹이 영역을 정해 놓고 그들끼리 해 먹자는 약속이었다면, 사실상 동맹이 깨져 버린 지금은 무차별 전쟁에 돌입한 것이다.

"진짜 이젠 전쟁의 시대네."

"중앙 대륙이 어떻게 되느냐에 따라서 우리의 삶도 달라질 수밖에 없겠지."

"이렇게 싸우다 보면 대제국도 탄생될 것 같아. 그러면 앞으로는 그들의 지배를 받으면서 살아야 하려나."

전쟁 소식에, 직업 마스터 퀘스트에 쏠려 있던 사람들의 관심도 줄어들었다. 광장에서 퀘스트에 대해 떠들던 사람이 현저히 줄어든 것뿐만 아니라, 방송국에서도 마찬가지였다.

직업 마스터 퀘스트는 경쟁은 치열해졌지만 위드가 경험했던 바대로 모험가 체이스나 농부 미레타스, 전사 파이톤 역시 생각처럼 빠르게 퀘스트를 진행하지 못했다.

전투만이 아니라 먼 곳까지 탐험해야 하고, 감춰진 사악한 진실, 전설적인 무언가를 찾아야 하는 경우도 있었다. 직업 마스터 퀘스트에 따라서 베르사 대륙의 역사가 새로 쓰이거나 지금까지 숨어 있던 존재들이 활약하게 되는 것이다.

그렇게 저마다 심하게 고생하다 보니 퀘스트 진행 속도가 느렸고, 찾아낸 지식을 방송에는 내보내지 않았다.

직업 마스터 퀘스트를 최초로 성공한다면 다시 얻지 못할 영예를 갖게 되고, 대륙에서 그 직업과 관련해 가장 뛰어나다는 증표가 된다. 하지만 베르사 대륙이 다시 격한 전쟁에 휩싸이고 엠비뉴 교단도 들불처럼 번져 나가고 있는 마당이니, 방송국과 시청자들의 관심은 전쟁으로 쏠릴 수밖에 없었다.

"믿을 사람은 위드 님밖에 없어."

"응. 전쟁의 신 위드 님이 우리를 지켜 주어야 되는데."

"에이, 바드레이를 위드 님이 죽였어야 되는데."

위드를 찾는 말도 많이 들려왔지만, 현실은 동상이 되어서 비바람 맞고 먼지나 쌓이고 있을 뿐.

마침 날씨도 우중충하더니 그날 저녁에는 비가 많이 내렸다.

퀘스트 완료까지는 이제 이틀이 남았다.

고작해야 1달의 기간이었지만, 자유롭게 움직이면서 사냥도 하고 노가다도 해야 하는데 꼼짝도 할 수 없으니 심심해서 미칠 지경이었다.

'이런 날씨에는 누렁이를 괴롭혀야 되는데…….'

조각상으로 이틀을 더 보낸 위드는 마침내 퀘스트를 마쳤다.

띠링!

조각술 스킬 숙련도는 0.9%가 올랐다.

사실 퀘스트를 하면서 위드도 깨달은 바가 있었다. 퀘스트 자체의 목적이 이것이었는지는 모르겠지만, 조각품의 마음을 조금이나마 이해할 수 있게 된 것이다.

"심심하겠어."

그저 이것이 전부!

사실 무슨 해안가나 절벽 위에 조각품을 깎아 놓는다면, 지나가면서 보는 사람 입장에서야 멋있겠지만 조각품의 입장에서는 정말 심심할 수밖에 없으리라.

"팔아먹기도 힘들고 말이야."

역시 대중적인 게 최고이자 최선.

그 이상의 철학적인 사색을 위드에게 바라는 것은 200원으로 간짜장 곱빼기를 시켜 먹으려는 것 같은 욕심이었다.

조각의 눈 퀘스트 완료

지금까지 조각사로서, '대륙 최초의 도시 라체부르그'를 발견하였습니다. 엘프들의 궁금증을 해결했습니다. 오크들에게 조각술을 가르쳤습니다. 드워프들에게 조각술 실력을 인정받았습니다. 아르펜 황제의 조각술을 다시 세상에 펼치고 있습니다. 에르리얀 종족을 찾아냈습니다. 아르닌 종족을 구출하였습니다. 조각술 마스터의 길을 걸으면서, 예술을 널리 퍼트리며 새로운 역사를 쓰고 있습니다. 대륙의 예술가들과 조각 생명체들은 당신을 우러러보게 될 것입니다. 이제 다음 단계의 마스터 퀘스트를 진행할 수 있습니다. 에르리얀 종족을 만나서 남은 이야기를 들으십시오.

조각화 스킬의 효과가 끝났습니다.

굳어 있던 몸도 다시 예전처럼 돌아왔다.

슬픈 영화를 보았을 때처럼 위드의 눈가가 미미하게 떨렸다. 그러면서도 절대 흐르지는 않는 눈물!

대장정이라고 할 수 있었던 조각술 마스터 퀘스트.

'이제 정말 끝이 얼마 남지 않았군.'

조각술을 처음 익히면서 느꼈던 막막함도 새록새록 기억이 났다.

'그땐 정말 이대로 인생 망친 줄로만 알았는데… 어려운 상황에서도 용케 예술에 대한 희망을 버리지 않았지.'

조각품을 2실버에 팔아먹으면서 사람들에게 바가지를 씌우는 일에 몰두하던 초보 시절. 조각품을 만들면서 사냥도 하고, 퀘스트도 해 왔다.

'그래도 유쾌한 일도 많이 있었지.'

북부의 추운 곳으로 와서 진혈의 뱀파이어들과 싸울 때는 빙룡도 조각했다.

'빙설의 폭풍을 겪으면서 예술에 대한 소중한 깨달음을 한 가지 얻었다고 할 수 있지. 자연과 예술이 다르지 않다는 것.'

자연에 있는 모든 것을 이용하여 공짜로 만드는 조각품.

지금은 훼손된 피라미드, 엠비뉴 교단에 의해서 파괴된 스핑크스도 소중한 추억이었다.

불사의 군단과 싸우면서 불가능에 가깝던 전투를 이겨 냈던 것도 조각술의 힘. 그때 생명을 부여한 와이번들은 지금도 요긴하게 잘 써먹고 있다.

위드가 그 이후로 해낸 모험들도, 조각술과 떼려야 뗄 수가 없는 밀접한 관계가 있었다.

모라타의 발전도 조각술에서 비롯된 면이 많다.

대장일, 재봉, 낚시, 채광, 항해 스킬을 배운 것도 조각술 덕분이지 않은가.

조각사로서는 숙명적인 노가다의 길.

그 목적지가 얼마 남지 않았다고 생각하니 저절로 소중하고 아련한 추억들이 밀려왔다.

'조각술을 마스터하고 나면 그다음에는 대장장이 스킬이나 마스터해야겠군.'

검술 스킬이야 몬스터와 싸우면서 당연히 마스터하게 될 것이다.

위드의 목표는 모든 노가다 스킬의 마스터!

어쨌든 이제 중앙 광장을 빠져나가는 것이 우선이었다.

조각상으로 1달간을 가만히 있다가 갑자기 움직이는 것도 어색하기 짝이 없는 노릇. 지금도 분수대 주변에서 대화를 나누는 사람들도 있었기 때문에, 위드는 눈치를 보면서 조각상으로서 취하고 있던 자세를 계속 유지했다.

양손에 데몬 소드와 조각칼을 하나씩 꺼내 들고 먼 하늘을 쳐다보고 있는 모습.

사람들이 볼까 봐, 눈을 깜박거리는 것도 여간 신경 쓰이는 것이 아니었다.

'으음… 움직일 수 있는데 가만히 있으려니 더 고역이로군.'

모라타의 중앙 광장에는, 무슨 행사가 벌어진 것도 아닌데 항상 사람이 많았다.

'그래도 기회는 올 거야.'

저녁이 다가오고 있다는 사실 하나를 위안 삼아 위드는 끈질기게 자세를 유지하였다.

그리고 컴컴한 어둠이 내리고 난 이후, 근처로 다가오는 마차를 포착해 냈다.

위드는 마차가 스쳐 지나는 순간 움직였다. 번개처럼 로브를 착용하고, 네발 뛰기로 마차 옆에 숨어서 자리를 떠난 것이다.

"어? 위드 님의 조각품이 언제 사라졌지? 조금 전까지만 해도 있었는데."

"뭐야, 어디로 간 거야?"

"몰라. 갑자기 없어졌어."

"그럴 리가 있나. 조각품에 발이 달린 것도 아니고······."

❦

위드는 광산에서 일하고 있는 에르리얀을 만났다.

"내가 해야 할 일이 있다면 말해 다오."

기나긴 여정의 끝이 얼마 남지 않았다고 생각하니 마음이 조금은 급해졌다.

에르리얀들은 곡괭이를 내려놓고 위드가 주는 육포를 받아먹었다.

"그대라면 믿을 수 있을 것 같아. 전에 하지 못했던 이야기를 마저 할게. 과거 아르펜 제국이 사분오열되고 난 이후에 인간들은 전쟁을 시작했어. 우리 같은 생명체들은 그 전쟁을 피하여 대륙으로 흩어졌고, 어딘가에서 계속 살고 있을 거야."

위드는 고개를 끄덕였다.

"그렇겠지. 데려올 만한 녀석들이 어디 있는지 알고 있니?"

조각 생명체들은 몽땅 잡아 와서 일을 시켜야 하는 대상!

"아니, 몰라. 그런데 대륙에서 인간들이 살지 않는 곳으로 떠나면서 우리를 보호해 주던 친구가 있었어."

"그게 누구지?"

"아르펜 제국의 용사 바하모르그야. 우리와 함께 태어난 존재지."

위드에게 이제 익숙해진 방식의 영상이 보였다.

아르펜 제국이 분열되고, 인간들 간에 전쟁이 벌어졌다.

전란의 시대를 불러오는 그 전쟁은 훗날 브리튼 연합 왕국이나 칼라모르, 톨렌, 마센, 그라디안, 노튼, 이제는 사라진 마폰, 브롬바 왕국 등이 생겨난 배경이 되기도 하였다.

인간들의 힘이 약해지면서, 멀리 쫓겨났던 몬스터들도 다시 침공을 해 왔다. 아르펜 제국에서 지내던 조각 생명체들은 포로로 잡히거나 아니면 멀리 떠나서 새로운 정착지를 찾았다.

바하모르그.

아르펜 제국이 대륙을 통일할 당시 조각 생명체 군단을 이끌던 용사였다.

"크레하아!"

그는 고함을 내지르면서 적국의 군대나 몬스터들과 싸움을 했다.

마법이 난무하는 장소에서도 불굴의 활약을 하는 용사.

다루지 못하는 무기가 없었으며, 대형 몬스터와 고위 마법사들까지 물리쳤던 진정한 용사였다.

‿‿✵‿‿

'음, 상당히 강하군.'

위드는 영상을 보면서 침을 줄줄 흘렸다.

싸우는 모습으로 판단하기에 황금새보다 훨씬 윗줄이었다.

거의 성검이 꽂혀 있는 바르칸급이라고 해도 될 정도!

제국의 수호신이었던 만큼, 대륙 최강의 몬스터급이다.

'부려 먹기에 딱 좋겠어.'

아르닌, 에르리얀이 건실한 일꾼이라면 바하모르그는 싸움을 위해 태어난 용사였다.

"그래서 어떻게 되었지?"

"그는 다른 친구들을 위하여 정착지에서 싸웠어. 그가 없었다면 우리는 아마 제대로 살아남기 어려웠을 거야. 한 곳을 안전하게 한 이후로는 쉬지도 않고 다른 장소로 이동해서 친구들을 위해 싸웠지."

위드는 그 점도 마음에 들었다.

강한 몬스터는 많다. 하지만 성실하기까지 하다면 정말 잘 부려 먹을 수 있지 않겠는가. 일을 시키기 전에 알아서 한다면 그야말로 착취하기 편한 대상이다.

"그런데 우리가 마지막에 봤을 때에는, 아무리 바하모르그라고 해도 상처투성이에 독에까지 중독되어 있어서 금방이라도 죽을 것만 같았어."

"저런!"

위드는 안타까웠다. 훌륭하게 잘 부려 먹을 수 있는 조각 생명체가 죽었다면 정말 큰일이었다.

"바하모르그에게 미안해. 그에 대해서도 알아봐 줄 수 있겠어? 그는 아마 아르펜 제국의 수도로 돌아갔을 거야. 오랜 시간이 지난 만큼 이미 죽었겠지만, 어떻게 되었는지 소식이라도 알 수 있으면 좋을 것 같아."

직업 마스터 퀘스트에서 마지막 모험입니다. 이번 임무를 완수하면 직업 마 스터의 최종 과정들로 이어지게 됩니다.

"드디어 길었던 모험도 끝이 나는군."

위드는 이번 역시 쉽지 않은 의뢰라고 생각했다. 길거리 한 복판에 만 원을 흘려 놓고 1년이 지나서 다시 찾는 것과 무엇 이 다르겠는가. 벌써 누가 삼겹살을 사서 구워 먹었더라도 그 삼겹살마저 흔적도 없이 사라졌을 시간.

하지만 포기하고 싶지는 않았다. 궁지에 몰리거나 어려울수 록 단숨에 돌파해 버리는 것이 위드의 방식!

"아르펜 제국의 수도라… 살아만 있다면 찾을 수는 있겠지."

대성도 안타로사!

아르펜 제국의 황궁이나 도시 건물들이 있던 매우 방대한 지 역으로, 지금은 완전히 폐허밖에 남지 않았다.

밤이면 극도로 위험한 몬스터들이 들끓는 장소였는데, 부서 진 건물 잔해들이 사방에 널려 있어서 더더욱 위험했다. 성벽 의 보호도 없고 인근에는 군대도 주둔하지 않다 보니 그야말로 몬스터들이 활개를 치는 곳!

〈로열 로드〉의 초창기에 그곳이 알려지고 나서, 모험가들의 일대 탐험 붐이 일어났다. 마법 아이템이나 잊힌 마법이 기록되어 있는 서적들, 역사서들이 실제로 발굴되기도 하였다.

베르사 대륙의 수많은 지식과 보물이 이곳 안타로사에서 나왔다.

과거 아르펜 제국의 수도이던 때에는 마탑을 비롯하여 온갖 건물들이 다 있었다고 한다. 역사적 가치가 높은 예술품이나 엄청난 보물들이 지금까지도 가끔 발굴되기 때문에 모험가들이 대박을 노리고 여전히 많이 찾아가는 장소였다.

"최선을 다해서 알아보겠다."

퀘스트를 수락하였습니다.

"좋은 소식을 가져오길 기다릴게. 바하모르그는 우리를 지켜 준 용사였어."

"희망을 잃지 않고 끝까지 찾아보겠다. 반드시 살아 있어야 되는데……."

바하모르그를 위한 노래

위드는 유린의 도움을 받아서 아르펜 제국의 수도였던 안타로사에 도착했다.

"완전히 부서진 건물들의 잔해가 널려 있군."

1,000년이 지난 폐허!

천장이 무너지고 부서져서 벽만 듬성듬성 남아 있거나 형태를 파악하기도 어려울 정도로 완전히 파괴된 건물들이 많았다. 온전히 남아 있는 건물은 거의 없을 지경이었다.

이 대단히 넓은 지역에는 몬스터도 많이 살았다.

늑대와 싸울 정도로 약한 놈들도 있고, 레벨 520이 넘는 보스급도 섞여서 살아간다. 몬스터의 핵심 서식지로, 온갖 종류를 다 찾아볼 수 있을 정도였다.

한때 대륙의 부와 권력이 집중되었을 황궁은 몬스터들의 파괴 행위와 보물을 탐색하는 모험가들에 의해서 예전의 모습이 완전히 사라졌다.

과거의 훌륭했을 건물들은 아예 찾아볼 수도 없는 수준.

몬스터들은 주로 안타로사의 지하에 살았다. 복잡한 하수도로 연결된 땅속에 저마다 둥지를 틀고 있다가 밤이 되면 지상으로 올라온다고 한다.

아르펜 왕국이 되기 전 모라타 전체보다도 넓은 안타로사 전역에서 밤마다 몬스터들의 영역권 다툼과 서열 싸움이 벌어지는 것이다.

소위 이름이 알려진 랭커라고 해도 몬스터 무리의 각축장과 같은 이런 장소에서는 위험해서 사냥을 하지 못했다. 명문 길드라고 하여도, 밤에 뭉쳐서 돌아다니는 이 몬스터들을 감당할 수 없을 정도.

외부로 드러난 몬스터만 하더라도 족히 수십만 마리에 이르며, 지하에서 살아가는 몬스터들이 정말 얼마인지는 아무도 알지 못했다.

호기심 많은 모험가들이 들어가 보았지만 탐험을 완료하지 못하고 몽땅 사망.

이렇게 위험한 아르펜 제국의 수도 안타로사였지만, 도굴꾼과 발굴가 들이 대박의 꿈을 찾아서 오게 만드는 장소이기도 하다.

귀족의 저택을 수색하거나 잔해를 파내다 보면 귀금속들이 나오기도 하고, 가끔 장비나 보석을 찾아내어 대단히 비싼 값에 팔기도 했다. 이런 것들은 어떤 왕국에서도 원하는 보물로, 국왕에게 가치가 있는 것을 진상하면 단번에 영주의 꿈을 이룰 수도 있었다.

아니면 남들이 갖지 못한 아이템을 찾아내어 자신이 쓸 수도 있기 때문에, 땅에 묻힌 대박의 꿈을 쫓아다니는 도굴꾼과 발굴가 들은 이곳에서 자신의 행운을 시험하곤 했다.

폐허 부근의 강가. 원래는 안타로사를 끼고 흐르던 넓은 강 주변에는 술집도 큰 규모로 운영되었다. 손님들은 주로 무언가를 찾아야 한다는 퀘스트를 받았거나, 자발적으로 보물을 찾기 위해 모인 사람들이었다.

넓은 안타로사를 탐색하려면 아무래도 안정적인 숙박은 필수였다.

"으흐흑, 사흘간 땅을 팠는데 아무것도 찾아내지 못했어요."

"바이슬 님, 실망하지 마시고 술 드세요."

"캬아, 시원하다! 히드람 백작 저택을 찾아야 하는데 건물의 위치를 못 찾겠어요. 벌써 다섯 군데나 파 봤는데 헛수고예요. 이럴 바에야 던전 탐험이나 나가는 게 나을 것 같아요."

"일레터 님, 그 부근에서 그래도 뭔가를 파냈다면서요?"

"금덩어리를 정말 조금 얻어 냈죠. 마법책이라도 얻으면 좋을 것 같은데."

운이 좋다면 여러 가지를 얻을 수 있었기에 안타로사로 모여드는 사람은 늘 많았다. 적어도 수백 명이 여관과 술집에 머무르면서 폐허를 파헤치는 작업을 했다.

위드는 선술집에서 음식을 먹으면서 정보를 입수했다. 가만히 듣고만 있어도 얻어지는 정보가 상당했다.

넓은 곳에서 탐험하는 모험가들은 정보를 교환하는 데 적극적이었다.

"물구덩이 남쪽으로는 탐색이 거의 끝난 것 같아. 거기를 판 사람들은 요 근래에 아무것도 못 얻어 냈다더라고."

"황궁이 있던 장소에서 발견된 던전만 일곱 곳이나 돼. 거기에 들어갈 수 있는 유저들을 모을 수만 있으면 좋을 텐데."

"들어가서 살아나온 사람이 없다는데, 위험하지 않겠어?"

"위험하니까 그 안에 뭐라도 더 많이 있겠지!"

폐허에서도 사람들이 찾아낸 것이 없는 장소는 수색 지역에서 일단 제외할 수 있었다.

위드는 우유를 마시면서 빵 조각을 설탕에 찍어 먹었다.

'여기도 한물갔군.'

〈로열 로드〉 초창기에는 정말 황금과 꿀이 흐르는 지역이었다. 당시 유저들의 수준을 감안한다면, 몬스터로 인하여 정말 위험한 곳이었다. 들어가서 살아나온 사람이 100명 중에서 고작 1~2명 될까 말까 했을 정도다.

하지만 그 시절 유저들의 수준을 훨씬 웃도는 보물과 장비가 계속 발견되었고, 그런 것들을 찾아낸 사람은 단번에 유명 인사가 되면서 막대한 이익을 얻었다. 모험가들은 무수히 죽어 가면서도 보물을 찾아내었고, 꾸준한 탐색으로 위험 역시 조금씩은 줄어들었다.

그렇지만 여전히 지하 탐험은 거의 불가능에 가까웠고 몬스터들은 매우 위험하다.

아직도 잠들어 있는 보물이 있긴 하겠지만, 꺼내기 쉬운 보물들은 이제 대부분 찾아냈다고 봐야 한다.

유저들이 제대로 자리도 잡지 못했던 초창기에는 베르사 대륙을 개척하는 데에도 큰 도움이 되었던 안타로사.

이제 정말 실력이 뛰어난 모험가들은 이곳을 떠나서 대륙을 떠돌며 모험을 하고 있었다.

"챠르망 백작 부인의 의뢰는 아무래도 포기해야겠어. 돌사자 상을 구해 오라고 했는데… 무게도 있고 해서 웬만하면 금방 찾을 수 있을 것 같아서 승낙한 거였거든."

"그런데?"

"아무리 찾아도 없는 걸 보니 벌써 누가 가져간 모양이야."

위드의 귀로 술꾼들의 이야기가 계속 흘러들었다. 화제는 오직 한 가지, 안타로사의 보물 탐색에 대한 정보뿐이었다.

'바하모르그라… 알고 있는 사람은 없겠지.'

조각 생명체라고 하여도 생명이 부여된 이후부터는 정해진 수명이 있다. 전투 중에 죽을 수도 있지만, 그게 아니더라도 시간이 가면서 자연스럽게 성장하고 노화도 일어난다.

바하모르그가 다른 조각 생명체들을 돌봐 주고 난 이후에 상처투성이의 몸으로 살아남았더라도, 이미 먼 옛날에 죽음을 맞이했으리라고 봐야 할 만큼 긴 시간이 흐른 것이다.

"이곳에 있다는 보장도 없고… 차라리 노가다가 편할 텐데."

무슨 조각사의 직업 마스터 퀘스트 내용이 이리도 다양하단 말인가!

위드는 음식을 먹으면서 밤을 기다렸다.

그리고 몬스터들이 활개를 치는 시간!

창문 밖으로 그들이 대규모로 움직이는 것을 볼 수 있었다.

폐허에서 깨어난 몬스터들이 어슬렁거리면서 돌아다닌다.

전설이 잠든 땅!

역사에 따르면 아르펜 제국이 분열되어 몰락할 때 안타로사는 주인을 잃었다. 군대의 침략과 약탈의 대상이 되고 말았다.

그 이후로 몬스터가 밀려들자, 사람들은 이곳을 그냥 방치했다. 결국 안타로사는 몬스터에 장악당한 도시가 되어 버린 것이다.

현재는 브리튼 연합 왕국의 영토에 포함되어 있지만, 상인들도 근처로 오지 않고 멀리 다른 곳으로 돌아가곤 했다.

선술집과 여관, 유저들이 머무르고 있는 장소에는 은신의 마법이 펼쳐졌다. 그 덕분에 무사할 수 있었지만, 위드의 마음은 편치가 않았다.

"숙박하실 거죠? 30골드입니다."

고작해야 하룻밤인데 너무나도 비싼 가격.

"어떻게, 좀 깎아 주실 수 없을까요?"

"안 돼요, 손님."

"이런 말까지 하고 싶지 않았지만, 제가 대륙에서 상당히 유명한 사람인데요."

"그러면 돈을 더 내실 수도 있겠군요."

여관 주인은 깐깐한 성격이었다. 무슨 수를 써도 통하지 않았다.

검치는 사범들, 수련생들과 같이 던전을 휩쓸었다.

"저곳이 던전 입구 같다."

"저희가 앞장서겠습니다, 스승님!"

검치들이 분검술, 광휘의 검술을 익히게 되면서 사냥의 효율은 기가 막힐 정도로 좋아졌다.

"이런 게 스킬의 효과로군요."

"그러게. 이렇게 간단히 사용할 수 있으니 세탁기를 쓰는 것 같다."

기본 스킬만 사용하다가 레벨 400대 근처에서 적극적으로 활용하게 된 공격 스킬들!

지식과 지혜에도 스탯을 투자하면서, 스킬의 레벨이 오를 때마다 공격력이 늘어났다.

그리고 그들에게는 위드가 해 준 결정적인 조언도 있었다.

"스승님과 사형들끼리만 전투를 하셔도 물론 충분하겠지만, 파티 사냥을 해 보시는 건 어떻습니까?"

"우리야 그렇게 하고 싶긴 하다만… 이곳에는 마땅한 사람이 없구나."

검치와 사범들, 수련생들도 유로키나 산맥에서는 파티 사냥을 제법 많이 했다. 여성 전사와 같이 싸우는 것은 그들의 원대한 희망 사항이기도 했지만, 북부로 와서는 다 함께 몰려다니다 보니 좀처럼 파티원을 구할 수가 없었다.

"스승님이나 사형들의 공적치라면 교단의 사제들을 고용해서 사냥을 나가실 수도 있을 겁니다. 모라타에는 프레야 교단의 북부 대성당도 있어서 사제들을 구하기가 쉽죠."

"크흠! 네가 그렇게까지 말한다면야, 가서 보기는 하마."

검치는 번거로움을 무릅쓰고 제자들과 같이 대성당이 있는 빛의 광장으로 갔다.

"어헛, 사제복이 참 예쁘구나."

"스승님! 방금 지나간 사제 보셨습니까? 청순한 얼굴이 딱 제 이상형이었습니다. 머릿결은 또 얼마나 고운지……."

"삼치 사형, 저쪽에서도 1명이 오고 있습니다!"

미의 여신인 프레야를 따르는 여사제들은 저마다 굉장한 미모를 자랑했다. 유저들 사이에서도 그래서 프레야 교단이 가장 큰 인기를 끌었다.

"삼치야, 우리가 저 여사제들을 데리고 다니면서 사냥을 할 수 있단 말이냐?"

"그렇습니다. 위드의 말대로라면 공적치라는 걸 써서 할 수 있다고 했습니다, 스승님!"

검치는 사범들과 같이 프레야 교단의 북부 대성당으로 들어갔다.

"교단에 큰 은혜를 베푸신 분들의 방문이군요. 원하시는 것이 무엇입니까. 더 좋은 무기를 원하신다면, 얼마든지 드리겠습니다."

지금까지 몬스터를 퇴치하며 쌓아 놓기만 하고 쓰지 않은 공적치가 상당히 많았다. 무기를 얻거나 여사제들을 얼마든 고용할 수 있는 수준.

일반 유저들은 공적치를 활용하는 방법을 많이 알고는 있어도, 그것을 얻기가 어려워서 쓰지 못하는 실정이었다.

스승과 사형들이 등을 떠밀어서 검사치가 나섰다.

"무기가 갖고 싶지만 지금은 필요 없습니다. 그보다는, 사냥에 나가려고 하는데 여사제들을 좀 데려갈 수 있겠습니까?"

"몬스터 퇴치를 하신다면 당연히 교단의 사제를 지원해 드리겠습니다. 부디 다치거나 죽지 않도록 해 주십시오. 그렇게 된다면 더 이상 위험한 일에 사제를 투입하기가 어려울 수 있습니다."

"손에 물 한 방울 안 묻히도록 하겠습니다."

검치와 사범들은 각자 여사제들을 1명씩 고용했다. 지금까지 있는지도 몰라서 관심도 갖지 않던 공적치가 새삼 아까웠기 때문이다.

그리하여 사냥에 나가니, 사제들 덕분에 효율이 예전보다 3배 이상은 높아졌다. 전투 중에 치료며 축복을 받는다는 것이 얼마나 좋은 것인지!

"세상에 이렇게 좋은 것을 놔두고……."

"지금이라도 알아서 다행이지 않습니까."

"들어 보십시오! 좀 전에 험하게 싸웠더니 많이 다쳤다고 손도 잡아 주었습니다!"

검치와 사범들은 깔끔하게 전투를 하는 편이었다. 위드처럼 일부러 맞아 가면서까지 하지는 않고, 공격과 수비도 간결하고 효과적이었다. 하지만 여사제들이 봐주니, 일부러 맞으면서 더 적극적으로 싸웠다.

여사제들을 몬스터로부터 지켜 주는 것은 기본이었다.

공적치를 써서 고용한 여사제들이었으니 따로 파티 사냥을 할 때처럼 경험치나 전리품을 나누어 줄 필요도 없었다.

"스승님, 저희도 다녀오겠습니다."

"어서 빨리 가서 데려와라."

수련생들도 모라타로 가서 여사제들을 모시고 왔다.

"허어, 죄송하지만 아직은 사냥을 나갈 수준의 여사제가 없습니다. 대신 남자 사제라도……."

"됐습니다!"

프레야 교단의 여사제가 동이 나자(?) 다른 교단의 여사제도 가리지 않고 몽땅 고용!

그 이후로는 바르고 성채 주변에서 몬스터가 씨가 말랐나 싶을 정도였다. 시간이 갈수록 줄어드는 공적치가 아까워서 막무가내로 사냥을 했기 때문이다.

바르고 성채에서 여전히 가끔 일어나던 몬스터들의 침공도 사라지고, 치안의 안정이 이루어졌다.

"검술이란 참 아름답지 않으냐."

"그렇습니다, 스승님!"

위드는 다음 날 일찍 여관을 나왔다.

"우선 이곳에서 발굴된 조각품들을 찾아봐야겠군."

발굴가들은 발굴품들을 주로 이곳에서 가장 가까운 브리튼 연합 왕국 귀족들의 성으로 가서 판매한다는 소문을 이미 입수했다. 조각품에 담긴 추억이 아마도 단서가 될 수도 있을 것.

"대륙에 명성이 자자한 조각사이시로군요. 발드몽 백작님께 서는 예술을 사랑하십니다. 어서 들어오시지요."

"그대의 모험에 대한 이야기는 많이 들었습니다. 평소에 꼭 만나 보고 싶었습니다."

"북부에 위치한 작은 나라의 왕이라고 들었는데, 뵙게 되어 영광입니다."

위드는 각국 국왕들의 의뢰도 받아 낼 수 있었기에 브리튼 연합 왕국의 귀족들을 만나는 건 어려운 일이 아니었다.

하지만 그들이 여러 발굴품들 중에서도 조각품을 가지고 있는 경우는 극히 적은 편이었다. 그나마도 성의 복도나 서재에 전시되지 않고 창고에 보관되어 있었다.

"조각품이 좋군요."

"오래된 조각품이지요. 역사적인 물건으로, 이걸 가지고 있는 건 저밖에 없을 겁니다."

"잠시 살펴봐도 되겠습니까?"

"물론입니다."

"감정!"

깨지고 칠이 벗겨진 사자상.

발굴된 조각품에 담긴 추억을 살피니 아르펜의 황궁이 있는 수도의 모습이 보였다.

지금은 상상하기 어려울 만큼 다양한 조각 생명체들이 번성하며 살아가던 대성도.

게이하르 폰 아르펜 황제가 직접 깎았다는 분수대의 조각상이며 대륙 최고의 보물들도 영상을 통해 볼 수 있었다.

'수도의 과거 모습에 대해서 알아냈으니 보물을 찾아내기도 조금은 쉽겠군.'

보물들에 대한 단서를 얻어 냈으니 발굴가처럼 이곳에 머무르면서 땅을 파며 지낼 수도 있다. 하지만 아르펜 왕국의 국왕의 신분이기에 해야 할 일이 많았다.

'바하모르그에 대해서는 나오지 않았어.'

발굴된 조각품들은 파손도 많이 된 데다 관리 상태도 좋지 않았다.

"제가 조금 고쳐 봐도 되겠습니까?"

"대륙에 명성이 자자한 조각사께서 고쳐 주신다면 오히려 영광입니다."

위드는 즉석에서 퀘스트를 받아서 조각 복원술을 펼친 후에 조각품에 담긴 추억을 다시 살펴보았다.

그렇지만 주변의 풍경 정도를 조금 더 자세히 보여 줄 뿐, 바하모르그의 모습이나 그의 최후 순간을 담고 있는 영상은 찾아낼 수 없었다.

'이것도 적지 않은 정보라고 할 수 있지. 긍정적으로 생각하자. 평생 부정적으로만 생각해서는 독재도 못 하고 착취도 못 해. 적어도 아직까지 발굴된 조각품으로는 해결되지 않는다는 사실을 알았잖아. 그렇다면 이다음은, 역시 발로 뛰는 수밖에.'

위드는 폐허 지역의 지도를 펼쳤다.

바하모르그는 이곳으로 돌아온다고 하였다지만, 정말 돌아왔을지는 알 수 없다. 중독된 상태이기까지 했다니 도중에 사망했을 가능성도 큰 것이다.

만약에 안타로사에 오지 않았다고 한다면 찾아야 하는 범위는 더욱 넓어진다.

지금도 이미 충분히 쉽지 않은 퀘스트인데…….

대략 일주일이 지난 후.

"이런 방식은 안 되겠어."

위드는 삽과 곡괭이를 내려놓았다.

"이 폐허 더미에서 어떻게 알아볼 수 있는 방법도 없고…….'

그동안 다른 모험가들처럼 안타로사를 돌아다니면서 채광 스킬을 이용하여 땅을 엄청나게 파헤쳤다.

"혹시 저와 동업하시겠습니까?"

"곡괭이질이 예사롭지 않으시군요. 제가 점찍어 놓은 장소가 있는데, 같이 파시죠."

다른 유저들의 제안도 많이 받았다.

위드의 체력에 힘 그리고 채광 스킬은 가히 두더지를 연상시킬 정도였던 것이다. 일단 파헤쳐 내려가기 시작하면 부서진 건물들의 잔해를 몽땅 헤집어 놓았다.

위드는 다른 사람들의 제안들을 모두 거절하며 자신만의 땅파기에 몰두했다.

"바하모르그… 오래된 바바리안의 용사… 장비가 엄청나게 좋겠지. 그걸 내가 캐내면… 돈벼락이 치겠구나. 보물… 마탑이 저쪽에 있었던가. 황궁의 보물 창고……."

바하모르그의 수색 작업이, 어느새 다른 도굴꾼처럼 보물 탐색으로 변모!

그렇지만 안타로사의 보물 탐색도 정말 쉽지 않은 일이었다. 일주일의 소득으로, 사용은 무리지만 골동품의 가치가 있는 갑옷 두 점과 철퇴 하나를 얻었다.

역사적인 가치 등이 있어서 최소한 1,500골드에서 2,000골드는 받을 수 있을 것이다.

위드의 경우에는 직접 녹여서 재가공한다면 레벨 300대가 착용할 수 있는 갑옷을 만들 수도 있다.

다른 모험가들도 일주일에 이 정도라면 상당히 괜찮은 수확이라고 생각할 수준이었다.

하지만 바하모르그를 찾는 일에는 아무 성과 없이, 낮에는 땅을 파고 밤에는 여관에서 쉬면서 조각품만 깎는 반복적인 하루하루가 흘러갔다.

그동안 채광 스킬은 중급 2레벨에서 1단계 상승했다.

갈수록 늘어만 가는 땅파기 기술!

"여관비도 아깝고, 왠지 이런 방식은 아닐 것 같아."

위드가 제아무리 탁월한 땅파기 능력을 가지고 있다고 하더라도 이 넓은 잔해를 몽땅 뒤집어 놓는 건 불가능했다. 발굴가들도 가능성이 큰 위치를 점찍어서 파 보는 것이었다.

"지금까지 운이 없었으니 혹시나 이번에는 우연히라도 성공하지 않을까 싶었는데, 이놈의 팔자는 역시 변하지 않는군!"

행운은 늘 비껴가는, 초지일관 불운으로 점철된 운명!

"다른 방식으로 찾아봐야 한다는 건데……."

위드는 스스로의 추리 능력이 그렇게 뛰어나다고는 생각하지 않는 편이었다.

지금까지 98%의 노가다와 2%의 눈치로 살아온 삶!

"내가 알고 있는 건 바하모르그가 최후에 이 안타로사로 오려고 했다는 것이 전부인데."

위드는 이 폐허의 잔해에 대한 미련을 과감하게 버리기로 했다. 채광 스킬이나 조각품에 담긴 추억 등, 활용할 수 있는 여러 기술들이 있지만 그것만 믿기에는 여기가 너무나도 광활하다. 그리고 익히고 있는 여러 스킬들이 실제로 크게 도움이 되는 것도 아니었다.

"설혹 여기에서 정말 운 좋게 그의 소지품이라도 발견해 낼 수 있다면 더없이 좋을 테지만, 그건 아무래도 안 될 거야."

위드가 일주일간 파헤쳐 내린 잔해는 전체의 만분의 일도 되지 않았다. 게다가 갈수록 곡괭이질을 하는 장소가 원래의 목표보다는 보물 쪽으로 옮겨 간다.

이런 식이라면 대륙을 통일했던 아르펜 제국의 대단한 보물은 찾아낼지 몰라도 바하모르그에 대해서 알아낼 수 있을 것 같지는 않다.

"내가 수색에 쓸 수 있는 정보가 뭐가 있을까?"

위드는 생각을 정리해 보았다.

바하모르그가 대단히 강하다는 사실 그리고 그의 외모에 대해서는 정확히 알고 있었다.

모라타의 대도서관으로 가서 역사서를 읽을 수도 있겠지만, 아무래도 바하모르그와 같은 조각 생명체에 대해서는 나와 있지 않은 편.

"어쩌면 혹시라도……."

위드는 폐허에서 조각칼을 꺼냈다.

원래 성벽에 쓰였을 큰 돌덩어리를 대상으로 바하모르그의 모습을 조각해 두었다.

그날 밤도 몬스터들은 안타로사를 돌아다녔다. 그들끼리 싸우기도 하고, 작은 동물들을 사냥하기도 했다.

몬스터들도 인간과 마찬가지로, 이곳에서 무언가 챙겨 갈 만한 물건이 없는지 땅을 헤집어 놓기도 했다.

안타로사에 있는 몬스터들은 나름대로 지능을 갖추고 있었다. 보물이나 필요한 물건들은 챙겨서 착용하기도 한다.

유저들은 보물을 들고 다니는 몬스터를 사냥하고 싶었다.

하지만 몬스터들이 활개를 치며 평상시보다도 강해지는 밤에는 무리다. 낮에는 복잡한 지하도나 던전으로 들어가 버리기에 추적에 어려움이 있었다.

그럼에도 몇 차례 성공한 적이 있긴 했지만, 위험부담이 상당했다.

약한 몬스터가 보물을 가졌더라도, 금세 강한 몬스터에게 빼앗긴다. 좋은 보물일수록 결국 보스급 몬스터를 해결하지 않으면 안 되었던 것.

몬스터들은 위드가 조각해 놓은 바하모르그의 작품도 발견했다.

키익?

크으으으응.

몬스터들은 관심을 두지 않고 지나쳐 버릴 뿐이었다.

"배가 고프다."

"저쪽으로 가 보자."

금이나 은, 보석은 그들도 좋아하기 때문에 부숴서 일부만 가져가거나 통째로 서식지로 옮겨 갔다. 습성에 따라 보물을 산처럼 쌓아 두고 있는 경우도 있었다. 하지만 몬스터는 역시나 몬스터, 예술품에 대하여는 그리 크게 신경 쓰지 않는 편이었다.

"케엣, 이건……?"

해가 뜨기 직전, 조각품을 발견한 몬스터들이 관심을 갖는 기색을 보였다.

'그래, 성공이다!'

위드는 까마귀로 변신해서 잔해의 틈에서 지켜보고 있었다.

몬스터들이 알아본다면 이것은 훌륭한 단서가 될 터!

"왜 이따위로 생겼냐, 키키킷."

"이걸로 치면 부서질까."

콰지지직, 파사삭, 쩌억!

도끼로 내리치고 철퇴로 깨뜨리며, 조각품을 부숴 버리면서 노는 몬스터들!

위드는 공을 들여서 조각해 놓은 작품이 훼손되는 광경을 그대로 목격해야 했다.

'이놈들을⋯⋯!'

안타로사의 밤에 돌아다니고 있는 몬스터 떼로 인하여 피눈물을 흘리면서 참는 수밖에 없었다.

아침이 되고 몬스터들이 사라졌지만, 위드의 조각품을 본 것은 소수에 불과했다.

"이런 식의 작업은 문제가 있겠어."

위드는 방법을 조금 더 개선하기로 했다.

돌을 조각하는 것 외에도 할 줄 아는 것은 많았으니까!

ᴄ୨ ᴤ୧ᴤ ୨୧

그날 저녁이 오기 전, 해 질 무렵.

위드는 조각을 시작했다.

"빛의 조각술!"

그의 손에서 뻗어 나와 하늘을 수놓는 찬란한 빛의 무리!

더없이 아름답고 화려한 빛의 조각품을 만드는 것이다.

빛의 조각술은 매우 쓸모가 많아서, 다른 조각품을 만들 때에도 항상 조금씩 사용했다.

조각품은 광光발!

표면에 은은한 광택을 씌워 주면 그 빛깔로 인하여 조각품이 한층 멋지고 고급스러워졌다.

그렇지만 이번에는 완전히 빛으로만 이루어진 조각품을 만들어서 하늘에 띄우는 것이다.

　바하모르그의 조각품!

　위드가 손을 휘젓는 대로, 바바리안 용사 바하모르그의 모습이 하늘에 빛으로 새겨졌다.

　"어두울 때 눈에 띄려면 밝은 것이 좋을까? 너무 밝으면 조각품으로서 멋은 없겠지."

　간판도 지나치게 밝게 하면 비호감이 된다.

　"몬스터들도 반짝이는 걸 좋아하니까. 색감은 정해졌군!"

　위드는 황금빛과 은빛을 섞은 색으로 안타로사의 하늘에 바하모르그의 모습을 조각했다.

　노을이 지고 난 이후부터 본격적으로 만들어 내는 작품이라 충분한 시간을 쓰지는 못했다. 급한 대로 만든 조각품이지만 그동안 수많은 연습들을 통해 빛을 다루는 데 익숙해져서인지 그럭저럭 볼만한 작품이 나왔다.

　바하모르그의 형태에 맞춘 빛 덩어리가 안타로사의 하늘에 떠올랐다.

　"이제는 충분히 알아보겠지."

　위드는 느긋하게 기다리기로 했다.

　적어도 이번에는 몬스터들이 때려 부수진 못할 테니 말이다.

　"이건 위드의 조각품이다."

"전쟁의 신 위드가 이곳에 와 있었구나!"

안타로사의 모험가들은 빛의 조각품을 보고서 들뜬 분위기였다.

그들의 공통된 우상이라고 할 만한 존재가 바로 위드였다.

모험을 하다 보면 고독할 때도 있고, 감당하기 힘든 어마어마한 어려움과 마주할 때도 있다. 좌절과 포기, 극복이라는 험난한 여정을 걸어야 하는 모험가로서, 위드는 존경의 대상으로 부족함이 없었다.

"어디에 계실까?"

"무슨 퀘스트를 하러 오셨는지가 더 궁금해."

"요즘 안타로사에도 사람들이 조금 줄어들었는데, 위드 님이 오셨으니까 여기에도 예전처럼 사람이 많아지겠구나."

위드가 모험했던 장소는 사람으로 붐빈다. 텔레비전에서 연예인들이 갔던 장소에 사람들이 찾아오는 것과 같은 이치.

바다의 선장들은 지골라스를 향하여 돛을 펼쳤고, 다른 찾아가기 쉬운 곳들은 위드의 모험 패키지라는 관광 상품이 출시될 정도.

"이 주변에 계시겠지?"

"벌써 떠났을지도 몰라. 워낙 신출귀몰하잖아. 모라타에서 스테이크를 드시고 있을지도 모르지."

"그건 그래. 〈로열 로드〉의 모든 유저들이 궁금해하는데도 정작 모험하는 동안에는 잘 알려지지 않잖아."

"평소에도 위장술을 하고 다닐 거야."

유저들은 선술집에 혼자 앉아 있는 위드를 보면서도 알아차리지 못했다. 까마귀로 변했던 이후로 조각 변신술을 그냥 해제한 상태였는데도 몰랐다.

머리 가르마 위치를 조금 바꾼 것 정도로 완벽한 위장술!

사실 친한 동료들도 가끔 놀라기는 했다.

옷이 날개라는 말처럼, 멋진 갑옷을 입고 전투에 나설 때와, 내구도 하락해서 수리하기 귀찮다고 때가 덕지덕지 붙은 초보자용 복장을 입고 있을 때와는 풍기는 분위기가 너무도 달랐던 것이다.

"슬슬 올 때가 되었군."

위드는 간단히 저녁 식사를 마치고 나서 일어났다.

잔해가 많은 이 주변에서는 다른 곳보다 식량을 구하기가 조금 어려운 편이다. 다른 모험가들의 정보도 입수할 겸 선술집으로 왔는데, 별로 소득은 없었다.

오늘은 까마귀보다는 데루거라는, 이곳에서 상위 서열을 차지하고 있는 몬스터로 조각 변신술을 써 보기로 했다.

안타로사의 몬스터

"저기 뭐가 있다."

"뭐냐. 먹을 거냐."

"아니다."

"그럼 관심 없다."

안타로사의 몬스터들은 빛의 조각품에도 무심하기 짝이 없었다.

"없애 버리자."

"캬캬캬앗."

도끼나 돌멩이를 던지는 놈까지 있었다.

위드는 데루가가 되어 잔해 위에 앉아 있었는데, 외모는 물론 삭막하기 짝이 없었다.

"저놈의 눈빛 좀 봐."

찢어진 눈가 사이로 번들거리는 눈알.

"툭 튀어나온 주둥이는 마치 동족이라도 잡아먹은 듯하군."

같은 데루거들조차도 위드를 기피했다.

투지와 카리스마가 상위 몬스터들에게도 영향을 미칠 정도이기는 했지만 외모 자체에서도 차별화된 면이 컸다.

위드는 몬스터들의 태도를 살피며 중얼거렸다.

"다들 내 얼굴을 보며 부러워하는군. 성형외과 의사가 되었더라도 괜찮았을 것 같은데. 돈도 잘 벌고, 나쁘지 않지."

자칫 무수히 많은 사람들의 인생을 파탄 낼 수 있는 위험한 꿈이었다!

위드는 몬스터들이 하늘에 있는 조각품을 보면서 특별한 반응을 보이기를 꾸준히 기다렸다.

'어쩌면 실마리는 이곳이 아닐지도 모른다.'

모험에 대한 정보는 감춰져 있는 경우가 많았다. 하기야 너무나도 오래된 과거의 조각 생명체 용사를 추적하는 일이니 이정도의 어려움은 당연한 것이었다.

하지만 위드는 산골에 있는 새끼 강아지도 알고 짖는다는 명성을 묵혀 두지 않고 이용할 계획이었다.

게시판과 동영상을 통해서 〈로열 로드〉의 거의 모든 유저들이 바하모르그에 대해서 보게 될 테고, 그들이 이를 제보해 주는 정보원이 되어 주리라.

대륙 전체에서 살아가는 NPC들도 위드의 작품을 통해서 이를 보게 되고 이야기하게 될 것이다.

이번 퀘스트는 조각사로서 그리고 모험가로서, 남보다 높은 명성을 적극적으로 활용하여 돌파구를 찾아내는 방식이었다.

마을에 있는 주민들이 떠들었다.

"조각사 위드에 대해서 알고 있는가? 그가 안타로사에 조각품을 만들었다더구만."

"빛의 조각품이라는데, 아주 멋지다고 하더라고. 안타로사의 밤을 밝히는 멋진 조각품이 떠올라 있다고 해."

"그것을 보고 온 모험가가 있다면 이야기를 듣고 싶어. 술값 정도는 당연히 내줘야지."

안타로사의 모험가들은 다른 마을에 가서 위드의 조각품을 본 이야기를 해 주었다. 그리고 주민들을 통하여 대륙 전체로 소문이 퍼져 나갔다.

예술을 좋아하는 귀족들은 더욱 큰 관심을 가졌다.

"바바리안 용사의 조각품이라니! 조각사 위드의 작품이라면 꼭 소장하고 싶었는데 이곳에 가져올 수 없다니 아쉽군."

"요즘 위드의 조각품은 귀족들의 품위를 지키기 위한 필수품이 되었어요. 위드가 최근 1년 안에 만든 작품을 가져와 준다면 보상은 섭섭하지 않게 해 주겠어요."

안타로사 근동의 조각사 길드에서는 퀘스트도 발생했다.

"위드는 진정한 예술가이며 모험가라고 할 수 있습니다. 국왕의 신분으로도 대륙을 떠돌고 있다니 대단하지요. 빛을 다룬 조각품이라면 거의 없는데, 그 작품을 보고 온다면 더 가치 있는 조각물 의뢰를 맡길 수 있을 것 같습니다."

송수철은 아르바이트를 끝내고 집으로 돌아왔다.

"에휴, 오늘도 참 길었다."

그는 대학 등록금을 마련하기 위해서 통닭집에서 일하고 있었다. 매일 닭을 튀기고 오븐에 굽다 보면 녹초가 되어서 자취방에 돌아오곤 했다.

"오늘은 무슨 일이 있었으려나."

그는 컴퓨터를 켜고 게시판으로 들어갔다.

남들이 〈로열 로드〉가 재미있다고 아무리 말해도 하지 않았던 사람. 뒤늦게 푹 빠져서 매일 접속하고 있었다. 캐릭터의 레벨은 156밖에 안 되었지만 관심은 누구보다도 많았다.

"내가 있는 지역에 특별한 퀘스트가 뜬 건 없고… 천년여우라는 사람이 희귀한 창을 입수했군."

〈로열 로드〉는 워낙 방대하다 보니 마을과 도시, 성마다 게시판이 별도로 있었다.

제목: 위드의 조각품이 화제네요

제목: 빛의 조각품의 위엄

제목: 저는 역시 위드가 제일 좋네요

제목: 위드한테 시집가려면 어떻게 해야 돼요?

"위드가 또 뭔 짓을 저질렀군."

송수철은 신이 났다. 하루 동안 쌓인 스트레스를, 모험을 보면서 화끈하게 풀어 버릴 수 있다.

송수철도 위드를 좋아했는데, 그것은 단지 모험의 즐거움 때문만은 아니었다.

〈로열 로드〉를 하는 유저들이라면 누구나 베르사 대륙에 애착을 갖게 된다. 명문 길드들이 대륙에 끼치는 해악, 강한 유저들이 곳곳에서 살인자로 돌변하는 모습에 분노하기도 한다.

위드는 지금까지 대륙의 평화를 지키기 위하여 힘겨운 모험을 해 왔다. 베르사 대륙을 조금 더 살기 좋은 곳으로 만들어 가는 그를 보고 있다 보면 마음속으로나마 조금의 응원이라도 해 주고 싶어진다.

"어라, 근데 여긴……."

안타로사! 그가 있는 브리튼 연합 왕국의 에드가 성에서 아주 먼 곳은 아니었다.

"게다가 이렇게 생긴 조각품을 본 적도 있는 것 같아."

송수철은 빛의 조각품을 보면서 자꾸만 익숙한 기분이 들었다. 처음 보는 게 아니라, 지나치면서 본 적이 분명히 있었다.

제목: 안타로사에 떠오른 조각품

제목: 위드의 표현력의 끝은 어디까지인가

제목: 조각사의 솔직한 고백. 초급으로는 절대 흉내도 낼 수 없습니다

어떤 게시 글을 봐도, 이 조각품의 원래 모습을 봤다는 사람은 없었다.

"거참 신기하네. 다들 이거 정체가 뭔지는 모르나?"

송수철은 콜라를 따서 마시면서 생각했다.

위드가 조각술 마스터 퀘스트를 하러 안타로사에 갔을 거란 이야기는 정말 많이 나오고 있었다. 평소에 게시판 활동을 활발하게 하기는 했지만, 그걸 공개적으로 적어 버리면 어쩌면 위드에게 방해가 될지도 모른다.

"나도 빨리 접속해서 사냥이나 해야지. 요즘 늑대들이 번식을 많이 해서 사냥 파티 구하기가 쉬워져서 다행이야."

송수철은 캡슐로 들어가서 접속하려고 했다. 하지만 뭔가 아는 것을 보고도 그냥 넘어가기에는 왠지 허전했다.

"위드 님에게 팬레터라도 써야지."

경매 사이트에 적혀 있는 위드의 메일 주소는 이미 유명해진 상태. 수만 명이 매일 메일을 보낼 테니 읽지도 않으리라.

"그래도 내가 〈로열 로드〉에 빠지게 된 건 다 위드 님 덕분이니까."

송수철은 정성껏 메일을 작성해서 전송했다.

제목: 안녕하세요, 위드 님.

아마 읽어 보시지 않을지도 모르지만, 저는 브리튼 연합 왕국의 에드가 성에서 살고 있는 초보 유저 제르라고 합니다. 직업은 워리어죠. 다른 사람들을 지켜 주고 싶고 여러 가지 무기를 골고루 쓸 수 있다는 점이 좋아서 하게 되었습니다.

다름이 아니라, 이번에 안타로사의 하늘에 떠 있는 조각품 잘 보았습니다.

위드 님께서도 언제 에드가 성 근처에 오신 적이 있으셨나 보네요.
바바리안 시체의 살아 있는 모습을 표현하신 게 맞죠?
제가 던전에서 본 적이 있는데, 그곳의 몬스터에게 맞아서 금방 죽어 버렸죠. 무서워서 아이템 찾으러 다시 가지도 못했지만 위드 님의 조각품으로 다시 보니 새삼 반갑네요.
더 길게 쓰고 싶지만 저도 이제 〈로열 로드〉에 접속할 시간이라서 이만 줄입니다.
항상 건강하시고, 대륙의 평화를 위해서 수고해 주세요.

에드가 성!

브리튼 연합 왕국에 속해 있는 만큼 상인들과 여행자들로 붐비는 곳이었다.

이곳을 선택해서 시작한 초보자들은 온갖 물품들을 저렴하게 구할 수 있다는 장점을 누릴 수 있었다. 그 때문에 아무래도 상인들이 많지만, 호송 의뢰나 몬스터 퇴치에 따른 보상금도 후해서 전투 계열 직업들도 많았다.

그럼에도 상당히 많은 유저들이 북부로 떠나고 말았다. 아르펜 왕국의 역동적인 모습들이 알려지면서 그곳을 선망하게 되었기 때문이다.

"붉은 늑대 파티 자리 구합니다. 워리어입니다. 레벨은 156으로, 갑옷은 내구력 53짜리 강철로 입고 있어요!"

제르는 광장에서 열심히 외쳤다.

보통 어느 정도 레벨에 이르면 자주 사냥하는 파티가 있기 마련이지만, 계속 같이 가기는 어려웠다. 제르의 경우에는 남들보다 열심히 사냥해서 레벨을 올렸기 때문이다.

"샤먼도 붉은 늑대 파티 자리 구합니다. 레벨 174인데요, 필수 스킬 다 익히고 있어요."

제르의 옆에는 슬리아라는 여성 샤먼 유저가 있었다.

최근 인기인 붉은 늑대의 파티 자리를 구하는 유저들은 찾아보기 쉬운 편이었다.

붉은 늑대의 레벨은 200이 넘지만 따로 1마리씩 돌아다니는 경우가 많고 가죽이 비싼 값에 팔리기 때문에, 사냥하는 사람이 아주 많았다. 몇몇 직업들끼리 즉석에서 파티를 조합하여 사냥을 떠나기도 하는 편이었다.

제르는 그들을 부러운 눈으로 보기만 했다.

워리어는 파티의 능력이 부족하면 목숨이 위험해질 수 있다. 몬스터에 의해서 파티가 무너지게 되면, 최후까지 사냥터에 남아서 싸우다가 죽어야 하는 의무도 갖고 있었다.

그런 이유로 워리어가 보통 파티의 리더가 되기도 했지만, 제르는 평소 아는 유저들이 그렇게 많지 않았다. 예전에 같이 사냥했던 유저들은 레벨 업 속도가 느리거나 다른 지역으로 여행을 가거나 했던 것이다. 아마 그들 중에서 상당히 많은 사람이 북부로 떠나게 되었을 것이다.

보통 파티에는 워리어가 1명이나 2명이 속하게 되는데, 대다수 파티의 리더가 워리어이다 보니 제르에게는 좀처럼 기회가 오지 않았다.

사실 기사가 갑옷을 잘 갖춰 입으면 방어력이 상당히 높아져서, 익숙한 사냥터에서는 워리어를 빼놓는 경우도 있었다.

에드가 성에서 레벨 200대 이하에서는 꽤 이름이 알려진 스캇이라는 유저가 다가왔다.

"뭐, 긴말은 할 필요 없고, 저희랑 사냥 가실래요? 사제랑 마법사, 도둑, 다 준비되어 있어요."

"예, 가겠습니다."

잘 오지 않는 기회라 제르는 서둘러 승낙했다.

스캇의 사냥 파티는 효율이 좋기로 유명했고, 앞으로도 그를 따라다니면서 레벨을 올릴 수 있을 거라고 생각했던 것이다.

"그쪽은 샤먼이라고 했죠?"

"네."

"같이 가시죠."

"고맙습니다."

그리고 붉은 늑대의 서식지인 론디스 산으로 가서 사냥을 시작했다.

제르와 슬리아는 무진장 구박당했다.

"그것도 똑바로 못해요? 몬스터를 데려오라니까요. 거참, 그렇게 느려서 뭘 하겠다고."

"아, 왜 벌써 아이템 집으려고 해요? 우리 파티에는 규칙이 있는데, 처음 사냥 온 사람들은 아무것도 못 가져요. 그것도 몰랐어요?"

"나중에 사냥 끝나면 장비 수리비 정도는 주니까 걱정 마요. 오늘 똑바로 못하면 다음부터는 파티에 끼워 주지 않을 수도 있으니까 정신 차리시고요."

제르는 몬스터를 끌어오면서 방어까지 담당했다.

파티의 다른 유저들은 꼼짝도 않고 자리를 지키면서 공격만
했다. 사제의 치료도 가끔 늦어질 때가 있어서 불안했지만, 말
을 꺼낼 수도 없는 분위기.

슬리아도 샤먼으로서 공격과 축복, 치료까지 다 해야 해서
아주 바빴다.

그렇게 구박을 당하면서도 떠나지 못하는 이유는, 에드가 성
으로 돌아가서 다시 파티를 구해 오려면 시간이 많이 걸리는
데다 스캇이 아는 사람이 많아서 안 좋은 소문이 나게 되면 그
의 레벨대에서는 파티를 구하기가 더 어려워지기 때문이었다.

그런데 에드가 성에서부터 제르를 찾아다니다가 이곳까지
따라온 사람이 있었다.

때 묻은 초보자 복장을 하고 있는 사람! 그는 나무를 등지고
앉아 조각품을 깎으면서 사냥이 끝나기만을 기다렸다.

가끔씩 중얼거리는 말.

"건강보험료가 올해도 적자라는데. 그렇게나 많이 거둬 가면
서 얼마나 뒤로 빼먹었으면……."

한숨도 가끔씩 쉬었다.

"물가는 계속 오르기만 하니… 경제가 좋다는데 왜 살기는
갈수록 어려워지는 거야. 이렇게 되면 돈벼락을 맞아도 평생
놀고먹기는 힘들겠어."

그러면서 행복한 단꿈을 꾸기도 했다.

"열심히 저축해서 나중에는 만날 늦잠이나 자고 빈둥거리면
서 살아야지."

그렇게 조각품을 깎으며, 제르가 파티에서 구박당하면서 사냥하는 것을 한참 쳐다보았다.

  제르는 3시간 정도를 꼬박 혹사당하다가 슬리아와 함께 버려졌다.

  "베르메르 산 쪽에 검사 퀘스트가 떴다고?"

  "응. 거기서 지금 난리래. 바위 베기 스킬은 퀘스트가 떴을 때만 익힐 수 있잖아."

  "우리도 그쪽으로 가자. 제르 님이랑 슬리아 님은 아직 정규 파티원이 아니니까 같이 갈 수 없겠네요. 그럼 다음에 봐요."

  제르와 슬리아는 허탈하게 둘만 남게 되었다.

  "성으로 다시 돌아갈까요?"

  "그러면 시간이 너무 걸리는데. 이 주변에서 파티를 알아보는 편이 나을 거 같아요."

  론디스 산의 다른 사냥 파티에 끼는 것도 그리 만만치는 않았다. 워리어는 위험한 던전이 아닌 이상 2~3명까지는 필요하지 않고, 샤먼은 더욱 여러 명이 필요하지 않은 직업이다.

  그들이 어떻게 할까 고민하고 있는데, 조각품을 깎고 있던 사람이 일어나서 다가왔다.

  "워리어 제르 님 맞습니까?"

  "네에, 맞는데요."

  제르는 고개를 갸웃하면서 자신에게 말을 건 사람을 봤다.

  '어라, 어디선가 많이 봤는데…….'

  상대는 너무도 흔한 초보자용 옷을 입고 있었지만, 전체적인 체형이나 목소리가 너무 익숙했다. 분명 자신에게 중요한 어떤 사람이었다.

'같이 사냥한 적이 있나? 예전에 나한테 검을 싸게 넘겨주었던 그분?'

기억력이 그리 나쁜 편은 아니지만 만나 본 경험을 떠올리려고 해도 생각이 나지 않았다.

불청객이 말했다.

"잠시 시간이 되시면 저랑 사냥하러 가시지 않겠습니까?"

"뭐, 파티도 없는 처지라서, 저야 좋습니다."

제르는 그 말에 선뜻 나서기로 했다. 아직 잘 기억은 나지 않았어도 어딘가 좋은 느낌이었던 것이다.

"아, 그런데 슬리아 님이……."

"전 괜찮아요. 신경 써 주지 않으셔도 돼요."

불청객은 슬리아를 보면서 잠시 상념에 빠진 얼굴이었다.

'딱 저런 장비였지.'

첫사랑이었던 샤먼 다인이 입던 장비보다 등급은 떨어지지만 같은 종류였다.

"같이 가셔도 됩니다."

"정말요? 고맙습니다! 열심히 마법 쓸게요."

그녀는 샤먼을 육체적인 전투보다는 마법 위주로 성장시킨 경우였다.

제르와 슬리아는 이제 이 불청객이 자신의 파티로 안내를 해 줄 거라고 생각했다.

제르가 물었다.

"다른 동료분들이 계신 장소는 여기서 먼가요?"

"파티는 우리뿐입니다."

"에? 그러면 다른 직업을 더 모집해야 될 것 같은데요."

제르는 파티에 속하게 되었으니 이 근처에서 놀고 있는 직업을 구해 볼 기색이었다. 워리어와 샤먼이 있으니 다른 직업 몇 명만 더 있으면 조심해서 어쨌든 사냥은 가능하지 않겠는가.

"우리끼리도 충분할 것 같습니다."

넘치는 자신감!

슬리아가 밝게 웃으면서 물었다.

"붉은 늑대를 사냥해 본 경험이 많으신가 봐요?"

"해 본 적 없는데요. 비슷한 놈들을 사냥한 적은 있지만."

"으음, 이놈들 엄청 강한데요. 우리만으로는 무리가……."

슬리아가 막 말리려고 할 때, 불청객의 뒤쪽으로 붉은 늑대가 어슬렁거리면서 다가왔다.

"조심하세요!"

붉은 늑대는 갑자기 뛰어올라서 덮치는 습성을 가졌기에 이 정도라면 무척이나 가까운 거리.

불청객이 뒤를 돌아보더니 인상을 썼다.

"쓰읍!"

깨갱! 깽깽!

꼬리를 말고 죽을힘을 다해 내빼는 붉은 늑대!

제르와 슬리아는 황당함에 빠지고 말았다.

레벨이 200을 넘으면 갑옷만 잘 갖춰 입어도 붉은 늑대를 사냥하는 것이 어려운 건 아니다. 그런데 투지만으로, 사나워서 무리에서도 쫓겨난 붉은 늑대를 눌러 버리다니!

"사냥할 곳은 여기가 아닙니다."

"그럼 어디로 가는데요?"

"던전 사냥을 가야죠."

던전 사냥!

워리어라면 당연히 꼭 해 보고 싶은 일이다. 하지만 어지간히 친하거나 손발을 자주 맞춰 본 사이가 아니라면 던전 사냥에는 잘 끼워 주지 않았다.

"우리끼리요? 거기가 어딘데요?"

"그곳의 위치는 제르 님이 알고 계실 겁니다."

"저요?"

제르는 당연히 무슨 수수께끼라도 들은 듯한 얼굴이 되었다.

"대체 무슨 말씀이신지 모르겠습니다. 놀리시는 겁니까?"

하지만 불청객의 얼굴을 천천히 뜯어보다가 입을 쩍 벌렸다.

"설마… 혹시……."

"알아채셨군요. 맞습니다."

"이거 꿈인가요?"

⁙

드라푸킨 던전!

몬스터의 평균 레벨이 자그마치 430대를 넘나드는 위험한 곳이었다.

브리튼 연합 왕국의 정말 유명한 사냥 파티들도 고개를 숙이고 돌아갔던 곳.

몇 번 이 던전에 사냥 파티가 오기는 했지만, 마지막까지 간 적은 없다. 위험한 정도가 보통 이상이기도 하였지만, 사냥의 효율만을 놓고 본다면 레벨을 올리기 더 편한 곳들도 많기 때문이다.

　"여기입니다."

　제르는 위드와 슬리아를 그곳으로 안내했다.

　"예전에 클라우드 길드에서 사냥한 적이 있습니다."

　"앗, 저도 기억나요. 4개월 전쯤에 대대적인 홍보를 했죠?"

　"쭉 내려가며 사냥하다가 지하 3층에서 철수했죠. 저는 구경한다고 따라가다 중간에 함정에 빠지게 되었는데, 그곳에서 그 바바리안 조각품의 시체를 봤습니다."

　위드는 검과 갑옷의 장비를 최고의 것들로 바꾸었다.

　검 갈기와 방어구 닦기 스킬은 기본.

　"그럼 갑시다."

　"정말 이곳에서 사냥하려고요?"

　슬리아가 믿기지 않는다는 듯이 물었다.

　"물론입니다. 콜 데스 나이트 반 호크, 콜 뱀파이어 로드 토리도!"

　데스 나이트와 뱀파이어 로드도 불러들여서 사냥 준비 완료.

　"축복 마법이 있으면 저한테만 걸어 주세요."

　"일단 써 드리기는 할게요. 의미가 있을지는 모르겠지만요. 산들바람이 불어오네요. 가벼운 마음으로 적을 상대하세요. 당신의 발걸음까지 가벼워질 테니까요. 스피릿 오브 울프."

　샤먼은 이동속도와 공격력, 방어력, 투지를 올려 주는 다양한 축복 마법을 쓸 줄 알았다. 사제에 비해서는 약하더라도 종류가 다양해 상당히 유용한 편.

도시에서도 먼 곳으로 여행을 가는 사람들은 샤먼에게 돈을 주고 이동속도를 늘려 주는 마법을 받았다.

위드의 경우에는 지상에서는 누렁이, 하늘에서는 와삼이를 타면 되었으니 별로 필요는 없었지만.

이곳의 1층에서는 드라킨이라는 암흑 계열의 몬스터가 나왔다. 시커먼 도마뱀처럼 생겼지만 훨씬 크고, 흑마법도 사용할 줄 알았다.

제르와 슬리아는 흥미진진하게 전투를 구경하기로 했다.

"죽어도 여한이 없습니다."

"이렇게 죽더라도 친구들에게 자랑거리는 될 것 같아요."

위드는 반 호크에게 명령했다.

"먼저 가서 싸워 봐."

"알겠다."

어려운 건 항상 부하 먼저!

드라킨의 흑마법도 데스 나이트의 저항력 앞에서는 별 소용이 없었다. 반 호크의 레벨이 드라킨보다도 더 높았기에 무난히 두들겨 팰 수 있었다. 하지만 피부의 방어력이 높아서 잘 죽지는 않았다. 두들겨 맞을 때마다 옆으로 찔끔 밀려나서 물어뜯으려고 하거나 흑마법을 사용했다.

"별문제는 없겠군. 가자, 토리도."

위드도 토리도와 같이 실컷 공격해서 사냥에 성공했다.

대부분의 알려진 몬스터에 대한 지식들은 가지고 있었다. 하지만 아무리 글을 읽거나 동영상을 미리 봤더라도, 직접 상대해 보면 또 조금 다른 법이다.

실제 사냥에 있어서는 미세한 행동 습관에 따라서도 가지고 있는 스킬들을 잘 이용해 생각보다 손쉽게 잡을 수도 있는 것.

"방어력이 상당히 강하기는 하군. 일점공격술!"

그다음에 나오는 드라킨들에게는 일점공격술을 사용하면서 사냥 시간을 줄였다.

헤라임 검술을 일점공격술로 연달아 성공시키는 파괴력.

처음 사냥에는 4분 정도가 걸렸지만, 그다음에는 45초 정도를 단축시켰다.

"몇 놈 더 불러와야 편하겠군. 조각 소환술!"

황금새와 은새, 누렁이, 금인이, 켈베로스, 하이엘프 엘틴, 여자 바바리안 전사 게르니카까지 불러들였다.

위드는 조각 생명체들이 있다면 언제든 파티 구성을 마칠 수가 있었다. 단지 아쉬운 부분이라면 신성력을 사용할 줄 아는 조각 생명체는 없다는 점.

위드의 공적치라면 어느 교단을 가더라도 사제를 불러올 수 있었기에 사실 그렇게 모자란 부분도 아니다. 조각 생명체가 사제라면 챙기느라 더 여러모로 신경을 써야 하는데, 공적치로 불러온 사제는 상황에 따라 미끼로 내던질 수도 있으니까!

"가자."

위드는 조각 생명체들과 같이 위풍당당하게 걸었다.

드라킨이 1~2마리씩 나올 때마다 집중 공격으로 금세 사냥!

반 호크, 토리도만 하더라도 강력한 전력인데 조각 생명체들까지 왔다면 끝난 상황이었다.

"이곳에 게이하르 폰 아르펜 황제의 용사였던 바하모르그가 잠들어 있다. 우린 그곳으로 가야 한다. 쉴 시간이 없다."

째재잭!

황금새가 조인족으로 변하여 평소보다 훨씬 부지런하게 사냥을 하였다. 그 덕에 1층은 믿기 어려울 정도로 빨리 마무리를 지었다.

슬리아는 치료라도 해 주기 위하여 대기하고 있었지만, 할 일이 없었다. 레벨이 낮은 샤먼이라 치료 능력이 부족하진 않을지 굉장히 초조했는데 구경만 하며 따라가도 되는 상황.

위드의 붕대 감기 스킬은 마스터의 경지에 올라 있었고, 약초학과 재봉 스킬을 활용하여 최고급 붕대를 만들어서 썼기 때문이다.

"도대체 갑옷의 방어력이 어떻게 되십니까?"

아무래도 이상해서 제르가 물었다.

드라킨이 돌진해서 위드를 물었는데도 그리 많이 다친 것 같지가 않았던 것이다. 여신의 기사 갑옷의 놀라운 위력이었다.

"이 갑옷, 생각보다 좋은 겁니다. 그리고 제 인내력은 900대를 넘었고, 맷집도 곧 500이 됩니다."

"커헉."

위드는 사냥터에서 조각품을 깎으면서 인내력을 키웠다. 게다가 항상 맞을 만큼 맞아 주면서 사냥했는데, 그것이 쌓이다 보니 무서운 수준이었다. 몬스터가 조금 덜 때렸을 때는 일부러 더 맞아 주고 사냥하는 잔인함!

지하 2층에서는 한층 더 무서운 마법을 발휘하는 전투 드라킨이 여러 마리씩 나왔다.

"황금새, 은새, 적들을 교란해. 엘틴은 뒤에서 화살로 지원."

위드와 조각 생명체들은 익숙하게 사냥을 했다.

제르와 슬리아는 그저 지켜보는 정도밖에는 할 일이 없었다.

던전 사냥에 따라오기는 했지만 너무나도 수준이 높은 곳이라서 그들이 나선다는 자체가 폐가 될 수 있다. 당장 얻는 것은 없더라도, 위드의 전투를 옆에서 따라가며 보는 것만으로도 큰 영광이었다.

물론 드라킨이 죽을 때마다 침을 꼴깍 삼켰다.

이곳에서 나오는 전리품을 조금 넘겨주기라도 한다면 그거야말로 진정한 대박!

물론 위드에게 그럴 낌새라고는 조금도 보이지 않았다.

전투 도중에 다른 드라킨이 난입하여 판이 복잡하게 벌어져도, 잡템 하나까지도 찾아 줍는 꼼꼼함.

제르와 슬리아는 들러리가 된 것 같은 기분을 지울 수가 없었다.

"아, 참! 파티 초대를 안 했죠. 제가 혼자만 사냥하는 경우가 많아서. 그리고 보통은 다른 동료들에게 초대받는 일이 대부분이었거든요."

띠링!

아르펜 왕국의 국왕 위드 님께서 파티에 초대하셨습니다.

둘은 파티 가입을 받아들였다.

"저희는 파티에 있더라도 별로 의미가 없을 것 같은데요."

레벨 차이가 많이 나면 경험치를 거의 받지 못한다는 것은 상식이었다.

"일단 조금만 기다려 보세요."

그리고 다시 사냥이 계속 이루어졌다.

> 레벨이 올랐습니다.

드라킨의 막대한 경험치!

역시나 낮은 레벨 때문에 제르와 슬리아는 붉은 늑대를 파티로 사냥한 것보다 조금 웃도는 정도로밖에는 경험치를 받지 못했다. 그렇다고 해도 위드와 조각 생명체들이 사냥하는 속도가 너무 엄청나서, 레벨이 올라가는 속도가 무시무시했다.

레벨이 50대였을 때만큼 경험치가 쑥쑥 쌓이는 것이었다.

TO BE CONTINUED